〔上册〕

鱼小姐的初恋日记

三月棠墨 著

青岛出版社
QINGDAO PUBLISHING HOUSE

图书在版编目（CIP）数据

鱼小姐的初恋日记 ／ 三月棠墨著. —青岛：青岛出版社，2020.8

ISBN 978-7-5552-8839-8

Ⅰ．①鱼… Ⅱ．①三… Ⅲ．①长篇小说－中国－当代 Ⅳ．①I247.5

中国版本图书馆CIP数据核字(2020)第089541号

书　　名	鱼小姐的初恋日记
著　　者	三月棠墨
出版发行	青岛出版社
社　　址	青岛市海尔路182号（266061）
本社网址	http://www.qdpub.com
邮购电话	18613853563　　　0532-68068091
责任编辑	李文峰
特约编辑	郭红霞
校　　对	胡　方
装帧设计	李红艳
照　　排	梁　霞
印　　刷	三河市科茂嘉荣印务有限公司
出版日期	2020年8月第1版　　2021年3月第2次印刷
开　　本	32开（880mm×1230mm）
印　　张	17
字　　数	400千
书　　号	ISBN 978-7-5552-8839-8
定　　价	65.00元（全二册）

编校印装质量、盗版监督服务电话　4006532017　　0532-68068638

建议陈列类别:畅销·青春文学

[上册] **目 录**

目录 [下册]

第一章　相亲认错人

粉色的被子隆起一团，喻橙缩在被子里睡得正香，她的唇角挂着浅浅的笑，梦中她与男神在约会。

床边的飘窗挂着浅米色的窗帘，冬日的阳光从缝隙中射进来。少女风格的卧室里，最醒目的要属那一整面墙的海报，墙上贴的全是娱乐圈里的当红男星，个个儿清隽俊朗、帅气逼人。

一阵敲门声打断了喻橙的美梦。

两条细细的弯眉皱成毛毛虫，她不满地咕哝："干吗呀，还让不让人睡觉了？"她在梦里与男神刚牵上手啊！

外面的人听到房间里传出动静，推门进来。

"小鱼，快起来！"

喻橙听到爸爸的声音，一把扯高被子蒙住脑袋，闷闷的声音从被子里传出来："爸爸，你最好有要紧的事。"

她昨天刚考完期末考试，之前忙着复习，挑灯夜战了一个星期，考完试一刻也不停歇地从上海飞到北京，脑袋昏昏沉沉的，她恨不得睡二十几个小时。这个时候爸爸来打扰她，她没有砸过去一个枕头，都是看在亲爸爸的分儿上。

喻宗文笑眯眯地说："相亲的事儿，你没忘吧？"

"什……什么？"喻橙眯成一条缝的惺忪睡眼瞬间瞪大，睡意消散了大半。

爸爸一脸"你果然忘了"的表情，抬高手里的乳白色纸袋："里面是蒋女士给你准备的'战袍'，好好打扮，听说那个男孩子很不错。"

喻橙从被子里扑腾出来，摸了摸额头："等一会儿，你先等一会儿，等我脑子重启一下。"

喻宗文："……"

半晌，喻橙终于想起了这件事儿。一个星期以前，某个万籁俱寂的晚上，她正在学校的图书馆复习功课，手机忽然振动起来，她慌忙捂着去了走廊。

爸爸在电话里说姑妈给她介绍了一个相亲对象，对方与他们家门当户对，那个男生长相帅气、性格温和、工作稳定……总之，他罗列了一大堆好处，让她答应去相亲。她当时被复习弄得精神恍惚，随口就答应了。

喻橙猛地拍一下额头，这叫什么事啊！

"你想起来了？那个男孩子今天有空，你姑妈已经把你的微信给他了，他稍后会加你为好友，约你出去见一面。"喻宗文说。

喻橙的头皮发麻，她的身子往后一倒，四仰八叉地躺在床上："我能不去吗？"

"不能。你已经答应了你姑妈，怎么能出尔反尔？"

"我就是想不明白。"喻橙翻身坐起，盘着腿，眉心蹙成难看的"川"字，"姑妈为什么热衷于给我介绍相亲对象？表姐也没男朋友啊，既然那个男孩子那么优秀，她怎么不留给表姐？"

她狠心地拉出表姐挡枪。

喻橙的表姐比她大五岁，今年二十七岁了，是长辈口中的"大龄剩女"，逢年过节，表姐都要被自己的妈妈催着去相亲，害得表姐过年都不敢回家。

喻宗文站起身走到窗边拉开了窗帘，金灿灿的阳光从窗户照进来，照亮了昏暗的房间，窗台上的几盆多肉植物胖嘟嘟的，生机勃勃。

喻橙眯了眯眼睛，抬手遮挡在额前，望着窗台上的多肉撇了一下嘴角，心想自己还不如一盆多肉，至少多肉不用去相亲。

喻宗文："那个男孩子比你姐姐小三岁，年龄跟你姐姐不搭。"

"怎么不搭了？"喻橙大声反驳，"现在就流行姐弟恋！有句话怎么说来着，女大三抱金砖。"

她说的都是什么呀，喻宗文没好气地在她的脑袋上敲了一下："别忘了是你先答应你姑妈的。"

爸爸的态度这么强硬，看来事情是没有办法转圜了。

喻橙仗着他老人家的疼爱，垂死挣扎，一把抱住爸爸的大腿："爸爸，我亲爱的老爸，我是你上辈子的小情人啊，你就这么对待你的小情人？"

"这话让你母亲大人听到了，她要削我。"

喻橙的母亲大人去三亚参加老同学女儿的婚礼，顺便在那边多待一段时间，就当旅游。

喻橙的妈妈看见好友的女儿结婚，就想到自己的女儿二十多岁了，连个男朋友也没有，于是她打定主意让喻橙去相亲。姑妈那边刚好有合适人选，两人一拍即合。

到底是掌上明珠，喻宗文心里也舍不得。他思考片刻，给喻橙出主意："要不你就去见一面，看不上对方就直接回绝你姑妈。相亲是你情我愿的事，你要真不喜欢，爸爸坚决站在你这边。"

"好吧。"喻橙只好妥协。

相亲一旦被提上日程，这次不成，后续的替补人员肯定还会有。喻宗文想到自己公司里还有几个相貌出挑、品行端正的男孩子，问道："小鱼啊，你喜欢什么类型的男人？爸爸帮你留意。"

他虽然舍不得女儿，但女儿迟早要出嫁，还不如他提前帮她把好关。

喻橙正沉浸在自己的悲伤世界里，不料爸爸转了话题。

喜欢什么类型的男人？她站在床上，指着整面墙壁的男星海报，颇有指点江山的气势："这些类型我都喜欢。"

爸爸看了一眼那些当红小生的白净面庞，脸色渐渐地沉了下去。这丫头的梦还没醒呢。

他的目光一转，看到墙上的钟表，脸色大变："爸爸上班要迟到了！你乖乖地去相亲，爸爸晚上再回来安慰你！"

"拜拜。"喻橙抬起手臂，像一只招财猫，了无生机地摆了摆手。

喻橙送走了爸爸，颓废地缩进被子里，闭上眼睛继续补觉。睡着之前，她还在祈祷，希望那个相亲对象跟她一样不愿意加入相亲联盟。自由恋爱、美丽邂逅多愉快，为什么要相亲？

时间一分一秒地过去，喻橙一觉醒来，揉了揉越发昏沉的脑袋，拿起手机看了一眼时间：十点零三分。

微信里空空如也，对方还没联系她，非常好，继续保持！

喻橙下了床，把装衣服的纸袋随意地丢在一边，趿拉着拖鞋慢吞吞地去卫生间洗漱。她不想做早餐，从冰箱里拿出水果，削皮切块，拎出一罐酸奶，随便拌了个沙拉，坐在桌边一边吃一边玩手机。

蓦然响起叮咚一声，是微信提示音。

她拿起来一看，有陌生人请求添加她为好友，标签备注：我是秦之恒。

秦之恒？如果她没有记错的话，她的相亲对象就叫秦之恒。

喻橙闭了闭眼，心想该来的躲不掉，便视死如归一般地点了"同意"。对方立刻发来消息："你好。"

本着礼貌做人的原则，喻橙回复了一模一样的两个字——你好。

她发完信息就抱住脑袋，把脸埋在臂弯下，要命啊！两个陌生人以相亲男女的身份交流，太尴尬了，尴尬得浑身的鸡皮疙瘩都起来了。

因为彼此还不熟悉，对方没有再聊别的，而是直接发给她一个地址，是他们中午约见的餐厅。

喻橙趴在桌上轻舒一口气。看来对方也不热衷于相亲这个活动，说不定他们见面后看对方不顺眼，友好地握手，然后各走各的路。

喻橙在心里畅想着，嘴角扬起一抹微笑。

他们约定的时间是十一点，她回房拿出母亲大人准备的"战袍"——一条脏橘色格子布长袖裙，搭配白色呢子大衣。

喻橙换好衣服站在镜子前照了照，里面的女孩长发披肩，脸蛋姣好，身材纤瘦苗条。橘色的荷叶边裙摆从大衣下摆探出来，平添了几分俏皮。

她收拾好自己，出门拦了一辆出租车，将餐厅的地址报给司机。

喻橙闲着无聊，点开微信，向室友微信群里的一帮好姐妹汇报情况。

喻橙："你们知道吗？我今天要去相亲了！"

齐小果："大鱼，你背叛了我们！"

吕嘉昕："就是就是，说好了三十岁之前不结婚呢，叛徒！"

邢露："女人啊，你的名字叫善变。大鱼啊，你的名字叫变态。"

喻橙："……"

不知不觉，车子行驶到目的地，喻橙扫码付完车费，站在路边，目光瞥向那家餐厅。

透过剔透的落地玻璃窗，她可以清楚地看到餐厅里的水晶吊灯光华璀璨，白色的餐桌上用白瓷瓶供养着一束玫瑰花。餐厅中央还摆着一架三角钢琴，气氛浪漫、梦幻，确实是一个适合约会的地方。

手机忽然响了一声，是秦之恒发来的消息："我穿白衬衫、深蓝色条纹西装。"

喻橙懂了，他们没有在微信上交换照片，见面全凭暗号认人。

她一抬眸，便看见餐厅里刚进去一个男人，男人穿着白衬衫、深蓝色条纹西装。

喻橙对上了暗号，应该就是他了！

恰在这时，那个男人转过身来，喻橙看清了他的脸。男人的皮肤白皙干净，眉目如画，暖色调的灯光给他镀上了一层朦胧的滤镜，让人觉得有些不真实。

一时间，喻橙以为海报上的大明星出现在眼前。现在的相亲对象颜值、气质这么高吗？早说啊，早说，她就不抗拒相亲了。

喻橙跟着餐厅门口的旋转玻璃门转了小半圈，走到男人的面前，小声地自我介绍："你好，我是喻橙，比喻的喻，橙子的橙。"

男人微微一愣，眉梢染上了一丝意外。

这是一家新开张的西餐厅，口碑颇好，每天都是座无虚席。刚好有一桌顾客结账离开，喻橙怕等不到位置，一把攥住男人的衣袖，袖扣冰凉，透过指尖直击心底。她的脸颊泛红，她慌乱地松开手："我们过去坐吧。"

有顾客入座，服务员立刻收拾桌子，并为他们奉上两本菜单。

男人云里雾里一般，用漆黑的眼眸凝视着对面的女孩。

喻橙被盯得不好意思，心想幸亏出门前画了个全妆，不然回后悔死了。

她将面前的菜单立起来，装模作样地看着，像被食物引诱出洞的仓鼠，脑袋一点点上移，露出漂亮的眼睛，她近距离地打量这个男人，只见他的睫毛浓密卷翘，左边的下眼睑竟然有一颗浅浅的泪痣，点缀了那双眼。

喻橙不敢再偷窥对面的男人，怕被发现了徒增尴尬，于是低下头，悄悄拿出手机，给智囊团的姐妹们分享。

"相亲时发现对方是个不折不扣的大帅哥，请问我该怎么做？在线等！挺急的！"

邢露："少说废话，睡了他！"

齐小果："大鱼，扒掉你的羊皮，露出你的本来面目！"

吕嘉昕："还用说？拿出你在网上花痴男神的本领啊，不要尿！"

喻橙看着这些让人羞耻的字眼，脸更红了，她给姐妹们甩出一个"我常

5

因为不够变态，而感到和你们格格不入"的表情包。

喻橙刚准备退出微信，手机紧接着又响了一声，她以为是室友群里发来的消息，却在瞥见秦之恒三个字时顿住了。

嗯？他不就坐在自己的对面吗？喻橙迫不及待地点开聊天对话框。

秦之恒："抱歉，我这边突然有点急事，中午可能没办法赴约，你……出发了吗？"

喻橙愕然地睁大眼睛，目瞪口呆地望着对面的男人，结结巴巴地道："你，你，你，你不是秦之恒？"

她认错人了？

男人勾起唇角淡然一笑，伸出手自我介绍："你好，我叫周暮昀，周末的周，暮色的暮，日匀昀。"

拂过耳畔的声音，浸着一股特别的清冽温润，极具辨识度，如一片羽毛，撩过耳郭，痒痒的，又如穿过山林的清风，徐徐缓缓。

喻橙呆住了，手机啪地掉在地上。

男人的手还保持着悬在半空的姿势，她垂眉敛目，注视着面前的这只手，指节修长骨感、白皙如玉，连骨节微微凸起的地方都那样好看，像雕刻师用刀具一点一点精心削刻而成。

手悬在半空的时间久了，男人的手臂微微发酸，女孩却并没有与它相握的打算。周暮昀收回了手，轻咳一声，借此掩饰尴尬。

喻橙如梦初醒。

等等，她刚才做了什么？帅气小哥哥的手一直摆在那里，她失去了跟他握手的机会。不仅如此，她还显得很没礼貌。

喻橙，你出门没带脑子吗？

喻橙正在懊恼之中，对方垂下头，瞥了一眼地上的手机，他提醒她道："你的手机掉了。"

她恍然惊醒，弯腰钻到桌子底下，她的手指刚够到手机，准备把它捡起来时，谁知男人比她更快一步将手机捡了起来。

喻橙设置的息屏时间略长，手机屏幕至现在还亮着，停留在微信的界面。周暮昀拿起来时拇指触碰到手机屏幕，点开了微信里"我"那一栏。他随意地瞄了一眼，视线并未停留太久，然后将手机放在桌上，推到喻橙那边。

喻橙端正地坐好，说话的声音比平日里温柔了几个度："谢谢。"

6

"不客气。"

他的声音里带了明显的笑意,耳朵能轻易捕捉到。

喻橙的脸顿时涨得通红。他在笑什么?笑她的笨拙,还是笑她的窘迫,或者,在笑她刚刚的行为。

她终于想起自己做了什么糊涂事。因为对面这位周先生跟她素未谋面的相亲对象描述的穿着一致,导致她认错人,莽撞地拉他到这里坐下。

她恨不得敲敲自己的脑袋,为什么不事先问清楚他到底是不是秦之恒。然而,世上没有后悔药,事情已然到这一步,接下来的问题是她该怎么挽救。喻橙在拿起手机潇洒走人和主动诚恳地跟人道歉之间纠结了数秒,最终选择了后者。

"实在不好意思,我认错人了。"

她耷拉着脑袋,不敢再多看对面的男人一眼,摆出了虚心认错、接受对方一切责怪的姿态。

良久,对方沉默不语,一句责怪的话都没说,她的心里渐渐没底了。

喻橙抬起头,对上周暮昀看过来的视线,像是偷看被抓包了,她慌忙地别开眼,装作看向窗外。

"没事。"周暮昀轻飘飘地说了两个字,语气淡然随意,好似真的不是什么大不了的事。

窗外车水马龙,不时地响起汽车鸣笛声,将这座城市装点得繁华热闹。

喻橙仍然忐忑不安,用余光扫了一眼这位周先生,这类社会精英打扮的男人,在上班时间到餐厅来,应该不单单吃饭吧,她会不会打扰他办正事了?

相比她的局促,周暮昀从始至终都淡定从容,甚至对这种奇妙的邂逅有一种新奇感。

喻橙咬了咬下唇,说:"再次跟你说一声对不起,如果没什么事的话,我就先……"

"走"字还未说出口,等候多时的服务员便过来了,微微弯腰问:"打扰一下,请问两位现在需要点餐吗?"

"喻小姐有要紧的事吗?"周暮昀抬眼看着她,似乎已经忘了她刚才的话,他笑着说,"没有的话,不介意一起吃个午餐吧?我被人放鸽子了。"

喻橙莞尔一笑,好巧,她也被人放鸽子了。

她平时在朋友面前很活泼，一旦有不熟悉的异性在场，她就一秒变怂。所以朋友时常感叹：喻同学单身至今不是没道理的。

但是喻同学今天不怂了，她答应了跟认识不到十分钟、交流不超过十句话的男人共进午餐。她想，自己大概是为色所迷。

对面的女孩在发呆，周暮昀已经点好了餐，轻轻一笑："喻小姐，该你点餐了。想吃什么随便点，不用客气，我请客，就当是答谢你留下陪我吃午餐。"

他实在是太客气了。明明是她占便宜，不仅有免费的午餐可以享用，还能看帅哥。可他的话愣是将两人的位置对调了，好像她留下来吃饭，于他而言是一件非常荣幸的事。

喻橙不好意思仔细看菜单："跟你的一样就好。"

周暮昀点头，将菜单递给在一旁等待的服务员。

"喻橙。"他唤她的名字，眼眸直视着她，嘴角溢出一抹意味深长的笑，"忘了问你，你跟人有约吗？"

他才想起来，刚才她将他错认成他人，显然她是前来赴约。那么，他邀请吃饭的话是不是有点唐突。

喻橙说："我是跟人有约，不过他不来了。"

周暮昀扬眉："真巧。"

凝滞的气氛撕开一道裂缝，仿佛有暖暖的风拂过，喻橙终于不像之前那么拘谨，沉默片刻，从容地问："放你鸽子的是女生？"

话一出口她就后悔了：喻橙，你有毛病吧，人家约的是男生还是女生跟你有什么关系？不会说话还不如不说！她在心里把自己狠狠地吐槽了一番。

周暮昀："不是女人，是一位客户，约好了时间，对方临时有事不能前来。"

他呷了一口水，十指交叉搭在桌边，姿态慵懒随意，卸去了几分凌厉感。他的目光始终不离对面的女孩，似乎有那么一点引诱对方主动挑起话题的意味。

成熟的男人与人交流自然是游刃有余，节奏牢牢地掌控在他的手里。

目的确实达到了，不一会儿，喻橙又问："你是做什么的呀？"话音落地，她又后悔了。问东问西，她跟调查户口似的，对方会不会以为她是故意的，想要借此引起他的注意？对方会不会以为她想更进一步地了解他，对他图谋不轨？

苍天哪，她真没别的意思，就是想找话题暖场，谁知弄成了这样……

餐厅里灯光明亮，壁纸繁复古朴，处处透着优雅与奢华。不知何时响起了轻音乐，顾客的交流如呢喃吆语，即使离得很近，传出的声音也不甚清晰。

好安静，安静得有点尴尬。

"我吗？"周暮昀欣赏完女孩子的赧颜，正色道，"我是从事房地产方面的工作。"可以这么说。

喻橙的脑海里顿时浮现出电视剧里的场景：西装革履的男人站在楼盘模型前，向前来看房的客户介绍房子的各种优点，力求将房子卖出去。

类似于房产中介？喻橙不禁猜想，长成周先生这样的，估计一天能卖好几套房子吧。

"餐点来了。"周暮昀突然出声，打断了喻橙的思绪。

身穿西装马甲的服务员将一份色泽诱人的意大利面，轻轻地放在餐桌上。

一小团意大利面被团成玫瑰花形，置于圆形白瓷盘中央，上面淋了一层深褐色的肉酱，撒有迷迭香碎屑，香味四溢。

周暮昀把它推向喻橙，做了个请的手势。

"那我就不客气了。"喻橙面对美味，心情也会随之愉悦。

周暮昀淡笑道："请随意。"

他的目光虽停留在对面的女孩身上，但出于尊重，他始终不曾仔细打量她。此刻她垂着头专心享用食物，他便无所顾忌地注视着她。

二十出头的女孩子，脸蛋莹白似雪，两人的位置靠窗，她的脸一半笼着金色的阳光，一半笼着柔和的灯光，一冷一暖，两种色调恰好中和。女孩偶尔抬眸，杏眼乌黑明亮，像森林里迷路的小鹿，浮出一丝羞怯。她跟他记忆中的女孩一模一样。

余下的餐点端了上来，牛排、三文鱼、蔬菜沙拉、奶油蘑菇浓汤……喻橙一一尝过之后，就知道这家开张不久的西餐厅为何每天座无虚席了。食物的味道太棒了，让她这种对食物过分挑剔的人都没有一丝不满。

仅仅那份看似简单的意大利面酱汁，她就吃出了其中别出心裁的食材：洋葱汁、香菇碎、核桃碎、杏仁碎，还有她吃不出来的配料。

周暮昀敏锐地发现她的心情有了变化："好吃吗？"

"唔，好吃。"喻橙正在解决那份三文鱼，她的嘴里塞了东西，她朝他露出一个不好意思的微笑。

周暮昀："再点一份甜点？"

喻橙刚要摇头，他就招手叫来服务员。

菜单再次被递过来，周暮昀看了一眼，没有询问她的意见，他自作主张地点了一份黑森林蛋糕，还点了一杯饮品。

喻橙一愣，他怎么知道她喜欢吃巧克力味的东西？

服务员离开后，周暮昀看着她："如果没有认错的话，你包包上的挂件是黑森林吧？"

喻橙垂下眼帘看着挎包上的挂件，那是一块缩小版的巧克力小蛋糕，棕色的，毛茸茸的，很可爱。

他观察得好仔细，居然连一个小饰品都注意到了。

"是黑森林。"喻橙说。

甜点和饮品很快就送过来了，她捏着小勺子，掘起蛋糕送进嘴里。香浓的巧克力味，掺杂着一丝丝苦味，完美融合了樱桃酒和鲜奶油的味道，口感如丝绒一般润滑。

喻橙吃得正欢快，袖子上系的蝴蝶结忽然散开了，细长的带子差点垂到蛋糕上，她连忙抬高手，放下小勺子，另一只手伸过去想要将带子重新系上。单手系蝴蝶结有点困难，她折腾了好久都没系牢。

周暮昀见状，伸手捏住她袖子上垂下来的两条橘红色带子，在她震惊的目光下，他笨拙地系了一个蝴蝶结。

喻橙全身的血液直往大脑涌，好不容易恢复正常的脸色登时爆红，像被扔进油锅里的小龙虾，心脏也怦怦怦跳得极快。

男人系好了蝴蝶结，端详片刻，似乎不太满意，扯掉重新系。

不、不用了，我自己来。

喻橙张了张嘴，没能把这句话说出口。

周暮昀没有注意到她的神色变化，自顾自地跟两根细长的带子做斗争，神情专注得仿佛在认真思考怎么样才能把蝴蝶结系得漂亮一点。

他的身体略微前倾，喻橙能清楚地看到他根根分明的睫毛在脸上投下淡淡的剪影。

"好了。"周暮昀终于系了一个令自己满意的蝴蝶结，轻舒一口气。

喻橙低下头，嘴角却控制不住地上扬，弧度越来越大，唯恐对面的人看见，她拼命地抿唇，让那抹翘起的弧度彻底变成直线。

她哪里知道，从周暮昀的角度，刚好能看见她表现在脸上的心理活动。

年龄小的姑娘，果然藏不住心事。此时此刻，她的脸上就写着：他帮我系蝴蝶结了，怎么办？有点开心，可是表现在脸上会不会显得太不矜持了？我要忍住。

周暮昀不禁莞尔："你多大了？"

嗯？他在问她年龄？

喻橙两只手分别比了个"V"。

"四岁？"二加二，合起来等于四。

他在开什么玩笑，喻橙小声说："二十二岁。"

"哦。"他的声音轻不可闻，"我以为你未成年。"

从她的穿衣打扮，他猜出她约莫二十岁，可她像小蘑菇一样偏喜欢躲避人视线的性格，让他不得不怀疑她的真实年龄。

桌上的手机忽然响起，喻橙拿起来看了一眼，是那个放了她鸽子的相亲对象秦之恒发来的消息。大概意思是她没有回复他之前的消息，他以为她生气了，再次发来颇长一段解释的话。内容大致为：他本来在赴约的路上，因为上司临时让他处理一件紧急事务，无奈之下他只好返回，对于未能如约而至，表示十分抱歉。

喻橙本来就不想相亲，对方不来，正合她意，她不仅不生气，反而感谢他临时有事不能前来。

她低着头打字回复他："没关系。"

"男朋友吗？"周暮昀挑了挑眉。

"男朋友？"喻橙惊讶地重复一遍他的话，疯狂地摇头，"不，不是啊，不是男朋友，是……"相亲对象这几个字没有说出口。

不知为何，她突然说不下去了，不想让对方知道她是来相亲的。

女孩的心虚以及不自在都被他看在眼里："我就是随口一说。"他扫了一眼腕表，"我们认识了三十五分钟，算朋友吧？"

"嗯？"

"不算？"

"算！"

喻橙连忙改口，一秒钟都没有迟疑。

女孩利落干脆的样子把周暮昀逗笑了："那么，跟朋友说话是不是要大胆一点？你别紧张。"她太紧张了，搞得好像他很凶，要吃人一样。

喻橙飞快地抬眼瞥他，他看出她的不自在了？

"喻橙。"他唤她的名字，出奇地好听。

"怎么了？"喻橙茫然地看着他。

"你的记性好吗？"周暮昀问。

啊？他为什么要问这个问题，她忘记了什么事吗？喻橙的视线左右瞄了一眼，她好像在找找看，自己到底又干了什么蠢事。

她找寻无果，抬手揉了揉额角，迟疑道："我的记性……还好吧。"

"是吗？"周暮昀若有所思地垂眼，纤长睫毛覆盖了眼底的神色。他怎么觉得，这姑娘的记性不好。

有了朋友的标签，他们接下来的谈话氛围就没有那么尴尬了。

交谈中，周暮昀得知她是S大的学生，还有一个学期就毕业了。因为她的父母在北京工作，她每年寒、暑假都会回来。

喻橙却对周暮昀一无所知，主要是他一直在问，她一直在答，她不好意思主动问及关于他的话题。

一顿饭在愉快的气氛中结束。

买单时喻橙抢着要付周暮昀一半的饭钱，第一次见面她怎么好意思让别人请客，"AA制"最合理了，却被他阻止："在你眼里，我这么不绅士？"

喻橙触电一般缩回手，不跟他抢了。

周暮昀这才满意，朝她笑了一下，他的笑容温暖如窗外的阳光，晃了她的眼。

"走吧。"他拎起椅背上的大衣挂在臂弯上。

喻橙像一条小尾巴，亦步亦趋地跟在他的身后。不与他的目光对视，她的胆子就大了许多，她光明正大地欣赏他的背影。男人的身材挺拔颀长，宽肩窄腰大长腿，比杂志封面上男模的身材比例还要好。

她胡思乱想着，心里渐渐生出一点微妙的情绪，走出这扇门，他们大概就不会再有交集了吧。

喻橙的脑子晕乎乎的，整个人随着旋转玻璃门转动着。周暮昀走出几步，发觉身后没人跟上来，回头一看，只见她跟着旋转门转了大半圈，又转回了室内。

他驻足，笑了笑："你在玩捉迷藏？"

喻橙脚步一顿，这才发现自己愚蠢的行为。

啊！窘死了！刚刚她的脑子里到底在想些什么啊？自己为什么会像陀螺一样，跟着门转啊转？对方大概会以为她是个智力障碍者。

男人折回去，一只手搭在喻橙的肩膀上，一股小小的力道推着她转了小半圈，他们到了室外。

片刻后，搭在她肩上的那只手离开了，喻橙的心却狂跳不止。分明隔着厚厚的衣服，被男人的手触摸过的那一处，却如同烧红的烙铁，滚烫滚烫。

北方的冬天又干又冷，起风了，更是刺骨地寒冷，就像锋利的刀子割在人的脸上，哪怕太阳出来了也不暖和。

喻橙垂着脑袋，乌黑的长发披肩，发梢微卷。阳光洒下来，让她看起来柔软得如某种毛茸茸的小动物。露出来的耳朵红红的，睫毛一颤一颤，嘴巴张开又合上，她似乎想解释，但又找不出合适的理由。

周暮昀特别想笑，又怕她不好意思，忍了忍，但到底没忍住，笑出声来。

喻橙瞪他一眼，眼里透出小小的愠怒。说好的绅士风度呢？

她抬手用围巾蒙住下巴和鼻子，只露出一双眼睛，一眨不眨地注视着他。

"你别笑。"她鼓了鼓脸颊，声音听起来闷闷的，如隔了一层水雾，"我刚刚在想事情跑神了。"她绝不承认是看他看得太投入。

周暮昀追问："你想什么事走神了？"

"没想什么啊。"喻橙选择跳过这个话题。

两人站在餐厅门口说了一会儿话，周暮昀还有事要处理，询问过她的去向后，非常绅士地要求送她，但是被她拒绝了。

于是，他没再坚持，帮她拦了一辆出租车。

周暮昀站在车门边，看着已经坐在里面的喻橙，他眼中的神色晦暗不明，他想要说什么，却纠结如何开口，一副欲言又止的样子。

还是喻橙先开了口："谢谢周先生的款待。"她摆摆手，"再见。"

女孩的刘海儿被吹到两边，打着卷儿垂在脸侧，脸蛋红彤彤的，笑起来眼睛弯得像月牙儿，看着你的时候，让你只觉得春光明媚。

周暮昀定了定神，确定她是真的忘记了，他的唇角勾起意味不明的笑，

13

他说了一句喻橙没听懂的话："我现在确定了，你的记性不太好。"

喻橙眨眨眼，怔了好一会儿，最后也不知道自己到底忘记了什么。不等她问出口，周暮昀已经替她关了车门。

伴随着砰的一声，两人之间隔了一道门。

喻橙侧头看向窗外，只见男人长身玉立在路边，黑色的长大衣挂在臂弯上，另一只手插进裤兜里，英俊的面容透出一股不真实。

出租车向前行驶，路边的景物一点点倒退、远去、模糊，路边站立的男人也逐渐消失在视线里，变成一团朦胧的黑影。

喻橙想了又想，还是没明白他话里的意思。

周暮昀望着绝尘而去的出租车，摇了摇头，心里道：喻橙，承认吧，你就是记性不好，居然忘了我。

口袋里的手机忽然振动，周暮昀换了一只手拎大衣，从裤兜里掏出手机，接通了电话："有事就说。"

电话那边的男人嘶了一声，不满意周暮昀的态度："老五说你今儿得闲，怎么着，赛车来不来？兄弟们都等着你呢。"

"不去。"周暮昀不耐烦地说道。

男人哼笑一声，匪夷所思道："你很奇怪啊，周老三，以前都是你组局，怎么今天又不来了，该不会躲在哪儿追女孩，忘了兄弟吧？"

周暮昀的脑海中浮现出女孩的笑容，嘴角勾起，他一边往停车场走，一边淡淡地说："你说对了。"

他的声线低沉，混杂着风声，莫名有股子温柔缱绻的味道。

"不是吧？"男人难以置信的声音顺着电流传过来，"真的假的？你信口胡诌的吧！"

"信不信随你。"

"我要发一条朋友圈，广发英雄帖，打听一下有没有兄弟知道你追的妹子是谁。"男人显然对周暮昀的话表示怀疑，"我就不信会有妹子能打动我们周公子这朵高岭之花！"

"高岭之花"将黑大衣披在身上，手臂伸进袖管里，换了一只手拿手机，另一只手也伸进去，拽了拽衣襟，将上面的折痕抚平整："滚！"

喻橙沿路看见一家大型超市，想到冰箱里除了水果、蔬菜，一袋零食都

14

没有，有必要囤一点儿零食，便让司机靠边停车。

今天是工作日，这个时间超市里人不算多，喻橙在入口处推了一辆购物车，直奔零食区。

包里的手机突然响了，她单手扶着购物车，侧过身从包里翻出手机，微信消息如潮水般涌进来。

"一夜暴富"的群里，邢露询问相亲结果："怎么样怎么样？大帅哥钓到手了吗？@喻橙。"

齐小果的消息紧跟其后，她先发了一串"哈哈哈"，喻橙隔着屏幕，仿佛都能听到她的嘲笑声："你觉得大鱼见到异性就一秒变尿的性子能拿下男人？露露，你青光眼还是白内障哦？"

吕嘉昕："大鱼，我知道你在窥屏，别躲着不出声。"

这仿佛雪姨叫门一般的召唤，让喻橙嘴角抽了抽。她的手肘抵着购物车的扶手，转头在货架上扫了一眼，挑出几包薯片放进购物车里，腾出手打字："我是在窥屏。"

吕嘉昕就知道这位网瘾少女时时刻刻抱着手机，不会错过任何消息。

"说吧。"

喻橙继续疯狂地扫货，地瓜干、坚果、鱿鱼丝、牛肉粒、酸奶……购物车里很快堆了一座小山："说什么？"

齐小果："你说呢？给我们讲述你相亲的全过程啊！"

邢露："真的很好奇啊！我们几个人中，只有你相过亲！只有你！"

喻橙看见她俩发来的消息，翻了一个白眼。这么好奇，你们怎么不亲自尝试哦！

吕嘉昕："有照片吗？比起过程，我比较好奇相亲对象到底有多帅，能让我们阅男神无数的大鱼都称赞不已，那得是帅裂苍穹吧？"

喻橙顿住，脑中浮现出周暮昀那张俊朗的面庞。男人的脸部轮廓分明，笑起来时嘴角翘起的弧度那样好看。尤其是他的那双眼，格外漆黑深邃，左下眼睑处有一颗泪痣。

他穿着深蓝西服，白衬衫的扣子一丝不苟地系到喉结，一副社会精英的打扮。可他的谈吐、举止不会让你觉得有一丝一毫的距离感，每个话题他都挑得恰好到处，懂得分寸进退，时不时透出一点小幽默。

群里还在讨论相亲的过程，喻橙推着购物车到冷柜前，拿了几盒牛肉放

15

进去，顺便告诉她们残酷的真相："我忘了跟你们说，那个大帅哥其实不是我的相亲对象，我认错人了。"

全体成员："……"

喻橙懒得打字，干脆直接发语音，先是叹了一口气，无限怅惘的声音掺杂着超市里的促销广播以及人群的杂音："这件事说来话长。我到餐厅的时候，刚好看见一个男人跟相亲对象描述的穿着打扮一模一样，我就错把他当成相亲对象……"

喻橙跟室友分享了自己相亲的全过程，她的心往下坠了坠，心里想他要真是相亲对象就好了。

群里安静了一会儿，而后炸开锅了。

"大鱼！这简直是偶像剧的发展方式啊！"

"大鱼，你好好把握！我看好你！"

"对了，大鱼，你加帅哥的微信了吗？"

吕嘉昕的一句话，让喻橙如梦初醒，喻橙盯着手机屏幕怔了许久，终于反应过来，自己没有要周暮昀的联系方式。

喻橙懊恼地扶住额头："我给忘了。"

他们以后大概不会再遇见了吧。世界这么大，人就像沙砾一般渺小，他们怎么还会再见。

事情发展到这里，就不属于偶像剧里的模式了。

喻橙拎着两大袋东西回到家的时候，已经是下午三点。

她把其中一个塑料袋放在厨房的流理台上，拎着另一袋零食回到房间。

喻宗文还没有下班，房子里空荡荡的，喻橙把屋子里里外外收拾干净，累得瘫倒在沙发上。

手机微信的提示音不停地响，也不知道她们在群里聊什么，喻橙喝了一杯水，起身去厨房处理鱼。她刚在超市里买了一条鲜活的鲢鱼，一路回来，它可能冻晕了，一点动静都没有。

直到她戴上塑胶手套把鱼从袋子里拎出来，它才剧烈地甩尾挣扎。鱼太滑了，喻橙一下子没抓牢，鱼掉在地上，不停地摆尾。

她垂眸看着这条求生欲望强烈的鱼，又好气又好笑："别挣扎了，顶多我答应你晚上清蒸，留个全尸。"原本她打算做水煮鱼片来着。

16

喻橙干脆利落地处理完鱼，把它装进盘子里放进冰箱里冷藏。

她看了一眼时间，距离晚饭还有一个多小时，闲着也是闲着，是时候"投喂"她的粉丝了。前段时间她忙着期末考试，微博一直没有更新，再这样下去，是要掉粉的。

喻橙回到房间，从昨晚没来得及整理的行李箱里找出单反相机，一边低头调试，一边往厨房走去。

她从冰箱里依次拿出需要的食材，面粉、鸡蛋、白砂糖、奶粉，等等，一点一点地往流理台上搬运。

她脱掉了碍事的大衣，单穿着一条棉布裙，荷叶边袖子上的系带随着她的动作晃来晃去。

喻橙忽然一顿，定定地看着袖子上的蝴蝶结，脑中闪过周暮昀帮她系蝴蝶结时认真专注的神情。

她撇了一下嘴角，决定不想了，帅哥一般都是可遇不可求的。

她撸起袖子，抬手将垂至肩头的发丝拢到脑后，咬下手腕上的皮筋，随手扎了个松松垮垮的丸子头。

她要做的是最近风靡网络的珍珠爆浆蛋糕。香甜绵软的蛋糕，让人尝一口就觉得幸福，与寒冷的冬日很搭。

喻橙是一名美食博主，名副其实的百万粉丝大V（微博平台上获得个人认证，拥有众多粉丝的用户）。

她喜欢拍照片，小的时候跟着舅舅学了专业的摄影技巧。高中时期，她就经常在微博上分享自己拍的风景图和美食图，那个时候她的微博粉丝数量就积累了六十多万。

上大学后，为了改善伙食，她就买了食材回宿舍做简单的家常菜，顺手拍出做菜的流程图，再配上菜谱，分享到微博。

一般的美食博主录制做菜视频，都是一边录一边讲解。喻橙不一样，她只拍做菜的图片，每张图片下面附上文字。

因为拍的照片精美，配的文字生动有趣，极具个人特色，她吸引了许多喜欢这种风格的粉丝。

她的运气好，好几个改良过的古早菜谱被一些有影响力的营销号转发，让她名声大噪，吸引了更多人的关注。

几年下来，她的微博粉丝即将突破三百万人大关。

之前有一些自媒体工作室和传媒公司通过微博联系到她本人，想要跟她签约，帮她做推广营销，打响名气，让她成为一名真正的"网红"，不过都被喻橙拒绝了。

虽然她的微博粉丝多，但她一直把微博平台当作一个私人分享的空间，除了分享菜谱，还分享一些个人的爱用物品、旅游攻略、美食攻略，等等。

当然，因为她的微博具有一定的号召力，偶尔会有商家找她打广告，只有她认为产品确实好用才会接下广告。

喻橙做好了准备工作，举起单反相机对着流理台上的食材拍了一张照片。

她往玻璃碗里倒了一点玉米油，低筋面粉过筛后撒在里面，搅拌成面糊。她打了三个鸡蛋，将蛋清和蛋黄分离，往蛋黄里加进红茶液、白砂糖、奶粉，搅拌成蛋黄糊。

旁边的手机忽然响了。

喻橙擦干净手接通了电话，点开免提："母亲大人，您在三亚玩得愉快吗？"

说话间她手上的动作没停，她在蛋清里加入柠檬汁，用电动搅拌器打发，然后加入白砂糖，打成雪白的奶油。

空气中弥漫着甜甜的奶香。

"你在做什么？"搅拌器嗡嗡作响，蒋女士不解地问。

喻橙制作好了奶油，暂时停下手头的工作，专心应对母亲大人的审问："闲着没事，我在家里做蛋糕，可惜你不在家，尝不到美味的蛋糕了。"

喻橙转个身背靠在小吧台上，两条腿交叠在一起，唇边挂着笑。

蒋女士知道女儿是美食博主，没问这方面的问题，她比较关心的是另一件大事——女儿的终身大事。

"你中午和那个男孩子见面了吧？"蒋女士的声音听起来非常期待，"你觉得他人怎么样？"

蒋女士此刻在海边散步，电话里传来呼呼的风声，听着就能想象到那边的温暖舒适，喻橙很是忌妒："他人怎么样，我是没机会知道了。"

"你不是跟他约会了吗？怎么会不知道？"

"别提了，他放我鸽子了，人家压根儿就没来。你的宝贝女儿我在寒风中赶去约会的地点，结果连根毛都没看见。"喻橙像是悲情剧里的女主角，给点悲伤的音乐就能哭出来，惨兮兮地说，"你跟姑妈说一声，别给我安排了，我不想再相亲了，我心好累。"

蒋女士不为所动："我在想，会不会是你姑妈把你的照片提前给那个男生看了，他对你的长相不满意，所以找借口不去了。"

喻橙从小到大被人夸长得漂亮，这话听得她目瞪口呆。果然是亲妈才能说出这种话。

喻橙收起委屈的表情，一本正经地说："妈妈，你别忘了，亲戚们都说我长得跟你像是一个模子里刻出来的！"说我长得丑，就是在说你自己长得丑！

蒋女士："……"

喻橙暂时搞定了蒋女士，让蒋女士答应不再联合姑妈搞相亲大会，而她也不用再去见那个秦之恒了。

挂了电话，喻橙把制作好的蛋黄糊和蛋白糊搅拌均匀，倒进四寸大小的圆形磨具中。

前面几个步骤都拍好了照片，这里也一样，她拍了一张照片。

蛋糕坯需要烘烤三十分钟。

等待的过程中，她取了几块奶酪，放进玻璃碗中，倒进去一大勺糖霜，用搅拌器搅成糊状，再加入一点淡奶油打发，绵软蓬松的奶盖就制作成了。

喻橙的指尖在碗口蘸了一点奶盖，放进嘴里，片刻后，她扬起了眉毛，很长时间没有做蛋糕，她的水平倒是没退步。然后，她举起相机给雪白的奶盖也拍了一张照片。

三十分钟后，蛋糕坯烘烤好了。她戴上厚厚的手套，小心翼翼地将它取出来，放在圆盘上。淡黄色的圆柱形蛋糕坯，松松软软的，散发着鸡蛋奶香味。

喻橙摘下手套，抽出一把塑料刀，在蛋糕坯中间挖了一个圆形的洞，淋上之前做好的奶盖。

软滑的奶盖灌满了蛋糕坯中间的洞，有一些从四周溢出来，缓缓流进盘子里，像一道奶油瀑布，最后她再放上黑糖珍珠。

珍珠爆浆蛋糕完成了。喻橙欣赏了几秒钟，对着成品拍照片。

她用塑料刀切下一块，上面厚厚的一层奶盖瞬间从中间塌陷下去，四处流淌。

她拿起手机录下了这令人垂涎三尺的一幕，以便后期做成动图，让粉丝看到更直观的爆浆效果。毕竟静态的照片无法展现出珍珠爆浆蛋糕爆浆那一瞬间的美感。

这一组图出来，绝对能馋哭一帮吃货粉丝。

喻橙美滋滋地畅想着，并决定今晚就加班把照片修好。

喻宗文打来电话，说他今天会提前下班。

喻橙顾不上尝一口做好的蛋糕，连忙放下手机，把盘子推到一边去，将堆满了乱七八糟食材的流理台清理干净，准备做晚饭。

喻宗文本来打算带女儿出去下馆子，吃顿好吃的。然而，他回到家的时候，喻橙已经做好了晚餐，正一盘一盘地往餐厅端。

清蒸鱼、番茄牛腩、芹菜炒肉丝，每一道菜都色香俱全，喻宗文还没尝一口，就被空气中飘散的香味勾出了馋虫，忍不住口中生津。

喻宗文咽了一口唾沫，放下公文包，脱掉大衣，掸了掸上面的灰尘。

"小鱼啊——"

他喊了女儿一声，又对着玄关的镜子整理发型。

傍晚，外面风大，也就从停车场走到楼里这段路程，他粗黑的短发被吹得像刺猬一样。他费劲地理了理头发，走到女儿身边。

喻橙把菜放桌上，眨巴着眼睛看着老爸："怎么了？"

"你觉得老爸长得帅吗？"喻宗文说着，捋了一把头发。

喻橙上下打量他一眼，搞不懂爸爸怎么突然问起这个问题，他不是一个爱臭美的男人。

她摸着下巴无比认真地道："也就比吴彦祖差了一点点。"

随后，她的食指和大拇指捏在一起，比了个一点点距离的手势。这一点点距离几乎可以忽略不计，充分表明爸爸跟吴彦祖难分伯仲。

喻宗文露出满意的笑容。

"爸爸，你为什么突然问这个？"喻橙解下身上的围裙，转身去厨房盛饭，费解道，"难道有人说你丑？"

不可能吧。

喻宗文摆摆手，一脸一言难尽的样子："那倒不是。我看了你妈妈发的朋友圈，大学时期追她的那个班长也去参加婚礼了，班长穿着一身白西装，人模狗样的。"

喻橙："……"

父女俩一边吃饭一边聊天，喻宗文忽然问："你的相亲对象怎么样？"

喻橙塞了一嘴米饭，闻言噎了一下。她快速地嚼了几下咽下去，举起筷子在空中点了点，故意做出无语至极的样子。

片刻后，她撇了撇嘴，悲情女主角的剧情重现："别提了，爸爸，相亲对象没来赴约，我被放鸽子了。"

喻宗文夹了一块软烂的牛腩放进嘴里，正品着味儿呢，突然顿住了。

啪的一声，他拍了一下桌面，吓了喻橙一跳，她听见来自爸爸的久违的怒吼声："你说什么？那个臭小子放了我女儿鸽子？"

"嗯！"喻橙小鸡啄米一般地点头。

喻宗文怒气直冲脑门："哼！他不来，好得很，我还不想让我的小宝贝这么快就被拐跑呢！"

他的身体前倾，隔着桌子拍拍喻橙的肩膀，安慰她："别难过，爸爸再也不让你相亲了。"

喻橙很想说，爸爸，我没有难过，真的。不过她还是很感动，不管怎样，爸爸都是站在她的这边。

喻宗文考虑到女儿的心灵受到"重创"，吃完饭主动揽了洗碗的活儿，喻橙愉快地回了自己的房间。

她洗完澡吹干了头发，从袋子里找出一袋薯片撕开，抱着电脑坐在床上，一边咔嚓咔嚓地吃薯片，一边优哉游哉地修照片。

手机响了一声，这声音在寂静的房间里显得格外清晰。

喻橙的视线没有从电脑屏幕上移开，她抽出一张纸巾擦掉指尖的薯片调料粉，手伸到枕边摸到手机，拿起来随意瞥了一眼。

微信里多了一条好友验证提醒。她以为是哪个陌生人加她好友，皱着眉点了进去，看到备注标签赫然出现五个字：

"我是周暮昀。"

第二章　他要追这个姑娘

夜色已深，喻橙房间里的窗帘拉了一半，外边绚烂的霓虹透过窗户照进来。四周安安静静的，只有电脑发出轻微的运转声。

她呆滞了好几秒，脑子里空荡荡的，难以置信地盯着手机屏幕上那一行字。

周暮昀？

她的腿猛地一抖，放在腿上的薯片袋子飞起来，里面的薯片哗啦啦撒了出来，弄得被子上都是薯片，连带着放在床上的电脑桌也撞翻了，笔记本电脑掉下来，砸在被子上。

喻橙连滚带爬地翻下床，顾不上穿拖鞋，光着脚举着手机在房间里绕着圈奔跑，然后跳上沙发，激动得不知道该怎么表达。

"啊啊啊啊！"

"怎么了？怎么了？"喻宗文听到声音，从对面房间冲了过来，"是不是有老鼠？别怕，爸爸这就帮你打死它！"

喻橙扭头，只见爸爸穿着深棕色的睡衣，因为太过着急，左右脚的拖鞋都穿反了，头发乱糟糟地立在脑袋上，他的手里举着一把扫帚。

站在门口的喻宗文愣住了。他只见女儿踩在沙发上，她的一条腿高高抬起，一只手高举着手机，面部表情极其亢奋，仿佛冲在最前面的革命先锋战士举着手榴弹高声呼喊：冲啊！同志们，胜利是属于我们的！

喻宗文稍微冷静了一下，放下扫帚，一脸不解地看着她："小鱼，你干什么呢？"

喻橙终于回过神，慢腾腾地收回了架在沙发背上的那只脚，尴尬地朝他一笑："爸爸，我没事。"

"我知道你没事。"她的样子看起来就不像遇到难事，喻宗文手扶着门框，"你刚刚——"他捏着嗓子，学她刚才尖叫的腔调，"啊啊啊啊，是为什么？"

"……"

爸爸，您学得真像。

喻橙窘得头皮发麻："我就是看到一条新闻。"

喻宗文的视线越过她的头顶看向后面的墙壁。整整一面墙的男神海报，各种类型，每一个都帅气逼人，一眼望去赏心悦目。不用说，她口中的新闻肯定与娱乐圈的男神有关。

喻宗文暗叹，女儿整天对着这一面墙的男神，能找到男朋友就怪了。

看样子，爸爸是相信了她的这套说辞，喻橙扔下手机跳到他的身后，两只手搭在他的肩膀上，推着他往门外走："爸爸，我还有点事要忙，你早点休息吧。我明早起来给你做早餐。晚安！"

她急急忙忙地把爸爸推出了房间，关上房门。

喻橙背靠在冰凉的门板上，长舒一口气，看着沙发上的手机，还是有点不敢相信这是真的。

周暮昀加她微信好友了？

她的心跳一下比一下有力，心脏几乎快要从嗓子眼里跳出来。喻橙一步步靠近手机，拿起来摁亮屏幕，对着那条验证消息发呆。

她用手指点开他的微信头像，图片放大了几倍，画质清晰了很多。他的微信头像是一只通体雪白的小猫，蓝汪汪的眼睛如晶亮剔透的宝石一般，透过屏幕看着你，心都要化了。小猫两只前爪并拢，趴在深灰色的地毯上，毛茸茸的一小团，像一颗圆润的雪球。

这只猫太可爱了，与周暮昀给人的感觉大相径庭。

喻橙不禁怀疑，真的是他吗？会不会是同名同姓啊？那到底要不要同意加他好友呢？

喻橙咬着嘴唇纠结，手指一下一下地点着下巴。过了许久，她伸出一根食指，悬在手机屏幕上方，往下移了一点，闭上眼睛视死如归一般地往下一摁。

23

她接受了他的好友申请。

手机屏的界面立刻变成两人的聊天背景，一行黑色的小字横在屏幕上。

"你已添加了周暮昀zmy，现在可以开始聊天了。"

周暮昀双眼一刻也没离开过手机屏幕，喻橙一通过验证，他就立刻发了一条消息过来："是不是被吓到了？"

喻橙啃着手指，卷翘的眼睫毛像小扇子一样扑闪扑闪，她没想到他的第一句话是这个。一般加好友不都先问候一句"你好"、"你在干什么"之类的话吗？

喻橙强作镇定地清了清嗓子，反应过来后发现自己好傻，又不需要开口讲话，清什么嗓子。她垂下头打字："还好。"

她在心里默默地补充，除了打翻零食袋子，撞翻电脑桌，掀翻笔记本电脑，踩在沙发上控制不住地放声尖叫之外，真的还好。

喻橙："你真的是周暮昀，中午跟我吃饭的那个人？"

另一边，周暮昀靠在床头，深灰色的被子盖在腰腹以下，他看到这句话微微拧了一下眉："你又把我忘了？"

喻橙没明白他的意思，什么叫作又把他忘了？还有，他上次说她的记性不好，她也觉得莫名其妙。

"没有忘记你，我就是确认一下。"喻橙低头继续打字，"我有点好奇，你怎么会有我的微信号？"

关于这一点，周暮昀倒是没有隐瞒，老老实实地交代了："帮你捡手机的时候不小心看了一眼你的微信号，抱歉，我不是有意的。"

"那你加我微信，是有什么事吗？"

过了好一会儿，那边都没有发来一句回复。

喻橙放下手机，弯腰将被子上的薯片抖掉，然后把床上的电脑桌和笔记本都收起来放在床头桌上。

她今晚是修不完照片了。

重新铺好了被子，她爬上床，拿起手机一看，周暮昀还没有回复消息，喻橙就有些困惑了。

这个问题很难回答吗？

问题不难回答，难就难在周暮昀不知道自己该不该说实话。他没有追女孩的经验，万一他太直白，把她吓跑了可怎么办？

周暮昀斟酌良久，终于想出一个自认为完美的搭讪借口："你买房吗？"

喻橙觉得可能是自己打开手机的方式不对，她从床上跳下去，跑去窗边拉上窗帘，遮挡住外边的满城灯火。

她冷静了一下，重新拿起手机，两人的对话还停留在"你买房吗"四个字的界面上。

喻橙的第一反应不是失望，而是感到非常震惊，这年头房产中介也开始发展微商了吗？

周先生好敬业啊！

跟他一比，她每天吃吃喝喝、刷微博、追剧、追星的生活简直太糜烂了，虽然她也靠打广告赚了很多钱，努力程度却远远比不上他。

喻橙垂下眼帘，陷入自我检讨中。她也是有梦想的人，只不过梦想离现实太遥远了……

手机响了一声，将她的思绪打断，她垂眸看了一眼。

周暮昀："不买也没关系。"

其实他发出那句"你买房吗"，随即见对方没有回复信息，他就后悔了。微信消息发出超过两分钟就不能撤回，这个该死的操作让周暮昀烦躁不已。

他自认为是个能说会道的人，事实上他确实是这样的人，再难搞定的项目，他动动嘴就能拿下来。但是，他不知道追一个女生要怎么讲话。

上午和喻橙见面的时候，他表现得还算淡定从容、优雅绅士，那是因为他当时还没有反应过来，他对这个女孩念念不忘。

经过一个下午的发酵，过去总是在脑中回荡的那些记忆碎片拼凑完整了，他越发确定了自己的心意：他要追这个姑娘。

两年前，他就错过了她，庆幸的是老天给了他们重逢的机会，他不想再错过。哪怕她已经不记得他了。

此时此刻，周暮昀想去群里咨询一下那帮吃喝玩乐、追女孩样样精通的好哥们儿，怎样才能不着痕迹地拉近与一个陌生女孩之间的关系，但鉴于会被那帮纨绔子弟无情地嘲笑和鄙视，他暂时放弃了。

"不是让你真的买房，我是开玩笑的。"他决定抢救一下，就是不知道还来不来得及。

喻橙愣了愣："您真幽默。"

好在两人没有就这个话题展开讨论，自然而然地聊起了别的。

结束聊天时，周暮昀发来一条语音。

男人低沉的声音极具磁性，很好听，山间清泉似的在耳畔流淌："时间不早了，你早点休息。晚安。"后面有一段是空白，没有声音。

语音快播放结束时，倏的，一道短促的笑声传过来。

喻橙以为耳朵出问题了，点开语音重新听了一遍。这次她确定了，他是真的笑了。很轻的笑声，如一片羽毛轻轻掠过。

喻橙握住手机，慢吞吞地打了两个字："晚安。"

喻橙再醒来时是第二天上午十点，她躺在暖烘烘的被子里不愿起床，抬手揉了揉惺忪睡眼。

都怪周暮昀的声音太好听了，昨晚她一遍又一遍地点开那条语音，越听越亢奋，凌晨两点多才睡。

她觉得，他将来不干房产中介这一行，完全可以转行去当配音演员，专门给霸道总裁配音，一定能大火特火。

喻橙从枕头底下摸出手机，屏幕上显示电量的小图标变成了红色，只剩下4%的电量，她伸手够到床头的充电器插上。

叮咚一声，手机充上电，网瘾少女的安全感爆棚。

手机的界面还停留在昨晚的微信聊天界面，喻橙的脑中突然闪过什么，浑身打了一个激灵，她立刻清醒了。

周暮昀是她的微信好友，那她的朋友圈他不就都能看到了？

喻橙惊坐起来，以在学校里抢选修课的速度点进了自己的朋友圈，查看一下有没有发过不好的内容。最新一条动态还算正常，两天前发的。

"终于考完人生中最后一场期末试了！解放啦！"

喻橙松了一口气，继续往下翻，当她看到下面的内容，想死的心都有了。

"玩了五局吃鸡，每局都吃到鸡了，请叫我'新一代鸡王'！"

"呜呜呜，看了最新一期的综艺，哥哥帅死了，没有一点偶像包袱。怎么会有这么完美的男人啊？拜倒在哥哥的西装裤下，要晕过去了。"

"学校后面那条街倒数第二家大盘鸡不要去了，好难吃啊，我闭着眼睛做都比他家做得好吃。"

"下个月皓源哥哥的演唱会，有姐妹一起去吗？我要冲上去扑倒哥哥，在哥哥怀里喵喵叫！"

喻橙每次发朋友圈都是按照分组来的，爷爷奶奶、爸爸妈妈以及七大姑八大姨等长辈都放在一个分组里，朋友圈屏蔽他们。剩下的都是朋友，大家年龄差不多，没代沟，说起话来也毫无顾忌，她可以放飞自我。

然而她没想到的是，放飞自我的后果就是在周暮昀的面前丢脸。

"跪倒在哥哥西装裤下"，"在哥哥怀里喵喵叫"，"扑倒哥哥"之类的话，之前发出来她觉得没什么，现在怎么看都觉得羞耻。

喻橙哀号一声，双手捂住脸，一头扎进柔软的被子里。

这还只是靠前的几条朋友圈，以前她可能还发过什么更羞耻的内容，自己都忘了。

现在删朋友圈还来得及吗？

来不及了，从昨晚加了微信好友到现在，已经过去十多个小时，周暮昀肯定看过她的朋友圈了！

之前她在他的面前一副羞涩腼腆、说句话都脸红的样子，私底下她却像个小疯子似的，疯起来能跟太阳肩并肩，会不会让他觉得她这个人很神经？

搞不好，他看完她的朋友圈后，指着其中某一条动态喷喷出声：没想到啊，小丫头还有两副面孔呢！

喻橙欲哭无泪，悔不当初。

她坐在床上郁闷了半个小时，直到肚子响起咕噜噜的抗议声，她才回过神，垂头丧气地爬起来去浴室洗漱。

客厅里静悄悄的。

喻橙看见冰箱门上有爸爸留下的便利贴，爸爸告诉她早饭在厨房，拿到微波炉里热一下就能吃。她这才想起来，昨晚说好了要给爸爸准备早餐，结果她一觉睡到这个时候。

喻橙匆忙吃完早饭，端着一碗水果沙拉回到卧室，坐在书桌前，抛开那些乱七八糟的思想，专心致志地开始修图。

她一共挑选了十几张照片，由于修图技巧娴熟，不到一个小时她就修好了照片。

照片里的食物色彩鲜亮，光线温暖柔和，一些零零散散的不起眼的食材修完后呈现出一种特别的美感。

喻橙看了一会儿，觉得很满意，保存了照片，打开文档开始写菜谱。

图片和菜谱一一对照，她检查了一遍，确认无误后，就将制作珍珠爆浆蛋糕的教程发到了微博上。

因为长达半个月她都没有发微博，这一次，粉丝空前热情，没过两分钟，转发和点赞的数量就过百了，评论也在暴涨。

　　"大鱼仙子，想死你了，你终于回来了！抱起来转个圈圈！"

　　"大鱼，大鱼，给你看看我上次照着你的教程做的番茄虾滑浓汤！好好吃！"后面还配有图片。

　　"呜呜呜！我没吃早饭，看见珍珠爆浆蛋糕，简直要我的命啊！"

　　喻橙支着下巴翻看评论，手机忽然响了两声。

　　周暮昀发了一张图片给她，问："你喜欢他？"

　　图片里的人是她喜欢的男神之一——江皓源，唱跳型歌手，不仅长相帅气，而且很有才华。这个月他刚好有一场在北京的演唱会，她已经买好了票，打算和寝室里的一个姐妹一起去看。

　　喻橙绝望地闭上眼睛，他果然看了她的朋友圈。这张图片就是他从她的朋友圈里翻出来的。

　　江皓源站在舞台中央，一束白光从头顶射下来，他穿着银色的演出服，手握着麦克风，微仰着头，下颌线条拉直，脖颈上有晶莹的汗珠滚落。他的脸上画了精致的舞台妆，像误入凡间的仙子。

　　喻橙时常感叹，这是什么神仙颜值啊！

　　她面对周暮昀的问题，硬着头皮艰难地打字回复："喜欢。"

　　周暮昀追问："是你的偶像吗？"

　　她朋友圈里还发了好多别的男明星的照片，她还说很喜欢他们，周暮昀不确定这个是不是她的偶像。

　　喻橙："他是我喜欢的男明星之一。"

　　周暮昀一噎："你喜欢他哪一点？"

　　"长得帅，歌唱得好听。"

　　她喜欢唱歌好听的男生？周暮昀手指覆上唇角，若有所思地摩挲了两下，一个不成熟的想法在他的脑中成型。

　　喻橙像是忽然反应过来："你为什么问这些啊？"

　　难道是他想考察她的生活习惯，借此判断她是否有购房能力？那他可能要失望了，她暂时没有买房的打算，就算有打算，也没钱。

　　周暮昀："随便问问。"

喻橙还有一个学期就毕业了。

最后一个学期没课，她只需要完成一篇毕业论文。别的学生在这个时候已经开始实习了，但她目前还没有想好，所以一直闲在家里，时间很充裕。

一个星期过去，她和周暮昀成了无话不谈的好朋友。

据她所知，他的工作时间挺自由的。无论何时，只要她发消息过去，他就秒回，让她对房产中介这个职业产生了不一样的看法。

晚上，喻橙洗完澡，抱起笔记本电脑爬上床，在床上架起电脑桌，将电脑放在上面，点开下午没看完的韩剧继续看。

她拽出一袋椒盐锅巴，嘶啦一下撕开了袋子，捏了一片塞进嘴里，嚼了两下后吮了吮指尖上的椒盐粉。

怀里抱着海绵宝宝的抱枕，她边吃零食边看剧，乐在其中。

手机响了一声，喻橙看得津津有味，视线都不舍得离开电脑屏幕，听到声音也懒得动。

紧接着，手机又响了一声。她这才放下零食，点了一下鼠标暂停播放，拿起手机看了一眼，是来自周暮昀的微信消息。

他发了两条语音。第一条格外长，四十三秒；第二条略短，只有四秒。

她点开语音，男人的歌声从手机里倾泻而出，他是清唱的，没有伴奏，声音轻缓又低沉，有一股上个世纪七十年代港风情歌的感觉。

不过，好像……跑调了。

算了算了，这么好听的声音就算唱《两只老虎》，也是最好听的《两只老虎》。

一小段歌听完，自动播放下一条语音。

"你——"中间顿了一下，"喜欢吗？"

不止一个人说过，喻橙没有恋爱脑。

高中时，有一次大扫除，喻橙负责擦玻璃，她这人做事认真，擦个玻璃也勤勤恳恳，像是在完成老师布置的作业，绝不偷懒。

喻橙踩在板凳上，一手拿抹布一手拿着小喷壶，喷点水用力擦，擦完还凑上去张嘴哈一口气，再擦一遍。忽然有人在背后拍了她一下。

她愣了愣，转身看到拍她的人是班里的体育委员。男生高高瘦瘦的，穿着跟她一样的蓝白相间的校服，整个人沐浴在傍晚的橘色霞光里，他微抬眉眼，笑得阳光灿烂，露出一口洁白的牙齿。

他的手里握着一瓶果粒奶优，递给她："我看你擦了好久，歇一会儿吧，我来帮你擦。"

喻橙哦了一声，从凳子上跳下来，把抹布和喷壶放在课桌上，从他手里接过饮料："谢谢。"

体育委员抓了抓自己的后脑勺，有点不自然地别开眼。

放学后，同桌拉着喻橙一起走，凑近她神神秘秘地说："体育委员好像喜欢你。"

"啊？"喻橙喝了两口果粒奶优，把瓶子抱在怀里，诧异地瞪大眼，"不可能吧。"

同桌叹了一口气，戳了一下她带着婴儿肥的小脸："你可长点心吧！人家为什么只给你一个人买饮料，怎么不给其他同学买？他就是在暗恋你！"

喻橙嚼着嘴里的果粒，认真思考同桌的话，最后得出结论："可能……他看我擦玻璃认真，特意奖励我的。"

同桌："……"

后来，大学时，学生会组织聚餐，喻橙作为学生会的干事，自然是参加了。

他们在一个大包间里吃饭，学生会主席见她爱吃那一盘蒜蓉粉丝蒸虾，便将那道菜转到她面前，温声对她说："多吃点。"

喻橙道了声谢，埋头吃虾，忽略了周围的人看过来的暧昧视线。

饭局结束，同为学生会干事的吕嘉昕提醒她："他暗恋你，想追你。"

喻橙："你想多了吧，这叫礼尚往来，懂不懂？之前在烧烤摊前，我可是将最后一串我最爱的烤羊脆骨让给他了。作为回报，他让我多吃两口虾怎么了？"

吕嘉昕："……"

她真为学生会主席的命运感到悲哀，也为将来追喻橙的男人的命运感到悲哀。

此刻也是一样。如果是一般人，一个俊朗的男人大晚上给你唱浪漫的情歌，然后温柔地问你喜不喜欢，女生大概都会脑补"他是不是在跟我暗示什么"，"他是不是喜欢我"，"他是不是在追我"之类的想法。

喻橙就没多想，老老实实地回答："喜欢啊，你唱歌的声音跟平常说话不太一样，很好听。"

另一边，周暮昀在书房里，书桌上放着一本摊开的文件，他却没心思看，手指一下一下滑过纸张的边角。

他练了一个星期的情歌，有时候在办公室也情不自禁地哼两句，导致秘书看他的眼神怪怪的。

手机响起一声，周暮昀收回思绪，点开喻橙发过来的语音。

女孩的声音软软糯糯的，像一支焦糖味的可爱多："喜欢啊——"

她说喜欢他唱歌……

周暮昀想：喜欢我唱歌，四舍五入等于喜欢我这个人了。

喻橙完全不知道自己被人贴上了"喜欢他这个人"的标签，坐在床上听了好几遍周暮昀唱的情歌。

当天晚上，她做了一个梦。

梦里的她和周暮昀面对面而坐，餐桌上摆满了各种美食。他穿着白衬衫，没系领带，领口的扣子松开了两颗，露出一小片白皙的肌肤和精致的锁骨，修长的手指捏着筷子，他问她喜欢哪道菜，然后他夹起来喂给她吃……

喻橙的眼皮颤了几下，忽然惊醒，手下意识地摸了摸嘴角，居然流口水了。

她拉高被子蒙住脑袋，开始回忆刚才的梦，她竟然梦到了周暮昀，还是喂饭这样暧昧的画面，太羞耻了。

喻橙拿起手机眯着眼睛看时间，发现才五点多，窗外黑黢黢的，一丝光亮都没有。

她丢下手机，头一歪，又睡了过去。再次醒来是上午十点，她迷迷糊糊地翻个身，面朝着窗户那边，入眼的是一片雪白的世界。

她睁大眼睛，一骨碌从床上爬起来，赤着脚跑到窗边。

下雪了啊！

喻橙站在窗前，哈了一口气，使劲擦了擦布满水汽的窗玻璃，擦出一小片透明，透这一块看向窗外的世界。

这是今年北京下的第一场雪，许是从昨晚就开始下了，现在，地面上已经积了厚厚的一层雪，好像铺了雪白的长绒毯。

喻橙将脚边一块圆形的床前地毯拖到窗边，盘腿坐在上面，两只手缩进睡衣袖子里，她扒着窗框看外边。

她欣赏了一会儿，拿过床头边的手机，果然同在北京的小伙伴都在朋友圈里晒下雪的照片，故宫雪景图、白雪红梅图、堆雪人图，好不热闹。

31

她不甘示弱，随手拍了一张窗外银装素裹的景色发朋友圈，配上文字："下雪了，好想吃火锅哦。"

刚放下手机，喻橙就看到底下多出一条评论："晚上我们一起去吃火锅？"

周暮昀秒回复的行为再一次刷新了喻橙对房产中介这个职业的认知，她看了一眼手机显示的时间，星期四，上午十点十五分。工作日工作时间，他居然在玩手机！

她这边许久没有回复，周暮昀发了一条私信："要去吗？我也想吃火锅了。"

"好啊。"喻橙想了想，补充，"我挑地方吧，我请客。"

上次在西餐厅吃饭就是他付的钱，礼尚往来，她请他吃一顿火锅是理所应当的。她在北京也待了不少年，哪家火锅店最地道、最好吃，她应该比他了解，由她订位置最合适不过。

周暮昀很好说话："都听你的。"

喻橙："那我们晚上见。"

周暮昀忍不住地勾唇一笑，指尖一下一下敲着手机壳："给我个地址，下午五点我去接你。"

喻橙："不用了，我自己打车过去就行。"

周暮昀不想显得太殷勤，便没有坚持，说了声好。

秘书站在总裁办公室门口，抬手敲了敲门。

秘书听到里面传出一声"进"，推门进去，发现周总面无表情地坐在老板椅里，薄唇微抿，漆黑的眼睛盯着电脑屏幕，手指在键盘上敲打。

安静的办公室里，只有手指敲击键盘发出的嗒嗒嗒的清脆声响。

秘书走过去把文件放在桌上，倾身说："赵大少（赵奕琛，朋友圈戏称赵大少）刚打来电话，说一会儿过来找你拿合同，顺便晚上请你吃个饭聚聚。"

周暮昀的手一顿，他抬起眼睫淡淡地道："告诉他我没空，过来拿合同可以，吃饭就免了。"

秘书领命，转身出了办公室。

周暮昀抬起腕表看了一眼时间，已经下午四点半了，与喻橙约好的时间

32

是五点。周暮昀回复完手里的邮件，关了电脑，站起身，绕开办公桌到后面的休息室，换了一身衣服。

他脱下了平时穿的黑色西服和白色衬衫，换上了白色高领毛衣，领子刚好遮住下巴尖，看起来就觉得暖洋洋的。额前的碎发耷拉下来，刚好遮住了一双剑眉。

周暮昀站在全身镜前打量自己一番，她喜欢的那些娱乐圈奶油小生都是这么穿的。

"周公子，我说你怎么回事儿啊？上次飙车你不来，这次聚餐你又不来，你想成仙还是出家——"

不见其人、先闻其声，赵大少的嗓门在门外走廊响起，门都没敲他直接就闯进来了。

男人一双风流多情的桃花眼尽是笑意，却在看到周暮昀的一瞬间愣住了。

赵大少半晌都没缓过神，后退两步，抬头望了一眼玻璃门上贴的标牌，以为自己走错地方了。

事实证明，赵大少没有走错。

周暮昀连一个多余的眼神都没有给他，拎起椅背上的黑色长大衣穿在身上，拿起桌上一份蓝色文件夹，往前走几步，把文件夹拍在赵大少的胸膛上："你要的合同，拿了赶紧滚。"

"你的审美什么时候变了？"赵奕琛还有点蒙，用手按住胸前的文件夹，挑眉看向周暮昀。

话落，赵奕琛像是突然想起了什么，啊了一声："燕北朋友圈说的是真的？"

上次燕北叫周暮昀去赛车他没去，他还跟燕北说自己在追女孩，当天燕北就发了朋友圈，到处打听周公子要追的女孩是谁。

周暮昀低头整理袖口，闻言，漫不经心地掀了掀眼皮："你猜？"

这谁能猜得到？

赵奕琛笑了："兄弟什么事儿没跟你说？你倒好，追个妹子还藏着掖着，你也太不厚道了。"

周暮昀沉默不语，并不打算跟他废话。

"所以你穿得跟小奶狗一样，是为了陪妹子吃饭？"赵大少爷从上到下

33

地打量他，狭长的眼睛眯成一条缝，脸上写着"你别想骗我"。

赵奕琛这人比女人还难缠，想知道的事非要刨根问底。周暮昀今天要是不说明白，大概是走不成了，他索性点头承认："是。"

周暮昀顿了一下，问："你觉得我要不要戴一副眼镜，就是当下流行的那种多边形平光镜。金丝边好看，还是银丝边好看？"

他记得喻橙有一条朋友圈发的就是戴各种多边形眼镜的男生，她还说戴那种眼镜的男生很帅。

赵大少呵呵一声："我觉得蕾丝边最好看。"

周暮昀："……"

冬天昼短夜长，又是下雪天，下午五点多天色就昏暗了。

喻橙在风度和温度之间纠结了三秒，最终选择了后者，裹上厚厚的羽绒服，帽子、围巾、手套一样没少，她全副武装，只露出一双眼睛。

出租车停在火锅店门口，她推门下车，立刻被迎面吹来的一阵寒风冻得打了个哆嗦。

半个小时前，她已经把火锅店的地址发给了周暮昀，现在他应该在过来的路上吧。她正想着，身后就传来一道熟悉又好听的男声："喻橙。"

喻橙一愣，脚步顿了顿，她转过身来。

离得不算远的距离，她看到周暮昀站在路边，一双黑眸被路灯映成浅棕色，他高高举起手臂，朝她挥了挥手。

周暮昀见她看过来，垂下手，快步走到她面前。

"我没来晚吧？"因为很冷，他下意识地将下巴埋进毛衣领子里，垂眸看着近在咫尺的女孩。

终于不用再隔着屏幕听声音，她现在就真实地站在他的面前。她穿着白色羽绒服，帽子上缀了一圈绒毛，托着她瓷白的小脸，像一只可爱的小企鹅。

喻橙笑着说："没有，我也刚到。你看，我都没得及进去。"

周暮昀低低地垂下头，缓慢地凑近她。

干、干什么？

没打一声招呼他就靠这么近，喻橙吓得瞪大眼睛，下意识地屏住呼吸，身子不动声色地往后仰，她想要与他拉开距离。

他的视线凝在她的额前："别动。"

喻橙不敢再乱动了，被围巾遮掩的嘴唇紧紧抿住。

"帽子上沾了好多雪花。"他笑了笑，轻轻地弹掉那些雪花，指尖从柔软的发丝滑过，不小心触碰到她的额头，冰凉的触感。

她还没有来得及仔细感知，周暮昀就直起身子："我们进去吧。"

喻橙本来就因为昨晚做了个羞耻的梦，见到他本人十分不好意思，刚才又近距离地与他对视，现在，她只觉得心里虚得厉害。心脏狂跳，她深吸一口气，努力维持平静，埋着头跟在他的身后慢吞吞地走进火锅店。

空气中弥漫着浓郁的香辣味道，每张桌上都摆着一口铜锅，咕噜咕噜地翻滚出红油，白气升腾萦绕，唾液腺都跟着活跃了。

服务员带领两人到提前订好的座位，二楼，靠近走道的第三个格子间。

火锅店很大，分为上下两层，每一层又分出许多格子间，中间用木制雕花镂空的屏风隔开。

一路神游的喻橙终于回过神来，注意到旁边有很多女孩子一脸兴奋，她们一边偷偷地往这边看，一边激动地拉着同伴讨论，显然是看到帅哥的真实反应。

跟她们比起来，喻橙觉得自己第一次见到周暮昀的表现还算得上淡定。

服务员很快送来菜单，周暮昀接过来扫一眼，依然很绅士地将菜单递给对面的女孩："你看着点吧。"

喻橙没接菜单，拽下头上的帽子，长发披散下来垂在肩头。她理了理被帽子压得凌乱的头发，说："吃火锅本来就是点自己喜欢吃的东西啊，你不点怎么能行？"

周暮昀的手收回来，垂下眼认真地看，最后点了几样东西。

喻橙这才接过菜单补充了几样，手指从菜单的目录上滑过，她给他介绍："他们家的小食很好吃，南瓜饼、红糖年糕、炸春卷，味道都很棒。"

周暮昀嗯了一声，脱下大衣叠好放在旁边空着的卡座上。

喻橙想问他吃不吃辣，要什么锅底，她一抬眸，忽然怔住了。刚才在门外，路灯光线昏暗，她没注意到他的穿着，以为跟上次一样，黑大衣里穿着职业正装。她眼下才发现，他里面是一件白毛衣，看着就很温暖，像偶像剧里的男主角。

"嗯？"周暮昀见她在看自己，于是也看了一眼自己，又看向她，"怎么了？"

四目相对，喻橙又想起昨晚那个梦，结结巴巴地道："没、没什么，就是想问你吃不吃辣。"

"吃。"

他说了吃辣，喻橙还是要了个鸳鸯锅。

"那个，蘸料是自助的，要自己去取。"她指向尽头放置酱料碗的木架，"在那边，你吃什么样的酱料？我帮你取。"

周暮昀说："麻酱。"

"只要麻酱吗？"

"只要麻酱。"

果然北京人吃火锅都钟爱麻酱。喻橙点头表示记下了，起身往尽头的蘸料自助区走去。

周暮昀目送女孩的背影走远，不知他想到什么，目光越发柔和。

过道另一边的一桌女孩子注意周暮昀好久了，她们眼见陪同他的女生离开，其中一个长发飘飘的高个子女孩鼓起勇气走过来。

女孩撩起耳边的发丝，嫣然一笑："先生，刚才那个女生是你女朋友吗？"陪同吃饭的也有可能是妹妹、同事之类的。

周暮昀面无表情地道："是。"

实木架上摆放着一排排青花瓷大碗，形状像碗，容量相当于盆，里面装着各种酱料。倒数第二排的架子上备了几样酸脆可口的小菜，泡菜、萝卜丁、紫甘蓝等。

喻橙从最底下抽出两个粗陶小碗，放在旁边的小吧台上。

周暮昀只要麻酱，她舀了两大勺麻酱装进碗里。

作为美食博主，喻橙对吃非常讲究，小小的一个碗里，调制了麻油、海鲜酱油、辣椒酱、豆腐乳、韭菜花，还加了一把香菜碎。

她看到下面有清爽可口的泡菜，又抽出一个碟子，盛了一点。

喻橙一手端着一个酱料碗，盛泡菜的碟子被她用两根小拇指勾着夹在中间，小心翼翼地往座位的方向移动。

远远的，她就看见一个长发及腰、穿红色打底裙的女孩弯腰凑近周暮昀，然后他说了一句什么，那女孩神色黯然地离开了。

喻橙一愣。

什么情况？

周暮昀用余光瞥喻橙，愣了一下，第一反应是她有没有听见他刚才说的话。他转念一想，喻橙站的地方距离座位有五六米，火锅店内气氛热闹、噪音不断，他说话时声音压得低，她应该没有听见。再者，如果听到他骗别人说她是他的女朋友，她不该是这个表情。

想到这儿，周暮昀长松了一口气。

他注意到她的手里端着好几个碗碟，连忙起身，大步走到她跟前，接过她手里的两个酱料碗，让她只端着盛泡菜的碟子。

"拿了这么多东西，怎么不叫我？"周暮昀说。

喻橙："我可以的。"

头顶灯光明亮，照在他的脸上，她一扭头就能看到他俊朗的侧脸，果然长得好看的人不管在哪里都是瞩目的存在。

坐下以后，喻橙眼角的余光扫向过另一边的红裙子女孩。

女孩的脸色有点难看，涂着大红色口红的嘴唇紧抿着，一只手捏着乌黑的木筷，一下一下戳着碗里的牛肉丸，一颗丸子都快被她戳烂了。

喻橙按捺不住八卦之魂，身子前倾，用眼神示意那个女孩，用只有两个人能听见的声音问周暮昀："我刚才看见她找你了，为什么啊？"

周暮昀把盛麻酱的碗放在自己的这边，另一份酱料放在喻橙的那边，他抽了一张纸，低头擦拭指尖不小心蹭到的酱："她来搭讪的，找我要微信，我说我不玩微信。"

不玩微信？那每天时时刻刻挂在微信上在线聊天的人是谁？

喻橙没忍住，扑哧一声笑出来。

怪不得人家一脸不开心呢，肯定是一下就听出来他是在敷衍人。

喻橙哪里知道，人家不开心是因为得知帅哥有女朋友了。

大铜锅里的汤底烧开了，咕嘟咕嘟地冒泡，翻出红艳艳的油花，白气袅袅，热辣的香气四溢开来。

周暮昀端起一盘肥牛卷下到锅里。

薄薄的肥牛，放进滚烫的热汤里涮几下就变成浅褐色。喻橙夹起一片，放进酱料碗里滚一圈，送进嘴里，满足地叹一口气："半年没吃过这家的火锅了，味道还是没变，一如既往地好吃！"

周暮昀也吃了一口，味道果然很棒："你来这家吃过？"

"吃过好几次，味道特别正宗。"喻橙捞起一片牛肝，嘟着嘴吹了吹，一口咬住，"我一次能吃好多。"

隔着一层白茫茫的热气，周暮昀却能清楚地看到她每一个细微的小动作，唇角弯起："你好像对吃很了解。"

这家火锅店的位置很偏，虽然里面的空间大，门面却很小，只在门框上方横了一块老旧的牌匾。他要不是在门口就遇见了她，可能一时半会儿都找不到这里。不过，味道确实比他吃过的一些火锅要好。

"我们高级吃货的嘴巴都是很挑的，当然知道哪里的东西最好吃！"喻橙端起一碟金针菇下到锅里，笑了笑，"算了，不跟你开玩笑了，其实我是个美食博主，闲着没事就喜欢研究美食，写美食攻略，所以比较了解。"

周暮昀一愣，片刻后露出恍然大悟的表情："原来如此，失敬了。"

喻橙夹起竹荪虾滑下到锅里："我跟你说，这家店的老板有个私人蔬菜庄园，店里的食材全是当天采摘，绝对新鲜。"她夹起一根煮熟的竹荪虾滑，"看见这根竹荪虾滑没？是后厨的师傅亲手做的。还有鱼丸、牛肉丸也都是手工现做的。大部分火锅店，这些东西都是买来的速冻成品，味道当然比不上纯手工制作的。"

她顿了顿，接着说："以后你跟朋友想吃火锅，可以直接到这家来。"

周暮昀点点头，一副受教的样子。

喻橙聊起美食，就像打开了话匣子，根本停不下来："你吃过猪肚鸡火锅吗？"

周暮昀表现得像是没有见过世面的样子，摇了摇头："没有。"

"如果有机会，我做给你吃啊。"喻橙夹起一片土豆，"其实很简单，就是把一整只童子鸡塞进猪肚里，用棉线缝上，用砂锅炖上两个小时。汤汁熬成奶白色，汤底不仅滋补养身，还能涮自己喜欢吃的菜。"

喻橙说着，忍不住咽了一口唾沫："吃过你就知道了，特别好吃。"

周暮昀专注地看着她，听她滔滔不绝地讲美食，她的眼睛里都是光亮。他忽然说："好啊。"

喻橙光顾着讲话，没仔细听他说了什么："好什么？"

"你说，以后有机会做给我吃，我说好。"周暮昀一字一顿地重复她刚才的话。

原来说的是这个，喻橙大大方方地摆手："好说好说。"

吃到一半，服务员拎着水壶过来往铜锅里加了点高汤，翻滚沸腾的汤底重新归于平静。

喻橙停下筷子擦了擦嘴角，瞥了一眼碗里快吃完的蘸料，她端着碗起身："碗给我吧，我帮你再加点。"

"谢谢。"周暮昀微微一笑，把碗递给她，"需要我帮忙吗？"

"不用，这次不拿泡菜了。"

女孩摇摇头，脸侧的发丝轻轻扫过莹白的耳郭。室内温度高，她单穿着羊毛衫，两边脸颊酡红，嘴唇被辣得红艳艳的，特别可爱。

周暮昀的手里握着玻璃杯，里面半杯温水已经凉了，他端起来喝了一口，无声地笑了。

喻橙去而复返，端着两碗满满的蘸料，属于周暮昀的那碗依然是单调的麻酱，而她的依然很丰富。

周暮昀拿起筷子夹了几颗牛肉丸放进锅里，慢悠悠地说："你的蘸料好吃吗？"

"当然好吃了！"喻橙嘴里刚塞了宽粉，烫得她快速地眨了眨眼，"唔，你要试试吗？"

话音落地，她就从锅里夹了一片烫熟的肥牛，在自己的酱料碗里蘸了蘸，夹起来时还在碗口刷了一下，避免有酱汁滴下来。

桌子宽，她的胳膊短，手指捏着筷子的尾端，她伸长了手臂举到他的面前："你试一下就知道好不好……"

一个"吃"字卡在了喉咙口，让她硬生生地咽了回去。喻橙忽然意识到自己的这个行为有些不妥。

平时都是跟小姐妹一起出去吃饭，彼此关系亲密，没那么多讲究，遇到好吃的就直接用自己的筷子夹起来喂给对方，有时候一块蛋糕，你一口我一口，谁也不会嫌弃谁。

但是，现在坐在她对面的是一个一共才见过两次面的普通朋友，亲密程度远没有达到互相喂食的地步。

喻橙的手悬在半空，前伸也不是，收回也不是，她尴尬到了极点。

周暮昀不等她反悔，身子前倾，张嘴吃下她递过来的肥牛。

喻橙的眼睛四处乱看，就是不敢看对面的人。脑子里快速闪过什么，这个画面……与昨晚的梦境太像了！

只不过是两人的位置颠倒过来，变成她喂他吃东西。

周暮昀咀嚼几下咽下去，做出中肯的评价："确实比麻酱好吃。"

喻橙的脸一热，她慢吞吞地收回筷子，视线不自觉地飘向筷子尖，那里触碰过他的嘴唇，她要怎么吃啊。

她的指尖蜷了蜷，脑子飞速运转，想要趁机逃遁："你喜欢吃这个酱料吗？我再去帮你调一碗吧。"她说着就要站起来。

"不用了。"周暮昀及时出声，阻止了她逃离的动作，"我吃这个就好。"

喻橙干巴巴地笑了两声："那……好吧。"

隔着一条过道，之前跑来跟周暮昀搭讪的红裙子女孩时不时留意这边，眼见喻橙喂男人吃东西，男人的眉眼藏着温和的笑，他张嘴吃下，红裙子女孩心里最后一点微小的希望都被浇灭了。

原来，他们真的是男女朋友关系。

两人吃完火锅出来时，夜幕降临，天空似浓墨浸染一般。

周暮昀抖开大衣穿上，声音低柔地问："你家住哪儿？我开车送你回去。"

"不用麻烦了。"喻橙连忙摆手，下巴蹭了蹭围巾，"我家离这儿不算远，打个车二十多分钟就到了。我自己打车回去，你先走吧。"

周暮昀刚要说什么，余光一扫，他瞧见火锅店隔壁有家奶茶店。

他垂眸瞥她一眼，他像交代幼儿园小朋友放学别乱跑一样地说道："等我一会儿，马上就回来。"

喻橙站在原地，视线循着他的身影看去，在看明白他的意图后，她唰地低下头，两只鞋尖碰了碰，踢起一簇雪，心里止不住地冒出小雀跃。

他去给她买奶茶？总不会买给自己喝吧，肯定是给她买的。

喻橙正胡思乱想，听见越来越近的脚步声，下一秒，一杯奶茶递到了眼前："拿着，不想喝的话可以暖手。"

喻橙两只手捧住，说："谢谢。"

热乎乎的奶茶透过手套传到掌心，那股暖意顺着筋络爬遍全身。

周暮昀站在她的身侧，目视车水马龙的道路："既然不想让我送，那我陪你等车吧，不然我不放心。"

这次喻橙没有拒绝。

她拽下一只手套，揭开奶茶的塑料盖子，奶茶的上面铺了一层厚厚的奶盖，软绵绵的，又香又甜，嘴巴凑到杯口喝了一口。

喻橙的嘴角不小心沾了一点雪白的奶盖，与嫣红的唇瓣形成鲜明对比，竟有一股奇异的诱惑力。

周暮昀眸色暗了暗，喉结滚动了一下，他想帮她擦掉。

不等他付诸行动，喻橙像是感觉到，伸出舌尖在唇角舔了一下，粉嫩的小舌卷走了那一点奶盖。

周暮昀轻咳一声，忽然别开视线。

奶盖吃得差不多了，喻橙从袋子里翻出吸管，打算喝奶盖下面的奶茶。

吸管从袋子里抽出来的时候，不小心被塑料袋提手挡了一下，掉在了地上。

喻橙蹙起眉毛，垂眸看着躺在雪地里的吸管，好在外面包裹了一层塑料膜，没弄脏。

她弯腰捡起地上的吸管。

雪天的路本来就滑，喻橙又穿着不防滑的平底皮靴，起身时没能站稳，脚下一滑打了个趔趄，她的身体朝前栽倒。

"啊！"她闭着眼睛尖叫，已经能预见自己摔在地上四仰八叉的样子了。

千钧一发之际，周暮昀手疾眼快，抓住了她的手臂，他往上一使力，几乎将她整个人拎了起来，比拎小鸡还要轻松。

人倒是刚好站稳了，手里的半杯奶茶却因为激烈的动作全洒了，不偏不倚，正好洒在周暮昀身上。

他敞着大衣，事故发生的一瞬间，他只觉得腹部陡然被浇来一股热流，再经冷风一吹，那感觉真是分外凉爽。

喻橙站稳后慌慌张张地从他的怀里退出来，这才发现自己干的好事！

周暮昀纯白的毛衣上染了一摊浅褐色的奶茶。

喻橙见状，脑子里一片空白，怎么办？怎么办？死定了……

"对不起。"

她的手都不知道该往哪儿放，她使劲地垂下头，诚恳地道歉。

对方没回应，她弯下腰，再次道歉："对不起对不起，都怪我不小心。"

41

这事儿要是换作旁人，周暮昀早就发火了，可是这个人是喻橙，那就另当别论了。

周暮昀扯着毛衣，尽量不让浸湿的布料挨到皮肤，他垂眸看着鞠躬道歉的姑娘。因为他没吭声，她就一直保持着弯腰的姿势一动不动，脖子上挂的手套都快垂到地上了。

他叹一口气，好脾气地说："抬头。"

喻橙慢吞吞地直起身，依然低着头不敢看他，像一个犯了天大错误的罪人。

"腿崴了吗？"周暮昀问。

喻橙摇头，吸了吸鼻子，声音细得像蚊子一样："没。"

周暮昀歪着头看她："不会哭了吧？"

"没有。"喻橙抬起头，眼里装满了尚未褪去的慌乱无措。

她直勾勾地看着他，不明白他怎么还能笑出来。

不生气吗？

如果有人在大冬天泼她一身奶茶，估计她能气到爆炸，二话不说就揪住对方的衣领把人摁在地上揍一顿。

说实话，刚才那一瞬，她都脑补了周暮昀暴揍她的画面。

"没哭就好。"周暮昀夺走她手里死死握住的纸杯，扔进旁边的垃圾桶，抬手在她的帽子上摸了一下，安抚她道，"你要真哭了，我还得哄你，我可没有哄女孩子的经验。"

喻橙盯着他毛衣上的一摊奶茶污渍，懊恼得直挠头："你的衣服湿了……穿着会感冒吧？"

就算不能感同身受，她也能想象出湿透了的衣服贴着皮肤被冷风吹的感觉。他本来穿得就少，连一件挡风的羽绒服都没有。

周暮昀："还好。"

他这一声还好，怎么听怎么勉强，喻橙的愧疚感越发深重。

她四下扫视了一圈，想要寻求解决方案，片刻后，她的目光锁定不远处灯火通明的购物商场："时间还早，要不现在去买一件毛衣换上吧？你的衣服是我弄脏的，我应该赔你一件。"

周暮昀沉默片刻，答应了。

两人穿过马路走进商场，直奔二楼服装部。

42

除了爸爸，喻橙从来没有给其他的异性买过衣服，尤其是像周暮昀这种看起来就很精英范儿的男人。

她大致扫了一眼，走进一家知名品牌店。

周暮昀充分扮演了一个陪女朋友逛街的贴心男友，二话不说地紧跟在她的身后。

"你好，欢迎光临。"

穿着深蓝色职业套装的导购员露出标准的微笑，走上前来为两人服务，目光不禁瞥向喻橙身后的人。

男人身材高大、相貌英俊，年轻的导购员忍不住多看两眼，视线往下移，呃，毛衣有点惨不忍睹。

"请问您有什么需要？"导购员回过神来，礼貌地询问。

喻橙指着衣架上挂的一件白毛衣，咬了咬下唇，扭头问周暮昀："那件可以吗？"跟他身上穿的这件款式有些相似。

周暮昀挑了挑眉，相信她的眼光："可以。"

喻橙朝导购小姐姐一笑："那件毛衣，麻烦拿给他试一下。"

"好的，请稍等。"导购员找出符合周暮昀穿的尺码的毛衣递过去。

周暮昀拎着衣服去了试衣间，喻橙百无聊赖地坐在沙发上，她的两条腿并拢，鞋尖蹭着鞋尖，她垂着头，思绪神游天外。

"你男朋友真帅！"导购员忽然凑近她说。

喻橙一愣，猛地抬起头，脸色爆红，她连忙摆手解释："他不是我……"

恰在此时，周暮昀从试衣间里走出来，站在喻橙的面前："你觉得怎么样？"

喻橙仰着头自下而上地看着他，不禁感叹，衣架子果然穿什么衣服都好看。

她觉得，他可以直接上T台走秀。

喻橙目光一转，忽然看见他的领子后面有一处翻起来了，于是她站起身走到他的身后，踮起脚帮他把领子折过来整理好，又绕到他的面前站好，她仔细打量一番，满意道："很合身，也很好看，就要这一件吧。"

一旁的导购员看得呆住。先前这位先生穿着大衣的时候，导购员只觉得他颀长挺拔，眼下单穿着毛衣，肩线腰线腿长一目了然，她不由得在心中大

43

呼：老天爷太偏心了，给了他帅气的外表，还给了他完美的身材比例。

导购员愣了片刻，开始为这个月的业绩考虑，微笑着上前推销："先生，这款毛衣是情侣款，还有一件女款的，要不要让你的女朋友试一下？两件一起买，打八折哦！"

现在的人哪，为了推销，居然给人乱扣关系。喻橙有些无语，还是耐心地跟导购员解释："我想你可能误会了，我们……"

喻橙的话没说完，就被身侧的男人打断了："是吗，两件打八折？"

"是的！"导购员的两眼放光，侧过身拎出一件女款的毛衣，笑眯眯地拿到喻橙的面前，"款式非常好看，与您的气质也很搭，喜欢可以试一下。"

周暮昀偏着头打量，手搭在喻橙的肩膀上，拨着她的身子来回转了小半圈，想象着她穿上这件毛衣的样子："看不太出来，还是换上试试吧。"

喻橙一愣。这人是第一次出来逛街吗？就算两件打八折，那也肯定比买一件花的钱多啊！

喻橙面露难色，扯着周暮昀的袖子背过身去，朝他勾了勾手指。

周暮昀不明白她要做什么，他却很顺从地低下头，耳朵凑近她。

喻橙压低声音不让导购员听见："你干吗呀？很明显她就是想让顾客多掏钱，我不需要衣服，只买你那一件就行了。"

女孩声音糯糯的，像红糖珍珠。

两人第一次靠这么近，近得他能看清她卷翘的睫毛，近得他只要稍微侧头，就能亲到她的脸颊。

"可是，我觉得买两件很划算，你去试试。"周暮昀从导购员手里接过毛衣，放在她的身上比了比。

喻橙拗不过他，只好拿着衣服去了试衣间。

不一会儿，喻橙从里面出来，穿着跟周暮昀一模一样的毛衣，忽然就觉得怪怪的。他们明明不是情侣，却穿情侣装。

导购员的眼前一亮，更加卖力地推销："姑娘，你穿这件衣服很漂亮啊，简直是为你量身定做的，别人绝对穿不出这样的效果！要不就两件一起买了吧，要是有我们店的会员卡，还能折上加折！"

在导购员的眼里，小姑娘年龄不大，皮肤白皙透亮，脸蛋是水水润润的胶原蛋白，苹果肌泛着淡淡的粉。尤其是那双大大的杏眼，水灵动人，纯白的毛衣越发衬得她灵动可爱。

喻橙被导购员拉到镜子前："我没有骗你，你自己看看，是不是很好看？"

喻橙没有吭声，周暮昀却说："好看。"

导购小姐姐眉开眼笑，点头附和："是吧，你的男朋友也说好看，我就说你穿了肯定好看。这款毛衣很百搭，可以搭配长大衣和羽绒服，也可以单穿，下面穿铅笔裤、百褶裙、A字裙都可以，怎么搭都错不了。"

喻橙已经无力解释了，这不是她的男朋友。

周暮昀说："开票吧，两件都要。麻烦剪掉我身上这件的吊牌，她的那件装起来。"

他说着就掏出皮夹里的卡，导购员连忙双手接过，动作麻利地去开票。

喻橙反应过来，想要阻止已经来不及了："不对，说好了我赔给你的，怎么能让你掏钱呢？"

周暮昀仿佛没有听见她的话，双手按住她的肩膀，将她整个人掉转了个方向："去换下来吧。"他顿了一下，嘴角笑意明显，"或者，你想像我这样，直接穿在身上也行。"

喻橙被动地去了试衣间，换下身上的衣服。

她再次出来时，周暮昀已经穿上了大衣，手里拎着个纸袋，里面装的是他那件脏毛衣。喻橙的那件女款毛衣，导购员也装好了，递到他的手里，由他转手送给她。

两人一起往外走，听到身后导购员热情地说："欢迎下次光临！"

"等一下。"喻橙蹙起眉毛，她还是不能接受别人的馈赠，"应该由我来付钱，你的毛衣是我弄脏的。"

"毛衣弄脏了洗洗就好了，我没损失。"

"可是……"还是觉得有哪里不对，她想了想说道，"那我的这一件，总该我来付钱吧？多少钱？我转给你。"

既然他的毛衣洗洗还能穿，她不需要赔钱，那么她应该支付给他另一件毛衣的钱才对。她总算捋清楚了。

周暮昀脚步微顿，深黑的眼眸平静无波："那是我送你的，为了感谢你今晚请我吃火锅。"

走了两步，喻橙忽然抓住他的胳膊："不对。"

周暮昀耐心十足地问："又哪里不对？"

"我请你吃饭，是因为你上次请我吃饭。"绕来绕去，差点把她绕晕了。

周暮昀觉得，这姑娘真是一根筋。他躬着身跟她保持平视的高度，眼睛直视她，表情是难得一见的严肃："一定要跟我算得这么清楚吗？"

喻橙的呼吸霎时乱了，她紧抿唇瓣，脚步往后挪了挪。

不行，他离她太近了，她能感觉到他的呼吸，温温热热的，喷洒在她的脸上，她的大脑快不能正常运转了。

周暮昀注意到她的反应，他沉默片刻，察觉到自己的话好像有点暧昧。

他倏地站直了，眼神只慌乱了一瞬便恢复正常："我的意思是，我们是朋友，不该这么见外，不是吗？"

喻橙不敢再说什么，怕惹他不快。

两人站在路边，刚好有一辆亮着红色"空车"灯牌的出租车驶来，周暮昀连忙伸手拦下。

车子缓缓停在路边。

车窗摇下来，露出一张年过四十的大叔脸，和蔼可亲，大叔手上戴着双深灰色的棉手套，手搭在方向盘上，侧头看向窗外。

风吹在脸上很冷，喻橙朝周暮昀摆了摆手："我先走了。"

周暮昀嗯了一声，帮她拉开后座的车门，看着她坐进去，而后，他从口袋里拿出手机，在司机疑惑的目光下，对着车牌号拍了一张照片。

这还不算完，周暮昀站在副驾驶座门外，手臂探进去对着里面放置的司机营业执照也拍了一张照片。

司机大叔："……"

周暮昀无视他怪异的眼神，对喻橙说："到家给我发条消息。"

坐在后座的喻橙目睹他一系列的行为，顿觉心中有股暖流，他是担心她一个女孩子晚上坐车不安全吧。

"好。"喻橙说，"路上注意安全。"

车窗升上去，司机启动车子，在风雪中缓慢前行。街道两边的霓虹灯映照在结了水汽的车窗玻璃上，朦朦胧胧，一片绚丽多彩。

车里开了暖气，喻橙并不觉得冷。

司机大叔被当作歹徒一样防来防去，并没有生气，从后视镜里看了一眼坐在后座的女孩，她怀里抱着一个纸袋，正在发呆。

司机大叔的脑中闪过刚才那一幕，笑着开口说："你男朋友可真贴心啊。"

喻橙抬起头，发现他是在跟自己说话，她迭声道："不是不是，您误会了。"

第二次被当作周暮昀的女朋友，喻橙很是无奈，她哭笑不得地说："他不是我的男朋友。"

司机大叔打转向灯，转向另一条路："咋还不好意思了呢？照顾得这么周全，除了父母，那就只能是男朋友了。"

大叔只以为是小姑娘脸皮儿薄，不愿承认。

喻橙讪讪一笑，索性不解释了。

出租车到达小区门口已经是半个小时以后了，因为道路上的积雪有一些没来得及铲除，为了安全，司机大叔一路开得很慢。

喻橙刚到家，手机就振动起来。她没顾得上看，弯腰从鞋柜里抽出拖鞋扔在脚边。等换好了鞋，才抽空看手机。

玄关灯光昏暗，手机屏幕的光亮映在脸上，她看到了周暮昀发过来的一串微信消息。

"到家了吗？"

"还没到？"

"不是说二十几分钟就到吗？"

"喻橙。"

"你再不回消息，我要报警了。"

喻橙吓得连忙握着手机噼里啪啦地打字："我到家了。"

而后，她补充了一句："天黑路滑，司机开得很慢，所以耽误了点时间。"

周暮昀终于放心了，回了一句："那就好。"

喻橙愣在原地，脑子里不知怎么地就响起司机大叔的话：照顾得这么周全，除了父母，那就只能是男朋友了。

她摇了摇头，把这个想法从大脑中赶走。

喻橙，你清醒一点！周暮昀贴心照顾你，是人家有绅士风度，你脑补一些有的没的就过分了啊。

第三章　这是她第一次牵他的手

由于积雪开始融化，北京的气温空前地低，一出门就犹如置身于冰窖之中。

一连几天，喻橙都待在家里做菜，拍流程图，写菜谱，微博更新得格外勤快，粉丝活跃度也跟着上涨。

她中午做了一道藤椒鸡，出锅的状态被做成动态图。

切成长条状的金黄色鸡块整齐地排在瓷盘里，上面铺了一层红红绿绿的小米椒，藤椒粒放进热油里爆香之后，连油带藤椒一起淋在鸡肉上，嗞嗞溅起油花。隔着屏幕都能闻到藤椒那种又麻又辣的香味。

喻橙喝着外卖送来的奶茶，坐在电脑前看最新的微博评论。

"大鱼需要助理吗？不用发工资，给口吃的就行的那种。"

"望着食堂的饭菜，我真实地流泪了。"

"每日一问，请问怎样才能娶到我们鱼仙，排队还是走程序？"

喻橙随后又发了一条微博。

@大鱼爱吃小橙子V："鱼仔们，你们的鱼现在坐标北京，请问有美食推荐吗？宅了几天，想出去觅食了。"

粉丝都知道喻橙是学生党，平时在上海读书，寒暑假会回北京。同在北京的粉丝先是热烈庆贺她回大北京，然后给她介绍各种好吃的美食。

其中有一条点赞太多，被顶上热门评论。

鱼仙的贴心小棉袄："大鱼！强烈推荐你去吃尚德私房菜的秘制小黄

鱼！味道真的很棒！不好吃我把头掰下来给你。上次我爸的一个朋友请客有幸吃到的，听说要提前半个月预约哦！"

这条评论下有很多网友附和，都说尚德私房菜馆的菜味道独特，堪称一绝。

尚德私房菜，喻橙记住了。

翌日，天正好放晴，阳光刺破云层洒在地面上。

喻橙打车来到一条小巷子口，被出租车司机告知不能再往前开了，巷子窄，车进不去。

她只好付钱下车，一边问路一边走，七拐八拐之后，终于找到了传说中的尚德私房菜馆。还真是酒香不怕巷子深！

喻橙笑笑，抬头看着上方的黑色牌匾。

这块匾看着有些年头了，风吹日晒，表面打磨得黝黑发亮，雕刻的五个大字遒劲有力。

之前有网友科普过，要提前半个月预约。喻橙没指望今天就能吃上，只是闲着没事过来碰碰运气。

她敲了两下门，没人搭理，她便跨过门槛径直走进去。

一个挺大的四合院，地上铺着一块块方正的青砖，砖块上雕刻着精致的莲花图案。院子两边种有高大的银杏树，眼下这个时节，只剩下光秃秃的枝丫，在风中摇来晃去。稍远处有座假山，潺潺的清水从石缝中流出，落进下面的池中。院子的左侧放置一口在清宫剧里见过的大缸。

在北京，占地面积这么大的老四合院得值不少钱吧？喻橙心想。

不过，这里哪儿有一点私房菜馆热闹的样子？鬼片的拍摄现场还差不多。这么冷清，网友还说要提前半个月预约。要不是门口的牌匾写得清清楚楚，她以为自己走错地方了。

喻橙往北边走，发现那边好像有间屋子没关门，而是挂了厚实的军绿色棉布门帘。

"喵——"

斜侧里忽然蹿出来一只猫，吓了她一跳。

喻橙定了定神，只见通体雪白的小猫迈着慵懒的步子朝她走来，一双蓝汪汪的大眼睛像宝石，它一点也不认生，脑袋蹭着她的小腿，竖起来的耳朵带了一点点粉。

她蹲下来摸了摸它，小家伙仰起脑袋轻蹭她的掌心。

"小猫咪，你的主人呢？"她一下一下地捋着小猫柔软的毛，歪着头看它。

看着看着，她忽然发现这只猫有点眼熟，好像在哪里见过。

恰在此时，屋内传来一阵男人的笑声。

喻橙丢下猫，抬步走上台阶。小猫亦步亦趋地跟在她的身后，她挑起厚重的门帘，它的前爪一跃，小猫跳进了屋内。

偌大的屋子，有源源不断的暖气扑面而来，一眼望去，只有最里面的一桌坐着两三个人。正对着门口坐的一个男人察觉到这边的动静，抬头看过来。

刹那间，喻橙和看过来的男人如同隔着山海遥遥相望。喻橙惊讶地睁大眼睛，张了张嘴，几个简单的音节从唇缝溢出来："周、周暮昀？"

周暮昀怔了怔。他没想到会这么巧，居然在这里遇到她。

这家私房菜馆是他的朋友卢成海家开的，有上百年历史了。上次他帮了赵奕琛一个忙，赵奕琛惦记着这份人情，要请他吃饭。两人一合计，直接来了老朋友这里。

平时大家忙着工作，周暮昀很少过来，正因如此，卢成海才推掉其他人的预约，腾出时间专门招待他们。

"喵。"

一声细弱的猫叫打破了安静的气氛。小猫绕来绕去，又跑到喻橙的脚边，围着她转圈。

片刻后，周暮昀如梦初醒一般拉开身后的椅子，朝门口走去。

喻橙明眸大睁，显然还没有从震惊中缓过神。

"真巧，我们又见面了。"周暮昀唇畔的笑意不加掩饰，眼神朝里面示意，"过去坐吧。"

喻橙愣了一下，正犹豫要不要过去，就看见桌边一对男女讶异地看着他们俩。

赵奕琛瞧见是个漂亮妹子，周公子还一副细心呵护的样子，他差点跌破眼镜，腾地站起来，兴冲冲地跑过去。

赵奕琛盯着喻橙看了几秒，又看向周暮昀："这位漂亮妹妹是谁？我以前怎么没见过？"

赵奕琛生了一双勾人的桃花眼，看起来风流不羁，相貌比女人还要精致几分。但脸部的轮廓硬朗，丝毫不添女气。说话的腔调倒是跟贾宝玉有一拼。这都不算什么，最吸引人眼球的是他头顶挑染的一撮绿色的头发。

不知为何，喻橙忽然想到那句话——要想生活过得去，就得头上带点绿。

周暮昀不耐烦地敲了一下赵奕琛的肩膀，冷冷睨他一眼，语含警告："给我老实点儿。"

私底下的聚会，赵奕琛这个人从来就没个正形，开起玩笑来不知收敛，不懂进退。

这是喻橙第一次接触周暮昀的朋友，周暮昀不想给人留下一个人以群分的坏印象，以为他和赵奕琛这种风流鬼是一类人。

赵奕琛忽略周暮昀的警告，朝喻橙抛了个媚眼："漂亮妹妹，我还不知道你的名字呢？"

"你好，我叫喻……"

喻橙的话还没说完，就被周暮昀扣着肩膀，带到里边的位置坐下。

喻橙的对面是个妆容精致的女人，女人深黑的眼线上挑，媚眼如斯，琼鼻挺翘，饱满的嘴唇涂了正红色口红。女人的手搭在桌边，眼角的余光有意无意地打量着喻橙。

赵奕琛也坐了下来，长臂一伸，揽住红唇女人，她便小鸟依人一般投进他的怀里，嫣然一笑。

喻橙立刻就明白了两人的关系，有些尴尬地移开视线。

"冷不冷？"周暮昀问。他说着，拎起桌上的小茶壶，抽出一个茶杯烫洗干净，给喻橙倒上一杯热茶。修长的手指捏住深褐色茶杯边缘，袅袅白气升腾，这一幕竟有些赏心悦目。

喻橙双手接过茶杯，说："还好。"

喻橙对面的两人目光过于灼热，她感到浑身不自在。

周暮昀却直接无视他们，见喻橙很快喝完了一杯茶，接过茶杯又给她添满。

十指不沾阳春水的周公子，伺候起人来倒也像那么回事儿。

赵奕琛饶有兴趣地撑着下巴，观赏周公子的一系列动作，非常想掏出手机将这一幕录下来，分享到群里，让其他哥们儿好好看看周公子是怎么追女孩的。

"你怎么会来这里？"周暮昀侧着身，声音低柔地问道。

赵奕琛怀里的女人不免有些吃惊，这姑娘谁啊？她跟了赵大少也有段时间了，每次出去聚会，周公子都形单影只，坐在卡座里品酒，这些纨绔子弟的暧昧游戏他一概不参与，只在一旁笑得云淡风轻。当时她还听几位少爷调侃，要是哪天周公子带了女孩，他们一人吹一整瓶1982年的Lafite（拉菲）！

喻橙："听人说这里的菜味道不错，我慕名前来的。"

周暮昀想起来了，她是美食博主，到处挖掘美食是她的爱好之一。

赵大少爷插话："这位漂亮妹妹待会儿可要多吃点，今天我请客。"他简单地做了自我介绍，"我是赵奕琛，周公子的朋友，你叫我琛子就行。"

周公子？是对周暮昀的称呼？

面对这样的热情，喻橙有些局促："我、我叫喻橙，比喻的喻，橙子的橙。"

"啊——"赵奕琛意味深长地拖着腔调，朝周暮昀那边瞥了一眼，眸中神色莫辨，"原来叫喻橙，我知道了。"

赵奕琛通过观察这姑娘和周暮昀的相处模式，大概猜到了，某人上次打扮成小奶狗还爽约，就是为了陪这姑娘。

喻橙低下头，小口饮茶。她刚才口渴，第一杯喝得急，都没尝出味道，眼下细细品味，倒是觉得这茶别有一股清香，忍不住多喝了几口。

周暮昀见杯中的茶见了底，问她："还要吗？"

喻橙对上他漆黑如墨的眼睛，连忙摇头。

今天是周三，工作日，她有点疑惑，他怎么会有闲情逸致跑到这么偏远的小巷子里吃饭。

喻橙实在按捺不住，将心里话说出来："我很好奇，你们房产中介的工作这么轻松吗？"

闻言，赵奕琛也好奇地看着周暮昀："你？房产中介？"他没有听错吧？他怀里的女人也一脸吃惊，不明白圈子里有名的富二代、森远集团的现任总裁，怎么跟房产中介扯上关系了？

他们看这姑娘的表情不像是在开玩笑。

几双眼睛齐刷刷地盯着周暮昀，他捏着茶杯的那只手顿了一下，他不知道要怎么跟喻橙解释，轻咳一声："我去厨房看看，让他们多加几道招牌菜。"

既然喻橙是慕名前来的，总该让她把这里的招牌菜尝个遍。

赵奕琛眼珠子转了转，在怀里女人的脸颊上亲了一口："潇潇，好好照顾喻妹妹，我也去看看。"

女人笑着颔首。

赵奕琛跟做贼似的，轻手轻脚地跑到后厨，果然看见周暮昀在跟卢成海低声交流。

卢成海笑着说："你们聊，我这就去吩咐厨子加菜。"

赵奕琛走过去，勾住周暮昀的脖子，揶揄一笑："来，跟兄弟说说，你怎么就成房产中介了？"

到底是生意场上的人，赵奕琛表面吊儿郎当，该有的城府也是有的，喻橙的那句话一出来，他就察觉到有端倪。

果不其然，周公子的脸色微变，他淡声地说道："我说我是卖房子的，她误会了，以为我是房产中介。"

赵奕琛一愣，扑哧一声笑出来："那我这开连锁百货的，是不是得声称开小卖部的？"

周暮昀："……"

"然后呢，你也不跟人解释，由着她误会？"赵奕琛终于笑够了，双手抱臂倚靠着墙壁，一副等他解释的姿态。

"这样也没什么不好。"

赵奕琛睨了他一眼："你这玩的什么套路，我怎么看不明白了？你说你一房地产大佬，怎么就这么想不开呢？"

赵奕琛思考片刻，手指着周暮昀，似是明白了他的意图："哦，我知道了，你怕人家姑娘图你的财？周老三，我告诉你，你不能这么想，漂亮妹妹一看就不是那种人。"

要说对女人的了解，没人比得过他赵大少爷。他一看就知道喻橙是家庭和睦氛围下长大的孩子，被家长保护得好，没什么社会经验，傻乎乎的，特别好骗，别人说什么她都相信。一双杏眼清澈明亮，怎么看怎么单纯无害。

周暮昀似笑非笑地说："你想多了。"

"难道不是这样？"

"你不了解她。"周暮昀说，"我不跟她明说，是不想让她有距离感。"

那姑娘为人处世有自己的一套原则，待人客气又疏离，如果她知道周暮昀的身份，一定会不自在，搞不好就此不往来了。至少，在她没有对他放下心防之前，周暮昀不想说明身份。

赵奕琛这回听明白了。换言之，房产中介这职业接地气儿，能让人家姑娘没负担。

赵奕琛的嘴角扯出一个笑容，手搭在周暮昀的肩上轻拍两下："周老三，你对女人的了解不如我，别怪兄弟没提醒你，小心玩脱了。"

赵奕琛顿了顿，又道："照你这么个温水煮青蛙的法子，不知道何年何月能追到妹子。不过你放心，到那一天，我给你放个一千响的大礼炮！"

赵大少爷吩咐潇潇好好照顾喻橙，可对面一个二十几岁的人，潇潇也不知道要怎么照顾，就低头玩自己的指甲。

喻橙不认识她，为避免不必要的尴尬，也没有主动说话。

"喵，喵，喵。"小猫仰着脑袋叫唤。

喻橙很喜欢猫，可惜蒋女士对猫毛过敏，家里从来没养过猫。她弯腰抱起小猫，高高举起来。小家伙扑腾了两下后腿，踩在她身上。喻橙顺势放低手臂，雪白的一小团便乖乖地蜷缩在她的臂弯里，一只肉嘟嘟的爪子一下一下地挠她的衣服。

她揉了揉它的脑袋："你可真顽皮。"

小猫一双圆溜溜的蓝眼睛盯着她，喻橙也看着它，半响，终于明白为什么觉得熟悉了，周暮昀的微信头像好像就是它。

潇潇看着一人一猫玩得不亦乐乎，掩唇娇笑一声："喻小姐，你跟周公子是怎么认识的？"

喻橙有些纠结，不知道该怎么跟人解释相亲认错人这种事。她不答反问："你们为什么叫他周公子啊？"

"你不知道周公子的身份吗？"如果知道，喻橙应该不会这么问。

"我知道啊，他是房产中介。"

潇潇很没形象地瞪大眼睛，不可思议地看着她。什么啊，喻橙居然以为周公子是房产中介？

喻橙不懂她为什么这么惊讶："我说得不对吗？"

"当然不……"

"当然是因为我们阿昀芝兰玉树，玉树临风，风流潇洒，洒脱不羁，羁……"赵奕琛接不下去了，笑眯眯地坐在潇潇身边，一个眼神扫过去，让她闭了嘴，接着说，"我们阿昀配得上'公子世无双'这句话，叫他一声周公子不合适吗？"

喻橙被突然从背后蹿出来的赵奕琛吓了一跳，干笑两声："合适。"

周暮昀随后走过来，目光漫不经心地扫过她怀里的那只猫。

猫主子被伺候得浑身舒坦，眯着眼睛，两只前爪扒在喻橙的胸前。要不是动来动去的猫尾巴，他以为它睡着了。

喻橙察觉周暮昀在看猫，问他："你的微信头像是它吗？"

周暮昀嗯了一声，主动跟她解释："它本来是别人送我的，我工作忙没时间照料，就把它丢在这里了。"

如果她喜欢，以后两人一起生活，他可以考虑把它接回去。

然而，喻橙心里想的却是：我可没看出来你工作有多忙。

喻橙在猫咪的脑袋上抚了抚，小猫睁开眼睛，伸出粉嫩的舌尖卷了一下，用小奶音喵了一声，喻橙笑了："它叫什么名字呀？"

"鱼丸。"周暮昀说。

赵奕琛一口茶差点喷出来，还能更扯一点吗？

他怎么听说，养在卢成海这里的猫名字叫发财。

"鱼丸？"喻橙重复一遍，开心地笑起来，"四舍五入就跟我一个姓了啊。"

"嗯。"

周暮昀见她眼角弯弯笑得开心，于是舒展眉眼，也跟着笑了。

几人聊了一会儿，卢成海从后厨出来，说了一声："收拾收拾，可以开饭了。"

有服务员过来，帮忙把桌上的瓜子、点心收走。

桌上很快摆满了精致可口的菜肴，空气里飘散着各种食物的香气，其中当然有喻橙心心念念的秘制小黄鱼。

红色的小泥炉里炭火烧得旺，上面放置一口白色双耳砂锅，里面铺着一条条小黄鱼，还有一层嫩豆腐，汤汁浓稠，泛着奶黄色，煮得咕噜咕噜地冒泡。

周暮昀用公筷夹了一条鱼，放进喻橙面前的碟子里："尝尝。"

喻橙拿起筷子，又放下，小心翼翼地看着他："我能拍照吗？"她回去要写美食攻略，需要配照片。

周暮昀愣了一下，旋即猜到她的用途，笑着说："可以。"

喻橙冲他笑了笑，为了不耽误其他人用餐，她迅速地拍完了每一道菜。

赵奕琛用余光偷觑他们，感觉自己留在这里有些多余。

卢成海将最后一道菜端上桌，被赵奕琛一把拉住手臂："老卢，你也坐下来吃，今儿没外人，都是自家兄弟以及自家兄弟的妹子。"

喻橙羞窘地垂下头，抿了抿唇。她不是周暮昀的妹子……

周暮昀看出了喻橙的不自在，眉心拧了拧，在桌底下踹了赵奕琛一脚，没完了是吧。

连卢成海都看不过去了，转移话题："老三说喻小姐是行家，我这压力很大啊。怎么样，味道还行吧？"

喻橙正吃着小黄鱼里煮的豆腐，忙说："你太谦虚了。我倒是听人说，这里的秘制小黄鱼味道堪称一绝。"

被人赞美了，卢成海大笑起来："喻小姐可吃出什么了？"

"那我就说了，既然是秘制小黄鱼，重点想必都在秘制酱料上吧？如果没尝错的话，酱料是由蟹肉、虾等调制的，但味道又不太明显，应该是加了菌类压制了虾蟹味儿。至于菌类，不只加了一种，我只吃出了香菇、鸡枞菌、平菇的味道，其他的没吃出来……"

她说到最后声音渐渐低下去，因为不确定自己说得对不对。

卢成海惊得好半晌说不出话来，对她比了个大拇指。她果然是行家啊！他这祖辈代代传下来的菜谱，喻橙第一次吃就猜出了好几样食材，多来几次搞不好就会做这道菜了。

周暮昀的视线始终盯着喻橙。她说完话又低下头，吃得认真专注，小臂贴在桌边，姿势端正得像小学生写作业。

除了镇店之宝秘制小黄鱼，其他的招牌菜也名不虚传，比如那道石锅鹅肝，喻橙就很喜欢。

浅口石锅烧至高温，刷上一层油，一片片微处理过的鹅肝放在上面，刺刺作响，散发出鹅肝独具的香气。

不消一分钟，鹅肝表面就呈现褐色，夹起来，再裹上一层酸酸甜甜的梅子酱，放入口中，不需咀嚼，鲜嫩的鹅肝入口即化为糜。

这顿饭喻橙吃得身心舒畅。

饭后，几人继续品茶、聊天、吃水果。

赵奕琛跷着二郎腿，一边吃着潇潇喂到嘴边的水果，一边在"京城十六少"微信群里发消息。

"本少是第一个见到周老三的妹子的人！"

魏青："报上地址，老子要打飞的去观摩。"

顾邵宁："妹子的照片呢？有图有真相。"

赵奕琛颠了颠腿："周老三现在就在我旁边，我怎么给你们拍照？要是被他发现了，怕是要打死我。"

燕北："妹子叫什么名字？以后兄弟们碰到她，先拜一拜，这妹子居然能拿下万年周铁树，不简单啊不简单。"

赵奕琛："喻橙。"

齐政看了一眼时间，在群里对全体成员说："下午还有时间，约老三出来赛车，让他把妹子带上，我们也要看！"

赵奕琛抬头朝周暮昀说道："齐政提议下午赛车，问你去不去。"

周暮昀拎着小茶壶给喻橙倒茶，想都不想直接拒绝："不去。"

喻橙诧异道："你还会赛车？好酷啊。"没想到看起来温润儒雅的周公子，居然会这么狂野的技能，真是让人大开眼界！

赵奕琛闻言挑眉一笑："老三啊，喻妹妹说赛车好酷哦，你要不要秀一下？"

周暮昀沉默不语，赵奕琛继续怂恿道："还犹豫什么，带上喻妹妹一起呀，让小姑娘长长见识。"

赵奕琛怂恿完周公子，又转头看向喻橙："喻妹妹没在现场看过赛车吧？"

"没有。"喻橙老实回答。她只在电视里看过，感觉特别拉风，特别刺激。

"跟你说，阿昀在赛道上那叫一个帅！"赵奕琛手舞足蹈地比画着，越说越兴奋，恨不得化身赛事解说，"转弯的时候，他一个漂移，车都能飞起来。"

"……"

周暮昀静静地看着他吹牛。然而让周暮昀没想到的是，喻橙居然听得很认真。

她这么喜欢赛车？

周暮昀垂眸扫了一眼腕表，两点过五分，时间尚早。他斟酌片刻，问她："想看吗？"

"可以吗？"喻橙说。

周暮昀："你想去就可以。"

男人一双漆黑的眼眸深深地凝视着她，这感觉就好像，他全凭她做主。只要她想，他就愿意去做。

要命了！喻橙听到了自己心跳的声音，一下，又一下，急促有力，渐渐地乱了频率。

赵奕琛在微信群里为大家传播最新消息："号外号外！周老三要带妹子来飙车了，兄弟们做好准备！"

一时间，身在国外的几位少爷也都冒泡了。

"错过这一波，我是不是过年都不用回来了？"

"请问现在订机票还来得及吗？"

"赵小五，你能好人做到底，开直播吗？老子给你打赏游艇。"

赵奕琛看着群里的消息，忽然意识到一件严重的事情——他们去赛车的话，周暮昀的身份不就藏不住了吗？

赵奕琛蹙起眉毛，周暮昀这货真是色令智昏，为了哄妹子高兴，什么都抛到九霄云外，关键时刻还得靠他这个兄弟。

赵奕琛思忖片刻，在群里说："老三在跟妹子玩情趣游戏，暂时隐瞒了身份，你到时候别说漏嘴了。"

齐大少："？"

赵奕琛："记住，周老三现在的身份是房产中介，我是开小卖部的，你们随意吧，别暴露就行。"

燕北："我家开娱乐公司的，是不是要说成搭戏班子的？"

全体成员："……"

赛车的地方是郊区的环形公路，那里车少，相对来说比较安全。

远离市中心，温度要低很多，道路两边大堆的积雪未融化，白茫茫的连绵一片。寒风肆虐，摧残着路边的高大杨树，光秃秃的枝丫张牙舞爪地晃动。

靠近路边停了几辆专业赛车，车旁站着一群俊男靓女。

听说万年铁树周暮昀要带妹子来赛车，身在本地的公子哥能来的都来了。不仅本人来了，还都带了妹子过来。没有女朋友的男人也带了女伴过来撑场子。一来，大家是不想让周老三的妹子尴尬；二来，大家也不想被喂狗粮。

远远望去，乌泱泱的一群人，声势不可谓不浩大。

喻橙一看这阵势就被吓到了："人这么多？"

周暮昀也没想到会来这么多人，温声地对她解释："可能是赵奕琛说了什么，他们都是来看热闹的。"

"啊？"

喻橙的脸又不争气地红了，赵奕琛那么喜欢开玩笑，她不用想也知道他说了什么。

她定了定神，小声嘀咕："你朋友的颜值都这么高吗？"

清一色帅气逼人、气度不凡的男人站在路边，有的已经换上了酷炫的赛车服。喻橙觉得自己好像误入了群星云集的大型颁奖典礼现场。

周暮昀的眉头微不可察地蹙了一下，语气含酸："长得也就那样吧。"

喻橙："……"

齐政裹紧身上的羽绒服走过来，先是揶揄地撞了一下周暮昀的肩膀，而后才将目光落在旁边的女孩身上。

喻橙穿着白色羽绒服，头上戴着红色贝雷帽，扎两个小辫子，皮肤白里透粉，一双杏眼乌黑明亮，眼神特别清澈。

她成年了吗？

喻橙被盯得不好意思，别过脸去。

齐政轻咳一声，主动问好："你好你好，我是齐政，老三的朋友，我是开小旅馆的。"

周暮昀一愣，还没反应过来，赵奕琛就搂着潇潇款款而来，朝周暮昀使了个眼色。那眼神仿佛在说：放心，兄弟都给你安排好了。

齐政开了个头，后面一大帮人走上前自我介绍。

"你好，我叫燕北，我是搭戏班子的。"

"你好，我叫顾邵宁，我是开诊所的。"

"你好，我叫楚屿阳，我……我是送快递的。"

"……"

大家七嘴八舌，喻橙也插不上话，一边听他们讲话，一边面带微笑小鸡啄米般点头。等他们都说完了，她才回一句："你们好。"

赵奕琛非常满意他们的表现，觉得这帮哥们儿随时能进军演艺圈，个个儿都是演技派！

那边还有一个给自己加戏的。齐政清了清嗓子，故意很大声地问周暮昀："怎么样，老三，最近生意还不错吧？卖了几套房？"

周暮昀："……"

喻橙发呆的空当，几个男人已经坐进了赛车里。

59

"你在这里等着，我去换衣服。"人多嘈杂，周暮昀跟她说话时不得不低下头，凑到她的耳边。

喻橙点点头，目送他坐进其中一辆车。

不多时，男人从车上下来，已经换上了一套黑色的赛车服，肩部和下摆绲了两道赤红色的线条。

周暮昀一步步朝她走来，强烈的男性荷尔蒙气息扑面而来。喻橙像是被钉在原地，浑身动弹不得。

下一秒，周暮昀抖开手里的大衣，披在她的羽绒服外面。

男人衣服宽大，披在女孩身上，大衣下摆遮到了她的脚踝，衬得她越发小鸟依人，纤瘦得如同一朵茉莉花。

他躬着身平视她："郊外温度低，别冻感冒了。"

不等她说什么，周暮昀就转身上车。

赵奕琛被委任裁判一职，手里举着小红旗站在起跑线一侧，兴奋地摇来摇去："准备好，我数三二一，咱们就开始了啊！"

周暮昀手握着方向盘，侧着头透过车窗看外边。

女孩穿着他的大衣，裹得严严实实，目光朝他看过来。不过车窗贴了膜，她应该看不到他。

周暮昀眉梢一扬，忽然降下车窗。

猝不及防，两人的视线之间毫无阻隔，喻橙的目光就这么直直地撞进他的眼里。像是被蜜蜂蜇了一下，她慌乱地移开眼，假装看向别处。

周暮昀粲然一笑。

耳边传来赵奕琛的倒计时声，周暮昀升起车窗。

"三！二！一！"

话音落地，几辆车便如离弦之箭一般冲出起跑位置，气氛一下就点燃至顶点。站在路边观看的女孩们热血沸腾，扯着嗓子大喊加油。

周暮昀的车原本在末尾，瞬息之间，车身在赛道上画出几个流畅的S形，便冲到了第一位，将其他人远远地甩在后面。

几辆车迅速远去，直到化为一个个小黑点，超出视野，再也看不见。

赵奕琛蹦蹦跳到喻橙身边，跟她解释："前边有个岔路口，他们绕一圈回到原点得十多分钟，我们等着就好了。"

喻橙哦了一声。站着等了一会儿，她觉得有点累，便把大衣的衣摆拎起来一点，掖在腿弯，蹲下来，手肘撑在膝盖上，双手托腮，眼睛直勾勾地看着路面。

她正在胡思乱想，耳边突然爆发出一声惊呼。

"天哪！周公子开挂了吧！"

喻橙抬眸远眺，只见视线的尽头，一辆白色赛车遥遥领先。

旁边安静已久的女孩们又开始尖叫起来，一声高过一声。

不过几秒，伴随着嘶啦一声刹车声，车子稳稳地越过终点线，停了下来。

赵奕琛屁颠屁颠地跑过去，为我们的冠军拉开车门，请他下车，赵奕琛扬声道："恭喜我们周公子宝刀未老，含泪夺冠！"

周暮昀一脚刚踏出车门，另一脚就结结实实地端在赵奕琛的腿上，周暮昀淡淡地道："我忍你很久了。"

赵奕琛嗷地狼嚎一声，瘸着腿跑远了。

又等了几分钟，其余几辆车陆续越过终点线，停在路边。

齐政下车后四下扫了一圈，果然在人群后面看到正低头跟喻橙说话的周暮昀。

周公子一脸的温柔，飙车时的冷静锐利全然不见，也不见平时的淡漠清冷。眼下的他，就是个陷入爱情的小傻瓜。

"是不是觉得特玄幻、特腻歪、特纯情？"燕北不知何时站在齐政的身侧，扬着下巴笑得一脸暧昧。

旁边几个公子哥全笑了。

见周暮昀瞥过来，齐政朝他招了招手，拔高音量："怎么着，再来一场？刚才那个算热身。"

几位公子哥都是不服输的性子，嚷嚷着再赛一场，他们非要赢一次周暮昀。

他们闲着没事经常组队赛车，但凡周暮昀参赛，都是他得第一，不过大家的成绩相差不大，也就是两三分钟的差距。这次大家居然被他甩出了七八分钟，搁谁谁能甘心？

周暮昀思考片刻，转头看着身边的喻橙，他提议道："想不想亲身感受一下赛车？"

"我吗？"喻橙伸出食指，指了指自己的鼻尖，以为自己听错了。

周暮昀没有说话，轻轻地点了一下头。

喻橙很有自知之明地摇头："我不行的，我没开过车，驾照拿到手就放

61

在家里睡大觉了。"

　　也不能这么说，她拿到驾照后开过一次爸爸的车，就是那一次，撞坏了两个车灯，还蹭掉了车身上的一块漆……

　　爸爸就再也不让她碰车了，甚至把她的驾照锁起来，避免她祸害别人。

　　周暮昀看到她这副唯恐避之不及的模样，忍不住笑了："你误会我的意思了。不是让你开车，我来开，你坐副驾驶座上。我怎么可能让你去跟他们赛车。"

　　她什么都不需要做，坐在副驾驶座看沿途的风景就好了。

　　周暮昀："怎么样？要体验一下飙车的刺激吗？"顿了一顿，他补充道，"如果你害怕，我可以开慢点。"

　　喻橙咽了一口唾沫，有点被说动了，心里满是跃跃欲试。

　　飙车，她一听就很刺激啊，错过这一次，大概以后都不会再有机会了吧。有句话怎么说来着，机不可失时不再来！

　　喻橙的大脑里天人交战，迟迟作不了决定。

　　周暮昀大概是看出她的犹豫，惋惜地叹了一口气："既然你不想的话，那就算……"

　　喻橙赶在他话音落地之前一把抓住他的手，豪气万丈地道："飙车就飙车，我还没尝试过呢！"

　　周暮昀没有说话，只是垂着眼看着某一处。

　　女孩纤细的手指抓着他的手，她的手很小，抓不住他的整只手，只捏住了他的小指和无名指，她紧紧地攥着，好像生怕他会反悔。

　　这是她第一次牵他的手。

　　她的手软乎乎的，指尖有一点冰凉，却并不妨碍他感知她掌心的温热，那一点温热便顺着筋络往上爬，直蹿他的心尖。

　　那边几人往这边看过来，赵奕琛立马捂住一只眼睛，把脸别过去，啧啧出声："赛个鬼的车啊，我看周老三只想开爱情的车。"

　　周暮昀无视他们的眼神，带着喻橙朝他的那辆白色赛车走去。周暮昀见其他人站着未动，扬起眉梢，手撑着车身慵懒地开口："怎么，不是你们要再赛一场的吗？赶紧的。"

　　话音落地，他扭回头，没去看他们不断变换的表情，拉开副驾驶的门，护着喻橙坐进去。

　　他居然带着女生赛车，这是什么神奇的操作？

周暮昀从车的前方绕到另一边，坐进驾驶座，侧目看着喻橙，低声提醒："安全带。"

喻橙哦了一声，侧过身去拉安全带，不知怎么卡住了，半天抽不出来。正着急，她手里的安全带就被另一只手抽走了，周暮昀倾身过来，上半身俯低，手捏住安全带拉过来，扯到另一边扣上。

几位公子哥虽然搞不清楚周公子到底要玩什么游戏，但还是非常配合地上了各自的车，做好了再赛一场的准备。

赵奕琛依然是裁判员。

"各就各位！三！二！一！"高高举起的小红旗往下一挥，几辆车便争先恐后地越过起跑线。

车子冲出去的那一刻，喻橙吓得尖叫，两只手紧紧地握住身前的安全带。

窗外的景物飞速掠过，只余下一片模糊的残影。

太快了吧！喻橙感觉下一秒车子就要飞起来了，立刻闭上眼睛。

周暮昀用余光瞥了一眼喻橙，只见女孩双眼紧闭，小脸皱成包子，他不由得发笑。她虽然嘴上说着赛车特别刺激、特别拉风、特别酷帅，但心底还是有些害怕。

男人不动声色地减缓速度，很快就被后面穷追不舍的几辆车赶超上来。

每一辆车与他的车擦身而过的时候都会故意放缓车速，摇下车窗，撂下一句调侃的话。

喻橙要是再察觉不出来周暮昀是故意放慢速度，她就是个智力障碍者。她深吸一口气，努力平复吓破胆的情绪，大义凛然地道："你加速吧，不用考虑我，我不怕！"

周暮昀的目光看过来，只见她挺直腰板，双眸微微睁大，两只手牢牢抓住座椅两侧，像是钉在上面。

"真的不害怕？"他声线轻柔，不想给她负担，"不用勉强自己。"

比起害怕，她更担心他会输掉比赛："我能克服的！"

周暮昀沉默片刻，黑眸微眯直视前方，握住方向盘的手紧了紧，浑身的气场陡然变化，不再慵懒随性，而是如沉睡的豹子要起来捕猎一般散发着危险的气息。

"坐稳了。"

话音落地不过两秒，喻橙清楚地感觉到车子提速了。耳边是赛车引擎的轰鸣声，她的眉心一凝，她提起来的一口气吊着，迟迟不敢呼出来。

不消片刻，周暮昀接连赶超了四辆车。后面不断传来惊呼。

"什么鬼，周铁树吃错药了？"

"周老三，你这禽兽，妹子还在车上，就敢开这么快！吓着你媳妇儿了！"

"猛是真的猛，比不过比不过。"

他们的话，喻橙全听到了。她咬了咬下唇，佯装不在意地转头，看向身侧的男人。

前面还有几辆车，他的目光如炬，盯着前方的道路，他熟练地打方向盘，车身漂移，轮胎摩擦地面嘶啦一声，在弯道上划出一道弧线。

喻橙吓得魂都快没了，人却一脸从容不迫，甚至唇角勾起，挑出一抹笑。

一辆又一辆车被他甩开，直到前面没有车，他才将车速放慢。

比赛的结果毫无意外，周暮昀奋起直追，成功地将众人甩在身后，始终保持遥遥领先的冠军姿态，最终夺得第一。

几位公子哥不服气也不行了，带着妹子还飙得这么猛，事实证明，周老三就不是个人！

一行人风风火火赛完车，又风风火火地回到市区。抵达繁华热闹的市中心时，华灯初上，霓虹闪烁。

纵横交错的道路上车流如织，探照灯拉出金色的光，远远看去，好似溅了一地璀璨的火星子。

下午大家只顾着赛车，都没怎么跟喻橙交流，几位公子哥想多了解一下这位拿下周公子的喻妹妹，于是提议一起吃个晚饭。

喻橙不会拒绝人，不知所措地看向周暮昀。

一个眼神，他就知道了她的意思——她不想去。

周暮昀扭头，语调平静地跟他们说："下次吧。"

按照喻橙的要求，周暮昀亲自开车将她送到一家超市门口。

车停下，喻橙解开安全带："谢谢你中午的款待，还有，邀请我赛车。"她微微一笑，"我今天很开心。"

闻言，周暮昀搭在方向盘上的那只手蠢蠢欲动。

他偏头对上她含笑的眼睛，好不容易克制住的冲动再次涌上心头，他抬手在她的脑袋上轻轻摩挲了一下。指尖擦过柔软的发丝，一触即离。

喻橙只觉得脑海里炸开一簇簇烟花，五彩斑斓，连带着眼前的视线都变得模糊起来，然后就听见他说："我今天也很开心。"

喻橙怔了怔，迅速又慌乱地道谢，推开车门跳下车，关门。她的动作如行云流水，一气呵成，怎么看都带着落荒而逃的意味。

她不敢回头看他的表情，踩着小皮靴蹬蹬蹬地跑进超市，长长地舒了一口气，才感觉自己活过来了。

周暮昀目送着步伐凌乱的小姑娘离开，很轻地笑了一声。她那个样子，像一蹦一跳的小兔子，真是可爱。

喻橙买完东西回到家，发现微博的未关注人消息里居然有个闪闪发光的红V，点进去查看消息。

"我是《衡昔》杂志社的主编梁延，有兴趣合作吗？"

喻橙一愣，点进梁延的微博主页。他的微博粉丝有一千多万，简介那一栏写着：《衡昔》杂志社主编、作家，代表作《我在你身后》。

《衡昔》杂志社，喻橙是知道的。

在当今传统纸媒萧条、自媒体发达的时代，《衡昔》杂志社每一期期刊的销量仍然保持着令人咋舌的记录，国内杂志社排行第一。创始人是一名香港女人，名叫霍衡昔，杂志社就是用她的名字命名的。

杂志社旗下分为好几类期刊，囊括文学、娱乐、服装、珠宝、美食，等等。

美食周刊名为《食客》，里面记录了国内外各种各样的美食，配上色彩鲜亮的图片、生动形象的文字，讲述美食的做法、外观以及口感。喻橙是它的忠实读者，经常订购。

喻橙跟陌生人打交道，向来很警惕，先上百度百科查了一下梁延这个人。

不查不知道，一查吓一跳。

梁延，著名畅销书作家，目前总共出版了三部书：《我与时间打个赌》《慈悲之心》《我在你身后》。三部书均为短篇小说集，即一本书中包含数篇短篇故事。每本书的主题都十分鲜明，例如，第一本主要收集了与时间赛跑的几个小故事；第二本侧重于人间冷暖、悲情伤感的故事；第三本是记录青春期少男少女的故事。

三本书加起来的销量超过百万册。尤其是第三本《我在你身后》，打破了青春文学类书籍的销售记录。

两年前，《衡昔》杂志社的老板霍衡昔抛出橄榄枝，梁延正式进入《衡昔》杂志社，担任主编一职。

喻橙实在没有想到，这位名叫梁延的作家，知名度这么高。

她斟酌少顷，回复了消息："怎么合作？我不是很明白。"

梁延没有想到她会这么快回应："《食客》听说过吗？"

喻橙："当然听说过，每一期我都会买。"

梁延："那就太好了。是这样的，我想将你在微博上分享的菜谱以及美食攻略刊登到《食客》上，需要你本人授权。如果你同意，鱼小姐以后就是我们《衡昔》杂志社的签约作者。不知道有没有这个荣幸跟你合作？"

梁延因为不知道对方的真实姓名，她的微博名称是大鱼爱吃小橙子，他就暂且称呼她鱼小姐。

许是她这边良久没有回复，梁延又发来一条。透过文字，她似乎能感受到对方客气的样子："如果鱼小姐短时间内拿不定主意，可以慢慢考虑，想好了再回复我，不急。"

然而，喻橙没有丝毫迟疑："我考虑好了，我答应你。"

这可是国内鼎鼎有名的杂志社！多少人削尖了脑袋都想往里钻，想在杂志上留下属于自己的痕迹呢！她有什么理由拒绝？她甚至怀疑，这等好事找上她，是不是因为前天在微博上转发的锦鲤奏效了？

梁延没想到她这么爽快，愣了一下，回道："合同的相关事宜，我们约个时间面谈吧。"

"好，我任何时间都有空。"

"那就这么说定了。"

隔天，梁延约了喻橙在一家茶餐厅见面。

距离约定的时间还有二十分钟，喻橙就到了。她坐在靠窗的位置，沐浴在早晨的阳光里，乌黑的发丝染上了一层淡淡的金色，她低着头认真地翻看菜单。

倏然，眼前出现一只男人的手，在桌面轻点了一下，清朗的声音随后落下来："鱼小姐？"

喻橙抬头仰视面前的男人，只见他穿着黑色的羽绒服，拉链没拉，露出里面浅灰色羊毛衫。他正垂眸看着她，额前的碎发耷拉下来，刚好遮住长眉，一双眼倒是明亮有神。

喻橙愣了一秒后反应过来，站起身："你是，梁主编？"

66

梁延嗯了一声，笑着说："是我。"

他拉开她对面的椅子坐下，随手将一个黑色的公文包放在旁边的椅子上，乌黑的眼睛定定地盯着喻橙。

"没想到啊。"他忽然没头没尾地说了一句。

"嗯？"喻橙茫然地道，"没想到什么？"

梁延低笑了一声，抽出个杯子，给自己倒了大半杯温水："没想到鱼小姐这么年轻。"

"我也没想到梁主编这么年轻。"喻橙说。

她不仅没想到他这么年轻，更没想到他这般清隽俊朗。她的脑海里关于男作家的想象大概是胡子拉碴、不修边幅的模样。

不都说搞艺术的是疯子吗？

室内暖气充足，梁延脱下羽绒服，侧过身搭在椅背上："别叫我梁主编了，叫我梁延就行。咱们先点餐吧，边吃边聊，怎么样？"

喻橙点头，欣然同意。

两个人点了满满一大桌子的餐点，蟹黄汤包、脆皮叉烧包、豉汁蒸排骨、水晶虾饺、鲜虾烧麦皇、卤香凤爪……好像有点多。

喻橙有些不好意思地瞄了一眼对面，她这毛病改不了，一见到美食就收不住，从来不会考虑胃的承受能力。

透过她的表情，梁延大概知道她此刻在想什么，笑着说："没关系，这地儿偏，好不容易来一回，是该把想尝的东西都尝一遍。"

喻橙大呼万岁，拆开包在纸袋里的筷子："我觉得你说得太对了！"

两人关于合同的事宜从头到尾聊得非常愉快，主要是因为喻橙没什么意见，梁延说什么她都一一应下。

几个重要条件谈妥后，梁延忽然沉默了。

喻橙在啃凤爪，嘴角沾了酱汁儿："有、有什么问题吗？"

梁延随手抽出一张纸巾递给她，摇摇头："没什么，第一次见到这么好说话的乙方，有点意外。"

喻橙接过纸巾，道了一声谢，擦了擦嘴角。

"那是因为我对甲方给的待遇很满意。"她手里攥着纸巾，看着他认真道，"一上来就开出七位数的高价，无论后面提出怎样苛刻的条件我都得答应啊，毕竟，不能跟钱过不去吧。"

对方开出这么高的价，是她来之前没想到的。

虽然这是签约两年的酬劳，并且条件是两年内，每周都必须为《食客》提供一篇菜谱或者美食攻略。

不料她这么直白，梁延愣了一下，弯唇笑了。

不远处，有颗脑袋慢慢地移动，从椅子后面探出来，对着两人咔嚓拍了一张照片，发给周暮昀。

赵奕琛成天在外边不回家，今早，他的母亲大人一个电话打过去，命令他出来陪她吃早茶。赵公子当然不从了。每次见面赵公子都要被念叨"你怎么还不找个正经对象"，"怎么还不结婚"，"都多大了，还不打算生孩子吗"，"你爸像你这么大的时候，孩子都会打酱油了"之类的话，他听得耳朵都快起茧子了。

母亲大人冷冷一笑，丢下一句："行啊，不来陪我吃饭也行，明天我就给你找一位门当户对的千金，让你们原地结婚！"

赵奕琛立马低头认输，快马加鞭地跑过来陪"皇太后"用膳。

不曾想，他在茶餐厅碰见一个熟人，正是前不久见过面的喻妹妹。

他正准备放下筷子过去打声招呼，定睛一看，她旁边还坐着一个男人。

那男人长得一副斯文俊秀小白脸的样子，笑得温柔，又是递纸巾又是倒水，殷勤程度都快赶上周老三了。

赵奕琛觉得作为好兄弟，很有必要跟周暮昀反映情况，于是赵奕琛偷偷摸摸地跟做贼似的，躬着身躲在椅子后面，找好角度拍了一张照片，给周暮昀发过去。

这个时间，周暮昀已经在公司的办公室里了。

手机振动了两声，他的眼睛不离文件，一目十行，另一只手拿起手机，摁亮屏幕，眼皮懒洋洋地掀起，漫不经心地扫了一眼。

周暮昀微微一怔，即使没点开照片，也能一眼认出上面的那个女孩是他心心念念的人。

阳光透过剔透的落地玻璃窗照进来，女孩的手支着下巴，微微仰起头，目光注视着对面的男人，唇角勾起浅浅的弧度，那样好看。

周暮昀看着看着，越发烦躁，将照片保存到相册，编辑、剪裁，裁掉左边的男人，只留下右边的喻橙。

他举起手机端详一会儿，终于顺眼了，满意地弯起唇角。他顿了顿，又低着头开始捣腾，把照片设置成手机的桌面壁纸，本来他想设置成锁屏壁纸，又怕不小心暴露。

另一边，赵奕琛偷拍的行为被赵夫人发现："琛子，你在偷拍谁呢？"

赵奕琛的对面坐着一个妆容精致、发髻高绾的美妇人。美妇人偏过头，循着他的视线看过去，正好能瞧见喻橙那一桌，笑了笑："是认识的人？"

赵奕琛收起手机，呼哧呼哧地吃完碗里的肠粉，擦擦嘴："认识啊，老三的媳妇儿。"

他们那帮兄弟，赵夫人是知道的，一听他提起老三，便能对号入座："你说的是阿昀？阿昀什么时候有女朋友了，我怎么不知道？"

赵奕琛哈哈一笑，并不言语。

"你给我说实话！"赵夫人故意板起脸，一本正经地说，"你周伯母前几天还想张罗给他相亲，他哪儿来的女朋友？"

她说着又朝喻橙看了一眼。那姑娘模样俊俏，个子不高，但也不算矮，身材苗条，笑起来特别可人，让人的心情都能跟着明媚起来，一看就是讨长辈喜欢的类型。

"皇太后，您别瞧了。"赵奕琛抬手在她面前晃了一下，隔断她的视线，"再看下去就要被发现了。"

赵夫人佯装发怒："你不说，我就亲自去问你周伯母。"

"别别别！"赵奕琛慌忙握住她的手，"您可千万别，老三要是知道我坏他的好事，他能杀了我。"

他叹一口气，心道刚才就不该多嘴。

"老三在追人家呢，还没追到手，您往周伯母跟前一说，以周伯母雷厉风行的手段，保不准就直接出手了，那怎么能行？"

赵夫人闻言乐了："阿昀长得俊，家世好，性格沉稳内敛，比你强了不知多少倍，还有他追不到的女孩子？那可真是稀奇了。"

"……"

赵奕琛讪讪一笑，这话他没法儿接。

《衡昔》杂志社的办事效率一向很高，各项条件谈妥后，第二天，喻橙就接到了梁主编的电话，让她来杂志社一趟，双方正式签订合同。

梁延随后将杂志社的地址发到了她的微信上。差不多四十分钟的车程，喻橙终于到了地方。

高耸的写字楼直插云霄，由一块块蓝光玻璃堆砌而成，门口的外观是设计感极强的几何形状，上方挂着巨大的银白色标识。

喻橙站在一楼大厅给梁延打了个电话，告诉他自己已经到了。

过了一会儿，梁延从电梯里出来，因为下来得匆忙，连外套都没穿，白衬衫外套着灰色V领毛衣，像校园里俊朗的学长。

"久等了。"他领着她往里走，垂下头低声说。

"也没多久，我刚到。"喻橙笑着回。

两人进了电梯。梁延刚按下数字键，目光陡然瞥见一道熟悉的身影，他连忙伸手摁了开门键。即将闭合的电梯门缓缓朝两边打开。

女人穿着高跟鞋踩在光可鉴人的大理石地面上，发出咔嗒咔嗒的清脆声响，一步步走来，自带一股气场。

梁延点头问好："霍总。"

霍衡昔走进电梯，淡淡地笑了一下，算是回应他。

喻橙愣愣地站在梁延身侧，用余光打量这个女人。因为保养得好，喻橙完全看不出她的真实年龄。

霍总？喻橙稍微思考一下，就猜到她是《衡昔》杂志社的创始人霍衡昔。

女人乌黑的发丝在脑后绾了个髻，用一枚珍珠发卡固定住，长长的珍珠耳环垂坠，一晃一晃的。黑色的大衣里面搭配大红色的呢子裙，小腿纤细，一双黑色高跟鞋的鞋跟又长又细。她手里捏着深褐色的鳄鱼皮手包，五指纤细白皙，染着绛红色的指甲油。

这些都没什么，喻橙刚才那一瞥，觉得她的五官有点熟悉，尤其是那双眼睛，好像在哪里见过，难道是以前不经意间在娱乐新闻里看到过这张脸？

叮的一声轻响，电梯门打开。

梁延领着喻橙走出去，又回头朝里面的霍衡昔点了点头。

本来霍衡昔应该到顶层的办公室，却临时改变主意，踩着高跟鞋走出电梯："好久没到公司来，先到编辑部转转。"

她轻启红唇，声音倒是没有上位者的凌厉感，轻柔舒缓，十分好听，带着一股子明显的港腔。

梁延正要说什么，霍衡昔又道："你忙你的，不用管我。"

他只好点头应下，打算直接带喻橙去他的办公室签约。

"等一下。"霍衡昔突然出声，双手抱臂，扫了一眼梁延身侧安安静静垂着头站立的女孩，长眉一挑，"这位是？"如果她的感觉没出错的话，这姑娘刚才在电梯里将她从头到脚地打量了一番，视线在自己的身上扫视了一圈又一圈。

"介绍一下，这位是拥有三百万微博粉丝的美食博主喻橙，咱们《食客》的新成员。"梁延说。

喻橙咽了一口唾沫，心想人家都主动介绍她了，她不打招呼的话会显得不礼貌，便欠了欠身："霍总好。"签约以后，她就是《衡昔》杂志社的一员，跟着梁主编喊霍总应该没错。

霍衡昔笑吟吟地问："你认识我？"

喻橙抬眸看着霍衡昔，她的五官精致，肤白唇红，是个大美人。那双眼睛也是真的很熟悉，略窄的眼形，内双，内眼角向下勾，眼梢外挑，笑起来特别迷人。

喻橙收回目光，不好意思再盯着人家看，摇摇头："不认识。"她想了想，老实说，"可能在新闻上见过吧，您很漂亮，所以有印象。"

霍衡昔脸上的笑容变大了一点，整张脸更加明艳。她没再说什么，让他们去忙，她自己去了编辑部的办公室。

梁延领着喻橙往主编办公室走，见喻橙一脸若有所思："紧张？"

她抿了抿唇："还好。"

"别看霍总身在高位，看着气场十足，其实很好相处的。"梁延以为她心里紧张又不好说出口，主动开解她，"她平时很少来杂志社，大部分时间都跟她先生环游世界。你可能不知道，她的先生是森远房地产的董事长周致鸿。"

到了办公室，梁延率先推门进去，喻橙紧跟其后，她的步伐明显顿了一顿。

周致鸿？姓周？她想到这儿，脑海里第一时间浮现出周暮昀的那张脸。他那双狭长的眼睛，竟然跟霍衡昔的一模一样！不仅仅是眼睛，五官也有点相似。

然而，没等喻橙深入思考，梁延就从抽屉里拿出两份打印好的合同递到她的面前："一式两份，甲乙双方各一份。我看过了，合同内容没问题，保

71

险起见，你还是再看看吧。"

喻橙的脑子还有点蒙，迟疑道："好的。"

可能是巧合吧。

周暮昀就是一个普通小职员，卖房子的，而且他的朋友也都是开小卖部、搭戏班子、送快递之类的，怎么可能跟霍衡昔有关系？

喻橙轻舒一口气，坐下来，拿起一份合同逐字逐句地看。

梁延转身走到饮水机前，拿了一个一次性纸杯，弯腰接了一杯热水，放在她面前的茶几上："不着急，你慢慢看。"

十分钟过去，喻橙总算是看完了："合同没问题，那，我签了？"

梁延递给她一支黑色中性笔："签吧。"

喻橙在两份合同上签下自己的名字，然后交给梁延。他检查以后，确定没有任何问题，便将其中一份交还给她，另一份装进透明文件袋里收起来。

这件事就算板上钉钉了。

喻橙从写字楼出来，迎面一阵冷风吹来，掀起她的刘海儿，但她并不觉得冷，翘起唇角在原地蹦了一下，开心得不得了。

她迫不及待地登上微博，向粉丝宣布了这个好消息。

@大鱼爱吃小橙子V："两件事要宣布，第一，你们的鱼终于咸鱼翻身，要跟《食客》长期合作啦！第二，粉丝早就满三百万了，一直没问你们想要什么福利，要不咱也搞个转发抽奖吧，口红啊，香水啊，包包啊，都可以的！"

周暮昀刷微博时刚好看到这一条，顶着不起眼的马甲光明正大地点了个赞。

至于他为什么会知道喻橙的微博账号，还要感谢卢成海。

喻橙上次从尚德私房菜馆回去后，果然写了一篇美食攻略，许多粉丝慕名前去。卢成海得知他们都是"吃"了一位名叫"大鱼爱吃小橙子"的美食博主的"安利"。

卢成海跟周暮昀说了这件事，周暮昀立刻搜到这个博主，翻了几条动态后就确定这是喻橙的微博账号。

第四章　他像一只温顺的大型犬

　　著名歌星江皓源在北京举办的演唱会转瞬即至，陪喻橙一起去看演唱会的是室友吕嘉昕。

　　吕嘉昕的航班是下午四点到北京，喻橙提前从家里出发，早十分钟赶到机场。

　　喻橙等了没多久，吕嘉昕就从航站楼出来。

　　大波浪长发染成巧克力色，披在身后，巴掌大的小脸戴了一副大墨镜，只露出嫣红饱满的嘴唇和白皙小巧的下巴。吕嘉昕穿着斗篷式的长大衣，里面就一件单薄的黑裙子，裙摆垂至小腿，被风吹得一荡一荡的，好似划开的海浪。脚上红底黑皮的高跟鞋是某大牌深冬新款。

　　吕嘉昕的手指勾着包包的链条，她一边走一边漫不经心地晃着包，浑身上下都贴着"本小姐是有钱人"的标签。

　　网上有句话特别流行，用来形容有钱人的——你家里有矿吗？这句话用在吕嘉昕身上就非常合适，她爸爸还真就是开煤矿的暴发户。

　　吕嘉昕远远瞧见喻橙的身影，手指勾着墨镜往下一压，眼睛从墨镜上方露出来，嘴角勾出个迷死人不偿命的笑。

　　吕大小姐取下墨镜往包里一塞，站在原地不走了，等着人过来。

　　喻橙翻了个白眼，慢腾腾地走过去，伸出食指和大拇指，其余三根手指收拢，朝吕嘉昕比了个开枪的手势："你的毕业论文开始写了吗？"

吕嘉昕眉梢一挑，狭长的眼线跟着上挑，她同样比了个开枪的手势，两人指着对方："没有。你呢？"

喻橙："我也没有。"

"嘿嘿嘿。"两人相视一笑。

作为东道主，喻橙自然要带着她吃吃喝喝、四处逛逛。

喻橙先陪吕嘉昕把行李箱送到下榻的酒店，晚上带她去吃北京的特色烤鸭。

吕嘉昕在飞机上没怎么吃东西，肚子饿得不行，埋着头狂吃了十分钟，总算是缓过劲儿来，她捏着筷子挑眉看向吃得慢条斯理的喻橙。

"从实招来，你是不是有什么事瞒着我？"

喻橙差点呛到，咳嗽了一声，抬头看着她，一脸"你在说什么？我怎么一个字都听不懂"的表情。

"你少装。"吕嘉昕跷起二郎腿，跟个女流氓似的扬起下巴，"这段时间你的朋友圈很不对劲啊，分享的都是些什么岁月静好的玩意儿？你半个月前不还嗷嗷叫着跪倒在哥哥的西装裤下吗？"

喻橙："……"

喻橙闭了闭眼，果然什么都瞒不过福尔摩斯吕嘉昕。

吕嘉昕以为她打算装死不承认，当即从包里翻出手机，点开喻橙的朋友圈，念了出来："今天看了一本书，忽然回忆起自己的高中时代，那时候真是美好啊……"吕嘉昕打了个哆嗦，念不下去了。

喻橙吃着片好的烤鸭，支支吾吾地说："你……你直接去FBI（联邦调查局）工作好了。"

吕嘉昕哼了一声，放下手机："你果然有情况。"

既然被她看破，喻橙也没打算继续隐瞒，就把这段时间发生的事简单地跟她说了一遍。

吕嘉昕越听眉头蹙得越深，在喻橙说起最近和周暮昀都保持联系的时候，她倏地抬高一只手："停！"

喻橙一愣，茫然地看着她："怎么了？"

"你还问我怎么了？"吕嘉昕使劲地摇晃她的肩膀，想让她清醒一点，"你看不出来这个男人其实是在追你吗？你以为人家那么闲呢，一天二十四小时待机，你一发微信他就回你？喻橙，你的脑部构造是不是跟别人不一样啊？明明你学习挺聪明的，怎么就那么不开窍……"

吕嘉昕说到最后，都找不出词来形容她。

喻橙这姑娘是真的学霸，不，应该叫她学神。印象最深的就是，微积分、线性代数、概率论等学科，她上课都没怎么听，窝在教室的后排，打王者、玩吃鸡、追剧。一到期末考试，课本拿出来挑灯夜战几个晚上就都会了，她考出九十多分是一点问题都没有。最变态的是，她考数学类的科目都是提前半个小时交卷。

怎么她谈个恋爱就这么难呢？

吕嘉昕用手扶住额头，长长地叹息了一声。

喻橙被她接连几句话砸得晕头转向，难以置信地道："不、不会吧？"周暮昀在追自己？听起来就像个不切实际的笑话。

吕嘉昕勾起红唇，一字一顿地道："你要不要去知乎上发个帖子问问广大网友，一个男人秒回你微信，并且送你情侣装，请你吃饭，邀请你赛车，是为了什么？"

喻橙："为了……让我在他那儿买房。"

吕嘉昕："……"

这孩子还是让家长领回去吧，她教不了。

喻橙当晚发了一条朋友圈。

"明天就去看皓源老公的演唱会啦！激动！跳起来转个圈。"

吕嘉昕正在玩手机，评论道："我家阿源什么时候成你老公了？姐们儿，你的思想很危险啊，闺密的男人你也敢抢？"

另一位好友也评论了。

周暮昀："明天的演唱会我也去，一起？"

第二天晚上，喻橙先去酒店找吕嘉昕，两人匆匆吃了一点东西，然后就出发去举办演唱会的体育馆。

出租车上，喻橙笑眯眯地戳了一下旁边正在补妆的女人。

吕嘉昕眼一横，扭头看着喻橙："干什么？"话音落地，吕嘉昕又扭回头，继续对着小镜子检查妆容，用她自己的话说，要去见老公了，妆容怎么能不精致！

"有件事忘了跟你说。"喻橙两手托着下巴，故意嗲着声音道，"有个朋友要跟我们一起。"

吕嘉昕从包里翻出口红，旋开盖子，对着镜子涂抹，抿了抿嘴唇，让口红均匀涂满唇瓣，漫不经心地问："谁啊，我认识吗？"

　　喻橙说："周暮昀。"

　　"谁？"

　　"周暮昀啊，我昨天跟你提过的。"

　　吕嘉昕把口红往包里一塞，开始叨叨个不停："他要来陪你看演唱会，那我是来干什么的？当你们俩的电灯泡啊？喻橙，你真的让我很失望，太失望了！"她痛心疾首地捂住胸口，"我跟你说，咱俩完了。"

　　喻橙心虚地低下头。这件事不怪她，周暮昀昨天晚上才告诉她，他也要来看江皓源的演唱会。作为朋友，她总不好拒绝人家吧。

　　当时喻橙还怀疑过，因为周暮昀怎么看都不像是江皓源的粉丝。周暮昀解释说，门票不是他的，是一位朋友的，那个朋友临时有事不能赶来看演唱会，就把票送给他了，他不想浪费，于是决定来看一看。

　　然而事实却是，周暮昀找了燕北帮忙，千辛万苦才搞来一张门票。

　　喻橙和吕嘉昕到了体育馆，入口处围了一层又一层的粉丝，女孩子占大多数。大家手里都举着应援牌，头顶戴着会发光的发箍，还有各种小哨子、小手掌等应援工具。

　　吕嘉昕从包里掏出秘密武器——一个大大的红色爱心发箍，上面写着"江老公万岁"，一按键就能发出蓝色的光。

　　"这是我特意在网上定做的。"吕嘉昕把它戴在喻橙的头顶，又从包里拽出来一个戴在自己的头顶。

　　吕嘉昕掏出镜子照了照，然后朝喻橙抛了个媚眼："怎么样？好看吗？"她端详着喻橙头顶的发箍，啧啧了两声，"今晚勉强让你称呼他一声老公好了。"

　　喻橙抱住吕嘉昕的胳膊，撒娇地轻蹭："你不生气啦？"

　　"生气什么？气你让那个姓周的跟过来？"吕嘉昕笑了一声，"我生什么气啊，我巴不得赶紧把你嫁出去，咱们寝室就你一个人没谈过恋爱。"

　　喻橙："……"

　　"你不是说他要来吗，人呢？"吕嘉昕睁大眼睛在人群中寻找。

　　喻橙从口袋里拿出手机，在通讯录里翻找周暮昀的号码，随口说："他说在门口集合，我打电话问一下。"

电话拨通了，响了三声，身后就传来一道熟悉的声音："喻橙，回头。"

喻橙的手机还贴在耳边，她听到声音，扭头看去。

旁边的吕嘉昕也跟着看过去。等看清来人，吕嘉昕的眼睛微微眯起来，眼神瞬间变得锐利，宛若扫描仪，将周暮昀上上下下扫了一遍。

男人一米八几的个子，穿着黑色的长款羽绒服，黑白格子围巾挂在脖子上。短发干净利落，额前一点碎发耷拉下来，剑眉星目，脸部轮廓深邃立体。

吕嘉昕考察完毕，一把扯住喻橙："还等什么？人长得这么帅，还要什么自行车啊！我批准你们原地洞房！"

喻橙用手肘撞了她一下："别开玩笑了，他要过来了！"

周暮昀走到两人跟前，略一挑眉，克制着笑意说："我都听到了。"

喻橙扶住额头，恨不得找个地缝钻进去。

吕嘉昕倒是表现得很淡定，勾唇一笑："周先生，不介意开个玩笑吧？"

周暮昀的目光不离喻橙，声音温柔："不介意。"

吕嘉昕看看喻橙，又看看周暮昀，她默默地哼了一声，果其不然，这个男人就是对喻橙有所企图。可惜，喻橙看不出来。

时间差不多了，三人一起往体育馆里走。

人潮拥挤，周暮昀始终跟在喻橙的身后，与她相隔半条手臂的距离。

喻橙一边跟随人流往前走，一边低头检查单反相机，头顶戴着一个硕大的爱心，露出一小截白皙的后颈。她穿着米白色的羊羔毛外套，又厚又暖，搭配黑色高腰百褶裙，两条腿笔直匀称。

周暮昀看着看着，唇畔就忍不住露出一丝笑意。

吕嘉昕走在两人的侧后方，余光盯着这个男人的一举一动，她只见他垂眉敛目，他的目光紧随前面的女孩，手臂抬高，保持着虚拢的姿势，像是担心别人会撞到前面的女孩。

前面的喻橙对此毫无知觉，开心得像一只小蜜蜂，抱着身前的单反相机，一副没心没肺的样子。

吕嘉昕看得一阵头痛，用语重心长的老父亲的语气跟周暮昀说："这孩子从小脑子就不太好使，你多担待。"

周暮昀点点头，嗯了一声："客气。"

场馆内数十盏大灯横穿看台的各个区域，现场亮如白昼。演唱会还未正式开始，舞台上有工作人员在检查设备，台下的粉丝吵吵嚷嚷，寻找着各自的位置。

周暮昀第一次看演唱会，也是第一次遇到这种人挤人的热闹场面，耳边都是女孩子叽叽喳喳的尖细嗓音，他莫名有些烦躁。

好在他们的座位不算远，在B区的第五排。终于找到座位，两个女生瘫坐下来，长舒一口气。

喻橙像抱着宝贝一样抱着怀里的单反相机，准备好当一个称职的前线人员，微博上的小粉丝都等着她们的老大产出精美的照片呢。

喻橙向旁边瞥了一眼，刚好看见周暮昀手里的票，咦了一声："你的座位不跟我们一起，你是VIP区域。"她手指着靠近舞台的地方，"在那边。"

周暮昀："……"

燕北搞的什么票，他又不是为了看演唱会，要VIP干什么。

"真的是VIP区域！"吕嘉昕喝了一口矿泉水，差点喷出来，凑过来仔细看了一眼，眼里写满了羡慕忌妒恨。她和喻橙的这两张票还是拜托计算机系的熟人抢到的，江皓源的粉丝非常"凶残"，往往放票不到三分钟就一抢而空。

周先生居然能搞到VIP区的票！他到底什么来头？

周暮昀看着吕嘉昕两眼放光的样子，他的心念一动："要不这张票给你们其中的谁，反正我也没兴趣。"

吕嘉昕一看这个男人的眼色就非常上道地一把接过他的票，拍拍喻橙的肩膀："姐们儿，你乖乖待在这里啊，我去前面跟老公亲密接触了！"

喻橙扁着嘴，一脸不太乐意的样子，她也想去前面近距离地看男神。

吕嘉昕哄好了喻橙，把自己的票给了周暮昀："周先生，那就麻烦你好好照顾我们大鱼了。"她手指了指外面，"散场后我们门口见。"

周暮昀颔首："好的。"

女人挎上手提包，仰着脖子，像一只白天鹅，雄赳赳气昂昂地杀去VIP区域了，留下一对男女看着对方。

喻橙摇摇头，叹了一口气，接受了这个安排。

有个女生从他们前面穿过，脚下突然被什么东西绊了一下，眼看着就要栽倒，她条件反射地抓住离自己最近的物体，她抓的是喻橙的肩膀。

女生大半个身体的重量倾轧过来，喻橙承受不住，肩膀一塌，身子往旁边歪倒。

周暮昀手疾眼快地揽过喻橙的肩膀，把人扣在怀里，手贴在她的背部。

喻橙的额头撞到男人硬邦邦的胸膛上，她一瞬间就蒙了，嗡嗡的声音在耳边回旋。一条手臂稳稳地横在她的后背，几乎将她整个人抱在怀里。

等喻橙终于反应过来，才感知到圈住她的这个怀抱很温暖，有淡淡的洗衣液的清香萦绕在鼻间。

大脑死机，喻橙不知道接下来该怎么做。

周暮昀坐下来以后，就将羽绒服的拉链敞开，此时此刻，柔软的羊毛衫薄薄的一层，女孩呼吸带出来的热气透过布料钻进去，喷洒在他的皮肤上。

他抿了抿唇，嘴唇绷得直直的，喉结上下轻微滚动。

还是那个差点摔倒的女生率先反应过来，她借力站稳了，忙不迭地道歉："对不起对不起，我没看清脚下……"

女生的声音越说越小，显然也是觉得刚才的举动很过分。

喻橙被她的声音惊醒，噌的一下从周暮昀的怀里退出来，手攥着裙摆："没、没关系。"

女生如释重负地舒一口气，小心翼翼地贴着台阶边沿穿过去。

周暮昀坐直身子，若无其事地瞥了她一眼："你没事吧？"

喻橙眼神游移："没事，刚才谢谢你。"她这一颗提起来的心还没落下去，身边的男人就倾身过来，抬手朝她的脸伸过来，她浑身一僵，下意识地往后躲。

"等等。"男人嗓音低沉。他扶正她头顶的发箍，目光在"江老公万岁"几个字上停留了两秒，他说："发箍歪了。"

她张了张嘴，正要说什么，突然砰的一声，全场的灯光熄灭了，场馆内一片黑暗。

粉丝也安静下来，屏住呼吸静静地等待偶像登场。

喻橙知道演唱会要开始了，端正坐姿，目光看向前方的舞台。

一束白色的光亮起，照在舞台中央，中间圆形的升降台缓缓升起。一个男人站在上面，双手交叉放在身前，男人低着头，看不清表情。

升降台越升越高，江皓源渐渐地出现在众人视线里。

他穿着白衬衣、黑色牛仔裤，衬衣领口开了三颗扣子，露出精致的锁骨以及大片白皙的肌肤，一条细细窄窄的黑色领带松松垮垮地挂在脖子上，整个人透出一股子慵懒性感。头发做了造型，三七分，额前的碎发恰好固定成心形。头发上喷了细闪，亮晶晶的，脸上也抹了细碎的闪粉，在舞台灯光的折射下，好像整个人会发光。

背后是三块连在一起的巨大的LED屏，将他的脸放大数倍，让后排角落里的粉丝也能看到他的一颦一笑、一举一动。

歌声还没响起，现场就已经沸腾了。

"江皓源，我爱你！"

"江老公，你最棒！"

"全世界最好的你！"

粉丝的应援口号整齐划一，尖叫声一声高过一声。同一种颜色的应援牌挥舞起来，形成一片亮蓝色的海洋，将场馆内的气氛燃爆。

喻橙本来还提醒自己要矜持一点，别吓着旁边的周暮昀。然而被粉丝的情绪感染，她再也忍不住了，手放在嘴巴旁边做成喇叭状，她大喊道："啊啊啊！老公，我爱你！帅死了！"

周暮昀："……"

周暮昀的心情瞬间从天堂跌到地狱，喻橙居然对着台上的人喊老公？还说爱他？

开场舞非常劲爆，江皓源站在最前面，身后是几个男伴舞。伴舞都穿着黑色的衬衣，围绕着今晚的主角，衬得江皓源如星光般耀眼。

江皓源一开嗓就是一段节奏感很强的歌，是他自己作词作曲。

粉丝捂住嘴巴，拼命地克制自己，不想出声尖叫打扰到"老公"唱歌，但真的忍不住啊！

劲歌伴热舞，还能面带迷人的微笑，wink（眨眼示意）放电，江皓源用自身的实力告诉大家，什么叫唱跳俱佳的歌手！

中间有一个挺腰顶胯的动作，粉丝终于憋不住了，尖叫声冲破天际。

喻橙也跟着大声喊叫："呜呜呜，老公好腰！"

周暮昀："……"

我的腰更好，你要不要试一试。

热辣的开场舞完毕，接下来是一首节奏缓慢的情歌。江皓源站在立麦后，双手搭在麦克风上，他闭着眼睛深情地演唱。

周暮昀以为这样身边的女孩就能稍微安静下来，然后她可以陪他聊聊天。

到底是他太傻太天真，歌曲唱到高潮部分，舞台上的江皓源忽然睁开眼

80

睛，从架子上取下麦克风，手臂前伸，将麦克风朝向看台，全场的粉丝高声合唱。

喻橙跟着大家一起唱。

周暮昀怎么也没想到，第一次听她唱歌竟然是在这种情况下。他目含幽怨地看着身旁的女孩，喻橙正好看过来，对上他的眼睛。他的眼眸一亮，他以为她要跟自己聊天，却听见她说："这首歌很火啊，你会唱吗？"

周暮昀亮起来的眼睛很快又灰暗下去，语气淡淡地道："不会。"

小姑娘哦了一声，转头继续看着舞台，星星眼闪啊闪。

周暮昀严重怀疑，此行是来找虐的。

演唱会散场是两个半小时以后了，乌泱泱的一群人往场馆外走去。

三人在体育场门口集合，一起去吃了宵夜。一碗热气腾腾的牛肉面下肚，喻橙顿觉满足。已经快十一点了，喻橙回家肯定会打扰爸爸休息，于是决定陪吕嘉昕住酒店。还好喻橙临走前就跟爸爸说过，今晚可能不回家。

周暮昀充当了司机，开车将两个女孩送到酒店。

吕嘉昕挽着喻橙的手臂，走进电梯，上到二十二楼，从包里掏出房卡开了门，把卡插进卡槽里。

灯光充盈一室，偌大的房间亮堂堂的。

吕嘉昕把包扔床上，蹬掉脚上的高跟鞋，光脚踩在地板上，从地上摊开的行李箱里拽出一套睡衣，对喻橙说："我先去洗澡。"

喻橙呈"大"字形躺在床上，没精打采地应了一声。等吕嘉昕洗完澡、吹干头发出来，喻橙才拖着疲惫的步伐，慢吞吞地走进浴室，喻橙洗完澡，困意全都消散了。

吕嘉昕躺在大床上，脸上敷着面膜，跷着二郎腿，举着手机玩，涂着红色甲油的脚丫子晃来晃去。她见喻橙收拾好，放下手机，拍了拍身边的位置："过来，我有要事跟你谈。"

每次吕嘉昕用这个语气说话，就说明接下来要开始审问环节了。

喻橙顿了顿，爬上床躺在她的旁边。

吕嘉昕用手指按压了几下面膜，问："你对那个周暮昀是什么感觉？"

喻橙两眼望着贴了壁纸的天花板，盯着上面一圈圈的花纹发呆，心不在焉地问："什么什么感觉？"

"少装，你知道我的意思。"这姑娘是没有恋爱脑，但不至于听不懂人话。

喻橙默不作声。

吕嘉昕的一条腿搁在喻橙的肚子上，蹭了她一下，语气添了几分认真："那好，我直白一点问你，你喜不喜欢他？"

喻橙斜眼看吕嘉昕，把她的大白腿从身上推下去，着急反驳："你说什么呢！"

"那你为什么一看到人家就面红耳赤？"吕嘉昕说，"大鱼，你在我面前撒谎就没意思了。"

"我真没有。"喻橙撑着床面坐起来，面朝着她，举起双手发誓，"我真没有喜欢他。"

"一点都没有？"

喻橙一顿，表情有点纠结："有那么一点点好感，算吗？"

吕嘉昕是无话不谈的好姐妹，喻橙在她面前也没有什么不能说的，心里怎么想的就都抖出来了。

喻橙不太清楚自己到底喜不喜欢周暮昀，毕竟她也没喜欢过别人，不知道喜欢一个人是什么感觉，但好感肯定是有的。

周暮昀长得好看，性格温柔，对她这个朋友又特别体贴，平时两人相处都是轻松愉快的状态，她怎么可能一点好感都没有。

"算算算！当然算！"

吕嘉昕从床上一跃而起，也不敷面膜了，揭下面膜丢进垃圾桶，抽出一张纸巾在脸上胡乱地擦了擦，她的双眼直勾勾地盯着喻橙。

喻橙被她盯得有点心虚，双手交叉护住胸前："你这个眼神很危险啊，你到底想干什么？"

吕嘉昕张牙舞爪地扑过去抓住她的肩膀，挑了挑眉："要不要我帮你搞定他？我告诉你，我撩汉的经验很丰富哦。"

"不用，谢谢。"

"别不好意思呀，我说真的！"

喻橙伸出一根手指戳在她的脑门上，把人推开，警告吕嘉昕道："你别乱来！有好感跟喜欢是两码事吧，你是不是误会了什么？我就是把他当男神来崇拜，他身高腿长长得帅，有点好感不是很正常的事情吗？你能不能别想那些有的没的。"

吕嘉昕："……"

对不起周先生，我真的尽力了，你还是自己来吧。

吕嘉昕脑中忽然闪过什么，想起另一件事，摸着下巴嘁了一声："你之前说周暮昀是干什么的？"

话题转得太快，喻橙一时间没反应过来，愣了一下，说："房产中介。"

"不对啊。"吕嘉昕皱眉，"他手上的那块表好几十万呢。"

喻橙惊讶道："不、不会吧？"

吕嘉昕翻了个白眼，伸出两根手指，指着自己的大眼睛："你觉得我一个上海名媛，会认错奢侈品？"

喻橙咬了咬唇，猜测道："可能是高仿的。"

吕嘉昕这次从上海飞来北京，就是为了看江皓源的演唱会。演唱会结束了，她第二天一早就打车去了机场。喻橙与她告别后，回到家的时候还不到十点。

喻橙一进客厅就听到主卧传出的动静，她趿拉着拖鞋走过去，身子倚靠在门框上，脑袋探进去张望。

喻橙看到喻宗文站在床尾，银白色的行李箱摊开放在沙发上，他正弯腰将一件件叠好的衣服装进去。

"爸，你要干什么？该不会要去找我妈吧？"

蒋女士在三亚参加完好朋友女儿的婚礼，在那边玩了一段时间，又跟几个老姐妹飞去夏威夷度假，也难怪爸爸会坐不住。

"你回来了啊。"喻宗文停下手里的动作，抬头看着门口，"我倒是想去找你妈，这不，公司让我出差。"

他盖上行李箱的盖子，啪嗒一声扣上锁扣，叹息了一声："本来是公司另一个同事去的，结果他临时有事，只好换我去了。估计得一个星期后才能回来，你一个人在家没问题吧？"

喻橙大手一挥："没问题！爸爸，你注意安全，我等你回来！"

喻宗文好笑地看着她："我怎么觉得你还挺兴奋，不会有男朋友了吧？想趁爸爸不在家把男人领回家？"

喻橙噘起嘴巴，嗔怒道："你再开玩笑，我就不理你了。"

"行行行，不说了。"

喻宗文拍拍她的脑袋，将佯装生气的小姑娘哄好了。

下午三点的航班，喻宗文吃过午饭就出发去机场了。

家里只剩下喻橙一个人，晚饭自然也是一个人吃。她从来不会在吃的上面委屈自己，看了一眼冰箱所剩不多的食材，决定今晚做锅包肉。

美食微博有几天没更新了，她便去房间把单反相机拿了过来，像往常一样，一边做菜，一边拍照片记录流程。

里脊肉解冻后切成半厘米厚的片状，加入料酒、白胡椒粉、盐，用手抓匀后腌制二十分钟。之后，裹上一层面糊，放进油锅里炸。第一遍炸至金黄，冷却几分钟后再炸一次，保证酥脆的口感。

锅中倒油，放姜、蒜炒出香味，而后，倒入调好的勾芡，翻炒成黏糊状，再将切好的胡萝卜丝、葱丝倒进去翻炒，最后放入之前炸好的里脊肉。确保每一片肉都裹上一层黏稠的芡汁儿。

锅包肉的口感是多层次的，起初是芡汁儿的酸甜浓香，接着是酥脆焦黄的外皮，最内里是软嫩的里脊肉。

喻橙拍完最后一张出锅的照片，没修图，先发了一条朋友圈。

她一刷新微信朋友圈，就看到了周暮昀的评论。

"突然想起来，你还欠我一顿猪肚鸡火锅。"

接下来几天，喻橙除了去超市买食材，其余的时间都待在家里。每天都会出一道菜，整理好教程后上传到微博。粉丝受宠若惊，评论区热闹得像过年。

他们的美食博主以前平均一个星期才出一道菜，特别是她在学校期间，因为条件不允许，半个月出一道菜也是常有的事。最近她真是太勤快了！

对于那天晚上周暮昀提醒她欠他一顿猪肚鸡火锅的事，她表示先欠着，以后肯定会还的。她喻橙答应的事，从来不会出尔反尔。

这天傍晚时分，喻橙正抱着电脑看剧，桌上的手机忽然响了一声。她拿起手机一看，是梁延发来的微信消息。

"财务刚跟我说了，版权费今天就会打到你的账户上，注意查收。"

喻橙端起桌上的陈皮茶喝了一口，回复他："好的，我知道了。"

梁延："还有，稿子可以给我发来一篇，如果没问题，下一期期刊就能安排上。姓名、电话、地址也给我发过来，到时会给你寄样刊。以后你就不用再另外花钱购买《食客》了。"

喻橙跟梁延讨论完工作，正准备翻出一篇以前的菜谱，润色一下发给梁延，手机又响了。

她以为是梁延发来的消息，垂眸一看，不是微信消息，而是来自银行的转账短信提醒。待她看清数额，她连忙捂住嘴巴，防止自己的尖叫声太大而导致邻居投诉。

她快速地眨巴几下眼睛，盯着数额仔仔细细地一个零一个零地数，数了好几遍，确认没错。虽然她早就知道是这么多钱，但虚拟的数字跟银行卡上真实的金额还是不一样的。此时此刻，这笔钱是真实存在她的账户上，是被她紧紧攥在手里的。

她不会是在做梦吧？喻橙最终还是很俗套地抬起手在自己的胳膊上掐了一下。

"嘶。"

她用的力道不小，眉心微拢，呼了一声疼。

慢慢的，喻橙拧在一起的眉心舒展开来，嘴角上翘，拉出一个弯弯的弧度，笑容越来越大。

待她冷静下来，她火速找了一套衣服换上，准备出门去一趟银行，把这笔钱存成定期。短时间内，她肯定是不会动用的。再攒攒，她要攒够开一家餐厅的钱。

以前她是不敢想，现在却觉得，这个梦想实现起来也是有可能的，有非常大的可能！

当银行工作人员问她打算存多久的时候，她思考了三秒钟，说出了一个不算长也不算短的期限——三年。

她给自己三年的时间。

办理完相关手续，喻橙将存款单塞进包包的夹层里。

她从银行出来，深深地吸了一口微凉的空气，不想那么快回家，便沿着马路漫步。

喻橙一边走还一边想，要不然晚上干脆在外边下馆子算了，就当是为自己庆祝一下。

她不知道走了多久，天色渐渐昏暗下来，街边路灯和霓虹灯次第亮起，繁华热闹的夜晚刚刚开始。

喻橙停下脚步，发现一家正在出租的店面，店面的面积颇大，目测有三四百平方米，分为上下两层。她透过剔透的落地玻璃窗，可以看清一层的屋子里面空荡荡的。玻璃门上了锁，上面贴了一张白纸黑字的招租信息，写了店主的电话，以及"价钱面议"四个大字。

喻橙的双手插进口袋里，她盯着店面看了许久。

这边是繁华的商业街，商场、写字楼、品牌门店林立，如果将具有鲜明特色的主题餐厅开在这里，一定非常棒。

大概是兴奋的情绪作祟，喻橙随手拍了一张店面的照片，把招租的信息打上马赛克，发到微博上，后面附了一个握拳的小表情。

粉丝不懂她的意思，评论区里一串问号。

喻橙没有解释，继续往前走，想找一家餐厅休息一下，顺便吃个晚餐。

刚走了没几步，她就看见一家酒吧，外观的装潢透着一股熟悉感，她抬头看一眼上方的名字——夜露酒吧。

这个名字……不是她给取的吗？

喻橙掏出手机，在微信通讯录里翻出一个人，发了一条消息过去："忙不忙？过来蹭杯酒喝？"没人回，对方可能正在忙。

犹豫片刻，喻橙走进酒吧。

门口穿白衬衫、黑色西装马甲的服务员端着托盘，朝她点了一下头。

她的一只脚刚踏进酒吧，一个人影就从里面走过来，在她的面前站定。门口的服务员脸色一变，身体站直了，恭敬地朝那人唤了一声老板。

"大学霸，你怎么有空过来玩啊？"酒吧的老板冲着喻橙咧嘴一笑，做了个请的手势，"来，您里边儿请！"

夜露酒吧的老板袁子承是喻橙的老同学，两人初中三年直到高一都在一个班里。袁子承在高一三班担任班长，一身逆鳞，刺儿头一个，满脸写着"我不好惹"，将班里一众调皮捣蛋的学生管得服服帖帖。

高一三班算喻橙学习生涯中最和谐的一个班，大家团结一致，男女生的关系特别好。分开的时候，大家都很舍不得，建了个微信群，袁子承当群主，这么多年来一直保持着不错的联系，寒、暑假偶尔会组织同学聚会。

袁子承高考失利，没有上大学，跟几个人合伙开了一家酒吧。

袁子承有生意头脑，三年多下来，小酒吧利润翻了几番。两个月前，他在群里通知大家，说是把以前的小酒吧关了，重新在繁华地段开了一家大的，还拍了外观的装潢设计给大家看。

当时他在群里征集过酒吧的名字，还特意私信喻橙，让她这个大学霸帮忙取个名字。

喻橙没多想，随口取了一个，没想到最后真的用了这个名字。

袁子承还在群里说过，老同学到他那里喝酒都给打折的，因而喻橙进来前先跟他打了声招呼。

喻橙跟着他往酒吧里走，打趣道："酒水打折吧？"

"别的朋友来了打折，你来，那肯定是免费！"袁子承领着她往人少的地方走，一路带她到小吧台边。

喻橙第一次过来，睁大眼睛好奇地四处打量。

酒吧里的氛围当真是不错，两层楼的设计，一楼是开放式大厅，没有一点嘈杂刺耳的声音。舞台上，一个穿白裙子的女孩在弹钢琴，底下的一个个小圆台坐满了人，角落的卡座里也三三两两地坐了人，低声地交谈着。

袁子承的手搭在吧台上，指尖点了点大理石的台面，他看着一脸兴奋的喻橙，笑着说："怎么样，大学霸，我这地儿不错吧？"

"岂止是不错，简直太棒了！"

"想喝点什么？给你来一杯温和的鸡尾酒？"

袁子承打了个响指，吧台后面的调酒师立刻停下手上的动作，倾身趴过来听候吩咐。

喻橙摆手，表示自己不喝酒："我想吃饭。"

袁子承："……"他被她这句话逗乐了，来酒吧吃饭？

"喂，有没有饭啊？老同学。"喻橙坐在高脚椅上，脚踩在椅子下面的横杠上，她挑眉看他，"没有的话，我就去别的地儿找吃的了。"

袁子承止住笑，点头说："有有有，中餐还是西餐？"

调酒师一看这女孩是老板认识的人，并且两人关系好像还挺好，动作麻利地抽出一份菜单递过去。

喻橙这会儿确实有些饿了，大致扫了一眼，点了一份肉酱意面、一份牛排，又要一个小食拼盘。

难得见到老同学，袁子承的心情特别好，他背靠着吧台跟她聊天："算算时间，你还没毕业吧？"

"是啊，还剩一个学期。"

袁子承笑笑："不考研？学习那么厉害。"

喻橙指了指自己的鼻尖："你看我的样子，像是热爱学习的人吗？"

男人认认真真地端详她片刻，一本正经地道："特别像。"

喻橙笑了一声，话锋一转说："你陪我在这边聊天，不忙啊？"

"这不忙着招待你……"袁子承的话音未落，口袋里的手机就振动起来。他接通了电话，听那边的人汇报完，眉心拧了一下："先带他们到豪华包间，剩下的等我过来。"

他挂了电话，扭头看向喻橙，简单地解释了一下："楼上来了几位贵客，我担心那帮人服务不周到，得亲自过去看看。"

喻橙表示理解，听他刚才的话就知道他有事要忙，她连忙摆摆手："你去忙吧，我吃完东西坐会儿就回去。"

袁子承临走前，还有点不放心，交代调酒师好生照顾喻橙，称这是他的好朋友，少了根汗毛唯调酒师是问。

调酒师的年纪不大，人精一个，笑得一脸暧昧，点头应下。

过了一会儿，喻橙的餐点送来了。

喻橙拿起叉子卷起意面送进嘴里，咀嚼了两下，小幅度地摇头。

酒吧的布置可以给满分，食物却远远达不到她的标准，无功无过勉勉强强能填饱肚子，但实在谈不上美味。

回头她该给袁大班长提个建议，请个好点的厨师，没准客人因为东西好吃会经常光顾。

调酒师这会儿不忙，凑过去跟她聊天："你跟我们老板是什么关系啊？"

"唔，他不是说了吗？"喻橙埋头吃面，闻言头也没抬地道，"老同学，同窗情谊。"

调酒师挠挠头："我还以为……"

喻橙哼笑了一声，替他说完他没说出口的话："你还以为我和他是男女朋友关系？别开玩笑了。"

调酒师讪讪地一笑，岔开话题："你都没点喝的，我帮你调一杯我最近自创的鸡尾酒吧？"

"别，我的酒量不好。"喻橙几口吃完了一份意面，拿过另一个盘子，手执刀叉，专心地切牛排。

"没什么度数，喝着就跟果汁似的。"调酒师说，"正因为味道太温和，没什么人点。"

88

听起来，这位小哥的语气还有点委屈，他好不容易研究出来的新品却无人品尝。喻橙也觉得他有点可怜，她咽下嘴里的食物，说："行吧，你调一杯，我喝就是了。"顿了顿，她再次强调，"你说的哦，没什么度数。"

调酒师笑得露出一口白牙，举手发誓："我保证！"他调制的鸡尾酒确实没什么度数，跟普通饮料一样温和，带着一点点酒精的味道，小孩子都能喝。

哪曾想，这姑娘口中的酒量不好，指的是沾酒就醉。

喻橙用手撑着额头，眯着眼睛，刀柄朝下戳着盘子里的牛排，一边戳一边嘟囔："咦，怎么切不断？"

调酒师："……"

你用刀柄怎么都切不断牛排，好吗？

怎么办啊？调酒师的心里很慌，老板让他照顾好这个女孩，自己转眼就把她灌醉了，老板知道会杀了他吧！

"你会唱歌吗？"女孩抬起头，眼角泛红，脸颊也泛红，额前的空气刘海儿被她自己揉得乱七八糟。

调酒师蒙了，摇摇头说不会唱。

喻橙丢下手里的刀叉，将盘子往前一推，不吃了，开始给他唱歌。

调酒师欲哭无泪。老板！老板！你在哪里啊！你快来啊，我一个人搞不定！

就在调酒师叫天天不应叫地地不灵的时候，正准备上二楼的一个男人的视线突然扫到喻橙。

这个男人抬起的脚又放下，他碰了碰身后的人，抬起下巴示意："燕小六，你看，那个是不是老三的媳妇儿？"

燕北顺着他指的方向乜了一眼，视线顿住，燕北确认了一遍，点头说："是喻妹妹，没错。她怎么在这儿？老三不知道？"

"老三就在楼上。"齐政三步并作两步上楼，"问问他，不就知道了。"

这两个人有点事耽误了，比约定的时间晚了一会儿，他俩一进包间就被赵奕琛拦住，两杯酒直接推到两人面前："罚酒！"

齐政一脸嫌弃地伸手挡开，看向最里面斜靠在沙发上的周暮昀："刚才在外面看到喻妹妹了。"

果然，周公子听到"喻妹妹"这三个字，就变了脸色，原本耷拉的眼皮掀起来，一双乌黑的眼眸瞬间填满星光。

周暮昀将手里的酒杯直接丢在茶几上，腾地站起来。还没见到喻橙，他的嘴角就率先上扬了。

齐政将周暮昀的表情变化看得一清二楚，很是痛心地摇摇头，坠入爱河的兄弟变成这个样子，也是他没有想到的。

赵奕琛不明状况："喻妹妹也在？叫她一块儿过来玩儿呗。"

周暮昀不理他，长腿跨过茶几，大步流星地往外走。他走到门边忽然停下来，扭头看向齐政："具体位置。"

齐政还没反应过来，燕北就说："在吧台那边。不知道是不是喝醉了，看着状态不对劲……"

齐政的话没说完，门边的人已经没了踪影。

周暮昀以百米冲刺的速度赶到一楼大厅，发现根本不用提前知道喻橙的具体位置，他的视线随便扫过去，一眼就能看见坐在吧台边的她。

黑色的羽绒服被她脱下来揉成一团抱在怀里，她穿着薄荷绿的毛衣，米白色风琴裙，小腿悬在高脚椅边，一晃一晃的。

她上身趴在吧台上，眯着眼睛跟吧台后面的调酒师激动地说着什么，说到兴起时还手舞足蹈。

周暮昀走近了才知道她不是在讲话，而是在唱歌。

"在山的那边海的那边，有一群蓝精灵，他们活泼又聪明，他们调皮又伶俐。"

"葫芦娃，葫芦娃，一根藤上七朵花，风吹雨打都不怕，啦啦啦啦。"

"白龙马，蹄儿朝西，驮着唐三藏跟着仨徒弟。"

听她唱了十分钟动画片主题曲串烧的调酒师，此刻已经面无表情了。

"喻橙。"周暮昀站在她的身后，轻轻地唤了一声。

男人沉沉的声线淹没在酒吧的喧闹声中，却还是被女孩听到了。

喻橙下意识地啊了一声，有点迟钝地转过身，整个人像是没骨头似的，软绵绵的，从高脚椅上跌下来。

周暮昀的动作比脑子快一步，伸手接住她，双手掐在她的腋下把人拎起来扶稳了，垂眸看着她。怀里的女孩脸颊酡红，双眼迷离，一副醉鬼的模样。

他低声问："喝醉了？"

喻橙唔了一声，歪了歪脑袋："你会唱歌吗？"

周暮昀："……"

她一张嘴就准备开唱，周暮昀的手掌就扣在她的后脑上，他将人按进怀里，不让她唱歌。

喻橙感觉自己的音乐梦想被人扼杀了，非常不高兴，小泥鳅一样扭来扭去，想逃离困住她的这个牢笼。

周暮昀揽着她的肩膀，将她从高脚椅上抱下来，弯腰捡起掉在地上的羽绒服，抖了两下披在她的身上，半搂着她往酒吧门口走。

"这位先生，你是谁啊？你不能带走她！"调酒师一看这场面就有些着急了，连忙出声阻止，"她是我们老板的朋友！"老板交代过要他好好照看这个女孩，她喝醉了酒，脑子不清醒，怎么能让人随随便便把她带走了？万一出事怎么办？

周暮昀脚步一顿，声音清清冷冷："我也是她的朋友。"周暮昀一想到喻橙一个女孩子大晚上来酒吧这种地方，还醉得不省人事，他的心里就止不住地烦躁。

两人站在路边，周暮昀伸手拦了一辆出租车，抱着喻橙上去。

司机是个二十出头的小伙子，伸手拍下前面亮着的"空车"牌子，往后视镜里瞄了一眼："去哪儿？"

周暮昀皱了皱眉，唤了一声："喻橙。"

"啊？"喻橙迷迷糊糊地应道。

周暮昀有点头疼地揉了揉眉心，耐着性子问："你的家在哪儿？"

这句话不知又戳到了喻橙的哪根神经，她张嘴就唱起来："我的家在东北，松花江上啊，那里有满山遍野大豆高粱——"

周暮昀："……"

司机："……"

司机笑得嘴角直抽搐，方向盘都差点握不住了，咳嗽一声，正色道："先生，这都开了一段路了，您到底去哪儿啊？"

"锦洲花园。"周暮昀捂住喻橙的嘴巴，抬眸朝司机说。

让这个醉鬼准确地说出自己住哪儿是不可能了，他只能先把人带到自己家去，总不能让她这个状态去住酒店。

91

一路上，周暮昀的手就像长在喻橙的嘴巴上，他绝对不让她再开口讲话。

醉鬼喻橙不知道自己做错了什么，只觉得这人好烦啊，怎么不让她讲话，她不说话就憋得慌，露出来的一双大眼睛死死地瞪着周暮昀。

出租车好不容易到了小区楼下。周暮昀如释重负般地下了车，直接把喻橙打横抱起来，大步迈进电梯。

被捂了几十分钟的嘴巴终于得到解救，喻橙张开嘴长长地呼出一口气，转动着眼珠看着周暮昀："你会唱歌吗？"

周暮昀："……"又来了。

"我……我告诉你一个秘密，我不仅会唱歌，"她打了个嗝，眯了眯眼，凑近他，喷出一口带着甜味的酒气，悄悄告诉他，"我还会Rap（说唱音乐），你知道吗？"

她说着，张口就是一段听也听不懂的Rap："哟！哟！哟！我一点都不重，你却说你抱不动，我真的好心痛，快告诉我这是梦！"

周暮昀："……"

喻橙唱了一段Rap，手臂勾着周暮昀的脖子往下压了压，神秘兮兮地说："我还会Beatbox（全称HumanBeatbox，节奏口技）呢！"

"……"

周暮昀不知道说什么好。

好在很快到了家，他一手扶着她，另一只手输入门锁密码。

门啪嗒一声打开，周暮昀长舒一口气，抱着喻橙直奔卧室。他将人放在床上，退后两步扶着腰直起身子，抹了一把额头上的汗。

就像她那段Rap说的一样，她其实一点都不重，他单手也能轻轻松松地将她拎起来，但是这姑娘太能闹腾了，总是动来动去。平时看她那么文静，怎么喝醉酒就像变了个人似的，完全是个小疯子。

周暮昀站在床尾，端详着床上的人儿，他随手脱下大衣扔在沙发上，还是觉得热，把身上的羊毛衫也脱了，单穿着一件白衬衣，一边解开领口的纽扣，一边往浴室走。

他刚洗了一把脸，外面就传来砰的一声，周暮昀吓了一跳，顾不上擦脸上的水珠，提步就往外冲，以为喻橙从床上摔下来了。

他出去一看，原来是她把床头柜上的日历本扫到了地上。

她翻身趴在床上，两条细长的腿高高跷起，像个好奇宝宝一样摸摸这个摸摸那个。

周暮昀快步走过去，捡起日历本放在桌上，把半边身子挂在床边的小姑娘抱起来，脱掉她的羽绒服和靴子，掀开被子，将人塞进去。

他扯过被子盖在她的身上，目光深深地凝视着她的脸，语含警告地道："喻橙，不许乱动，睡觉。"

"李、李总？"喻橙醉眼蒙眬地看着他，两只手从被子里探出来，勾住他的脖子，又看了一眼他身上的白衬衣，声音软绵绵的，"你怎么在这里呀？"

周暮昀眉心一跳，沉声道："李总是谁？"

喻橙的脑袋往他怀里蹭，嘻嘻傻笑："李泽言呀。"

周暮昀："……"

谁是李泽言？这姑娘把他当成哪个野男人了？

落地窗的窗帘没拉，外面璀璨的灯光照进来，混合着头顶冷白的灯光，室内一片明亮。

深灰色的大床揉出一道道褶皱，显出一丝凌乱。

面色酡红的女孩仰躺在床上，男人穿着白衬衣、黑西裤，衬衣下摆从裤腰里蹭出来，露出腰间一片肌肤。他的一条腿屈起来跪在床上，两只手臂撑在她的身体两侧。

周暮昀的脸色阴沉沉的，好比窗外漆黑的夜空，深邃的眸子里压抑着情绪："谁是李泽言？"

"你是不是傻？"喻橙扯着他的衣领，"李泽言就是我老公啊。"

周暮昀眸色已经沉得望不见底。

"你再说一遍。"他的语气里含着一丝威胁。

可惜喻橙眼下脑子晕乎乎的，丝毫没把他的威胁放在眼里，大胆说："李总，你说话怎么老是这个语气，就、就很冷漠。"

她张嘴咬在男人凸起的喉结上，不满地嘟囔："你知道我是谁吗？我可是你的李夫人！"

周暮昀的喉结滚动，嗓音低哑得几乎听不见："李夫人？"

"是呀。"不知道想到什么，喻橙忽然很委屈地扁扁嘴，眼睫毛眨啊眨，都快眨出泪花来了，"我为你氪（网络游戏中的充值行为）了多少金啊，老是抽不到SSR（Superior Super Rare的缩写，抽卡游戏中最高级最稀有

93

的卡片）卡，你还老是怼我，你就是个没有感情的李怼怼！可是我还是好爱你，呜呜呜……"

本来喻橙只是眼眶微微泛红，说着说着，居然真情实感地流下了眼泪。

她抽了抽鼻子，埋头把鼻涕眼泪通通蹭在男人那干净得一尘不染的白衬衫上。

周暮昀原本积了满腔的怒气、酸气、怨气，就因为她这几滴眼泪珠子，都显得微不足道了，他的大掌搭在她的脑袋上抚了抚。

喻橙在他掌心里抬起头来，眼角挂着欲坠未坠的晶莹泪珠，睫毛湿漉漉的，红着眼说："李总，你爱不爱我？"

周暮昀："爱。"

"要不要给我亲亲？"

"……"

周暮昀咽下一口唾沫，表情很是为难。

她问他要不要亲亲？

要肯定是想要的，他非常想要。但是，在她醉得不清醒的时候，占人便宜就很没有道德，不是正人君子干的事。

周暮昀正陷入纠结中，身下的人却一个奋起挣扎就抱住他的脖子，亲上来。她没亲到嘴巴。

大概是因为她现在迷迷糊糊看不清东西，没找准位置，一下亲在了他的下颌，在那里磕出一个小小的牙印。

喻橙亲了一下，很满意地闭上眼睛，手还搭在他的脖子上不愿松开。

周暮昀的血液直冲头顶，身体僵住，垂下眼一眨不眨地看着她。半晌，他重重地吐出一口气，小心翼翼地扯下挂在脖子上的某人的手，掀开被子角塞进去。

他刚想松一口气，被子里的女孩唰地睁开眼睛，直勾勾地看着他。

周暮昀吓得差点从床上栽下去。

"李总，你不睡觉吗？"她拍拍身边的位置，"拿完亲亲卡，下一张应该是睡觉卡，你快来呀。"

寂静的夜晚，你心爱的女孩拍着床，用软软甜甜的声音邀请你睡在她的身边，你会拒绝吗？

周暮昀犹豫了三秒，掀开被子躺下。

"李总，你今天好听话。"女孩弯弯唇角，钻进他的怀里，手指捏着他衬衣的下摆，"你想听歌吗？我唱给你听……"

周暮昀条件反射地捂住她的嘴："不听，现在睡觉。"

"哦。"女孩闷闷的声音从男人的指缝传出。

不知是折腾累了，还是这姑娘就喜欢听李总的话，不大一会儿，她的呼吸就渐渐均匀、平缓了。

周暮昀抬手摁了摁眉心，蹙着眉反思：我为什么要做个正人君子？做个正人君子太难了！

思绪陡然飘到女孩口口声声喊的李总，周暮昀瞬间沉下脸，摸出手机，点开百度搜索。

他倒要看看李泽言是哪个愣头青！还李总？哪个公司的？他怎么听都没听过？

百度百科显示：李泽言，手游男主角之一，华锐总裁，青年才俊，金融圈传奇……一堆没用的资料里，唯独第一句是重点——手游男主角之一。

手游男主角之一？

周暮昀："？"

搞了半天，让他吃醋的居然是个游戏里的人物？纸片人？

第二天早上，喻橙睡到自然醒，她感觉有点热，手从被子里探出来揉了揉太阳穴。她的手放下来的时候，却摸到了一块不属于自己的皮肤。手感有点硬，还很结实，形状像是胳膊。

她怔了一下，猛地睁大眼。映入眼帘的不是自己那个小清新公主风的房间，而是黑白灰冷色调组成的高冷风。

脑海里闪进昨晚的一些细碎片段，她就只记得自己去酒吧，坐在小吧台前吃东西，调酒师给她调了一杯温和的鸡尾酒，她一饮而尽，然后……

然后呢？她好像想不起来了。

喻橙呼吸一滞，扭头看向身旁。她首先看到一张熟悉的俊脸，俊脸上的碎发有点凌乱地耷下来，眼眸乌黑，高高挺挺的鼻梁，唇瓣抿成一条直线。

那条直线在她的注视下慢慢扯出弧度，吐出微微沙哑的嗓音："你醒了？头痛不痛？"

啪！喻橙脑中绷紧的弦断了。

"啊啊啊啊——"

她惊恐地尖叫起来，手撑着床翻身坐起，两只脚快速地蹬着被子往后挪。

喻橙本来就睡在床边，往后一退就直接从床上栽了下去，周暮昀伸手想要拉住她，然而还是晚了一步，喻橙结结实实地摔到地上。两只脚仍然蹬着地板往后移，仿佛床上的人是洪水猛兽。

她指着周暮昀，"你你你"了半天，又指着自己，"我我我"了半天，最终还是没能讲出一句完整的话来，反倒把脸憋得通红。

喻橙看到男人从床上下来，她的身子就又往后退，后背抵在沙发边缘，直到再无退处。

眼前的周暮昀是她从未见过的样子，他穿着一件宽松的白色棉T恤，衣摆卷在腰际，浅灰色的运动长裤松松垮垮地挂在腰间，裤腰的两根带子没系，垂在前面。

他的黑发凌乱，有点长，奔下来时快要遮住眼睛。他似乎是没睡好，薄薄的内双变成明显的双眼皮。因为困倦，他看起来像一只温顺的大型犬。

"大型犬"在她的面前蹲下来，手臂搭在膝盖上，朝她伸出一只手："摔疼没？"

喻橙仰着头看他，一声不吭。杏眼水润润的，眨了眨，她一副快要哭了又拼命忍住的样子，像极了在外面受了欺负不敢回家跟家长说的小朋友。

周暮昀："……"

他真没干禽兽不如的事情。

哪怕她昨晚这样那样地勾引他犯罪，他也依然勒紧裤腰带保持意识清醒。回想起来，他都佩服自己的定力。

一时间，两人都陷入沉默，房间里安静得只能听见空调的运行声。

落地窗的窗纱在空调暖风的吹拂下，轻微摆动，荡出一圈圈细小的弧度，像水面的涟漪。一丝光线从缝隙中透进来，随着窗帘的摆动忽明忽暗。

周暮昀索性屈腿坐在地板上，俯低上身，轻唤："喻橙。"

喻橙抿抿唇，没理他。

他轻咳一声，说："你昨晚在酒吧喝了酒，还记得吧？"

他看见喻橙小幅度地点了一下头，他悬起来的一颗心稍稍往下落了一点，她记得这个就好。

"你一个女孩子在那种地方喝醉了有多危险，想过吗？"周暮昀说，"我刚好跟几个朋友在那儿聚会，无意间看见你，你当时就趴在吧台上，身后好几个男人不怀好意地盯着你，你也没发现，整个人都不太清醒。"

他还说："你以为调酒师能照顾你吗？他忙着给客人调酒。作为朋友，我既然碰见了你，肯定不放心你一个人待在那里。本来我想着送你回家，可你醉得不省人事，问不出家庭地址。"

喻橙竖起耳朵听他说话，生怕漏掉什么重要信息。

"我没有办法，只好把你带回我家。"周暮昀望了一眼凌乱的大床，眸色暗了暗，声音略低，"我家就一张床，连多余的被子都没有，然后就……你放心，我们就单纯地睡在一张床上，什么都没干。"

喻橙终于冷静下来。

清早醒来，发现自己和一个男人躺在床上，她真的被吓到了。倒不是她不相信周暮昀的人品，而是她的大脑来不及思考，她先入为主地脑补了一堆不好的事情。

喻橙敛下眼睫，看着自己身上的衣服。毛衣完整地穿在身上，打底裤也还在，裙子除了有点皱以外，一切都跟昨晚没区别，甚至，袜子都还穿在脚上。

"谢……谢谢。"喻橙嗫嚅道。

"说起来，要占便宜，也是你占我便宜。"周暮昀语气里藏了一丝笑意，"你喝醉的时候，跟平常不太一样。"

"嗯？"

周暮昀薄唇微勾："你要听吗？"

过去二十几年的岁月里，除了昨晚，喻橙以前也喝醉过一次。

大一上学期，室友邢露过生日的那天晚上，那是她们四个小姐妹在一起庆祝的第一个生日，彼此都还不算熟悉，大家约在一家火锅店联络感情。

点饮料的时候，其余三个姐妹都十分豪爽地大手一挥："红的、白的、啤的随便整，姐姐没有怕的！"

喻橙这个从小到大没尝过一滴酒的乖宝宝被她们的情绪传染了，放弃了点可乐的想法，也跟着嚷嚷自己没有怕的。

因为以前没碰过酒，她不清楚自己的酒量怎么样，底限在哪里。喻橙仰头灌了大半杯啤酒，觉得味道还可以，没有想象中的难喝，她又尝了一口白酒，辣得喉咙受不了就放弃了，然后就改为专攻啤酒。

结果，一瓶啤酒没喝完她就醉得一塌糊涂，分不清自己是谁。

喻橙当然不知道自己醉酒后是什么样，她一喝醉就断片儿，但她的室友记得清清楚楚。

喻橙听她们第二天的转述是：她喝醉了就在火锅店里开起了个人演唱会，一首歌接一首歌地唱，完全不知疲惫，唱的还都是些充满童年回忆的歌曲。

室友们不约而同地想：这孩子可能从小就有一个歌唱梦想。

喻橙这个状态，她们根本不敢回学校宿舍，怕吵到隔壁寝室的女生，招来不必要的麻烦，只好去附近的酒店开了两间房。

喻橙到了酒店就越发兴奋，在自己的世界里嗨了起来，拉着小姐妹的手非要给她们表演胸口碎大石。喻橙把背包放在胸口上，躺在床上握着拳头捶自己……

这件事足足被室友嘲笑了一年。也是从那以后，寝室里多了一条不成文的规定：再有聚会，单独给喻橙点牛奶、果汁、可乐之类的，其余三个女生喝酒。

所以，周暮昀一提起"你喝醉的时候跟平常不太一样"，喻橙立马就想起这回事，连忙摇头。她一点都不想听！

周暮昀见女孩着急掩饰的模样，笑了："你记得昨晚的事？"

喻橙摇头，完全没有印象，要不然也不至于一睁开眼就被吓到。

周暮昀眉梢高高挑起，很诧异的样子："你喝醉酒很喜欢唱歌。"

喻橙："……"

"唱完歌就唱Rap，唱完还表演了Beatbox。"

"……"

喻橙很想问一句——自己有没有表演胸口碎大石，想了想还是决定闭嘴。

不过，他口中的占便宜是怎么回事？她不会开辟了新的领域吧？

下一秒，她就听见周暮昀揶揄道："你把我当成李泽言，抱着我的腰不撒手，非要亲我，我不给亲你就哭，你还……还摸我的腹肌。"

周暮昀以为她不信，扯着自己的T恤领子往下拉，露出更多的肌肤："这些，都是你弄出来的。"

男人白皙的肌肤上点点红痕，有的是用手抓出来的，有的好像是……亲出来的，说不出的暧昧。

喻橙的脑子嗡的一声，她心想：他家是多少层楼来着，跳下去会当场去世吗？

98

第五章　我好像喜欢上一个人了

一周后，冷冷清清的家里终于迎来空前的热闹。

下午四点多，喻宗文一手拖着行李箱，另一只手牵着在三亚和夏威夷晒黑了不止一个度的蒋静媛女士进门。

喻橙正在厨房里煲筒子骨汤，听到动静，举着汤匙跑出来，脸上洋溢着大大的笑，她张开双臂："妈妈！你终于回来了！我好想你！"

蒋女士冷静地站在那里，看着朝自己飞奔过来的女儿。以自己对女儿的了解，她这么热情一定有鬼。

果不其然，喻橙挥舞着汤匙，亮晶晶的眼睛眨巴了几下，她激动地说："妈妈，你给我带礼物了吗？"

蒋女士微抬下巴，示意丈夫手里的行李箱，说道："那箱子里的礼物全是你一个人的。"

喻橙双眼放光，她将手里的汤匙扔到一边，迫不及待地从爸爸手里接过箱子，提在手里掂了掂。

这么重？喻橙放倒箱子，就地打开了两边的锁扣，掀开盖子。

喻橙看到整整一行李箱的书——CPA（注册会计师）全套教材、教材解析、练习题以及历年真题试卷，妈妈还贴心地为她准备了配套的名师讲解光碟。

喻橙嘴角的笑容一寸寸地僵住，她体会到了什么是"上一秒天堂，下一秒地狱"。

在女儿呆滞的目光下，蒋女士拍了拍她的脑袋，语气带着母爱的关怀："还有一个学期就毕业了，既然你暂时不想实习，那就着手准备考CPA吧。"

喻橙没有接话，心里哇凉哇凉的，她拿起汤匙默默地去了厨房。

晚餐很丰盛，除了蒋女士最爱吃的糖醋排骨，还有蒜蓉茄盒、虾仁青豆蒸蛋、葱爆羊肉。汤是熬了四个小时的筒子骨汤，奶白的汤汁配上枸杞红枣，看着赏心悦目，闻着也香。

喻橙坐下来，拿起筷子给妈妈夹了一块排骨。

"以后你专心看书，我来做饭。"

许是长时间没有尝到地道的家常菜，蒋女士的胃口非常好，她一口接一口地吃菜。

蒋女士当年也是学霸一枚，读完硕士读博士，一毕业就在一所一流的名校当老师。现在学生都称她一声蒋教授。

因为妈妈是教师，喻橙从小就有些怕她。

蒋女士确实有一些职业习惯，谈正事的时候总是一副教育的口吻，态度强硬不容置喙。相比起来，喻宗文这个父亲就显得温和好说话。别人家是慈母严父，她家是虎妈猫爸。

不过大多数时候，蒋女士还是很开明的，愿意站在女儿的角度上思考问题，因而母女俩从来没有过争吵。

喻橙给自己舀了一勺鲜香滑嫩的蒸蛋，低着头吃。她眼角的余光瞥了一眼眉开眼笑的妈妈，又瞄了一眼笑得一脸灿烂伺候老婆大人吃菜的爸爸，看来两人的心情都很好。此时是谈事情的好机会。

喻橙咬着筷子尖儿，斟酌片刻，开口道："妈，我想跟你商量个事儿。"

"什么事？"蒋女士吐出一根骨头，抬头看着她。

喻橙面露为难。

蒋女士："你是想说相亲的事？放心，我跟你姑妈说过了，不会再安排那个男孩子跟你见面。"

"不是这个。"喻橙放下筷子，身体坐直了，她拿出跟国家首脑谈判的态度，"我想说的是，我不想考CPA，也不想进公司做财务，更不想去会计事务所工作。以上那些都不是我喜欢的职业，我知道妈妈的安排都是为我好，但是，妈妈，我长大了，能为自己的人生做选择，也有自己的未来规划。我想做自己喜欢的事，我想……开一家主题餐厅。"

喻橙的语速缓慢，她说完一长串话舒了一口气，抬眸直视对面一脸呆愣的蒋女士。

碗筷碰撞声消失了，空气仿佛静止了。

喻宗文看着母女俩，想插话，却不知道该说什么。

蒋女士看了喻橙三秒，菜也不吃了，筷子啪地放在碗上，她难以置信地道："你说什么？！"

蒋女士的气势一上来，喻橙就弱了下去。她知道妈妈听清楚了刚才的那番话，不想再重复一遍。

"哈哈哈，小鱼很有想法啊，开主题餐厅的话，其实也……"喻宗文察觉气氛不对，适时出声缓解气氛。话说到一半，他就接收到蒋女士警告的眼神，吓得噤了声。

蒋女士语气严肃："橙橙，你现在是在告诉我，你不想做财务方面的工作？那么你大学四年学的东西都打水漂儿了？你的努力都白费了？你考的那些证书都是一张张废纸？还有，你以为在北京开一家餐厅是一件容易的事？你太天真了！"

"我只是觉得人生这么短暂，不该委屈自己做不喜欢的事。"喻橙说，"别人怎么想我管不着，但我不想被圈在死板的格子间里，每天对着一堆报表、数字算来算去。我很早之前就想开一家餐厅，只是一直没跟你们说过。"

蒋女士冷凝的眉眼似有松动的迹象。喻橙深吸一口气，再接再厉："我知道在北京开一家餐厅不容易，但我还是想尝试一下。"

"先吃饭。"蒋女士拿起架在碗口的筷子，给自己又夹了一块排骨，轻飘飘三个字带过了这个话题。

喻橙嘴里嚼着羊肉，心里却很清楚，蒋女士现在不提这个话题，不代表她赞同自己的想法，她只是不想破坏饭桌上的气氛。

革命很漫长，喻橙同志你还要继续努力啊！

饭后，一家人坐在一起看了一会儿电视，喻橙便回了自己的房间，关上门，拿出手机给周暮昀发消息："在吗？"

然而让她没想到的是，对方直接打来一个电话。她顿了顿，手指下意识地摁下绿色的接通键。

直到周暮昀的那张脸出现在手机屏幕上，她才反应过来，是视频通话。

喻橙盯着屏幕，张了张嘴，许久没说出话来。

周暮昀冲她一笑，那张原本清冷的面庞顿时柔和了几分："发生什么事了？"若是没事，她不会主动找他。

手机屏幕上，光线暖暖的，女孩穿着粉色圆领睡裙，坐在床上，一只手撑在脸侧，她叹了一口气。

"有什么事，你可以跟我说。"周暮昀的语气耐心又温柔，"我的阅历比你丰富，又处在旁观者的角度，看问题可能会更透彻，也能给你中肯的建议。"

喻橙的脸上掠过一丝诧异，她似乎完全没有想到他会主动要求当一个倾听者。

周暮昀："要说说看吗？"

"也不是什么大事，就是未来规划跟家人的意见不一致。"话题一旦挑开，喻橙也不掩饰情绪了，蹙着眉，眼角耷拉下来，"我不知道怎么办才好。"

"你的未来规划是什么？"周暮昀问。

提起梦想，喻橙的眼中多了一丝神采，眉间的那丝愁绪都不存在了："我想开一家餐厅。"

她的手在空中比画了一下："不知道你听没听说过那种主题餐厅。有的采用老上海的怀旧风格，有的装修成地中海的风格，还有一些爱丽丝主题餐厅、卡通漫画主题餐厅，等等，都非常有趣。我想开书店与餐厅相结合的那种，在餐厅里装上从地板延伸至天花板的大书架，上面摆满各类书籍。顾客过来吃饭，等餐的间隙，能随手抽一本书来翻看，感兴趣了还能买走……"

喻橙说到这儿，想到蒋女士板着脸一条一条地给她分析其中的利害关系，她的眸色又灰暗下去："但是妈妈希望我老老实实地找一份格子间里的工作，风吹不到日晒不到雨淋不到。其实……她也没错。"

周暮昀思考了一下，慢慢道："我站在你这边。"

"真的吗？"

他嗯了一声，正色道："坚持自己的选择，然后好好跟家人沟通。"

102

喻橙握拳，在镜头前挥了一下："我会的！"

她整个人陷入一种被认同、被鼓舞的气氛里，说话的声音超大："你知道吗？我还有一个想法！那就是……"

不知何时，床边站了一个人。喻橙似乎才察觉到，一抬头就愣住了，脸上兴奋的表情甚至来不及收住。

"妈、妈妈。"她惊讶地唤了一声。

蒋女士手里端着一杯温牛奶，笑着说："我敲门了。敲了好几下，你没反应，我听到里面有声音就直接进来了。"

蒋女士把杯子放在床头桌上，直起身时目光不经意间往喻橙的手机屏幕上一瞥，她挑了挑眉："这个小伙子是谁啊？长得挺好看的。"

喻橙慌忙将手机扣在被子上："妈妈，他是我朋友。"

"男朋友？"

喻橙倒抽一口气，生怕电话那边的人听到后误会什么。她疯狂地摇头，否认道："不、不是，就是普通朋友。"

蒋女士没再纠结这个问题："我来是想告诉你，工作上的事我不逼你，你的想法我也会认真考虑。"

喻橙愣了一秒，一把抱住她："谢谢妈妈！"

另一边，视频通话结束以后，周暮昀猛然想到什么，登上微博，翻到喻橙不久前发的一条微博。那张照片还在。照片上是两层楼的店面，玻璃门上贴着一张纸，虽然纸上的内容打了马赛克，但是不难猜出上面写的肯定是招租信息。

他联想到喻橙刚才的话，立刻就明白她那天发这张照片的意思了。她想开一家主题餐厅，这是她看中的店面。

周暮昀保存了照片发给秘书，告诉秘书无论出多少钱，都要买下这间门店。

秘书揉了揉眼睛，老板，你还需要买房？

距离春节不到一个星期了，北京又下了一场雪，比上一场雪大，从早晨开始下，鹅毛一般，纷纷扬扬地洒下来，到午饭的时间，地上就堆了一层厚厚的雪。

"橙橙，你准备好了没有？我们要出发了。"蒋女士换好衣服从卧室里出来，军绿色的羽绒服长至脚踝，她的脸上画了淡妆，头发梳到脑后绾了个髻。

喻橙抬眸看去，笑得一脸谄媚："妈妈，你真漂亮！"

自从蒋女士松口，不再逼她考CPA，喻橙的狗腿程度就与日俱增，具体表现在拍马屁、主动做家务、乖巧地听妈妈的话等方面。

蒋女士瞥了她一眼，嘴角笑意明显："得了，你赶紧去换衣服。"

往年都是喻宗文拖家带口地回乡下过年，今年例外，他们打算把乡下的二老接到城里来，让他们在这边小住一段时间。

除了置办年货，老人要用的东西当然也得提前准备妥当，所以一家三口决定抽出一个下午的时间出去逛街购物。

百货商场里的气氛热闹非凡。广播实时播放各种折扣活动，伴随着热情似火的"新年好呀，新年好呀，祝福大家新年好"的音乐节奏，小孩子们手里拿着玩具尖叫着在人群中穿过，后面跟着焦急追赶的父母。

三人各自挑选好衣服，又给两位老人买了棉服。他们正准备乘电梯到三楼生活用品区，喻橙把手里的纸袋塞给喻宗文："我去一下洗手间，爸爸，你跟妈妈先上去。"

人头攒动的商场，洗手间也格外拥挤，喻橙排着长队艰难地上了个厕所。

她出来的时候，一个拿着小蛋糕的男孩子忽然横冲直撞地跑过来。她忙不迭地朝一边躲开，不曾想，与迎面走来的妇人撞了个满怀。

喻橙手疾眼快地扶稳了妇人，连忙低头道歉："对不起对不起，我不是故意的，没看到您。"

映入眼帘的是一位雍容华贵的美妇人，妇人穿着黑色大衣，里面搭配祖母绿毛线裙，身上的钻石饰品在商场亮白的灯光下璀璨如星。妇人的身侧还站着一个穿黑西装的男人，他看到这个状况大惊失色。

喻橙的心里咯噔一下，直觉让她觉得这位妇人的身份不简单。

妇人将喻橙上上下下扫视一遍，蹙着眉思考了一会儿，自言自语道："在哪里……在哪里见过你？"

喻橙："……"

喻橙以为她在唱《甜蜜蜜》。

"皇太后，您怎么有空过来？我这儿正忙着呢！"

喻橙身后忽然传来一道清爽的男声。这个声音有点熟悉，她转头看去，只见两步开外的位置，赵奕琛一脸笑嘻嘻地出现。

男人穿着黑色的西装，配深蓝色的领带，暗金色的领带夹精致华贵，皮鞋锃亮。头发梳得一丝不苟，露出光洁饱满的额头。

他身后跟着一群男士，十分引人注目，个个儿都是商业精英的打扮，西装革履，面容严肃冷淡。这群人众星捧月般地围拱着赵奕琛。

喻橙目瞪口呆。如果她没记错的话，赵奕琛说自己家是开小卖部的。这年头儿，开小卖部的穿得这么时尚？还有一群助理跟随？

妇人看着赵奕琛，笑着说："我跟几个老姐妹喝下午茶，刚结束，听你爸说你在这边视察工作，我就进来看看。我都让经理别跟你汇报了，他非不听。"

边上的经理笑了笑，朝着赵奕琛恭恭敬敬地点头："赵总。"

赵奕琛殷勤地过去搀扶着"皇太后"，他一转头，发现旁边还站了个女孩。

这个女孩有点眼熟。赵奕琛定睛一看，咦了一声："喻妹妹，你怎么在……"话还没说完就被他硬生生吞下去了。

等等！经理刚才称呼他什么来着？完蛋了，他露馅了。

赵奕琛脑中的第一个念头是，想个什么办法掩饰过去；第二个念头是，要是掩饰不过去，周暮昀能拿着大砍刀砍了他。

喻橙恍然回神，喃喃地道："赵总？"

赵奕琛咧嘴一笑："啊哈哈哈，其实我大名叫赵奕琛，小名叫赵总，是不是听着感觉很拉风。"

喻橙看着他，看看他身后的那群商业精英，她的脑中浮现一行黑体加粗的大字：我脑子有坑才会相信你的鬼话！但她表面还是装作什么事都没发生的样子，天真地问："咦？赵老板，你不是开小卖部的吗？怎么有空在这里逛街？过年应该挺忙的吧，卖了几箱啤酒了呀？"

"还、还行吧。"赵奕琛皮笑肉不笑，心里很虚。

赵夫人听得一头雾水，看看这个，又看看那个，没搞明白这两个小年轻在打什么哑谜。

不过，有句话她倒是听懂了。

"琛子，除了赵氏百货，你还开了小卖部吗？"赵夫人疑惑地看着赵奕琛，"咱家开拓了业务范围，我怎么不知道？"

赵奕琛："……"他装不下去了。

赵氏百货，喻橙听清了这四个字。她脚下踩的就是赵氏集团重金打造的百货商场大楼，一共八层，集餐饮、购物、娱乐、文化等功能于一体。这样的百货大楼在全国总共有两百多座，可以说是地标性的建筑。

赵氏集团是百货行业的龙头企业，喻橙是学金融的，课本上的案例都有赵氏集团的相关信息。

面前这个嘻嘻哈哈的公子哥，她也通过刚才几人的对话弄明白了，他不是什么开小卖部的，而是赵氏集团的现任总裁。

不知道为什么，喻橙突然有点想笑。赵奕琛是有多想不开，说自己家开小卖部。

喻橙定了定神，朝赵夫人点了一下头，歉然道："刚才不小心撞到您，再次跟您说声对不起。"

赵夫人不在意地摆摆手，表示没关系。

而后，喻橙转身离开了，一眼都没看赵奕琛。

等她走远了，赵奕琛叉着腰站在原地彻底凌乱了，他满脑子想的都是，这一次真完了！喻橙应该知道了他的身份，周暮昀那里，他该怎么交代？

赵夫人盯着喻橙的背影看了一会儿，终于想起来了："啊，刚才那个小姑娘，是阿昀正在追求的女孩吧？上次我在茶餐厅看到过，有印象的。"

"是。"赵奕琛回答得有气无力，"您记性真好，您眼神真好，您没认错。"

赵夫人："……"阴阳怪气！

喻橙晚上回到家，躺在床上还在想下午在商场发生的事。集团总裁和小卖部老板，这两个身份之间的差别太大了！谁能接得了？

她转念一想，周暮昀这个房产中介呢，会不会也是假的？

赵奕琛一个集团总裁，总不会跟房产中介称兄道弟吧？还有那些声称自己是开小旅馆、开诊所、搭戏班子、送快递的……

喻橙的心里乱糟糟的，她感觉自己忽略了一些重要信息。然而，那些信息在脑海中一闪而过，快得她根本抓不住。

她郁闷地抓起手机，打开微信，点开周暮昀的头像。那只懒洋洋的小猫仍然眨着蓝汪汪的大眼睛，呆呆地望着自己。

喻橙与头像上这只猫大眼瞪小眼，瞪了一会儿，烦躁地丢开手机。这样的烦躁一直持续到除夕。

在这期间，喻橙倒是跟周暮昀在微信上聊过天，不过她没跟他提过自己的疑问，他也没主动提起这件事。

门外传来哐当一声，喻橙撇了一下嘴角，已经习惯了。

妈妈邀请了同在北京定居的舅舅一家过来吃年夜饭。大人聚在一起聊天，小孩子就你追我赶地玩游戏。一墙之隔的客厅里充斥着小孩子叽叽喳喳的尖叫声，以及时不时什么东西撞到地板上的声响。

喻橙一个人躲在房间里，享受着不算安静的小空间。这一上午，手机振动个不停，微信、QQ、短信里塞满了新年的祝福，微信里到现在还在下红包雨。

喻橙盘腿坐在床上，嘴里叼着一根巧克力棒，手指机械地点着一排红包。她很忙碌，几个群里来回抢红包，抢着抢着，手指突然点开了周暮昀的对话栏。大概是心有灵犀，那边忽然发了一条消息过来："你除夕准备怎么过？"

喻橙把最后一截巧克力棒塞进嘴里，打字回复："跟家人一起过啊，吃年夜饭，看春晚，玩牌。"

周暮昀："哦。"

哦，是什么意思？喻橙正疑惑，他紧接着发来一条语音。

她点开语音条，听见男人平静无波的声音里掺杂了一点别样的情绪："我爸妈携手去热带度假了，我一个人过。"

不知道为什么，听到这句话，喻橙就脑补出一幅画面：周暮昀一个人待在空荡荡、凉飕飕的房子里，生无可恋地嚼着干脆面，连杯热水都没有。

反应过来后，喻橙晃了晃脑袋，被自己的脑补吓到了。

以周暮昀的生活条件，他应该是叫一个豪华外卖，舒服地坐在沙发里，一边看电影，一边享受热气腾腾的美食。

喻橙想是这么想，还是忍不住关心地道："那你晚上吃什么？"

周暮昀环视了一下空荡荡的客厅，听着远处的繁华热闹，本来还觉得没什么，突然就有点孤独寂寞。

他打开两扇冰箱门，里面的新鲜食材塞得满满当当，下面冷冻柜里还有肉类、海鲜以及速食产品，都是阿姨准备的。阿姨回家过年了，临走前准备了一堆食材，可是他并不会做饭。

周暮昀想了想，面不改色地撒谎："可能会吃泡面吧，家里还有一盒桶装面。"

喻橙一愣。刚才她就脑补周暮昀凄凄惨惨地蹲在角落里啃干脆面，虽然现实是一桶泡面，但也没好到哪儿去。

大年三十，外面还飘着雪花，一个人吃泡面是真的惨。

过了一会儿，周暮昀问她："桶装面还有三天就过期了，能吃吗？"

喻橙："……"

犹豫了三秒，喻橙一骨碌从床上滚下来，在毛衣外面套上羽绒服，抓起衣架上的围巾往脖子上一挂，给周暮昀发消息："你还住在上次那个公寓？"

周暮昀计谋得逞，扬唇一笑："嗯。"

喻橙："我过来给你包点饺子吧，你晚上煮着吃。"

周暮昀："好。"

喻橙把手机装进兜里，深吸一口气，压下门把打开房门走出去。

客厅里正聊天的大人齐刷刷地抬头看她。

蒋女士见她全副武装，惊讶道："你要出门？"

喻橙啊了一声，胡乱地扯了一个理由："我突然想起来，家里好像没有小孩子喝的饮料，我出去买点牛奶、果汁什么的，顺便逛一逛。"话音落地，她心虚地撩了一下刘海儿，加快脚步冲到玄关换鞋。

周暮昀开车过来接她，两人一起去超市买包饺子需要用的食材，然后去他家。

她上次来这里是因为喝醉酒被他带回家，那天早上兵荒马乱，喻橙没有仔细参观过他家，这次终于能好好地参观一下了。

典型的三室一厅，配一个开放式的厨房。客厅中央放置着米白色L形沙发，配两个单人沙发，一个电视柜，一个茶几，地板上铺了浅咖色的地毯。除此之外就什么都没有了，桌面上连个摆件都没有。

搁平时，这种简约风格也没什么，看起来干净整洁，大过年的就显得分外冷清了。

他家没贴春联，没贴福字，就连漂亮的窗花也没有，让人感觉不到半分春节喜气洋洋的气氛。

喻橙默默地叹一口气，脱下羽绒服，挽起毛衣袖子，抬手将长长的头发拢到脑后拧成一股，然后一圈一圈盘上去，盘成个丸子形状，然后她咬下手腕上的皮筋缠住，动作一气呵成。

周暮昀站在她的身后，看得目瞪口呆。

喻橙没有注意到他在身后，她将食材拎到厨房洗干净，香菇和胡萝卜剁碎，葱姜蒜剁成蓉，而后，都倒进绞好的肉馅儿里搅拌，再打进去几个鸡蛋，加入调味料，饺子馅儿就调好了。

她没有买超市里现成的饺子皮，觉得和面擀出来的皮儿更好吃一些，于是自己动手和面、擀皮。

准备工作都做完了，只剩下包饺子这一项。

周暮昀在旁边什么忙都帮不上，看得眼睛都直了，只觉得三百万粉丝的美食博主果然名不虚传。

"需要我帮忙吗？"他主动说。

喻橙包好一个饺子，放进塑料盒子里："你要学包饺子吗？"

"喻老师，你教我。"

"好呀。"喻橙拿起一张饺子皮，动作放慢，示范给他看，"挑起一团饺子馅儿放进去，注意不要放太多，不然包不住。"

周暮昀拿了一张饺子皮放在掌心，在一旁有样学样。

"两边差不多能对折的样子，像这样，合拢，两手包住一捏就成了。"

周暮昀学着她两手一捏，啪叽一下，馅儿都从饺子皮里面挤出来了。

喻橙蹙眉："算了，你还是在一边看着吧。"

周暮昀很是挫败，为了不给她添乱，只好老老实实地站在一边观看。

女孩肤白唇红，头发绾起来，露出纤细莹白的脖颈，她站在流理台前，低垂着眼，神情专注地包饺子。耳畔一缕垂下来的黑发，随着她转头的动作不时地扫在脸颊上。

周暮昀的视线凝住，他忽然抬起手，慢慢地伸过去，撩起那一缕发丝别到她的耳后。

酥酥痒痒的触感传来，喻橙倏地扭头。

四目相对，周暮昀来不及收回手，指尖猝不及防地擦过她脸颊细腻的肌肤。

四周无比安静，男人的视线缓缓往下移，停留在女孩红润的唇瓣上，他

109

的眸色暗了暗，喉结微微地滚动了一下。

想吻。

周暮昀的脑海里有两个小人在打架。

一个是小恶魔。小恶魔牙齿尖尖的，头顶的小角尖尖的，举着一把小钢叉怂恿他：周暮昀，你别怂！抱住她，吻上去！机不可失时不再来！再犹豫就晚了！

另一个是小天使。小天使头顶一圈金灿灿的光环，背后长着圣洁的小翅膀，手里拿着神圣的权杖，语气温柔地跟他说：做个正人君子不好吗？你现在吻下去，把人家吓跑了怎么办？你想过没有？

小恶魔：冲上去！

小天使：不可以。

小恶魔：周暮昀，你是怂蛋！

小天使：周暮昀，你要做人。

小恶魔：上啊，还等什么！

小天使：稳住，我们能赢。

小恶魔：你摸着你的心告诉我，你难道不想吻吗？

小天使：……

最终，恶魔战胜了天使。

周暮昀顿了顿，停留在喻橙耳畔的那只手没有放下，另一只手撑在流理台上，他倾身靠近她。

温热的气息扑面而来，喻橙的眼睛快速地眨了几下："怎、怎么了？"

周暮昀的薄唇微抿，他屏住了呼吸。

眼前的男人离自己越来越近，男人漆黑的瞳孔里倒映着两个小小的自己，连她错愕惊慌的神情都照映得一清二楚，喻橙的心彻底乱了节奏。

他……他到底要干什么？

蓦地，清脆的手机铃声响起来。

周暮昀犹如被人用木棍在脑后狠狠地敲了一下，猛地后退半步，垂下眼眸，掩饰眼底翻涌的情绪。

喻橙长舒一口气，后背有点凉凉的，好像出了点汗。

他刚刚……是打算吻她吗？

男人温热的手掌贴在她的脑后那一块皮肤上，隔着发丝，她能清楚地感

110

知到触电一般酥麻的感觉。这是她从来没有过的感觉。

想象一下周暮昀吻她的画面，喻橙可耻地发现，自己居然不排斥。不仅不排斥，她隐隐地还有一丝期待。

喻橙，你疯了吗？最近韩剧看多了吧你，把自己幻想成女主角了？

周暮昀平复了呼吸，掀起眼皮，看了一眼流理台上响个不停的手机，又看向一脸呆滞的女孩，提醒她："你的电话。"

喻橙丢下手里已经被捏得变形的饺子皮，拿起手机背过身去接通："喂，妈妈，我马上回去，嗯，很快。"

她挂了电话，转过身，支支吾吾地说："我妈妈打来的电话，催我回去了，我……"她扫了一眼流理台，包了四盒饺子，每一盒都刚好够他吃一顿，"我要走了。"

周暮昀怔了几秒："我送你回去。"

"本来还想教你煮饺子，但时间不太够。"喻橙举起手机晃了晃，"你到时候给我发微信吧，我在线教你。"

"好。"

"你可以给我打视频电话，方便一点。"

"好。"

周暮昀开车将喻橙送到小区，停下车，他扭头看着副驾驶座上的女孩。

她的怀里抱着一大瓶橙汁，还有几瓶牛奶。刚才路过超市，喻橙才想起来自己出门的借口是买饮料，肯定不能空手而归，只好让周暮昀在路边停车，她下去买了几瓶饮料。

"谢谢你送我回家，我先走了。"喻橙说。

她解开安全带，推开车门正准备下车，周暮昀的手忽然覆在她的手背上，他把开了一条缝的车门重新关上。

喻橙猝不及防，吓了一跳，扭头看向他。

周暮昀："晚上出来玩吧，我带你看烟花。"

喻橙想了一下，义正词严地道："市中心是烟花禁放区，乱放烟花是要罚款的，你想在大过年被拖进局子里受教育吗？"

周暮昀："……"

深夜放烟花，多么浪漫唯美的事，他琢磨了一晚上，还联系了场外人员，准备搞一场盛大的烟花。本来想着她听到以后应该会激动得双眼放光，

111

怎么现实与理想的差距这么大？

喻橙深深地看了他一眼，推门下车。

周暮昀薄唇紧抿，明显对她的反应不满意。

喻橙怀里抱着几个大瓶子站在车外，弯腰冲驾驶座上的男人说："晚上再说吧，我有时间就去。"没等他回应，她就踩着小皮靴跑进居民楼里。

周暮昀一个人坐在车上，透过前面的挡风玻璃望着喻橙远去的背影。想到她后面那句话，他抬手摸了摸唇角，这才发现不知何时，自己的嘴角早已勾起了弧度。

"她应该也是有点儿喜欢我的吧？"他对着冰天雪地自言自语。

喻橙抱着饮料回到家，蒋女士已经在厨房里开始准备年夜饭了。

两个砂锅里分别炖着黄豆猪脚汤和牛肉，几个凉菜也都拌好了，装好了盘，摆在流理台上。

喻橙把饮料放在茶几上，走进厨房接手了大厨的位置。

蒋女士看着她一只手按住鱼身，动作熟练地用刀把鱼切成薄薄的近乎透明的片状，整齐地排在旁边的白瓷盘里。

蒋女士看了一会儿，发现自己实在没有打下手的机会，便从柜子里拿出碗筷清洗干净，端到餐厅。

厨房里只剩下喻橙一个人。锅里热辣的红油烧滚，香味四溢，喻橙将腌制好的鱼片一片片下进锅里。

等待的间隙，她掏出口袋里的手机，给周暮昀发微信："你开始煮饺子了吗？"

周暮昀："正在准备中。"

喻橙不方便打字，干脆发语音："锅里加水，水不要太少，等水烧开以后放饺子进去，开大火煮，两三分钟后加点凉水，再煮几分钟差不多就熟了。很简单的。"

周暮昀："我还没找到锅。"

喻橙："……"

她不禁怀疑，这人住的到底是不是自己家。

片刻后，周暮昀很崩溃地发微信说："我找到锅了，但是不知道为什么没有盖子，没有盖子的锅可以吗？"

"……"

喻橙将锅里煮好的鱼片捞起来，放进铺了豆芽菜和芹菜的大碗里，倒入锅底的汤汁，最后炸了点辣椒油淋上去，油花四溅、刺刺作响。

她抽空回复周暮昀："我觉得你还是不要煮饺子了，答应我，老老实实地叫个外卖吧，好吗？"她实在是担心他操作不当，会把自家的厨房给点燃了。

周暮昀："可是我想吃你包的饺子。"

通过电流传来的声音低低的，喻橙握住锅铲的手顿了一下，她想了想，按下语音键，跟他说了一句话。

正式开始吃年夜饭是七点半。

红色的实木大圆桌上放着玻璃转盘，热菜、凉菜加起来总共有十二道，正中间是鸳鸯火锅。一家人围坐在一起，电视音量调大，新闻里播放着全国各地的年夜饭画面，热闹非凡，年味儿十足。

"祝大家新的一年身体健康，事业有成！"大家的杯子碰到一起，齐声说祝福语。

吃完饭，一家人坐在一起看春节联欢晚会。

电视里正在播放小品，客厅里时不时地响起笑声。喻橙的手指抠着沙发坐垫，她心急如焚，想找个理由出去，一时又想不到合适的理由。

又过了十分钟，喻橙终于按捺不住了，碰了碰离自己最近的爸爸的胳膊，小声说："我想出去一下。"

喻宗文吐出瓜子壳，视线不舍得离开电视，他压低声音问："出去干什么？"

喻橙撒谎："我同学找我出去玩。"

喻宗文愣了一下，转头看向她，随即想到喻橙小学到高中都是在北京上的，相识的同学应该不少。年轻人都不怎么爱看春晚，趁着这个机会想要聚一聚很正常。

他摆摆手："去吧，早点回来，注意安全。"

得到爸爸的允许，喻橙如蒙大赦，噌地站起来，先去了厨房，从储物柜里拿出保温桶，藏在宽大的羽绒服里，抱着跑出去。

门砰的一声关上，蒋女士才反应过来，皱了皱眉："她出去干什么了？"

喻宗文专心看小品，闻言随口应道："同学聚会。"

喻橙打着同学聚会的幌子，一路出了家门，乘电梯下楼，探头探脑地四处张望，没发现周暮昀，只好发微信问他："你在哪儿？"

消息嗖的一声发出去，还没等到对方的回复，她就看见他了。花坛旁边，男人从一棵梧桐树的后面走出来。

他双手插在羽绒服的口袋里，站姿慵懒随意。风将额前的碎发掀起，他眯了眯眼，抬眸便看见了喻橙。

昏黄的一束光线从楼道里照出来，落在下面的台阶上，被切割成几段。女孩怀里抱着什么东西，朝他小跑过来。

周暮昀原本黯淡的眸子瞬间点亮，他迈开长腿走过去迎接她。一看见她，他的心就软得一塌糊涂，快要融化了。

喻橙走到他跟前站定，嘴里哈着白气，气喘吁吁地说："你怎么不在车里等啊？外面的气温零下，冷死了。"

"怕你找不到我。"

"我给你带了吃的，我们去车上吧。"

喻橙准备年夜饭的时候，通过跟周暮昀微信聊天，算是明白了，这人不仅不会做饭，根本连厨房都没进过。

她怕他搞出火灾，坚决让他放弃煮饺子，可他又表示非常想吃她做的菜。无奈之下，她只好提出带吃的给他。对周暮昀来说，这自然是再好不过了。

原本他有些担心喻橙晚上不肯出来陪他看烟花，有了帮他送饭的借口，她一定会出来见他。

周暮昀极力地克制，嘴角终是忍不住地上扬："好，我们去车上。"

车就停在小区外面的路边，这会儿又飘起雪花，车顶落了白茫茫的一层雪。

两人上了车，狭小的空间静谧异常，将繁华热闹挡在了车外，寒冷的风雪也进不来。

周暮昀侧过身，手臂伸到后座，拿了一条毛毯贴心地盖在喻橙的腿上。

"腿不冷吗？"他说，"你的裤子看起来好薄。"

喻橙一愣。直男的视角这么神奇吗？

她穿的是冬天的打底裤啊，看着很薄，衬得腿很细，其实里面有一层厚厚的绒毛，一点儿都不冷。喻橙抿抿唇，并不打算跟直男解释打底裤的奥妙。

周暮昀的视线下移，眼睛一眨不眨地盯着她手里的东西："你给我带的什么？"

"差点给忘了。"喻橙拍了一下脑门，把怀里的保温桶如献宝一般地塞给他，"不是想吃我做的菜吗？里面都是给你留的。不是剩菜哦，我炒菜的时候特意留出来的一份。"

做年夜饭时，蒋女士收拾完碗筷出去后，厨房里只剩下喻橙一个人，她就挑了几样菜，每样装了一点到保温桶里，然后偷偷地将保温桶藏在柜子里。

周暮昀旋开最上面一层盖子，食物的味道一下就充斥了整个封闭的车厢。

喻橙说："这个是豉油鸡，用鸡大腿肉做的，超级好吃，我的拿手菜。当然，我的拿手菜不止这个。"

周暮昀在她的注视下，夹起一块鸡肉放进嘴里。鸡肉软滑，酱汁的味道渗透肉里，味道浓郁，吃不出半点油腻感，只是让人很好奇荤菜也能这么爽口。

"好吃吧？"喻橙期待地望着他。

喻橙的双手放在毛毯下面，她像个年迈的老母亲看着归家的儿子吃自己做的好吃的一样，看得满足又欣慰。

周暮昀是真的饿了，顾不上说话，嗯了一声就接着吃下一块。

保温桶总共四层，能装的食物实在有限。喻橙挑着荤菜装的，因为素菜在保温桶里闷一个小时会变颜色，不好看，也不好吃。

第二层放的是干锅虾。由于家里有老人和小孩，喻橙没放辣椒，在里面加了自己做的豆酱，别有一番滋味。

等他再揭开下一层，喻橙又在旁边解说："这个是蛋卷，把肉馅儿卷进煎好的鸡蛋皮里，放蒸锅里蒸熟，然后切成一节一节的。蒸好了直接吃就很好吃，还能做成蛋卷汤，再加一把小青菜，简直要好吃死了！"

"我还做了手撕茄子，他们都说很好吃，不过我没给你装。"喻橙声音里带着点苦恼，"这个保温桶太小了。"

"我们晚上还吃了火锅，也是我自己做的。"

周暮昀听着女孩用软绵绵的嗓音讲话，他打心底里觉得两个人的世界真

115

美好，想一直这样下去。

周暮昀把她带来的菜吃光了，又喝了一口保温杯里的热水，露出满足的笑容。

她看着他的脸："我们接下来去哪儿？"

车灯打开，灯光映在雪地上，泛着莹莹的光，仿佛撒了一把细碎的银粉。周暮昀扣上安全带，对她扬了扬眉："秘密。"

黑色的SUV缓慢而平稳地行驶在路上，划破了夜色，隔断了风雪。

这个时间，家家户户都在过大年，路上几乎没有行人。喻橙看着窗外，街边的景色飞快地掠过，耳边只有车轮碾轧过冰雪路面的嘎吱嘎吱声。

周暮昀将车开到郊外已经是一个多小时以后了。

车停稳了，旁边的女孩却还未醒来。车内开了空调，暖融融的，一路上只有轻微的颠簸，她便睡了过去。

啪嗒一声，周暮昀打开了车里的灯。

昏黄的灯光洒下来，他先是眯了眯眼，然后偏头看向半躺在副驾驶座上的喻橙。

灰蓝色的毛毯盖到下巴处，刘海儿因为平躺的姿势从中间分开，垂在两边，一张白净的小脸完全露出来。睫毛浓密纤长，微微卷翘，嘴唇上涂了口红，她的皮肤白，只涂一点就分外明显，像樱桃般红润。

周暮昀视线不舍得移开。

不知道她是信任他这个人，还是她真的心大，她睡得这样沉，竟然毫无知觉。

"喻橙。"他还要带她去看浪漫的烟花，可不能让她就这么睡着，周暮昀在她耳边轻唤。

但，她一点反应都没有。

"喻橙。"周暮昀又喊了一声。

喻橙迷迷糊糊地应了一声。她刚睡醒，反应有些迟钝，看了一眼窗外："唔，我们到地方了吗？"

"嗯。"

周暮昀推开车门，走下车，绕到她那边，帮她打开了车门。

喻橙眯着眼蒙了一会儿，揉了揉额头，掀开身上的毛毯，手撑着椅背跳下来。她在温暖的车里待久了，一出来就冻得打了个喷嚏。

116

周暮昀从副驾驶座上拿起毛毯，披在她身上，他将毛毯拢到前面打了个结，她整个人被裹在毯子里，他说道："郊外比市区冷，别冻感冒了。"

喻橙活动了一下僵硬的手脚，抬眸眺望远方，这才发现他们所处的地方是荒郊野外，城市的万家灯火离他们很遥远，他们只能看见朦胧的、星星点点的光晕。

她侧身看向旁边的男人，他穿着黑色的羽绒服，里面一件高领黑色毛衣，整个人仿佛融进深深的夜色里。

他垂着头，手里拿着手机，指尖飞快地点着，好像在发消息。

周暮昀看着手机屏幕上的倒计时。

"喻橙。"他喊她全名。

喻橙嗯了一声。

他上前一步，站在她的身后，用半包围的姿势将她圈在怀里，隔着厚厚的衣服和绒毯，她也能感觉到他胸膛的温暖。

片刻后，她听见他说："抬头。"

喻橙怔了一秒，抬头望着黑漆漆的夜空，耳畔响起男人低低的声线："十，九，八，七……"

"嘭！"

一簇烟火蹿到高空，下一秒，天空中炸开一朵璀璨的烟花，金色的，呈放射形状四散开来，是真正的火树银花。

周暮昀："……"

垃圾工作人员！说好了准时准分准秒的，他还没倒数完十个数，烟花就开始炸了，这是几个意思？

差评！扣钱！

第一朵烟花炸开后，紧接着是第二朵、第三朵、第四朵……到最后，成百上千朵烟花齐齐地绽放在黛蓝的夜空中，装点了整个漆黑无趣的夜。

荒郊野外的凄凉感消失得一干二净，只剩下一声接一声的烟花燃放声。

风还在吹，可是感觉不到冷，雪花也还在飘，像柳絮，落在发梢、肩头。

喻橙望着遥远的天际，眼里倒映出绚烂的烟花。有的如流星划过，有的如菊花盛开，有的团成圆环，有的四射开来，还有的是一颗粉红的爱心。喻橙从来没亲眼看过这么美的烟花。

以前她只在微博上看到过烟花绽放的视频，但那些视频里的烟花远远不及眼前的美丽。

她想用手机拍下来，整个人却动弹不得，她这才反应过来，自己正被人抱着。

一双有力的手臂从她的身后圈过来，男人的手臂长，圈住一个她绰绰有余，几乎是一个将她锁在怀里的姿势。

烟花还在绽放，花团锦簇、姹紫嫣红，让人都看迷了。

她只觉得过了一个世纪那么漫长，世界终于安静下来。雪忽然下大了，落在地面簌簌作响，风吹草木的沙沙声也分外清晰。耳边，还有一个男人浅浅的呼吸声。

仿佛天地间只剩下他们两个人。

周暮昀深吸一口气，垂眸看着身前的女孩，轻声道："喻橙。"

喻橙一愣，不知道从哪儿来的第六感，她居然觉得他可能会跟自己表白。

她浑身的汗毛都竖起来了，想转身去看周暮昀的表情，然而她的身体却像冻僵了，动一下手指都有些艰难。

"我……"喜欢你。

余下的三个字他没能成功地说出口，远方忽然嗖的一声，打断了周暮昀的话，而后，天空炸开了四朵烟花。

不再是花朵形状，而是四个字：新，年，快，乐。

周暮昀："……"

他口袋里的手机振动了两下，一条短信横在屏幕上："周老板，您在我们公司的消费达到了一定标准，免费赠送您四个礼花。祝您新年快乐！"

可以实话告诉你，周公子现在一点都不快乐，反而很愤怒，恨不得立刻让这家烟花爆竹公司倒闭！

气氛本来挺好的，适合表白，眼下全被四个礼花炸没了。

开车回去的路上，周暮昀一直板着脸，活像别人欠了他几百万。

车子开到喻橙家的小区门口，她朝他一笑："我到了。"

周暮昀跟着下车："我送送你。"

喻橙愣了愣，没有拒绝。

她家在第三栋楼，他们没走多久就到了。周暮昀在楼道口站定，面朝喻橙，一只手伸进口袋里，摸出个小盒子放进她的羽绒服兜帽里："新年礼物。"

喻橙没反应过来，呆呆地看着他。

男人抬起手臂，犹豫了一秒，还是将手掌贴在她的额头上，轻轻地推了一下，他笑着说："上去吧。"

她没防备，被他推得脑袋往后仰了仰。

"我都没给你准备新年礼物。"喻橙的脸有点热，她不敢看他，低下头看自己的鞋尖。

"你的新年礼物已经被我吃了。"周暮昀说。

他指的是她送的年夜饭？喻橙鼓了鼓腮帮子，小声地说道："那算什么新年礼物啊。"

"对我来说，算。"周暮昀低低地说了一句。

喻橙乘电梯上楼的时候，脑子还有些晕乎乎的。

羽绒服兜帽里明明是个小小的盒子，她却觉得沉甸甸的。还有，额头被周暮昀抚摸过的地方，像是贴了一块什么东西，有种异样的感觉，喻橙抬手摸了摸自己的额头，明明什么都没有。

她又摸了摸自己的胸口，心跳有点急，要犯病了的感觉。

进家门已经快到十二点了，喻橙踩着拖鞋回房，听到外面传来倒计时的声音。

"十，九，八，七，六……三，二，一！"

她想到什么，立刻冲到窗前，拉开窗帘，将脑袋钻进去，伸着脖子往楼下看。

她家在十六楼，楼下黑黢黢的，什么都看不清，只有几盏路灯还在工作岗位上坚守着，散发着昏黄的光。

喻橙翻出手机，点开周暮昀的微信，按下语音键，对他说："周暮昀，新年快乐。"

周暮昀其实并没有走远，她的微信消息发过来时，他的脚步停顿一下，他从口袋里拿出手机。

他点开语音，女孩的声音顺着电流传过来，钻进他的耳朵里："周暮昀，新年快乐。"

周暮昀的薄唇勾起笑意，他回了一句："新年快乐。"

这是他们一起过的第一个新年，他希望以后的每一个新年也能一起过。他还希望，下一年他能听到她亲口在他耳边说出这句话。

喻橙在窗前站了一会儿，转身栽倒在大床上。有什么硬硬的东西硌得脑袋一疼，她想起来周暮昀给她的新年礼物还在帽子里放着，噌的一下坐起来，手绕到脑后，扯着帽子一抖，黑色的小盒子掉在床上。

她打开盒子，只见一条细细的链子躺在深蓝色的丝绒布里，链子在灯光下折出耀眼的光芒。玫瑰金的颜色，款式简洁大方，细节处却做得十分精致，靠近中间的位置刻着几个英文字母。

喻橙用手指勾着将它拎起来，是一条手链。

她拿到眼前仔细看，中间那几个字母组合在一起是"LUCK"，字母K的最后一笔向上弯曲，构成一颗小小的爱心。

喻橙将手链戴上，对着灯光转动手腕，眯着眼睛欣赏，真好看。看着看着，她的脑海中就浮现出周暮昀的那张脸。今晚发生的一切，像电影一样，一幕一幕地在她的眼前闪过。

喻橙忽然感到大事不妙，慌忙拿起床上的手机，给吕嘉昕发了个红包。

那边很快领了红包，两毛五分钱。

吕嘉昕："……"

红包被人领了，喻橙也就知道吕嘉昕还没睡，紧接着发了一条消息过去："完蛋了！"

吕嘉昕："你的偶像曝光恋情了？"

喻橙："不是。"

吕嘉昕："你的偶像被人黑了？"

喻橙："也不是。"

吕嘉昕想不出来还有什么事能让喻橙感到完蛋，问她："怎么了？"

喻橙："我好像喜欢上一个人了。"

这确实是一件大事，三两句话说不清楚，吕嘉昕直接给她打过去一个视频电话。

喻橙一接通，就听见她说："你喜欢上周暮昀了？"

她支支吾吾地道："我……我都没说我喜欢谁，你怎么就知道是他？"

吕大小姐哼了一声："我是谁呀，我什么不知道？"

喻橙："……"

吕嘉昕干咳一声，不跟她开玩笑了，语气一秒变正经："你，真喜欢他？"

"好像是的吧，我也不太清楚。"喻橙哭丧着脸，手扶着额头，对自己她是恨铁不成钢，"我跟你说，我现在满脑子都是他，连偶像男神的春晚节目都忘记看了，我是不是快废了？"

吕嘉昕皱起眉毛，对她这个表现不是很满意："不是，你怎么回事儿啊？不就是喜欢个男人，怎么搞得跟天要塌了一样，要不要这么丧？"

"你不懂。"

吕嘉昕翻了个白眼，我比你懂得多，好吧？这个时候，她懒得跟喻橙斗嘴，吕嘉昕心平气和地说："愿闻其详。"

喻橙："周暮昀把我当朋友，我却对他有所企图。我太猥琐了！"

吕嘉昕的一口气提起来没咽下去，差点把自己给憋死。她很想拍着胸脯告诉喻橙：相信我，那个男人才是真的对你有企图。但是，她忍住没说。

"呃，那你现在打算怎么办？"吕嘉昕替她分析，"你是想偷偷搞暗恋那一套，最后恋着恋着，什么结果都没有，还是想主动追他，把人追到手，从此以后红尘做伴活得潇潇洒洒？"

喻橙想了一会儿，没想出结果。

吕嘉昕叹了一口气："其实呢，你要是想追他，我有办法让你一击即中，你要试一试吗？"

喻橙的注意力成功地被转移了。喻橙虽然没谈过恋爱，但也看过不少偶像剧、言情小说，不管是男追女还是女追男，从来就没有一击即中的，总得有个过程。她虚心求教："什么办法？"

吕嘉昕说："我待会儿给你发一个表情包，你把这个表情包发给周暮昀。"

"就这样？"喻橙难以置信地道，怎么听着那么不靠谱呢。

吕嘉昕挂断视频电话，随后给她发了一个表情包。一个很普通的大头人表情包，只是配的文字一点都不普通：吃屎和做我的男朋友你选一个吧。

吕嘉昕："你说周暮昀是选择吃屎还是选择做你的男朋友？我猜他肯定选择做你的男朋友。加油！喻小橙！"

喻橙："……"

正月初七，是春节假期结束，正式上班的日子。

喻宗文吃过早饭，从家里出发去公司，没过多久就给蒋女士打电话。他在电话里急吼吼地道："老婆，我有一份重要的文件忘在家里了！八百里加急的文件！上午开会要用！"

还能怎么办，当然是要喻橙给他送过去了。喻宗文现在人已经到了公司，再回来取是来不及了，遇上早高峰，一来一回得耽误不少时间。

喻橙跑到书房找出爸爸要用的文件，出门打了一辆出租车赶去公司。

北京的交通果然名不虚传，一路上堵得非常厉害，前面排成长龙，车像蜗牛一样走走停停。

喻橙怀里抱着文件，侧着头看窗外。

车经过森远集团大厦的时候，前方突然又堵住了，车子行驶得很慢，她猝不及防地瞥见一个熟悉的身影。

男人从一辆豪车上下来，身高腿长，气质卓绝，微垂着头整理衣服。身后的人上前，在他耳边说了一句什么，他点了点头。

喻橙隔着不算近的距离，哪怕只是个侧影，她也能一眼认出来那个人是谁。

"司机！停车！"喻橙抱着包的手紧了紧，指节泛白，她对着司机喊，"我要下车！"

司机踩了刹车，出租车靠路边停了。喻橙付了钱，迫不及待地从车上下去，茫然地站在路边。

冷风吹来，鼻头很快冻红了，她吸了吸鼻子，突然觉得自己有病。

她为什么要下车？她还要给爸爸送文件呢！她心里惦记着文件，却站在原地一动不动，眼睛直勾勾地看着远处。

周暮昀正准备往公司里走，想起来有东西忘了拿，又折回去，拉开车门。他抬眸的瞬间，眼角余光瞥见站在路边的女孩，他的手搭在车门把手上的动作忽然顿住，脸上的表情立马凝固了。

喻橙视线转移，看了一眼他身边的车，价值几千万的限量版豪车。原本她对这些豪车并不了解，仅限于认识牌子的标志，至于什么型号款式性能，一概不知。这还要感谢吕嘉昕这个暴发户千金。

吕大小姐几天前给她发了一张豪车的图片，顺便跟她吐槽："你说我家暴发户老头子是不是有病啊？他非要买这辆限量版的豪车，我查了一下要好几千万。我有预感我们家要破产了，我要不要给自己先存点钱？算了，我还是跪下来求他别买了吧，他就是一土暴了的暴发户，跟这车的风格明显不搭。我估计他肯定抢不过那些豪门的富二代……"

图片里的那辆限量版的豪车跟眼前的这辆一模一样。

喻橙的眼眶被风吹得有些干涩。那些曾被忽略的细节——浮出水面，就像阳光下的秘密，无所遁形。

比如，周暮昀那双眼睛跟霍衡昔很像，两人的五官也极为相似，梁延曾经跟喻橙说过，霍衡昔的老公是森远房地产的董事长周致鸿。周暮昀也姓周。她当时就该猜到的。

还有，吕嘉昕也曾在她面前提过，周暮昀手腕上那块表几十万，他浑身的气质也绝对不像一个普通的打工族。他的那些朋友，个个儿气质不凡，根本就是身居高位的公子哥做派。

喻橙的嘴角勾起，她自嘲地笑了一下：喻橙，你可真傻。这不仅仅是一个谎言，这么多人联合起来编织的谎言根本就是一个骗局！最可笑的是，自己也是骗局中的一员。

自从她拆穿了赵奕琛的谎言，她的心里就有一种预感，周暮昀房产中介的身份很有可能也是假的。因为她喜欢他，所以总是为他找借口，觉得一切都是巧合，都是自己脑补太多。

思绪百转千回，喻橙冷静过后，满脑子想的是尽快逃离这里。

她后退一步，那边的男人就提步追了上来。

"喻橙！"

喻橙停下，表情无波无澜，她的唇角甚至还含着淡淡的笑意，好像什么事情都没发生，他们依然是无话不谈的好朋友。

周暮昀见她这个样子，解释的话生生地卡在喉咙口，出口的话就转变成："你怎么在这里？"

喻橙举起手里的手提袋："帮我爸爸送一份文件。"

周暮昀眼底的神色复杂，垂在身侧的一只手攥起，他张了张嘴，话好几次滑到嘴边又吞咽下去。

"还有事吗？"喻橙淡淡地瞥他一眼，她的语气没有半点起伏，"没有的话，我先走了。"

话音落地，她淡然地从他面前走开。

马路上汽车鸣笛声此起彼伏，喻橙孤零零地站在路边，伸手想要拦车，遇到好几辆出租车里面都坐了人。

她强自镇定，其实内心早就慌乱成一团，她着急得不行。

偶像剧里，一般这个时候，女主角放完狠话就该拦一辆车在男主角的面前潇洒地离开，让他怎么追也追不上。

她怎么打不到车啊！偶像剧果然都是骗小孩子的！

喻橙接到了爸爸的电话，爸爸问她到哪里了，文件他要急用。挂了电话的她六神无主、眼眶通红。

手腕忽然被人抓住，她扭头看过去，只见周暮昀站在她的身后，一身质地精良、剪裁得体的黑色西装，外面披着黑色大衣，比她任何时候见到的周暮昀都要英俊帅气。

周暮昀牵着她的手往回走，薄唇轻抿了一下，声音一贯地温和低柔："去哪里？我开车送你过去，现在这个时间不好打车。"

喻橙很想帅气一回，甩开他的手掉头就走，头也不回，像个英勇炸掉敌人碉堡的革命同志。然而，她一想到爸爸着急要用文件，就没有办法英勇起来。

周暮昀的秘书还在公司门口的台阶下面站着，搞不清楚情况，秘书试探性地提了一句："周总，早上还有个会……"

此时此刻，周暮昀想装也装不了，板着一张脸，冷气直往外冒："先推迟一个小时，等我回来再说。"

秘书看看喻橙，又看看周总："是。"

这算是公然进行"君王从此不早朝"吧？

秘书的忠臣热血上涌，他准备提醒周总，早上这个会议十分重要，按理来说不应该说推迟就推迟。

"周总，会议……"

"要是解决不了，扣半年奖金。"秘书一开口，周暮昀就知道他要说什么，冷冷地睨着秘书，"你看着办。"

忠臣热血往往在钱财面前也不是那么重要，秘书颔首道："好的，周总，我会处理。"

周暮昀从泊车人员那里要回车钥匙，开了锁，让喻橙坐进去。

他坐在驾驶座，打方向盘将车子拐进正路，问她："去哪儿？"

"广隆拆迁公司。"

周暮昀嗯了一声，没说别的，安静地开车。

他好几次用余光扫到旁边的女孩，她都神色正常，跟他预想中的一点都不一样，让他根本无法解释。

说真的，他有点害怕这样的喻橙。他宁愿她大声地质问他，或者是生气地揪着他的领子打他，而不是像现在这样，她一动不动地像个提线木偶，连个表情都没有。

森远集团大厦距离喻宗文的拆迁公司不算远，开车十几分钟就到了。

喻橙一路上都紧闭嘴巴保持沉默，只在下车的时候客气地道了声谢。

"喻橙。"周暮昀叫住她。

喻橙的身形微微顿了顿，扭头看着从车上下来的人，她平静地道："没别的事的话，我先进去了。"

她加快脚步跑远了。周暮昀站在车边，目光深深地望着逐渐远去的人，一脸的苦恼无奈。

他知道，喻橙在对他使用冷暴力。她明明很生气，却选择什么都不说。

恰在这时，赵奕琛打来电话。

"老三，有件事忘了跟你说。"赵奕琛的声音听起来有些犹豫，带着忏悔和歉意，"春节前一个星期，我在商场碰见喻妹妹了。她知道我的身份了，哥们儿，你保重。"

周暮昀："……"

你现在跟我说这些有什么用？早干吗去了？

125

第六章　我做你男朋友好不好

喻橙给爸爸送完文件，拦了一辆车，坐上去后一路都在发呆，回到家还是有点恍惚，一双眼空洞洞的，毫无神采。

蒋女士在家里做大扫除，弯腰拿着抹布在擦茶几。听到声音，她转头看向站在玄关换鞋的喻橙："文件送到了？"

"嗯，送到了。"

喻橙有气无力地应了一声，面无表情地踩着拖鞋回房，反手甩上房门。

砰的一声，门板都在震动。

蒋女士看着紧闭的房门，一头雾水。

喻橙倒在床上闭上眼睛，决定什么都不想，可她还是控制不住地拿起手机，点开百度，在搜索框输入周暮昀三个字。

果不其然，这是一个有百度百科的男人。出生日期以及身高、体重等信息倒是没有，上面只说他是森远集团现任总裁，其父周致鸿任董事长一职，其母霍衡昔是香港人，一手创办《衡昔》杂志社，也是森远集团的大股东。一家三口都是商业传奇。不仅如此，他家的那位老爷子同样赫赫有名。

喻橙的手指往下拉屏幕，她越看心越凉。那个男人的家世大概是她这辈子都不可能接触到的那一类。

蓦地，一组照片映入喻橙的眼帘。

百度百科里确实会放一些本人的照片，但由于周暮昀过于低调，从未接受过任何杂志的采访，因而这一组照片是偷拍来的。有的只是个侧脸，有的是一张模糊的正脸，还有的只是个背影。

她看到其中一张，心猛地一颤。照片的时间可能有点久了，画质失真，不是很清晰，但也足够分辨出里面的那个男人是周暮昀。

照片中，他穿着白衬衫、黑西裤，领带有点歪，怀里搂着一个穿红裙子的女人。女人好像喝醉了，脸蛋红红的，乖巧地靠在周暮昀的颈窝处，大半张脸露在外面。

那是一个很漂亮的女生，头发乌黑，皮肤白皙，身段儿窈窕。

喻橙将手机屏幕扣在床上，看不下去了。

这样的情况其实稍微动动脑子就能想得到。周暮昀的家世、相貌、人品样样都好，虽然不知道他的具体年龄，但是能坐上集团总裁的位置，最起码他也是二十五岁，肯定交往过不止一个女朋友。看照片里的女人就知道，他对象的类型一定是门当户对的名媛，再不济也是书香世家的千金小姐。

周暮昀对喻橙，也许是有好感的，但那又能说明什么？指不定人家觉得她是没入社会的女大学生，单纯、好骗，抱着玩一玩的心态撩拨她一下，反正人家也没什么损失。

在她的印象里，富二代公子哥不都喜欢这一套吗？

喻橙咬了一下唇，利索地找出衣柜里周暮昀送的那件毛衣，叠起来装进纸袋里，扔到沙发上。手腕上的手链，她也取了下来，放进盒子里，一同塞进纸袋里。

她看着手机沉默许久，咬咬牙，终于还是决定把周暮昀的微信和手机号码拉黑。

关于他的一切，她都清理得干干净净。

没想到第一次喜欢一个男人，她就把自己搞成这副狼狈的样子。喻橙坐在床边低下头，忍了忍，眼泪还是不争气地流了下来。

"美吕，我失恋了，呜呜呜。"

喻橙一个人待在房间里胡思乱想，越想越难过。哭不出来的时候，她觉得胸口有团棉花堵得难受，哭出来以后觉得还是没办法纾解，只能向唯一的知情人士吕嘉昕诉苦。

吕嘉昕正在瑜伽教室里，跟着私人教练练瑜伽。听到手机响，她跟私教打了声招呼，过去拿手机，看到消息，百思不得其解。

失恋了？喻橙跟周暮昀恋爱过了吗？她怎么不知道？吕嘉昕想了想，给喻橙拨去一个视频电话。

那边很快接通了，昔日神采飞扬的追星少女此时倒在床上，颓废得像一条狗，眼眸灰蒙蒙的，睫毛湿漉漉的，眼周泛红，明显一副刚哭过的样子。

吕嘉昕原本以为她在开玩笑，见她状态不对，吕嘉昕立刻收敛心思严肃起来："说清楚，怎么回事儿？"

瑜伽教室里暖气充足，吕嘉昕穿着一件黑色的运动背心，脸上、脖子上都是汗水，肩膀上还挂着一条白毛巾。

喻橙眨了眨眼，看着屏幕上的女人，声音带着哭腔："你在干吗啊？穿这么少。"

吕嘉昕笑呵呵地说："还有心情关心我在干什么，看来是不难受了。"

不提还好，吕嘉昕一提这话题喻橙就崩溃了。喻橙的嘴巴一扁，眼睛更红了："我跟你说，周暮昀就是个大骗子！我真是瞎了眼才会喜欢他。不，从现在开始，我一点都不喜欢他，我讨厌他！"

"哎哎哎，你别哭啊，千万别哭，有话好好说。他干什么丧尽天良的事了？说出来，我帮你教训他。"不管发生什么事，吕嘉昕肯定二话不说地站在姐妹这边。

喻橙吸了吸鼻子，将事情的前因后果都告诉了吕嘉昕，没有一丝隐瞒。

吕嘉昕闻言一把扯下肩膀上的毛巾摔在地上："原来他真的是富二代啊！而且还是顶级的富二代！北京周家啊！森远集团的总裁啊！我的妈呀！等会儿，先等会儿，你让我冷静冷静！"

喻橙："……"

你的关注点是不是偏了？

吕嘉昕冷静了好半晌，啧啧出声："我就说嘛，当初见到周暮昀的时候，看他怎么那么眼熟。"

"你怎么不早说？"喻橙皱眉。

"大姐，我是上海名媛，对北京的上流圈子不熟悉。"吕嘉昕轻咳一声，问她，"那你现在打算怎么办？"

"我不知道……"喻橙的声音很低很低。

对周暮昀来说，年后的第一个工作日是最忙的，他开了整整一上午的会议，忙得焦头烂额。

他好几次心不在焉地拿出手机看，结果喻橙什么都没给他发。

好不容易熬到会议结束，周暮昀拿起手机，往总裁办公室走去。

秘书抱着一摞文件正准备送到办公室，亲眼看着周总从会议室出来，周总垂着头看手机，蹙着眉头琢磨着什么，也不看路，然后就哐的一声脑袋撞上玻璃门了。

秘书："……"

周总是不是被什么东西附身了？秘书怎么觉得他从早上开始就不太正常了？

周暮昀在办公室里琢磨了将近两个小时，终于整理好要解释的话。

同时，又有另一个问题困扰他，如何跟喻橙解释他是想好了，万一她不肯原谅他怎么办？

怎么哄女孩子？这个问题触及周公子的盲区。

周暮昀揉着眉骨思忖了片刻，点进微信群，在里面问："如果女孩子生气不理你了，该用什么方式哄她？"

燕北："买个包，一个不行就买两个。"

齐政："买瓶香水，一瓶不行就买两瓶。"

魏青："买条项链，一条不行就买两条。"

赵奕琛突然冒出一句："怎么回事儿啊？小老弟，你也掉马（掉马甲，指被人认出真实身份）了？"

齐政："掉马？什么意思？"

先前赛车的那次，赵奕琛只跟几位公子哥说，陪周老三玩个隐瞒身份的游戏，当时他并未解释原委。因此，从头到尾清楚其中细节的人只有赵奕琛。

赵奕琛在群里说了一句"回头再解释"，接着私信问周暮昀："你是不是掉马了？"

周暮昀："滚蛋！"

周暮昀现在看见"赵奕琛"这三个字，恨不得冲过去揪住他打一顿。要是他早点告诉自己"掉马"这回事，也不至于像今天这样措手不及，一点心理准备都没有。如果周暮昀提前知道，至少他会主动去跟喻橙坦白。

周暮昀的手抵在额头上，他叹了一口气。背后的落地窗照进来一片橘色的霞光，落在男人的背部，实木桌的一角也染了夕阳的颜色，整幅画面像极了色彩浓艳的油画。

周暮昀的手指轻点桌面，他思考了许久，深吸一口气，拿起手机，准备好了开场白。

"喻橙，你听我解释。"

他打完这行字，手指轻触"发送"，消息发出去了。

周暮昀喘了一口气，而后，屏住呼吸紧张兮兮地盯着手机屏幕，等待对方的回复，顺便复习了一遍接下来要解释的话。

然而下一秒，系统显示"消息已发出，但被对方拒收了"。

周暮昀一愣。

他，被喻橙拉黑了？

办公室里静悄悄的，空调孜孜不倦地输送暖风。周暮昀沉静地看着手机屏幕，一开始他不相信自己的眼睛，小心翼翼地、试探性地又发了一条消息。

他紧张得眼睫毛都在打战。结果还是一样，他确实被喻橙拉黑了。

周暮昀退出微信，点开通讯录，找到了喻橙的电话号码，抿着唇纠结了片刻，还是决定先打个电话过去。

让他没想到的是，现实在给了他一个巴掌以后，会再补上一个巴掌。电话那边传来字正腔圆的机械女声："对不起，您拨打的用户暂时无法接通，请稍后再拨……"

周暮昀："……"

他的手机号也被喻橙拉黑了。

周暮昀着实没有料到事情会发展到如此严重的地步，完全超乎他的想象。喻橙竟然干脆利落地切断了他们之间所有的联系，不留一丁点儿余地。她这么生气吗？

周暮昀坐不住了，起身推开老板椅，拎起大衣披在身上，手指捏着衣襟往下扯了扯，迈开长腿往外走。

所有的联系方式切断，他现在唯一能做的就是去喻橙家，找她出来谈一谈，将事情解释清楚，不能就这么坐以待毙！

去找喻橙之前，周暮昀约了几个朋友出来喝酒，顺便向"十六少"里唯一一个结了婚的男人宋少取经。

"哄女人呢，就一个宗旨……"宋少幽幽地开口，语气不紧不慢，似乎他颇有心得体会，"脸是不能要了，还得能坚持。"

周暮昀皱了皱眉："说简单点儿。"

宋少："不要脸，坚持不要脸，必要的时候尊严也不能要。你这种情况，最好的办法当然是苦肉计！"

周暮昀听君一席话，有如醍醐灌顶的感觉。

一群人吃吃喝喝，周暮昀和宋少交流完心得已经快十二点了，但周暮昀一刻也不想等，马不停蹄地去找喻橙。

周暮昀的手机号被她拉黑了，他借了朋友的手机给她发了一条消息。因为喝了酒不能开车，他叫了个代驾送他过去。

时至凌晨一点，周暮昀终于到了喻橙家的小区。

夜色如墨一般浓稠，只有几盏昏黄的路灯散发着淡淡的光，照亮一隅。

车子就停在一盏白色灯柱旁。代驾离开后，车内剩下周暮昀一个人，四周也无行人，风吹枝丫的声响无限放大，透出一股凄凉萧瑟的气氛。

周暮昀闭着眼睛打盹儿，却在头猛地垂下之时惊醒过来。

宋少怎么说的来着？女孩子的心都是特别软的，苦肉计最能让对方心疼，至于要苦到什么程度，那就看你自己了。

周暮昀勉强打起精神，推开车门下去，站在冰天雪地里等人。

然而，让他没想到的是，喻橙有史以来第一次不到九点就睡下了。

晚上睡得早，自然而然，早上醒来也比平时早，她迷迷糊糊地睁开眼睛，摸出手机看了一眼时间，刚过五点，外面的天还很黑，无一丝亮光。

喻橙打了个哈欠，正准备接着睡，忽然发现手机里多了一条短信，晚上十二点多发来的，来自本地的陌生号码。

"我在你家楼下等你，直到你肯出来见我为止。周暮昀。"

喻橙的睫毛快速地扇动了几下，大脑顿时清醒了。她握住手机的手指有点抖，稳了稳心神，仔细查看短信的发出时间，确认了一遍，没错，是凌晨发来的，而现在是五点过六分……

喻橙怔了几秒，连滚带爬地从床上翻下来，赤脚踩在地板上，跑到窗边，拉开窗帘往楼下看，黑漆漆的一片，什么都看不见。

周暮昀不会真的等了一晚上吧？喻橙摇摇头，觉得这个想法有点可怕。

正月里，北京夜里的气温仍然稳定在零摄氏度以下，她想象不到一个人

131

在这种气温下等了一晚上的后果。

她的脑子里嗡的一声，只觉得有什么东西炸开了。喻橙几乎没经过思考，抄起沙发上的羽绒服套在睡衣外面，踩上拖鞋跑出房间。

客厅没开灯，黑黢黢的，她膝盖一不小心撞到椅子，哐当一声，把自己吓了一跳。

害怕把爸妈吵醒，她捂住嘴巴，打开手机照明，蹑手蹑脚地走到门边，开了防盗门，反手关好，直奔楼下。

清晨的气温低得可怕，喻橙裹紧了羽绒服还是觉得冷，牙齿止不住地打战。她举着手机，一路穿过小花园中间的石板路走出去。

拖鞋摩擦路面发出啪嗒啪嗒的声响，在凌晨五点多空无一人的小区里显得有些瘆人。

她往前走了几步，便看见站在路灯下的男人。周暮昀像冰雕一样，一动不动地站在那里。

喻橙脚步猛然一顿，突然就不敢再往前了。

周暮昀有所察觉，一抬眸就看到了她，只是愣了一下，他便快步走过来。

他的脸上没有多余的表情，整个人像是冻僵了，浑身都是冷冰冰的气息，发梢、眉毛、睫毛上都结了一层微白的冰霜。他的皮肤白得近乎透明，嘴唇的颜色与肤色无差。

周暮昀在她跟前站定，轻轻地抿了一下干燥的嘴唇，垂下眼睫看着她，他灰暗的眼眸亮起了光。

喻橙看得怔住，像是终于意识到，眼前这个人是她喜欢的人，是她无论找了多少个理由逃离，却还是会因为一条短信就忍不住想见的人。

她不想在他的面前表露出别的情绪，更不想让他知道她喜欢他，于是，她极快地低下头，躲避他的视线。

"你一直在等我？"喻橙的声音轻颤，"从昨晚等到现在？"

周暮昀似乎觉得没什么，满不在乎地轻笑一声，声音又低又哑，像是被粗粝的东西打磨过："我等到你了啊。"

喻橙的鼻头蓦地一酸。

"你是不是出门没带脑子啊，不知道在车里等吗？"她气得眼睛都红了，声音急促，"你知不知道外面有多冷！"

她明明是在骂人，嗓音却软绵绵的，没有半点攻击力。

周暮昀的眼底越发温柔，他慢慢地俯下头，眼睛一眨不眨地看着她。

女孩穿着粉色的连体睡衣，是兔子造型的，后面还带一个帽子，帽子上有长长的两只兔耳朵，垂在羽绒服外面。她下来得匆忙，发丝有些凌乱，一张小脸干干净净的，唇瓣的颜色比她平时涂口红时淡了一点，依然很好看。

周暮昀动了动僵硬的手指，把帽子拉上去戴在她的头上。这样一看，她更像一只大兔子。

"你还好吗？"喻橙没去管他突如其来的动作，目光定定地看着他的脸。

男人眼窝深陷，眼角红红的，看起来不太对劲。

周暮昀歪了一下头，有气无力地唔了一声，语调低柔："感觉不太好。"

喻橙紧张道："怎么了？"

周暮昀抬手松了松领带，眉心微蹙："有点儿热。"

"热？"她都快冷死了，他怎么会热？

"嗯。"

他先前还没感觉，这会儿浑身放松下来，就能明显地感觉到头重脚轻，他的上半身躬下来，脑袋栽到喻橙的肩上，他想给自己找一个支撑点。喻橙被压得往后踉跄了一步才站稳。

周暮昀的脑袋搁在她瘦弱的肩头，他侧着脸，灼热的呼吸一下一下地喷洒在她的颈部。

她皱了皱眉，抬手去摸他的额头。触手的体温很烫，与她冰凉的手心形成鲜明的对比。那温度似能灼伤她的皮肤，压根儿不用再把手放在自己的额头上比较，她就知道他肯定发烧了。

"周暮昀，你发烧了。"喻橙说。

周暮昀只觉得女孩手心凉凉的，贴在他滚烫的额头上，他感觉很舒服。他抓住她的手往下移了一点，贴在自己的脸上。

喻橙试着抽了一下手，没抽动："去医院吧。"

"不去。"男人嗓音沙哑。

"你烧得很厉害，估计需要输液才能退烧。"

"不去。"

"我陪你去。"

"好。"

周暮昀知道自己在发烧，意识却很清醒，听到她的话，他直起身，病恹恹地说："要现在去吗？"

"你先去车上坐着，我上楼换件衣服。"

生病的周暮昀就像一只懒洋洋的猫，走路跌跌撞撞的。

等到终于把这只猫塞进车里，喻橙累得气喘吁吁，叉着腰叮嘱坐在车里的人："你等着，我马上回来。"

话音落地，她替他关上车门。

周暮昀坐在后面，车窗玻璃降下来，他的小臂搭在车窗框边沿，脑袋枕在手臂上眼巴巴地看着她走开。

喻橙走了没两步，察觉到不对劲，回头看了一眼。啧，这只猫真是不让人省心。

她又折回去，站在车窗外看着他："都感冒了还吹冷风？把车窗关上。"

周暮昀缓慢地缩回去，升上了车窗。他的后颈枕在座椅的靠背上，他侧着头透过车窗看着喻橙远去的背影，唇角悄然弯起弧度。

眼睛是不会骗人的。喻橙，你喜欢我。

喻橙上楼换完衣服就下来了，周暮昀生病不方便开车，只好由她来开。

这是她拿到驾照后第二次开车，紧张到手心出汗。为了增加她的信心，周暮昀特意从后座挪到前面的副驾驶座上，方便指导她。

喻橙背脊僵直，目视前方，眼角的余光都不敢乱瞟。

清晨的雾还未散，路上的车辆渐渐多了起来，她更紧张了，唇瓣紧紧地抿着，想起了被驾校教练支配的恐惧。

"别紧张。"周暮昀温声说，"实在不行，我来开吧。"

她看起来确实很紧张，头不敢动，两只手牢牢地抓着方向盘，双眼都不敢移开视线，紧盯着前面的挡风玻璃，整个人像是钉在驾驶座上。

"还是别了，你发烧了，脑子烧得糊里糊涂的，比我还不靠谱。"

一路上，车开得很慢，周暮昀很困，却忍着没睡，偏头看着喻橙。

天微微亮，太阳升起了，暖洋洋的阳光穿透玻璃窗，从斜侧方打在她的脸上，发丝染成淡淡的金色，毛茸茸的，温暖而明媚。

气氛这么安静，周暮昀其实很想说点什么，又怕打扰到她。

到达医院地下停车场的时候，喻橙踩下刹车，长长地呼出一口气。

进到医院里面，周暮昀坐在公共长椅上，喻橙去帮他挂号。等了一小会儿，有护士过来量体温。

年轻的护士甩了甩体温计，递了过去。男人掀了掀眼皮，没接体温计，沉默地看着喻橙，有那么一点儿想让喻橙帮他放体温计的意思。

喻橙用实际行动告诉他，他简直是在做梦——她接过护士手里的体温计，掰开他的手，把它放在他的手心里："量一下。"

周暮昀慢吞吞地抬手，颤颤巍巍地把体温计塞到腋下。那神态，那动作，仿佛九十岁高龄行动不便并且患有帕金森病的老头子，稍微动一下气就喘不上来似的。

喻橙："……"

周暮昀靠在硬邦邦的椅子上，不舒服地歪着身子，哑声道："头痛。"

生了病的男人果然变得跟平时不一样。一米八几的大高个，愣是给人一种一米五的感觉，幼稚又执着，像个没长大的孩子，逮着人就撒娇。

周暮昀的后颈抵着坚硬的塑料椅靠背，脖子仰了一会儿就有些受不了，他竖起头扭了扭酸痛的脖子。

喻橙瞧见他的动作，默默地把自己脖子上的毛线围巾解下来，叠好塞到他的后颈下："枕在上面会舒服点。"

周暮昀转头看她，眼里闪过意味深长的神色。她明明就是关心他，却偏要装作一副冷淡的样子。

周暮昀咳嗽一声，回过神来，用没夹体温计的那只手拿过围巾抖开，戴在自己的脖子上，缠了一圈又一圈，果然很暖和。他的嘴角勾了勾，露出一丝浅笑。

旁边的护士感觉被虐到了："时间差不多了，体温计给我看一下。"

周暮昀拿出腋下的体温计，也没看，直接递给护士。

喻橙站起来凑过去看了一眼，高烧三十九摄氏度，难怪他整个人晕乎乎的，跟地主家的傻儿子一样。

过了一会儿，护士过来给周暮昀扎针，交代喻橙一句："总共要输两瓶，这一瓶输完了过来叫我，我帮你换下一瓶。"

喻橙点点头，应了一声。她抬眸看着架子上挂着的吊瓶，这一瓶输完怎么也得一个小时。她轻声道："你要不要去床位上躺下来休息一会儿？我帮你看着。"

这人一晚上没睡，又生着病，可想而知身体有多疲惫。

周暮昀耷拉着眼皮，声音沙哑："不要，医院的床我睡不惯。"他顿了顿，"你坐过来一点。"

喻橙看着他右首边空着的位置，犹豫了三秒，还是依言坐了过去，她两腿并拢，手插进羽绒服的口袋里。

旁边的男人不老实，下一秒头就靠了过来，枕在她的肩膀上："我眯一会儿就好。"

喻橙僵住没动。她暗暗地叹了一口气，总是拿他没办法。

周暮昀说是眯一会儿，眼睛闭上却没有睡着。四周安安静静的，是个难得的谈话机会，他沉默了片刻，用只有他们两个人能够听到的声音问："你为什么拉黑我的微信和电话？"

喻橙的眼神闪烁了一下。鼻间充斥着医院消毒水的味道，她皱了皱鼻子，声音很低："没有为什么。"

"我知道。"周暮昀开口说话，嗓子有点痒，咳嗽了几声，苍白的脸咳得通红，却还是停不下来。

喻橙手伸过去拍他的背："我去给你倒点热水。"

周暮昀抓住她的手腕，阻止她逃离，如果现在不说，等他输完液她就会离开，他就没机会说了。

他的喉结滚动，生生止住了咳嗽，脸庞还有点红："我知道你现在还在生气，觉得我隐瞒身份欺骗了你，或者认为我怀着不好的目的故意接近你，但我没有，我只是……想让你没有负担地把我当朋友。如果，我一开始就表明身份，你会给机会让我靠近吗？喻橙。"

颇长的一段话，他说得很费力，其间好几次想咳嗽都被他咽下去，就是为了给她一个完整的不被打断的解释。

喻橙的视线瞥过去，只见男人靠在她的肩上，他微侧着头看着自己，他的眼底布满了红血丝。

她不得不承认，他说得对。如果一开始他就表明自己是森远集团的老板，北京豪门周家的独生子，她说什么也不会跟他有联系，更别说做朋友。

倒不是仇富心理，而是她下意识地想要跟他们那个世界划清界限。

她就是普通人家的女孩儿，爸爸是公司的小职员，妈妈是老师，家庭很普通也很平凡。她表面活泼直爽、不拘小节，其实骨子里很怂，轻易不敢去触碰陌生的世界。更何况，她现在还对他产生了不单纯的心思。

她为了不让自己深陷进去，只能提早抽身，不再跟他联系，让一切都回到原点，就当作他们从未认识过。

她对他的喜欢才刚刚开始，收回还来得及。

"周暮昀，我不生气了。"喻橙身子侧过来一点，郑重道，"你从头到尾没有明确告诉过我你的身份，是我误会了。"

"不是的，是我的错。"周暮昀说，"对不起。"

喻橙很清楚，自己生气的原因，不在于周暮昀隐瞒身份欺骗她这件事。昨天她之所以那么生气，归根结底，是她没摆正自己的位置，吃了不该吃的醋。那张照片，才是导火索。

喻橙现在想起来，着实有些可笑，自己有什么立场吃醋呢？他又不是她的谁。想到此，喻橙笑了一下："我原谅你了。"

周暮昀的心底刚升起欢喜，忽然就意识到喻橙的语气不对劲，太过于淡然，是一种满不在乎的态度。

他张张嘴，正要说什么，喻橙起身整理了一下羽绒服的褶皱，语速很快地说："我去给你倒点热水。"然后，她头也不回地走出输液室。

周暮昀望着她的背影，眉头蹙了起来，一股不好的预感袭上心头。

喻橙一口气跑到走廊尽头的水房，大喘了一口气，心脏怦怦地剧烈跳动。

如果他继续问下去，她很可能会露馅，让他看出来她其实是喜欢他的。

喻橙足足冷静了三分钟，才走进水房，从饮水机旁拿了个纸杯，接了一杯热水，转身往回走。

她把纸杯端到他面前："喝点热水，嗓子会舒服很多。"

周暮昀接过纸杯握在手里，想确认一下自己的猜测："喻橙，你什么时候把我放出来？"

喻橙一时没反应过来，疑惑道："什么？"

"微信和电话。"周暮昀说。

原来他指的是这个，她从口袋里掏出手机，当着他的面，把他的微信和电话号码从黑名单里拖出来。

"你真的不生气了？"他小心翼翼地试探，还是不敢相信她这么轻易就原谅他了。

喻橙嗯了一声，扭头正对着他，唇角上扬起一点弧度，一字一顿缓慢地道："不生气。"

"那我们还是朋友吗？"

"是。"也仅仅是朋友，喻橙在心里补充。

以周暮昀执着的性子，彻底跟他断开联系是不可能的，她只能再退一步，把他当作见过几次面的网友，俗称普通朋友。以后，她会尽量减少与他见面的次数，慢慢的，她就能忘记这段刚开始萌芽的感情。

喻橙想通了这一点，心情豁然开朗，面对他的时候也淡然许多。

两瓶液输完，差不多快到中午，还是喻橙开车将他送回家。

这是她第三次来到他家。

喻橙把装药的袋子放在茶几上，环顾一圈空荡荡的房子，轻车熟路地走进厨房，拉开两扇冰箱门。冰箱里面的食材满满当当，蔬菜、水果、鸡鸭鱼肉都不缺。

她满意地点头，手扶着冰箱门边，扭头对男人说："你先去床上睡一会儿，饭做好了我叫你。"那些药都是要饭后吃的。

周暮昀想给她打下手，但是她嫌他碍手碍脚，喻橙将他赶去了主卧。她亲眼看着他躺在床上盖好被子，才放心："你家里有体温计吗？再量一下，看看退烧没有。"

他想了一下："客厅电视柜下面的药箱里应该有。"

喻橙转身出了卧室，在电视柜下面翻出了医药箱，从里面找出体温计，一边走一边甩水银柱。她站在床边，把体温计递过去："给。"

周暮昀接过来，夹在腋下。

她走到窗边，拉上了窗帘。刺眼的光线被深色窗帘遮挡得严严实实，室内一片昏暗，仿佛夏日寂静的夜。

等了几分钟，周暮昀的体温量好了，喻橙从他的手里接过来，借着客厅里透进来的微弱光线看了一眼。

三十八摄氏度，他还是有点发烧。

喻橙把体温计装进医药箱里，说："你还是好好休息吧，我去厨房给你煮点东西吃，吃完饭再把药吃了，你下午也别做其他的事了，蒙上被子睡一觉，发发汗应该就能退烧了。"

耳听着女生低柔的声音，周暮昀闭上眼睛，轻轻地嗯了一声。

喻橙轻手轻脚地退出房间，关上门，隔绝了卧室里唯一的光线。

她轻舒一口气，抬步朝厨房走去。她从冰箱里找出猪大骨，本来想用砂锅小火慢炖煲个汤，但是里面那个病人早上就没吃饭，可能挨不了那么久的饿，她最终选择用高压锅炖。而后，她淘洗了一点米，放进砂锅里熬粥。

周暮昀睡了快一个小时才醒过来。他是被饿醒的，准确地说，是被厨房里飘散出来的香味馋醒的。

他翻身从床上坐起来，摸了一下额头，出了一点汗，似乎没有那么烫了，他起身正要出去，门就从外面被人推开。

喻橙看见他醒来，愣了一下："你醒了啊，我正要来叫你呢。"

女孩站在房门口，白嫩嫩的一只手搭在门把上，声音传进耳朵里，周暮昀感觉被酥了一下："我饿了。"

"那你是想在房间里吃，还是出来吃？"

"我……想先上个厕所。"

输了两瓶液，他在医院里喝了一杯水，回来以后又被她逼着喝了一大杯水，睡了一觉，他现在憋得慌。

喻橙："……"

她唰地转过身背对他，很快逃离了卧室。

周暮昀觉得莫名其妙，垂眸看了一眼自己的下半身，他又不是没穿裤子，她跑什么？

他从卫生间出来时，卧室的窗帘已经拉开了，正午的阳光照进来，整个屋子都透着一股令人舒服的暖意。

飘窗旁边的小木桌上摆了一碗面、一碗粥，还有一碟小菜，热气袅袅。

"你的呢？"东西怎么都只有一份？

"我在厨房吃过了。"喻橙说。

他拿起木筷，看着桌上的一碗面，汤底是熬成奶白色的骨头汤，面里的配菜比他吃过的任何一碗面都要丰富，玉米粒、地耳丝、小青菜、叉烧肉、溏心蛋、笋片、青豆、胡萝卜丁，荤素的营养都集中在一碗面里。

旁边是一碗皮蛋瘦肉粥，每一粒米都熬得软烂，散发着肉香。

喻橙见他迟迟未吃，对他说："不知道你是喜欢吃面还是喝粥，这两样都比较清淡，适合病人吃，所以都做了。"

因为生病，他的嘴里是寡淡的，尝不出来什么味道，浸了香浓汤汁的面一口吃下去，让他的味蕾重新鲜活起来。

他低头吃面，喻橙用余光偷觑他，心想：原来他更喜欢吃面。

这个念头刚冒出来，她就赶紧摇头，说好了只当普通朋友的，为什么要关注他喜欢吃什么！

此时的喻橙并不清楚，喜欢一个人，是没有办法说停止就停止的，否则，就不是真正的喜欢。真正的喜欢是看不见那个人的时候，心会止不住地想，见到的时候眼神会自然而然地流露出欢喜，根本不受大脑的控制。

周暮昀两顿饭没吃，确实饿了，三两下解决了一碗面，连汤底都喝得干干净净。把碗筷往前一推，他又捞过旁边的粥，捏起勺子舀起来送进嘴里。

一碗面的分量很足，周暮昀其实已经吃饱了，所以粥喝得很慢，能抽出空来说话。

"喻橙。"他轻唤了一声，嗓音还是有些沙哑，带着浓浓的鼻音。

"嗯？"

周暮昀身子坐直了，手臂搭在膝盖上，袖子卷起来，半截小臂露了出来，肌肉紧实、线条流畅。他周身散发着荷尔蒙气息，深深凝视你的时候，能让人溺毙其中。

喻橙明显感觉到自己的心跳在加速。

"喻橙。"他再一次叫她的名字，语气格外认真，"之前隐瞒身份是我不对，现在我重新自我介绍一下。我叫周暮昀，二十七岁，未婚，是森远集团的老板。父亲周致鸿是董事长，母亲叫霍衡昔。《衡昔》杂志社，你知道吧？就是你签约的那家杂志社，是我母亲创办的。我还有个爷爷，他老人家常年住在郊外的庄园，很少回来。"

喻橙怔怔地看着他，在他说第二句话的时候，她才恍然惊觉他是在作自我介绍。

可，他为什么要说这个？

"以上这些，就是我的身份。"他语调缓慢。

之前他故意隐瞒，现在他全摊开放在她的面前，让她重新了解他这个人。

周暮昀低头喝了一口粥，果然跟想象中的一样软糯，轻轻一抿就融化在嘴里。

他舔了舔嘴角，扫了一眼四周："这里是我常住的地方，因为离公司近，很方便。门锁密码是314159，圆周率前六位，很好记。"言下之意，门锁的密码告诉你，你可以随时过来。

他说完这些，停下吃饭的动作，目光定定地看着她。

喻橙被他灼灼的目光烫了一下，她腾地站起来，膝盖砰的一声磕到木桌边缘，也没在意，结结巴巴地道："我……我突然想起来，我要回家了！"

周暮昀眼睁睁地看着女孩手忙脚乱地冲出卧室，冲到玄关，换了鞋，冲出门外。

门咣当一声关上，徒留一室安静。

如果周暮昀有预知能力，能够提前知道那天下午放走喻橙的后果是他们很长时间都见不到面，他当时一定不顾她的意愿，牢牢抓住她的手腕，将那个表白进行到底。

距离他上次生病已经过去了一个月，而他也有一个月没见到喻橙了。

虽然她明确表示不生气了，也表示原谅他了，并且还贴心地照顾生病中的他，煮了好吃的面和粥给他吃。一切的一切，都表明她不再在意他隐瞒身份欺骗她这件事。可，喻橙对他的态度不一样了，跟以前相比，冷淡了许多。

他每天都会在微信跟她分享一些事或者是自己的心情，她偶尔回一条，字里行间都透出一股疏离的味道。即便在他们刚认识的那段时间里，她也不曾这样。

他想不通是哪里出了问题。

喻橙很久没有分享过朋友圈，微博倒是天天都有更新。

今天说这个小哥哥好帅，明天说那个小哥哥好萌，后天又说另一个小哥哥好甜，天天不重样，甚至还为他们剪辑视频卖"安利"。要么就是分享菜谱，或者又去哪里吃到了美味的食物。

她跟《衡昔》杂志社合作的《食客》周刊出了好几期，因为被大作家梁延转发，杂志的销量小小地爆了一把，喻橙的微博粉丝也因此跟着暴涨。

居然还衍生出一拨两人的CP（情侣）粉，天天在微博叫嚷着"男神作家&美食博主的CP（情侣）感很萌"，气得周暮昀最近都上火了。

这天是星期六,蒋女士没课,喻宗文也难得在家休息,姑妈突然一个电话打到家里来,说是两家人一起吃个饭。

蒋女士欣然同意,挂了电话,她把客厅里穿着睡衣、跷着二郎腿吃薯片的喻橙赶回房间去换衣服、化妆。

喻橙不情不愿地放下零食袋子,起身回房。

自从出了相亲那件事,喻橙就对当红娘上瘾的姑妈敬而远之了。生怕姑妈哪天心血来潮,再给她介绍个相亲对象。

而现在,蒋女士对她未来的职业规划没有那么排斥,全部精力都用在对付她的终身大事上。两位妇女很容易达成统一战线啊。

喻橙一家跟姑妈一家约在一家新开不久的餐厅吃饭。

喻橙一家到餐厅的时候,姑妈一家人还没过来,他们先订了一个包间,坐在里面等人。

过了一会儿,服务员进来送了一壶热茶,把三本菜单分别摆在三人的面前,让他们先看着。

每次到一家从未光顾过的餐厅吃饭,喻橙总是习惯先研究菜单。她翻开面前的菜单,扫过一眼,视线顿住。这都是些什么奇葩的菜名?夫妻双双把家还、六脉神剑、二十四桥明月夜、嫦娥奔月、天街小雨润如酥……

这是在考验点菜的人的智商?你说说,光是看这菜名,谁能猜出来是什么菜?

菜单根本看不出名堂,喻橙只好拿出手机,对着菜单拍了一张照片,发微博求助万能的网友。

@大鱼爱吃小橙子V:"请问鱼仔们,有谁来这家餐厅吃过?求科普菜名,你们的鱼不想踩雷。"

等了一会儿,无所不知的网友果然出来给她解答了。

"夫妻双双把家还是一对卤香鸭掌。"

"六脉神剑是肉蟹煲。"

"二十四桥明月夜是雷椒小皮蛋配内酯豆腐,因为一盘小皮蛋刚好二十四颗。"

"嫦娥奔月是冷吃兔。"

"天街小雨润如酥是拔丝牛肉酥饼。"

"大鱼也来这家吃了吗?菜名真的超级有意思!我和朋友前几天刚来

过，菜的味道很不错，放心吃吧，不会踩雷。"

喻橙看着下面的评论，把这家店的情况了解了个大概。

有一些餐厅确实会用别出心裁的点子来吸引顾客的眼球，这也是一种营销手段。例如，这家店的菜名就是一大亮点。既然粉丝说菜的味道不错，那她就可以放心地点菜了。

恰在这时，蒋女士的手机响了。

喻橙双手托腮看着蒋女士，猜想大概是姑妈打来的。

蒋女士接起电话，对电话那边的人说了几句话，某个瞬间，她扭头看向喻橙，眼里多了一丝意外，又很快收敛起来，说了句"没问题"，然后挂了电话。

喻橙被妈妈盯得心里毛毛的，忐忑地道："妈，你干吗这么看着我？我有点害怕。"

蒋女士把手机塞回包里，从里面翻出小镜子，对着脸照了照，又看了看女儿的脸，确定喻橙的妆容完美没有丝毫瑕疵，看着女儿一副甜美可人的模样，心里满意了。

喻橙忽然有种不好的预感。

"爸！你看我妈，她笑得好可怕！"喻橙向同盟友军告状。

喻宗文本来在看菜单，闻言抬头看向蒋女士。

三秒后，他一本正经地道："哪儿有？蒋静媛女士明明优雅美丽，比我女神邱淑贞还要再美三分，不，十分！"

喻橙："……"

被老公夸赞了的蒋女士脸上笑开花，收起小镜子，对喻橙说："你姑妈说有个老姐妹也一起过来，还有她儿子。你姑妈想让你跟那个男生认识一下，你做好准备，不要让妈妈失望。"

还真让喻橙猜对了，姑妈永远奋斗在红娘的第一线！

喻橙挣扎了二十分钟，接受了这个残酷的现实。不接受能怎么办？她又不能干出掀桌子走人的事。

喻橙想想心里还是觉得不爽，于是拿出手机，藏在桌子底下悄悄发了一条微博吐槽。

@大鱼爱吃小橙子V："被母亲大人骗来相亲，哭唧唧！"

喻橙的粉丝大部分跟她年龄相仿，一提到相亲，她们就感同身受，评论区立刻掀起一股讨论热潮。

"同一个世界同一个母亲大人！（握手的图片）"

"我的天，我怀疑你在监视我的生活！我正在相亲中，对面坐了一个极品，我正在想办法尿遁，鱼仙，你加油！"

"啊啊啊！我明天也要去相亲！好崩溃。"

喻橙浏览了一圈评论，心情平复了一点。

门外忽然传来服务员甜美的声音："就是这间包间，你们请。"

听到声音，蒋女士用余光扫了一眼低头玩手机的喻橙，伸手推了她一下，蒋女士语含警告："人来了，手机给我收起来，不准玩！"

喻橙听话地收起手机，背脊挺直，做认真听课的小学生状。

包间门推开，一群人热热闹闹地拥进来。

走在前面的是姑妈一家人，表姐也一起来了。后面跟着一位女士，她的儿子走在最后面。

因为男人的身高优势，喻橙一抬眸就看到了他的脸。是他？喻橙愕然地睁大眼睛。

蒋女士站起身笑眯眯地过去迎接，见喻橙坐着没动，对喻橙使了个眼色，喻橙立刻跟着站起身。

"跟你们介绍一下，这位是梁太太，我们是多年的老同学。"姑妈热情地拉着梁太太的手，朝蒋女士说，"她儿子，我跟你说，特别优秀，在国内排行第一的杂志社当主编，就是那个衡……衡什么杂志社来着？"

"《衡昔》杂志社。"梁延在一旁补充。

"对对对，就是《衡昔》杂志社！"姑妈笑得脸上的褶子堆在一起，目光瞥向梁延，怎么看怎么满意，啧啧地感叹，"听说还是位大作家呢！"

梁太太闻言语气饱含忧愁："大作家有什么用，都二十六了，还单着呢，让我和他爸操碎了心！"

蒋女士不动声色地将梁延上下打量一番，表面虽然没什么表情，心里却暗暗赞赏。

男人的个子高，皮肤白白净净，长相偏清隽俊秀那一款。他一进来就面带微笑，给人一种平易近人、温润儒雅的感觉。工作也不错，杂志社主编兼大作家。

蒋女士适时搭话："我女儿今年也二十三了，算起来两个孩子的年龄差

144

不多。"

与此同时，梁太太也在打量喻橙。

小姑娘安安静静地站在一边，身材窈窕，肤白貌美，一双水灵灵的大眼睛尤其好看，听说就读一流名牌大学。

梁太太也很满意，掩唇一笑："那他们肯定有话题聊。"

蒋女士："我也这么认为。"

两位妈妈一唱一和，姑妈这个红娘基本上可以退场了。

梁延的目光跟喻橙对上，他顿了一下，颇感意外，世上竟然有这么巧的事。

喻橙对上他啼笑皆非的眼神，顿觉尴尬。相亲遇上自己的上司，也算是开年大戏了。

表姐不知道什么时候来到喻橙的身侧，戳了戳她的手臂，憋着笑小声地说："虽然很同情你，但是这个男人真不错，你好好把握！"

喻橙压低声音回她："这么优秀的男人你怎么不把握？姑妈太不厚道了，不知道留给表姐吗？"

表姐啧了一声，轻轻拧了一下她的胳膊："他比我小两岁呢，我不搞姐弟恋！"

喻橙："……"

众人寒暄了几句，一一落座。

表姐刚准备坐到喻橙的旁边，就被姑妈粗暴地一把拉起来，嫌弃地道："你给我坐到对面去，让小延坐这里。"

梁延笑了笑，在喻橙旁边的位置坐下。

姑妈看着他们坐在一起，露出欣慰的表情："两人看着很般配呀，男才女貌，天作之合。"她两手一合拍了个巴掌，"你们还不认识，对吧？自我介绍一下？"

喻橙一脸无奈地扭头看着梁延，头皮发麻："梁主编，我不知道是您。"

梁延抿唇轻笑，声音清润好听："我也很意外。"

众人一愣，他们认识？

喻橙扶着额，哭笑不得地跟大家解释："梁主编算是我的上司，我也是《衡昔》杂志社的签约作者。"

喻橙以为姑妈会因此打消让他们相亲的念头，毕竟是上司和下属的关系，多尴尬。谁知，听完她的话，姑妈更激动了："这是老天爷赐的缘分哪！"

秘书拿着一本文件急匆匆地从总裁办公室里跑出去，差点撞上刚从电梯里出来的女职员。

女职员惊魂未定，瞥了一眼他手里脏兮兮的文件，蹙着眉问："怎么了？"

"你来得正好。"秘书把文件递给她，"周总不留神打翻了咖啡杯，咖啡泼上去了，这份文件拿去重新打印一份。"

女职员两根手指捏着湿淋淋的文件，拿远了一点，避免褐色的咖啡滴到裙子上，她多嘴问了一句："周总没事吧？"

秘书一脸不愿多说的表情。周总正在看微博，不知道看到了什么，突然他的手抖了一下，一杯咖啡直接掀翻了，不仅洒在文件上，他的手背上也是咖啡。

刚泡好的咖啡，滚烫的，周总的手背登时烫红了一片。

秘书让周总去医院看一下，烫伤不是什么小事，但周总充耳不闻，风风火火地冲出办公室，进了专属电梯。

另一边，包间里的几位长辈的讨论话题已经从婚礼是举行中式的好还是西式的好，转变成两人将来的孩子取个什么名字好听。

喻橙被噎住，借口去洗手间，逃离了现场。

相亲联盟的成员聚在一起太可怕了！

喻橙上了一个有史以来最漫长的厕所，慢悠悠地从隔间走出来，到外面公共盥洗台前洗手。

手伸到感应水龙头下面，水哗啦啦地淋下来，喻橙摁了两泵洗手液，慢条斯理地搓出绵密的泡沫。搓了许久，她才冲掉泡沫，露出白皙的一双手。她低头看了一眼，觉得洗得还不够干净，又摁了一泵洗手液，搓了搓。

梁延站在她的身后，目睹了她一系列的动作。

喻橙从包间里出来后没多久，梁延就跟着出来了，准备过来洗个手，然后就看见喻橙把一双手当作一件珍贵的仪器反复地搓洗。

他稍微动动脑子，便猜出了她的心思——故意耗时间。

喻橙终于洗完了手，一转身，一只修长的手出现在她的眼前，是梁延递了一张纸巾过来。

喻橙看着梁延，不知道他在这里站了多久，她尴尬地笑了笑，接过纸巾擦手上的水珠："谢谢。"本来她还打算用烘干机把手烘干，顺便再拖延一会儿时间……

梁延手插进口袋里，笑着问了一句："你不知道今天是来相亲的？"

喻橙点点头："我妈说跟姑妈一家人吃个饭聚一聚，我来了才知道是相亲。"

梁延沉默不语。

"你肯定也是被骗来的吧？"喻橙的眼睫毛扇了扇，眼睛亮亮的，像是要打什么坏主意，往梁延那边靠近了几步，"主编大人，我觉得我们应该统一战线一致对外！"

喻橙见他在思考，又靠近了一点，压低声音，好像生怕被人听见："主编，不如我们结盟吧！口号我都想好了：头可断，血可流，我们的自由不能丢！很押韵的，有没有！"

梁延："……"

"你倒是给个话啊。"

梁延饶有兴趣地看着她，配合着小声道："怎么结盟？"

喻橙一看这人很上道，顿时心情大好，她如梁山好汉一般拍了拍他的臂膀："听我的，我们在家长面前装作很聊得来的样子，先过了今天这一关。回头他们再问起来，就随便找个理由，说我们性格不合适。这样呢，既不显得敷衍他们，又保住了我们的自由。"

梁延若有所思地摸摸下巴："听起来好像有点靠谱。"

"那我们就说定了！"喻橙举起一只手，手心朝向他，"击掌为盟！"

梁延的眼底掠过一丝笑意，挑着眼梢看着面前这只莹白的手。他看得出来，这姑娘不是一点半点地排斥相亲。喻橙这么迫不及待地跟他划清界限，让他这个走到哪里都受欢迎的人第一次感受到挫败的滋味。

梁延张了张嘴，话没说出来，忽然看到她身后的一道身影。

周暮昀周身泛着森然的冷气，薄唇抿成一条直线，漆黑的眼睛直勾勾地盯着这边，眼神跟刀子似的。

隔着不算远的距离，梁延甚至能看清男人眼底翻涌而出的怒气。

这张脸有点眼熟。梁延想了一下，应该是霍总的儿子，周暮昀。

他怎么在这里？

"喂！"喻橙手还悬在半空，却见梁延的眼睛根本没在看她，"怎么啦？你不会是想反悔吧？"

她顺着梁延的视线转头看去，看见周暮昀的一瞬间，她的身体轻颤了一下。

喻橙的大脑空白了一秒钟，随之而来的是涌进脑海的画面。许多关于这个男人的画面，原本被她小心地存放在角落里，不轻易触碰，现在却因为看他一眼，就全浮上来了。

周暮昀一步一步地走过来，走得很慢，步子却很大，他很快走到喻橙面前，不由分说地握住她的手腕，将人拉到自己跟前来，与梁延隔开距离，他警告性地睨了梁延一眼。

周暮昀带着喻橙走进电梯，下楼，从餐厅一楼大厅侧边的一扇门出去，拐进后面一个小花园。

等喻橙反应过来，她人已经出了餐厅。

"你不许相亲。"

喻橙的头顶响起男人低沉的嗓音，这声音不同以往的清润疏朗，而是霸道得不容置喙，像是命令。

餐厅后面的这个小花园也是提供给客人吃饭的地方，露天摆了几张白色的圆桌，每张桌子边配上四个同色雕花椅子。只不过初春时节，天气尚未转暖，无人在外面用餐。

想象一下，如果是仲夏的夜晚，对着夜空的繁星，吹着风，空气中飘来淡淡的花香，在这样的环境下露天用餐一定是一种美妙的体验。

此时，花园里寂静一片，一株株山茶含苞待放。喻橙站在鹅卵石铺就的路上，低垂着头，她的视线不知道怎么就转移到周暮昀握着她手腕的那只手上。

男人的手跟白玉似的，手背上一块赤红的伤显得分外触目惊心。看着好像是烫伤，受伤的地方起了几个水泡，有的水泡甚至被蹭破了皮。

喻橙的瞳孔骤缩，她下意识地脱口而出："你的手怎么了？"

周暮昀仿佛没有听见她的话，他近乎执拗地重复道："你不许相亲。"

幼稚不幼稚？喻橙听着男人别扭的语气，忍不住腹诽。而且，她相不相

148

亲跟他有什么关系？至于跑过来特地跟她说这个吗？又不是她想相亲的，还不是被妈妈和姑妈套路了。

等一下！

周暮昀眼下的这个表情、这个眼神、这个语气，跟她在偶像剧里看到的疯狂吃醋的男主角一模一样。不，他比男主角的表现还要真实！

喻橙那颗差点死过去的小心脏重新活蹦乱跳起来。

她的脑海中有什么东西逐渐清晰，继而联想到之前周暮昀在她面前的一系列举动。她忽然间福至心灵，所以他做的那些事，是在……追她？

是这样的吗？他一直以来都打着普通朋友的幌子在追她？

每次周暮昀做一些让人脸红心跳的事，他总会说一句"朋友之间这样很正常，没必要计较那么多"。然后，她就真的没计较那么多。

"该不会——"喻橙声音轻轻的，仿佛深夜梦中的呓语，"你从头到尾一直在追我？你喜欢我？"

话一出口，她就后悔了。万一他不喜欢她，岂不是显得她很自作多情。

喻橙抬手捂住嘴巴，就好像刚才那句话不是从她嘴里说出来的。

周暮昀听到这话就更生气了。敢情他追了她这么长时间，人家压根儿就没感觉到自己是在追她？她以为他是把她当作路边随便哪个妹子撩一撩就算了吗？

行！他承认，因为一开始担心吓跑她，他追得不够明显，可他的一举一动都有那个意思，绝对不至于让人半点察觉不出来。

她怎么能这么迟钝！这个脑袋瓜是怎么考上名牌大学的？

脑子迟钝点，他也认了，他就喜欢这个姑娘，怎么样他都是喜欢的，可她居然跑来相亲！

周暮昀一想到刚才在走廊里看见她跟那个男人挨得那么近，还有说有笑哥儿俩好的样子，他就来气，五脏六腑都翻滚出熏天的酸气。

周公子自认为，这二十几年来从来没这么憋屈过。

"你可真是厉害死了！你终于反应过来我在追你了！没错，我就是在追你！老子在追你！听懂了吗？"

喻橙："……"

他到底是在表白还是在骂人？人前风光霁月、优雅矜贵的周暮昀，居然说了那样粗俗的话。

片刻后，周暮昀冷静下来，平复了怒气，低下头看着她的眼睛。

他的眼底好似藏着一汪泉，清澈，却深邃不见底。

就是在这样的眼神注视下，喻橙慢慢地卸下了全部伪装，她的肩膀塌下来一点，手自然垂放身侧，是个浑身放松的姿势。

"其实我看出来了，最近你看我的眼神都不太对劲。"周暮昀抬手将她耳边的一缕发丝拂开，声音低低的，语气里全是诱哄的意味，"你是不是喜欢我？是不是想追我？喻橙，我很好追的。只要你说，你喜欢我，我就做你男朋友。好不好？"

原本他打算再找个浪漫的场合，跟她正式表白，但计划赶不上变化，看见她去相亲的那条微博，他就失去了理智。

他满心想着，自己捧在手心里的姑娘，不能被别人牵走了。谁都不能。

他不管不顾地丢下一堆工作跑过来，就是为了跟她说这些话。

这个表白突如其来，喻橙没有一点点防备，心里很慌，也很乱。这种感觉，就像无波无澜的一锅水，突然被人添了一把柴，烧开了，咕噜咕噜地往外冒泡泡，想平复却怎么也平复不下来。

周暮昀不着急，也不催她，安安静静地等她的回复。

他的一根手指悄悄地伸过去，勾着女孩的小拇指，他慢慢地把她的整只手都包裹在掌心，他的眼神温柔极了："喻橙，我是喜欢你的。"

喻橙的心里如同被砸下一块重石，闷闷的，有点疼。但也不全是疼，有细细密密的喜悦滋生出来。

喻橙深呼吸了几次，迫使自己冷静下来。她顾虑的那些问题依然存在，不会因为他的表白就消失。

在过去的那一个月里，她其实想到了更多的问题。每一个问题都让他们之间的距离更远一点，种种问题叠加在一起，便是无法跨越的鸿沟，是天堑银河。

许久，她听见自己说："我不喜欢你。"

话音一落，她清楚地感觉到心脏处像是被尖锐的东西猛戳了一下，痛到麻木。

第七章　我的初吻请收好了

喻橙回到家就把自己锁在房间里，瘫在沙发里，拿过一个靠枕抱在怀里。

"喻橙，我是喜欢你的。"她的耳畔，再一次响起周暮昀的话。

男人的声音那样温柔，甚至有几分卑微的祈求，让她的一颗心酸酸胀胀的，软得一塌糊涂。

喻橙从沙发上爬起来，上半身挂在沙发背上，她拿过手机点开。

"美吕，我又失恋了。"她在微信上骚扰吕嘉昕。

吕大小姐正在店里做美甲，一只手不方便打字，发来语音问："什么鬼？"

喻橙跟她讲了这一个月以来的心路历程，包括刚才跟周暮昀见面时的心情，最后她表示自己可能真的要疯了。

她和周暮昀根本就是两个世界的人，身份、地位相差太悬殊，就算勉强在一起也不会有好结果，还不如不要开始……

吕嘉昕闻言扑哧一声笑了："我说你何必呢？人家说了喜欢你，你也正好喜欢他，那就在一起啊。想那么多干什么？人生这么短暂，及时行乐懂不懂？没准你担心的那些乱七八糟的事情都不会发生呢？大鱼，赌一把，别怂！"

喻橙把一条腿屈起，下巴抵在膝盖上，牙齿一下一下地磕着下嘴唇，眼皮有气无力地掀起来，又垂下去，再掀起来，再垂下去。

不知道保持这个姿势坐了多久，她摁亮了手机屏幕，点进周暮昀的微信头像。

"我们，试试吧。"

她深吸一口气，几乎耗尽了全部的力气，在对话框里打下这几个字。食指悬在绿色的发送键的上方，迟迟不敢点下去。

吕嘉昕说得对，考虑那么多干什么。喻橙静下心来想一想，她是真的喜欢周暮昀这个人，喜欢到……好像是到了可以忽略一些问题的程度。

"橙橙啊！"

门外忽然传来蒋女士的声音，喻橙吓了一跳，手一抖，点下了"发送"键。

啊啊啊！

我发出去了？

我真的发出去了？

我怎么就发出去了啊！我还没考虑好呢！要命了！

喻橙急得满头大汗，后背也出了一层汗。

对了，微信消息发出去没超过两分钟是可以撤回的。她的手指有点颤抖，长按那条消息，撤回了。

系统显示：你撤回了一条消息。

警报解除，喻橙横躺在沙发上，长舒一口气，感觉自己从地狱爬回了人间。刚才真是太恐怖了！

"妈，什么事啊？"她这才想起蒋女士刚才叫她，站起身走过去拉开门，脑袋靠在门框上。

蒋女士的手里拎着一件旧毛衣："去毛球器你放哪儿了？我这件毛衣起球了。"

"在我房间里，我给你拿。"她折回房间，拉开书桌的抽屉，从里面找出去毛球器。

沙发上的手机叮咚一声响，喻橙看了一眼，暂时没去管，拿着去毛球器到客厅，送到蒋女士的手里。

喻橙重新回到房间，拿起手机查看消息。

周暮昀："好。"

喻橙一愣。好什么好？她嘀咕了一句莫名其妙。

152

像是猜到那边的人心里在想什么，周暮昀紧接着发来一句："你说我们试试吧。我说，好。"

喻橙倏地睁大眼睛。

而后，周暮昀发来一张截图，赫然是几分钟前她发给他的那条已经被撤回的微信消息——我们，试试吧。

"喀喀喀……"喻橙捂着胸口咳嗽起来，脸蛋憋得红彤彤的，手机从手里滑下去，掉在地上。

手机又响了起来，她一脸呆滞地看着它，没有勇气捡起来。

她就这么呆呆地坐了好一会儿，直到叠在一起的腿压得有点发麻，她才缓缓地弯腰捡起手机。

周暮昀发来一条语音。

她点开语音，男人不加掩饰的笑声通过电流传来："喻橙，你不许反悔，我截图了，这是证据。"

喻橙的心里乱糟糟的，像一团毛线，理都理不清，她本来就欲哭无泪，此刻听到男人傻呵呵的笑声，鼓起来的腮帮子突然就泄了气，她扑哧一声笑出来。

两个小时前，周暮昀万万没想到，自己生平第一次跟一个女生表白，对方居然一口拒绝了他，头也不回地走了。

他太过震惊，无法接受现实，以至于人走远了他才反应过来，想追上去都不可能了。一个人站在空荡荡的花园里，吹着裹挟着凉意的春风，他的心情变得无比惆怅。

"老地方，出来喝酒。"周暮昀在微信群里发了一条消息。

齐政："怀春少男的情路坎坷啊！我说你碰什么不好非要碰爱情，是酒不好喝了，还是烟不好抽了？"

燕北："老三，不是我说你，还有没有一点三好学生、优秀团干部的样子？"

顾邵宁："不，他突然就变成一个爱哭鼻子的小傻瓜。"

几位公子哥用电影里的经典台词调侃周暮昀。

话虽这么说，兄弟受了情伤，他们也不能真的无动于衷。于是，一帮公子哥约在一家高档会所喝酒聊天。

他们窝在沙发里，静静地看着周暮昀表演喝酒，跟喝白开水似的，周暮

153

昀一杯接一杯地往肚里灌。

宋少看不下去了，把手里的酒杯一放，压下周暮昀准备倒酒的手："差不多得了。"

"她说她不喜欢我。"周暮昀淡淡地说了一句。

周暮昀推开宋少的手，拿起茶几上的酒瓶往杯子里倒酒，满脑子都在循环播放喻橙的那一句"我不喜欢你"。

倏然，他口袋里的手机响了一声。

周暮昀浑身一激灵，像是有一种神奇的心电感应，他没有丝毫迟疑，掏出手机点开微信。他的预感是对的，果然是喻橙发来的消息。她说："我们，试试吧。"是他想的那个意思吧？试试是在一起的意思吧？他都没敢往深处想，下意识地就截屏了。然而，还没等他仔细思考这句话背后的深意，就眼睁睁地看着手机屏幕上这条消息嗖的一下凭空消失了。

周暮昀的脑子里嗡的一声，他以为自己酒喝多了产生了幻觉。

想到自己保留了截图，他连忙点开看一眼，仔细确认了一遍，没错，是喻橙发给他的消息。他的心情瞬间从低谷飞升到云霄。

此时此刻，喻橙真是体会到了什么叫作说出去的话就像泼出去的水，盆都收不回来。

消息确实是她发的，但她在呆愣了几十秒后就撤回了。

她就搞不懂了，周暮昀到底是什么手速，居然能在第一时间里看到她的消息，还顺便截了个屏。

他怎么会有截屏这个念头呢？这个人是魔鬼吗？

喻橙的脑袋重重地往后一仰，后颈卡在沙发靠背边缘，长叹一口气。

手机还在叮咚叮咚地响个不停，她抬手把它举到面前，微微眯起眼睛看着屏幕，只见周暮昀的消息一条接着一条地往外蹦。

"你怎么不回我？"

"你不会是后悔了吧？"

"你不能反悔。"

"我已经是你男朋友了！"

"喻橙。"

"喻橙。"

"喻橙。"

154

喻橙皱了皱眉毛，只觉得这人话多，哪里有第一次见面时的成熟稳重，一举一动皆是优雅从容。她舔了舔唇，转移话题："你的手去医院看过了吗？"

那会儿在餐厅的小花园里，她看到他的手背上一片通红，烫伤很严重，也不知道他有没有去医院处理。

那边没有再回复。

大概过了半个小时，周暮昀在微信上说："我在你家楼下。"

喻橙握着手机腾地站起来，围绕着沙发团团转，步子跨得小，频率却很快，小碎步啪嗒啪嗒地响。

真是要了她的命了！周暮昀怎么说来就来！

她压根儿没有准备好跟这个前一分钟还是普通朋友、后一分钟就直接变成男朋友的男人见面。

第一次跟男朋友见面要怎么穿衣打扮来着？要画个精致的妆容吗？发型呢？黑长直清纯，卷发妩媚，她到底要选哪一个？要不要去理发店吹个发型？请问现在去知乎上发个帖子，求助广大网友还来不来得及？

喻橙做了许久的心理建设，眼睛一闭，终于拿着手机冲出了家门。

电梯数字一层一层地往下跳，她的心却一下一下地往上跳，最后卡在了嗓子眼儿。

喻橙深呼吸了好几次，从电梯里走出去，又回过身对着电梯的金属门照了照，确定自己从上到下大致看得过去，这才掉转方向朝外面走去。

周暮昀就站在石板路的尽头。高高大大的男人，沐浴在温暖的阳光里，发梢、脸庞、肩头都镀上了一层金色。

喻橙的呼吸猛然一滞，卡在喉咙口的心脏几乎要跳出来了。她垂着头，想要假装淡定从容，然而攥成拳头的手指还是出卖了她的情绪。好紧张。当年高考进考场的时候她也没有这么紧张过。

喻橙走神的间隙，周暮昀已经走到她的跟前，他的声线低低缓缓地对她道："发什么呆呢？"

喻橙回过神来，鼻间蹿进一股醇香的酒气，来自他的身上。

她仰起头，看着他白皙的面庞泛着一点红，呼出来的气息也带着一股酒味："周暮昀，你喝酒了？"

他没否认，嗯了一声。

155

周暮昀最擅长的就是演戏，别看他此时装作一脸的平静，眼神也跟冬天的湖面一样无波无澜，其实心跳早就失去了正常的频率。

他没有谈过恋爱，恋爱期间怎么跟女孩子相处，他一概不知。他不知道会不会哪里做得不好，让对方感觉到不舒服，也不知道会不会不经意间委屈了对方，更不知道怎么做才能让她每时每刻都感到开心。

周暮昀看到她提出交往的消息，开心之余，他的内心更多的是忐忑。

"周暮昀，你开车来的？"喻橙皱起眉毛，"你酒驾？你知不知道酒驾是要……"

她的话还没说完，人就被他拽进了怀里。他的力道没控制得当，小小的姑娘猛地就撞到他的胸膛上，她的鼻子磕到坚硬的一堵墙，撞得她鼻尖发酸，眼角都要溢出泪花。

喻橙嘶了一声，好不容易清醒的脑子被这么一下给撞成糨糊了。

周暮昀察觉到不对，松开了手，握着她的肩膀，把人推开一点，低下头与她平视。

她的鼻头红红的，杏眼里充满了莹润的水光，看着就是一副委屈的模样。周暮昀心慌了，他的声音软下来："对不起，我不是故意的，我就是想抱抱你。"

喻橙捂着鼻子，后退小半步看着他，露出来的一双水眸眨了眨，她闷声闷气地说："什么男朋友啊，就这么对我。"

周暮昀怔了一下，如果没听错的话，她刚才说……男朋友？

"过来。"周公子定了定神，重新捡回"高岭之花"的人设，淡淡地道，"给我抱一下。"

没等喻橙主动过去，周暮昀就上前一步，拉近了两人之间的距离，他的鞋尖抵着她的鞋尖，他展开双臂将人揽进怀里。

喻橙侧脸贴他的胸膛上，隔着厚厚的衣料，她也能听见他的心跳声，一下，又一下，那样有力。

她的鼻间依然是那股香醇的酒味，被风吹散了一些，淡淡的，一点都不难闻，反而有种奇异的镇定效果，让她的一颗心慢慢平静。

"你刚才说什么，我没听清。"周暮昀轻轻道，"你再说一遍。"

喻橙没明白他的意思："什么？"

周暮昀的手贴在她的背部，暖暖的阳光将两人笼住，他很是执着："就你上一秒说的那一句。"

他指的是那句——什么男朋友啊，就这么对我。

喻橙抿抿唇，不肯说。

两人都陷入沉默，半晌，她小声说："你回去吧，我要上楼了。"

"啊？"周暮昀那股高冷的气质没能维持多久就原形毕露，"现在就要上去吗？"他抬腕看了一眼表，"你这才下来没超过五分钟。"

喻橙的视线顺着他手腕抬起的动作看见他的手背，烫伤好像比中午那会儿看起来更严重了，水泡蹭破了皮，红红的一片，并未结痂。

她眉头拧起来："你的手，都不知道处理一下吗？"

周暮昀漫不经心地扫了一眼自己的手背。

看到她在微博上说要去相亲，他一时慌了神就没注意，掀翻了咖啡杯烫了手，还毁了一份文件。他当时满心想着去找她，阻止她相亲，没注意到伤口严不严重，也没感觉到痛。后来找到她，他表明了心意，她一口拒绝，他心里难过，就更加没注意手背的伤。

再后来，他到会所里喝酒喝到忘记了这回事。那几个公子哥倒是看见他手上的伤时，随口提了一句，他没在意罢了。

眼下，被她心疼的眼神盯着，他忽然觉得这伤口真疼啊，是手可能快废掉了的那种疼。

"忘了处理。"周暮昀一个字一个字地说得很慢，说完还轻轻地嘶了一声。

喻橙眉头蹙得更紧："你现在去医院看一下。"

"喝了两瓶酒，不能开车，会被抓进局子里。"

"那你怎么过来的？"

"代驾。"

喻橙松一口气，道："那就再叫一个代驾。"

代驾，怎么可能再叫一个，周公子祭出屡试不爽的装可怜人的技能，成功地哄得小女朋友开车送他去医院。

诊室里，医生看了一眼周暮昀的手背，眼神复杂地看着他的脸，板着脸道："再耽误下去，我看这位患者也不用来医院了。"

一听这话，喻橙以为是周暮昀的情况太严重，心头一紧："医生，他还有救吗？"

医生哼笑一声："家属是吧？考虑一下截肢吧。"

喻橙闻言，吓得脸色苍白。周暮昀却面色不改，仿佛受伤的那个人不是自己。

他瞧见女朋友一脸的担心外加害怕，攥住她的手，把她拉到自己身边的位置坐下，他轻咳了一声，朝医生说："您就别危言耸听了吧，吓到我女朋友了。"话音一落，他还因为女朋友这个称呼乐了一下。

上了年纪的老医生端着一个医用的小盘子，转过身看见周暮昀满不在乎的表情，说："你这烫伤至少得有好几个小时了，怎么就不知道及时就医？还说我危言耸听，你再耽误下去试试？"

"医生，您别听他的。"喻橙抓住男人的手腕翻过来，手背朝上地递给医生处理。

医生推了一下鼻梁上的眼镜，用消毒针挑破剩余的几个水泡。

这个过程喻橙不敢看，视线从他的手背上移开，她抬起头正好对上周暮昀似笑非笑的眼神。

女孩紧张兮兮地想看又不敢看的样子有点好笑，他的脑袋凑过去，靠近她一点："橙橙。"

反正他也不知道喊她做什么，就是想喊她。

喻橙的脸颊红了。

"橙橙。"他又喊了一声。

喻橙绷着严肃的表情："不许喊了。"

他变本加厉："橙橙，橙橙，橙橙。"

喻橙："再喊橙橙，捶爆你的狗头。"

周暮昀："……"

小女朋友这么粗暴吗？

花了大半天的时间，喻橙终于接受自己有男朋友这个事实了。

晚上躺在床上，她本来想玩几局游戏，脑子里却总是在回放这一下午发生的事，让她静不下心来。

她翻个身侧躺，拿出手机点开微信，想要跟周暮昀说点什么，却又不知道该说什么。对于周暮昀是她男朋友这个事实，她接受是接受了，但还不能完全适应。

她胡思乱想了一会儿，退出去，转而点开寝室的微信群，跟室友们汇报自己的情况。

"有个事儿，我觉得应该跟你们说一下，我有男朋友了。"

这句话发出去，群里安静了好久。喻橙以为她们都在忙，没空看微信。

然而事实上，他们太过吃惊，不知道该如何表达这种"寝室里毫无恋爱脑，每天只知道追星的姑娘居然不声不响地有男朋友了"的心情。

过了一会儿，他们终于反应过来，开始对喻橙展开审问。

齐小果听说她的男朋友是当初相亲认错的那个男人，激动地说："我说什么来着！这简直就是偶像剧的发展方式！"

吕嘉昕是唯一一个知道全部情况的人，私信喻橙："你想通了？"

喻橙回她："嗯。"顿了顿，她说，"答应跟周暮昀试试，大概是我这辈子做的最勇敢的一个决定。我希望自己不会后悔。"

吕嘉昕笑了笑："挺好的。"

喻橙正跟人聊得火热，周暮昀忽然发来一条消息："我明天下午有个会。"

喻橙一愣。他为什么要跟她报备工作？

他，一个集团的老板，开个会是再正常不过的事情，她知道啊。

女朋友不按套路出牌，周暮昀有点挫败："你怎么不问我要开什么会？"

喻橙顺从地问："你要开什么会？"

周暮昀终于满意了，哼了一声："跟你的约会。"

喻橙："……"

这是什么土到掉渣的情话，真是服了他。

隔天中午，喻橙做了一道毛蟹年糕。因为之前有粉丝在她的微博留言，说想看她做这道菜。

网上买来的毛蟹，她用刷子一只只地刷干净，花了一个多小时。她将毛蟹从肚子中间一刀切开，一只蟹分两半，在切口处蘸上面粉。

锅内倒入适量的油，烧热后放入毛蟹，露出来的蟹肉炸成金黄色便可捞出，再将年糕倒入锅中煮熟，捞出后放冷水中过一遍。

锅里倒油，爆香姜丝、蒜末，放进炸好的蟹，加入调料翻炒，再加入少量的水煮。最后一步就是放煮熟的年糕翻炒，直至汤汁变得浓稠。

软软糯糯的年糕裹上红艳艳的汤汁,夹起一块放入口中,酱料味道足,裹着蟹肉的咸鲜味,比用市面上直接买来的甜辣酱煮出来的年糕好吃百倍。

喻橙拍完最后一组照片,心满意足地端着盘子出去。

然后,她又烧了一道肉末茄子,打了个蛋花汤,用昨晚剩下的豆皮淋上油泼辣子,随意拌了个凉菜。

等所有菜都端上桌,喻橙去书房叫蒋女士出来吃饭。

今天周六,喻宗文去上班了,身为老师的蒋女士在家休息。

饭桌上,喻橙小心地观察蒋女士的脸色,斟酌片刻,开口说:"妈妈,我下午出去一趟,可能在外面待几个小时,晚饭想在外面吃。"她要跟男朋友约会……

这道毛蟹年糕非常符合蒋女士的口味,她低头吃得认真,闻言眼也没抬一下:"出去就出去呗,我看你一天天地待在家里,都快长毛了。"

喻橙松了一口气,低下头扒饭。

蒋女士忽然问道:"你什么时候回学校?毕业论文都准备好了吗?"

"回学校的时间要等指导老师的通知,暂时还没定,论文也在准备了。"

蒋女士吃完半只蟹,抬眸看着她:"我跟你爸商量过了,既然你不想从事会计方面的工作,想开餐厅,那别等钱存够了再行动。我们俩这些年也存了一笔钱,本来是留给你当嫁妆的。但是现在看来,你离结婚还有十万八千里的距离,我们就决定先把钱拿出来给你开店。"

蒋女士顿了一下,接着说:"你之前说跟《衡昔》杂志社合作赚了一笔钱,再加上我和你爸给的钱,开一家店应该差不多了。如果还不够,问亲戚借一点,也不是什么大问题。或者以你的性子,想贷款?具体怎么来,还是看你个人的规划。"

喻橙手里的筷子啪的一声掉在桌上,她张了张嘴巴,半晌说不出话来。她感动得眼眶都红了,扁扁嘴:"妈妈……"

"但是——"蒋女士一脸平静地打断了女儿的抒情,"赚了钱还好说,如果赔钱了你就拿着破碗去要饭吧。我和你爸反正是不会管你了。"

话是这么说,喻橙还是感动得一塌糊涂。喻橙一把推开椅子,绕过长方桌跑到蒋女士那边,搂住她的脖子,对着她的脸猛亲了一下:"妈妈,我太感动了。你和我爸简直是全世界最好的父母!我好爱你们!我太幸福了!"

160

"起开！挡着我吃饭了。"蒋女士板着脸，嫌弃地扯开喻橙的胳膊，顺便擦掉脸上留下的口水印子。

喻橙坐回到自己的位置，端起碗朝蒋女士嘿嘿一笑。

有了父母的帮助，她就省去了慢慢存钱的这个过程。当然，她不能白拿他们的钱。这笔钱算她借的，等以后开餐厅赚了钱就还给他们。

喻橙吃完饭就回房间着手做准备。她想到之前看中的那家店面，立刻拿起手机找出照片，在本子上记下房主的手机号码，迫不及待地拨通了对方的电话。

她等了好久，那边才有人接通。电话里是个中年男人的声音，浑厚沙哑，听着挺有礼貌："喂？您好。"

"您好，请问您是有家店面要出租，对吗？"

停顿少顷，男人想起来确实有这么回事："你是想租吗？实在不好意思，店面一个多月前就被人买下了，现在已经不是我的了。"

喻橙："……"

她看中的店面居然这么抢手！

喻橙的肩膀往下塌了塌，耷拉着脑袋，没办法，她只能另寻开餐厅的地方了。

放下手机没两分钟，男朋友的微信就发了过来。

"我在你家楼下。"

喻橙看了一眼时间，现在还不到四点，他居然来这么早！不是说好了一起吃晚餐吗？

她瞥了一眼身上皱巴巴的睡裙，又从书桌上的镜子里看到一张素净的脸，头发绾了个蓬松的鬏儿，她绝望地捂住了脸。

喻橙握着手机打字："等我二十分钟。"

消息发出去后，她几乎没做停留，立刻起身从衣柜里找出毛衣和裙子。

她想要画个精致的妆，但时间肯定不够，她坐在梳妆台前，按照前几天在微博上看到的美妆博主十分钟快速化妆教程，给自己画了个简单的妆。谁知，实践的结果很失败，不得不卸掉重来。

等她重新画好妆，拿起桌上的手机一看，竟然已经过去半个小时了！

喻橙的头皮发麻，她手忙脚乱地出门，小跑到周暮昀的面前，嗫嚅道："不好意思，我迟到了……"说好了二十分钟，结果她磨磨蹭蹭用了半个多

161

小时。

周暮昀单手插在兜里，另一只手自然而然地牵起她的手，声音低缓含笑："男朋友等女朋友化妆是应该的。"

出来约会之前，他在群里问了一声，一般第一次跟女孩子约会做什么比较浪漫，比较会让对方印象深刻。

情场高手赵奕琛提出了一个宝贵的建议——当然是看电影啊！还用问？首选恐怖片，别问我为什么。

周暮昀是真的不懂，固执地问了句为什么。

谈恋爱一般不都是看那种满屏冒粉红色泡泡的爱情电影吗？恐怖片太破坏气氛了。

赵奕琛翻了个白眼，骂他不上道："没谈过恋爱的人的脑子真是可以跟猪媲美！你想啊，黑黢黢的电影院里，阴森的音乐放出来，配合电影画面的惊悚感，妹子不得吓得往你怀里钻？你再顺势搂住。剩下的还用我教你？"

周暮昀："……"

周暮昀没开车，两人乘坐地铁，经过三站地，到了一家电影院。

周末电影院的人很多，一楼大厅里年轻的小情侣一对一对的，大庭广众下手拉着手凑一起小声说话，周围都是甜蜜的恋爱气氛。

周暮昀和喻橙这一对在人群中算是比较耀眼的。主要是男人个子高，想不注意到他都不太可能，另一个原因当然是他长得好看。然后才注意到他手里牵着的矮个子女生。

女生长得漂亮，皮肤白皙，杏眼水灵灵的，应了"明眸善睐"这四个字。她穿着一件宽松的杏色粗针织毛衣，搭配高腰裙。毛衣的前摆塞进去一点，勾勒出纤细的腰线，将一双腿衬得修长。

这一对看着实在是养眼。

周暮昀问喻橙："想看什么电影？"

喻橙大致扫了一眼屏幕上的电影名字，有点纠结。

按说情侣约会适合看爱情片，但最近上映的几部爱情片的口碑都不怎么样。与其看不好看的爱情电影，还不如选其他的题材。

"有恐怖片吗？"喻橙说，"我好久没来电影院看恐怖片了。"

周暮昀的脑海中瞬间闪过赵奕琛的那些话："不害怕？"

"一个人看肯定是有点害怕的，不过有个人陪我，应该还好。"

周暮昀抿了抿唇，点了一下头，仿佛做出一个重大决定："好！那就看恐怖片。到时候如果害怕，我的怀抱可以借给你躲藏。"

喻橙等在原地，周暮昀去买票，回来的时候除了带来两张电影票，还有一大桶爆米花和果汁。

他们进到放映厅里，找到位置坐下来。临时买来的票，最佳的观影位置已经被人选完了，他们的座位有点靠后，在倒数第三排，但并不影响观影效果。

电影还未开始，厅内顶棚开着昏黄的大灯，照亮每个角落。

观众陆陆续续地进来，很快塞满了大半个放映厅，只一些边边角角的位置没人坐。

喻橙的怀里抱着一大桶爆米花，她睁大眼睛看着进来的人群，没想到随便选的一部恐怖片，上座率居然这么高。

他们等了几分钟后，啪的一声轻响，厅内的所有灯光都关闭了，前方大银幕透出白晃晃的亮光，是漆黑影厅里唯一的光源。

周暮昀的身子往后靠着座椅靠背，表情分外严肃。唇线的弧度拉直，他的手掌放在膝盖上，抓着裤子，两眼直视前方的大银幕。

旁边，喻橙吃爆米花发出嘎吱嘎吱的脆响。

电影是一部泰国片，在国内上映没几天。从前排两名男生的交谈中得知恐怖程度还是非常高的，喻橙的期待值上升了一点。

亮白的银幕光忽然暗下去，过了一会儿，画面里出现了一栋古老的两层小木屋，周围都是断壁残垣，漆黑腐烂的木板纵横交错地倒在地上，小阁楼里发出凄厉沙哑的老妪声。

周暮昀的身子抖了一下，背脊僵直，眼睛睁大了一点。

身边嚼爆米花的声音没了，喻橙顾不上吃东西，聚精会神地看电影。

第一幕出现没多久，画面便跳跃到现代化的高楼大厦。

喻橙把爆米花桶递到左边，让周暮昀也能吃到。由于在黑暗中，她看不太清，手伸过去时不小心触碰到周暮昀的手背，凉丝丝的触感传来，她愣了一下。

"你冷？"她凑到他的耳边低声道。

温热的气息拂过来，带着熟悉的清香，女孩的声音也是轻轻软软的，周暮昀紧绷的神经慢慢放松下来。

"不……不冷。"一出口，他的声音还是透着一点不正常。

喻橙哦了一声，把爆米花桶放在他的怀里。她的手肘撑在座椅中间的扶手上，身子往他那边倾斜了一点，方便拿爆米花。

她无意间透露出来的亲昵，让周暮昀感觉到自己被依赖。借着微弱的光线，他扭头看着她，她的嘴巴一鼓一鼓地嚼东西的样子，有点可爱。

周暮昀顺手拿起座椅扶手上放的果汁递给她，喻橙接过来咬住吸管喝了一口，视线不离前方的大银幕，眼角的余光却瞥见旁边男人的视线。

她小声说："别看我，看电影呀。"

男人对她的话置若罔闻，仍然看着她。

喻橙将手里的果汁放到一边，转头看向他，伸手去推他脑袋，将他的脸转过去朝向前方的大银幕。

蓦地，他看见一具披头散发的女人尸体从天花板上掉下来，纤细的脖子上勒着一条绳子。女尸光着脚，破布一样在空中荡来荡去。

而电影里的场景正好在一个空荡荡的放映厅里，与眼下所处的环境重叠。

"啊！"周暮昀被吓得手一哆嗦，掀翻了怀里的爆米花桶。

轻飘飘的爆米花桶飞了起来，里面的一颗颗爆米花如天女散花一般撒向四周。

纸桶在空中滑过一道弧线，不偏不倚，正好扣在前排男生的头上。桶里剩下的爆米花哗啦啦地倒出来，从男生的脑袋上方向下滚得满身都是。

喻橙傻眼了。

周暮昀没空去管爆米花，紧闭双眼，挽着旁边女朋友的手臂："女鬼走了没有？女鬼走了没有？女鬼走了没有……"

喻橙淡定地扫了一眼银幕，而后，淡定地告诉他："女鬼没走。男主角在不知情的情况下把这个女鬼给背回家了。现在，女鬼正在男主角家的浴室里梳头发……"

"你别说了！"周暮昀着急地打断她。

喻橙："……"

说好了你的怀抱借给我躲藏的呢？

电影当然没能看完，后面太恐怖了，放映厅里好几个女生受不了。但是，男生中好像就只有喻橙身边的周公子叫嚷着太可怕了。无奈之下，她只好带着他中途离场。

一是喻橙担心他太害怕了，以至于留下心理阴影，晚上睡不着觉。二是她担心前排的男生揪住他的领子，把他按在地上打，虽然已经跟人家道过歉……

从电影院出来五点多，日暮西垂，繁华的街道车水马龙，与刚才那个漆黑封闭的环境判若两个世界。

喻橙站在路边笑得很没有形象："周暮昀，你……哈哈哈！原来你不敢看恐怖片！你居然不敢看恐怖片！"

周暮昀听到女朋友毫不掩饰的笑声，沉着脸，一言不发地站在旁边。

喻橙终于笑够了，手叉着腰直起身子。目光扫到男人故意板着脸装高冷的样子，她顿时又想到影院里的那一幕，前后反差太大，她没忍住，扑哧一声又笑开了："我不行了，真的很好笑。"

"有这么好笑？"

喻橙一边点头，一边笑弯了腰。

周暮昀握住她的手臂，威胁道："你再笑就亲你。"

他一把将人扯进自己怀里，低下头作势要亲她。

喻橙原本以为他在开玩笑，但见他朝自己靠近，她一秒内收敛了笑容，红着脸偏过头。

周暮昀眉梢微挑，进攻的姿势收回来，他站直了身子垂眸看着她："知道怕了？"

喻橙不敢说一句话。

周暮昀觉得她这个样子好乖，忍不住抬手在她的发顶轻轻地揉了两下。

"接下来想去哪里？"他低声问。

两个小时的电影还没看到一个小时他们就跑出来了，导致时间空余出来一些，计划不得不临时改变。

喻橙不好意思地看他，垂着眼说："我们去吃东西吧。我知道有家私房菜馆新出了菜品，还没找机会去尝呢。"

周暮昀想起来女朋友是个资深美食博主，吃的方面她比较在行，便打消了带她去旋转餐厅吃晚餐的打算。

两人拦了一辆出租车，按照喻橙给出的地址，到了目的地。

这是一家规模很小的私房菜馆。两人进去，一个穿格子布衬衫的年轻服务员过来招待他们，领着他们到靠窗的一张空桌。

喻橙快速看完菜单，点了几道看起来不错的菜。她把菜单推到周暮昀那边，扬眉道："你喜欢吃什么？"

男人没看菜单，手支着下巴，一双狭长的眼看着她："我都行。"

喻橙撇了一下嘴角，按照前几次跟他吃饭时记住的口味，给他点了一道芝士生蚝，然后合上菜单递给服务员，笑着说："暂时就这些吧。"

"好的，请稍等。"服务员拿着菜单离开了。

因为地处偏僻，私房菜馆里的顾客不算多。靠窗的位置只有他们这一桌，环境十分安静，外边的汽车鸣笛声似乎都变得遥远了。

周暮昀抓起她的手握在手里，他的指腹摩挲着她的手背。

喻橙发现，这人的小动作超级多，一刻也闲不住。不是拉着她的手把玩，就是捏着她脑后的小辫子绕在指间打转儿。

此时，他顺着她的手背摸到纤细的手指，忽然像是发现了新大陆，捏着她指尖的位置："这个是怎么弄的？"

他指的是她左手食指靠近指甲的地方，那里有一道两厘米长的疤痕。

"以前切菜的时候不小心切到的，流了好多血，然后就留疤了。"喻橙说，"都过去好久了。"

周暮昀皱起了眉毛，怎么那么不小心。他的视线转移到她雪白的手腕上，又特意去看了一眼她右手的手腕，光溜溜的，什么都没有。

"我送你的手链呢？"周暮昀抬眼对上她乌黑的眼眸，"怎么没戴？"

喻橙不料他突然提起这个，微微一愣。之前她太生气了，把他送的毛衣和手链都收起来装进纸袋里，藏起来了。

此时此刻，面对男朋友的问话，她不知道该怎么解释。

喻橙沉思三秒，故意转移话题："我都忘了问你，那天……就是你来找我表白的那天，你怎么知道我在那个餐厅？"

当时她没有多想，回去后仔细回忆了那天的场景。周暮昀一上来就拉着她的手腕把她带出去，霸道地命令她不许相亲。

很奇怪啊，他怎么知道她那天是去相亲的？

周暮昀猝不及防，表情微愣了一下，眼中极快地闪过一丝不自然。

"你到底是怎么知道的？"她的手从他的掌心抽出来，两手托腮，眼睛直勾勾地盯着他的脸。

男人的瞳孔极黑，平时冷着脸的时候就很容易给人压迫感。但是在她的面前，他的眉间眼底从来都是如水温柔。

周暮昀清了清嗓子："真想知道？"

喻橙点了一下头。废话，不想知道我为什么要问你。

周暮昀没说话，从兜里拿出手机，熟练地点开微博，将手机屏幕朝向喻橙那边。

她只看了一眼视线就凝住了。他、他怎么知道她的微博？

周暮昀："我看到了那天你发的微博，所以知道你是去相亲的，才会按捺不住、不顾一切地去找你，向你表白。"

两人四目相对，离得太近了，彼此的呼吸交织，喻橙望进他幽深似潭的眼里，几乎要沉溺进去。

"你好，你们的菜可以上了。"服务员的声音突兀地响起。

服务员说完话，才发觉自己好像干了一件蠢事。这感觉就像空中飘浮着一个巨大的粉红色泡泡，他冒冒失失地撞过来，把这个粉红泡泡给戳破了。

周暮昀微不可察地皱了一下眉，身体坐直了。

一道道精致的菜肴端上来，摆了大半张餐桌。喻橙扫了一眼，最后看着离自己最近的这一盘摆成一朵花的形状的蒜泥白肉。

这道菜工序最简单，一般人都会做。无非就是把肥瘦相间的五花肉煮熟，切成薄薄的片状，摆盘，然后淋上一大勺调制的蒜香酱料。每个人调酱料用的配料不同、比例不同，最后的味道就不同。

粉丝留言说这家的酱料很好吃，喻橙就有些期待了。

她抽出一双木筷，夹起一片肉，特意在酱料足的地方蘸了蘸，确保这片肉的每个部位都裹上红褐色的酱料汁。

带着皮的肉片薄得晶莹剔透，仿佛能透过光亮。喻橙目露赞赏，厨师的刀工不错。

肉片放进嘴里，她咀嚼了两下，停顿三秒，继续咀嚼。

煮肉的火候和时间都掌握得恰好，口感不至于过分软烂，反而带着一点滑弹的嚼劲儿。酱汁里的蒜泥、油泼辣子、生抽、白砂糖、香醋、花椒粉的比例依次减少。精准的比例把控直接让味道的层次丰富起来。

喻橙的长睫毛微挑，非常满意，这才有工夫看向身边的男朋友。

男朋友看着面前的一道素菜，干煸豆角，因为里面加了一些黑如墨汁的菜叶子，这位大少爷眉头微蹙，迟迟没下口。

"这是橄榄菜。"喻橙夹起一筷子试吃，"味道还不错。"

然后，喻橙给他也夹了一筷子，递过去："你尝尝？橄榄菜开胃的。"

周暮昀就着她的手吃下。橄榄菜滑润爽口，他的眼睛里添了一丝亮光，果然还不错："好吃。"

他转而去进攻生蚝，尝了一口，他舔了一下唇边，推荐给她："这个也好吃。"

"这个是给你点的。"她说，"我口味稍重一点，生蚝一般喜欢吃蒜蓉味和豆豉味的。你这个是芝士味，比较清淡。"

她前几次跟他吃饭就发现了，他的口味偏淡。

周暮昀吃了一个，点点头，又给自己夹了一个："这个怎么做的？"

"简单。在生蚝肉上撒少量的盐、黑胡椒粉，然后放半片芝士和一小块黄油，烤十来分钟，再撒上一点罗勒碎就可以吃了。"

周暮昀像个好奇宝宝："罗勒碎是什么？"

喻橙给他科普："一种香料。意大利菜用得比较多。"

周暮昀露出长见识的表情，用筷子挑起壳上的生蚝肉，芝士拉出长长的丝，卷起来放进嘴里。

喻橙抽了一张纸巾递给他，见他吃得享受，她笑着说："你要是喜欢，回头在家里我可以做给你吃。"这些菜她都会做，而且做得很好吃。

周暮昀正吃着，闻言，手忽然一顿，露出意味深长的笑："你家还是我家？"

喻橙："……"

周暮昀很喜欢这样的体验，吃着美味的食物，听着一道软甜的声音在耳边讲解，有一种特别的幸福感。

他今晚的食量远超平时，甚至还尝试了店里赠送的一碗草莓绵绵冰。本来这是女孩子喜欢吃的，因为喻橙不喜欢吃甜食，这道甜品就让他帮忙解决了。

"所以，你不胖的原因是不吃甜食？"

华灯初上，周暮昀牵着喻橙的手，走在偏僻寂静的街边。她走得很慢，他刻意迁就她的步伐。

"这倒不是。不吃甜食完全是口味原因，我不喜欢甜腻腻的东西。我不

168

胖是因为……"她语调停顿一秒，笑着说，"我本来就是吃不胖的体质啊。虽然这话说出来有点欠打，但这是事实。"

周暮昀跟着轻笑出声。

北京的春季，空中时常飘来白色的毛茸茸的柳絮，简直称得上无孔不入，一不小心就会吸进鼻子里。

走在街上，一眼望去，男女老少，全戴着口罩。

微博上也有关于柳絮的盘点，网友纷纷调侃，说远远地看到大街上有人在表演Beatbox，走近一看，原来是在吐嘴里的柳絮。

喻橙时不时地抬手在面前扇来扇去，扇走四周的柳絮。

这会儿没有车辆经过，气氛十分静谧美好。

周暮昀停下脚步，深黑的眼眸倒映着旁边路灯温暖昏黄的光，他声音低柔地道："眼睛闭上。"

喻橙停下脚步。鼻尖落了一簇白色柳絮，有点痒，她抬手摸了摸鼻子。

"什么？"

"你的睫毛上沾了柳絮，我帮你弄掉。"

周暮昀端着一张俊美的面庞，撒起谎来面不改色。

男人一本正经的样子轻易就唬住了单纯的女孩。她乖乖闭上眼睛，还不忘叮嘱："小心一点，别弄花我的睫毛膏。"

周暮昀笨手笨脚的，搞不好柳絮没摘下来，把她的睫毛膏给糊成一团，那就好玩了，直接成了熊猫眼。

喻橙的脑子里胡乱想着一些没营养的画面，红唇不自觉翘起弧度。

蓦地，她的唇瓣贴上了一物，微凉的、柔软的、有清晰的轮廓。喻橙猜到那是什么，登时睁开眼睛。

男人的一张脸近在咫尺，比任何时候都要近。她的眼睫毛颤了颤，她想要看清，却发现只能看到一个模糊的剪影，彻底地呆住了。

如一片羽毛轻轻扫过，周暮昀唇瓣贴上去一触即离，并未深入。

轻轻一吻，他笑道："我的初吻，收好了。"

初……初吻？

喻橙傻傻地望着他，眼睛都不会眨了，脑中一片空白。

她的第一反应是他在哄人，怎么可能是初吻？以他这个身份、年龄、样貌，肯定交往过好几个女朋友。

169

她的心里一边泛着酸，一边又安慰自己这才是正常的。

周暮昀不知道她的情绪怎么忽然低落下去，手指捏着她的下颌抬起来一点。

本来是个轻佻的动作，却因为他的眼底流露出过分的珍惜和怜爱，一点也不会给人不舒服的感觉。

周暮昀缓缓地靠近她，刚才那一下根本没亲够，他还想要。

喻橙的脑子有点晕乎，还没反应过来，一道阴影就覆过来，遮挡住她的视线。

整个世界一片昏暗。

周暮昀的长睫微垂，薄唇落在她的唇角，柔软的触感让他的心一下子沉醉了。唇瓣一点点蹭过去，摩挲间，带起细小的电流。

喻橙眼睛睁大了一点。

"傻瓜，闭眼。"周暮昀黑眸微眯，他看见女孩错愕的表情，低沉模糊的声线从他的唇缝溢出。

喻橙听话地闭上眼睛，唇舌再次被他攫取，长驱直入、攻城略地。

空中仿佛飘浮着甜甜的味道，像带着香味的芝士，也像清凉的草莓绵绵冰。耳边有风声，不远处，有汽车轮胎碾压路面的摩擦声。渐渐的，这些声音都飘向远方，消失不见。

不知吻了多久，周暮昀终于放开了她，似乎不舍得，离开时含住她的下唇吮了一下，才缓缓地退开。

他的额头抵着她的额头，他大口地喘气，视线瞥过去，只见她眼尾微微泛红，眼中氤氲出蒙眬的水雾，那样动人。

"喻橙，我早就想这么做了。"

周暮昀的薄唇压在她的耳郭，低低地呢喃。

平时周暮昀的工作很忙，喻橙倒是很闲，但她最近在查询开餐厅的相关流程，以及餐厅的选址，所以也不算轻松。

周暮昀好不容易空出来一天的时间，邀请女朋友到自己家来约会，顺便让她把上次欠他的猪肚鸡火锅还了。

喻橙坐上他的车，系上安全带，这才反应过来自己是不是答应得太快了。然而，后悔已经来不及了。

两人先一起去逛超市。这次显然跟上次截然不同。周暮昀推过来一辆购物车，把女孩圈在怀里，两只手臂从她的腰际穿过，搭在购物车的把手上。

　　喻橙被圈在购物车与他的怀抱之间。她不自在极了，偏过头小声说："你不怕被打吗？"

　　"为什么被打？"周暮昀歪了歪头，不解地问。

　　喻橙翻个白眼，真不知道他是装傻还是真傻："秀恩爱招打的说法，你都没有听说过吗？周先生。"

　　周暮昀淡定地推着购物车往前走，面色平静地道："周先生没听说过。"

　　喻橙："……"

　　已经来过他家很多次，喻橙轻车熟路，把多余的食材塞进冰箱。

　　趁着她在忙，周暮昀去厨房套上一条围裙，解开袖口的两粒扣子，翻了两折上去叠好，拧开水龙头洗干净手，倚靠在小吧台边，等着大厨过来。

　　喻橙看见他身上的装备就笑了："你这是干什么？"

　　"难道还不够明显吗？"周暮昀扯了扯围裙，"我给你打下手啊。"

　　"会清洗猪肚吗？"

　　十指不沾阳春水的周公子想了想，诚实地摇头。

　　"知道怎么处理鸡吗？"

　　周公子继续摇头。

　　他的家里没有一个会烧饭，都是请的保姆阿姨，他也没有亲自到厨房去看阿姨做饭的过程。厨房这个领域对他来说，是个堪比外星球的陌生领域。

　　喻橙把塑料袋里的东西一样一样往外拿，问："香料包会制吗？"

　　周公子还是摇头。

　　香料包是什么东西，他听都没听说过。

　　喻橙叹了一口气："我知道了，你说的打下手，其实是站在旁边给我加油打气。"

　　"……"周暮昀被噎住。

　　喻橙双手抱臂，侧身靠在流理台边上，眼神在他的身上流转："那你还不赶快把围裙脱下来给我，穿得倒是挺像那么一回事儿。"

　　被女朋友嫌弃了，周暮昀乖乖地解开腰后的系绳，脱下围裙，贴心地挂在女朋友的脖子上，绕到后面去给她系上身后的绳子。

喻橙的视线从面前摆着的一排食材上扫过，寻思着给这位大少爷安排个什么活儿，免得他闲得发慌，总是打扰她，于是，她问道："洗菜，会吗？"

周暮昀一顿，仿佛终于找到了用武之地，眼睛里冒出星光："这个我会！"

瞧把他给激动的，喻橙从袋子里抽出蔬菜，全交给他："这个就是你今天的任务啦。"

周暮昀把菜接过来，人站着没动，狭长的眼睛弯了弯："先亲一个？"

喻橙："……"

不等她同意，下一秒，周暮昀直接把一袋子蔬菜丢进池子里，欺身上前，一手揽着她的肩膀，将人抱进怀里，薄唇噙着她绵软的唇瓣。

女孩涂的口红自带玫瑰花的香气，他停顿一秒，舌尖轻缓地挑开她的唇缝……

喻橙微微地仰头，承受着他温柔又耐心的进攻，后背被他宽厚的手掌贴着，仿佛有股热量源源不断地传来，钻进骨缝里。

他的舌尖扫过她口中的每一处，直到她受不住，低低地呜咽一声，他才停下来，将唇贴在她的额头上。

她的身子轻颤一下，往后仰，背后的塑料袋子被她蹭得窸窸窣窣作响。

不知道什么东西突然从袋子里滚出来，砰的一声砸到地上，滚到脚边。

喻橙拉回一丝神智，推开身前的人，弯腰捡起地上的土豆，塞进塑料袋里，羞窘道："从现在开始，离我远一点，不要打扰我。我怕我们下午三点才能吃上午饭。"

周暮昀非常配合地点点头，站到池子前，拧开水龙头，像模像样地从袋子里拿出蔬菜来洗。

喻橙瞥了一眼，指导他："叶子要一片一片地洗。"

周暮昀："这个我知道的。"

喻橙正把去了内脏的童子鸡洗干净，往鸡肚里塞进去一个装了白胡椒粒的纱布袋，姜片和葱结也一并塞进去，听到周暮昀这句话，笑出声来，语调上扬道："您真是聪明呢！"

周暮昀当然听得出女朋友语气里的调侃，还偏要得意洋洋："谢谢鱼仙

172

太太夸奖。"

喻橙："……"

你再好好听听，我那是在夸奖吗？

"太太今天不打算发做菜教程吗？"周暮昀这个冒牌粉丝提醒道。

喻橙正把猪肚内侧翻过来，用面粉、料酒和盐搓洗，听到他的话，她愣了一下："完了，我忘了。"

今天做的猪肚鸡火锅确实有点复杂，比较适合整理成教程发出来。她只顾着跟周暮昀斗智斗勇，把本职工作都给忘了。

喻橙手上的动作停下来："你家有单反相机吗？"

"应该有。"周暮昀的手从洗菜池里拿出来，扯过旁边干净的毛巾擦了擦手上的水珠，"我去给你找。"

走了没几步，他又折回来："亲我一下，我就去给你拿。"

喻橙高高举起搓洗过猪肚的手，脏兮兮的，还带着异味："来，你再靠近一点。"

周暮昀看着那只沾了猪肚内壁黏液和浅黄色面糊的手，脸色一变："不必了！我这就去给你拿单反相机。"

猪肚清洗的过程很难，尤其对于喻橙这种挑剔得令人发指的人。面粉混合着料酒和盐洗过一遍猪肚内侧脏物和黏液之后，又加入盐和醋汁反复搓洗。之后再过一遍清水，差不多就除掉异味和内壁油脂上粘的脏物了。

做完这一步，喻橙擦干净手，拿起旁边的单反相机，调试好镜头，对着流理台上的猪肚和童子鸡，从不同的角度拍了几张照片。

那边，周暮昀已经洗完了菜，站在旁边安安静静地看女朋友工作。

这是他第一次看见她工作时的状态，认真专注，好似周围的一切都与她无关，她只沉浸在自己的世界里。

喻橙身兼摄影博主，拍出来的照片即使没有经过后期修图，也非常好看。

拍完了，她低头检查一遍，放下单反相机，开始进行后续工作。

洗干净的猪肚用剪刀剪开一条长长的口子，她将一只完整的童子鸡塞进猪肚里，再用棉线缝好，放锅中焯水，捞出来再放进炖锅里。

接下来是制作香料包。白芷、党参、黄芪、白胡椒粒、桂皮等，装进纱布袋里，然后丢进炖锅里。

喻橙站在旁边，等汤锅煮沸，再转为中火炖。她拍了拍手，拿起单反相机又拍了几张照片。

"OK！大功告成，等汤锅慢熬一两个小时就可以吃了。"

她侧头看着周暮昀已经洗好并且分类放进盘子里的蔬菜，满意地挑了挑眉。

既然是吃火锅，当然不可能只有几样青菜。她拿出塑料袋里的土豆和莲藕，动作娴熟地削皮切片。

她再一次向周暮昀这个"厨房小白"展示了身为美食博主的刀工。喻橙几乎没有低头看砧板，只听见菜刀接触砧板发出一阵阵有节奏的声响，一排厚度相同的土豆片就一字排开。

莲藕也一样。女孩的手如藕一般雪白，她下刀极快，很快切了一排出来。

旁边的男人看得目瞪口呆，她吩咐他道："去把冰箱里的虾拿过来。"

周暮昀恍然回神，踩着拖鞋走过去，打开冰箱拿出一袋虾。

就在他去拿虾的工夫，喻橙已经切好了全部的藕，将藕和土豆片放进一个装了清水的碗里。几朵香菇也被她切成片，装进白瓷碗里。

这刀工，这刀速……

喻橙转过身来，举刀看着他："愣着干什么？赶紧拿过来，我要做虾滑。"

周暮昀："……"有点怕怕的。

袋子里的虾全部倒在盘子里，剥虾壳去虾线，剁碎，加入盐、料酒、淀粉、鸡蛋清搅拌成泥状，反复地摔打起劲。

厨房的侧边有一扇玻璃窗，正午的阳光跳跃进来。女孩站在纯黑的流理台前，身上穿着宽松的短款毛衣，鲜亮的鹅黄色，搭配一条浅蓝的紧身牛仔裤，裹住笔直修长的腿。

她低着头，阳光罩着侧脸，肌肤看起来几近透明，脸上细小的绒毛被染成淡金色，清晰可见。

喻橙的一只手撑在流理台边沿，另一只手捞起玻璃碗里的虾滑，然后用力地摔进碗里，再捞起来，摔进去……重复这个动作。

周暮昀悄悄地走到她的身后，从后面抱住她。喻橙吓了一跳，差点把碗打翻了。

他将下巴搁在她的肩头，脑袋探到前面去，他夸张地啊了一声："原来虾滑是这么做的！我吃过好多次，却从来不知道。"

喻橙觉得好笑："那你知道公鸡是怎么下蛋的吗？"

周暮昀认真地想了想，反应过来："公鸡不下蛋！"

喻橙的眉毛一挑，她还以为他会上当。

"可是这些东西不都是可以买来的吗？自己做好麻烦。"周暮昀偏着头，脸贴在她的肩膀上，说话时的气息喷洒在她的脖颈上。

喻橙缩了缩脖子，抬起干净的那只手，抵着男人的额头，把他的脑袋从她的肩膀上推开："是可以买到，但你确定超市里买来的有我做的好吃？"

这点自信她还是有的。要不是时间来不及，她可能会做出全套下火锅的食材，比如牛肉丸、鱼丸、蛋饺、鱼皮饺……

备用的菜准备得差不多了，喻橙揭开炖锅的盖子看了一眼，拿起勺子舀起汤汁浇在猪肚上面。浇了几次，她放下勺子，盖上锅盖继续炖。

而后，她拉着身后的"大尾巴"周暮昀去客厅的沙发上坐着。喻橙拿出手机，进入热血沸腾的"吃鸡"战场。

旁边被冷落的男朋友："……"

周暮昀偏头，脑袋都快覆盖到她的手机屏幕上了，喻橙淡定地把他的脑袋拨开："你挡住我的视线了。"

他干脆无赖一般整个人横在沙发上，头枕在她的大腿上，一副"你现在想不看我都难"的架势。

喻橙刚打开一局游戏，一个装备没捡到，就被人一枪爆了头。

周暮昀看着屏幕暗下去，上面写着"再接再厉，下次吃鸡"，弯了弯嘴角："好了，现在可以陪我玩了。"

喻橙无语了，你是小孩子吗？还需要我陪你玩？

迫于无奈，她只好拉着男朋友一起打游戏，免得他又说自己不陪他。

"你玩过吗？"她拿过他的手机，给他下载游戏APP（应用程序）。

周暮昀的脑袋从她的腿上移开，身体坐直了，他靠在沙发背上："有段时间琛子他们喜欢玩，我跟着下载了，玩了两把就卸载了，没意思。"

喻橙看着下载进度条一点点往前滑动，随口问他："那你厉害吗？"

周暮昀沉默不语。

"老实说，你其实打游戏很菜吧？"喻橙目露审视。

周暮昀动了动嘴角，找不出话来反驳她。

吃鸡游戏很快下载好了，她点开游戏，帮他用微信登录进去。

几分钟后，喻橙就深刻地领会到自家男朋友的游戏水平。

"橙橙，我被打了，救我救我！"

"啊，我又被打了！"

"我死了……"

"再玩一局，我就不信了！一定是别人开了挂！"

"啧，我怎么被毒死了。"

"完了完了，房子里有个人，我还没找到枪。橙橙快来！"

"橙橙！我被打倒了！你在哪儿啊！"

"橙橙！"

"橙橙！"

喻橙："……"

现在她知道他打游戏有多菜了。

重新开了一局，这一局开始以后，周暮昀全程紧跟着喻橙，像小尾巴一样寸步不离，果然比前几局活得时间长。

然而，没过多久，喻橙跳进一个大房子里找装备，暂时把他丢下了。

"橙橙！有人打我！"耳边传来周暮昀急吼吼的声音。

喻橙掀起眼皮，瞄了一眼屏幕右上方的小地图，找到他的位置迅速冲过去，打出一梭子弹，干脆利落地解决掉对面的敌人。

她救了周暮昀，随手丢了个烟雾弹掩护他，然后才去捡敌人的装备。

"橙橙，你后面有人！"周公子一惊一乍。

喻橙淡淡道："我看到了。"

她半蹲在一个草垛旁，换了一把"98K"，调成四倍镜，对准远处大树后面探出来的那个比蚂蚁还小的敌人。

"砰！"

一枪打出去，敌人没死。

同时，喻橙也暴露了自己的位置，对面的敌人砰砰砰连发子弹。她紧抿唇瓣，身子往旁边侧了侧，不动了。

过了一会儿，对方先忍不住，探出头来。喻橙趁机瞄准他的头部，砰的一声，屏幕上显示击杀了对方。

周暮昀忍不住赞叹："橙橙，你好厉害！"

他成功地活过来，给自己打了个急救包，扛着一把什么配置都没有的破步枪跟在喻橙的身后探头探脑。

"安全区在缩小，装备不能捡了，先跑毒。"喻橙冷静地说了一声，收起枪，带着周暮昀这个菜鸡找了一辆摩托车，往安全区开。

还没跑多远，周暮昀就又被人打了。圈子越缩越小，喻橙来不及救他，自己先跑了。

周暮昀委屈地抬头看她一眼，喻橙头也没抬地盯着屏幕，压根儿没看他委屈的眼神，听见他说："你不要我了。"

喻橙嗯了一声，冷酷无情地说："你太菜了，我这个大神都带不起来。"

周暮昀："……"

安全区已经缩到指甲盖大小了，左上角显示还剩四个人。也就是说，喻橙要杀掉其他三个。

她找了个山头，把自己藏起来，枪支换成"M24"，她不停地调换视角，最后成功击杀掉剩余的三个敌人。

屏幕上显示：大吉大利，晚上吃鸡！

喻橙活动了一下手腕，这才分出精力看旁边的男人："还玩吗？"她的眼尾挑起来，她笑眯眯地说，"性感大佬，在线带妹呀。"

没错，周暮昀就是她口中的那个妹！

被游戏和女朋友同时打击，他彻底放弃挣扎，瘫在沙发上："我有点饿了。"

喻橙看时间差不多了，起身朝厨房走去。

本来还蔫巴巴的男人噌地站起身，跟着她走进厨房，不放过任何一个偷师学艺的机会。

喻橙揭开锅盖，白茫茫的热气冒出来，汤汁咕噜噜地冒着泡泡，散发着浓浓的香气。她抓起一把枸杞丢进锅里："那边的漏勺给我拿来。"

周暮昀从挂厨具的不锈钢架子上抽出漏勺递给她。

喻橙一手拿勺，一手持竹镊，将炖锅里的猪肚鸡捞起来，放在砧板上，并将炖锅转为小火。刚出锅的猪肚鸡热气腾腾，她拿起菜刀，刀口斜着向上挑开猪肚外面的棉线，取出里面煮熟的童子鸡，动作熟练地将猪肚切片、童

177

子鸡剁块。

周暮昀像一只嗷嗷待哺的小奶狗，眼睛一眨不眨地盯着食物。喻橙的嘴角勾起来，指尖拈了一片猪肚递到他的嘴边："小心烫。"

他就着她的手张嘴吃下，烫得他张嘴哈了一口气，双眼放光："好吃！"

猪肚的口感有些韧劲，又分外软，一丝异味都没有，反而因为吸饱了汤汁而带着特殊的浓香味道，不仅仅是"好吃"两个字可以形容的。

周暮昀自己又捏了一片，烫得指尖蜷了蜷，他赶紧丢进嘴里。

喻橙挑了一块不带骨头的鸡肉尝了尝，眉梢微微挑起，味道还不错。

她把切好的猪肚和鸡块重新放进锅里，转头吩咐周暮昀："把汤锅和这些食材搬到餐桌上，我来调蘸料。"

周公子非常乐意当助手，应了一声，准备先把这个大汤锅端过去。

他的手正要伸过去，就被喻橙拍了一下手背："你的手想被烫成猪蹄？"她叹了一口气，从旁边拿了一双厚厚的棉手套，把他的手拽过来，"戴上手套再端。"

喻橙动手先调自己的那碗蘸料，扬声问："你的还是只要麻酱？"

她记得第一次跟他去吃火锅，他就要的这个蘸料。

周暮昀已经走到她的身后，歪着脑袋，看她把一大堆他不认识的调料都放进一个白瓷小碗里。

"我要跟你一样的。"他说。

喻橙侧过身看着他，唇畔溢出一丝笑意："哟，周公子放弃麻酱，爬墙到蒜香油碟啦？"

他点点头，大方地承认："有句话听说过没有？口味一样的人适合做夫妻。我在跟你的口味努力保持一致呢。"

咕咚一声，喻橙手里的麻油倒多了。

女孩还在发呆，周暮昀已经端着两碗蘸料去了餐厅。

等了一会儿，喻橙才慢腾腾地过来，在他对面的椅子坐下。

如果她没有听错的话，他刚才说的是……夫妻？她的脸颊莫名其妙地染了一片红晕，微微发烫。

周暮昀饿得不行，已经狼吞虎咽地吃上了，丝毫没意识到自己轻飘飘的一句话给喻橙的心里带来多大的震撼。

178

其实有一件事情，她一直没在他面前提过，也不打算在他面前提。那就是她对这段感情的态度。当初是吕嘉昕鼓励她：既然两个人是互相喜欢的，那就在一起试试看，别想那么多，赌一把，别怂。

她就真的在用赌一把的心态跟周暮昀相处，从来没想过两人的以后。在她的认知里，好像他们根本没有以后……

喻橙端起碗给自己盛了小半碗汤，调整好情绪，朝周暮昀一笑："别光顾着吃菜，这个汤很好喝，很滋补哦。"

周暮昀吃了一大口肉，有点烫，快速咀嚼了几下吞进肚子里。什么世家公子的优雅高贵，在美味的食物面前通通丢掉了。

他很听话地舀起一勺汤底尝了一口。看起来清淡的汤汁，味道却很丰富，其中白胡椒粒热辣辣的味道顺着喉咙口滑下去，暖进了胃里。

"橙橙，你是个心机女孩！"他突然说。

喻橙慢条斯理地吃着里面煮好的虾滑，被他的一顶帽子扣下来，觉得很无辜："我怎么有心机了？"

"你就是想抓住我的胃。"

喻橙一愣，笑弯了眼。她咬住筷子尖儿，抬起眼睫看着他，欲言又止。

周暮昀又给自己盛了一碗汤，看出她的异样，他挑了挑眉："想问什么？"

沉默片刻，喻橙问出了一个基本上所有女朋友都会问男朋友的问题，本来她以为自己不会问，没想到还是没忍住——

"你是什么时候喜欢上我的？"

周暮昀一顿，眼底愈发温柔，他大概是想起了什么。

他喝了一口浓汤，黑眸微微眯起，似乎在回忆："反正比你所能想到的时间要早得多。"

第八章　你有没有想我

喻橙这个美食博主除了不定期地分享做菜的教程，也时常出去寻找美食试吃，然后分享到微博上，给广大网友做参考。

这天，她照例发了一条询问的微博。

@大鱼爱吃小橙子V："鱼仔们，最近有餐厅或者美食推荐吗？你们的鱼要开始新一轮的觅食了。在线等！"

热评第一的是一家西餐厅，粉丝赞不绝口，喻橙决定先去这家。

个人口味的原因，她其实很少吃西餐，平时在微博上分享的做菜教程也是中餐比较多。

到了地方，她才知道是一家意大利餐厅，开了有两年了，一直没什么名气。最近新来了一名厨师，这才打响了口碑。

喻橙找了个靠窗的位置坐下来。阳光透过落地窗倾泻进来，落在桌面上，旁边白色的欧式雕花架子上摆着几盆绿植，郁郁葱葱，阳光下，叶片呈现出翠碧的色泽。

她捧着一本菜单，认真地研究起来。

餐厅里播放着悠扬低缓的大提琴曲，因为声音调得小，听起来像是柔滑的丝绸轻抚过耳畔，让人身心舒适。

片刻后，她叫来服务员，点了两道粉丝强烈推荐的菜品，接着又点了几道看起来还不错的菜。

等了没多久，她点的餐就被一一端上桌。蛤酱扁细面、香草生腿煎牛仔肉片、海鲜焗饭、什锦汤、沙拉，另外还有一份他们餐厅富有特色的冰激凌。

食物上完了，喻橙从包里拿出单反相机，找好角度对着每一道菜拍照。

大概是餐厅里的氛围所致，这顿饭是她有史以来吃得最为慢条斯理的一次。

蛤酱扁细面大概是她吃过的所有海鲜类面中最为鲜美的。整块蛤蜊肉鲜嫩美味，淋上几十种配料调制来的酱，裹住滑弹的意面，好吃得让人觉得一口吞下去都是浪费，得慢慢地吃。

其余的几道菜也各有特色，那道什锦汤里不知加了什么香料，她喝一口就上瘾了，忍不住一口接一口。

喻橙默默记下了这家餐厅的名字，打算下次带男朋友过来吃。这个念头刚冒出来，她就顿住了。

她经常一个人跑出来，走街串巷地寻找美食。每到一个陌生的地方旅游，从来不关注当地有哪些景点，首先就是找特色小吃。每打卡一个地方，她都开心而满足。当然，偶尔也会因为食物达不到期望值而失望。

然而，她从来没有过这种想法——当品尝一道特别美味的食物时，迫切地想要分享给谁。

周暮昀，是第一个让她产生这种想法的人。她想把吃过的好吃的食物、看过的好看的风景，都送到他的面前。

思绪飘远了，喻橙回过神来，弯起唇角笑了笑。

喻橙从餐厅出来差不多下午两点了，繁华的街边，打扮漂亮的女孩子三三两两地挽着手闲逛，一路有说有笑。

喻橙看着过往的车辆，想着是直接打车回家，还是在附近再逛逛，眼角的余光却忽然扫到熟悉的面孔。

拐角的街口，男人的身材颀长，穿着笔挺的黑西服，像是刚从公司里出来。他身前站着一个女人，女人穿着黑色长袖毛线裙，波浪卷的长发扎成马尾摆在脑后，洋溢着青春活力。

喻橙正犹豫要不要过去打声招呼，只见女人上前一步，一把抱住周暮昀的脖子，脸埋在他的颈间。

喻橙脚步遽然一顿。

那一瞬，女人偏了下头，喻橙看清了她的脸。那张脸有点眼熟，喻橙在

181

脑海中搜寻了一圈，终于想起来了。

喻橙曾经搜过周暮昀的百度百科，当时看到过一张照片。那张照片里，他抱着一个像喝醉了酒的红裙女人，身后的背景是某高档会所门口。

眼前的一幕与那张照片高度吻合。

这个女人之所以让喻橙觉得眼熟，是因为她就是当初被周暮昀抱在怀里的红裙女人。

喻橙的视线里，周暮昀蹙了一下眉，垂在身侧的那只手抬起来，放在女人的肩上，他轻轻地拍了拍女人，像是安抚。

女人的肩膀微微耸动，好像在哭泣。

喻橙的脑子里有什么东西轰然倒塌了，变成一片废墟。耳边嗡嗡响，她下意识地想找个地方把自己藏起来，不想让周暮昀发现她。不用照镜子，她也能想象出眼下自己的脸色一定十分难看。

喻橙咬住下唇，转身就走，走得太急，鞋尖不小心磕到地砖，跟跄了一下，膝盖猛地往下一弯，人差点摔倒，好在她及时稳住了，没有趴到地上。

那边，周暮昀一句安慰人的话都不会说，只是一下一下地拍着怀里女孩的肩膀。

不经意间抬眸，他瞥见一个熟悉的身影。那道背影那样慌乱，仿佛背后有洪水猛兽在追赶，迫不及待地想要逃离。

周暮昀没有犹豫，一把推开怀里的人，淡淡地丢下一句："给我站在这里别乱跑，我马上回来！"

他看向那道快要走出视线的身影，提步追了过去。

男人步子跨得又大又快，不多时就追上了前面步履慌乱的女孩。他停下脚步喘了一口气："喻橙，站住。"

不曾想，听见他的声音，喻橙先是身形一顿，继而拔腿就跑。

周暮昀单手解开束手束脚的西服扣子，手肘屈起，端出百米冲刺的预备动作，重新追上去。

西服的下摆在风中扬起一道道清晰的弧线，耳边也全是呼呼的风声。

这姑娘瘦胳膊细腿儿，看起来弱不禁风，没想到跑得这么快，如一道闪电，嗖的一下就蹿出一大段距离，让人想起暴走的兔子。

周暮昀好不容易再次追上这只兔子，怕人跑了，他的手握住她的手腕，把人拴得牢牢的。

"放……放开。"喻橙的脸颊通红，她试着转动手腕挣脱。他攥得太紧，她试了几下都没能挣开。

"你跑什么？"周暮昀气还没喘匀，紊乱的喘息声伴随着质问在喻橙的耳边响起。

她抿了抿唇，没有回答他的问题。

你去跟你的红裙美人搂搂抱抱，你管我干什么？我不跑难道留下来当电灯泡吗？周暮昀，你是不是觉得我性子软、好欺负，要着我团团转？你跟那个女人到底什么关系？你今天要是不把话说清楚，我告诉你，立马分手！没得商量！

喻橙酝酿了一堆咄咄逼人的话，然而说出口的却是一句不咸不淡的："没跑什么。"

周暮昀气笑了："那刚才跑得跟一阵风似的人不是你？"

他回头看了一眼还站在原地等他的女孩，又看了看眼前这个明显在闹脾气的姑娘，有些头痛。

沉默片刻，他拉着喻橙的手往回走，偏过头温柔地跟她说："橙橙，你今天很不乖。"

喻橙用另一只手掰开他的手指。他皱起眉毛，紧了紧手指："还想跑？"

"我不跑，你放开。"喻橙克制住不断翻涌的怒气和委屈，冷静地说，"我手腕都被你抓疼了。"

周暮昀抓着她手腕的手松了松，却没把人放开："不跑？我不信。"

站在那里的女孩大概是哭累了，也可能是眼前的一幕太过震惊，总之，她停止了哭泣，眨巴着盈满泪水的眼睛看着两人，慢慢地走了过来。

喻橙鼓起勇气，不动声色地抬眸打量眼前的女人。

呃，眼前的女人脸上的妆花得厉害，实在是看不出原本的样貌。睫毛膏、眼线、眼影混合着泪水糊成一团，呈现出两个大大的熊猫眼。黑乎乎的泪水从两只眼睛的下眼睑位置滑下来，在白皙的脸颊上画出两道清晰的黑色泪痕，一直延伸到下颌……

女人同时也在端详喻橙，猜想她跟周暮昀的关系。刚才周暮昀不知道看到了什么，突然一把推开她，要不是她反应及时，差点就要被他推倒了。

然后，女人就看见他跑了起来，等他抓住路边一个女孩的手，她才明白原来他是去追那个女孩。她就顾不上哭了，聚精会神地盯着他们。

她看到周暮昀牵起那个女孩的手，偏着头神情温柔地跟那个女孩解释什么，而女孩似乎不给面子，一脸懒得跟他说话的表情。更可怕的是，他居然一点都不生气。这还是那个成天板着脸、活像别人欠了他的钱不还的周暮昀吗？

　　就拿刚才的事来说，她太难过了，借他肩膀用一下，他一脸不悦地蹙着眉，嫌弃的表情那么明显！

　　"哥，这是谁啊？"周映雪仰起头，声音因为哭泣过还带着一丝哽咽，"你女朋友？"

　　哥？

　　喻橙惊讶地睁大眼睛，看着周暮昀。后者抛给她一个无辜的眼神。

　　虽然从头到尾喻橙一个字没提，他却将她的心理剖析得一清二楚，就连她此刻脑中在想什么他都能猜到。

　　喻橙默默地低下头，只觉得一股浓浓的尴尬气氛弥漫在四周，更想找个地方把自己藏起来了。

　　当初查到周暮昀是独生子，所以她根本没把这个女人的身份往姐姐妹妹之类的关系上想，而且那张照片确实容易让人误会。

　　高档会所的门口，喝醉的女人，英俊的男人，两人抱在一起，相信不只她一个人会把他们的关系想歪。

　　周暮昀掀起眼皮，朝周映雪认真地道："没错，这是你嫂子。"

　　喻橙默不作声，被他握住的那只手扭了扭，想从他手心里抽出来，被他一把抓紧了，大掌包裹着她的小手。

　　周映雪看见他们明目张胆地秀恩爱，又开始啪嗒啪嗒掉眼泪。

　　周暮昀一个大男人，实在搞不定因为失恋哭得肝肠寸断、要死要活的妹妹，左思右想，只好把喻橙一起带回家，让她来安慰周映雪，两个女孩子比较好交流。

　　开车回家的路上，在征得当事人周映雪的同意后，他简单跟喻橙说了一下这位堂妹的情况。

　　周映雪跟喻橙同岁，因为上学比她晚一年，眼下读大三。

　　周映雪半年前交了一个男朋友，说起她和她男朋友的故事，那也是一本青春校园小说。连他们的相识，都是一场美妙的邂逅。

　　男生是学校篮球社社长，身高、腿长、长得帅，篮球打得好，基本可以算得上是校草级别的人物。

他每次打球，篮球场的周围必然围绕着一群摇旗呐喊的女生。

一个阳光明媚的下午，周映雪抱着几本书从教学楼里出来，路过露天篮球场，往人群里看了一眼。

她还没看清什么东西，一团圆乎乎的黑影就朝她的脑门砸了过来。

千钧一发之际，站在外围候场的社长大人起身一个健步冲过去，抱住她来了个帅气的旋转，用自己的后背替她挡住了飞来的篮球。

周映雪呆住了，强烈的男性荷尔蒙的气息扑面而来，她的小心脏跑进来一只小鹿，怦怦乱撞。撞着撞着，她的脸颊就飘上红晕。

周大小姐第一次尝到心动的滋味。这种感觉来势汹汹、势不可当，没多久她就下定决心追人。

她很忐忑啊，担心对方会拒绝她。她听说过，这位篮球社社长对女孩子爱答不理，喜欢他的人一大堆，追求者不计其数，他都不会多给对方一个眼神。

酝酿了几天，周映雪终于鼓起勇气表白。让她没想到的是，对方也喜欢她，只是没有找到合适的机会开口。

两人就这么在一起了。

不知怎么的，周映雪的家里人知道了这件事。周家就这一个小公主，她从小到大被如珍似宝地捧在手心，选男人怎么能随随便便？

好在周家人知礼，没闹出大动静，只在暗中调查一番，就发现那男生的人品有点问题。

爸妈轮番上阵，明里暗里地让周映雪跟那个男生分手。周小姐脾气冲，直接跟家里闹翻了，放假都不愿回家，跑去找男朋友，拉着他去国外旅游，开学前几天才回来。

今天中午，周映雪本来在高档餐厅订了位置，让男朋友出来陪她吃饭。男朋友却找借口说社团临时有事，来不了。

周映雪只好一个人过来吃饭。好巧不巧，她撞见了餐厅角落里的男朋友。他的旁边坐着一个女生，两人黏在一起，嘴巴都快挨上了。

周映雪这才知道，什么社团里有事，都是他的借口！

周映雪怒气冲冲地跑过去，在男人还没反应过来时，一巴掌甩在他的脸上，单方面宣告分手。

渣男！居然拿着她的钱出来请别的女生吃高档餐厅。

虽然干脆利落地分了手，可毕竟在一起半年了，两人相处的那段时间，彼此都是细心温柔又体贴，甜蜜的回忆很多。她现在回想起来，简直比吞了苍蝇还恶心。

周映雪人生第一次经历这么痛苦的事，终于扛不住了，蹲在马路边号啕大哭。

她想回家，可是她为了那个渣男跟家里闹翻了，出了这样的事，她没脸回去见爸妈。她当初不听他们的劝告，受了欺负也是活该。她更不好意思找朋友诉苦，被渣男戴了绿帽子，说出去好丢脸。

周映雪想来想去，只好打电话给除爸妈以外唯一亲近的人，向他哭诉。谁知道，她意外得知他有女朋友了。

半个小时后，几人到了周暮昀的公寓。

周映雪一进门就倒在沙发上，开始还默默地流眼泪，后来越想越痛苦，转为嘤嘤抽泣，过了一会儿，大声号哭起来。

空荡荡的屋子里回荡着女人的哭声，周暮昀有点嫌弃，手插进口袋里，一句话不说，观看妹妹闭着眼睛张着嘴巴大哭的样子。

喻橙杵在客厅中央，看看自家男朋友，又看看自家男朋友的妹妹，有点不知所措。

周暮昀带喻橙过来，本意是想让她帮着安慰这位失恋的妹妹。可，她也不会安慰人哪。

喻橙抓了抓耳朵，蹲在沙发边轻声问："那个，你肚子饿不饿？我做点东西给你吃，好吗？"

有句话怎么说的？没有什么是一顿美食解决不了的，实在不行就两顿！

周映雪闭着眼，闻言，湿漉漉的眼睫毛颤了一下。她其实是很饿的，中午订了餐厅，还没来得及吃上一口就撞见男朋友劈腿，之后她蹲在马路边哭了一个多小时。

周映雪没说话，回答喻橙的是肚子一阵咕噜咕噜的叫声。

喻橙站起身，扭头小声问周暮昀："你妹妹喜欢吃什么呀？"

"不用给她做。她喜欢吃快餐、炸鸡、薯条什么的。"周暮昀看着她，"给她订个肯德基外卖就行了。"

周映雪："……"

是亲哥吗？

186

喻橙没有采纳他的建议，轻车熟路地去了厨房，打开冰箱翻找里面的食材。冷气徐徐冒出来，她抬起手指敲了敲下巴，喜欢吃炸鸡、薯条啊。

她的视线一凝，从冰箱里拿出几个土豆，又从下面冷冻室里找出上回买来的多余的童子鸡。

童子鸡先放一边解冻，土豆削皮切成粗长条。她刚切完一个土豆，周暮昀就过来了，还是那个借口——给她打下手。

喻橙睄了他一眼："今天没有要帮忙的，你去客厅坐着陪她吧。"

"我学艺。"周暮昀说。

喻橙无语地撇了撇嘴角。她如果没记错，这个男人昨天让她远程教他怎么煮面，根据她的指导，水烧开以后，一把面条放下去。紧接着，离奇的一幕出现了——面条的尾部没完全浸入水里，被火烧着了，差点出事。

喻橙手下的动作没停，又拿了一个土豆过来，三两下切好，语气无奈地说："答应我，以后远离厨房，好吗？周周小朋友。"

周周小朋友深深地望了她一眼，哦了一声，一步三回头地出了厨房。

没过两分钟，他又折回来，站在喻橙的身后，低声说："不用这么麻烦的，她的心情不好，吃不多。"

男人的声音倏然在背后响起，喻橙吓了一跳，转身瞪他一眼。

周暮昀无辜地眨了眨眼，他只是不想她累着。好像她每次过来，几乎没有空闲时间，总是在厨房里忙来忙去，给他做各种好吃的。

虽然他很喜欢吃她做的菜，但他更想让她什么都不做，靠在他怀里玩手机、看电视，或者是陪他说话，怎么样都好。

喻橙原本瞪着他，却忽然从他的眼睛里看明白了他的意思。

"你是觉得我会累？"她的态度软了下来，她回身看了一眼锅里尚未有动静的油，"不会啊。做菜对别人来说可能是一件很累的事，对我而言却是一项可以放松心情的娱乐活动。我喜欢做菜。"

待油温合适，喻橙将处理过的土豆条放进去，锅里翻出油花，伴随着轻微的油炸声。

周暮昀见她在忙，没空搭理自己，只好去了客厅。

周映雪哭够了，慢吞吞地站起来，拖着有气无力的步伐一步一步地挪到卫生间。

周映雪洗完脸，人也精神了许多，她把手撑在洗脸池的两边，抬起头看

187

着面前的镜子，一张脸略显苍白，眼睛哭得又红又肿。

她接了一捧水浇在镜子上，晶莹的水珠顺着光滑的镜面往下流淌，拉出一道道蜿蜒的水痕，镜子里的面容被切割得支离破碎。

周映雪深吸一口气，甩了甩头发，转身走出卫生间。

周暮昀坐在沙发上低头玩手机，周映雪路过他身后的时候不经意瞥了一眼，是熟悉的微博界面。

他什么时候开始喜欢看微博了？争分夺秒地处理工作才是他的日常状态，好不好？

视线一扫而过，周映雪看到了熟悉的微博头像，少女的头顶扎着两个鬏儿，长长的黄色头发扬起来，俨然美少女战士。

周映雪脚步停住，手撑着沙发背，她弯腰凑近偷看周暮昀的手机屏幕。

"你居然关注了大鱼？"

周暮昀这才发现周映雪站在身后，迅速摁下锁屏键，屏幕亮光熄灭了。

听她这口气，她好像对大鱼很熟悉，他扭头看着她："你认识？"

周映雪坐在长沙发上，没精打采地枕着沙发靠背，淡淡地道："我是她的粉丝，关注她好几年了。"

搁平时，谈及这些话题，她肯定兴奋得咋呼起来，眼下因为心情不好，情绪显然没有那么高涨。

周暮昀微愣了一秒，有些意外地挑挑眉："我怎么不知道你对做菜感兴趣？"

"你关注了大鱼，难道不知道她除了分享做菜教程，还发爱用物和'安利'视频？"周映雪用一脸"你真没见识"的表情看着他，继续说道，"她剪辑的视频都超级棒，简直是我们追星女孩想要供起来的大神！"

周暮昀当然知道喻橙的微博都发了些什么，只是没想到她的粉丝居然遍布这么广，他身边就有一个。

周映雪没注意到他的表情，还在那边自说自话："最近粉丝都猜测她有恋情了，主要是因为她上次分享的猪肚鸡火锅的教程，明显不是在自己家里拍的，而且其中有一张照片，锅盖上映出了两个人的身影。你不知道，现在的粉丝都是自带显微镜，一点点细节都能扒出来。不过，也不知道粉丝说的是不是真的……"

"是真的。"周暮昀跷起二郎腿，慵懒地靠着沙发背，脚尖有一下没一下地点着，心情似乎很是愉悦。

"你怎么知道？"周映雪成功地转移了注意力，一脸疑惑地看着他，"你瞎猜的吧？"

周暮昀扬眉，浅浅的笑意从唇畔溢出来："因为那个人就是我。"

"喊！"周映雪别过脸去，左边的嘴角上扬，右边的嘴角下撇，将不屑的表情展现得淋漓尽致，甚至还想翻个白眼。

白眼翻到一半，她却忽然想到一件事。

"我嫂子叫什么来着？"周映雪扭头看他，像是才反应过来他话里的意思，如果他是大鱼的男朋友，那就说明大鱼是……

周暮昀不疾不徐地说："喻橙。"

喻橙，大鱼爱吃小橙子，那就对了！

"啊啊啊啊啊！"

周映雪尖叫出声，从沙发上跳起来，不停地跺脚。她有点不知所措，抱着头原地转圈圈："你确定？我嫂子，她就是大名鼎鼎的鱼仙大人？我的偶像？"

周暮昀淡定地嗯了一声。

"啊！鱼仙在哪里！我要见她！我现在就要见她！"周映雪激动地冲到厨房。

那边，喻橙已经做好了炸鸡和薯条，装进盘子里，一转头，就看见小吧台的旁边站着一个女孩，乍一眼看上去还有点陌生，喻橙辨认了一会儿，女孩应该是周映雪。

女孩一张鹅蛋脸，皮肤白，眼睛乌黑透亮，唇色浅，上嘴唇中间的唇珠尤其好看，年龄应该跟她差不多，因为之前妆画得太浓艳，让人第一眼就忽略了她的年龄，容易把她当作成熟的女人。

喻橙端着两个盘子放在小吧台上，问她："现在要吃吗？"

周映雪没说话，眨巴着一双大眼睛一直盯着她，视线从她的眉眼滑到鼻子，再到嘴巴，最后是身材。

长相向来是个谜团的鱼仙大人原来长这个样子。鱼仙大人好漂亮！是那种光看长相，就知道一定是很好相处的女孩子。

喻橙被她看得有些不自在，抬手撩起一缕发丝别到耳后。

怎、怎么回事？

周映雪看向她的眼神怎么好像有点羞涩?

喻橙正费解,对面的姑娘突然绕过吧台冲了过来,一把抱住她,语无伦次地大叫:"鱼、鱼仙大人!我是……是您的四年死忠粉!"

喻橙:"……"

其实,喻橙刚才在做炸鸡和薯条的时候,隐约听到客厅里传来鱼仙大人、微博之类的字眼,只不过她当时专心做炸鸡,没注意听。

三次元被扒马甲什么的,想起来喻橙还是觉得有点不好意思,尤其面前的女孩还是她的忠实粉丝。

好在周映雪下一秒就把目光投向美食,眼睛闪过一道亮光。这是什么?这是美食博主鱼仙大人亲手做的美食!

喻橙往旁边挪了一小步,坐在另一把高脚椅上,脚踩在椅子下面的横杆上,另一只脚悬空垂下来。她以手托腮,视线低垂:"炸鸡里放了一点奶酪,甜度很低,大概不太能尝出来,味道应该非常棒。"

喻橙说话的间隙,周映雪已经往嘴里塞了好几根薯条,闻言,周映雪狂点了两下头,徒手撕下炸鸡的鸡腿。

酥脆金黄的外皮碎屑随着撕扯的动作簌簌掉下来,露出里面滑嫩的带着点油水的鸡肉,散发着浓浓的香味。

指尖都被烫疼了,周映雪嘶了一声,一口咬掉脆皮,又迫不及待地尝里面鲜嫩肥美的鸡肉。

太好吃了吧!

周映雪眯着眼睛,舌尖卷掉沾在嘴角的脆皮屑,她大口地咀嚼,将失恋的悲愤都发泄在美食上。

喻橙问:"要可乐吗?冰箱里有。"

"要!"

喻橙从高脚椅上跳下来,打开冰箱,从里面拿了一罐可乐,抠起易拉环掰上来,噗的一声,气体从开口处冒出来,伴随着一股凉气。

周映雪说了声谢谢,接过来喝了一大口,畅快地啊了一声:"说真的,鱼仙大人,你开一家快餐店吧,绝对可以跟肯德基、麦当劳媲美!"

"我正有此意!"她本来就打算开一家餐厅,只是目前还在做准备工作。

周映雪的眼睛一亮,激动地竖起大拇指,说以后一定会光顾。

喻橙笑了一声,出了厨房,去卫生间挤了一点洗手液搓洗沾了油污的双手。而后，从包里拿出护手霜，细细地涂抹一层。

喻橙出来时，听见周暮昀在卧室里叫她。

喻橙的脚步略微顿了一顿，她看向厨房，周映雪一个人坐在那里专注地吃炸鸡，喝可乐，情绪好像控制住了，没有那么悲伤了。

喻橙扬声问："什么事呀？"

周暮昀刻意压低嗓音："你落在这里的口红还想不想要了？"

口红？

愣了半晌，喻橙才想起来上次来这里落了一支口红，被周暮昀捡到了。他拍照发微信给她看的时候，她说下次来他家再拿。

喻橙应了一声，朝主卧走去。

房门开了一条一尺宽的缝隙，里面落地窗的窗帘拉得严严实实，一丝光亮都透不进来，昏暗得好像夜晚。

走到门口，喻橙脚步停了停，没看见周暮昀人在哪儿。

忽然，从斜侧里伸出来一只手，握住她的手腕，将她拉到卧室里。

身后的门砰的一声关上，喻橙惊呼的喊声尚未出口，就被一只温热的手捂住了嘴巴，吓得她睁大眼睛。

睫毛扑闪几下，眼睛渐渐适应了黑暗，她微仰起头，看见男人模糊的脸庞。

周暮昀拿开手，撑在她脸侧的门板上，垂下头，灼热的气息拂过来，声音压得低而沉："好了，周映雪的事情解决了，再来说我们之间的事。"

喻橙偏过头，小心地避开扑面而来的气息，嗫嚅道："我、我们之间什么事？"

周暮昀抬起手捏住她的下颌，动作轻柔，他小心地掰正她的脑袋，让她看着他："难道不该好好解释一下，为什么那会儿见到我就跑？"

卧室里很安静，静得只能听见两人浅浅的呼吸声。

喻橙抿抿唇。她不相信聪明如周暮昀，会猜不出那个时候她心里在想什么。既然他猜到了，那现在为什么又要问她。

没错，她就是生气了，吃醋了，她就是不说。

周暮昀倒是坦坦荡荡，低声说："我有脑子，当然能猜到你的想法。可我更想听你说，想知道你内心的想法是不是跟我猜的一样。"

这话说完，气氛静默了许久。久到周暮昀以为她不会开口，却听见一道

191

轻软的声线："对不起。"喻橙顿了顿，"是我误会你了。"

她拈酸吃醋是她的事，冤枉了他也是真的，犯了错自然要道歉。

黑暗里，周暮昀的长眉轻蹙，他有点不满意，想听的不是这个。

不过，既然她说了……

他便顺着杆子往上爬："小学老师应该告诉过你，道歉要拿出诚意。"

"你还想怎样？"

"亲我。"周暮昀得寸进尺。

她从来没主动亲过他！不对，除了喝醉酒的那次。可那个时候，她把他当成了别的男人，还是个纸片人！这事儿他能记一辈子。

在厚脸皮这方面，喻橙承认自己不是他的对手，脸颊在黑暗中红了个彻底，幸好他也看不见。

拒绝的话尚未说出口，身前的男人忽然一把将她抱起来。

喻橙感觉自己被拔高了一截，吓得双手连忙攀在他的肩膀上，害怕自己一个不小心就栽下来。

周暮昀的手臂稳稳地托住她，他仰起头隔着昏暗的光影看着她："好了，亲吧。"

他抱起她，现在她比他还要高出大半个头，方便她一低头就能亲到他。

"我不。"她不好意思。

"喻橙。"周暮昀喊她全名，语气里藏着佯装出来的严肃，"你知道维系一段感情最重要的是什么吗？是信任。"

喻橙沉默了，觉得他说得很有道理。

"可是你不相信我。"他的语气更严肃了几分，"你一点都不相信我。要不是我眼尖发现你，你就要跑掉了。跑掉之后呢？我想以你的性子，你肯定也不会主动在我面前提这件事，那样对我的误会只会越来越深。"

他说得越发严重，仿佛她是千古罪人，犯了不可饶恕的罪。

喻橙一贯喜欢脑补，顺着他带起的节奏继续想象。想象出来故事的结局就是：她和周暮昀这一段感情因为她的一个小小的误会而破碎……都怪她。

"我错了。"她终于意识到事情的严重性。

周暮昀悄然露出了计谋得逞的表情，声音软些，诱哄她："我这么好说话，你主动吻我一下，我就原谅你。"

喻橙低着头，覆下眼睑，目光深深地凝视着他。眼前的人虽近在咫

192

尺，她却看不清他的面容，只有灼亮的眼珠在黑暗中闪动着熠熠星光，那样夺目。

喻橙的心脏扑通扑通地乱跳，她慢慢地靠近他。

两人之间的距离一点一点地拉近。周暮昀知道她害羞，他也不着急，静静地等待，呼吸却不由自主地屏住。

直到，她的唇瓣轻轻地落在他高挺的鼻梁上。

喻橙一愣。

"唔。"周暮昀哼了一声，轻声指导她，"错了，再往下一点。"

喻橙羞得脚趾都蜷缩起来，柔软的唇沿着挺直的鼻梁往下滑，滑到鼻尖，再慢慢往下移一点，是他微凉的薄唇。

"橙橙，以后不许再瞒着我，任何事都不行。"亲吻间，他低低地说。

四月十二日，喻橙收到指导老师的通知，要回学校准备毕业论文的事宜。她提前跟周暮昀提过，他不太高兴，说刚谈恋爱就要异地恋了。

机场大厅里人头攒动，广播声夹杂着人来人往的说话声，前方LED大屏幕滚动着花花绿绿的航班信息。

喻橙坐在吵吵嚷嚷的候机大厅里，把脚边的行李箱拉到身前，双手握着手机给周暮昀发微信："你不用来送我了，我提前到机场了。"

下一秒，他的电话就打过来了。明明昨天说好了由他亲自开车送她去机场，他还没从家里出发，她怎么就到机场了？

周暮昀看了一眼时间，距离她的航班起飞还有两个小时。

喻橙解释："不巧，刚好我爸在家休息，他非要送我到机场。"

那边的人哑口无言。

喻橙笑起来，把背后的双肩包取下来抱在怀里，拉开侧边拉链，从里面拿出一本便签，上面写了几排日期。她说："刚才闲着没事，我算了一下，不出意外，六月中旬我就能回来了。"

"距离六月中旬还有整整两个月！"周暮昀说。

喻橙无言以对。

飞机抵达上海是两个小时以后，出了航站楼，喻橙站在路边深吸一口气，感觉好久没回来了。

她拦了一辆出租车，报上学校的名字。坐在车上，喻橙在寝室群里发了

193

一条消息："你们都到学校了吗？不会就我一个人来了，寝室里没人吧？"

齐小果："我和露露昨天就到了。"

吕嘉昕："啊，你们都到了？那我也过来吧。"

吕嘉昕是上海本地人，打个车分分钟就能到学校，所以她不急。

喻橙催吕嘉昕："赶紧的，说不定我们还能一起到校。"

吕嘉昕发了个OK的手势，表示画完妆就从家里出发，顺便提议大家晚上找个地方聚一聚。

一个假期没见，需要联络一下感情，然后提前追忆即将逝去的大学生活。

喻橙收起手机，手肘撑在车窗边上，看着一路飞快掠过的街景。映入眼帘的是熟悉的街道、高耸入云的大厦、路边的景观树。

看着看着，她就不免感叹一句，时间过得真快啊，一眨眼四年都快过去了。

车窗玻璃上映出一个模糊的自己，她想到自己第一次来这座城市时的场景。那个时候，大一开学，她还穿着土到掉渣的粉红色运动装，扎着马尾辫，留着厚厚的齐刘海儿。现在窗玻璃上映着的女孩还是那个女孩，却好像哪里变得不一样了。

熟悉的校门近在眼前，喻橙这才反应过来已经到了。

她付了钱下车，从车的后备厢中拎出行李箱，拖着箱子往学校里走。

大一、大二、大三的学生早就开学了，校园里非常热闹，一路过去能看见各条林荫路上人来人往、操场上奔跑的身影、网球场上跳跃的身姿……

喻橙停下脚步，掏出手机随手抓拍了几张照片。

左边的肩膀忽然被人拍了一下，喻橙吓了一跳，扭头看向右边，一脸淡定地说："每次都玩这招，你倒是没有一点新花样。"

吕嘉昕笑得一脸明媚："啧，这招对别人都有用，怎么对你就没用？老实说，你背后长眼睛了吧。"

两人手挽手往宿舍楼里走，楼下水房门口两根柱子中间拉着一条大横幅。鲜亮的红色上面印着白色大字：再也不用逃课了，因为你们无课可逃！

喻橙扑哧一声笑出来。

说的没错，大四最后这一学期没课了，完成毕业论文和答辩，他们就要离开这座校园了。

宿舍里，齐小果和邢露果然都在，两人各自躺在床上，穿着睡衣，跷着二郎腿，悠闲地举着手机看视频。

听到门被推开的声音，两个人动作整齐划一地从床上扑腾起来，床板都跟着震颤，发出清晰的嘎吱嘎吱声。

这个声音还真是熟悉呢。以前很多个晚上都是这样，轻轻地翻个身，脆弱的床铺就发出声响。

两人从床边的铁梯爬下来。

"你和嘉昕的床板我们都帮忙擦干净了，直接铺上褥子就能睡。"齐小果说着，捞了一把椅子过来，却没坐下。

喻橙转过身，准备去把柜子里的床垫拿出来，邢露却推着她的肩膀，一把将她推到椅子旁，按着她坐下来。

喻橙没明白这是演哪一出，茫然地眨了眨眼："发……发生什么事了？"

她看了看扎了个哪吒头的齐小果，又看看旁边剪成短发的邢露，最后看向双手抱臂靠着门框看戏的吕嘉昕。喻橙认真地反思了一下自己，她好像没有做出对不起寝室姐妹的事。

到底是什么仇什么怨，致使她们把一个弱小的她绑在椅子上"严刑拷打"！还有没有天理了！

齐小果搬来一把椅子放在喻橙的对面，一只脚踩在上面，脚尖颠了颠，装出一副地痞流氓的样子，她抬了抬下巴说："老实交代，坦白从宽，抗拒从严。"

喻橙："交代什么？"

齐小果长着一张娃娃脸，因为今天扎了两个丸子在脑袋上，即使板着脸也没有半分威严，反而让喻橙想笑："你们到底在玩什么啊？"

"不干什么，就是想知道你跟那位的事。"

"哪位？"

"还能是哪位？"邢露在一旁补充，"当然是你男人啊！我们才知道他是森远集团的老板！这是什么'霸道总裁爱上我'的情节？"

喻橙愣住了。

之前她在群里提过她有男朋友的事，还跟她们大致讲了两人是怎么认识的，以及怎么在一起的，中间的过程能省略的都省略了。周暮昀的身份也被她下意识地省略了。

喻橙闻言，唰地抬头望向靠着门框优哉游哉看戏的吕嘉昕，她是唯一的知情者。

吕嘉昕耸耸肩："别看我，不是我说的。"

邢露："我是听齐小果说的。"

齐小果："我昨天去实习公司辞职的时候，听主管说有个合作要跟森远集团谈，当时听到周暮昀这个名字觉得熟悉，后来仔细想了想，这不是大鱼的男朋友吗？"

喻橙听着她们两个说相声一样，一人一句，她的头有点大。

邢露观察喻橙的表情，睁大眼睛诧异道："所以说，不存在同名同姓，是真的？"

迟疑三秒，喻橙点头。

"啊啊啊！"两个女人一齐尖叫起来。

齐小果一把抱住喻橙的大腿："大佬，求关照！一人得道，鸡犬升天，了解一下！"

喻橙哭笑不得地说："没必要，姐们儿，您这样真的没必要。"

晚上，寝室里四个姐妹约好一起去火锅店联络感情。

"有照片吗？"齐小果坐在喻橙的旁边，沾了红色油汁的嘴巴一张一合，"有点好奇传闻中北京富二代的颜值水平。"

吕嘉昕的手指捏着玻璃杯口，晃了晃里面的酒，笑着说："相信我，看了那位的颜值水平，你们可能会把大鱼按在地上打。"

"为什么？"

"她的男朋友太帅了，招人忌妒。"

齐小果喊了一声，拍着自己的胸脯说："我是那样的人吗？我可是阅尽天下美色的齐小果，什么样的帅哥我没见过！"

喻橙掏出包里的手机，翻了翻相册，找出周暮昀的照片，递给她看。

邢露也没有见过传闻中的周先生，连忙起身从对面绕过来，凑过去跟齐小果一起看。

照片里的男人穿着白衬衫，半靠在床头，领口散开两粒扣子，线条柔和的锁骨露了一边。狭长的眼眯着看向镜头，眼底融进了淡淡的灯光。

这张照片是喻橙偷拍的，不过偷拍的时候被抓包了。

不知道是喻橙的摄影技术又上了一层楼，还是男人本身就帅出了一般水

196

平，只觉得照片里的人帅得不真实。

齐小果和邢露对视一眼："不如还是把大鱼按在地上打一顿吧！"

话音刚落，齐小果手里的手机响了起来。她拿的是喻橙的手机，垂眸一看，好巧不巧，传闻中的周先生来电话了。

齐小果把手机还给它的主人。

铃声还在响，喻橙接过来看了一眼，握着手机打算出去找个安静的地方接电话。火锅店里太吵了，她恐怕听不清他讲话。

可齐小果和邢露两个人挤在卡座外边的位置，堵住她出去的路，摆明了一副想要围观偷听的架势。

喻橙没办法，只好接通电话，手机附在耳边，她的手指堵住另一只耳朵，她小声地对那边说："我在外面吃饭，不方便接电话，等回宿舍我再给你打过去，好吗？"

周暮昀沉默一秒，说："好。"

喻橙毫不迟疑地挂断了电话，扭头看着两人呆滞的表情。

齐小果："为了不让我们偷听，这么冷落集团大佬，你厉害！"

邢露竖起大拇指："经过鉴定，是真爱没错了。我们大鱼怎么不出手，一出手就手到擒来。佩服！"

齐小果紧跟着举起双手啪啪啪地鼓掌。

这两位凑一起随随便便都能来一段相声，比专业的还专业。喻橙早就习惯了，对此只是淡然一笑。

一顿火锅吃完差不多八点了。

回到寝室，趁着其他人在玩手机，喻橙先去卫生间洗了个澡，之后把衣服洗了，拿到阳台晾起来。

喻橙从阳台进来，抬手扯掉绾住头发的发圈，长发散下来披在背后，然后她手脚并用地爬到上铺。她好长时间没爬过寝室里的床，动作都生疏了，险些摔下去。

终于爬上床，她手捏着帘子两边，缓慢地往中间拉拢，布料摩擦钢丝发出窸窸窣窣的声响。

喻橙盘腿坐在床上，从枕头底下摸出手机，插上耳机，给周暮昀拨了视频电话。

那边一如既往地很快就接通了。

喻橙背靠着墙壁，看着镜头里一晃而过的人影，有点疑惑："你在干吗呢？"

周暮昀的头发湿漉漉的，发梢滴着水珠，脑袋上顶着柔软的白毛巾，身上浴袍的带子还没来得及系上，像是刚从浴室里出来。

手机拿稳了，画面里终于出现男人的脸，声音也像是浸过水，带着潮湿的濡润："刚洗完澡。"

喻橙看着他，心说齐小果她们想把自己按在地上打一顿也不是没有道理啊。看周暮昀的长相，她就有一种捡了天大的便宜的感觉。

尤其是眼下这幅美男出浴的画面，湿润的黑发奔拉在额前，遮住了长眉，底下一双眼漆黑，却很亮，好像盛满了漫天的繁星，熠熠生辉。他的脸上挂着几滴欲坠未坠的水珠，薄唇染了点红，很撩人。

周暮昀见她看得出神，手抓着毛巾揉了揉发丝，出声问询："怎么了？"

"没……没什么。"喻橙手托着下巴，声音小小的。

为了不让室友听见，她说话几乎用的是气音，低低的，像在他的耳边说悄悄话。

周暮昀将头发擦得半干，把手里的毛巾扔到沙发上，上床钻进被子里，上半身靠在床头，他不自觉地放缓调子，轻轻地说："橙橙，有没有想我？"

喻橙的面颊爆红，她恨不得将脸埋进枕头里，半晌，声音很轻地说："想。"

周暮昀扬眉，回以一笑："我也想你。"顿了顿，告诉她自己的打算，"最近不忙，我去看你吧。"

喻橙差点被口水呛到，缓了一会儿，才道："别了，我接下来要写论文，要见导师，还要准备毕业相关的资料，很忙的。"

她坐着有点累，干脆歪倒在床上，枕在枕头上侧着脸看他。

"那好吧。"周暮昀不情不愿地道，"我不去了。"

喻橙没忍住打了个哈欠，眼角氤出水汽。她早上起太早了，坐飞机赶到学校，忙里忙外地收拾寝室，晚上出去吃了个饭，现在放松下来，就感觉到浑身疲惫。

"困了？"周暮昀问。

"有点儿。"说着，她又打了个哈欠。

"困了就去睡吧。"

喻橙摇摇头，咕哝一声："再陪你聊会儿。"

198

聊着聊着，她的眼皮慢慢地耷拉下来，睫毛在眼睑下覆出一片淡青色阴影，声音也越来越低，到最后只见嘴巴动了动，没说出话来。

喻橙不知不觉地睡了过去，视频却忘了挂断。

那边，周暮昀侧躺在床上，手臂弯曲放在枕头上，脑袋枕着手臂，一脸温柔地看着女朋友的睡颜，笑得像个痴汉。

前一天晚上是什么时候睡着的，喻橙自己都不清楚，只记得她跟周暮昀视频聊天，说话的声音很小，仿佛两人躺在同一张床上咬耳朵，然后就……不记得了。

喻橙醒来的时候，外面天已经大亮。她躺在硬板小床铺上，翻了个身，耳机从耳朵里掉出来，白色耳机线缠着头发搭在脖子上，她一抬手给扯掉了。

她从枕边拿起手机，摁了一下锁屏键，手机没反应，她这才发现手机关机了。

她扯过床边的充电线插上，开了机，点进微信。置顶对话栏就是周暮昀，她点进去一看，视频通话聊天时长四小时四十三分钟。

喻橙一愣。想了想，大概是她昨晚忘了挂断视频电话，周暮昀也没挂断。他一直看着她，直到她的手机没电了自动关机。

喻橙的第一反应是自己昨晚有没有流口水、磨牙、说梦话之类的有损形象的行为。她咬了咬唇，发了条微信给他："你昨晚很晚才睡？"

那边很快回了一个字："嗯。"

喻橙："……"果然是这样。

斟酌片刻，她选择了一个委婉的问法："我昨晚有说梦话吗？"

周暮昀："有。"

还真有啊！喻橙的脑子一下子就清醒了。

那边又发来一条微信："想知道你说了什么吗？"

喻橙默默地摇头抗拒，并不想，谢谢。

周暮昀似乎猜到那边的人是什么反应，他笑了笑："你说，我想周周了，想得睡不着觉。"

喻橙本来提着一颗心，担心自己真的说了什么羞耻的梦话，此刻看到这条消息，两眼一闭。

胡说八道！她才不会说这么肉麻的话！

199

论文初稿上交的日子临近，寝室里的几个人都开始忙碌起来。虽然每个导师定的初稿完成时间不一样，但差不多就这几天。

早上定了闹铃，喻橙一大早就提着笔记本电脑跟她们去图书馆占位置，基本上一待就是一整天。中午去食堂吃个饭都要把东西留在图书馆里，生怕人一走，位置就被抢占。

喻橙写案例分析写得头疼，合上电脑趴在桌上闭目养神。

下午的阳光从侧边窗户照进来，金灿灿的，温暖又明媚。她的脸颊枕在手臂上，浑身浸在暖光里。

对面坐着邢露，她的脚在桌底下往前伸了伸，踢了一下喻橙的脚。

喻橙皱起眉毛，差点就要睡着了，结果被人吵醒。喻橙的手撑着额头爬起来，她眯着眼看向对面，无声地比了个口型：干吗？

邢露的身子往前倾了倾，上半身趴桌上，小声地说："你的论文写完了？"

喻橙两眼望天花板："写完了……才怪！我当初就不该选跟税相关的题目，现在后悔都来不及。"

邢露闻言低笑一声："要不咱俩换换，我写税，你写报表类？"

喻橙做了一个往后撤退的动作，一脸噎住了的表情："那还是算了。"

邢露那个论文要用到的数据更多，必要的时候还要制作柱状图和折线图，比起来还是她这个偏理论的题目要好写一点。

喻橙拿起旁边的水杯喝了一口水，打开电脑继续跟论文做斗争。

连续熬了一个星期的夜，喻橙终于搞定了论文的初稿，身体也挺不住了，倒头睡了个昏天黑地，从晚上九点睡到第二天上午十点多。

喻橙醒来时，寝室里一个人也没有。其他三个女生的论文还没写完，背着电脑去了图书馆。她们和喻橙不是一个导师，论文完成的进度也不一样。

喻橙起床后去卫生间梳洗了一下，神清气爽地坐在书桌前。长发被她随手绾了个丸子头，额前垂下来的细碎刘海儿用毛茸茸的小兔子发带绑上去。

她嘴里叼着小面包，开了电脑，手指握着鼠标往下滑，严格按照系里给出的论文模板调整格式和排版，修改一些错别字。不出意外，她下午就可以去找导师改论文。

她登录学校系统查了一下导师的课表，导师大概下午四点半以后就没课了。为表尊重，喻橙特意在群里给导师留言："邱老师，我下午想找您改论

200

文，可以吗？"

导师没有立马回复，可能正在上课。

过了半个小时，导师就回了："等我下午上完课你过来就可以。另外，其他人也赶紧把初稿拿过来给我看，别想搞特殊，咱们跟系里保持统一的进度。@全体成员"。

喻橙中午去食堂随便应付了几口午饭，下午接着整理论文。

差不多快到四点的时候，喻橙起身换好衣服，去打印店把论文打印出来，装订成册，往教学楼走。

在会计教研室门外等了十几分钟，导师拎着个帆布包从楼梯间进来，高跟鞋踩在走廊瓷砖上发出清脆的声响。

喻橙原本倚靠着墙壁，听到声音后抬起头来，身体立马站直了，她小幅度地弯腰："老师好。"

"来这么早啊。"导师的眼角弯了弯，推开门进去，"跟我进来吧。"

喻橙跟在她身后，进了教研室。

里面还有好几个老师，要么在忙自己的事，要么身边围着两三个学生，也是在指导论文。

导师把包放桌上，坐下来给自己倒了一杯水，喝了几口，气儿稍稍喘匀了，才伸出手来："论文拿过来，我看看。"

喻橙双手将论文递到导师的手上。

喻橙来之前，咨询过别的导师带的学生，他们都说初稿不会太严格。大部分导师只看论文的大致框架，内容不会细看，到后面二稿、三稿的时候才会着重看内容。但是，在她的导师这里，显然不是那么回事。

她只见导师从笔筒里抽出一支红笔，笔尖滑过一行行的字，逐字逐句地看。

喻橙蜷了蜷手指，顿时紧张起来。

"这个地方不够严谨。"导师用红笔圈出来一个词，"'近年来'和'近几年'这种字眼不允许出现在论文里，要写清楚是从哪年到哪年。"

"这里也不行，数据对比不够典型。"

"纯概念性的内容划分太细了，后面几个小标题尽量压缩一下。"

"……"

喻橙躬着身看导师红笔画过的地方，一边点头，一边在心里想着回去该

201

怎么修改。

　　好在导师不仅仅是口头提出来，具体的修改意见导师也都写在空白的地方了。

　　门忽然被人推开，发出吱呀一声响。

　　喻橙眼角的余光瞥见一双男生的白球鞋，鞋面和鞋帮都干净得一尘不染，她抬眸乜了一眼，看清了他的脸。原来是喻橙认识的人，会计三班的班长宁桉，也是学生会主席。

　　男生穿着黑色连帽卫衣，配牛仔裤。乌黑短发清爽利落，面容清俊，手里捏着一本毕业论文往里走。

　　注意到喻橙的视线，他扭过头来瞥了她一眼，视线顿了一下，嘴角弯出一丝浅笑，算是打招呼。

　　喻橙也笑了一下，扭头继续专心听老师指导。

　　论文后面几页基本上没有大问题，除了——

　　导师在整个案例分析的部分打了个大大的鲜红的叉，说："这个案例的时间有点久了，最好你能列举最近两年的案例，这样更具有说服力。"

　　喻橙点点头："我知道了，谢谢老师，我回去就改。"

　　"我比其他的导师要求严格，是想着初稿抓得严一点，后面的工作进行起来会轻松些，免得后期所有的事情都堆到一起，忙不过来。"导师用指尖点了点她的论文，"初稿能完成你这个程度已经非常不错了。回去把我说的部分改改，案例重写一个，可以过关了。"

　　喻橙万分感谢地深鞠一躬，抱着自己的论文出了教研室，走出教学楼。

　　五点多，日暮西沉，天边翻起大朵大朵橘红色的彩霞。整座校园笼罩在暖色调的辉光中，多了几分浪漫唯美的意境。

　　耳边不时传来欢呼声，男生的，女生的，肆意地挥洒青春。

　　路过网球场，喻橙停下脚步，扒在绿色铁丝网上朝里面看。有学生在打球，还有一群人在旁边围观，时不时因为球打得好而鼓掌欢呼，偶尔又因为打得烂而发出嫌弃的嗤笑，每个人的脸上都洋溢着张扬的笑。

　　喻橙也忍不住笑了起来。

　　"论文初稿过关了？"

　　她的身后蓦地响起一道熟悉的声音。喻橙转身看过去，只见站在三步开外的男生抬步走过来，站在她的身侧，男生的长睫敛下来，视线落在她怀里抱着的毕业论文上。

"没什么大问题，案例不过关，回头改了就行。"喻橙说。

她跟宁桉算不上熟。会计本科总共三个班，一班、二班通常是在一个大教室里上课，课程表基本一致。三班是由另外的老师带，除非是那种公修课，三个班才一起上。

宁桉作为会计三班的班长，喻橙跟他几乎没有交集。不过他的另一层身份是学生会主席，喻橙曾加入过学生会，跟部门的人出去聚餐的时候见过他好几次。

宁桉侧过身靠着铁丝网，朝里面看了一眼，而后垂下眼，视线又落回她手里的毕业论文："用不用帮忙？"

"不用不用。"喻橙连忙摆手，"我回去自己弄就行。"

宁桉点点头，不再说话，专心看打球，仿佛他走到这里停下来，只是为了看学弟学妹打网球，神情专注得堪比赛场上的裁判员。

喻橙想起这人明明比自己后进教研室，却跟她差不多时间出来，他的论文应该没什么问题。不过她还是有些好奇，歪着头问："主席的论文呢？"

"我吗？"宁桉收回视线，看着她的脸，唇角扬起一抹笑意，"论文给导师看过了，他说没问题，可以定稿了。"

喻橙："……"

羡慕忌妒恨！她这才刚迈出一步，还不知道要修改多少次才能过关，人家直接定稿了。

宁桉笑着补充："所以才问你要不要帮忙啊，我现在挺清闲的。"

"主席，你是故意的吧？"

宁桉眼底闪过一丝疑惑，认真道："我不是故意的。"

她不过是跟他开个玩笑，他怎么还当真了，喻橙直言道："主席，别介意，我说着玩儿的。"

宁桉挠了挠头，纠正她："别叫主席了，你忘了吗？我卸任了。"

喻橙一愣，旋即反应过来了，他们这一届即将毕业离开校园，宁桉理所当然不再是学生会主席了。她大三时退出了学生会，后来的事情倒也没特别留意，以至于连现在的学生会主席是谁都不清楚。

她耸了耸肩，笑道："我忘了。"

宁桉正要说什么，那边忽然跑过来一个女生，穿着淡粉色的T恤衫、白色运动长裤，马尾高高扎起。

女生站在铁丝网里，隔着一个个小方格看外面的两人："学姐、学长要不要一起来玩？"

喻橙像是被戳到了某根神经，整个人愣住了。

学姐？这个女生怎么就知道她是学姐？她就不能是大一大二的小学妹吗？

喻橙看了一眼自己的打扮，深绿色的连帽卫衣，胸前印有卡通人物图案，搭配背带牛仔裤、小白鞋。至于脸上的妆，她出门前特意画了适合春季少女的桃花妆，粉嫩嫩、水灵灵、清透轻薄的那一种，浑身上下满满的少女感！

"学姐？"女生握着网球拍，歪着头看喻橙，等她的回答。

喻橙想也没想脱口而出："你怎么知道我是学姐呀？我明明就是大一新生小学妹！"

宁桉："……"

女生似乎没想到喻橙会这么说，表情呆了一下，手里的网球拍差点掉地上。女生缓缓地抬起手，指了指喻橙怀里抱的毕业论文。

喻橙顺着她手指的方向，垂眼一看，只见论文白色封皮上宋体加粗的二号字体，工工整整地写着"本科毕业论文"几个字。

喻橙顿时尴尬了。

宁桉还算有眼力见儿，轻咳了一声，微扬起下巴看向网球场地，转移话题道："要不要打一局？"

"我可是网球社的得力干将，你确定？"喻橙把刚才的小插曲抛到脑后。

宁桉声音清朗："不凑巧，我是篮球社的得力干将。"

"篮球社？"喻橙的嘴角一撇，"那跟网球有什么关系？"

宁桉一本正经地回答："都是球。"

"……"

喻橙把论文放旁边台阶上，挽起袖子："来吧！"。

围观的同学一看就知道是学长和学姐的巅峰对决，纷纷站起来摇旗呐喊。

学弟们站在宁桉这边助威，学妹们就站在喻橙那边，两只手放在嘴巴旁边大声喊着学姐加油。

双方对垒，战火一触即发。

女士优先，第一局由喻橙发球。荧光绿的小球被她握在手里，向空中抛了几下，另一只手握着球拍手柄转动半圈，看起来是球场老手的架势。

第一个球发出去，宁桉就没接住。

围观的学弟们："……"

抱着学长可能是潜力股的这一想法，他们继续围观，然后就发现学长这只股买完可能要赔得裤子都没了，纷纷倒戈向学姐奔去。

宁桉的心理阴影面积随着后援会的倒戈逐渐扩大。

连着几局下来，宁桉学长终于找到手感，打得总算能看得过去了，好歹接住了几个球。

"不行了，老了老了。"

几局下来，喻橙累得不行，扶着腰，把球拍递给旁边的学妹，摇着头退到一边去，一屁股坐在水泥台阶上，大口地喘气。

那边，小学妹跳起来给她鼓掌："学姐太厉害了！网球打得超漂亮！"

喻橙谦虚地笑了一下，目光扫视一圈，没看见宁桉的身影。他走了吗？

喻橙擦了擦额头渗出的薄汗，用手在脸侧扇风。

一瓶矿泉水忽然映入喻橙的眼帘，男生修长的手指捏住瓶盖的位置。喻橙没抬头就猜到来人是谁，伸手握住那瓶水："谢谢。"

"毕业后打算在哪儿工作？"宁桉蹲下来吹了吹台阶上的灰尘，坐在她旁边，目光放远，望着打球的学弟学妹，"北京吗？还是留在这边？"

喻橙握着矿泉水没有拧开，手托着下巴："北京吧。"

宁桉抿了抿唇，想要问什么，最终却没有开口，沉默地看着女生的侧脸。

喻橙扭头，刚要问一句你呢，话堵在嘴里没能说出来，因为她看到一个身影由远及近。望着那个再熟悉不过的身影，她的心头一颤。

周暮昀从网球场外走进来，在她的面前站定，居高临下地看着她。

这样的高度，喻橙不得不努力地仰起头才看清男人的脸，伸出来一根手指指着他："你你你……"

你了半天，她也没能说出一句完整的话来。

周暮昀弯腰凑到小姑娘面前，无视她旁边的男生，肆无忌惮地挑着眉，开口问："学姐有男朋友吗？"

第九章　穿婚纱的你真的很美

前后不到半个小时，连着被两个人称呼学姐，喻橙有点崩溃。

前者也就算了，毕竟真的是她的小学妹。眼前这个奔三的男人，哪儿来的勇气叫她一声学姐。

脸呢？

她的手指勾着脸侧的发丝别到耳后，她非常不给面子地说："你学姐我没有男朋友。"

周暮昀："……"你没有男朋友，那我是谁？

周暮昀的手插进裤兜里，他垂着眼看她，声音平静地道："没有的话，我给你介绍一个。学姐，你看我怎么样？"

正在打球以及围观打球的学弟、学妹们注意到这边的动静，纷纷投来看好戏的眼神。

小学弟公然表白大四学姐的戏码千载难逢！不容错过！

不知道是有意还是无意，周暮昀今天穿了一套黑色运动装，配高帮的运动鞋。利落的黑发没做造型，随意耷拉着，蓬松柔软，被风一吹，头顶翘起一撮头发。

他的皮肤白皙，五官比男明星还精致，身形挺拔高大，配合无辜的眼神，扮演起小学弟毫不违和。

围观群众除了看戏，还对周暮昀表示出好奇。

"这个男生是哪个系的？以前怎么没见过他？好帅啊，可以当校草了！"

"学姐真的不考虑一下吗？我都心动了！"

"这一刻，我脑补了十万字姐弟恋言情小说，小奶狗配知性小姐姐，超萌的！"

喻橙听到他们的讨论，拎着一瓶水站起身，拍了拍裤子上的灰尘，微扬起头，手指摩挲着下巴尖，好似真的在打量他。

周暮昀站着不动，任由她的视线从他的眉眼滑到鼻子、嘴巴，再到下巴、脖颈、胸膛、小腹、长腿……

"这样看还真看不出什么。"喻橙露出为难的神色，挑了挑眉，"不如学弟你把衣服脱了，我先验验货。"

围观群众："……"

现在的大四学姐这么简单粗暴吗？果然是单身久了，什么可怕的想法都会冒出来。

周暮昀也没想到喻橙这个动不动就脸红害羞的姑娘能干出当众调戏他的事，一时间他的表情僵住了。

喻橙嘚瑟地扬眉。小样儿，我还治不了你？

这个学弟表白学姐的戏码演到这里算是演不下去了。当众脱衣服是不可能的，想都不用想。

周暮昀捏着喻橙肩膀上背带裤的带子，把人拉着往网球场外走："你过来，我有话跟你说。"

喻橙猝不及防，被他拽得跟跄了两步："等等，我的论文没拿。"

周暮昀松了手，站在原地等她。喻橙折回去，拿起台阶上的论文，看了宁桉一眼，扬了扬手里的论文，笑着说："主席，我先走了。"

没等宁桉回应，她就卷起论文本转身朝周暮昀跑去。乌黑的长发在身后飞扬，女孩子站在身材颀长的男人面前，踮着脚笑靥如花。

围观群众讪讪离场。原来学弟和学姐早就在一起了啊。

远离了网球场，四周渐渐安静下来，风吹树叶的沙沙声变得分外清晰。

周暮昀在一棵银杏树下停下来，手指还拽着她背带裤的带子，只不过带子从肩膀滑到了手肘，松垮垮地挂在肘弯。

喻橙不满地啧了一声，从他手里夺回带子，挂上肩膀。

"刚才怎么回事？"周暮昀的表情一秒钟调整成兴师问罪的样子。

"什么怎么回事啊？"

"那个男生。"他给出提示。

喻橙愣了一瞬，像是忽然明白过来，露出个甜甜的笑容："哪个男生呀？"

"喻橙。"他攥住她的手，"你完蛋了。"

周暮昀从校门进来，问了路，准备去女生宿舍楼下再给她打电话，算是给她一个惊喜。路过网球场时，他随意瞥了一眼，远远地就看见她跟一个高个子男生打球。两人你来我往，场内场外一群围观起哄的学生。

周暮昀站在场外看着他们，只见打完球，男生去给她买水，两人一起坐在旁边的台阶上休息。那个男生的目光一刻也没离开她的脸，那样专注。

周暮昀当时就想把她拉走，随便找个什么地方把她按在怀里亲。

"我怎么就完蛋了？"喻橙的鼻尖皱了一下。

周暮昀眼里的光收敛了，眼底涌上来浓浓的墨色，他盯着她嫣红水润的唇，俯身偏着头凑过去。

猜到他要做什么，喻橙手疾眼快地抬手捂住他的嘴："不行！这里好多人。"

周暮昀扯下嘴巴上的手，眉目清冷地凝视着她，忍不住磨后槽牙。

她看着他，嘴角憋不住地扬起来，她往前一小步靠近，手指捏着他布料柔软的袖子，她轻声地问："你吃醋啦？"

周暮昀不为所动，梗着脖子道："老子就是吃醋了！"

喻橙觉得自己挺双标的，要是别的男生在她面前自称老子，她可能会认为这男的流里流气，有毛病。换了周暮昀，她怎么就觉得他超可爱的。

她安抚似的拍拍他的肩膀："我跟他是偶然遇到的，打了几局球而已，总共也没说几句话。"

周暮昀默不作声，摆出一副傲娇的姿态。

喻橙岔开话题："你怎么突然出现在这里啊？刚才吓了我一跳。"还以为出现幻觉了。

周暮昀的气还没顺，他不肯说话。

喻橙第一次见男人气成这样，觉得有点稀奇，也不说话了，人稍稍往后退了一点，眼睛一眨不眨地盯着他看。她那模样，像是能盯出一朵花来。

"看什么看？"周暮昀在她的注视下渐渐败下阵来，捏了捏她的鼻子，语气无可奈何，"没见过吃醋的男人吗？"

时至五点半，绚丽的云彩消失，天空好似蒙上了轻纱薄雾，薄薄的一层光洒下来。天气渐暖，白昼的时间拉长，这个时间天色未完全黑沉。

两人站在银杏树下对视。树叶遮挡住大半的光亮，只余细细碎碎的光点从枝丫缝隙中投射下来。

喻橙转移话题道："你肚子饿吗？我请你吃饭呀。"

周暮昀："我请你吃饭。"

有什么区别吗？喻橙腹诽。

"你不是还有室友吗？叫上她们一起，我请客。"说完，周暮昀抬手在她的头顶揉了两下，"请女朋友的闺密吃饭，这个江湖规矩我还是懂的。"

喻橙一怔。

有一次寝室夜话会，齐小果她们还吐槽过，以前她们的男朋友都请过寝室里的姐妹吃饭，就属喻橙最特殊，男朋友是个大老板，还远在十万八千里外的北京，想宰他一顿都没机会。谁能想到，机会说来就来。

喻橙从口袋里拿出手机，一边拨通电话，一边跟周暮昀说："她们好像还在图书馆没出来，我问问。"

电话响了几声那边便接通了，传来一阵嘈杂声，喻橙几乎听不清，蹙着眉问："你们在哪儿呢？"这么吵，肯定不在图书馆。

吕嘉昕拿着手机找了个安静的角落，噪声小了一点："我们在食堂啊，刚下课，人特别多。怎么了，是不是想让我帮忙带吃的，你想吃什么？"

喻橙赶紧说："别买吃的了，我……"她看了周暮昀一眼，背过身去，压低声音说，"我男朋友晚上请客。"

吕嘉昕没听清楚："你说什么？"

"我男朋友请客，你们速来网球场这边的主干道集合！"

"得令！"这回吕嘉昕听清了。

吕嘉昕挂了电话，带上齐小果和邢露一起出了食堂，往网球场那边走。

喻橙握着手机，一回头就对上周暮昀意味深长的眼神，好像她说了什么令人匪夷所思的话。

喻橙回想了一下，觉得自己每一句话都挺正常的。

周暮昀抓着她背带裤的带子，把人扯到怀里来。

209

喻橙："……"你抓带子上瘾了？

"你刚才说了'我男朋友'这几个字。"周暮昀的声调不紧不慢，每一个字眼似乎都带着勾人的魔力，被晚风吹进她的耳朵里。

他揉捏着她软软的耳垂，笑起来："我喜欢听你这么介绍我。"

周暮昀揽着她的腰肢。她顿了顿，双手环住他的腰，趴在他的胸口，侧脸贴着柔软的衣料，鼻间萦绕着干净清洌的味道。

"所以，你到底为什么会出现在这里啊？"她仰头，看着阴影里男人轮廓清晰的脸。

周暮昀低下头，嘴唇碰了碰她的额头："出差，顺便来看你。"

然而实际上却是：出现在这里目的就是看你，顺便出差。

喻橙哦了一声，忽然道："她们怎么还没来呀？食堂离这边不远。"

食堂离网球场确实不远，穿过一条小道就到了。三个室友早就过来了，因为看到两人抱在一起好像在亲热，她们就不知道该不该上前打扰。

齐小果躲在一棵四季青树后面探头探脑："他们亲完没有？我肚子有点饿。"

邢露："我肚子也饿。"

吕嘉昕："再等一会儿，实在不行就假装咳嗽，提醒一下他们。"

"我看到那边有三个人影，是不是她们？"周暮昀的额头抵着喻橙的额头，他的余光瞥见树后面有三个鬼鬼祟祟的身影。

喻橙顺着他示意的方向看去，不是她的室友们还能是谁。

眼见两个重叠的身影分开，那三颗躲藏在树后的脑袋大大咧咧地竖起来，迅速往这边移动。

周暮昀恢复了一贯清清冷冷的姿态，脸上带着客气不失礼貌的浅笑："你们好，我是周暮昀，喻橙的男朋友。"

吕嘉昕之前在北京见过他，算是认识了，此刻再见到他也没感觉到稀奇，顶多是男人的身份变了，变成喻橙的男朋友了。

齐小果和邢露却是第一次见闺密的男朋友，两人都愣住了。

本来以为喻橙手机里的那张照片，是美颜加滤镜再加高超拍照技术，才能呈现出来的效果，但现实中的男人比照片里的看起来更帅一点。

路灯已经亮起来了，光线明亮，周暮昀逆着光站立，黑短发随意地耷下，眉眼都像是精心刻画出来的，脸部的线条深邃又立体。

这是什么神仙颜值?

难怪喻橙最近都不在寝室里嗷嗷叫着哪个小哥哥长得帅了,男朋友这么帅,哪还能看上别人啊!

"你好,我是齐小果。"

"我是邢露。"

两人后知后觉地反应过来,作了个简单的自我介绍。

几人一同往校外走,周暮昀的车停在路边。

上了车,驾驶座上的男人扣好安全带,侧着头问:"你们想吃什么?"

女孩子们稍微矜持了一下,说:"我们随意,周先生你定就好。"

喻橙低着头,在论文组群里发消息,没听见他们在说什么。刚才导师给她发来一条消息,让她帮忙催一下那几个没把论文初稿拿过去给导师看的学生,让他们抓紧时间。

发完消息,喻橙轻舒一口气,这才发现车子没启动。她看向周暮昀:"怎么还不出发?"

"安全带。"周暮昀提醒了一声,没等她自己动手,他就倾身过去,扯下安全带拉过来扣上。

选餐厅的事最终还是交给美食博主喻橙,而她完全没考虑帮男朋友省钱这回事,指挥司机周暮昀把车开到一家口碑非常好的高档餐厅。

她觊觎这家餐厅有一段时间了,最近被论文折磨得焦头烂额,没找到合适的机会出来吃。

周暮昀要了个包间,领着女生们上楼。

进到包间里,他很绅士地替喻橙拉开椅子,转头对其他人做了个请的手势:"喜欢吃什么随便点,别客气。"

周暮昀找服务员要了几份菜单摆在她们的面前,微微颔首,从始至终都礼貌周到地照顾了每个人。

连一向话多的齐小果都没话说,挑了挑眉,对闺密的男人表示很满意。

不过,点菜的时候,女生们依然很矜持,每人点了一道自己喜欢的菜就作罢。

喻橙还能不知道她们的本性?这个时候装什么矜持,她拿过菜单大手一挥又加了好几道菜。

她们觉得,喻橙的男人请客来高档餐厅吃饭是他慷慨,她们作为喻橙的室友，还是很有必要矜持一点，至少能给喻橙撑撑面子，所以就没点太贵的菜。谁知道，喻橙本人这么爽快。

等菜一盘一盘端上来，她们就彻底忘记"矜持"两个字怎么写了，连吕嘉昕这个大小姐都饱了口福。

气氛上来后，大家就非常愉快地边吃边聊。

齐小果撑着下巴看向周暮昀："我有点好奇，你是怎么搞定我们老大的？她完全没有恋爱脑啊。"

周暮昀剥了一只虾，自然而然地放进喻橙的碗里。她刚把虾放嘴里，听到齐小果的话直接被呛到了。

周暮昀把自己的杯子递过去给喻橙，似笑非笑地看着她呛得通红的小脸："老大？为什么叫你老大？"

邢露说："大一开学那天，她一个人抱着饮水机桶装水，一口气上五楼不费劲。所以，她是我们寝室公认的老大。"

周暮昀诧异地看着喻橙，她这么厉害？

喻橙："……"是亲室友吗？

齐小果反应过来，试图挽回喻橙的形象："其实我们老大还是挺小女生的。比如，她不会过马路。每次一起出去逛街过马路的时候，我们都得牵着她，大喊一声保护我方老大！"

周暮昀终于忍不住笑出声来，点点头："嗯，我记住了。"以后过马路，我牵着她的手。

一顿饭吃完，差不多八点。几人走出包间，喻橙忽然说："等我一下，我去趟洗手间。"

周暮昀嗯了一声，站在一边等她。

吕嘉昕看着另外两个人，心想周暮昀千里迢迢过来找女朋友，总要给他们一点独处的时间，说："我们先回去了，你留下陪大鱼吧。"

迟疑片刻，周暮昀说了声注意安全。

三人朝电梯走去，吕嘉昕忽然想到什么，又折回来，从包里掏出手机，点开微信里加好友的二维码："加个微信吧，有点事想跟你说。"

周暮昀沉默地看着她，漆黑的眼眸融进了走廊明亮的灯光，虚虚实实，让人难以辨别眼底的情绪。

吕嘉昕补充道："关于喻橙的。"

周暮昀的眼神微动，这才从裤兜里拿出手机，扫了吕嘉昕的二维码加好友。

　　走廊铺着厚厚的浅灰色地毯，踩在上面分外松软，一脚踩上去有往下塌陷的感觉。他目送吕嘉昕她们离开，倚靠在洗手间门口的大理石墙面上，垂着眼耐心地等待。

　　没过几秒，他口袋里的手机振动了两声。

　　周暮昀顿了顿，掏出手机看了一眼。是刚才加他好友的吕嘉昕发来的消息，一句多余的话没说，简单干脆地给他发了一张图片。

　　周暮昀蹙起眉毛，指尖轻触，点开图片。

　　图片的内容是微信聊天截图，准确来说，是吕嘉昕和喻橙的聊天记录。

　　吕嘉昕："你想通啦？"

　　喻橙："嗯。答应跟周暮昀试试，大概是我这辈子做的最勇敢的一个决定。我希望自己不会后悔。"

　　吕嘉昕："挺好的。"

　　就是这样简单的几句话。

　　吕嘉昕接下来也没有解释。她相信周暮昀是个聪明人，他应该能明白她要表达的意思。这样就够了，把话都剖开说透了才是真没意思。

　　周暮昀的视线停留在喻橙的那句话上，他不由得愣了一下。

　　仅仅一句话，好像什么问题都能说明。原来，跟他在一起，她需要这么大的勇气吗？

　　喻橙上完厕所，站在盥洗台前洗手，对着镜子整理了一下头发。出门左拐差点撞上周暮昀，她定了定神，舒了一口气："你怎么站在女厕所门口啊，不怕被当成变态吗？"

　　周暮昀目光复杂地望着她，没说话。

　　喻橙没注意到他的眼神，甩了甩手上的水珠，往他身后瞄了一眼："她们人呢？"

　　周暮昀把手机装回口袋里，顺便摸出一袋手帕纸，从里面抽出一张，握着她的手腕把人拉过来，垂着头给她擦手。

　　他慢慢地一根一根手指地擦拭，连指缝里也不放过，温柔又耐心。

　　他无声地叹一口气，不知道该说点什么才能让她打消那种"跟他在一起只是试一试"的想法。眼下，的确是说什么都不合适，怕她会多想。

"她们先走了，我留下来等你。"他把纸巾捏成一团扔进旁边的垃圾桶里，牵着她走进电梯。

喻橙嘟囔一句："居然不等我一起……"

"你们学校晚上几点关门？"周暮昀靠着电梯金属内壁，搂着她的肩膀，"要不今晚别回去了，干脆跟我一起住酒店。"

住、住酒店？

喻橙睁大眼睛，一副被吓到了的样子，是她想的那个意思吗？

周暮昀屈指刮了一下她的下巴，笑着说："骗你的，再陪我一会儿，宿舍关门前送你回去。嗯？"

他下榻的酒店就在喻橙的学校附近，他先将车开到那里，两人下了车，沿着酒店门前这条路散步。

周暮昀嘴角微微勾起，牵起她的手晃了晃："走，遛狗去。"

喻橙："……"想打人了啊。

嘴里说着遛狗的男人实际是被遛。周暮昀对这一带不熟悉，喻橙却很熟，她带着他从漆黑的小道走，然后从侧边的一扇小门进了学校。

晚风有些凉，她的指尖冰凉，他感觉到了，手指松了松，往前一点，掌心包裹住她的整只手。

一路上两人都没有说话，淡淡的温馨在四周流淌。

喻橙带他走进操场。即使是晚上，操场上的人仍然非常多。大家戴着耳机听歌夜跑，一对对小情侣手牵手散步、聊天，还有飞行学院的男生在夜训。

"我们去看台坐一会儿吧。"喻橙提议。

周暮昀嗯了一声。

两人爬上高高的看台，一直往后走，到最后一排最高的位置坐下来。视野一下开阔起来，能将整个操场尽收眼底。

喻橙的半边身子靠在他的身上，她眯着眼吹风。

"冷不冷？"他抽出一只手，揽着她的肩膀，将小小的她抱在怀里，替她挡住凉风。

喻橙摇了摇头，干脆闭上眼："不冷，还挺舒服的。"

周暮昀抬眸远眺，视线从下面的操场转移到远处的林荫路、高耸的宿舍楼，再到更远一点的教学楼。

这里是她生活了四年的地方。现在他人在这里，走着她曾走过无数遍的路，看着她曾看过无数遍的风景。这种感觉真是美好。

喻橙用脑袋蹭了蹭他的肩膀，说："其实你是特意来看我的吧？"

她直起身来看着他，一双眼在黑夜中那样明亮。不等他回答，她自顾自说："所以你的酒店也订在我们学校附近。"

他的目的太明显了，想要不让人发现都难。

被她猜到了，周暮昀挑了挑眉，没有否认，抬手揉着小姑娘的脑袋，把她重新按进自己的怀里。

喻橙推了一下他的胳膊，挣扎着从他的怀里退出来，一副"我就知道是这样"的表情。周暮昀终于认输了，绷着的俊脸松动，扯起唇角笑出声来："是是是，你说对了，我就是来看你的。"

耳边传来男生们整齐划一的口号，铿锵有力，响彻操场上空。

喻橙注意力转移，她看着下面几排整齐走过去的飞行学院的小学弟，正要感叹一下这一届飞行学院学弟的身高优势，那边周暮昀忽然惊呼了一声。

她看向他，只见他仰着脖子看夜空，喻橙跟着抬头望向天空，黑漆漆的，像块墨色的幕布蒙在上面，只有零星的几颗星子。

这有什么好看的，也值得惊呼？

喻橙敛下眼睫，打算继续看操场上英姿飒爽的小学弟们。男人倏地伸手抓住她的手，示意她看天空："有流星。"

偶尔能看到流星，好像也不是多么稀奇的事，她不明白他怎么这么激动，仿佛看到了旷世奇景。她摊了摊手，说："然后呢？"

"流星可以许愿。"

周暮昀正好看到有一道银色的亮光快速掠过夜空，他闭上双眼，做出一副许愿的样子。

喻橙错愕不已。

面前的男人近乎虔诚地闭着眼，侧颜安静，像一个正在做祷告的信徒。对着流星许愿这种事，她五岁以后就再也没干过了。这是个多么神奇的男人，居然还信这个。

没看出来啊，他除了幼稚、任性外，还如此有少女心。跟他比起来，喻橙觉得自己简直是个糙汉。

糙汉喻橙怔怔地望着他，直到他许完愿，睁开眼睛，她忍不住问："你许了什么愿望？"

周暮昀如墨般漆黑的瞳仁里闪过一丝笑意，声线低低的，很撩人："不能告诉你。愿望说出来就不灵了。"

喻橙被噎住。

她的眼神过于执着，周暮昀决定退一步："这样，你亲我一下，我就告诉你我许了什么愿望。"

喻橙本来一点都不关心他许了什么愿望，以他的身份和能力，就算真的想要什么东西，肯定会比一般人容易得到。但是，看着他此刻神秘兮兮的表情，她倒是有点好奇了。

亲他一下，也不损失什么，她动摇了。

喻橙狐疑地盯着他："亲一下就告诉我？"

周暮昀十分真诚地点头。

喻橙飞快地向四处瞄了一眼，他们坐的位置是看台最后一排，没人会看见。她深吸一口气，凑过去在他的唇角亲了一记，迅速端坐好，两只手乖巧地搭在膝盖上，仿佛什么事都没发生过："好了！我亲完了！现在立刻马上告诉我！"

周暮昀笑了一声，伸出一根食指朝她勾了勾，带着一点故弄玄虚的神秘："耳朵附过来。"

犹豫片刻，喻橙缓缓地向他靠近。周暮昀的薄唇贴着她的耳郭，他一个字一个字地说："我，想，结，婚。"

喻橙呆住了。她像是中了定身咒，身体一动不动，她大睁着杏眼直愣愣地盯着虚空的某个地方，只有眼睫毛轻微颤动，显示出她的震惊。

周暮昀丢下一个重磅炸弹后迅速撤离，坐直了身体，平静地看着操场。集训的那帮小男生离开了，喊口号的声音消失了，四周无比安静。

等了一会儿，他还不见她回神，侧过身抬手在她眼前晃了晃："怎么傻兮兮的？"

喻橙的脑子里乱糟糟的，她舔了舔唇，声音似呢喃，被风一吹就散了："是……是和我吗？"

他的意思是，想和她结婚吗？

"不是和你——"

喻橙眼里的光黯淡下去，心里空落落的，咬着唇声音很低地哦了一声。

216

没关系啊，反正她也没想那么长远，结婚的念头根本连想一下都不曾有过。

"难道我还能跟自己结婚吗？"周暮昀补充完后半句。

喻橙的脸色一变，她反应过来后怒目圆睁："周暮昀！你想死！"一句话分两次说，到底是什么臭毛病！

关于结婚，不管是出于没有信心，还是别的什么原因，总之，喻橙从来没往这方面想过。至少对于目前的她来说，还是太遥远了。所以在周暮昀说出我想结婚四个字后，她的内心久久无法平静，好似掀起了惊涛骇浪。

时间一分一秒地过去，操场里的人渐渐少了。

喻橙拉着周暮昀的手站起来，拍了拍裤子上的灰，踩着一级级台阶下去，到下面的塑胶跑道。

"你要回宿舍了？"周暮昀没有指望她现在就给出准确的答案，此刻的他脸色平静，语气也平静。

想起这人刚才的戏弄，喻橙眼尾一挑，笑着凑到他跟前，踮起脚声音很轻地说："我跟你回酒店。"

周暮昀眸中的光亮一闪而过："真的吗？"

喻橙补充："你想得美！我去拿我的毕业论文，明天要改论文。"她的论文还在他的车上，上面有导师写的修改意见，十分重要。

周暮昀："……"

他一秒变了脸色，黑眸也沉沉的，看起来是有点生气了。

喻橙捂着嘴哇了一声："不是吧，生气啦？我可是跟你学的。周老师，对你的学生现学现用的表现满意不满意呀？"

周暮昀点点头，舌尖抵着腮帮子，再点点头，一副被她气到了偏又发不出脾气的憋屈样子："你过来，我告诉你我满意不满意。"

喻橙心中警铃大作，她下意识地跳开老远，打算逃离他的身边。

周暮昀伸出去的手抓了个空，那条小泥鳅已经滑到几步开外，他抿了抿唇，跑着追上去。

喻橙怎会让他抓到，立马拿出参加运动会的精神，使足了劲狂跑。

两个人明明都是成年人，却像放学后的小学生一样，推搡着你追我赶，不是扯对方的书包，就是拽对方的袖子。

玩闹够了，他们站在一条寂静的小道上，中间隔着不足半米的距离，望着对方，不知道戳中哪个笑点，忽然间都笑喷了。

喻橙笑得蹲在地上喘气："周暮昀，你幼稚不幼稚？"

周暮昀居高临下地俯视她，唇畔笑意深深："你传染的。"

"你讲点道理好不好，不是你先追我的？"

"你先跑的。"

"你先生气的。"

"我没生气。"

"……"这一局喻橙败了。

男人弯下腰，手伸到她的面前："起来。"

喻橙懒得跟他计较，把手放在他的掌心里。他握着她的手把人拉起来，他故意使坏，用了很大的力气，一下子把人拽进自己的怀里。

喻橙猝不及防，跟跄一步扑进他的怀里，另一只手下意识地攀在他的手臂上。

等她反应过来，她嗔怒地踢了他一下："啧，毛病。"

他单手扣着她柔软的腰肢，笑着看她发小脾气的样子，满眼浸染着温柔。

周暮昀办完这边的事情，隔天就回北京了。

喻橙接下来的日子，继续踏上修改毕业论文的漫漫长征路，每天忙得脚不沾地。一个星期后，修改后的论文再次拿过去给导师过目。

上次提出的问题她都认真地修改了。导师看过之后，很是赞赏地点了点头。

"论文可以定稿了，回去查重吧。"导师把论文递还给她，"你现在主要任务就是这个，其他的没问题了。"

"好的，谢谢老师。"

搞定头等难题，喻橙稍微轻松了一些，一路哼着歌从教学楼回到寝室。其他人各自去找导师改论文了，寝室里没人。

她开了电脑，登录了毕业论文查重系统，上传了论文。查重结果需要等几分钟才出来，她就坐在桌前用手机看综艺节目。

喻橙看了不到五分钟，寝室里的其他人陆陆续续地回来了，被论文折磨得面目全非，每个人的脸上都写着疲惫。

吕嘉昕和邢露踢掉鞋子各自爬到床上，做挺尸状，一句话都不想说。

齐小果把论文甩到桌上，一屁股坐在椅子上，仰天长叹："我不想毕业了！张老头说我写得一塌糊涂，还得改！"

喻橙退出了综艺节目，看电脑上论文的查重结果，36%的重复率。

她点开详细的内容对比，只见大片的红色、黄色、绿色的标注，崩溃地大喊一声："我选择自闭！"

毕业论文从开头到结尾的内容，基本上每个字都是她自己写的，除了一些纯理论科普类知识。她没想到，重复率居然还这么高。

她还以为被导师定稿就万事大吉了呢，真是异想天开！

齐小果拿了一袋薯片撕开了，嘎吱嘎吱地吃着，脑袋凑过去看喻橙的电脑屏幕："你知足吧！你都开始查重了，还自闭，我二稿都没过。大鱼，我们绝交吧！"

喻橙往后挪了挪椅子，手指点了一下电脑屏幕："大姐，我的重复率36%，有什么好羡慕的。"

齐小果瘫在椅子上，有气无力道："那也比我好。"

学校统一要求是毕业论文重复率不得超过30%。导师要求会更严格一点，至少要降到10%，所以喻橙才会这么崩溃。

开始给论文降低重复率的时候，她才知道前面那些内容上的问题不值一提。

她写的这个课题本来纯理论性的内容就多，关于财税政策方面的东西，必须得用专业术语来解释。可一旦专业起来，就很容易增加重复率，让人头疼不已。

一晃眼，一个月过去，寝室里几个女生开始了新一轮的熬夜生活，比期末考试临时抱佛脚还痛苦。

小小的空间里，每天都充斥着唉声叹气，丧到了极点。

齐小果无数次哀号不打算毕业了，转头还是要继续跟论文做斗争。

"我这个是法律条文啊！怎么改？"

"对不起，名词解释我尽力了，真没办法改。"

"这一段理论科普我是真的改不了，用大白话来说怎么说都不对劲。太要命了！"

喻橙一边吃零食一边敲击着键盘："不能改也得改。我的论文前三段都已经改得面目全非了，一查重还是能飘一片红色。烦！"

邢露趴在电脑上，眼下覆着一层厚厚的黑眼圈："我昨晚熬夜到凌晨两点，还没修完，快疯了。"

喻橙淡淡地扫了一眼电脑屏幕右下角的时间："五月十七号了，同志们。下个星期学校就要开通查重系统了，你们的重复率降到10%了吗？"

几人立刻闭上嘴巴，开始对着电脑屏幕逐字逐句地修改。

喻橙将刚刚修改完一遍的论文再次上传到查重系统。

等结果需要时间，她就拿起桌上的手机玩。浏览朋友圈时，几张漂亮的照片映入眼帘，她顿时来了精神："别人已经开始拍毕业照了！我们寝室什么时候拍？"

原本还埋头奋斗的三个人齐刷刷地抬起头，眼里的疲惫消失得无影无踪，如同打了兴奋剂一般，纷纷加入讨论。

"我想穿汉服，可以吗？"

"必须要有英伦风校服！高中时期做梦都想穿那种校服，现实却是穿丑到爆炸的蓝白校服。我要圆梦！"

"还有那种婚纱，超级美的，我要穿！"

"要不我们来个主题毕业照吧，COS（角色扮演）美少女战士怎么样？"

吕嘉昕凑过来，手撑在桌边看喻橙手机里别的同学拍的毕业照："有巴啦啦小魔仙那种裙子吗？"

"看不出来，您老居然好这口。"齐小果说。

吕嘉昕平时的穿衣风格，包括行事风格都御姐范儿十足。大家同寝四年了，现在才发现她有特殊爱好。

面对大家惊讶的眼神，吕嘉昕面色不改，说话的腔调一如往常地女王范儿："谁还没个童年执念了。"

收集完大家的意见，喻橙一拍巴掌定下了："既然这样的话，我们就每个风格都拍一套好了。"

齐小果拍着桌子激动地大喊："就这么定了！"

果然，很少有女人能抵抗拍照的诱惑。

喻橙两手托腮看着她们，问："我们什么时候拍？答辩完就拍，还是等领毕业证的时候拍？"

齐小果说："答辩完了就拍吧。"

“行。”其他人没意见。

答辩时间定在五月二十四日，天气彻底热了起来，晚上睡觉都能听见各种虫子的叫声，分外聒噪。

经济管理学院的答辩时间是两天，随机分配。安排表一发下来，喻橙就转发到寝室的QQ群里。

查看完答辩安排表，喻橙不负众望地成为寝室里第一个参加答辩的人——她被安排在第一天的上午。最要命的是，她那个答辩组的几位老师在教研室里出了名地严厉。

喻橙闭了闭眼睛，仿佛看到了自己的死期。

前一天晚上，她跟周暮昀视频通话的时候，提了一句心里很紧张，不知道能不能顺利通过。

他笑着说：“那我明天亲自过去，给你加个油？相信有了男朋友爱的鼓励，你答辩肯定没问题。”

算算日子，他一个多月没见她了，即使每天都有联系，他还是会想念。

“不用不用，我可以的！”

他那么忙，上次抽空来看她已经让她很感动了，她怎么能因为答辩这种小事，让他从北京飞过来。

第二天早上，喻橙在闹铃响起之前醒了，摸出手机关了闹铃。

清晨的第一缕阳光穿过窗户照进来，落在帘子上，她一拉开就被刺得眯了眯眼。缓了好一会儿才睁开眼睛，见其他人还在睡，她轻手轻脚地爬下床。

答辩是上午八点半开始，眼下才六点，她拿着论文到阳台上做准备工作。

答辩大致分为三个部分。第一个部分是自我介绍，简单说一下自己的学院、专业、班级、姓名；第二个部分是阐述论文选题意义以及论文的主要内容。

以上两个部分，时间尽量控制在三分钟以内。

第三个部分自然是最重要。由现场答辩组的老师提出与论文内容相关的问题，学生当场做出解答。

根据学生的表现，答辩老师会给出评分。

喻橙把论文从头到尾细读了几遍，看时间差不多了，才去卫生间洗漱，准备下楼吃早饭。

答辩教室在五楼，左拐第三间教室。

喻橙进去的时候，里面已经有一些学生来了，一个个都在低头默默地看论文做准备，有的甚至提前写好了发言稿，学习气氛浓厚得好像高三重点班。

喻橙找了个倒数第三排靠过道的位置坐下来，低头看论文。

她刚看完一遍，几个老师先后走进教室，每个老师手里都拿着几个浅棕色的档案袋。里面装的是他们这组答辩毕业生的资料，包括任务书、开题报告、论文、论文检测报告等。

答辩组的组长是个男老师，他站在讲台上简单讲了一下流程，答辩就开始了。

喻橙是第九个上去的。

叫到她名字时，她起身整理了一下衣服，穿过过道走到讲台上。下面第一排和第二排坐着答辩老师，他们都看着她，凑在一起小声说着什么。

喻橙深吸一口气，面带微笑，咬字清晰，语调不疾不徐："各位老师好，我是经济管理学院会计一班的学生喻橙，我的论文题目是……"

自述内容，喻橙花了两分钟说完。

话音落地，她深鞠一躬："请在座的老师对我的论文进行批评指正。"

喻橙的论文课题是税法老师的"菜"，所以三个问题都是由他提出。

喻橙站在讲台上，双手自然垂放在身体的两侧，她不卑不亢，甚至没有任何思考和犹豫就脱口而出，表现得镇定从容，可见是私下充分准备了。

老师满意了，把属于她的那份档案袋递给她："好了，喻橙同学可以先出去了。"

喻橙接过档案袋抱在怀里，对着老师小幅度地弯了一下腰，然后从教室的后门出去了。

一脚踏出教室，她还有点不敢相信，这么快就结束了吗？

还没来得及开心大笑，她一转身，只见有个男人倚靠在教室门边的墙壁上，男人单手插在裤兜里，侧眼看着她。

喻橙一愣。

走廊没开灯，光线昏暗，男人又刚好站在阴影里，他的面容看不真切，她只觉得他哪里都透着一股熟悉感。

喻橙看着他，眨了眨眼，不太敢确定，又定睛看了一会儿。等她终于确

222

认他是周暮昀，她激动地跳起来一巴掌拍在男人的脑袋上，歪着头看着他："你怎么来了？"

他怎么总是神出鬼没、从天而降一般地出现在她的眼前！没有一点预兆，他时刻在挑战她心脏的负荷。

刚才看清他脸的一瞬间，毫不夸张地说，她的心脏都骤停了。

她拍他的脑门完全是被激动的心情驱使的下意识的动作，就跟人的条件反射一般，是在大脑还没来得及做出反应的时候，身体快过脑子的行为。

喻橙的手顿在半空中，意识到自己的错误，她舔了舔唇角，小声地道歉："我不是故意的。"

虽然她总是开玩笑说打爆他的狗头，其实她从来没想过要真的打他。

周暮昀："……"

他原本预想的场景是：这么久没见，他的小女朋友乍一看到他，一定会激动地冲过来给他一个爱的抱抱。

他怎么也没想到，女朋友第一个反应竟然是照着他的脑门拍一巴掌。

啪的一下，她直接把他打蒙了。

所以说，他千里迢迢从一座城市飞到另一座城市，其实是"千里送人头"？礼轻情意重？

喻橙道完歉了，还是很心虚，自己也觉得刚才的行为很过分。

她的男朋友多好啊，一大早从北京飞到上海，就是为了给他心爱的女朋友加油鼓励。虽然她已经答辩完了。她倒好，因为心情太激动，控制不住自己。

喻橙左右瞄了一眼，没看见有人经过。

今天是星期六，整栋教学楼的空教室都被参加答辩的毕业生占用了，这个时间走廊空荡荡的，一个人影都没有。

她换了一只手拿档案袋，空出右手扯了扯周暮昀的袖子。

周暮昀微仰着头，丝毫不为所动。

喻橙手指往下滑了一点，戳了戳男人的手背，她又捏着他的小拇指轻轻地晃了晃。

虽然她没说话，也没什么表情，但手上的小动作表示出来的意思还是能让人看明白的。她在撒娇，在讨好他。

周暮昀差点就要绷不住笑出来了。

然而四周光线暗，喻橙没注意到他的表情，以为他还在气恼。想了想，她拽着他手腕，把人往下压了一点，她踮起脚在他的唇角亲了一下。

周暮昀的眸色一暗，他偏头含住她的下唇……

身侧的门吱呀一声被人拉开了。一个女生抱着档案袋从教室里走出来，转身时看见这一幕，吓得差点尖叫出来，女生连忙捂住了嘴巴。

光从开着的门照过来，落在走廊上，黑黢黢的走廊一下亮了许多，女生足以看清旁边这两人是在接吻。

一个女生把一个比她高出大半个头的男生按在墙上亲。男生看起来已经放弃了抵抗，低垂着头，手插在兜里，一副任其为所欲为的样子。

都说大四的女生猛，现在她算是见识到了！

从教室出来的女生怔怔地站在原地，走也不是，留下来继续观看也不是。

喻橙的余光瞥见女生错愕的眼神，她的头皮都发麻了，她一把拽住周暮昀的手，拉着他往楼梯间里跑。

周暮昀起初没反应过来，被她拖着走了两步才跟上她的脚步。

教学楼的楼梯间设计不同于一般的楼梯间那么幽暗阴凉。相反的，每一层楼的楼梯间都有一块大玻璃窗。大大的玻璃窗被分割成一个一个小方格。阳光肆无忌惮地照射进来，在斑驳的大理石台阶上圈出一个个光晕。

他们到了一楼，从侧门走出教学楼，喻橙脸上的燥热才渐渐消退。

周暮昀的思绪还没转过来，目光定定地看着她，从她的脸上一寸一寸地下移，落在她穿的衣服上。款式简单的白T恤配高腰牛仔裙，T恤前面印着一串黑笔画出来的心电图的图案，心电图的末尾勾上去画了一颗爱心。衣摆扎进裙子里，圈出来一段纤细的腰肢。牛仔裙下面是双笔直修长的腿，又细又白，连脚踝的弧度都那样漂亮。

周末的校园比平时安静许多，没有成群结队去上课的，只有三三两两的学生穿过林荫路。

喻橙听说周暮昀没吃早饭，先带他去了食堂，用自己即将销毁的饭卡给他买了一份饭。

九点多了，早餐没剩下什么好吃的，她只能让他提前吃个午饭。糖醋小排、蒜蓉西蓝花，再加一份米饭，还赠送一碗浓浓的紫菜蛋花汤。

喻橙把档案袋放在餐桌上，两手托腮看着对面的男人，他吃得慢条斯理，优雅得像个绅士，修长的手指捏着木筷，垂眉敛目，细碎的额发耷拉下来，在脸上落了一层淡淡的阴影。

喻橙默默地欣赏了一会儿男色，啧啧感叹："现实版李泽言。"

周暮昀抬起头，薄唇轻启："什么？"

喻橙摇头："没什么。"

"我听见了，你说李泽言。"周暮昀目光沉沉的。

"……"听见了你还问我。

周暮昀将筷子放在餐盘上，唇角挑起笑："你过来，我跟你说个事儿。"

"什么事儿你说，不用过去，我也能听见。"喻橙托腮的手放下来，背脊挺直了，一副备战的状态。

周暮昀起身，绕过餐桌，坐到她的那边。

喻橙拔腿就想跑，却被他抓住了手腕按在椅子上。

她的脚后跟蹬着地面想要往后挪，却忽然想起食堂的椅子是和桌子连着固定在一起的，根本挪不动。

喻橙抿了抿唇，强装镇定："周暮昀，你过分了啊，吃个纸片人的醋，有完没完了？我就不信你没个童年女神、心中'白月光'什么的！"

周暮昀的手撑在桌边，被她气笑了。

"你脑子里一天到晚在想些什么东西？"他抬手从她的头发上拈掉一片指甲盖大小的树叶，拿给她看，"你以为我想干什么？"

喻橙："……"

周暮昀的身子往前倾了倾，趁她在发愣，他在她的唇瓣上亲了一下，有件事他觉得还是要跟她解释清楚："我没有童年女神，也没有心中'白月光'。"顿了顿，他的声音更低了，"就你这一个小姑娘。"

喻橙捂着嘴退后一点，眨巴着大大的眼睛看着他。

心跳如擂鼓，她觉得自己此刻的心电图可能就像她T恤上印的图案一样，跳出了一个个爱心的形状。

在他灼热的目光下，喻橙终于脸红了，推着他的肩膀驱赶："快去吃饭！"

周暮昀莞尔一笑，不和她闹了，他坐回对面的位置低头吃饭。

下午，喻橙把档案袋送回寝室，跟周暮昀一起逛了海洋馆，晚上两人还一起吃了个浪漫的晚餐。

喻橙回到寝室已经很晚了，其余三人都答辩完了，看到喻橙，纷纷露出

225

暧昧的眼神。

齐小果说："还以为你晚上不回来了。"

喻橙把包放床上，坐在椅子上给自己倒了杯水："明天还要拍毕业照，我怎么可能不回来。"

邢露在剪指甲，啪的一声脆响，抬起头看她："周暮昀不是来找你了吗？我们就打赌你晚上可能不回来了。"

喻橙扶着额，有点跟不上她们的思想节奏。

晚上聊到拍毕业照的话题，聊得太晚，以至于第二天早上，整个寝室的女孩都睡得昏天黑地。

喻橙被手机的振动声惊醒了。她揉着眼睛摸出手机一看，七点多，周暮昀发来一条微信："你什么时候回北京？"

屏幕光线刺得眼睛疼，喻橙没回消息，先闭上眼缓了一会儿，等眼皮那股酸疼劲儿过去，她才缓缓睁开眼，握着手机打字："你今天要走了吗？"

周暮昀："不走。"

喻橙刚打出来一个字，那边又发来了一条微信，他说："我想跟你一起回去。"

刚睡醒的脑子不是太清醒，她顿了顿，翻身平躺，两眼直视天花板。

答辩结束她还不能立马离开学校，有几份资料要上交到系里，还要清理宿舍，办理离校手续。这些事情她大概需要两天才能办完，但毕业证还不能马上领，得等到六月中旬，顺便参加毕业典礼。

她原本的计划是，领完毕业证再回北京。中间空出来的十几天时间就和吕嘉昕在这边游玩，她在寒假期间就跟吕嘉昕说好了。当初跟周暮昀提起毕业时间，她也说的是六月中旬。

现在，周暮昀却想跟她一起回去，她就有点纠结了。

她考虑了一会儿，做出决定："后天下午回，一起吧。"

那边的男人回得很快，似乎心情很好的样子："好。"后面附了一个微笑的表情。

喻橙盯着后面那个微信自带的小表情几秒钟，忽然扬唇笑了。

过了一会儿，周暮昀又问："你今天要拍一整天的毕业照？"

因为租了好几套衣服，具体要拍多久还真不敢确定，喻橙想了想说："应该用不了一整天吧，下午就能结束。怎么了？"

周暮昀："没什么。"

八点多的时候，大家都醒了，摄影师那边也在打电话催了。

喻橙换好了英伦风的校服，对着镜子照了照。白色的长袖衬衫，领口扎着深蓝色格纹的蝴蝶结，胸口还缝着刺绣的徽章。下面搭配同款深蓝色格纹的百褶裙，裙摆到大腿的位置。白色的长筒袜到膝盖，边缘有两条深蓝色的线条。

第一套服装的拍摄地点主要在教室。

按照摄影师的要求，她们坐在课桌后面，手撑在耳边，另一只手在桌面写写画画，做出上课认真听讲的样子。

早晨的阳光是暖暖的金色，透过窗户照进来，落在课桌上，能看清空中飘浮的细小尘埃。

她们拍好了这个动作，再换另外的动作。一套衣服拍完，紧接着就要换下一套衣服，换下一个地点。

只有在这个时候，喻橙才感叹一句，校园是真的大。两个人工湖、一片桃林、一个喷泉广场、一南一北两个大操场，还有篮球场、网球场、大花园……

这些地方拍下来，几个女生已经累得完全不想说话了，午饭都是匆匆应付了几口。昨晚讨论时的激情在疲惫中一点点地消磨干净了。

然而，下午还要接着拍。

摄影师要求她们对着天空，双手举过头顶摆出爱心的造型，还要笑得青春阳光、活力四射。

天上的太阳光芒万丈，晒得人脑袋发昏，眼睛都睁不开，更别说对着天空笑了。

见大家一脸的疲倦，吕嘉昕斗志昂扬地道："朋友们，下一套就是婚纱了！难道你们不想提前感受一下当新娘吗？我租的可是最漂亮的婚纱！"

别的毕业生也有拍婚纱主题的，但她们的婚纱都是影楼里租的，乍一看还行，其实质量和样式都很粗糙，跟精致二字完全不沾边。

吕大小姐就不同了，租了一家婚纱店里最好看的几套婚纱。

四个女孩穿着不同款式，同样洁白胜雪的婚纱，一出来，路过的男生、女生的眼球就全被吸引过来。

学弟、学妹课都不上了，抱着书本站在旁边围观，大呼她们好漂亮。

227

刚才还蔫巴巴眼皮都抬不起来的女孩腰也不酸了，腿也不痛了，表示自己还能再拍个百八十套！

　　喻橙穿的那套婚纱裙摆最长，抹胸的款式，繁复的蕾丝刺绣从胸口蔓延到裙摆，下摆缀了一层薄如蝉翼的裙纱。

　　清风拂来，白色半透明的裙纱扬起来，在空中扬起海浪般的弧度。

　　喻橙拎着裙摆走过去，见路过的学生都往这边看，她不好意思地垂下头，躲避大家的视线。

　　吕嘉昕一秒钟戏精附体，抬手抹了一把不存在的眼泪："你终于要出嫁了，我真是太感动了。新郎呢？让我们把婚礼进行曲奏起来！"

　　喻橙不习惯穿高跟鞋，艰难地走到吕嘉昕的面前，手挡在嘴边小声地说："你太高调了，大家都看着呢。"

　　吕嘉昕却看向她的身后，挑了挑眉："OK，我们的新郎到位了！"

　　"别、别闹了。"喻橙的耳朵染上粉色。

　　吕嘉昕将手里拿着的头纱扬起来，盖在喻橙的头顶，退后一步端详她："我就说少点什么，这样就对了。"

　　隔着一层薄薄的头纱，喻橙无语地看着她。

　　齐小果也看见了喻橙身后的人，愕然地张了张嘴，想提醒喻橙，声音却卡住了，没说出话来。

　　喻橙察觉到一道灼热的视线，转身看去。

　　时至下午两点，阳光强烈，那人逆着光站立，浑身都沐浴在光芒里，柔软又温暖的感觉。

　　周暮昀显然是有备而来，一身挺括的西装，雪白的衬衫领口系了一枚纯黑色的领结。头发也不像平时那样随意地耷拉在额前，而是精心梳理过，帅气有型，右边有一小片额头露出来。

　　喻橙眯了眯眼，掀起头纱看着他。

　　他怎么会出现在这里？昨天她不是跟他说过，她今天要拍毕业照，没空陪他吗？

　　周暮昀三步并作两步走到喻橙的跟前，抬手将她掀开的头纱放下来，语气轻缓温柔，透着一丝霸道："不知道掀头纱是新郎的权利吗？"

　　喻橙眨了眨眼，因为蒙上一层薄纱，眼前的景物变得朦胧，眼前的人也仿佛加了一层柔和的滤镜。

"你……你怎么过来了？"她的话都说不利索了，结结巴巴，差点咬到舌头。

周暮昀抬起下巴，示意吕嘉昕那边："你朋友说这里缺个新郎，让我过来。"

喻橙一愣。

周暮昀见她呆愣的样子，不由得好笑，忍不住打趣道："就当是提前演练了。"

女孩穿着洁白的婚纱，头顶盖着头纱，一直垂到腰间，纤细的腰肢若隐若现，唯美梦幻。

她仰面朝他一笑，眼睛弯弯的，嘴角也挂着柔软的弧度。

这一幕，美好得像童话。

两个人隔着薄纱对视，时间仿佛静止了，风不吹，树不动。

上课铃忽然打响，打破了安静的气氛。站在一旁围观的学生终于如梦初醒，作鸟兽散。

一些没课的学生，躲在远一点的地方偷偷摸摸地观看。

周暮昀的呼吸滞了滞，他深吸一口气定定神。

在喻橙的注视下，他抬起手，捏着头纱的边缘，慢慢地掀起来。终于见到了再无任何东西阻隔的面容，周暮昀的动作不由得顿住了，他像个青春期躁动的少年，竟有些手足无措，眼里添了几分紧张。

喻橙用余光看到大家的反应，好不容易平复的心再次掀起波澜。

眼下这是什么情况？新郎，新娘，伴娘团，外加观众……

婚、婚礼现场吗？

思绪不知怎么转到这上面来了，喻橙都不知道该说点什么才能让这种强烈的既视感稍微消减一点。

周暮昀却还在看她，像看不够似的。

手捏着她头纱的尾端，他俯头，垂眼，目光凝在她的脸上。脑海里有个小人儿疯狂地喊叫：老婆，太好看了吧！

女孩画了妆，比日常的妆容精致许多，睫毛根根分明，长长的，浓密又卷翘，鼻梁挺秀，唇瓣涂抹了正红色的口红，像是粘了一片玫瑰花瓣。

"咔嚓——"

在一边等候多时的摄影师终于按捺不住，调整镜头对准两人，甚至没跟

229

他们打声招呼就抓拍了一张。

耳边响起快门的声音，喻橙回过神来，扭头去看镜头。

恰在这时，一阵风吹来，又因为她扭头的幅度过大，雪白的头纱扬了起来。

摄影师手上的动作没停，他狂按了十几下快门。

围观的学生羡慕得快哭了，悄悄地摸出手机偷拍，记录下这浪漫的一幕。

婚纱主题的毕业照只拍了几张四人的合影留作纪念，剩余的权当是提前给周暮昀和喻橙演练拍婚纱照了。

起初，喻橙没反应过来，摄影师抓拍的那几张完美得挑不出瑕疵。尤其是头纱随风扬起来的那一刻，两人一齐看向镜头，有种无法形容的美。

后来，正式开始拍了，喻橙各种害羞，动作放不开，拍出来的表情反倒没有那么自然。

周暮昀去摄影师那里看成果。其中有一张照片，摄影师要求喻橙抬手去摸周暮昀的脸，与他深情对视。结果她羞得头都抬不起来，更别说与他对视了。

周暮昀挑挑眉，低声说："看来提前演练一下是正确的选择。"要真拍婚纱照，她这么害羞可不行。

喻橙埋首，一句反驳的话都说不出来，只剩下羞赧。

拍完婚纱主题，下一个主题就是汉服了。

图书馆旁边的花园里有几座六角凉亭，外观颇具古风特色，于是他们便将拍摄汉服主题的场地定在那里。

几人在图书馆一楼的洗手间里换衣服。

一楼走廊两边的尽头都有洗手间。喻橙和齐小果在北边那个，吕嘉昕和邢露去了南边的那一个，免得挤在一起施展不开。

齐小果是个入汉服坑多年的汉服娘，平时就喜欢穿汉服，寝室里有好几套。她很快就穿好了，从隔间出来，敲了敲隔壁的门："大鱼，你好了吗？"

"马上马上！快了。"喻橙说，"要不你出去等我吧，里面挺热的。"

"那好吧。"

齐小果应了一声，一手拎着裙摆，一手在脸旁扇风，出了洗手间，却被站在门边的高大身影吓了一跳。

周暮昀的面色无波无澜，他丝毫没意识到自己站在女厕门口的行为有点变态："她还在里面？"

齐小果呆呆地啊了一声，完全忘记了刚才跟喻橙说好的在门外等她，提着裙子一溜烟地跑出图书馆。

喻橙从来没有穿过汉服，在里面折腾得满头大汗，裙头的带子怎么都系不上，裙子一直往下掉。早知道就让齐小果帮忙了，她高估了自己的能力……

又折腾了几分钟，喻橙彻底放弃了。她推开隔间的门，提着裙子捂住胸口，手上挂着长长的带子，对着门外压低声音喊："哪吒？哪吒？哪吒！"

齐小果最近总爱扎哪吒头，喻橙就给她取名叫哪吒。

然而，哪吒没有回应她。

喻橙看了一眼身上的齐胸襦裙，没有走光的地方，她索性双手挡在胸前走到门边，探头探脑地往外看。

"你在找那个室友？"周暮昀一脸平静地看着她，"她好像走了。"

喻橙见到他，一脸受到惊吓的表情。

周暮昀看见她身上凌乱的裙子，还有她手里拿的带子，顿时了然："不会穿？"

他这个似笑非笑的眼神，再配上云淡风轻的语气，搞得好像他会穿一样。

周暮昀确实不会穿。他拉着喻橙的手，小心地护着她不让裙子掉下来，把人带到旁边的楼梯间。

图书馆总共七层楼，有电梯，很少有人会爬楼梯。所以楼梯间里安安静静，有阴凉的风从通风口吹来，吹散了燥热。

喻橙身上穿的是齐胸襦裙，上面是石榴红的上襦，配月白色两片式齐胸，裙摆绣着朵朵粉白梨花，清新动人。

周暮昀拿着手机在百度上查找齐胸襦裙带子的系法。研究了一会儿，他自信满满地把手机装回口袋里，朝她伸出一只手："带子给我。"

喻橙难以置信地看着他，犹犹豫豫地递上带子。

周暮昀把裙子提到胸口的位置，裙头抚平整，拿起长长的带子从胸前绕到后面，再从背后交叉绕回到前面来。

"我看了，百度上说要系双耳结。"他一本正经地科普。

喻橙点点头，哦了一声，不动声色地别过头，尽量忽略他温热的指尖时不时触碰到她肌肤的感觉。

周暮昀说得挺正经，真正操作起来也是个十足的手残党。

"等会儿，你先按着，我再看看是怎么系的。"他丝毫不显慌乱，冷静地掏出手机重新在百度上查看系法。

喻橙："……"

她为什么要相信一个连系蝴蝶结都困难的男人会系复杂的双耳结？

喻橙背靠在楼梯间冰凉的墙壁上，安静地看着面前的男人。

楼梯间光线有些暗，周暮昀低着头，手机屏幕冷白色的光亮映在他的脸上，无端多了些清冷寡淡。

他的薄唇微微抿着，神情专注，他边看手机边对照着她胸前的带子比画。

半晌，他把手机塞到喻橙的手里："帮我拿着，我照着系。"

"要不还是随便系一下吧？"喻橙接过手机，垂眸瞥了一眼上面的双耳结系法分解图，看着绕来绕去的就觉得复杂又麻烦。

"你等着，我一定给你系好。"男人的尊严在任何领域都不容挑战，"这世上就没有我不行的事！"

周暮昀整理好带子，重新从背后绕到前面来。他按照分解图的步骤一步一步地缠绕，先系好了左边的一个结，然后如法炮制，系上右边的结。

看起来倒像是那么回事，就是有点丑。跟图片上漂亮的双耳结相比，仿佛是买家秀与卖家秀的区别。

喻橙自己不会系，没理由嫌弃他："好了，就这样吧，挺好的，你真棒！"

听出这话是在敷衍，周暮昀二话没说，一把扯开已经系好的带子。

喻橙噎住了，看着他从头开始一点点地缠绕打结，她的嘴角抽了抽："你这是干吗呢？系带子上瘾了？"

周暮昀打结的动作比起第一次熟练了不少，头也不抬地说："刚才那个不好看。"

"不用系那么好看，裙子不掉就行了。"

喻橙表示对这方面的要求很低，大不了出去之后找齐小果，让她帮忙再系一下。

两人挤在楼梯间深灰色铁门后面，凉爽的风都拯救不了喻橙逐渐升温的脸颊。

他自己是不是没感觉到，他一个大男人，躬着身埋首在女孩子胸前的姿势有那么一点……狎昵？

虽然他做的事非常正经，但在外人看来就不是那么纯洁了。

这个时候，如果有人突然闯进来，那就滑稽了，搞不好以为两人在做什么见不得人的事。

周暮昀说："你别急，我知道怎么系了，这次肯定好看。"别的姑娘穿这种裙子都漂漂亮亮的，他怎么能让自己的女朋友被别人比下去。

他打结打得分外认真，深深浅浅的呼吸喷洒在女孩胸前的那一小片肌肤上，如电流蹿过，带起细细密密的酥麻。

喻橙有点受不住，她的身子不由得往后靠了靠，背后就是墙壁，她退无可退。

察觉到她后退的动作，周暮昀拽着带子把人拉回到自己的身前，声音轻轻地说："再动我就系不好了。"

过了好一会儿，喻橙只觉得楼梯间的温度都升高了。

"周、周周，你好了没有？"她的额头开始冒汗。

周暮昀低笑了一声，掀起眼睑，他的脑袋大概在她胸口的位置，自下而上地望着她："橙橙，你怎么结巴了？"

"谁、谁结巴了！"喻橙仰头反驳。

话音落地，她自己都忍不住替自己尴尬。

周暮昀含着笑哼了一声，退后一步站直了身子，欣赏自己打的结："这样是不是好看多了？"

喻橙闻言正要低头去看，却被他阻止了。周暮昀上前一步靠近她，抵着她压在墙壁上，双手将她的脸捧起来："要奖励。"

喻橙微微一怔。她就知道！这个男人绝对不会提供免费的劳力！

刚刚腹诽了两句，喻橙的唇就被攫取了，余下的吐槽被打断……

男人的嘴唇柔软温热，轻缓地摩挲着她的唇瓣，他抬手绕到她的后颈，指腹一下一下揉捏着滑腻的肌肤，跟逗弄小动物似的。

喻橙的腿一软，差点就要站不住了，被他一把扣住腰肢。

不知吻了多久，他终于停下来，紧紧地抱住她，低哑的嗓音在她的耳畔响起："我忘了说，穿婚纱的你，真的很美。"

第十章　我求婚当然不会这么随便

汉服主题的毕业照拍完，最后一套就是吕嘉昕期待已久的巴啦啦小魔仙。

吕嘉昕、齐小果、邢露、喻橙分别穿上黑魔仙、美琪、美雪、小蓝姐姐的衣服，每个形象结合着剧里的场景，摆出各种造型。

在周暮昀的目光下，喻橙羞得恨不得找个地缝钻进去，好在很快就拍完了。

喻橙累得一动不想动，半边身子靠在周暮昀的身上，像个没骨头的动物一样，蔫巴巴地跟着他的脚步往前走，她额头上的汗珠不住地往下滚落。

大四所有寝室里都没有装空调，只有老旧的风扇，一转起来就嘎吱嘎吱响。大一新生的寝室，今年倒是装上了空调。喻橙为此感叹，什么好处都没让他们这一届学生捞到，也是悲哀。

于是，她接受了男朋友的酒店两小时游的邀请。

他预订的还是上次那家酒店，距离学校很近，走路十分钟就能到。

趴在冰凉的真皮沙发上吹着空调，吃着冰镇的新鲜水果，喻橙觉得人生在这一刻得到满足。

周暮昀坐在她的旁边，看着她一双细白的腿高高跷起，他从她手里的果盘里拈了一颗葡萄丢进嘴里："晚上一起吃饭？"

"晚上啊——"喻橙直起身搂着他的脖子，摇摇头，"晚上不行。"

"有事？"

"晚上我们班有聚会。这是毕业前最后一次聚会，班长嘱咐过谁都不能缺席，所以我不能陪你啦。"

周暮昀沉默几秒，妥协了："不过，你要补偿我。"

喻橙："……"

你还能想出多少种占我便宜的方式？不是要奖励，就是要补偿，合着便宜全都让你占尽了。

喻橙收回挂在他脖子上的手，踩在沙发上往后退了小半步，臀部抵在沙发靠背边缘。

周暮昀担心她从上面栽下来，提醒她道："好好坐。"

喻橙置若罔闻："周暮昀，你说实话，你到底谈过几个女朋友？"

随着两人交往时间的加长，她发现他哄女孩子的技巧、占便宜的方式，以及一些相处中的细节，都让人觉得他这个恋爱谈得太游刃有余了，他完全不像个新手。

他之前说他们第一次接吻是初吻，他还说他只有她这一个小姑娘之类的话，她都表示怀疑。

毕竟，没有哪个男人会愚蠢到在现任女友面前主动提起过去的感情史。

喻橙不是那种蛮不讲理的人，她自己心里也清楚，以周暮昀的身份、年龄、样貌，谈过几场恋爱算是比较正常的。

话题转得太快，周暮昀有点没反应过来，指尖揉了揉眉梢，重复道："你先坐好。"

她挂着沙发背的边儿坐，他看着都替她担心。喻橙也担心自己会一不小心栽下去，臀部往下蹭了蹭，盘腿坐在沙发上，仰头看着他："你说吧，我保证不生气。"

这个话题要是放在一个月前，她是绝对说不出口的。主要是因为她太怂，不敢面对他过去的情史，她更不想拿自己跟他的前任或者是前前任对比。

现在她之所以敢提出来，是因为周暮昀对她太好，让她积攒了勇气，觉得自己也是可以过问他的过去的。

周暮昀对上她严肃的眼神，又好气又好笑，恨不得去知乎发个帖子，标题就叫作：恋爱谈得太优秀，被女朋友怀疑是情场老手怎么办？

235

然而在喻橙看来，男人长久的沉默等于默认了她的话。

他果然谈过好几个女朋友，怪不得会这么多花样。

喻橙的眼睫闪了两下，低垂下来，掩住眼里不知是失落还是茫然，或者是别的什么情绪。

"喻橙，你是智力有问题吗？"半晌，周暮昀憋出来这么一句。

喻橙咬了咬唇，说："你说话就说话，骂人就过分了啊。"

周暮昀一把将她抱起来，磨着后槽牙警告："我不光骂人，我还想打人！你要试试吗？"

他竖着抱起她，姿势有点难受，喻橙被迫分开双腿盘在他的腰间，这个姿势显得有点暧昧。

一阵天旋地转，等她回过神来，她已经被周暮昀压在柔软的床上。

他惩罚性地咬了一下她的唇角："我真想把我的心掏出来给你。"让你看看，里面除了你，还有没有过别人。

小傻瓜。

恋爱中的女生纠结的某些问题，周暮昀是不太懂的，但是他可以理解。女孩子嘛，在乎你才会在意你的过去，想要知道你曾经是不是对别的女孩也这么好过，是不是把这些温柔给别人。

她要是真的一点都不计较、不在意，他才该着急。

所以喻橙的话让他又爱又恼。爱的是她终于向前迈出一大步，想要彻彻底底地了解他这个人，想知道他过去的一切，恼的是她居然不相信他的话。

喻橙躺在床上，两眼望着天花板，发了一会儿呆，感觉自己快要喘不过气了，推了推压在身上的男人："你好重啊。"

周暮昀沉默地看了她两秒，手肘屈起撑在她的身体两侧，减轻了压在她身上的重量。

他的嘴唇动了动，还没说出话来，喻橙就抬手捂住他嘴巴："算了，你别说了，我不想知道。"不想听他和别的小妖精的故事，一个字都不想听。

周暮昀伸出舌尖舔了一下她的掌心，吓得喻橙连忙缩回手，瞪圆了眼睛："你是小……"

"狗"字没能说出口，周暮昀忽然俯头，吻住她的唇。

他的动作温柔，柔软的唇瓣擦过她的唇角，停在那里不疾不徐地碾磨，一点一点地消磨掉喻橙的耐心。

她终于在他温柔的攻势下投降，主动地回应他。

手机突兀地响了一声，周暮昀不得不停下来，手伸到旁边摸索，指尖触碰到坚硬的手机壳，他拿起来一看，是喻橙的手机："你的。"

喻橙愣了愣，从他手中接过手机，打开看了一眼，是齐小果发来的消息："大鱼，你要火了！"

喻橙的眉毛一挑，什么叫作她要火了？她不是一直挺火的吗？

"大鱼爱吃小橙子"这个微博账号已经有三百万粉丝了，偶尔发一条微博也能有上万个点赞。商家再找她打广告，价位都得翻个几番。

喻橙静静地等待齐小果的下文，然而，齐小果没有下文，发完一条微信就消失了。

喻橙按捺不住好奇，打了个问号发过去。

不一会儿，齐小果回复了，语气非常激动："快去看学校贴吧！"她刚才忙着看贴吧，才没空回她消息。

大部分学校都有属于自己的贴吧，里面无非是校友发的一些生活中的趣事，咨询问题、倒卖二手货、寻人启事、爱的告白之类的，内容极度无聊。喻橙大学四年几乎没有浏览过本校的贴吧。

齐小果看了半天的帖子，掌握了一手新鲜出炉的新闻，给她发来一连串的消息，宛如一个轰炸机。

"大鱼，你知道吗？你和周暮昀的婚纱照被人上传到贴吧了！"

"现在全校同学都知道经管院的学霸有男朋友了，还是个大帅哥！"

"你俩的同人文都有人在写了！"

"底下的讨论太火爆了！快，去，看！"

喻橙的心里咯噔一下，鼓捣了半天，她终于搜到学校的贴吧，点进去一看，发现第一个帖子就是关于她和周暮昀的。

楼主大概是个文艺青年，用的标题十分清新浪漫，一股扑面而来的青春文艺片气息——你过去成长的岁月我没能陪伴，必定要在你青春的尾巴留下浓墨重彩的一笔！

大四毕业生基本都二十几岁，青春的尾巴早就过了。

忽略掉这几个强行煽情的字眼，标题的整体效果还是非常吸引人的。

尤其是楼主一上来就放出大量两人的婚纱照，瞬间抓住了每一个浏览贴吧的人的眼球。

"当当当当，今天楼主是一只柠檬精附体，酸得快哭了。楼主大三狗，下午没课，围观了一波大四小姐姐拍毕业照。原本是被四个穿婚纱的小姐姐吸引了，谁知道男主角登场后，我就移不开眼了，实在是太帅了！重点来了！我们的男主角不仅长得帅，还超级温柔有耐心！这就很让人羡慕了。楼主当时在现场，我的妈呀，男主角眼神宠溺得能滴出水来，具体我形容不出来，看照片就能看出来。他的女朋友，也就是那个戴头纱的小姐姐，也是宇宙无敌漂亮！这一对应该是S大最养眼的情侣了吧！"

楼主的一番言论，激情澎湃地表达了当时的心情。

大家透过这些文字，几乎可以想象出一个小姑娘捶着桌子疯狂土拨鼠尖叫的画面。

因为照片里两人的颜值太高，又穿着引人注目的婚纱和西服，帖子一经发出，就盖了几百层楼。

1楼："我真的爆哭，这是什么绝美的爱情！"

2楼："看完全部照片的我，终于能体会到楼主的心情了。小哥哥长得真帅，眼神巨温柔，低着头微笑那张太好看了吧！"

3楼："我来科普了，那个小姐姐是经管院会计一班的喻橙，妥妥的大学霸，人美、身材棒、学习好。那个男生不知道哪个系的。"

4楼："男生不是我们学校的吧？不然不可能没听说过。"

5楼："啊，这个男生我见过！上次跟喻橙学姐一起打网球的时候，他来找学姐。当时还自称是小学弟来着，好可爱。"

6楼："今夜我们都是柠檬精，看谁能酸过谁。反正我肯定是最酸的！"

几百楼的回复，喻橙没有时间逐条往下翻，只看了前面的几条。

她的头皮发麻，她实在没想到，她和周暮昀的恋情居然会以这种方式被大家知晓。

她本身是个低调的人，不太喜欢把这种私事拿出来跟大家分享，更别说还被当作话题供大家讨论。

贴吧和微博不同。微博上谁也不认识谁，偶尔分享个人私事，大家笑一笑就过了。浏览校园贴吧的基本都是本校的学生，其中一部分人还认识她，这感觉太尴尬了。

喻橙抱住头，苦恼地啊了一声。

"发生什么事了？"周暮昀问。

喻橙把手机屏幕转个方向，对着周暮昀："我对不起你。"

"嗯？"

周暮昀的身子往前倾了倾，凑近去看屏幕上的内容。喻橙叹了一口气，无奈道："我知道拍毕业照的时候有人偷拍，但没想到他们居然把照片传到贴吧。"

男人一目十行，很快看完了百十来楼。

他没感觉出那位楼主或者下面回复的同学有任何负面性质的言辞。相反的，一眼扫过去，大家不是羡慕忌妒，就是恭喜祝福。

"这有什么问题吗？"

"你不会介意吗？"喻橙说，"他们随便发你的照片，还是那种婚……婚纱照。"

周暮昀拦腰把她抱进怀里，声音低柔道："昭告天下，我也不介意。"

要跟周暮昀一起回北京的事，喻橙已经跟吕嘉昕说过了，结果被吕嘉昕指着脑门数落了三分钟，喻橙没敢还嘴，是她违背承诺在先，说好了陪吕嘉昕在上海周边游玩，她现在却反悔了。

处理完毕业事宜，喻橙和周暮昀就飞回了北京，抵达国际机场是下午五点多。周暮昀开着留在机场停车场的车送喻橙回家，下车前，他说："明天我来接你，有个东西要给你。"

"什么东西？"

"保密，明天你就知道了。"

他故作神秘，喻橙嘬了噘嘴。

周暮昀揉了揉她的头发："乖，上去吧。"

喻橙再三试探，他还是紧闭嘴巴不肯提前告诉她，她就放弃了，下了车，一步三回头地往小区里走。

喻宗文和蒋女士被突然回家的女儿吓了一跳。喻橙这才想起来，忘了提前跟爸妈说回家的事，之前她还说六月中旬回家。

面对二老审视的眼神，喻橙只好撒谎掩饰过去。

唉，谈个地下恋情真是不容易！

第二天早上，喻橙睡到自然醒，爸妈都去上班了，家里只有她一个人，早饭都没有给她留。她叹息一声，无业游民在家里的待遇果然很惨。

十点半，周暮昀给她打电话，告诉她他已经在楼下了。

一路上，不管她怎么旁敲侧击，他都没说要带她去哪里。她扭头看向窗外，觉得这条商业街有点熟悉，好像曾经来过。

喻橙是个路痴，对于纵横交错的道路向来记不住，只能记个大概的建筑物。

她正胡思乱想，车子在路边的露天停车位停下。

两人下了车，周暮昀绕到她的那边，牵起她的手往前走："前面不太好停车，我们走路过去。"

繁华的街道两边各种店面鳞次栉比，喻橙终于想起来了，袁班长的酒吧就开在这附近，她曾来过一次。

那次她还看中了一家店面，不过很遗憾，已经被人买走了。她为此神伤了好一段时间，到现在都没有找到合适的店面。

快要走到目的地时，周暮昀忽然松开手，站在喻橙的身后，两只手绕到前面蒙住她的眼睛。

视线被挡住，喻橙驻足："周暮昀，你要玩什么啊？"

"嘘，听我的指令，往前走。"周暮昀压低声音，在她耳畔指导，"对，继续往前走，不要停。好，现在右转，上台阶，再上一级……"

踏过三级台阶，又往前走了几步，喻橙像盲人一样，伸长手臂往前探了探，摸到了冰凉的玻璃。

周暮昀用一只手蒙住她的双眼，腾出一只手推开一扇门，带她走进去。

有空调的凉气吹在光裸的胳膊上、腿上，喻橙说："周暮昀，你要干什么呀？该不会想要把我卖了吧？这是地下交易，还是……"

话未说完，周暮昀就放下了覆在她眼前的手。

喻橙不适应地眯了眯眼，缓慢地睁开眼睛，宽敞明亮的餐厅映入眼帘。

时间仿佛静止，空气也凝固了，她愕然地睁大眼，难以置信地回头看他。

"送你的毕业礼物。"周暮昀笑着说。

喻橙眨了眨眼，不敢相信眼前的画面是真的。

她，现在正站在自己心心念念的餐厅里，入眼所见到的一切都是梦想中的模样，那样真实，仿佛图纸上的一笔一画都变成了现实。

整块透明的落地玻璃窗，窗前摆着一排生机勃勃的绿植。阳光洒在绿叶上，越发显得翠色欲滴。深褐色的木制桌椅，一张餐桌配两把椅子，有的配四把，每隔一段距离摆上一套，墙上贴着她喜欢的复古的花纹壁纸。

不远处，是从地板延伸到天花板那么高的书架。书架上空空如也，等待主人填充。

当初她经过这里，一眼看中这家店面，想要租下来开餐厅，然而等她打电话询问时，店主告诉她店面已经被人买走了。

她当时大骂，是哪个冤大头居然一下子买了三百多平方米的两层楼店面，还是在这种商圈地界！

哦，原来那个冤大头是周暮昀。他不仅将店面买下来了，还装修成她梦想中的样子。双手捧着摆在她的面前，告诉她，这是送给她的。

喻橙记得清清楚楚，当初看到这家店面时，里面空荡荡的，什么都没有。

等她看够了，周暮昀抬手搭在她的肩上，推着她往里走，边走边说："你说过想要开一家书店与餐厅结合的主题餐厅。我看了你所有的微博，按照你的喜好画出来的图纸，让人照着图纸装修的。"他轻轻一笑，"现在，去看看你最喜欢的地方。"

喻橙最喜欢的地方，当然是厨房。

绕过吧台，用一道门隔开，后面就是餐厅的后厨。空间很大，一南一北两条长长的流理台，厨具应有尽有，包括几十把不同的刀具。中间是高高的货架，分为好几层，用来摆放食材。

周暮昀耐心地解说："餐厅后厨这一块我不懂，是老卢帮忙设计的。"他打开旁边的冰箱，从里面拿了一瓶果汁，拧开瓶盖递给她，"老卢你也认识，尚德私房菜馆的老板。"

喻橙握住果汁，塑料瓶冰凉的外壁凝结着细细密密的水珠，打湿了手掌。

她的脑子似乎还没恢复正常运转，反应有点迟钝，被周暮昀牵着在后厨逛了一圈，又往楼上走。

"二楼暂时没装修，因为不知道你的想法。"周暮昀说，"你是想上下两层楼都开成餐厅，还是有别的打算？"

喻橙像个机器人，抬脚上楼的动作僵硬而迟缓。

她没回话，周暮昀自顾自地说："作为主题餐厅来说，一楼的面积够大了，二楼可以装修成起居室，你住在这里。你家离这边比较远，餐厅正式运转后可能会很忙，你每天来回跑不方便。你觉得呢？"

他们已经上了二楼，站在楼梯口就能将整个二楼的格局尽收眼底。

空荡荡的，一件家具都没有，显然没装修过，空气里飘浮着奇怪的味道。这才是她当初第一眼看见这家店面的样子。

周暮昀重复一遍："你什么想法？是要像一楼那样作为餐厅，还是参考我的意见，装修成一个小家。"

喻橙定了定神，仰头看着面前的男人，一字一顿道："这份毕业礼物，我不能要。"

周暮昀还在想着怎么装修二楼比较合适，就听到她拒绝的话语，他的思绪猛然被打断，愣了一下，垂眸看她。

"真的，我不能接受。"她加重语气。

这份礼物实在太贵重了，不是一件毛衣或者是一条手链，这是一家店面。三百多平方米，两层楼，地处繁华的商业圈，寸土寸金的地段，她甚至没有办法准确估量它的价值。

她原本打算租来用，把它买下来，想都不敢想。

周暮昀有点郁闷，这可是他准备了好久的惊喜！

两人一前一后地下楼，喻橙走在前面，周暮昀跟在后面，他看着那道纤瘦的背影，彻底没辙。

"喻橙，过来坐。"他拉开一把椅子。

喻橙四下扫了一眼，虽然已经看过一遍，再次看到还是忍不住会激动。

她走过去，在他对面的椅子上坐下，她后知后觉地反应过来，他刚才叫她喻橙。也只有气恼的时候，他才会这么叫她，平时都是温柔地唤她橙橙。

周暮昀："真的不要？"

喻橙："我不能要。"

怕他多想，她解释道："周周，我知道你对我好，也知道一家店对你来说或许不算什么，但是对我来说却很重要，这是我全部的梦想，我想自己来完成。不知道你能不能理解这种心情……"

她的声音越说越低，好像生怕他会因此生气。

周暮昀原本还有点不悦，此刻当真一点脾气都没有了。

"不过——"喻橙忽然抬头，笑靥如花，"我真的很喜欢这里啊。"

"嗯？"

"我可以把它租过来，按照市价定期付你租金。"

她实在是喜欢这里喜欢得不得了。店面占地面积刚好合适开主题餐厅，又在商圈里，交通便利，人流量大。况且，一楼已经装修完成，每一处都是按照她的喜好装修的，不用就浪费了。

周暮昀一怔。

他把店面租给她，定期收租金？这不就等于赚自个儿老婆的钱吗？要是传出去，他周三公子还要不要在圈子里混了。

"宝贝儿，咱换个思路。"周暮昀斟酌少顷，提出更加完美的方案，"既然你喜欢这家店，又不想接受我的赠送，不如这样，你从我手里买过去，这家店就完完全全属于你了。"

喻橙被"完完全全属于你"这几个字说得有点心动。

她当然想拥有一家完完全全属于自己的餐厅，租过来永远是租的，说到底店铺还是别人的。

沉默片刻，她问："多少钱？"

话音一落，她不自觉地调整了呼吸的节奏，让自己平静下来，免得被他说出的数字惊到，那样就太丢脸了。

周暮昀笑了笑，说："九块钱。"

"多少？"喻橙以为自己的耳朵出问题了。

"你嫁给我，我们就是一家人，这家店是我的，也是你的。"

"你……你这是在求婚？"喻橙着实被吓到了，声音都有点抖，"不会是我想的那样吧？"

"不是。"

"哦。"

"哪有人求婚是随随便便一句话就完事的。"周暮昀说，"我求婚才不会这么随便。"

"哦。"

喻橙搬着椅子往前挪了挪，端正坐好："周暮昀，我们在谈正事，麻烦你正经一点。"

周暮昀推开椅子绕到她那边，他弯腰一把将她抱起来放在桌上。他站在

243

她的身前，低下头，声线沉沉地道："我只是在跟你讲一个事实，我们迟早要结婚的，没必要分这么清楚。"

她抬眸，直直地撞进他的眼里。男人漆黑发亮的瞳孔里映着两个小小的她，轮廓那样柔和。这么看着，就好像他的眼里只有她一个人。

看着看着，喻橙无声叹息，伸长手臂搂着他的脖子。

男人顺从地俯下头。

"好，我知道了。"喻橙说。

话是这么说，但她有自己的原则和坚持，没办法做到心安理得地接受一份如此贵重的礼物。从小到大受到的家庭教育也不允许她白白拿人家的东西，哪怕这个人是她的男朋友。

回到家后，喻橙仔细思考这个问题。

她最终想出了一个合情合理的解决方案。那就是，将周暮昀投入的全部资金按照股份来算，起草合同，白纸黑字写清楚。这样一来，他就算是这家餐厅的投资人，能从盈利中获得分红。

周暮昀还能说什么，只能依着她。

静默了几秒，他问："二楼到底是改装成餐厅还是起居室？"

喻橙："我考虑考虑吧。"

无论如何，餐厅的地址定下来是一件值得开心的事。为表庆祝，喻橙晚上特地做了一大桌菜，一家三口坐在一起吃晚饭。

"刚才听你说，店铺都找好了？"喻宗文夹了一块南瓜饼，软糯香甜，吃一口就停不下来。

喻橙一顿，勺子放进碗里，背脊挺直，清了清嗓子宣布："餐厅一楼装修差不多了，预计两个月后正式开张，到时候请喻先生和蒋女士莅临指导。"

喻宗文配合着摆摆手，笑眯眯地说："不敢当不敢当。"

蒋女士看了她一眼，片刻后，起身拉开椅子去了卧室。她手里捏着一本红艳艳的存折走过来，递给喻橙："这是之前答应给你的资金。"

喻橙立马双手接过来，深深地鞠了一躬："感谢妈妈支持！"

喻宗文是二十年专业拆迁公司跑业务的人员，蒋女士一心专注于学术研究，两人对开餐厅这方面不了解，所以帮不上喻橙什么忙。他们除了能提供最基本的资金支持，其他的都得靠她自己来。

饭吃到一半，喻橙端起蒋女士空着的小碗，给她盛了半碗鸡汤，放在她右手边，方便她随时喝。

蒋女士抬眼，直勾勾地看着喻橙。

喻橙被盯得心虚："妈妈，你干吗这么看我？"怪让人害怕的。

蒋女士喝了一口汤，鸡汤咸淡正合口，撇掉了上面的油花，丝毫不油腻，汤汁呈现出透明的金黄，散发着浓浓的香味，好喝得不行。

"说吧，还有什么要求？"蒋女士说。

"你怎么知道我有要求？"喻橙低眉顺眼，嘴巴动了动，嗫嚅道，"我都还没开口呢。"

蒋女士哼笑一声："你是我女儿。"言下之意，你稍微一动我就知道你要干什么。

"钱还不够？"她问。

喻橙愣了一下，连忙摆手："不是不是，够了。"

因为有周暮昀的资金投入，她手里的钱应该足够，不必为了节省开支而畏首畏尾、施展不开。

蒋女士已经吃好了，放下筷子，又给自己舀了小半碗汤，慢慢地喝。她微抬下巴，示意喻橙接着说下文。

喻橙不敢直视蒋女士如炬的目光，低垂着头小声地说："开张后我可能会很忙，餐厅离家太远，不方便，我想搬到餐厅那边住。"

周暮昀给出的建议，她认真思考过。餐厅与家的距离确实很远，每天来回跑，很耽误时间。

而且，主题餐厅一般都讲究小而精致，浓缩鲜明的主题风格，其实没必要开太大。三百多平方米的一层楼够她施展拳脚了，不需要开上下两层，二楼就可以空出来当起居室。到时候她住在二楼，一下楼就是餐厅，比住在家里不知道方便多少倍。

然而，喻宗文想都不想直接驳回："不行！"

喻橙有些急了："为什么啊？我觉得很方便。"

"你一个女孩子住在外面多危险！"喻宗文也吃好了，他放下碗筷，正式进入严肃的说教环节，"你从来没独居过，万一出事怎么办？我不同意。"

喻橙从小到大都没有离开过爸妈的怀抱，始终在他们的羽翼保护下生

245

活，的确没有过外出独居的经历。唯一出过的远门，应该就是上大学，但大学是住在宿舍里，没有任何安全隐患。

喻橙对上爸爸坚定的眼神，她的气势弱了一些："那边治安很好的，不会有危险。"

喻宗文板着脸，坚持己见。

蒋女士看着父女俩，终于发话了："我赞同橙橙的做法。"她顿了顿，淡淡地道，"总是待在家里，哪能认识优秀的男孩子。"

就这样，喻橙搬出家门的计划被蒋女士盖章同意了，喻宗文同志不敢有任何异议。

晚上洗完澡，喻橙躺在床上跟周暮昀视频通话，说起这件事。

不知道为什么，屏幕里的男人忽然勾唇一笑，眼里好像藏着什么东西。喻橙还没看清，他的表情就收敛起来，他正经地道："嗯，二楼的装修设计就交给你了。"

喻橙趴在床上，手机立起来放在床头，两只手托着下巴，指尖有一下没一下地点着脸颊："那我接下来有的忙了，还得抽空去一趟家具城，挑选一些家具。"

除了做菜、追星，她的另一样爱好就是布置房间。新的住处当然要跟现在的房间一样舒适漂亮。

二楼跟一楼的面积一样大，让她自由发挥的空间也够大，想想都让人热血沸腾，她恨不得立马行动起来。

周暮昀看着她，垂了垂眼，他有些不自然地摸了一下鼻子，声音沙哑："橙橙……"

喻橙还在自己的幻想王国里畅游，被他突然出声打断，表情一瞬间有点茫然："啊？你刚才说什么了？"

"衣服。"

喻橙没反应过来，愣愣地看着屏幕上他身上穿的衣服，白色T恤，怎么了？

周暮昀抬手揉了揉眉心："不是我的衣服，你的。"

喻橙低头一看。

洗完澡，她习惯不穿内衣，只穿着一条夏日清凉的吊带睡裙，细细的肩带系着蝴蝶结。肩带本就松松垮垮地挂在肩头，不知什么时候滑下来，香肩半露，胸前一小片肌肤也暴露在空气中，能看到浅浅的弧度。

明亮的灯光照在她的身上，衬得肌肤欺霜赛雪，乌黑的发丝扫在雪肤上，只觉得说不出的诱人。

周暮昀看得呼吸都灼热了几分。

喻橙啊了一声，连忙把手机屏幕扣在枕头上，抬手将肩带拉到肩膀上挂好，脸颊以肉眼可见的速度红了，她小声地骂了一声："流氓！"

那边，周暮昀只能听到声音看不到画面，露出个哭笑不得的表情。

他何其无辜啊！

早知道就不提醒她了，还能多看一会儿……

北京最近几天持续高温，还没到盛夏时节，气温已经飙升到令人难以忍受的程度。出门穿平底鞋走在路上，脚底板都是烫的。

喻宗文出差了，喻橙就开着他的车出来购物。

有过几次开车经验，她这次明显稳了许多，但心里还是有点紧张，一路开得都非常慢。

周暮昀电话打过来，她腾出一只手摸到中控台上的蓝牙耳机塞进耳朵里，接通了电话："有什么事啊？长话短说，我在开车！"

电话那边，周暮昀语速很快地说了一句话。

喻橙蹙着眉啧了一声："那你现在在哪儿？给我个具体地址，方便导航。"她是路痴，不太认路。

随后，周暮昀报上地址。

原来他在森远集团大厦。喻橙结束通话，拿掉耳机，随手扔进驾驶座与副驾驶座中间的凹槽里。

她今天出门主要是去挑选新家要摆放的家具，本来以为男生对逛街买东西这种事不感兴趣，周暮昀平时工作挺忙，她就没跟他说。谁曾想，他竟然主动要求陪她逛街挑东西，顺便帮她做参考。

跟她通完电话，周暮昀就出了办公室，在森远集团大厦一楼招待大厅挑了个靠窗的位置坐下，端着一杯咖啡，时不时地啜一口，显得格外悠闲惬意。

前台两个代表公司门面的漂亮小姐姐眼睛都瞪直了。

"周总在等人？"

"不然呢，还能是来大厅视察工作？"

"有可能啊。"

"拜托，一楼大厅除了我们俩，就只有门口保安大哥，周总是有多闲才会特意过来视察我们的工作。"

说得有道理。看周总时而抬头看窗外的样子，摆明了是在等人。

前台不免有些好奇，谁那么大的架子，能让周总一等就是半个小时。

男人坐在米白色的椅子里，侧脸的轮廓立体分明。一身纯黑色的西装挺括帅气，勾勒出清晰的肩背线条。窗外的阳光被高大的建筑物遮挡住，只滤了一层浅淡的天光进来，落在男人的身上，静谧得像一幅水墨画。

他保持这个坐姿很久了，仿佛真的是一幅画。

过了一会儿，路边停下一辆车，下来一个身材窈窕的女孩。

喻橙站在车旁，低头点开手机通讯录，打算给周暮昀打个电话。

电话拨通响了几声，周暮昀已经悄无声息地走到她的跟前，遮下一片阴影。

喻橙愣了一下，挂断电话，抬头看着他，心累得不想说话，撇了撇嘴角："早知道这么远，就该让你自己打车过来找我。"

"辛苦女朋友过来接我，接下来我来开。"周暮昀揉了揉她的发顶，侧身去拉开副驾驶的门，按着她的头顶把人推进去坐好。

他单手解开西装的纽扣，将西装脱下来丢到她的怀里。

他的里面是一件再普通不过的白衬衫，没系领带，领口的扣子散开了两颗，衣摆扎进裤腰里，勾勒出精瘦的腰线。

喻橙手搭在车窗边缘，偏头看着这个浑身上下都在释放魅力的男人："你不忙？"

周暮昀扭头看她，每次他抽出时间陪她，她都会来一句你不忙吗，这话都快成她的口头禅了。

"我想开了。"他说，"时间是有限的，钱是赚不完的，所以我要把有限的时间投入到更有意义的事情上。"

喻橙似懂非懂地点头："你口中更有意义的事，指的是？"

"陪女朋友。"

行，一晚上没见，这个男人的情话技能满点了，再也不是当初那个只会说土味情话的周暮昀了。

男人启动车子，驶离森远集团大厦门口。

大厅里，两个前台的小姐姐偷偷摸摸地在柜台底下看手机。

一个说："拍到了没有？"

另一个说："隔太远了，只拍到个模糊的身影，她长什么样没看清，不过身材是真的好。没想到周总居然有女朋友！他不是圈子里最帅的黄金单身汉吗？唉，多少北京名媛少女的梦破灭了……"

周暮昀自然不知道自己被人八卦，优哉游哉地牵着女朋友的手逛家具城。

要买的东西，喻橙提前列好了清单，等到真正开始挑选，才知道工程量非常庞大。大到床、衣柜、书架，小到桌椅、台灯、窗帘，都要精挑细选。

她先买了小件的装饰物，大件的家具直上五楼。

喻橙挑选床的时候，导购员站在她的身边，热情地给她介绍各种风格的床，包括不同床垫的舒适度，等等。

最后喻橙选择了一款白色的欧式风格大床。

"那您要什么尺寸的呢？"导购员拿着单子做记录，面带微笑说，"您这边挑好了，我们的工作人员下午就能给您送过去。"

喻橙说："一米五乘两米的就行。"

导购员握着笔在单子上一米五那里画了个对勾。

"要一米八乘两米的。"一道男声忽然插进来。

周暮昀嘴上说着是过来给喻橙做参考，其实他从头至尾都听从她的选择，这是他提出的第一个建议。

"一米五绰绰有余。"喻橙表示，自己家里的床就这么大。

周暮昀置若罔闻，扭头朝导购员说："听我的。"

导购员用圆珠笔的尾端点了点下巴，若有所思地笑了一下，划掉单子上一米五那一栏，在一米八那里画了个勾。

喻橙正准备跟导购员说不用听他的，周暮昀却揽着她的肩膀到一边去，低声说："二楼地儿大，不怕占空间。"

二楼的空间确实很大，卧室也比喻橙现在住的房间大了几倍，床要是买小了会显得屋子空荡荡，还是大一点的比较好。

喻橙略一思索，便听从了周暮昀的建议，朝导购员道："那就要一米八的吧。"

导购员眼底的笑意越发意味深长了："好的。"她抬眸，伸手做了个请

249

的手势，"麻烦到这边选一下床垫。"

旁边有各种不同颜色、厚度、舒适度的样品床垫铺在床上，供顾客试躺挑选。

喻橙一眼就看中了一款白色的床垫，上面绣着朵朵嫣红的海棠花。

颜色挑好了，接下来就是厚度和舒适度的问题。她坐在其中一张床垫上试了一下，柔软、轻弹、厚实，却也不至于过分绵软，对颈椎不好。

导购员在一旁耐心地给她详细讲解，提议她躺在上面试一下，体验效果会更明显。

喻橙穿着短裙容易走光，不适合躺下来。她扯过旁边男人的胳膊，把他推到床边坐下，微抬下巴示意他："你躺在上面试试舒服不舒服。"

"我？"

喻橙小声说："我裙子太短了，不方便。"

周暮昀瞥了一眼她身上的裙子，吊带的棉布小白裙，V形领口缀着一圈镂空的荷叶边，裙摆也绲了同样的一圈花边。裙摆在膝盖上面两寸的位置，露出瘦而骨感的膝盖。

她从车上下来的时候他就注意到了，裙子很漂亮，就是有点短。

"遵命。"他莞尔一笑，仰躺在床垫上，双臂交叠枕在脑后。

他本来是抱着随便试试的心态，后来想了想，这床垫他以后也要睡，必须得仔细挑选。

奈何男人天生对这些东西不怎么敏感，他试躺了几张床垫，并没有感觉到特别明显的差别。

喻橙像小尾巴一样跟在他的身后，每当他试躺完一款，她就歪着头问他："哪种好？"

周暮昀摸了摸鼻子，实话实说："好像都差不多。"

喻橙："……"

眼见女朋友一副无语的表情，周暮昀立马指着其中一张，说："我觉得这张最好！"

喻橙脸上明明白白写着几个大字——我信你个鬼！

"不信你来试试。"周暮昀一把抓住女孩纤细皓白的手腕，拉着她一起躺在床上，他的另一只手捏着她的裙摆盖住大腿，避免她走光。

两人并排躺在床上，喻橙偏过头看着他，他也正好在看她。

250

四目相对，他们眼中只有彼此。

女孩乌黑的长发铺散在梨花白床垫上，眼眸黑亮，头顶璀璨的琉璃灯光落进她的眼里，那样美丽动人。

周暮昀忽然不想动了，想就这么跟她躺在这里。

颇有眼力见儿的导购员后退几步，眼睛看向别处，仿佛间歇性眼盲。

导购员刚才就注意到了，男人长得帅，身高、气质也十分出众，但跟他旁边的小姑娘一对比，就有种大灰狼拐带小白兔的既视感。她都有点替小白兔担忧……

喻橙躺了一会儿，手撑着床垫坐起来，她试着颠了颠："好像是比我一开始坐的那张舒服很多。"

周暮昀一本正经地颔首："我就说这张最舒服。"

喻橙从床上下来，整理好略有些褶皱的裙摆："那就要这张吧。"

导购员适时走过来，把单子和笔递给喻橙："麻烦在这里留下您的地址、姓名和电话号码。"

接下来，喻橙要去挑选衣柜，就在同一层楼，绕过一个半圆形的长廊就是。

衣柜的风格自然要与卧室的整体风格保持一致，她几乎不费力就挑选好了，比选床可容易太多了。

选尺寸的时候，一向寡言少语的周暮昀又开始发表意见："要那个最大的。"

喻橙："我挑的这个够用了。"

他是不是不懂，有些衣服是不需要挂起来的，叠起来放进衣物收纳箱里就行。她一个女生，实在没必要买一整面墙那么大的衣柜。就算房间的空间大，也不能这么任性。

周暮昀沉默不语，暗道：还要留出地方挂我的衣服。

他面对她质疑的眼神，还是那三个字："听我的。"

"周暮昀，这房子到底是我住还是你住？"喻橙两手叉着腰，"你别瞎指挥！"

不是你住，也不是我住，是我们住。周暮昀心里说。

喻橙跟导购员说："别听他的，就要我刚才挑的那一款。"

导购员点头："好的。"

隔壁有卖书架、书桌等书房用品的，喻橙交代完便走过去挑选。

周暮昀故意落在后面，低声跟导购员说："别听她的，要最大的那一款。"

导购员哭笑不得："好的。"

喻橙挑选完东西回到新家那边，已经有一些商家的货送过来了。她没歇息，立刻开始动手收拾起来。

周暮昀比她这个无业游民还像无业游民，跟着她一起过来，美其名曰帮忙整理。在喻橙转身准备去洗手的时候，他拉着她抵在刚贴了壁纸不久的墙壁上。

喻橙后背贴着墙面，怔了怔："你要干什……"

话没说完，男人的薄唇就压了下来。

空调徐徐输送着凉风，空气里还残留着装修的气味。喻橙被迫仰头，下颌线条向上拉直，承受着他细雨般绵密温柔的吻。

他扒下她肩上细细的肩带，他的唇瓣从她的唇角下滑，在她的肩头烙下一吻，如火般灼热。片刻后，低哑的嗓音从他的唇缝溢出："昨晚就想这么做了。"

女孩穿着清凉的吊带，肩带滑落，露出胸前大片洁白的肌肤，他当时就想在上面弄出点别的颜色。

喻橙羞赧得睁不开眼，想起昨晚跟他视频通话的事，她又气又恼地推开他，腿却有点软，她一把抓住他腰侧的衣服堪堪站稳，另一只手扯住他耳朵："老实说，你昨晚到底看了多久？"

肩带什么时候滑落的，她压根儿不知道。要不是他提醒，她可能一直发现不了。

周暮昀侧着身懒洋洋地靠着墙壁，眼里的光略暗："就看了一眼。"

喻橙扯着他的耳朵拉长："胡说！"

"好吧，看了三秒钟。"

"周暮昀！"喻橙使了点劲儿，快把他的耳朵扯掉了。

有点疼，周暮昀眯着眼嘶了一声，举起双手投降："看了三五分钟。"

喻橙："……"

到底是三分钟还是五分钟！

鱼小姐的初恋日记 〔下册〕

三月棠墨 著

青岛出版社
QINGDAO PUBLISHING HOUSE

第十一章　他们这算同居吗

喻橙过惯了悠闲惬意的日子，最近的生活节奏陡然加快，还有点不适应。

她每天一大早就起床，赶往新家，盯着装修工人装修二楼，一些小工程都是她亲自动手整理。忙完一整天，晚上七点左右她再打车回家。

新家没装修完，目前还不能住人。不过，比起一个星期前空荡荡、满是灰尘的样子，已经好看了太多。

周暮昀不忙的时候，也会过来帮忙盯着，偶尔提出装修意见。比如，他让人在阳台加了一个白色的秋千椅和一套藤编的桌椅，说是夏日的夜晚可以在这里吃宵夜，看星星。

喻橙当时看他的眼神充满异样，像是没看出来他居然还有这种情调。

二楼是三室一厅，一个大主卧，一个次卧，一个书房，客厅连接着超大的开放式厨房。厨房的装修跟楼下的餐厅、后厨自然不同，采用了温馨的家庭风，厨具都是喻橙亲自选的。

她每天忙得脚不沾地，终于在半个月后停下忙碌的步伐。因为，她要返校领毕业证。

"机票订好了？"周暮昀的手撑在流理台边上，另一只手握着一瓶冰镇的气泡水，目不转睛地盯着喻橙煮面。

此刻两人在新家，二楼厨房已经装修得差不多了，工程还差点儿没完，暂时做不了太复杂的菜，煮个面应该没问题。

"订好了，明天下午的航班。"喻橙专注手上的动作，头也没抬地说，"明晚我们寝室可能有个聚餐，后天上午领毕业证，参加毕业典礼，然后再拍全班毕业照。下午我就能飞回北京了。"

只在学校待一个晚上啊，那还好。

周暮昀的嘴巴对着瓶口，仰脖喝了一口冰镇的水："我后天下午去机场接你。"

喻橙终于肯抬头看他："你不忙吗？"

周暮昀："……"又来了。

喻橙也发现自己好像说这句话的次数有点多，吐了吐舌，笑着说："那好吧，你来接我。"

备用的材料已经切好了，她开了火，往锅里倒油。

炎炎夏日，人的胃口要差一些，她煮的是酸汤肥牛面，最是酸爽开胃。

锅里油烧热后，放入姜、蒜爆香，她将切碎的小米椒、泡椒、酸菜倒进去翻炒。不多时，空气中飘来酸酸辣辣的香味，刺激着鼻腔。

周暮昀忍不住侧过身去打了个喷嚏，闻着泡椒的辣味，他的眼角都冒出泪花。

喻橙拆开保鲜盒，将里面的肥牛都倒进锅里。

薄薄的、红白相间的肥牛卷一烫就变成了浅褐色，她握着锅铲炒了几下，倒入料酒、灯笼椒酱，加入适量的清水，再丢一把洗好的金针菇进去，然后盖上锅盖，转中火煮。

那位被辣味刺激到的周公子缓了好一会儿，他深吸了一口空气中的味道："好香！"

喻橙用身子撞了一下他的手臂，将他推至一旁："一边儿去，别挡在这里，我要开始煮面了。"

她另起一锅，注水，大火烧开。

周暮昀自觉地退后一步，不妨碍她的工作，却没离开厨房，而是饶有兴趣地看着她把简单的食材变成美味的食物。

"你打算什么时候正式教我做菜？"他问。

面条下进锅里，喻橙转身又去看另一口锅里煮的酸汤肥牛。汤汁煮出黄澄澄的色泽，肥牛片打了卷儿，混合着金针菇，浓稠香辣。

喻橙放了一勺盐进去："我以为你之前说着玩儿的，真要学啊？"

"大丈夫一言九鼎，说学就学！"

喻橙拿起汤勺，搅了搅锅里的汤，舀起来尝了一口，汤汁不咸不淡刚刚好："劝你别学了，经过我的判断，你做菜的能力为零。"

汤汁是用来浇面条的，稍微咸一点比较好，喻橙又加了小半勺盐进去。

周暮昀不满："你小瞧人？"

"这难道不是事实吗？"喻橙放下汤勺，咂了咂嘴，觉得汤的味道甚合她意，接着说，"强烈建议周周同学，这辈子千万不要做两件事：一是做菜，二是打游戏。前者危害生命健康，后者坑哭无数队友。"

无所不能的周公子第一次被人正面嫌弃，还被嫌弃得十分彻底，顿时郁闷到极点。

喻橙从筷子篓里抽出一双筷子，冲洗过后，夹起锅里的面条抖开。

白茫茫的热气升腾，模糊了视线。她打开吸油烟机，轰隆隆的声音响起来，掩盖了说话的声音："怎么说呢，家里有一个人会做饭就行了，你没必要学。"

周暮昀一愣，郁闷的情绪顷刻间消失得一干二净，他嘿嘿傻笑了一声。

笑声太突兀，喻橙扭头看向他，这才反应过来，自己刚才心不在焉地随口说了什么，她的脸腾地烧了起来。

她果然不能一心二用！

周暮昀笑着凑到她面前："橙橙，你刚才说……"

"闭嘴！"她红着脸呵斥，把人推出厨房，愤愤道，"做饭的时候不要跟我打岔！"

她这是恼羞成怒了，周暮昀低笑不语，不再逗她了。

翌日下午，喻橙回到学校，晚上跟寝室里的姐妹一起聚餐，顺便说了自己要开一家主题餐厅的事。

她们一直知道喻橙有这个想法，只是没想到实践起来这么快。

喻橙搂住她们的肩膀："预计八月八日正式开张，你们有时间的话，可以过来玩。作为东道主兼餐厅老板，我将会为你们提供免费吃喝玩乐一条龙服务，包亲满意！"

三人异口同声："你说的哦！"

在周暮昀的日夜催促下，二楼的装修终于在半个月后完工了。

喻橙挑选了一个吉日，正式入住新房子。

因为她答应过爸妈每周会回去陪他们，所以，没有带太多的东西过来，她只带了日常的几套衣服，还有工作要用的电脑。

喻父和喻母因为工作太忙，没能亲自过来祝贺女儿的乔迁之喜。喻橙并未感到失落，晚上做了一桌菜，跟周暮昀对酒当歌。

当然，喝酒的只有周暮昀。喻橙捏着吸管，搅了搅杯底的冰块，嘴巴叼住吸管开心地喝可乐。

"干杯！"她端起杯子，举到半空中。

周暮昀扬唇轻笑，很配合地捏着高脚杯的玻璃柄，杯子微微倾斜跟她的碰了一下，发出清脆的声响："恭喜喻同学。"

"同喜同喜。"喻橙装模作样地摆摆手。

周暮昀轻啜一口红酒，薄唇沾了鲜红的酒液，说不出的绮丽好看。

"我今天做了松鼠鳜鱼，你不是爱吃这道菜吗？多吃点。"喻橙的身子前倾，把盘子往他那边一推，"之前毕业聚餐时在酒店吃过这道菜，说实话，没我做的好吃。"

两人吃晚饭的地方在阳台。还真应了周暮昀当初的畅想，坐在藤编椅上，中间是一张圆桌，摆满香味四溢的菜肴。夜幕降临，他们一边吃饭，一边吹着夏夜的风看星星。

气氛静谧得不像在城市，反而有点像乡下的夜晚，在自家小院子里吃饭聊天，让人惬意得想躺在摇椅上睡一觉。真是好久没有这么闲适过了。

周暮昀正在进攻那道盐焗鸡，听到她的话，他的筷子转了个方向，夹起一块鱼肉，放入口中。味道酸甜可口，浓稠的汤汁渗进滑嫩的鱼肉里，味蕾瞬间从上一道菜的咸鲜里拉回来。

顾不上说话，他朝她比了个大拇指表示称赞。

男人穿着简简单单的一件白色T恤，头发有点长了，耷拉下来遮住上眼睑，看起来柔软又蓬松，更像犬类了，他吃得开心了，还会抬起手指在空中点一下。

"唔。"周暮昀嘴里塞了一口米饭，左边腮帮子鼓鼓的，抬眸看她，他含糊不清地说，"怎么不吃了？"

喻橙挑了挑眉，捏着吸管戳杯子里的冰块，只怪自己太花痴："吾在食美色也。"

谁让某人秀色可餐呢。

阳台开了一扇小格子窗，风徐徐地送进来，带着丝丝凉意，比起白天的燥热，简直舒服了太多。

气氛难得这么好，两人坐着边吃边聊，一顿饭吃完，已经八点多。

周暮昀自觉起身收拾了桌上的碗筷，端到厨房，在喻橙的指导下，他把一个个餐具放进洗碗机里。

洗完手，两人重新回到阳台。喻橙踢掉了拖鞋，两只脚踩在椅子边缘，小小的一团缩在藤编椅里，撑着脑袋看着窗外的城市夜景。

对街是一排服装店，此刻灯火通明，透过镜面和玻璃折射出璀璨的光。

红酒和杯子还在桌上放着，周暮昀给自己倒了一杯红酒，食指和中指夹着玻璃柄托起酒杯，他有一口没一口地轻啜。整个阳台飘散着红酒浓厚绵长的醇香味道。

对于喻橙这种一杯倒的人来说，闻一闻酒味似乎就有些微醺。她舔了舔唇，侧过头眯着眼看他。

高脚杯长长的玻璃柄被他用两根手指夹着，翻来覆去地花样旋转，始终未曾有掉下来的迹象，高脚杯像是长在他的指间。

他喝了酒，懒懒散散地靠着椅背，一条腿微屈，眼神不似平时清明，颇有几分风流公子的做派。

喻橙呆了一秒，一时忘了自己要说什么，心里大呼，妖孽啊妖孽！为什么他随便做个动作都释放出一种叫作"我在勾引你"的魅力。

喻橙有点头疼地闭了闭眼，周暮昀再这么勾引她，她会把持不住的！

说真的，这种颜值放在娱乐圈里能让一帮小女主疯狂迷恋。

"要吃水果吗？我去帮你洗。"

喻橙的思绪越飞越离谱，忽然被他的声音打断，她茫然地看着他，缓了几秒，她说："我、我不吃，肚子有点撑。"她顿了顿，说，"已经九点多了，你什么时候走？"

周暮昀玩着手里的酒杯，手撑着额头，一副不胜酒力的样子，连说话的声音都是轻飘悠远的："我喝了酒，不能开车。"

喻橙看了一眼空酒杯，啧了一声，早知道就不让他喝酒了。

这人也不知道克制一下，明知道自己开了车过来，还喝酒。吃饭的时候就喝了两杯，刚才又喝了一杯。不就是搬个家，怎么他好像比她还开心。

喻橙有些无语了，努了努嘴："那现在怎么办？我给你叫个代驾？"

她这话一出，周暮昀的表情微微一变，他眼底柔和的光消失不见，取而代之的是深不见底的幽邃。

高脚杯往桌上一搁，他坐直身体伸了个懒腰，半闭着眼皮看她，似笑非笑地说："我就不能留下来睡吗？"

喻橙愕然地睁大眼。

留下来睡？开什么玩笑！她长这么大还从来没有留异性在家里过夜，更何况是在孤男寡女的情况下。

"不能。"喻橙斩钉截铁，丝毫没有商量的余地。

周暮昀的肩膀垮下去，起身走到她的身边，一把将她抱起来。

喻橙的身体一僵，下一秒，两只脚已经腾空，小腿悬挂在他臂弯里。

小姑娘如猫咪一般蜷在他的怀里，没什么重量。他抱着她到卧室，脚勾着门关上，躺在柔软的大床上。

房间里没有开灯，一片漆黑，喻橙的眼珠不停地转动，声音轻颤："你你你……你放我下来。"

黑暗里，男人的下巴压在她的颈间蹭了蹭，他的声线低缓，透出一股子深情缱绻："床这么大，够我睡了，为什么不能留下来？"

喻橙闻言，立刻想到了这张床这么大的原因。

她的脑海里浮现那天在家具城发生的一幕，她原本打算买一张稍小一点的床，是他提出意见，说二楼地儿大，买张大一点的床也不会占空间。

她单纯地以为，周暮昀是觉得二楼空间大，床太小会显得屋子空旷。现在她全明白了，根本不是她想的那么回事。他太阴险狡诈了，居然是为了……留宿！

对了，还有那个巨大无比的衣柜。她记得自己当时明明跟导购员说过，要小一号的衣柜，结果运过来的却是超大号的，有一面墙那么大。

她以为工作人员送错了，核对过订单才发现，单子上面填写的就是超大号。

喻橙第一个想法是自己遇到了欺骗消费者的行为。商家为了让消费者多掏钱，故意送来一个超大号的衣柜，因为大号的比小号的要贵一倍的价钱。

她打电话到家具城的售后处询问情况，客服找来那个导购员核对，人家在电话里大喊一声冤枉："我没填错单子，你当时要的是小号，但你老公后来改口说要最大的那一款。"

喻橙怒了："胡说！我根本没有老公！"她在心里疯狂吐槽，现在的商家真是黑心透顶了，欺骗消费者不说，居然还造谣消费者的婚姻状况。

"我没胡说。"导购小姐快急哭了，"就是跟你一起来挑选家具的先生，我还记得他当时穿着白衬衫、黑西裤呢。您要是不承认，我们可以调监控对质。"

那天跟她一起逛家具城，穿着白衬衫、黑西裤，不就是周暮昀吗？

喻橙窘迫不已，连连向对方道歉。

而后，她一个电话打到周暮昀那里，证实了此事，果然是他背后偷偷告诉导购员，把衣柜换成最大款的。

她结合周暮昀此时此刻的行为，之前他做的那些事就都能找到原因了。

喻橙扑腾着从他的怀里挣脱，翻身坐起来，利索地跳下床，赤着脚踩在地板上跑到门边打开了房间的灯。

亮白的灯光照射下来，充盈一室。

新卧室宽敞明亮，床的右边是一整块落地窗，装上了深蓝色的窗帘，里面覆了一层透明的窗纱，窗纱上装饰了一串串漂亮的星星灯。

底下摆着几盆阔叶绿植，还有十来盆各式各样的多肉植物。

一米八的大床与落地窗之间相隔半米，左边靠近床头是一张米白色的欧式书桌，配一把雕花木椅。桌上堆满了迷你版的手办，热门的卡通人物基本上都有。

床尾是一张与床同宽的布艺沙发，靠门的那一面墙放着同色系的大衣柜。

喻橙看看那张大床，再看看大衣柜，最后看向床上躺着的男人，她气得不想说话了。

周暮昀的手撑在头侧看着她，唇畔溢出一抹笑意，问道："宝贝，怎么了？"

喻橙气呼呼地瞪他："你就是故意的！你早就打好了要留在这里过夜的算盘！"

他坐起身，手撑着床面，身子微微往后仰，只见女孩气得脸颊鼓鼓，大眼瞪得圆溜溜的，皮肤在灯光下瓷白莹润。

她在家里穿得很随便，纯棉白T恤，下摆扎进高腰短裤里，露出来的一双腿细白修长。

分明她是在生气，他看着却没有半点攻击力，奶凶奶凶的。

喻橙一手叉腰，伸出食指指着他："你，起开，不准睡我的床！"

周暮昀姿势没动，握住她伸过来的手，他把人拽进怀里抱住。他手长脚长，手臂揽过女孩，把她整个圈起来还绰绰有余。

他的下巴抵在她的头顶，他轻轻叹一口气，不想惹她生气，打算丢盔弃甲，放软了语气祈求她道："收留我一晚。"

"我为什么要收留居心叵测的人？"喻橙才不会被迷惑得进入他的温柔陷阱。

"我怎么成居心叵测的人了？我是你的男朋友，未来的老公，未来孩子他爸，不许给我乱扣帽子。"

喻橙："……"

我还是小看了你。这一届厚脸皮大赛的冠军非你莫属！谁敢不服，我第一个不认同！

人不要脸，天下无敌。这句话在某种程度上来说非常有道理。

喻橙拗不过他，周暮昀如愿以偿地留了下来。

她在主卧室里的浴室洗澡，他便去了次卧的浴室。

因为不想让自己的目的太明显，周暮昀过来时并未带换洗的衣服。夏天容易出汗，穿过一天的衣服无论如何也不能再穿了。他洗完澡不得不赤裸着上身，自然而然地只在腰间围了一条浴巾。

喻橙慢悠悠地洗了个澡，她从浴室出来时，只见周暮昀光着上身，正在翻看她随手放在枕头边的一本小说。

"啊！"她尖叫起来。

周暮昀猝不及防，吓得他的手一哆嗦，书从手中滑下来，砸在腿上。他掏了掏耳朵，抬眼看过去："怎么了？"

"你怎么不穿衣服？"喻橙视线四处闪躲，不敢看他的身体。

周暮昀无辜地眨了眨眼："我没有衣服穿。"

喻橙闭上眼深吸一口气，真是后悔让他留下来过夜。

她面红耳赤，呼吸一下比一下急，一面躲避着与他对视，一面大脑疯狂地运转，她想着怎么处理他。

她纠结片刻，支支吾吾地吐出一句："反正……反正你不许睡床上。"

她实在无法想象自己跟一个赤身裸体的男人躺在同一张床上的画面。

"那我睡哪儿？"家里还有第二张床吗？

喻橙睁开眼扫视一圈，指着沙发："你睡这儿。"

周暮昀瞥了一眼沙发的长度，哭笑不得地说："宝贝，我净身高一米八八，沙发不够长。"

沙发跟床的宽度一样，是一米八的。

两人，一个站在床边，一个坐在床上，双方对垒，谁也不肯先投降。

气氛凝滞，周暮昀看了她半晌，默默地叹一口气，最终败下阵来，自觉地从床上下来，躺到床尾那张长沙发上，他的后脑枕着沙发扶手："好了，我睡沙发。"

他说得没错，沙发的长度不够，他躺在上面不得不蜷着小腿，否则脚就得悬空。

喻橙暗暗松一口气，还好他没有坚持，不然她真不知该怎么拒绝。

她转身从衣柜里抱出一条夏凉被，砸到他的怀里，让他遮住赤裸的身体。

男人老老实实地躺在沙发上，身上盖着水洗蓝的夏凉被，脑袋枕着一只胳膊，另一只手拿着手机玩。

喻橙见状终于放下心来，躺在床上看书。

翌日早晨，周暮昀是被一阵门铃声吵醒的。

叮咚——叮咚——

这种声音不断在耳边响起，他不耐烦地蹙起眉毛，撑着沙发坐起来，首先看向床上，粉色的夏凉被叠得整整齐齐，人已经不见了。

他揉了揉额头，掀开身上的被子，站起身伸了个懒腰。

昨晚，是他人生中第一次睡沙发，那种体验可以说是相当酸爽。

他整晚都没有睡好觉，翻个身都差点摔下来，腿一伸直脚就悬空，被子还总是掉到地上，他总是被冻醒。直到快天亮，他才小睡了一会儿，结果就被这一声接一声的门铃吵醒。

周暮昀烦躁地走出卧室。

那边，喻橙从厨房出来，走到玄关，从猫眼里往外看了一眼，是个陌生又有点熟悉的面孔。略一思忖，她还是打开了门。

二楼有两道楼梯，一道是一楼连接二楼的室内楼梯，另一道是室外楼梯。一楼店面暂时没开门，男人显然是从外面的楼梯上来的。

"你好，周总是住这里吧？"秘书手里拎着两个黑色纸袋，一脸疑惑地看着眼前的女孩，又忍不住往里面瞄了一眼。

261

周总昨晚给他发了个地址，让他今早送一套正装过来。

秘书看着面前的女孩，穿着黑白条纹的棉质居家裙，围着天蓝色的围裙，头发随意地绾起来扎了个蓬松的丸子头。小脸白皙干净，五官也精致好看，此刻正一脸茫然地看着他。

喻橙顿了顿，指着屋内："周暮昀他在……"

周暮昀懒洋洋地走过来，一只手撑在门框上，另一只手捏着她的后衣领子，把人藏到自己的身后，然后从秘书手里接过两个纸袋。

"周总，我——"

门板在秘书眼前砰的一声关上了，差点夹断他的鼻梁，后面半句话也被隔绝在门外。

秘书抬手摸了摸鼻子，终于想起来了，那个女孩就是周总的女朋友。他之前在集团门口见过，当时好像是跟周总闹别扭还是怎么的，转身就跑，周总在后面追她。

周暮昀拿着两个纸袋折回卧室洗漱，换衣服。

他再出来时，已经不是那个只围着一条浴巾，看起来像个野人的周暮昀了。西装、衬衫、领带、腕表，装备齐全，无一不透出矜贵优雅。

他低着头一边整理袖扣，一边往厨房走。

他瞥见站在流理台前忙碌的身影，脚步一顿，手上的动作也跟着停下来。

他的脑海里畅想了无数遍的画面终于成为现实——他们像夫妻一样，他在清晨溢满阳光的屋子里看见她的身影，他悄悄地走过去，站在她的身后，揽着她的腰说一声早安。

心里这么想着，他就做了。

周暮昀走到喻橙的身后，两只手臂环住她纤瘦的腰肢，下巴搁在她的肩膀上，他探头去看平底锅里的食物。

"早。"他哑声道。

喻橙拿着锅铲将锅里的牛肉千层饼翻了个面，侧过头微微笑着说："早。"

他昨晚用的是她的沐浴露和洗发液，身上一股淡淡的牛奶混合茉莉花香的味道。在一个男人身上闻到这么清新甜腻的味道，有点好笑，却也不违和。

"你什么时候起床的？"他都没听到动静。

"不到六点吧。"喻橙说，"我起来的时候你还在睡，就没叫醒你。"

她醒来时，坐在床上看了他一眼，他的被子掉在地上，姿势别扭地侧躺

262

在沙发上，两条腿交叠蜷曲，看起来像被人遗弃的小狗，实在是太可怜了。

喻橙看着看着，愧疚感爆棚，于是她没有像平时那样赖在床上睡懒觉，轻手轻脚地起来，帮他把被子捡起来盖好，出来给他做早餐。

周暮昀惊道："这么早？"

喻橙把锅里的千层饼盛到盘子里，指了指旁边的小砂锅："熬粥需要时间，做饼要提前发面，所以就早起了。"她才不会说自己是因为愧疚才早起做早餐的。

作为熬夜大军里的一员，喻橙自然是喜欢睡懒觉的。早餐一般是水果沙拉和面包、牛奶，偶尔也会做得精致点，但很少会做像今天早上这么复杂的早餐。

喻橙推开他的手："去洗个手，可以吃……"

余下的话卡在喉咙口，如此近距离地看他的脸，她几乎可以断定，他昨晚一定没睡好。他的眼皮双得厉害，下眼睑有一层淡淡的青色。

皮肤那么白的一个人，脸色稍微一点不好就很容易看出来。喻橙的愧疚感更重了。

"可以吃早饭了？"周暮昀接着说完她没说出口的话。

"嗯，可以吃了。"

他端着两人的碗筷和一盘饼出去，放在餐桌上，又折回来准备端砂锅，喻橙提醒了一声："小心烫。"

然而已经晚了，周暮昀的手指摸到砂锅的双耳上，被烫得往后一缩。

喻橙连忙抓起他的手，拿到眼前查看。

还好只是轻轻碰了一下，指尖被烫红了一点，没烫起泡。她捏着他的手指到水龙头下冲，教育他："你智力有问题吧？砂锅煮了那么长时间，刚关火，能不烫吗？"

被她骂了，周暮昀却禁不住地笑出声来："我觉得，可能是被某人传染了吧，我以前不这样的。"

喻橙："……"

牛肉千层饼被切成一个个三角形，一层薄饼一层牛肉馅儿叠起来，足足叠了三层。外皮在锅中煎得焦脆，里面几层却还是软的。牛肉馅儿里拌入了洋葱碎，还有喻橙自己做的酱，味道别具一格。

粥是鸡丝糯米粥，熬足了两个小时，每一粒米都熬得绽开，软软糯糯的，口感极佳。

周暮昀吃了两块饼，喝了一碗糯米粥，心里想着要抽时间多跑几趟健身房了，再这么吃下去，他的腹肌迟早保不住。

"吃水果吗？"喻橙端来一盒洗好的草莓，放在餐桌上。

草莓鲜红饱满，挂着晶莹水珠，装在透明的玻璃盒里。她随手捏起一颗，伸长手臂倾身递到他的嘴边。

女朋友这么贴心，周暮昀怎么会拒绝，他张嘴含住草莓。他微凉的薄唇触碰到她的指尖，喻橙的手一颤，唰地缩回来，她白了他一眼。

周暮昀坐在对面将她的表情看得清清楚楚，黑眸里满是笑意，他微仰起脖子把一整颗草莓吃进嘴里。一口咬下去，酸酸甜甜的汁水溢满口腔，果然很好吃。

他挑了一下眉，看着长方玻璃盒里剩下的草莓，张了张嘴："还要。"

喻橙把玻璃盒往他那边一推："自己拿。"

周暮昀抿嘴一笑，自己拈了一颗丢进嘴里。

落地窗外的商业街边停着一辆熟悉的轿车，应该是刚才那位秘书把车从停车位开了过来。喻橙问："你秘书吃早餐了吗？这里有多余的饼和粥。"

周暮昀的嘴里叼着草莓，吐字不清地道："不用管他。"

喻橙不说话了，埋头喝粥。

又吃了几颗甜甜的草莓，周暮昀才站起身，扯着西装下摆稍微整理了一下，说："我要走了。"

喻橙唔了一声，放下勺子，准备送送他，却被他按住肩膀动弹不得。

"不用送了。"周暮昀弯腰在她的唇角亲了一下，淡淡的草莓甜香味沾上她的唇，他低声道，"晚上等我回来。"

喻橙一愣。

门板砰的一声轻响，偌大的客厅里只剩下她一个人。

桌上的粥还未冷却，白汽袅袅。

他刚才说什么来着？晚上等他回来？这里是我家，我为什么要等你回来？周暮昀，你回来把话说清楚！

喻橙后知后觉地反应过来，他们这算……同居吗？

当周暮昀把自己的衣物一点一点地搬过来，她才明白，这人是要赖在她这里不走了。她不禁想，他就这么喜欢睡沙发？

264

这天晚上，他又拖来了一个行李箱。

喻橙看着他忙来忙去地收拾东西，颇头疼："你公司离餐厅这边远，住在这里不觉得很不方便吗？"

他之所以住在之前的公寓，不就是因为离公司近，方便工作吗？

周暮昀："不觉得。"

喻橙抽了抽嘴角，不知道该说什么好，好半晌，她才找出个理由："经常睡沙发对颈椎不好。"

"那你打算什么时候让我睡床？"

"你想得美！"

倏然，立在行李箱旁边的红色塑料背包倒在地上，一团白色的绒绒的小东西在里面翻滚一圈，急得四处挠爪子。

周暮昀听到动静回头一看，抚了抚额："差点把它给忘了。"

喻橙这才注意到，他居然还带了别的东西过来。

看清那是什么，她的眼睛一亮，没顾得上穿鞋，光着脚跑过去，蹲下来把倒在地上的包扶起来。

只见大红色的猫包，中间有一个圆形的透明凸起，正好能装下猫的脑袋，下面是两个透气孔。小猫的脸正对着她，一双蓝汪汪的大眼睛朝外面看，丝毫不见怯意，它伸出粉嫩嫩的舌头舔了一下嘴边的毛，弱弱地叫唤了一声。

喻橙连忙拉开猫包的拉链，把它从里面解救出来。

小家伙的脑袋先从猫包里探出来观望了一下四周。因为它在里面憋了太久，察觉到没有危险，噌的一下蹿出来，在偌大的客厅里撒欢儿地跑着。最后它钻进沙发底下，露出半颗脑袋往外看，喵喵地叫着。

喻橙转移阵地，趴在地板上，脸几乎贴到了地上，跟它打招呼："你好呀，我是喻橙。作个自我介绍吧。"

小猫："喵。"

喻橙从地上一骨碌地爬起来，站在周暮昀的面前，眼睛亮晶晶的，里面全是惊喜和激动："这是我上次在私房菜馆见到的那只猫，对不对！叫什么来着？我想想……啊，它叫鱼丸！跟我一个姓，我记得很清楚！"

看得出来，她是真的很激动，周暮昀帮她把拖鞋拎过来，放在她脚边："先把鞋穿上。"

虽然现在是夏天，空调风吹过的木质地板还是透着股凉意，女孩子受凉

265

对身体不好。

喻橙听话地穿上拖鞋，又扭头去看沙发底下的猫。

"嗯，是那只。"周暮昀说，"你说过，很想养一只猫，因为妈妈对猫毛过敏，所以家里一直没养过。你现在独居，不用顾虑这个，我就把它从卢成海那里接过来了。"

她说过的话，哪怕是无关紧要的，他都牢牢记在心里。

他记得她想开主题餐厅，也记得她想养只猫，甚至他从来没在她面前说一声，但已经都默默地准备好了。

喻橙伸手抱住他，下颌抵在他的胸膛上："你对我太好了。"

周暮昀顺杆子往上爬："那我晚上能睡床吗？"

喻橙一秒收回感动，松开手往后退一步："你休想得寸进尺！"

周暮昀挑了挑眉，整理好衣物放进卧室的衣柜里。

他出来时，喻橙已经做好了两个菜，咖喱牛肉和玉子虾仁。此刻，她正站在流理台前炒西蓝花。

他闻到食物的香味忍不住咽了一口唾沫。中午太忙，他随便吃了一点，这会儿肚子已经饿了。周暮昀瞥了一眼喻橙，发现她没看这边，他就用手拈了一块牛肉飞快地塞进嘴里，被烫得皱了皱眉。然而他一抬眸，两人的目光撞个正着。

"对了，鱼丸的猫爬架太大了，搬过来不方便，我没拿。"周暮昀没话找话。

喻橙继续翻炒着锅里的西蓝花，接着他的话说道："回头我在网上再给它买一个。"还有其他的东西，她都会给鱼丸买齐，保证小家伙在新家住得舒舒服服，忘记它的老家。

她看向沙发边的猫，经过这么一会儿，它已经不认生了，正在那儿吃猫粮。

小猫机灵得很，喻橙喊它一声，它的脸便从碗里抬起来，冲着她的方向看过去，舌头卷起来舔个鼻子。

喻橙微微一笑，收回目光瞥向另一边，居然看见周暮昀跟鱼丸露出同款的眼神。

男人的目光锁定流理台上的两盘菜，看看左边的咖喱牛肉，又看看右边的玉子虾仁，哪个都想吃的样子。

"西蓝花炒完还得烧个汤，你饿了就先吃几口吧。"喻橙从筷子篓里抽出一双筷子递给他。

既然女朋友发话了，周暮昀就不客气了，顺从地接过筷子。几块热气腾腾的牛肉下肚，胃部传来的饥饿感才缓过来。

西蓝花炒好出锅，喻橙往锅里注入水，烧了个简单的丝瓜蛋花汤，然后就可以开饭了。

周暮昀帮忙把菜端到餐桌上，随口说："餐厅开业那天，我送你一个惊喜。"

"什么惊喜？"

"既然是惊喜，怎么能让你提前知道？"周暮昀喝了一口汤，朝她一笑，"不过，你不许太激动。"

喻橙："……"

给我惊喜，又不想让我太激动？这是什么道理？

八月八号转瞬即至。

在此之前，喻橙已经做好了所有的准备工作，相关的食品经营许可证、工商营业执照、健康证、税务登记等一系列的证件都办妥了。

她还招了三个大厨、四个服务员。她本人除了担任餐厅老板一职，还兼任财务。作为一名会计专业的学生，她也算干了老本行。

当天早上，在定了五个闹钟的情况下，喻橙不到五点就起来了。天刚蒙蒙亮，天边是沉沉的靛蓝。

喻橙抬手揉了揉额头，手肘却触碰到一个柔软的物体。她一愣，睁开眼睛扭头看向身侧。

周暮昀什么时候睡到床上来的？她一点感觉都没有。只记得她昨晚在楼下忙到很晚，上来时男人坐在沙发上看书。她洗完澡后躺在床上，而他仍然睡在沙发上。

一觉醒来，怎么整个世界都变了？

她的手肘碰到周暮昀的脸，睡梦中的男人皱了皱眉毛，伸手抓住她的手腕扯过来，放在唇边亲了一下。

"早。"他刚醒来，声音沙哑低沉，含着浓重的鼻音，颇有老烟嗓的感觉，"现在几点了？"

喻橙没回话，挣开他的手，她撑着床面坐起来："周暮昀，你要不要老实交代一下，你怎么会睡在床上？"

沉默了一会儿，周暮昀缓缓地睁开眼，手背搭在额头上："沙发被猫占了，我没地方睡，只能睡床。"

喻橙闻言就想脱口而出：胡说！鱼丸有自己的猫窝，它每晚都乖乖地睡在猫窝里，怎么可能睡沙发！

心里这么想，她还是先看了一眼床尾的沙发。鱼丸果然趴在上面，两只前爪缩在脑袋下，它闭着眼睡得正香。

周暮昀翻个身，侧脸压在枕头上，眯着眼轻笑一声，嗓音依然是低哑的："所以不能怪我，都怪鱼丸。"

如果猫会讲话，这个时候肯定会否认：我不是！我没有！不关我的事！我在猫窝里睡得舒舒服服的，是周暮昀把我抱到沙发上的。

时间不早了，今天最重要的任务是餐厅的开业典礼，喻橙懒得跟周暮昀计较，她立刻从床上爬起来，钻进卫生间洗漱。

周暮昀扯高被子盖住眼睛，打了个绵长的哈欠，一副十分困倦的样子。他第一次知道，有人睡着了比醒着还活跃。喻橙睡觉是真的不老实，她一整晚几乎没消停过，总在翻腾，仿佛在打军体拳。

虽然他昨晚睡在床上，比起睡在沙发上也没好到哪儿去。

天从蒙蒙亮过渡到大亮，金灿灿的太阳从东方冒出了头，光芒洒落在玻璃窗上，透过窗纱洒进来薄薄的一层光辉。

周暮昀的手撑在头侧，以美人侧卧贵妃榻的姿势看着女朋友化妆。

注意到他的视线，喻橙侧过身，手里捏着卷发棒加热，她朝他眨了眨眼："你干吗这么看着我？"难道是她妆前妆后差别很大？以至于他看傻眼了？

喻橙本以为两人交往的时间够长了，她什么样子他都看过，此时此刻，她还是被他过于灼热的眼神看得羞窘不已。

她松了松手，一缕直发被她用卷发棒烫成卷，垂在耳侧，露出莹白的耳朵尖儿，那里渐渐浮出一抹红晕。

周暮昀勾起一边的嘴角，笑了。

女孩的妆容的确是前所未有的精致，圆圆的杏眼被眼线拉长，眼尾上挑。唇瓣涂了正红色的口红，鲜红饱满，唇形勾勒得异常清晰。纯稚的小女孩忽然变成妩媚的妖精，吸食人魂魄的那种。难怪他一直盯着她看，是她太具诱惑。

过了一会儿，周暮昀终于不紧不慢地起床。

喻橙已经弄好了头发，一头乌黑顺滑的长发被她简单地烫成卷，添了几分成熟女人的韵致。

喻橙的头发细软，不好打理，从来没去理发店里正经烫过头发。有时候她想尝试不同的发型，就在网上买来不同型号的卷发棒自己动手。好在有经验，她这次卷得很成功。

周暮昀定定地看着她，眸子里闪烁着让人看不懂的情绪，半晌，他淡声道："过来。"

喻橙站着没动。他忍不住了，主动走到她跟前，手指捏着她的下巴尖微微抬起来，他低下头就要吻她。

嘴巴被一只嫩白的手捂住，他的唇瓣贴在她的手心。

她板着脸正经道："不可以亲。我涂了好久口红，接吻会被蹭掉。"她真的涂了好久，先是勾勒唇线，再用唇刷一点点填充颜色，然后再叠加一个颜色，这才有现在的效果。

喻橙的另一只手抵在他的胸膛上，一个轻巧的转身，从他的怀里退出来。

她站在衣柜前挑了一条中规中矩的收腰小黑裙，裙摆在膝盖上面两寸的位置，一双细白修长的腿显露无遗。

周暮昀也换好了衣服，还是日常去上班时穿的黑西服配白衬衫。他的领带系得有点歪，喻橙踮起脚帮他整理。

楼下忽然传来震天的喧闹声。

喻橙一愣，跑到窗边，拉开窗帘从上往下看，顿时被眼前的景象惊呆了。

什、什么情况？

一楼餐厅门口人头攒动，不远处还停着几辆车。周围都是年轻的女孩子，手里拿着手幅、应援棒，等等，围在一起兴奋地讨论着什么。

作为一名资深追星狗，喻橙对这个场景太熟悉了。曾经她也是其中的一员，在偶像出现的场合，追星狗挥舞着手幅尖叫，或是扛着长焦镜头拍照片。

自从开始忙餐厅的事，她的追星大业就暂时搁置了。乍一看到这个场景，她还有点怀念之前跟姐妹们一起追星的日子。

不过，眼下是怎么回事？她一个十八线的美食博主小网红，没红到有站姐拍照、有粉丝应援的地步吧？更不可能会有这么大的排场，请来专车镇场子。

比起她，周暮昀表现得太过淡定，喻橙总觉得他知道点什么，但她现在来不及问，在镜子前照了一圈，她便快步下楼。

临近八点，放眼望去，人比十分钟前又多了一倍。喻橙终于忍不住了，推了推身侧的男人的手臂，压低声音问："是不是你？"他之前说过，会在餐厅开业当天给她一个惊喜。

"什么？"周暮昀装作听不懂的样子。

"还装傻？门口的动静啊，肯定是你做了什么。"在一起这么久，喻橙很了解他的性子，这人最喜欢默不作声地在背后搞事情。

她顿了顿，忽然冒出一个猜测："难道你背着我搞了开业活动？"

她又转念一想，好像也不对，什么活动能招来这么多人？

周暮昀这次没说话，算是默认了。

"所以到底是什么活动啊？"前面的路已经被堵住，喻橙站在人群的最外围止步不前，踮起脚努力地朝前面看。

周暮昀气定神闲地抬起手腕看时间："待会儿你就知道了。"他的语调微顿，抬手搭在她的肩膀上，再次强调，"答应我，稍微收敛一点，不然我会生气。"

喻橙："？"

你的葫芦里到底卖的什么药？喻橙满腹疑惑得不到解答，快被憋死了，她忽然听到旁边的女生抑制不住的尖叫声。

"消息到底是不是真的啊？哥哥真的会过来吗？可是他不是已经进组拍戏了吗？怎么会出现在这里？我可是翘了班打车飞速赶来的！"

"是真的是真的！你没看到那边停着哥哥的保姆车吗！他人已经来了啊！"

人群太拥堵，这边的视线被挡住，看不到远处的保姆车。有女生半信半疑道："这家餐厅到底什么来头，能让哥哥百忙之中亲自过来捧场？"

"听他们说好像是一家网红餐厅吧，我也不太清楚。"

另一个女生是知道内情的，大声道："喂，你们到底是不是正经追星的？这间餐厅是鱼仙开的。鱼仙！阿晏的头号粉丝，产出超多'安利'视频的！"

大家露出恍然大悟的表情，可还是有人不明白："不会吧，当粉头就能让哥哥亲自过来捧场？放眼整个娱乐圈，都没这种事！"

那个知道内情的女生被噎住了。

确实是这样。鱼仙在粉圈的地位再高，那也只是个粉丝而已，怎么可能让一个大明星抽出拍戏时间，过来参加一个小小的开业典礼？

根据她们的讨论，一个猜测渐渐在喻橙脑中成型。她难以置信地瞪大

270

眼，仰头看向周暮昀，难道是……

不等喻橙开口问周暮昀，前方的人群忽然朝两边分开，中间让出一条道。

喻橙这才发现，门前铺着猩红地毯，停在远处的保姆车启动了，缓缓地驶过来，停在红毯前端。

车门拉开，先下来的是一群身穿黑衣黑裤、戴着墨镜的保镖，一个个身材健硕，双手背在身后笔直站立，他们隔开两边的人群。

粉丝立刻爆发出潮水般的尖叫声。

等了两秒，车上下来一个男人，男人穿着舒适的黑色polo衫、蓝色牛仔裤，戴着黑色的鸭舌帽，眉眼温和，朝两边的粉丝挥手打招呼。

姜时晏！

啊啊啊！真的是他！

她的本命！爱豆！偶像！男神！

耳边的尖叫声更大了，只有喻橙一个人呆若木鸡，完全没有以前见到偶像时的激动兴奋。因为，她已经被这个惊喜吓傻了。

在周暮昀的护送下，她终于挤到餐厅门前，打开了门锁，让她的员工进去。

喻橙拼命地克制，却在看到姜时晏朝她走来时土崩瓦解了。她激动地掐住周暮昀的手臂，兴奋得语无伦次："你……你怎么会请来他！"

周暮昀见她两眼冒小星星的样子，醋意上涌，他沉声道："姜时晏的新戏跟燕北的公司合作，让他挪出一个小时不是难事。"

喻橙想起来了，那个自称搭戏班子的燕北其实是开娱乐公司的，而且还是娱乐圈三巨头之一。

喻橙正想着，姜时晏已经走了过来，朝周暮昀微微颔首打招呼。周暮昀淡淡地点了一下头，算是回应他。

喻橙第一次离偶像这么近，她畏畏缩缩地像只小鹌鹑，想靠近又不敢靠近，看偶像一眼都要偷偷的，生怕被发现会让对方觉得失礼。

周暮昀皱起眉毛，早知道她这样，他就不搞这一出了。

开业典礼正式开始，挂在大门上方的罩子被工作人员揭下来，露出两个醒目的大字——暮鱼。

招牌上的神秘面纱揭了下来，喻橙的目光终于舍得从偶像身上移开，转而看向身侧的男人，她微微笑了一下。

周暮昀也在看她。

两人站在廊檐下的角落，这个位置看不到头顶的招牌，所以这个男人到现在还不知道这间餐厅的名字。

想到此，喻橙的嘴角上扬的弧度更大了。

那边，有工作人员端来托盘，上面放着红色的缎带和一把金色的剪刀。

这是……

喻橙愣了愣，只见姜时晏从托盘里拿起剪刀，剪断面前横着的缎带，温柔地朝大家笑了笑。

剪彩！哥哥居然亲自给她的餐厅剪彩！

她以为周暮昀口中的抽出一个小时指的是姜时晏单纯地过来露个脸，谁知道还有剪彩这样的项目！

喻橙顿时联想到，姜时晏上一次商业剪彩是给哪家门店来着？好像是一家百达翡丽门店。

她感觉，自己的这间小餐厅把哥哥的剪彩档次从国际超一线大牌拉到了乡村结合部……真是罪过。

剪彩结束，姜时晏朝她走了过来。

"啊啊啊！怎么办怎么办？我想……"喻橙的手脚都不知道往哪儿放，眼神更是四处乱飘。

话还没说完，她的嘴巴就被周暮昀捂住了。他板着脸一本正经道："不，你不想。"

喻橙："……"

周暮昀的脸色黑如锅底："喻同学，劝你适可而止。"

听出他声音里的不悦，喻橙立刻收回视线，对着他眨眨眼。半晌，她竖起一根食指，可怜巴巴地说："商量一下，我能要个签名吗？"如果可以的话，合照她也想要。

周暮昀无奈地叹息。于是，喻橙愉快地去找偶像要签名了。姜时晏在娱乐圈里是出了名的性子温柔，很痛快地签了名，还问她要不要合照。

当然要！

喻橙举着手机，主动靠近姜时晏，对着两人的脸拍了一张，而后，她心满意足地抱着手机欣赏。

姜时晏还要去片场拍戏，不能耽误太久，十几分钟后就离开了。

九点整，餐厅正式营业。

顾客陆陆续续进来了，餐厅里很快座无虚席，服务员也忙碌起来。

趁大家不注意，喻橙拉着周暮昀走出餐厅。

"干什么？"男人的脸色从姜时晏出现的那一刻开始就一直黑沉着。

喻橙抬手指了指上方的招牌："我想起来，你还不知道餐厅的名字是什么，现在看吧。"

周暮昀顺着她指的方向看去，狠狠地愣住了。

暮鱼。

暮字下面的日是一本翻开的书的造型，鱼字下面的一横用一条细长的小鱼代替。

餐厅的名字是喻橙想的。为了不让他提前知道，她煞费苦心地找人定做了一张跟招牌同样大小的罩子将招牌罩上。好几次他问她餐厅的名字是什么，都被她瞒过去了。

因为，这是她给他准备的惊喜。

不曾想，他也给她准备了一个这样大的惊喜。

大家忙碌了一整天，直到夜幕降临，餐厅里的人才渐渐稀少。终于能闲下来了，喻橙找了一张空余的餐桌坐下来，手支着下巴看周围的顾客。

暖暖的灯光洒下来，在水晶灯罩的折射下，整个餐厅亮堂堂的，宛若一个梦幻的童话世界。屋子里流淌着食物的香味，还有淡淡的油墨香。没有人大声喧哗，也没有人匆匆走动，一切都是那样静谧。

喻橙扭头看向隔着走道的一桌，那里坐着几个女孩子。大概是结束了一天的工作，几个女孩子慢条斯理地吃着饭。桌面摊开一本插画书，其中一个女孩一页一页地翻看，看到有趣的内容，会碰一下旁边的人的手臂，跟她分享自己看到的，然后再低头吃上一口热气腾腾的菜。

注意到喻橙的视线，女孩兴奋地朝她挥手，却很礼貌地没有过去打扰她。

喻橙回以一笑。

就是这种感觉。

她当初想开一家书店与餐厅相结合的主题餐厅，就是想大家能在忙碌了一天后，找到这样一个地方，能让人很快静下心来，暂时放缓生活节奏，一边享用美食，一边享受文字的魅力。哪怕只是随手抽出书架上的书，翻看其中的一页、一段文字，能带来片刻的宁静，那也是值得的。

第十二章　不会让她受到丝毫伤害

餐厅步入正轨后，喻橙的工作量就没那么大了。偶尔一整天不在店里，员工也能打理得井井有条。

她终于能松一口气。她当初海口夸得那么大，在父母面前拍着胸脯保证自己绝对不会赔钱。万一真的赔了，她就没脸见江东父老了。还好还好，梦想在航行的过程中没有遇到险阻，一切都如预料那般顺利。

餐厅已经开业一个多月了，喻橙专门抽出一下午的时间整理账务明细。

会计专业毕业的优势在这个时候就体现出来了，喻橙坐在柜台前埋头算账，干着财务的活儿。

不知不觉，几个小时一晃而过，等所有的账理清，她的脖子都有些酸了。

值得高兴的是，这个月的盈利比她预期的多了三倍不止。她知道其中一大部分都是来自姜时晏的明星效应，一小部分是自己在微博上宣传的效果。不过，她已经相当满足了。

今天正好是周五，餐厅比平时提前两个小时打烊。

喻老板心情好，大手一挥，让员工挑个日子，她请客聚餐。这项提议自然引来大家的欢呼。

喻橙哼着歌上到二楼，周暮昀已经下班回来了，坐在沙发上看报纸，面前的茶几上泡了一壶清茶，像个养生的老年人。

她凑过去跟他打了一声招呼，然后去厨房煮宵夜。

不一会儿，厨房就传来叮叮当当的声响，周暮昀有些坐不住了，放下报纸，起身过去看她。

他从冰箱里拿了一瓶啤酒出来，放在小吧台上，取了个杯子，倒满一杯啤酒，一个人喝着，支着下巴看喻橙忙活。

餐厅客流量大，后厨基本没剩下什么食材，就只有一小袋皮皮虾。这食材存放会不新鲜，她索性用它来做宵夜。

喻橙将处理好的皮皮虾倒入油锅中炸，刺刺啦啦的声音响起，她忽然回头问他："你明天有空吗？"

"做什么？"

"你先说有空没空。"喻橙看了一眼锅中的虾，已经炸得差不多了，捞出来装进碗里。

周暮昀喝了一口啤酒："有啊。"只要她想，他哪天都有空。

喻橙把葱、姜、蒜、小米椒圈丢进锅里爆香，脸上挂着明媚的笑容："明天餐厅不营业，我们出去玩吧，去约会怎么样？"

算起来，自从餐厅开业，到现在已经一个多月了，她一直在忙碌，好久没有放松过。她想出去放松心情，能跟他一起就再好不过了。

周暮昀的眉眼舒展，唇畔挂着明显的笑意，应道："好。"

"那就这么说定了。"喻橙把皮皮虾倒入锅中翻炒，爆香过的蒜香混合着炸过的皮皮虾，香味立马四散开来。

连鱼丸都被这味道吸引过来，绕着喻橙的脚边喵喵叫。

她垂眼看着小家伙的馋样儿，忍不住笑出声来。

最后撒上椒盐粉，一道椒盐皮皮虾就出锅了。

她端着盘子放在小吧台上，坐在周暮昀旁边的高脚凳上，顺手剥了一只虾，特意在旁边调料多的地方蘸了蘸，送到他嘴边："尝尝？"

周暮昀对此习以为常，张嘴就吃下，把她指尖的调料粉也吮进嘴里，惹来喻橙一个白眼。

男人扬眉一笑，像个恶作剧得逞的小孩。

吃完夜宵，两人坐在客厅看了一会儿电视，之后一起回房间。

经过最初的不适应，喻橙现在已经能坦然接受床上多一个人，也习惯了每晚睡前拉着他聊天，早上醒来第一眼看到他，然后互道一声早安。

275

不得不说，习惯是很可怕的。

如果他哪天不回来，或者是晚一点回来，她就会觉得身边好像少了点什么，心里空落落的，怎么都不自在。

当她意识到这一点，便深知自己掉进了周暮昀的陷阱。

喻橙："我们明天去哪儿玩？"

周暮昀原本平躺在床上，闻言，翻个身面朝着她："你想去哪儿？"

灯关了，室内一片漆黑，只有月光透过窗纱照进来，浅淡的银辉，柔和又宁静地落在地板上。

两人面对面，即使这样近的距离，也看不清彼此的脸，只能感受到交织在一起的呼吸。

想了一会儿，喻橙说："去游乐场，行吗？"

他轻笑："听你的。"

喻橙觉得有点热，手抓着枕边，脑袋往后挪了一点，正要说话，就被他扣着脑袋捞进怀里，她的脸一下离他很近很近，两人的鼻尖相触。

喻橙舔了舔唇，莫名紧张起来："你……你离我远一点。"她快要不能呼吸了，话音刚落，她就听见周暮昀低低的笑声。

喻橙愣了愣，还没反应过来，唇上就贴了柔软的一物。他轻咬她的下唇，传来酥酥麻麻的刺疼感，只一瞬，他的舌尖就探了进来，勾缠住她的小舌。

他在她的耳边低喃："我想离你更近一点。"

九月份的北京，即使已经立秋了，气温还是持续走高，没有一点降下来的意思，热得不像话。

喻橙站在房间里抹了一层又一层防晒霜，忽然有点不想出去玩了。但约会的提议是从她嘴里说出来的，收不回。

虽然外面烈日炎炎、热浪滚滚，因为是休息日，游乐场的人依然很多。

打伞不方便，喻橙戴了一顶草编的遮阳帽。此刻，两人站在一处阴凉的地方，商量玩哪个项目好。

忽然，一阵凉爽的风吹来，顷刻间吹散了燥热。

喻橙眯着眼享受了片刻，视线一转，发现旁边有个黑黢黢的洞口。外观做成野兽张开嘴巴的形状，尖尖的獠牙上血迹斑斑，拱形墙壁四周爬满了仿真的墨绿色藤蔓。每根藤蔓上都缠绕着森森白骨，还有骷髅头。

那一阵阵风就是从这个洞口里吹出来的。

喻橙恍然大悟，这里就是传说中的鬼屋啊，怪不得阴风阵阵呢！

她勾起嘴角，露出狡黠的笑，拉着周暮昀的手朝洞口走去："我们去鬼屋来一场惊心动魄的探险之旅吧！"

"鬼什么？"周暮昀的脸色遽然一变。

光是看一眼那白森森、血淋淋的骷髅头，他全身的汗毛就都竖起来了，头皮一阵一阵发麻，双腿挪不动。

"鬼屋啊，你该不会连这个都没听说过吧？"喻橙说，"里面超级惊险刺激的！而且一点都不热。"

周暮昀当然听说过鬼屋，只是从来没有进去过。

虽然没进去过，但里面有什么，他动一动脑子就能猜到。他立刻就想到那次在电影院里看鬼片的经历，太丢人了！

他咽了一口唾沫，声音里藏着一丝不易察觉的紧张："真的要去？"

喻橙看着他，倏地弯唇一笑，抬手摸了摸他的头，十分宠爱地对他说："乖，咱们不去了，我开玩笑的。"

上次看鬼片的场景还历历在目，一桶爆米花扣在前排大兄弟的脑瓜上。万一真的进了鬼屋，她怕他激动起来控制不住，可能会把扮鬼的工作人员打残。

他们去玩了云霄飞车。

一排列车在空中的轨道急速运行，风将长发扬起，喻橙抓住周暮昀的手放声尖叫，某个瞬间，列车从高高的半空陡然滑下来。

玩了一圈，喻橙累得快虚脱了，靠在栏杆旁，手撑着膝盖，气都喘不匀，嗓子也喊得快冒烟了。

周暮昀让她等在这里，他去给她买水。

包里的手机响了，喻橙一边抬手在脸侧扇风，一边翻出手机接通："喂，妈妈。"

"这周不回来了吗？"蒋女士问。

喻橙一愣，这才想起来今天是周六，是她每周回家的日子。之前她再忙都会回去，有时候在家待一天，有时候陪爸爸妈妈吃顿饭再返回餐厅。

她抬手拍了一下额头，懊恼自己居然忘了这么重要的事，她讪讪地应了一声："我明天再回家吧，今天刚好有事。"

蒋女士不疑有他，说了声好。蒋女士想起什么，欲言又止，又怕没提前打招呼女儿会生气，斟酌道："那个，明天介绍个男生给你认识。"

本来蒋女士很看好梁延，结果喻橙说两人的性格不合适，就没有再往下发展。蒋女士为此惋惜了好久。

"相亲？"一听说介绍个男生给她认识，喻橙立刻明白了母亲大人的意思，急忙说道，"妈，你怎么能说话不算话呢！你前段时间还让我专心工作。"

蒋女士淡然道："是啊，但你现在工作不都稳定了吗？是时候该考虑终身大事了。"

相亲是绝对不可能的。喻橙眼一闭，心一横，决定不隐瞒了："妈，跟你说件事，我有男朋友了。"

蒋女士足足愣了有半分钟，被这个突如其来的消息震住了。

女儿有男朋友了？什么时候的事？怎么从来没听她提起过？怎么就突然有男朋友了呢？没有一点苗头啊。难道是她餐厅里的员工？她去餐厅参观过几次，发现餐厅里几个男服务员都很帅气。

"妈妈？妈妈？你在听吗？"那边安静了太久，喻橙有点不确定母亲大人还在不在线。

"啊，我在。"蒋女士还是觉得不可思议，半信半疑道，"你没骗我吧？该不会是……你为了逃避相亲，故意这么说？"

喻橙抚额，什么时候她在母亲大人心里的信任度这么低了。她深吸一口气，打算跟蒋女士好好解释，一转身，却发现不知何时周暮昀买完水回来了，他的手里拎着个白色塑料袋，里面装着两杯柠檬水，另一只手举着一个冰激凌。

他深深地凝视着她，震惊、意外、愕然、惊喜，等等，各种情绪交织在一起，导致他的表情看起来无比复杂。

喻橙眨了眨眼，心想既然已经挑明了，不介意再明朗一点，她对电话里说："等着，我让男朋友跟你说句话。"

喻橙高高举起手机，附在周暮昀的耳边。

男人一脸呆滞，仿佛一个哑巴，不会张口说话了。他其实来有一会儿了，见喻橙在打电话就没有上前打扰她，然后他就听见她说：妈，跟你说件事，我有男朋友了。

那一瞬间，他的大脑宕机，失去了思考能力，他不知道自己身在何处，也不知道在做什么。这种感觉就像刚刚坐云霄飞车那样——上升到最高点，紧张、刺激又激动。

周暮昀久久不说话，喻橙急了，以为他不知道电话那边的人是谁，于是推了推他的胳膊，用口型提示他：我妈。

周暮昀终于回过神来，立刻抬首挺胸、立正站直，僵住的嘴角缓缓扯出一抹笑，仿佛未来岳母此刻就在眼前："阿……阿姨好，我是橙橙的男朋友。"

喻橙扬起眉梢，朝他竖起大拇指，赞他做得好。

她把附在他耳边的手机拿下来，无奈地叹一口气，说："这下你总该相信了吧。我确实有男朋友了，所以你就别把相亲的主意打到我的头上了。你和姑妈一起去祸害表姐吧。拜拜。"

喻橙再次出卖了表姐。不等蒋女士说话，喻橙就挂了电话，给她老人家足够的时间去消化这个消息。

喻橙收起手机，长舒一口气，总算不用再相亲。

"你……"周暮昀敛下眼眸，眼底的情绪还未散去，仍然那么复杂，他张了张嘴，却吐字艰难。

喻橙拧了一下眉，对他眼下的这个反应不解："怎么了？"

视线下移，她看着他手里拿着的冰激凌，是她最喜欢的巧克力味，上面撒了瓜子碎和杏仁碎。因为耽搁的时间有点久，冰激凌最上端已经开始融化了，流淌出黑色的浓稠的巧克力酱。

眼看就要流出蛋筒，喻橙连忙抓住周暮昀的手腕，就着他的手舔掉冰激凌尖，然后从他的手里夺过来，自己拿着一口一口地吃。

沉默许久，周暮昀终于找回了属于自己的声音："你怎么会……跟妈妈说了？"

"说了什么？"喻橙专心吃冰激凌，没仔细听他的话，半晌才明白过来，"哦，你说那个啊。要是不说我有男朋友，我妈又该给我介绍相亲对象了。"

她张嘴吃掉一大口，冰得眯了眯眼："还是说你希望我去相亲？"

周暮昀不说话了，抛开其他的情绪，心里只剩下满满的喜悦，是一种不知所措的喜悦，因为他不知道接下来该怎么做。他要收拾收拾准备见女朋友的家长吗？

既然她的家人都已经知道了，那见一面是迟早的事，该提前准备起来吧？

见客户的流程他很熟悉，对于见家长这种事，他没有一点经验，现在只是想一想，他的心里就有点慌。

喻橙倒是没想那么远，只觉得摆脱了相亲，好开心。

吃完冰激凌，她准备拉着周暮昀去玩别的娱乐项目，却听见他说："我刚才跟你妈妈打招呼好像结巴了，会不会印象不太好？"

你的反射弧这么长吗？这都过去多长时间了，你居然还惦记着这个。

喻橙回忆了一下，一本正经地点点头："好像是结巴了。"顿了顿，她学他刚刚跟蒋女士说话的样子，"阿……阿姨好，我是橙橙的男朋友。哈哈哈，你好紧张哦，脸都绷紧了。"

周暮昀："……"

他们又去玩了海盗船、激流勇进、大摆锤，还有女孩子喜欢的旋转木马。

"我们晚上去吃烤肉，行吗？我想吃了。"喻橙从旋转木马上下来，她一边低头看刚才拍的照片，一边漫不经心地说道。

周暮昀捏着鸭舌帽的帽檐正了正，挡住太阳，问："你晚上不回家？"

"明天回。"喻橙说。

提起这个，她的心就猛地一紧，她几乎可以想象到，明天回家一定会接受来自爸妈的三堂会审。

啊，头疼！

一天的时光都消耗在游乐场里，晚上按照喻橙的计划去吃烤肉。

还是她这个美食博主选的地方，距离游乐场不算特别远，开车过去得半个小时。周暮昀开得快，二十分钟就到了。

因为喻橙提前在网上订了位置，两人过来后，直接被服务员领到里面一个小隔间里。

镂空屏风隔出来一个个小隔间，顾客们低声说着话，没有想象中的热闹喧哗，用餐环境十分安静雅致。

周暮昀摘下鸭舌帽和墨镜，露出一张俊朗的脸，气质冷漠矜贵，一路走到最里间，吸引了不少人的注意。

两人落座后，喻橙点了不同的肉，另外要了一份冷面、一份海鲜豆腐汤，还有一份石锅拌饭，再加几份看起来不错的小食。

点完自己想吃的，喻橙把菜单递给周暮昀，支着下巴歪头看他："你要吃什么？"

"就你点的那些。"周暮昀头也没抬，拿过她的餐具，拆开外面的塑料膜，熟稔地拎起水壶烫洗。

很快，服务员端来餐前小菜，三种泡菜，还有一碟炸花生米和一碟凉拌小松花蛋。

餐厅里人不多，菜上得快，点的东西陆陆续续端上来了。

烤盘已经开了火，这会儿加热得差不多了，一个服务员站在桌边，用夹子夹起五花肉放在上面烤。喻橙说："我来就好了。"

餐厅的规定，每个小隔间里有一个服务员帮忙烤肉，顾客只需要吃就行了，餐厅的服务十分周到。但喻橙喜欢自己来，想吃几分熟就烤几分熟，轻松自在。

服务员把夹子递给她："有需要您叫我。"

服务员一边点头一边退出隔间，跟另一个服务员咬耳朵："看到没有，小姐姐旁边那个男人，超帅的！"

另一个女生同样兴奋："进来时就看到了！不过他身边的小姐姐好像有点眼熟。"

"你这么说，我也觉得眼熟……"

"啊，我想起来了，是那个美食博主大鱼爱吃小橙子！"

"对对对，就是她，我说怎么眼熟呢！"

喻橙不知道自己会被人认出来，还当作八卦谈论，她正低头认真地烤肉，夹着肉片翻面，比服务员还专业。

"要不要我帮你？"周暮昀问。

喻橙瞥了他一眼，万分诚恳地道："别，您远离一切厨房用具就是帮我的忙了。"

这话实在是打击人。周暮昀喷了一声，放下筷子，伸手捏着她的下巴把她的脸掰过来，让她看着他。

喻橙："你干吗？"

281

"惩罚你。"

她知道他要干什么，但她的下巴被他控制住不能动，两只手分别拿着夹子和剪刀，腾不出手来阻止他。

她刚要开口威胁，就被他亲了一下。

好在他知道这是在外面，懂得收敛，没做出太过分的举动。唇瓣一触即离，像是一片羽毛轻轻扫过。

即使是这样，也够让喻橙不好意思的了。她的脸以肉眼可见的速度红透，恨不得拿夹子敲他的头："你太过分了！"

周暮昀一边笑着靠在卡座的靠背上，一边高举双手投降。

喻橙大人有大量，不跟他计较。很快，她将五花肉烤好了，用剪子剪成块状，夹起来裹上蘸料，包进生菜里吃。

一口吃下去，是烤肉外层的焦香，肉里迸出油汁，因为有蔬菜，并不会感到油腻，反而恰到好处。

她吃完一块，周暮昀已经学着她刚才的步骤包好了第二块，讨好地递到她的嘴边，主动求和："这位美丽的女士，别生气了，赏脸尝尝在下的手艺？"

喻橙扑哧笑出声来，眼睛弯弯："你也好意思说，我记得肉是我烤的吧，怎么能叫你的手艺？"

"是我包好的！"周暮昀理直气壮，仿佛这个步骤是多么关键。

喻橙被他的厚脸皮折服了，张嘴吃下他递来的肉，她鼓着腮帮子咀嚼几下，故意装作细细品尝的样子，语调高深地道："这手艺……也就一般般吧。"蘸料放多了，有点咸。

周暮昀闻言，并未气馁。

"那在下再接再厉。"说完，他又夹起一块肉，蘸好料，裹上生菜。

喻橙莞尔，决定不打击他了："不过资质还不错，只需稍加练习，假以时日，一定能达到为师的水平。"

"多谢夸奖。"周暮昀客气道，"回头一定勤加练习。"

两人对视，同时笑了。

却不想他俩的这一幕落入别人的眼中，是比偶像剧剧情还要甜蜜的画面。

女服务员捧着脸，扭头说："我酸了，你呢？"

另一个说："还是我先酸为敬吧！"

这顿烤肉自然是喻老板买单。

车子开到家的时候，已经过了九点。下了车还要再走几分钟才到，疯玩了一整天，喻橙累得筋疲力尽，脚都抬不起来了，眼皮耷拉着，没精打采的。

路过一家冰激凌店，她唰地睁大眼，表现出了强烈想吃的欲望。

她的眼神一变，即使还没说话，周暮昀就知道她的心里在想什么，抓住她的手阻止："不许再吃了，你今天已经吃了一个。"

他二话不说地拖着她往前走，喻橙却像是钉在原地，一步都不肯挪动，像个买不到心爱的玩具就不肯跟家长回家的熊孩子。

周暮昀没辙，皱着眉松开了手。

喻橙美滋滋地跑去买冰激凌，碗装的，里面有三颗硕大的冰激凌球：绿色的抹茶味，黑色的巧克力味，粉红色的草莓味。

她搲了一大勺放进嘴里，满足地叹一口气："冰激凌，伟大的发明之一！"

喻橙看着周暮昀，忽然皱了皱眉，前一秒还笑得灿烂，转眼就哭丧着脸："好累哦，完全不想走路。"

周暮昀愣了一秒，认命般背过身去，将所有的购物袋都换到一只手拎着，躬着身手撑在膝盖上："上来。"

喻橙端着纸碗，嘴巴里含着塑料小勺子："不是，我没有让你背的意思，我就是……"单纯吐槽一下。

"上来。"周暮昀重复一遍。

好吧，喻橙拗不过他，她上前一小步趴在他的背上。他只用一只手就轻轻松松托起她，把她背到背上来。稳稳当当的，她一点都不会有掉下来的危险。

喻橙在他的背上放心地吃起了冰激凌。

快要走到家门口，周暮昀察觉到背上的小姑娘往下滑了一点，他停下来拖着她往上颠了颠。

恰在这时，喻橙用勺子搲起一颗冰激凌球，猝不及防地被抖掉了。不偏不倚，正好掉在周暮昀的头顶。

他只觉头顶一凉，脚步猛地顿住了。

283

什么情况？

"我不小心把冰激凌球掉在你头上了。"喻橙望着那一颗绿色的、圆溜溜的抹茶冰激凌球，悠悠地说，"周周，你戴了顶绿帽子。"

周暮昀："……"

喻橙是第二天下午回家的。

她路过超市的时候，买了一大堆食材，心想这段时间爸妈都没机会尝到自己的手艺，晚餐她要准备得丰盛一些。

拎着两大袋东西，喻橙站在家门口艰难地抬手摁了一下门铃。

"来了来了。"门内传来蒋女士的声音。

脚步声由远及近，面前的门被打开，蒋女士穿着居家服，长卷发盘得一丝不苟，手里拿着一把锋利的水果刀，寒光凛凛。

喻橙吓得往后缩了缩，看到妈妈一上来就这么猛，她真的承受不来。

蒋女士也觉得这个姿势有点吓人，忙把刀放下来，说："我正在切西瓜。你不是有钥匙吗，怎么不用？"

喻橙抬高两只手，让妈妈看她手里拎的东西："腾不出手。"

"哦。"蒋女士的视线越过她望向她的身后，"只有你一个人回来？你那个男朋友呢？怎么没有一起过来？"

喻橙没有回答，先进屋把东西放桌上，恰好看到茶几上切好的西瓜，她拿起一块，咬了一口。沙沙的口感，汁水丰沛，清甜可口。

喻宗文正好在家休息，听到女儿的声音，从书房出来。

"我就是跟你们说一声我有男朋友了，也没说要带过来给你们看啊。"喻橙摊手，"你们不会这么心急吧？"

喻家的规矩就是在饭桌上谈事情。晚上喻橙亲自下厨，做了一大桌子的菜。蒋女士按捺了一天一夜的好奇心，终于忍不住了："你和你男朋友，你们交往多久了？"

喻橙夹起一根干煸豆角咬住，含含糊糊地说："也……没有多久吧。"

"他是你餐厅的员工吗？"

"不是。"

"啊，原来不是。那他是做什么的？"

"他？"喻橙顿了顿，不知道要不要如实相告，纠结片刻，她模棱两可地说，"他是从事房地产的。"

一直听她们母女俩谈话的喻宗文插嘴："从事房地产方面的工作很不错啊，跟我这职业还有点关联。"

喻橙低头喝汤，借此掩饰心虚，心说他的职业跟您的可太不一样了，没法儿比。

蒋女士追问："你们是怎么认识的？是同学吗？还是经别人介绍的？"

该来的还是要来，果然被喻橙猜中了，传说中地狱般严酷的审问要开始了，蒋辅导员要训人了！

"我们……我们不是同学，是一个偶然机会认识的。"喻橙的脸都快埋进碗里了。

她暗道：周暮昀，真不怪你跟蒋女士说话结巴，我做了她二十几年的女儿，跟她说话还结巴呢！

蒋女士却不让她蒙混过关，继续问："偶然的机会？怎么个偶然？"

"风和日丽的一天，我去餐厅里吃饭，因为一个小插曲，刚好跟他坐一桌，然后发现彼此很聊得来，慢慢的，水到渠成，就在一起了。"

她才不会承认是自己相亲认错人，像强抢良家女子一样把人拽到同一桌坐下来。想想就觉得丢脸。

"原来是这样啊，那还算靠谱。"蒋女士若有所思地点点头。

喻橙趁机拿起筷子给她夹了一块排骨："妈，你别光顾着说话，吃菜，再不吃菜就要凉了。"

"他长什么样？你手机里有照片吗？给我看看。"蒋女士不依不饶。

喻橙向老爸抛了个求救的眼神。后者扒了一口饭，抬眸看她，催促道："你妈问你话呢，男孩子长得怎么样？先说好，比我丑的不行。"

"……"

喻橙噎了一下，说："他长得很好看，性格也好，对我也好，总之哪里都好，我还担心自己配不上他呢。你们就别操心了，我们还在谈恋爱，暂时没到考虑结婚的阶段。哪有这样的啊，谈恋爱逼得这么紧，我都害怕了。"

喻橙鼓起勇气说完颇长一段话，客厅里终于安静了。

蒋女士适时打住，没有再追着问。接下来的用餐氛围非常和谐。

喻橙长舒一口气，如一只刚出笼的小鸟，扇着翅膀飞回了卧室，扑倒在久违的大床上，给周暮昀发消息："我刚被严刑逼供了。"

285

那边秒回："那么请问夫人是如何应对的？"

夫人？

你管谁叫夫人呢？我看你是越来越会耍流氓了！

喻橙："周暮昀，你被鬼上身了？"

周暮昀："你别说那个字了，我晚上一个人睡，怵得慌。"

喻橙忍不住大笑，这才想起来这人有个怕鬼的弱点。越想越乐，她在床上滚来滚去，捧腹笑个不停。

即使看不到这边的情况，周暮昀大概也能猜得到："喻橙，你是不是在笑？"

喻橙翻身坐起："不跟你开玩笑了，说正事，我真的被审问了。"

她将刚刚饭桌上发生的事简单地跟他说了一遍。

周暮昀听到她重复那句"他长得很好看，性格也好，对我也好，总之哪里都好，我还担心自己配不上他呢"的时候，他的心蓦地一软。怎么会配不上？他才是最幸运的那个人。

周暮昀一只手臂枕在脑后，靠在床头笑着说："别在娘家待太久，记得早点回。"

一句话成功让喻橙没话说了。

周公子继不要节操之后，现在连脸都不要了。

翌日上午，秘书送了一沓文件到总裁办公室，顺便跟老板汇报："上周那个重建公寓楼的项目，合作的拆迁公司那边出了一点小问题。"

森远集团最近启动的一个项目，拆掉几栋废弃的旧楼，重新建造新的公寓楼来卖。这个项目去年就该启动了，出于各种各样的原因，一直往后推，直到上个星期才敲定下来。

问题就出在这里，森远集团有固定合作的拆迁公司。合作方这次不知抽了什么风，仗着双方合作时间长久，将价格提了百分之十。

这种小事原本不该惊动到周总，底下的人就能拿出解决方案。但对方是合作了五年之久的老朋友，不知道是该给个面子认下对方提出的价格，还是另外再做打算。

周暮昀听完秘书的汇报，掀起眼皮，拿起桌上的文件夹，一页一页地往后看，翻到报价那里顿了一下，他修长的手指翘起来敲了敲纸张。

秘书静等着他拿主意。

几分钟过去，周暮昀牵起唇角，露出个隐秘的笑。

秘书凭多年总结的经验来判断，这个时候，周总的笑容绝对不是善意的笑容。

秘书果然猜对了。

"好大的脸，以为森远没他不行了？"

周暮昀一声轻蔑的嗤笑，直接判了合作方出局。他把文件夹合上，将文件夹随手扔进垃圾桶里，嫌弃的意思非常明显。

周暮昀垂眸，翻了翻剩下的文件夹："这些都是什么？"

秘书连忙答道："是其他拆迁公司递过来的合作策划案。"

森远集团作为房地产的龙头，但凡有点风吹草动都会吸引一大批企业的关注。这次也一样，除了以往熟悉的合作商，别的公司也递来了诚意，期望森远集团能抛出橄榄枝。

一般情况下，集团习惯选择熟悉的合作商进行项目合作，毕竟知根知底，更有保障。所以，其他公司能选上的几率不大。即便如此，他们还是愿意一试。

周暮昀没心思浪费时间去看这些，把一沓文件夹推开："让他们做个综合测评，再从中选一家合作。"

"好，我知道了。"

秘书颔首，将文件夹抱起来，准备怎么来的就怎么抱回去。

秘书刚走到门边，周暮昀的脑中忽然间有什么一闪而过："等一下！把策划案拿过来，我先看看。"

秘书只好又抱着文件夹折回来，放在桌面："您慢慢看。"

周暮昀像是在找什么东西，一本一本翻开看，暂且没细看里面的内容，只是看扉页上标注的拆迁公司的名称。

翻到其中的一本，他停下来，目光凝视着上面黑体加粗的几个大字。

秘书觉得奇怪，凑过去瞥了一眼，是广隆拆迁公司递来的策划案。

周暮昀把它抽出来，若有所思地看了一会儿，最终敲定下来："就选这家。你去联系，我亲自来谈合作。"

周暮昀为什么会对广隆拆迁公司的印象这么深刻，说起来也是不堪回首。

287

就是喻橙发现周暮昀欺骗她的那天，她刚好去给爸爸送文件。当时情况紧急，她打不到车，最后由他开车送她过去。那是他未来岳父大人所在的公司。

刚做出这个决定时，周暮昀有片刻的犹豫，这么快送上门去，是不是有点唐突？后来他想一想，算了，迟早都是要见面的，早一天晚一天没差。

早点见完家长，他也能放心。

不知道是他太紧张，还是别的什么原因，他总是有种不太好的预感，感觉会出点意料之外的事。

双方就合作项目的商谈定在周三中午，地点在一家地道的京菜馆。

周暮昀为表诚意，提前半个小时就到了，正襟危坐地等候，面色万分严肃，像是即将要进行一场谈判。

双方合作中，广隆拆迁公司作为乙方，自然对这次的项目合作十分看重，派出了公司里的老江湖喻宗文。

广隆拆迁公司是喻宗文一个老同学开的，老板跟他有深厚的同学情谊。两人平时在公司里是普通的上下属关系，私底下却是一起喝酒、打牌的好兄弟。喻家一家人现在住的房子就是当初公司分配的，由此可见，老板对他的器重。

临行之前，老板把喻宗文叫到办公室里一番叮嘱，大意就是，咱们公司这么些年在一众拆迁公司里一直不温不火，没赚过大钱，但也不至于赔本。盼星星盼月亮，终于盼来了一个大项目，这种项目交给别人来接洽老板不放心，只能交给你喻宗文。

喻宗文的热血上涌，拍着胸膛说自己定不辱使命，保证出色完成组织交代的任务。

他为了表示对甲方的尊重，也提前到了定好的包间，不曾想，对方却比他先到。

喻宗文一推开门，只见里面坐着一个年纪不大的男人。

周暮昀正在看手机，听到开门声抬起头，就像被教导主任抓住玩手机的学渣，身体一下坐直了，手机也收了起来。感觉不够正式，他噌地站起身。

男人个子差不多一米九，蹿起来如同一棵笔直的小白杨，比喻宗文高出一大截，吓了喻宗文一跳。

喻宗文定定神，端详起面前的年轻人。只见他长相清隽俊朗，个子也高，穿着笔挺的西装，浑身散发着一股高贵气质。

喻宗文暗暗地想，森远集团不愧是房地产界的龙头老大，连业务员的素质都这么高，真是让人意想不到。

"您好，我是周暮昀。您这边请。"

喻宗文闻言浑身一颤，要不是手撑着椅背，差点就倒下了。

周、周暮昀？

喻宗文得知森远集团向广隆抛出橄榄枝的时候，就对这个甲方做过相关调查，如果没记错的话，周暮昀是森远的老板！他的父亲周致鸿是董事长，基本退居幕后，公司全权交由唯一的儿子周暮昀来打理。

这样的人物，亲自过来谈业务？

喻宗文不禁反思，到底是他们乙方不够重视，还是甲方太过重视。他现在唯一的想法是，赶紧打电话让老板亲自过来谈，他这次真的搞不定！

喻宗文满脑子都被"对方老板亲自到场"给占据了，紧张得额头开始冒汗。

"你好，我是广隆拆迁的喻宗文。"他做完自我介绍，不动声色地擦了擦汗，试探性地问，"你真的是周暮昀？森远集团的老板？"

"是。"周暮昀颔首，态度十分谦恭。

周暮昀从见到喻宗文的那刻起，喻宗文问出的每一个问题，周暮昀都当作面试官的考试内容来回答，唯恐答错，给对方留下不好的印象。

比起喻宗文见到甲方老板的紧张，周暮昀这个女婿见到未来岳父更紧张。只不过，两人都不知道对方很紧张。

包间里安静了一会儿，周暮昀主动拉开椅子："您坐，我们慢慢聊。"

"好好好，慢慢聊。"喻宗文连连点头，又别过脸去擦汗，再转过头时，一脸微笑称赞道，"周总真敬业！"

周暮昀笑着说："您叫我小周就好。"

喻宗文觉得这个发展趋势不对劲，处处充斥着一股诡异的气氛。

这还只是个开端，接下来就更不对劲了。两人点了菜，边吃边聊，从始至终，周暮昀的态度都极度谦虚，像一个晚辈面见长辈那样，没有一点身为甲方的强势。

谈起正事，喻宗文肩负重任，不敢有丝毫懈怠，顿时认真起来："我们公司的策划案已经递到森远了，相信你应该看过了吧。我简单说一下……"

周暮昀听他说完提出的各种条件，沉默地点了点头。

喻宗文说："如果周总对报价不满，我们都好商量。"

各个拆迁公司的团队技术其实都差不多，主要就是工程报价上的差距。他们事前打听过，森远集团这次之所以没跟以前的合作商再次合作，也是因为对价格不满。

商人重利，这一点能理解。

喻宗文深知，和森远集团合作的机会太难得，老板提前跟他通过气，如果对方不满意他们的报价，可以考虑适当降低，跟森远达成合作最重要。

周暮昀拎起茶壶给喻宗文倒了一杯茶："不用，按照贵公司报的价格就行。"

喻宗文一愣，这么好说话？喻宗文顿了顿，笑容可掬地道："既然这样的话，那就没什么问题了。"他伸出一只手，"周总，祝我们合作愉快。"

小周这个称呼，他实在不敢喊。对方虽然是晚辈，可也是森远集团的老板，惹不起惹不起。

周暮昀礼貌地站起身，他的一只手贴在腹部微微弯腰，另一只手与未来岳父伸出来的手相握。公事谈完了，可以谈私事了，他客气道："喻叔叔……"

喻宗文大惊失色，下意识地打断他的话："周总客气了，不敢当不敢当。"

"您是喻橙的爸爸吧？"虽然知道这是事实，还是要先问一声。

"啊。"喻宗文愣愣地应了一声，一时间没明白他怎么会知道自己女儿的名字。

"那就对了。"周暮昀的嘴角牵出不太自然的微笑，"容我再次自我介绍，我是周暮昀，也是……橙橙的男朋友。"

喻宗文此时此刻非常庆幸自己没有高血压、心脏病、脑血栓之类的疾病，不然被这么一吓，估计就两眼一瞪，直接晕厥过去了。

这太可怕了！不不不，一定是他听错了。

喻宗文闭了闭眼，迫使自己冷静下来，他端起茶杯呷了一口茶压压惊："啊？周总，你刚才说什么？人老了耳朵有点背。"

周暮昀："……"

周暮昀看出来了，喻橙的长相随了妈妈，性格却随了爸爸。

对待未来岳父大人，周暮昀表现出足够的耐心："我是橙橙的男朋友。"

喻宗文终于确定了，森远集团的老板说他是自己女儿的男朋友。

喻宗文的脑中忽然闪过一个画面，喻橙上次回家好像说过，男朋友是从事房地产的。眼前这个周总，刚巧是房地产公司的老板……

喻宗文连忙站起身，拿过旁边的公文包，匆匆丢下一句："那个，周总，我突然想起来家里的衣服没收，我回去一趟！"

喻宗文离开了包间，他的背影看起来有些慌乱。

周暮昀愣了愣，这跟他想象中的画面不一样啊，是哪里出差错了吗？他们刚刚在饭桌上分明相谈甚欢，怎么转眼画风就变了？

还是说，喻叔叔对他不满意？周暮昀仔细回想一下，自己没做过任何有损形象的举动，每一处他都尽量做到最好，试图给未来岳父留下好印象。

周暮昀坐在空荡荡的包间里，莫名地忧从中来，拿出手机给喻橙打了个电话。

那边很快接通了，传来女孩子特有的软糯嗓音："怎么这个时间给我打电话？吃饭了吗？"

"吃过了。"周暮昀的声音透出一股郁闷，"你呢？"

"吃了，和小苏、静静她们一起吃的。"听出他的语气不对劲，喻橙轻声问，"你怎么了？是不是遇到什么事了？"

岂止是遇上事了，简直是遇上大事！他都不知道该怎么跟喻橙解释，因为他自己也没搞清楚未来岳父怎么忽然就变了脸色，匆匆离去。

"嗯？怎么不说话啊？"

犹豫片刻，周暮昀决定如实相告："我见了你爸爸，不过是因为公事，后来又谈了一下私事，然后，他就好像受到了惊吓。"

"什么？我爸？"

"嗯，是喻叔叔。有个合作项目要跟广隆拆迁谈，我事先知道是你爸爸要来，就亲自过来商谈了，并且主动交代我是他女儿的男朋友。"说到这儿，他似乎又想起刚才的一幕，忧伤地叹一口气。

喻橙扶着额。好了，她很快就要面对新一轮的三堂会审了。

那边迟迟不说话，周暮昀有点心虚，他的声音更低了："橙橙，你该不会生气了吧？"

"没生气。"喻橙宽慰他，"跟爸妈坦白有男朋友的时候，我就想过会有这么一天。你也别多想，我爸没别的意思，大概是一时接受不了。"

周暮昀只觉得自己把事情搞砸了，瘫坐在椅子里。什么事都难不倒的周公子，居然折在见家长这件事上，实在是跌份儿。

另一边，喻宗文打道回府，跟蒋女士汇报情况。

是的，他连公司都没回，打了电话给老板，告诉老板合作项目已经谈妥了，他要求申请半天的假期。

一听项目搞定了，老板喜上眉梢，马上准了他的假。

喻宗文到家后，先喝了大半杯凉白开，气喘匀了，这才开始给妻子报告情况："你知道女儿的男朋友是谁吗？"

"谁？"

"周暮昀！"

"哦，不认识。"蒋女士坐在沙发上，端起菊花茶喝了一口，姿态十分优雅，"不过，你是怎么知道的？"

喻宗文摆摆手，一言难尽地摇了摇头。

蒋女士："说话。"

"好的，老婆，事情是这样的……"他将今天中午发生的事从头到尾详细地跟老婆大人汇报了一遍。末了，他补充一句，"那小子长得还挺帅。"

蒋女士听完脸色一沉，眼神冷冷地看向他，重复他刚才的话："你说橙橙的男朋友是森远集团的老板？"

"是啊，我刚知道的时候也吓了一跳。"

"呵。"蒋女士冷笑一声，语气前所未有地严厉，"真是出息了，这么大的事居然敢瞒着家里。你教的好女儿！"

喻宗文摸了一下鼻子，心说：女儿不是一直你在教育吗……

蒋女士掏出手机，从通讯录里翻到喻橙的手机号，想也没想直接拨过去。

响了三声，电话接通了，喻橙已经猜到蒋女士打来这个电话的原因，弱弱地唤了一声："妈妈……"然后就不敢说话了。

蒋女士没说别的，直接发号施令："马上给我回家，我在家里等着你。"不等喻橙推脱，她立刻挂了电话。

喻橙绝望地看着显示通话结束的手机屏幕，没想到第二次三堂会审来得

292

这么快。简直让她措手不及，甚至连供词都来不及准备。

喻橙一秒都不敢耽误，跟餐厅里的员工打了声招呼，马不停蹄地赶回家。

蒋女士本来下午有课，跟别的老师换了课，下午的时间空出来了，专门在家等着喻橙，希望她能给自己一个满意的解释。

蒋女士听说那个男人是森远集团的老板后，就联想到一系列的事情，继而在网上查了些资料。她就知道，对方岂是一个老板那么简单。周暮昀背后是整个北京的周家，那样显赫的家世，让他们这些普通人望尘莫及。他的父母、爷爷、外公没一个是普通人，就连与周家交好的家族都赫赫有名。

试问，她怎么放心让涉世未深的女儿跟这种家庭出身的男孩子交往？

且不说门不当户不对，女儿容易吃亏，其他的问题都有一大箩筐。

女儿一向乖顺，懂的道理也比一般同龄人多，她从小到大，几乎没让家长操心，不管是学业还是生活。唯一一次令人头疼的就是开餐厅这件事，好在都已经解决了。蒋女士以为她在感情上也能顺顺利利，却没想到弄成这样。

蒋女士揉了揉眉心，她倒宁愿女儿在别的事情上犯糊涂，也别在感情上太过执拗。

听到门锁转动的声音，蒋女士掀起眼皮，面容登时冷了几分。

喻橙站在玄关换上拖鞋，深吸一口气，走到客厅，低下头，是个认错的姿态："爸爸，妈妈……"

"坐。"蒋女士说。

喻橙悄悄看了一眼妈妈的眼神，妈妈果然生气了。她立马摆正态度："有什么话，您说，我站着听就好。"

喻宗文没发话，眼睛看着妻子。蒋女士点点头："那好，你老实说，你跟你那个男朋友到底怎么回事？"

尽管喻橙的内心无比崩溃，但也不敢有丝毫隐瞒，只得一字一句地全交代清楚。

当然，一些细节的部分就被她含糊带过了。要是让爸爸妈妈知道她现在和周暮昀同居，还……睡在一张床上，就算什么都没有发生，爸爸也一定会拿着扫帚打断周暮昀的腿！

蒋女士听完她的解释，脸色更不好了："也就是说，你们去年就认识

293

了，三月底在一起的，到现在已经交往五个多月了？"

喻橙点头。

她竟然瞒了这么久，蒋女士的眼神冰冷："你真是越来越厉害了！"

喻橙紧抿唇瓣，她从小就怕妈妈，在这样的高压下，有些承受不住，喻橙的眼圈很快红了，也不敢反驳妈妈。

见她这样，蒋女士的眉头紧锁，像是陷入某种纠结之中。良久，蒋女士的声音平静又冷淡："喻橙，你知道自己在做什么吗？"

喻橙的心头一紧。

妈妈担心的那些事，她在跟周暮昀交往之前都想过，也知道妈妈此刻生气是因为担心她，怕她将来受委屈。

"我知道……"

"你不知道。"蒋女士打断她即将说出口的辩解，态度稍稍放软，"你还小，又一直生活在我和你爸爸的羽翼下，很多事都没经历过，也没受过挫折。我告诉你，有些事，没有你想象中那么完美。"

喻橙的眼泪倏的从眼角滑落。

"我了解你的性子，你和他在一起，肯定不是想随便谈一场恋爱就没以后了。"蒋女士说，"但你想过没有，他的家世……跟我们家相差太大，你能确保他家里人能接受你吗？退一万步讲，就算他的家人不在乎这些，他的亲朋好友呢？碍于礼数，人家当面不好说什么，肯定会在背后指着你跟别人说，是你高攀了周家。你能忍受这些吗？"

顿了顿，蒋女士叹一口气接着道："我也不想当拆人姻缘的王母娘娘，但我是你妈妈，不得不为你的将来考虑。"

喻橙再也忍不住，泪珠簌簌地往下落，她小声地抽泣。

蒋女士见她伤心落泪，于心不忍，却不得不狠下心来，继续说道："抛开这些都不谈，就拿你的性格和能力来说，你觉得自己适合嫁入周家那样的豪门，做一个辅佐丈夫、处理家事的贤内助吗？我提醒一句，豪门世家的家事可比一般家庭的家事难应付得多！"

喻橙的心里闪过一丝动摇。

前面的那些问题，她还能跟妈妈辩驳两句，后面这个问题，连她自己都没想过。

喻橙扪心自问，适合嫁入周家吗？答应肯定是否定的。自己是什么样的性格，她比任何人都了解。嘻嘻哈哈、没心没肺、自由散漫、不受束缚、讨厌条条框框的规矩、不善交际，能力也一般。

喻橙忽然想到周暮昀的母亲，那个完美得挑不出任何瑕疵的女人。她记得曾经听梁延说过，霍总其实并不喜欢管理公司，比起处理繁琐的事务，霍总更热爱环球旅行。

看，人家即使不爱管理公司，还不是成为人人称赞的女强人。处在那样耀眼的位置，身不由己的事情太多了，所以霍衡昔适合做周家人。

喻橙再想想自己，连人家的十分之一都比不上。

她此刻才觉得，自己之前纠结的那些问题都太小儿科了，妈妈分析的这些才是问题的关键所在。

该说的话都已经说了，蒋女士也不想给她太大压力："你自己好好想想吧。"

喻宗文一句话没说，态度却很明显，他站在蒋女士的那边。

他见过周暮昀，也承认那个男人确实万里挑一地优秀，但这并不代表他能放心把自己的宝贝女儿交给这个男人。他的担忧跟妻子一样，害怕女儿受伤害、受委屈，更怕她将来后悔却发现已经来不及。

喻橙低着头，一下一下地擦着眼泪，思绪乱如麻。

忽然，门铃响了起来。

蒋女士愣了一下，起身去开门。

映入眼帘的是一张清隽俊朗的面容。男人看上去二十几岁，穿着纯黑色的西服、白衬衫，戴深蓝色的领带，站着什么都不做，就透出一股优雅矜贵的气质。

蒋女士觉得这张脸有点熟悉。不等她细想，只听见男人平静地道："阿姨好，我是周暮昀。"

客厅里的喻宗文听到这个声音，腾地从沙发上站起身，难以置信地看着周暮昀。他们午饭时间才见过，没想到这么快又见面了。

周暮昀也看到了他，点头问好："叔叔好。"

"哎，好。"喻宗文应道。

蒋女士冷冷地睨了丈夫一眼，眼神暗含警告。

喻宗文立刻噤了声。他刚刚一时间没反应过来，下意识地将周暮昀当成了甲方老板。冷静片刻，他的脑子终于清醒了，眼前的人不是合作方的老板，是来抢他家宝贝的人！

喻宗文想明白这一点，再次看向周暮昀的眼神就变了。他看着周暮昀，就像看着从猪圈里跑出来的白毛猪，谁家的白菜都不拱，专门来拱他家的嫩白菜。他的三叉戟呢！拿过来，他要把这人赶出去！

喻橙怔怔地望着门口的人。他怎么来了？

周暮昀两手拎着满满的礼品袋进了屋子，在蒋女士审视的目光下，他偷偷地瞄了一眼喻橙。小姑娘孤零零地站在那里，耷拉着脑袋，像一株蔫巴巴的小草，身板单薄得有些可怜。她的眼眶通红，睫毛湿漉漉的，鼻头也有点红，显然是刚刚哭过。

被骂了？

想到此，周暮昀的心猛地一缩，像是被人用针刺了一下，细细密密的疼从心脏蔓延开来，顺着血液传遍全身。

是他不好，是他没处理好，让她受委屈了。他很想走过去，站在她跟前，替她擦干眼角的泪珠，然后将她拥入怀中，拍着她的背轻声哄她，让她别哭，一切都有他。

但是，她的父母都在这里，现实的情况不允许他这么做。

蒋女士刚教育完自己的女儿，正想找男方谈话，不想他就送上门来了，正合她意。她打量周暮昀片刻，淡淡地道："橙橙，你先回房间，我有些话想跟周先生单独谈谈。"

喻橙下意识地想拒绝，却对上周暮昀漆黑深邃的眼眸，他小幅度地点点头，露出浅浅的笑意，示意她放心。

"好吧。"

喻橙一步三回头，进了房间，关上门。

两人之间的小动作自然瞒不住蒋女士的眼睛。这一刻，她的心情着实有些复杂。她的本意不是棒打鸳鸯，而是让女儿看清现实。

接下来的时间，被审问的对象变成周暮昀。他也算见惯了大场面，虽然心里有些紧张，面上却让人看不出丝毫异样。

蒋女士的眉目冷凝，问："周先生，我们是不是在哪里见过？"

如果非要说在哪里见过，那就是在视频里吧。周暮昀如实回答："见过，有一次我和橙橙视频通话，跟您打过招呼。"

他这么一说，蒋女士就想起来了。怪不得她觉得这张脸眼熟，原来他们在视频里见过。那个时候，她还误会了他和喻橙的关系。

秉着先发制人的原则，周暮昀坦诚道："橙橙应该没告诉过您，其实我曾经欺骗过她。我隐瞒了自己森远集团老板的身份，让她误以为我只是一名普通的房产中介。我们先从朋友做起，后来她才慢慢喜欢上我。所以，阿姨担心的事情我都明白。我保证，那些事情都不会发生。我的家庭也没有您想象中那么复杂，家里父母都开明，没有所谓的门第观念。至于其他——"他端正坐姿，神情和语气都很真挚，"我爱喻橙，必然不会让她受到丝毫伤害。请您放心把她交给我。"

说完，他郑重地点了一下头，全然没有高高在上的姿态。

喻宗文听得眼眶都热了，只觉得感动。

客厅里的气氛安静了好一会儿，蒋女士忽然问他："你有没有对橙橙做过逾矩的事？"

周暮昀一愣，表情有片刻僵滞。

什么叫逾矩的事？牵手、拥抱、接吻、同榻而眠算吗？

蒋女士看出他的疑惑，就直白道："你们有没有发生关系？"这也是蒋女士担心的问题，两人毕竟交往了五个多月……刚才不好意思在女儿面前问，在周暮昀面前，她就没那么多顾忌了。

"喀喀喀……"喻宗文没忍住，捂着胸口剧烈地咳嗽起来。

"没有。"周暮昀说。他现在感到庆幸，幸好之前没有乱来，要不然就要在未来岳母大人这里狠狠地记上一笔账了，无论做什么都无法挽回了。

蒋女士松一口气："没有就好，现在止步，一切都还来得及。我很明确地告诉你，我觉得你们在一起不合适，及早分开为好。"

周暮昀眉心一拧："阿姨……"

"你听我说。"蒋女士抬手打断他，"你刚才那番话我很感动，但也仅仅是感动，不足以说服我。我们家就橙橙这么一个孩子，她性格单纯，做事马虎，实在不适合嫁进周家做豪门夫人。"

周暮昀的心渐渐沉入海底。他终于明白喻橙为什么一直提醒他，她妈妈是大学老师，最擅长说教，并且条理清晰，字字句句打七寸，让人毫无还口的可能。

蒋女士见他沉默不语，趁热打铁，她将刚刚跟喻橙说过的话复述一遍给他听。

门当户对的观念存在即合理，他也别说什么家人不在意这个。家人不在意就能保证亲戚朋友不在意吗？就能保证喻橙不会因此看人脸色吗？更何况，他的话并不能代表家里的其他人。他说得倒是轻巧，年轻人想问题不要太简单！

就在蒋女士以为自己胜利在望的时候，周暮昀却开口道："如果我说，我是橙橙的救命恩人呢？"

因为太过惊讶，蒋女士手里端着的茶都洒了，几滴温水溅落在手背上。

"你……你说什么？"她看了周暮昀好一会儿，还是没明白他话里的意思，"什么救命之恩？"

蒋女士回想起来，喻橙过去的人生也不算一帆风顺。两年前，也就是大二暑假，她跟朋友去国外旅游，曾发生过一次意外，还差点丢了性命。

蒋女士和丈夫当时都在国内，接到电话的时候，他们的魂都快吓没了，想要订机票立刻飞过去看女儿，最后却被告知喻橙被人救了，没有大碍。

即使过去了两年，蒋女士每每想起来都心有余悸。

蒋女士与喻宗文对视一眼，他显然也想起了这件事。

二人齐刷刷地望向对面的周暮昀。

喻橙脱险后只说自己被一个好心人救了，却并未告诉他们救她的人是谁。他们还想好好感谢人家呢，那个好心人可是救了女儿的命！

难道是……

周暮昀一直注意他们的表情，眼看两位的脸色都变了，他就猜到他们知道这件事。

本来他不想拿这种事博得好感，但实在是没办法了。未来岳母大人的战斗力以一敌百，而他作为一个晚辈、她女儿的男朋友，有些话不能说。而且，蒋女士说的那些还都挺有道理，让人没办法反驳。

周暮昀思来想去，只能拿出这张王牌。

"没错，救她的人是我。"周暮昀说。

这一张牌打得蒋女士猝不及防，她愣了好久没回过神。

女儿的命是周暮昀救的。换言之，如果没有他，喻橙或许已经……这样的假设，只是想一想，都让她呼吸一滞。

蒋女士沉默数秒，忽然不知该用什么样的态度面对周暮昀。感激是肯定的，救命之恩大过天，但她担心的那些问题也是真实存在的。这让她左右为难，万分纠结，眉头不由得皱起来。

蒋女士看着他，半晌，她轻叹一口气："橙橙知道吗？"她从没听那丫头提起过这件事。

"我没告诉她。而她，大概早就忘记了。"周暮昀敛下眼睑，嘴角牵起似有若无的笑，"我跟您说这个，意在表明我和她在一起是命中注定的。之所以没跟她说这件事，是不想让她因为救命之恩对我感到有所亏欠，她对我的感情从来都是纯粹的。我亦然。"

蒋女士一颗冷硬的心终于软了一角，面上却依然冷淡。

客厅里又陷入一阵沉默，只有钟表滴滴答答地走针，声音轻微又清晰。

周暮昀再接再厉："如果您不放心，我可以跟橙橙签婚前协议，如果我将来做了伤害她的事，我名下的一切都归她。当然，这么做是想让您和叔叔放心。我，永远不会伤害她。"

他说着看向那扇紧闭的房门，仿佛最后一句话是对里面的人说的。男人的眼里流淌着深浓的情意，不可谓不让人动容。

"你想得倒挺长远。"蒋女士从来不在乎这些身外之物，平静道，"希望你记住今天说过的话。如果将来你伤害了橙橙，我一定不会放过你！"

"这么说，您……答应了？"

"话都说到这个份儿上了，我要是再不答应，岂不成了蛮不讲理的人。"蒋女士说，"但我还是要慢慢考察你。"

蒋女士没办法不担心啊，谁能体会她这个做母亲的心。

喻橙被妈妈赶回房间后，怎么也坐不住，站在房门后面，耳朵贴在门板上听外面的动静。然而，她只能听到模糊的说话声，外面的人具体说了些什么，她一句也没听清。

她颓丧地坐在地板上，头抵着门苦恼不已。不知道他们谈得怎么样了。周暮昀那么厉害，应该能搞定蒋女士吧？也说不准，蒋女士教了几十年的书，喻橙就没见过她训不了的人。

喻橙从小到大最怕的就是妈妈了。她这一想，周暮昀不会……阵亡了吧？完了，她还指望他来解救她呢。

喻橙咬了咬唇，慢吞吞地从地上爬起来，悄悄地打开房门，一点一点地拉开缝隙。门忽然被人从外面推开，她吓得连连后退，一脸惊悚地看着来人："妈妈。"

"嗯。"蒋女士的手握住门把，"你在做什么？"

喻橙沉默不语，视线越过妈妈看向客厅。

蒋女士当然知道她在找谁："别看了，人已经走了。"

喻橙的心往下一沉，周暮昀果然阵亡了吗？

蒋女士走进女儿的房间环视一圈，这个小小的不足十平方米的房间，到处都是女儿生活过的痕迹。看到这些，她既欣慰又有些难过。

之前她催着女儿相亲找男朋友，可当女儿真的有了男朋友，她又会失落，总觉得女儿很快就会到另一个家庭里，也不知道别人对自己的女儿好不好……

蒋女士收起思绪，说道："这几天你哪儿都不要去了，就待在家里好好冷静。"

她这是被禁足了吗？喻橙心道。

蒋女士说完就走出房间，喻橙立马拿出手机给周暮昀发消息："你跟我妈谈了什么？"

"你没听到？"

"我一句都没听到！"提起这个她就来气，当时她急得想把墙凿个洞。

周暮昀哦了一声，云淡风轻道："没听到就算了，你只要知道结局完美就行了。"

喻橙："……"

周暮昀笑了一声，直接发来一条语音："恭喜我吧，未来岳母那一关算过了。"声音如清风明月一般，干净清润，透着藏不住的欣喜。

喻橙愣愣地道："你没有阵亡？"

周暮昀被噎住，在她眼里，他这么不堪一击吗？他幽幽地道："当然没有。"

"那我为什么还被禁足？这不应该啊。"

"你先乖乖的吧，我过两天来接你。"周暮昀说。

喻橙在家待了两天。其间，蒋女士照常上课，喻宗文照常上班。即使没人监视她，她也非常听话，没有趁着没人看管就跑回餐厅。

只是她不明白蒋女士让她留在家里的目的是什么，按照周暮昀给出的情报，母亲大人明明已经接受他了，不是吗？不过，在这个节骨眼上，她还是不要惹母亲大人生气为好。

300

吃完晚饭，一家人坐在客厅看狗血家庭伦理剧。喻橙兴致不高，看了一会儿就回到房间，待在自己的小天地里。

喻宗文把电视音量调小了一点，扭头看着关闭的房门，低声跟老婆大人说："小鱼好像不太开心。"

蒋女士掰下一瓣橘子放进嘴里，清甜的汁水迸开，溢满口腔。她目不斜视地看电视，吐出橘子籽："她见不到男朋友，能开心就怪了。"

喻宗文不解："你不是接受小周了吗？怎么又把小鱼关在家里？闹得孩子不开心。"

喻宗文在家里一直扮演着慈父的角色，与严厉的蒋女士不同。他眼见女儿闷闷不乐又不敢反抗的委屈模样，心疼得不行。

蒋女士闻言，横了他一眼，她不咸不淡地道："哟，这就叫上小周了？看来你对这个女婿很满意啊。"

喻宗文的眼神略有些闪躲，他仰起脖子嘴硬道："要不是他过了你这关，我才不会给他好脸色！抢走我家唯一的宝贝，还想让我对他和颜悦色？没可能！"

蒋女士双手抱臂，挑挑眉："行，你把这话说给女儿听。"

喻宗文怂了，不说话了。

蒋女士叹了一口气，转移视线看向喻橙的房门："我这是在给她最后的思考时间，如果她还坚持自己的决定，我就只能暂时妥协。我不想她将来后悔的时候，怨我们没有劝过她。"

蒋女士这么一说，喻宗文就全明白了。他笑眯眯地拿起果盘上的水果刀，一边削苹果，一边温声地说："老婆大人不愧是人民教师，得亏有你，女儿才能被教育得这么优秀。"

蒋女士没好气地推了他一下："行了，少油嘴滑舌，我去看看她。"

她说着就站起身，朝喻橙的房间走去。

喻宗文一愣，举着削了一半的苹果，扬声道："苹果还吃不吃了？"

"你自己吃。"

蒋女士站在门外，正要抬手敲门，就听到里面传来的说话声。

喻橙并不知道蒋女士在门外，她呈"大"字躺在床上，跟周暮昀煲电话粥："你什么时候来接我啊？"

"想我了？"

"你胡说八道什么呢，谁想你了？"喻橙皱了皱鼻子，"是你自己说要来接我的，你忘了？"

周暮昀低笑一声："没忘。"

怎么会忘？他想现在就过去找她，把她抱在怀里好好地安慰。可未来岳母把她留在家里显然有自己的打算，他贸然前去接人，搞不好会引起未来岳母的反感。他好不容易才获得的认可，不能功亏一篑。他不敢赌。

喻橙的双臂交叠枕在脑后，她闭上眼睛，装成睡着的状态，惆怅地叹息一声："唉，我现在是被老巫婆施了魔法、陷入沉睡的睡美人。我没吃没喝睡了整整一百年，在等待我的王子挥着宝剑诛杀恶龙、披荆斩棘前来营救，然后站在床前低头吻醒我。"她自娱自乐道，"王子，我等你哦。"

她没等来王子的回应，却听到门口忽然传来一道幽幽的声音："你说谁是老巫婆？"

喻橙唰地睁开眼，从床上翻身坐起，顶着一头乱糟糟的头发，满脸惊慌失措："妈妈，妈妈，你怎么来了……"

蒋女士双手抱臂靠在门框上："怎么不说话？你刚说谁是老巫婆？"

喻橙："……"

喻橙的脑子飞速地运转，试图蒙混过关。在对上蒋女士目光的那一瞬，她脱口而出："甭管谁是老巫婆，肯定不是妈妈你啊！我的妈妈是多么美丽大方、贤惠温柔、优雅漂亮！不接受任何反驳！"

蒋女士不逗她了，随手关了门："你都想好了？"

"想什么？"

"你想好要跟周暮昀在一起了？"

不料蒋女士又提起这个话题，喻橙一愣，脸上的表情顿时僵住了。

电话还未挂断，那边的周暮昀听到了两人的对话，他的面色忽然变得凝重。

当喻橙陷入沉默，他的心同样揪着。

这个时候他才知道，原来他也没有想象中那么淡然，能将一切都掌握在手中。抛开耀眼的身份，他只是一个普通男人，会紧张不安，会纠结忐忑，会因为她的沉默而生出恐惧。

不知不觉，他竟握紧了拳头，像是在给自己打气。

仿佛过了一个世纪那么久，喻橙才开口说："妈妈，你说的那些我其实都想过，也曾经动摇过、退缩过。你知道吗？他当初跟我表白的时候，我拒绝了，也是因为这些问题。我从小到大胆子都很小，在面对感情的事情上也一样。但是这次我勇敢了，你知道为什么吗？"

蒋女士的思绪被她的话带着走，摇了摇头。

喻橙莞尔一笑，眼里揉进了细细碎碎的光："我太喜欢他了，喜欢到足以忽略这些问题。"

她吸了吸鼻子，又想哭了。这一次却不是因为难过，而是心中充盈着饱胀的情绪，需要通过眼泪发泄出来。

她说："你这么爱爸爸，一定能明白我的感受吧。我只是觉得，跟他比起来，所有的困难都显得微不足道。"

蒋女士看着女儿的脸，久久没有说话。

如果说周暮昀的那番话让她动容，那么喻橙此刻的几句话却是彻底让她的心软下来，她找不到任何理由去反对。

她站在母亲的角度，不看好这段感情，站在女儿的角度，又觉得能理解女儿现在的心情。就像女儿说的，她也爱过。

收拾好心情，喻橙仰起脸看着她，纵然眼角还挂着晶莹的泪珠，嘴角却是上扬的："妈妈，就算我跟他没有以后，我也不会后悔。"

另一边，周暮昀心中默默地道："橙橙，我不会让你后悔的。我们也不可能没有以后。"

煎熬了一个晚上，周暮昀觉得自己等不了了。第二天一大早，他没去公司，开着车再次到喻橙家登门拜访。

这一次他显然比上次有底气，门一打开，他面带微笑地问候："叔叔好。"

喻宗文睡眼惺忪："小周啊，来这么早。"

"过来接橙橙。"

"进来吧。"喻宗文向来好说话，错开身子让他进门，一边给他拿拖鞋，一边打着哈欠说，"小鱼这会儿还没起床呢，你去把她叫起来。"

蒋女士在厨房做早餐，烹油声刺刺作响。听到声音，她举着锅铲侧过身来瞟了一眼。

周暮昀对上她的视线，又连忙点头问好："阿姨好。"

蒋女士愣了一秒，点了点头，态度不似上次那般冷硬，只是没想到他会

303

来这么早。

喻宗文顶着鸡窝头去卫生间洗漱，随手给周暮昀指了指喻橙房间的位置。周暮昀颔首，轻手轻脚地走过去，象征性地敲了敲门，里面没人回应。

周暮昀迟疑了三秒，压下门把，轻轻推开门，走了进去。

空气里是熟悉的牛奶茉莉香味，浅色窗纱随风浮动，如同绵软的云朵。光线昏暗，却足以让他看清床上躺着的女孩。

睡姿还是这么奇怪，头在右上角，脚摆在左下角，呈对角线的姿势躺在床上。薄薄的夏凉被缠在肚子上，一圈又一圈，怀里还抱着个海绵宝宝的抱枕，她睡得正香。

周暮昀坐在床边，好笑地看着她的睡颜。半晌，他挠了挠她的脚心："橙橙，该起床了。"

"唔。"她嘟囔一声，缩了缩脚，整个人蜷缩起来，像一只虾。

周暮昀锲而不舍地去挠她的脚心，终于把她闹醒了。

喻橙茫然地睁开眼，大脑尚未完全清醒，翻个身迷蒙地看着他。

过了好一会儿，她喃喃地道："你……你怎么在这里？"

她迅速爬起来，视线扫了一圈，没错，这里是她的房间，应该不是在做梦。可是，周暮昀是从哪里冒出来的？

"你说呢？"周暮昀扶着她的腰，一个吻轻轻地落在她的唇角，"我当然是听到睡美人的召唤，骑着白马挥舞着宝剑过来为你解除魔法的。"

第十三章　这也太甜了吧

睡美人被吻醒了。

顿了几秒，喻橙的瞌睡虫彻底被赶跑了，她终于反应过来，周暮昀是特意过来接她的。

她兴奋地尖叫一声，跪坐在床上倾身抱住他的脖子："你来了啊！"

周暮昀笑着说："嗯，我来了。"

女孩穿着藕粉色的吊带睡裙，里面应该没穿内衣，她的身体紧紧地贴在他的胸膛上。而他，因为没去公司，也就没穿正装，只穿了件T恤衫。隔着两层薄薄的衣料，他能清晰感受到女孩子的柔软。

周暮昀两天没见她了，他的思念一点点地发酵，此时此刻，不免有些心猿意马。

念头刚冒出来，想到未来岳母大人还在外面，他顿时又生出一股罪恶感，生生压下突如其来的欲念。

喻橙抱够了，松开他，手臂依然软软地搭在他的肩上，身子往后仰了仰，低敛着眉眼看着他。

周暮昀长得真好看。

清晨的阳光被窗纱遮挡，淡淡的暖黄色光芒倾洒进来。他站在床边，穿着普通的T恤和牛仔裤，眉眼温柔得不像话。长睫微翘，眼形狭长，眼睑下方的泪痣颜色浅浅的，让他的眼睛看起来没那么锐利，温和得像绵羊。

喻橙用手指戳了一下他眼角的那颗痣，抿嘴一笑："好开心呀。"

周暮昀不禁笑出声来。

他笑起来就更好看了，喻橙暗暗地想。

被美色诱惑的喻橙飞快地左右瞄了一眼，发现没人，凑近他，亲了一下他的嘴唇："睡美人还你一个吻。"

蒋女士刚好端着盘子从房门前路过，顿了顿，轻咳了一声。

居然被逮住了！

"啊，我突然想起来我还没有洗漱！"喻橙像一只受惊的小兔子，从床上蹦下来，踩上拖鞋一溜烟冲进卫生间。

随后，门哐当一声关上。

周暮昀站在床边没动，保持着这个姿势足足一分钟，才低头笑了声，转过身拉开窗帘。

金色的阳光照进来，落在床脚，略显昏暗的房间一下亮堂起来。

周暮昀这才打量起她的房间。

房间是女孩子喜欢的那种粉嫩嫩的公主风，跟餐厅的起居室的简约现代风截然不同。老旧的实木书架上摆放着一排排小说、漫画，靠近书架边缘的位置是各种卡通人物手办。最下面一层放着一排不知道从哪里收集来的玻璃瓶，奇形怪状，色彩斑斓。每个瓶子里都装满了纸叠的五角星。

周暮昀歪了一下头，觉得女孩子的喜好真奇特。这些玻璃瓶子有什么好看的，也能当作小物件儿来收集？

他的目光流转，却在瞥见另一面墙的时候猛地顿住。

整整一面墙的明星海报，下边挨着地板与墙壁的接缝，上边顶着天花板，连一丝多余的空白都没有。方才光线昏暗，他还以为是壁纸呢，原来不是。

喻橙从卫生间里出来，只见男人负手而立，凝视着墙上的海报。

虽然她追星的本性他早就知道了，但把各大男明星的海报贴在墙上日夜观看的行为还是显得太花痴了。

"这有什么好看的，你别看了。"她冲过去，想要挡住他的视线，奈何身高不够，只得蹦起来挥手蒙他的眼睛，"这都好几年前的了。

周暮昀眼底意味不明，淡淡地哦了一声。

喻橙抚额，他这是又吃醋了。

恰在这时，客厅里传来蒋女士的声音："别磨蹭了，过来吃早餐。"

两人一起出了房间，只见蒋女士端着电饭锅放在桌上，朝周暮昀道："小周吃过了吗？没有的话，坐下来一起吃吧。"

早餐很丰盛，一锅红豆粥，煎了四个鸡蛋，炒的菜是醋熘包菜和青椒土豆丝，还有一碟酸脆可口的腌萝卜丁。

"那就谢谢阿姨了。"

周暮昀落座后，主动揽了盛饭的活儿。他做这些倒是熟练，因为跟喻橙同居后，两人一直是分工合作，她只负责做菜，他则负责洗菜、盛饭，以及饭后收拾碗筷。

蒋女士自然将这些都看在眼里，不动声色地扬了扬眉。

四个人坐在一张桌上吃了一顿愉快的早餐。

一顿饭下来，周暮昀能感受出来，蒋女士的态度与之前大不同，她应该是不会再反对他跟喻橙交往了。

然而，不等周暮昀松口气，蒋女士就放下碗筷，忽然说："你跟我过来一下，我有点事要跟你说。"

蒋女士的这句话是对周暮昀说的。

周暮昀愣了一下，立刻站起身，跟着蒋女士进了书房。

喻橙愕然地望着两人的背影，这又是什么情况？

她把目光投向喻宗文，希望从他这里获取一点有用的情报。爸爸放下碗筷，耸耸肩："你别看我，我什么都不知道，你妈没跟我说。"

喻橙："……"

"别担心了，你妈妈有分寸。"喻宗文见女儿一脸担忧的样子，心里颇不是滋味，嘀嘀咕咕，"这还没嫁出去呢，胳膊肘就往外拐。那头猪不就长得好看点？能有爸爸对你好吗？爸爸妈妈才是世上对你最好的人！"

好在等的时间不算长，五分钟后，周暮昀从书房里走出来，面色平静得让人看不出丝毫异样，只是他的眼神非常复杂。

喻橙看看他，又看看蒋女士，最终什么也没看出来。

周暮昀走到她的身边，牵起她的手："吃好了吗？我们走吧。"

她呆呆地看着他，小声说："我可以走了？"

"嗯。"周暮昀点点头。

喻橙不确定地扭头看向蒋女士，目露询问：自己真的可以跟周暮昀走了吗？

蒋女士不耐烦地摆摆手："走吧走吧。"

终于被解救了，喻橙却觉得有点不真实，晕晕乎乎地被周暮昀牵着走出家门，进了电梯。

电梯门缓缓关闭，里面只有他们两个人，喻橙扯了扯男人的袖子："我妈刚跟你说什么了？"

周暮昀目光深沉，目不转睛地盯着她的眼睛，过了好久，长长叹了一口气："阿姨真的很爱你。"

"这我当然知道。"

虽说从小到大妈妈都对她要求严格，但妈妈爱她这一点，她从未怀疑过。

顿了顿，喻橙发觉差点被他的话题带跑偏了："所以妈妈到底说了什么？"

"这个嘛，是秘密，她不让我告诉你。"

"喂，你怎么能这样！"喻橙不满，"你偷偷告诉我不就行了，我保证，绝对不跟我妈说。"

周暮昀坚定道："不行，做人不能不守信用。"

"我看你是怕了我妈妈吧！"

周暮昀仿佛看穿了她的想法，捏了捏她的耳垂，他笑着说："忘了告诉你，激将法这招对我没用。"

太可恶了！见了家长的人就是不一样啊，说话都底气十足。

瞧见她气鼓鼓的模样，周暮昀原本满面带笑，却忽然叹了一口气。

阿姨对他的考验太大了，他心里苦！

沉默片刻，周暮昀说："橙橙，你想不想见见我妈？"

"见、见你妈妈？"

喻橙还在想蒋女士跟他说了什么，在听到某个字眼后思绪立刻跑偏了，杏眼瞪得圆圆的。

对啊，她怎么忘了，他见过她的家长还不算，按理说她也要去见他的家长。

周暮昀："我还没有跟我妈说过我有女朋友。她向来雷厉风行，可能前一秒知道，下一秒就会想方设法见你一面。我怕你没准备好，所以一直没跟家里说过。"

他解释得很清楚，不是因为不重视她才没跟家里人说，而是担心她猝不及防地应付不过来。

喻橙被他的话吓得呆住。

霍总这么厉害吗？

不知怎么，她就脑补出偶像剧里的经典桥段，豪门太太拿着一张支票甩在她脸上，趾高气扬道："给你一千万，离开我儿子！"

她想到这儿，打了个寒战，可怜巴巴地抱住周暮昀的手臂："先让我喘口气缓缓吧。刚搞定我母亲大人，我的心脏还没恢复过来，暂时承受不住高压。"

周暮昀揉了揉她的头发，很好说话的样子："你说了算。"

喻橙立刻问："我要不要抽个时间去一趟美容院？感觉最近皮肤状态不是很好。"她愁容满面，"见家长要穿什么衣服啊？我那些衣服好像都不够正式。"

虽然不是让她马上就见周暮昀的妈妈，但这个话题一旦提起，她就止不住紧张。

她总算能体会到周暮昀见蒋女士时的感受了。

喻橙咬了咬唇，两根食指绞在一起，紧张兮兮地问："要不，你还是先跟我说说，阿姨喜欢什么样的女孩子吧？我有个心理准备。"

不行！没做足功课之前，她绝对不能随便见周暮昀的家长！万一搞砸了，她会恨死自己的。

见她眉间的折痕越皱越深，周暮昀都替她难受，他的手指轻抚在她的眉心上，温声说："你别紧张。只要不是男的，我妈应该都会喜欢。"

喻橙："……"我信你才怪！

当晚，喻橙就敷上面膜了，力求以最完美的状态见周暮昀的家长。

都怪她最近对抗母亲大人太过劳心劳神，也没怎么睡好觉，导致皮肤状态比平时差了不少，眼底都出现黑眼圈了。

周暮昀靠在床头，手里拿着一本书在看。他本来想拉着她聊天，但是她在敷面膜之前再三警告过他，不要找她说话，否则唇部边缘的地方会不服帖。他只好找本书打发无聊的时间。

可这都是什么书？

《霸道总裁与他的秘书小娇妻》？什么鬼？你们女孩子都喜欢看这个吗？他们总裁界怎么被写成这样了？

周暮昀揉了揉眉骨，只看了三页就看不下去了，合上书，放在床头柜上。

十五分钟到了，喻橙揭下面膜去卫生间洗脸，然后拿过小说看起来，也就是那本《霸道总裁与他的秘书小娇妻》。

小说里有个熟悉的桥段，总裁大人带着他的"小娇妻"去见家长。结果总裁的母亲跟道明寺他妈是一个类型，不仅害得女主辞职，还让她远离男主角。

大结局是总裁大人带着怀孕的"小娇妻"回归，获得了家人的认可，欢喜大团圆。

喻橙翻到最后一页，认真看了一遍，而后，眼神意味不明地看着床上的男人。

周暮昀看着她，只觉得她眼睛里有什么东西。

"怎么了？"他不解，"为什么看我的眼神这么奇怪？"

这感觉，就好像他是一块糕点，摆在精美的盘子里，而她坐在旁边端详，拿着叉子在思考该从哪里下手。

周暮昀被自己的想法惊到了。

事实证明，他的感觉没有错，喻橙扬手扔掉手里的书，朝他扑了过来，两只手按在他身体两侧，摆上了霸王硬上弓的架势："不如我们也生米煮成熟饭吧！"

周暮昀："什、什么？"

话是这么说，但喻橙一对上他漆黑如墨的眼眸就退缩了，她结结巴巴地说："我我，开玩笑的，你别当真。"

她确实是开玩笑的，这个做法在她看来就是错误示范，不值得提倡。

说话不过脑子的这个毛病，她是永远都改不了了。方才就是那么随便一想，就脱口而出了。

不过，仔细想一想，他们在一起很久了。算上她去学校准备毕业事宜，跟他异地的那一个多月，他们居然已经交往小半年了。比她当初决定跟他在一起时预计的时间还要长，而他也见过她的父母，获得了认可。

她很确定，她是爱他的，很爱很爱。虽然从来没有亲口在他面前说过这样直白的话。

她跟妈妈说过，就算他们最后没有走到一起，她也不会后悔。就像现在，她觉得就这样给他，她不悔。

只是因为他是周暮昀。

喻橙的脑子转过几个弯，她收起了玩笑的心思，垂眸盯着他，乌黑浓密的长睫覆下来，眼底流转着柔光。

周暮昀从下而上看着她，不知道她在想什么，她的双颊染了一层绯色，连呼吸都变得小心翼翼，像是在纠结，又好像是羞窘？

还没等他看清她眼底的情绪，她忽然低头吻住他的唇。

喻橙主动的次数不多，这样亲密的事一般都是由他来主导。这一次，她却像中了蛊，不仅主动吻上来，还贴着他微凉的唇轻蹭。

周暮昀浑身一僵，眉心拧了起来，仿佛在隐忍着什么。

寻着一丝空隙，他问："真的想好了？"

回答他的是一声坚定的"嗯"。

她不主动的时候还好，就像只温顺的兔子，他想怎么来就怎么来。她怎么一主动起来就化身为惑人的妖精了。

怀里的女孩柔软得像水，贴着他的身体，每一根肋骨都那般契合，仿佛他们天生就该是一体。她吻着他的唇，手指颤颤巍巍地捏着他的衣摆，往里探。

周暮昀的双手蜷握成拳头，极力克制住翻涌上来的欲望，偏过头，错开一点距离，眯着眼看她。

喻橙蹙起眉毛表示不满，勾着他的脖子往下拉，一双杏眼湿漉漉的，眼神迷蒙，用一道软糯的嗓音道："你不想吗？明明都已经……"

周暮昀的牙齿咬出了声响。他快克制不住自己了，偏偏她还一个劲儿地撩拨他。她是想要了他的命吗？

他扣紧她的腰肢，翻身将她压在身下，细密又温柔的吻铺天盖地地落下来。就在喻橙以为会发生点什么的时候，他忽然咬了一下她的唇角，声音沙哑道："不行。"

喻橙被吻得晕乎乎的，黑眸微眯，呆呆地看着表情有点痛苦的男人，小心翼翼地问："是我想的那个意思吗？你，不行？"

说完，她下意识地往他身下看。

她的眼睛忽然被蒙住了，周暮昀的一只手盖在她的眼睛上，气笑了："你在说什么瞎话？"

喻橙的眼前一片黑暗，她不适地眨了眨眼。

小刷子似的眼睫毛在周暮昀手心挠了挠，痒痒的，像是挠在心尖儿上。

他松开了手，低头埋进她的颈间，一边辗转流连，一边说话，鼻音还有点重："太早了。"

喻橙说不出是失落还是感动："哦。"

周暮昀抱紧她。如果是之前，她这般主动，他肯定忍不住把她办了。但是现在，他不能这么做，他答应过岳母大人……

对他来说，这项考验太难了！

周五下午，暮鱼餐厅提前打烊，周暮昀正好有空，两人打算去附近商场逛逛。

喻橙先回二楼换了身衣服，拿上手机和挎包，这次把鱼丸也带上了。

猫其实是一种慵懒的动物，不喜欢换新环境，也不喜欢吵闹的地方。比起出来逛街凑热闹，可能它更愿意待在猫窝里睡懒觉。但偶尔带它出来看一眼外面的世界，它又会表现得非常兴奋。

鱼丸就是这样。

周暮昀背着硕大的红色猫包，鱼丸的大脑袋趴在中间一块凸起的透明塑料隔板上，眨着大大的蓝眼睛往外看。

喻橙走在他的身侧，不时回头用手指戳戳猫包，试图引起鱼丸的注意。

每次都逗得鱼丸喵喵叫，在猫包里打滚，惹来周暮昀的不满。他终于忍无可忍，拧着眉冷冷道："再闹就把你丢垃圾桶里！"

喻橙愣了一下，抬头仰视他："你是说我吗？"

"我是说猫。"

那就好，她还以为他要把她丢垃圾桶里。

喻橙敲了敲猫包，故意板着小脸警告："你老实一点，不许再打滚了，等到了地方再放你出来。"

鱼丸哪里会听话，主人板着脸，它还以为是在跟它玩，撒了欢儿地在猫包里翻滚跳跃个不停，把猫包撞得哐哐响。

喻橙："……"

这栋购物大厦是新建的，总共六层。第一层是各种护肤品和首饰专柜，到处都是冷白色的光，装点得璀璨明亮。上面几层都是服装部，男装、女装都有。顶层则是餐厅和电玩城。

进门左拐是一家肯德基，正好是周五放学时间，里面有很多穿着校服的学生，吃着鸡腿汉堡喝着可乐，叽叽喳喳讨论着什么。

一楼大厅中央好像是有什么抽奖活动，一群人围在那里凑热闹。周暮昀担心喻橙挤丢了，牵着她的手绕开人群，从侧边的电梯直上二楼。

这层主要是女装店和一些饰品店，随处可见穿着时尚清凉的女孩子，耳边时不时传来银铃般悦耳的娇笑声。

喻橙绕到周暮昀的背后，拉开猫包的拉链，把鱼丸从里面抱出来。

小家伙折腾累了，这会儿终于老实了，乖乖地趴在喻橙的怀里，两只前爪扒在她的肩头，蓝汪汪的大眼睛四处看，好像对什么都充满好奇。

"我来抱吧。"周暮昀说。

倒不是因为他有多喜欢猫，相反的，他一点都不喜欢。他知道这坨废物猫有多重，只是不想累到女朋友。

"好吧。"喻橙把猫拎起来，递给他。

鱼丸猝不及防地四肢悬空，原本还懒洋洋地趴在喻橙怀里享受，猛地就惊醒了，眼睛睁得更大了，眼珠快速地转动。

下一秒，它就到了周暮昀的怀里。

男人一只手臂就能稳稳地将它托起来，似乎毫不费力。唯一的缺点就是这么抱着它不太舒服，远没有喻橙的怀抱柔软舒适。但它不敢反抗，软趴趴地蜷着，弱弱地喵呜了一声，像被人遗弃的小可怜似的。

喻橙看出它不乐意了，摸摸它的脑袋，软声安慰道："就让爸爸抱你吧。"

空调输送着丝丝凉风，吹散了一路走来的燥热，喻橙抬眸扫了一眼："我不买衣服，我们去逛饰品店？"

周暮昀点头，空出来的那只手牵着她往拐角一处的饰品店走去。

逛这种店的基本是女孩子，三两个围在一起，一边挑选着各种精致好看的小玩意儿，一边聊着当下的八卦。

周暮昀牵着喻橙从她们当中穿过，立刻引来女孩们的注目。

天哪！这是什么神仙爱情！

高大挺拔的男生穿着白衬衫，背上背着违和的大红色猫包，怀里抱着猫，手里牵着女朋友，关键是两人的颜值都很高。

简直太养眼了。

"小哥哥也太帅了吧！"

"别说了，人家女朋友也超级好看，好吗？问题是为什么养的猫都这么好看？这一家子的颜值我能说什么？我这只土拨鼠只配疯狂尖叫！"

女孩们的目光频频望过来，激动地捂着嘴说着什么。

以前喻橙还觉得不习惯，自从开了餐厅，自己的长相在网络上曝光，被围观过几次后，她现在表现得就很淡定了。

她随手拿起一个发箍，对着镜子试戴。视线一转，从镜子里看到身侧男人的那张脸，一切就都能解释得通了。

这人，太耀眼了，想不注意到他都难。

喻橙的头上顶着个尖尖的红色小恶魔发箍，她对着面无表情的男人弯唇一笑："好看吗？"

女孩穿着无袖的白裙，A字版，裙摆有点膨大，底端缀了一圈刺绣花朵。裙子及膝的长度，露出一双纤细白皙的长腿。长发乌黑柔顺，随意地披散在肩头，小恶魔的红色尖角在头顶一闪一闪发着光。说她是中学生，也不会有人怀疑。

周暮昀勾了勾唇："好看。"

"好看啊——"喻橙歪着头拖长声调，抬手取下头顶的发箍，踮起脚戴在他的头上，笑弯了眼："那就买下来好了，我送你。"

他一脸生无可恋地把脑袋上的发箍扯下来，不小心带起一撮头发。

不用给我买，谢谢，我一点都不喜欢这个。他无声道。

喻橙望着他头顶翘起来的那撮头发，忍不住扑哧笑起来。周暮昀不明所以，茫然地看着她："笑什么？"

她终于笑够了，大发慈悲地伸手把他头顶翘起的头发拍下去。

这人刚才一脸茫然地看着她，真是……反差萌。

喻橙穿过一个货架，走到另一个货架前，躬着身挑选发圈。

周暮昀见她提着的小篮子里已经选了几款不同的发圈，有的装饰个红色的小草莓，有的是个小小的镶满碎钻的维尼熊，还有一个串着一颗五角星。他说："我看到家里床头柜的抽屉里有一堆这个。"

喻橙又挑选了几个不同款式的发圈丢进小篮子里："这就不懂了吧，我们女生买这种小饰品有时候并不是需要，而是单纯满足购物欲望。少年，你对女人的了解太少啦。"

她手里捏着一根发圈，上面串了个粉色碎钻镶成的小金鱼，粉粉嫩嫩的，超级可爱。她举起它在周暮昀的面前晃了晃："看到没有，这么漂亮，你舍得不把它带回家吗？"

喻橙拿着发圈晃来晃去，鱼丸以为是在逗它，圆溜溜的蓝眼睛转了一圈，爪子往前一伸，一把将发圈捞过来。

她愣了一秒，大叫："还给我！"

鱼丸置若罔闻，在周暮昀的怀里打了个滚，居然把发圈藏进毛茸茸的肚子下，背对着喻橙，把脸埋在周暮昀的腋下，完全不理她。

这个调皮鬼！喻橙学着周暮昀方才的口气威胁道："再不交出来就把你丢进垃圾桶哦！"

鱼丸得罪喻橙的后果就是被周暮昀重新关进猫包。

鱼丸被限制在狭小的空间里，只能透过一块圆形的透明塑料隔板看外面的世界，仿佛住进了监狱。

喻橙饱含同情地看了一眼鱼丸，表示爱莫能助，然后笑嘻嘻地对周暮昀说："要给你换一个发圈吗？我这里还有很多好看的。"

周暮昀的眼中闪过一丝不解。

喻橙的目光下滑，落在他白皙的手腕上，那里套着属于她的小皮筋，黑色的，串了两颗红色珠子，非常普通的款式，是他之前自己套上去的。

他顺着她的视线也看向自己的手腕，扯了扯唇："不用了，谢谢。"

喻橙挑挑眉，双手背在身后一蹦一跳地往前走，小篮子在她身后一晃一晃的，像个采蘑菇的小姑娘。

"采蘑菇的小姑娘"忽然回过头，说："原来你喜欢这个款式的发圈啊。"

周暮昀顿了一下，快走两步追上她，也不管周围有没有人看他们，手臂伸过去勾住她的脖子，把人拉进自己的怀里。

喻橙个子比他矮了一截，这个姿势衬得她像只小鹌鹑，还是被老鹰扼住后颈的小鹌鹑。

他偏过头，压低声音说："我喜欢什么款式，难道你不知道吗？"

热热的气息拂过耳畔，喻橙大惊失色，一时竟忘了挣脱，呆呆地扭过头，撞进一双温柔含笑的眼眸。

要命！大庭广众之下居然……还要不要形象了？

喻橙的脸唰的红透，她扯开他的胳膊，没话找话说："啊，那边有帽子，我要买一顶新的遮阳帽。"

她踏着小碎步跑得飞快，仿佛背后有人在追赶，一眨眼就跑到一排货架后躲起来。

周暮昀还在原地站着没动，单手插进裤子口袋，一条腿微屈，身子向一

315

边歪斜，他笑得一脸纵容。

"胆子这么小，还敢学人家打趣人。"他还没做什么呢，她自己倒羞窘得落荒而逃了。

旁边有女生恰好回头，看见男人脸上宠溺又无奈的笑，只觉得一箭射中了心脏，嗷的一声尖叫，做作地捂着心脏倒在同伴的肩膀上。

周暮昀提步慢悠悠地朝喻橙走去。

她果真在试戴帽子，米白色的渔夫帽，帽檐宽大，边缘微微往内勾，几乎能挡住大半张脸，只露出嫣红的唇和小巧的下巴。

他捏着帽檐掀起来，对上她的眼，嘴角不由得挑起："你玩躲猫猫呢？"顿了顿，"那你藏的地方也太好找了。"

喻橙别开眼，身子往后仰了仰，她躲开他的手，顺便扯过一顶同款的渔夫帽戴在他的头上："给你也买一顶，正好是情侣款。"

可能刚才她真害羞了，此刻离得近了，他才发现她的脸颊很红很红。

周暮昀两只手捏着她两边耳侧的帽檐把人拉近，低头轻轻地亲了一下她的嘴唇："这有什么好害羞的，又不是早恋，怕被抓包啊。"

从饰品店出来，喻橙的脸还是红的。

她买了一大堆精致的小饰品，装满了两个纸袋，周暮昀拎在手里。

两人戴着同款的渔夫帽，他仍然牵着她的手，大摇大摆地穿过熙熙攘攘的人群，仿佛从来不知道"低调"两个字怎么写。

好在有宽大的帽檐遮挡，喻橙低垂着头，别人就什么都看不到了，她红红的脸蛋被很好地藏在帽子下。

上面几层服装部，他们没打算逛，直上顶层的电玩城。

喻橙花了五十元钱在娃娃机上，结果一个娃娃都没抓起来。她也不气馁，继续跟里面的玩偶做斗争，誓要抓一个出来。

周暮昀看不下去了，拿过她手里剩余的币，眼皮掀了掀，问："要哪个？"

喻橙侧身靠在娃娃机的外壁上，挑着眼梢斜视他。

听他这个狂妄的语气，搞得好像她想要哪个玩偶，他就能帮她抓起来似的。真是够嚣张的！

周暮昀见她一言不发，笑着问："没想好要哪个？"

喻橙吞下嘲笑他的话语，隔着透明的玻璃壁指着里面一个玩偶说："我要那个粉红色的章鱼宝宝。"

周暮昀瞥了一眼她说的那个玩偶。

"没问题。"他自信满满地扬眉，"让让，你挡到位置了。"

她往边上挪了一小步："把猫包给我吧，你背着不会影响发挥吗？"

周暮昀从容道："不用。"

他站在操控台前，投进去几个币，手握着操作杆向左边移动，娃娃机的铁爪子晃晃悠悠地跟着往左移。

喻橙在一旁凝神观看。男人身高比娃娃机还要高一点，此刻微微弯腰，一手撑着操控台，另一只手把控着操作杆，一张脸掩藏在渔夫帽下，露出轻抿的薄唇。

只见他找准一个角度重重拍下操作杆，一副胸有成竹的样子。

里面的爪子像一只铁蜘蛛，慢悠悠地往下降落，探进一堆玩偶里，爪子收拢，居然真的抓住了粉色章鱼的大脑袋。

喻橙见状不由得屏住呼吸，凝视着那个粉色章鱼，祈祷一定要成功。

在她期待的目光下，铁爪子慢慢上移，沿着横杆往右边的出口滑去，中间突然卡了一下……

喻橙睁大眼。她就知道是这样，每次好不容易抓起来一个玩偶，即将掉出洞口时，爪子就会卡顿一下，将上面的玩偶晃下来，到最后竹篮打水一场空。

然而这次却没有，铁爪子晃动了好几下，喻橙几次以为粉色章鱼要掉下来，它都安然无恙地被爪子抓牢。原来章鱼的脑袋恰好卡在个绝妙的位置，轻易掉不下来。

结果当然是章鱼宝宝顺利掉出洞口，被喻橙拿在手里。

她激动地跳起来，手里握着章鱼的触角甩来甩去，欢呼道："你太厉害了吧！能再多抓一个吗？我还想要那个小黄人。"

这样就能哄女朋友开心？真简单。

周暮昀挑了一下眉，重新投入几个币，面色依然淡定从容："小黄人是吧，等着。"

喻橙抱着粉色章鱼乖乖在一旁等待，只见他像个老练的航海家，操纵着操作杆，指挥着那个铁爪子。那个在别人眼中向来不听话的爪子，在他这里仿佛是活的。

小黄人被摆放在娃娃机靠左边的一个角落，几乎是爪子抓不到的地方。不知道他怎么做到的，爪子在空中甩了几下，铁链子落下来时爪子张开，刚好卡住小黄人的脖子。

如果一次成功了，还有可能是运气好，连着两次都抓住，那就是他的技术高超了。

她实在没想到，周暮昀居然深藏不露，还有这样令人惊叹的技能！

喻橙一手拿着粉色章鱼，一手抱着小黄人，一脸严肃地盯着他："老实交代，你到底在这上面砸了多少钱才练出这样的技术？"

周暮昀以为她会很开心，不料却被质问，他顿时感到无辜，耸耸肩："这是第一次玩。"

喻橙从他的表情和眼神来看，他不像是在撒谎。

所以说，这是老天爷赐予的天赋？

喻橙很是忌妒："你知不知道，这种话说出来是会被抓娃娃星人打的。"

所谓抓娃娃星人，就是对抓娃娃这项活动抱有极大兴趣的人，宁愿花一百块钱享受抓娃娃的过程，最后可能一个玩偶也抓不到，却不愿意花一百块去商场买一个玩偶。

别人花了大把的钱都没能抓到一个，比如她。到他这里却成了百发百中、轻而易举的事，太让人忌妒了。

手里还剩下几个币，周暮昀问："还要哪个？"

沉默片刻，喻橙脑子里忽然冒出一个发家致富的点子。她抓着周暮昀的手摇晃一下，眼睛晶亮："不如我们把这里的娃娃都抓走，然后拿出去高价倒卖吧？一定能大赚一笔！"

周暮昀："……"真是个小财迷。

他投完剩下的币，抓起来一只派大星，转身塞进喻橙怀里："没币了，不玩了。"

"真是大玩家！"喻橙由衷地感叹，抱着三个玩偶朝他竖起大拇指。

周暮昀屈指弹了一下她的脑门，勾了勾唇："走了。"

两人正准备离开，却被几个穿着高中校服的女孩拦住了去路。她们刚刚在另一台娃娃机上玩，浪费了一堆币，可惜一个玩偶没抓到。然后，她们就注意到隔壁的动静，这个大哥哥跟闹着玩儿似的，随随便便就抓起来好几个，关键是把把都中。

这肯定是高手啊！

其中一个女生笑得有点腼腆，仿佛不好意思开口，瞄了一眼喻橙，见她没表示出反感，才大着胆子说："哥哥，能帮我们抓一个吗？一个就好，我好喜欢那个粉色的章鱼。"

这个女生居然也喜欢粉色的章鱼？喻橙诧异地看过去。

周暮昀愣了愣，掩藏在帽檐下的眼睛里闪过一丝不耐，声音没起伏地道："抱歉，只给女朋友抓。"

喻橙抱着一堆玩偶看着他，你今天是荷尔蒙爆发期吗？

周暮昀说完那句话，没再看那几个女生，牵着喻橙的手离开这一片区域，转去别的地方玩。

被人拒绝了，按理说应该会生气，尤其是男人的语气谈不上温和，而且相当不给面子，可是鼓起勇气主动说话的那个女生并没有因此气恼，反而有点愣神，喃喃道："他刚说什么？"

另一个女生掐着嗓子模仿男声："抱歉，只给女朋友抓。"

"我的妈呀，这也太甜了吧。"

"谁说不是呢。"

前面已经走远的两人自然不知道被人议论了，路过卖冰糖葫芦的小店，喻橙停住了脚步。

周暮昀秒懂："想吃糖葫芦？"

商场每一层的拐角都有这种小店，卖手工糖葫芦、糖炒栗子、蛋卷、紫薯团子之类的小零食。

"不想吃糖葫芦。"喻橙看着旁边那个转动的烤箱，"想吃烤香肠。"

瞧她那嘴馋的样儿，不就是烤香肠吗，周暮昀走过去对服务员说："要一根香肠。"

他说完，不确定地回头问："一根够吗？"

喻橙点点头，说够了。

她趴在大理石吧台上，朝里面的小哥说："要烤得炸开的那种。"

服务员按照她的要求挑了一根烤得裂开的香肠，拿着竹签扎进去，递给她。

台面上有自助的各种调料，喻橙拿着香肠在孜然粉里滚了一圈，又放进辣椒面里滚了一圈，举起来准备大咬一口时，瞥见周暮昀望过来的目光。

她咽下一口唾沫，一边拉着他往电梯口走，一边问："你要尝尝吗？"她举起手里的烤肠，"最美味的第一口就让给你了，不用太感谢我。"

在吃货的眼中，最美味的当然是第一口食物，咬下去的那一刻，幸福感爆棚。把第一口食物让出来，这绝对是真爱。

周暮昀看着沾满调料粉的烤肠，迟疑了一秒，张嘴咬下一口。

香肠很烫，外面裹了一层皮，咬下去有点韧劲，味道还不错。于是他没忍住又咬了一口，这一口很大，他直接吃掉了一大截。

喻橙看着竹签上只剩下小半截的烤肠，欲哭无泪。

我的香肠，呜呜呜……

"周暮昀，我给你讲个故事。"她愤愤地咬掉最后小半截香肠，仿佛在咬他的肉，"名字叫作《一根烤肠引发的血案》。你知道这个故事讲的什么吗？"

"不知道。"周暮昀舔掉嘴唇上沾的调料粉，"但我也不是很想知道。"

从顶楼下到一楼大厅，喻橙把手里的竹签扔进垃圾桶里，看向周暮昀的眼神像是跟他有深仇大恨。

男人摸了摸鼻子："要不我再给你买一根？"

"不用。"

喻橙努了努嘴，正准备逗猫，却发现这只懒猫不知什么时候横躺在猫包里睡着了，敞开粉嫩嫩的肚皮，好像外面热闹的世界与它无关。

她弯唇一笑，难怪没听到它闹出动静。

六点了，天色依然明亮，傍晚的霞光染红了半边天，一轮圆圆的太阳呈现出漂亮的橘红色。

街边有一个广场，穿着校服的少年在那里玩滑板，如一阵风从广场的一边滑到另一边，一个动作就蹿出去很远。

两人站在路口等红绿灯，目光不约而同地瞥向那群少年。

他们好像在比赛，地面用粉笔画了一条起跑线，几个人并排站在那里，炫酷的滑板立在身侧，手撑在滑板上。

不管比赛结果如何，一个个先把耍酷的造型摆足了。

广场边上，还蹲着几个男生，身侧也放着滑板，应该是作为裁判或观众在一旁观战。

喻橙觉得很有意思，绿灯亮起了也没挪开脚步，她想看这局比赛到底谁是冠军。

周暮昀见她没有要走的意思，索性牵着她的手从路口离开，走到街边那群少年的聚集地，站在一旁当围观群众。

喻橙捏着帽檐往上抬了抬，双手抱臂叹了一口气："想当年，大一开学加入滑板社，学了一个学期，我还只是入门选手，气得我再也没碰过滑板。"

她从小在运动方面就不太行，唯一拿得出手的就是网球了。那还是因为有一个学期的体育课她选的是网球，代课的体育老师非常严厉，在高压政策下，她的球技自然突飞猛进。

周暮昀望着那几个从起跑线滑出去的身影，笑说："要不要玩这个？"

一阵风吹来，喻橙肩头的黑发扬起。她抬手拂开，扭头看向他，一脸疑问："怎么玩？你有滑板吗？"

"这还不简单。"

他走向蹲在那里的那群少年，弯腰跟他们说了一句什么。那群少年的面色略有些犹豫，在周暮昀掏出钱夹抽出两张红色钞票递过去后，其中两名少年立刻爽快地把滑板给了他。

周暮昀一手拿着一个滑板过来，而刚才比赛的那群少年也奔向了终点，其中一名少年夺得冠军，抱着自己的滑板高高举起来，比了个胜利的手势。

等人走过来，喻橙仰头看他："你买来的？"

"不是。"周暮昀说，"只是借来玩一会儿。"

喻橙看着那群少年，他们拿着刚获得的钱，兴冲冲地跑进对面的超市，应该是要打算胡吃海塞一顿。

周暮昀把猫包从背上卸下来，里面的鱼丸丝毫没受影响，睡得昏天黑地。

喻橙一只脚踩在滑板上，另一只脚踩着地面用力一蹬，滑板往前滑动时，放在地上那只脚收回来，一同踩在滑板上。

虽然太长时间没玩过，但基本的要领她还记在心里，滑起来不是难事，不过跟那些滑板少年还是不能比。

喻橙正为自己的表现沾沾自喜时，一个高大的身影忽然从她的身侧滑过，差点把她撞翻。惊魂未定，她抬眸看去，只见周暮昀踩着滑板，仿若一条游鱼在水中毫无阻碍地穿行。

喻橙："……"

他这是在羞辱她吗？

周暮昀滑了一段距离，上身俯低，一只脚踩着滑板尾端，巧妙地施力，滑板立刻听话地转了个弯，他竟然表演了一个帅气的漂移！

他踩着滑板滑回来，又是一个炫技般的急刹，稳稳地停在喻橙的面前。

运动了一小会儿，他的额头和鼻翼上冒出一层细密的汗珠，帽子被他取下来拿在手里扇风，眼梢扬起："怎么不玩了？"

喻橙还没说话，买完东西回来的那群少年隔着远远的距离看到周暮昀刚才的操作，忍不住欢呼鼓掌。

"您老千秋万代，一统江湖，我这雕虫小技就不丢人现眼了。"喻橙摊手。

她算是发现了，他除了打游戏和做菜不行，其他方面真是没法挑剔。

这种酷男孩喜欢玩的滑板，他居然也能玩得这么厉害。看来，他学生时代的活动内容相当丰富。

那群少年每人手里拿着个甜筒，怀里抱着几袋零食，穿过马路向这边走来，对周暮昀露出崇拜的眼神。

"哇，大哥哥，你刚才那招好厉害！能教教我们吗？"

"我也要学！好酷啊！"

"我都没看清你是怎么转弯的，能再表演一次吗？"

几个男生簇拥着周暮昀，期待他把刚刚那一招传授给他们。他们刚学滑板不久，目前只能做到比拼速度，炫技一概不会，看到周暮昀漂移时的帅气身影，真的很想学习。

周暮昀无视他们，绕到喻橙身后，双手抓着她的手腕："来，我教你。"

"啊？"喻橙一惊，下意识地想要从滑板上跳下来，却被他带着往前滑动，"你、你干吗？你快停下来！"

周暮昀垂下眼，嘴角露出恶作剧得逞的笑意："抓紧了。"

下一秒，她就知道他为什么这么说了。他的脚踩在地上用力一蹬，滑板滑动的速度猛地加快。

耳边是呼呼的风声，喻橙的心脏都要跳出来了，她反手紧紧地抓住他的手腕。

"啊啊啊，你快让它停下来！"喻橙浑身僵硬，后背紧贴在身后男人的胸膛上。

"别怕，我不会让你掉下来的。"周暮昀在她耳边说。

路边围观的少年们："……"

滑板还能这样玩？这是双人花样滑板？

周暮昀像是打定主意让她知道自己的厉害，当滑板的速度稍微降下来一点时，他弯腰一把将身前的小姑娘打横抱起来。

滑板继续前行，他稳稳地踩在上面，怀里抱着个姑娘。

"啊！"喻橙吓得尖叫出声，双眼紧紧闭上。

恰在此时，有骑山地车的男生从旁经过，偏头看了他们一眼，惊得瞪大眼睛，忍不住吹了一声响亮的口哨："哥们儿，厉害啊！啊——"

骑车男生一抬头，面前是根粗壮的电线杆，差一点就迎头撞上，连忙将车把拐向另一边，避免了一场事故的发生。

与此同时，周暮昀的长腿一撑，踩地停下来，将喻橙放下来。

她的手扶着他的胳膊，一颗心狂跳不止，双腿虚浮，一点实物感都没有，仿佛自己还站在滑板上。

实在是太恐怖了。

好半晌，她终于缓过来，瞪圆了眼睛，抬手捶了他一下："你吓死我了！"坐云霄飞车都没这么刺激。

周暮昀歪了歪头，帮她把耳边吹乱的几缕发丝理好，笑得很欠打："怕什么？说了不会让你掉下来。"

喻橙磨了磨牙，可你知不知道，一声招呼都不打就把人抱起来有多吓人？

周暮昀揉揉她的发丝，展眉轻笑："走吧，回家。"

回到家，鱼丸睡觉的地方从猫包转移到猫窝，中途它都没醒过，实力展示什么叫作废物猫。

快七点了，日暮西垂，天边几朵流云也不见了。

喻橙翻出冰箱里的食材，依次摆在流理台上，准备做晚饭。

以前她做菜的时候，周暮昀都会在旁边围观学艺，顺便帮她洗菜、递东西。今天，周学徒终于不甘心打下手，决定亲自上手。

他解开袖扣，挽起袖子，摆出要大干一场的架势。

他这般斗志满满，喻橙却说："真的要这样吗？我觉得你没必要跟自己过不去。真的，你在抓娃娃和玩滑板的领域已经颇有成绩，实在没必要把手伸到厨房来。"

"你不要小看人！"

喻橙只好妥协："好吧，那就教你做一道最简单的麻婆豆腐。这道菜不会糊，比较适合新手操作。"

323

先要把豆腐切成小方块，周暮昀拿着菜刀对着一捏就碎的嫩豆腐无从下手。喻橙抚额，站在一旁指导："横着切几刀，然后再竖着切，记得方块切小一点，比较容易入味。"

周暮昀谨遵老师的指导，切得小心翼翼，横一刀竖一刀，看起来有模有样。

然后是切牛肉末，这个过程考验刀工，为了避免周暮昀把牛肉末切成牛肉块，喻橙只能自己操刀了。

各种食材准备妥当，接下来就是最关键的炒菜环节。

锅中倒油，放入姜末爆香，倒入牛肉末翻炒。伴随着刺刺啦啦的声音，油花四溅，周暮昀的手背被溅到好几下，他都快崩溃了。

做菜太难了，一点也不简单……

喻橙提醒："该倒入豆瓣酱了。"

他手忙脚乱地把碗里的豆瓣酱全倒进锅里，握着锅铲的末端翻炒，生怕辣油再溅到手上。但他不会控制力道，锅铲捣得平底锅嘭里啪啦一阵乱响，像敲锣打鼓一样。

喻橙在一旁看得眉毛紧蹙，拼命克制住想夺走锅铲自己来做的冲动。

"好了，你离成功只差最后两步了。"她耐着性子指导，"把豆腐块倒进去炒匀，再加入一点高汤。汤在这只碗里，我已经给你准备好了。我去倒杯水，你好好干。"

讲解了半天，喻橙口干舌燥，端着杯子去饮水机那边接水。

等她回来，瞄了一眼锅里，她的面色顿时僵住了。锅里这是什么玩意儿？

豆腐块烂得细碎，成一锅豆腐脑了，混合着红艳艳的肉末汤汁，看上去惨不忍睹。

朋友，你把麻婆豆腐做成了地沟油的既视感，你知道不知道？我只是去喝了杯水，回来整个世界都变了。

周暮昀也觉得自己做的好像跟想象中不一样，但他很无辜地说："你说了炒匀，我就尽力炒匀了，谁知……炒成这样。"

喻橙早就做好了会被搞砸的心理准备，面对此情此景，她的内心还算平静。她淡定地放下水杯，从他手里抽走锅铲："OK，我们今晚喝麻辣豆腐汤。"

第十四章　做菜的男人最有魅力

　　周映雪周末没课，来暮鱼餐厅找喻橙玩，顺便让喻橙教她做菜。

　　昨天教周暮昀做菜的场景历历在目，喻橙有心理阴影了，不确定地问周映雪："你真的要学？"

　　周映雪用力点头。

　　那好吧。喻橙决定教她做可乐鸡翅，然而，让喻橙没想到的是，第一步煎鸡翅就被她搞砸了。

　　当空气中弥漫着浓浓的焦煳味道时，喻橙就知道这道菜毁了。

　　"我现在相信你和你哥是一家人了。"喻橙绝望地闭上眼睛。

　　周映雪望着锅里黑乎乎的几块鸡翅，也有点绝望。她本来是打算好好学习做菜，等将来做给喜欢的人吃，谁知道看起来简单的步骤，操作起来这么难。

　　手机铃声忽然响了，周映雪从包里掏出手机看了一眼，是个本地陌生号码，犹豫片刻，接起来："喂，你好？"

　　"小雪，是我。你没换号啊，真是太好了，我还担心联系不上你呢。"

　　这个声音有点熟悉，周映雪一时没想起来是谁："请问你是？"

　　"是我，夏涵。你不记得了？"

　　周映雪一愣，终于想起来了，惊讶道："你回国了？"

　　付夏涵确实回国了，还约了周映雪明天喝下午茶。

算算时间，两人差不多有三年没见，以至于周映雪连她的声音都听不出来，甚至都快忘了她现在长什么样子了。

两人约在一家咖啡厅见面。

宽敞的咖啡厅里播放着悠扬的轻音乐，即使是休息日，人也不算多。

周映雪提前二十分钟到了地方，等了没多久，付夏涵就到了。

几年不见，付夏涵的变化很大，以前一直是齐肩短发，如今留了长发，青丝如瀑，披散在身后，发梢勾起波浪卷。钻石流苏耳坠在黑发中若隐若现，灯光下，折射出璀璨的光芒。巴掌大的小脸上妆容精致，穿着Valentino（华伦天奴）新款的白裙子，在整个色调灰暗的咖啡厅里，她的出现是一抹亮眼的色彩。

"你在国外的学业结束了？"周映雪问。

"早就结束了。"付夏涵盈盈一笑，"有个师兄的项目需要我帮忙，就在那边多留了两个月，不然早回国了。"

"那这次回国就不走了？"

"嗯，不走了。我爸的公司需要人打理，我毕业了，也该帮他老人家了。"

周映雪哦了一声，双手捧着咖啡杯。

一旦安静下来，空气中就弥漫着淡淡的尴尬。

周映雪和付夏涵从小一起长大，付夏涵比她大了三岁，一直以来像个大姐姐一样照顾她。小时候，两人的感情特别好，可以说是亲如姐妹。常常放学后到对方家里蹭饭、留宿，付夏涵教她写作业，帮她梳辫子，给她买漂亮的玩具……

后来，周映雪读高中，付夏涵上大学，各自有了新的朋友圈，交集就变少了，只有在家族聚会上见面。

之后发生了一件不愉快的事情，付夏涵决定出国留学，一走就是三年，其间，她们从未电话联系过，顶多就是微信朋友圈互相点个赞，逢年过节连消息都很少发。

周映雪也没想到，付夏涵这次回国会来找她。

毕竟有小时候的情谊在，周映雪做不到对她视而不见，只是终究不可能再像小时候那样无话不谈了。

付夏涵似乎也感觉到了眼下的气氛太过安静，而她们许久未见，想一下子回到从前是不可能了。付夏涵侧过身拿过一旁的包包，从里面翻出一个纸袋递给周映雪："给你带的礼物，希望你能喜欢。"

女孩子收到礼物总是会开心的，周映雪的眼睛一亮，伸手接过来，纸袋的手绳上用银线绣着精致的Dior（迪奥）标志。里面装着一个黑色长方形盒子，盒子上有个同样的标志。

周映雪把它打开，一条钻石项链躺在丝绒布上，黛蓝色的丝绒衬得钻石如星光般闪耀。款式是简约少女风，符合二十出头的女孩子的审美。

周映雪立刻就爱上了这条项链："谢谢，我很喜欢。"

付夏涵松了一口气，端起咖啡喝了一口，唇畔浮现一抹淡笑，随口说："我记得你今年大四了，对吧？"

周映雪嗯了一声，小心翼翼地合上盒子，把它装进纸袋里，放进自己的包里。

"没有男朋友吗？"像小时候姐妹之间说悄悄话那样，付夏涵小声地问。

周映雪一愣，忙不迭地否认："没有没有。"

周映雪自然不会跟她说，之前其实谈了一个男朋友，不过是个渣男。但那种事太丢脸了，跟外人说不出口。

付夏涵看着周映雪，状若无意地问："那你哥呢？他应该交女朋友了吧？我昨天一回国就听到关于他的八卦了。"

事实上，付夏涵在国外的时候就听说了，只是不敢相信是真的，所以项目还没结束，她就迫不及待地订机票回国，一刻也等不了。今天付夏涵约周映雪出来见面，也是为了求证这件事。

赵奕琛那群公子哥嘻嘻哈哈惯了，嘴里没几句靠谱的话，他们的话付夏涵都不愿相信。除了他们，唯一知道内情的，恐怕就只有周暮昀的这个堂妹了。

付夏涵说话的语气很随意，仿佛只是多年不见，关心一下身边朋友的近况而已。

周映雪没想太多。她哥有女朋友这件事，圈子里的公子哥基本都知道，她哥也带着喻橙在朋友面前露过面。

"是啊，他有女朋友了，长得可漂亮了，性格也特别好，最重要的是做得一手好菜。她不仅是一家主题餐厅的老板，还是微博上拥有百万粉丝的美食博主呢！"提起喻橙，周映雪有说不完的话。

"原来是真的……"

付夏涵闻言，脸色微微一变，桌底下的手指紧紧地绞在一起，坚硬的指甲戳着柔软的手心，生疼。

周映雪见状，迟疑道："你……你不会还对我哥抱有想法吧？"

付夏涵的嘴角僵硬，她艰难地扯出一个微笑："怎么可能？你想多了。我就是听到八卦，有点好奇，随口问一下。"

周映雪点点头，也觉得自己的想法有点荒谬。

付夏涵出国前就已经订婚了，说不定这次回来就准备举行婚礼，怎么可能还惦记着大哥。

话从周映雪的嘴里说出来，付夏涵终于相信了，周暮昀确实有了女朋友。

两人在咖啡厅分别后，付夏涵就回了公司。她对周映雪说的那些话也不全是谎言，她这次回国，于私更多是为了周暮昀，但家里的公司也需要她操心。她几乎没有休息时间，一回来就要适应陌生的工作环境，各种事情都要从头开始学习，比待在学校里做课题还痛苦。

她一走就是三年，再回来，很多事情都变了。那些曾经熟悉的朋友，再联系起来却连个共同话题都找不到。

手头的工作让她焦头烂额，偏偏一颗心怎么也静不下来。

宽敞明亮的办公室里只有黑、白、灰三种色调的装饰，所有的东西都是新的，空气里还残留着淡淡的装修的味道。这是爸爸特意为她准备的办公室。

多边形的白色办公桌上堆着一沓等待处理的文件，电脑时不时响起邮件传过来的提示音，她却没心思去看。

太阳穴突突地跳，有点疼。事实上，在得知周暮昀有女朋友后，她就开始头疼了。她听周映雪说，他们之间的感情似乎很好，周暮昀不仅亲自去见过那个女孩的家长，眼下两人还住在一起。

同居。付夏涵一想起这个词背后的意思，就止不住地烦躁，想把桌上的文件都撕碎。

既然无心工作，再熬下去也是徒劳，付夏涵站起身，拎起桌上的包走出办公室。

下午四点的残阳照得人头晕目眩，她沿着熟悉又陌生的街道走了几分钟，还是觉得有一股气郁结于胸。

于是，付夏涵掏出手机，找到微信里一个常联系的朋友，约她出来吃晚餐。

名为聚餐，实则她还是为了打听与周暮昀有关的消息。确切来说，她是想了解周暮昀和他女朋友之间的事。

在周映雪面前，她总归不好问太多，会让周映雪起疑心。

吃饭时，付夏涵从朋友那里知道，周暮昀谈起恋爱来，一点都不低调。圈子里熟悉的朋友基本都知道他有女朋友了。不知道的，恐怕只有各家的长辈了。

她还打听到，那个叫喻橙的女孩根本不是他们这个圈子里的人，甚至跟他们这些人都不沾边。一个刚毕业不久的普通女生，家庭背景也普通，在周暮昀的帮助下，开了一家主题餐厅，听说生意很火爆，小老板当得像模像样。

可，那又怎么样，还不是靠男人得来的。

听到这个，付夏涵反而不那么担心了。一个普通人家的女孩，攀上了周家这样显赫的家族，能有什么好结果？或许，周暮昀本人是抱着玩玩的心态，没放在心上，要不然他怎么没跟家里人提过？

她的朋友郑茹也是这么说的："三公子是周家唯一的继承人，他的婚姻对象肯定得是门当户对的大家闺秀。别忘了，周家还有一位说一不二的老爷子呢。周老先生虽然住在郊外的庄园，不问世事，嫡亲孙子的婚姻大事，他总不可能不过问吧。那女孩顶多就是从周公子这里捞点好处，能进周家大门？简直滑稽！"

这话说出来，意在讨好付夏涵，却也是实话。

他们这个圈子，真爱毕竟是少数，结婚大多是商业联姻，利益至上。如果刚好双方关系不错，那就算锦上添花了。

像周暮昀这种找个门不当户不对的，也不能说没有先例，但大多数没有好结果。

付夏涵被取悦了，端起细长的高脚杯，鲜红的酒液在剔透的玻璃杯里轻晃。她莞尔一笑："你说得对。"

付夏涵正扬扬得意，包里的手机忽然响了起来。

她回国后换了新的手机号，知道这个号码的人甚少。付夏涵有些疑惑，顿了顿，还是接通了。

她沉默不语，等待那边出声。

"你回国了，怎么不告诉我？"那边传来一道男声，语气明显带着质问。

付夏涵一愣，好半晌才想起来，这是她那个未婚夫的声音。她很是烦躁："昨天刚回的，还没来得及跟你说。有什么事吗？"

那边的人却忽然笑起来："我找自己的未婚妻，还需要有事吗？"男人的笑声大了一点，"你这么一说，我倒是想起来，还真有一件事需要跟你说。三年了，我们的婚礼该提上日程了吧，我的未婚妻。"

"有病！"

付夏涵气得直接挂断电话，隔绝那刺耳的笑声。

她每次听到那个男人的声音，都会想起自己当初冲动之下答应跟他订婚的事，同时，也在提醒自己曾经有多么愚蠢。

挂了电话仍然不能让付夏涵的心平静下来。她以为逃到国外三年，大家就能当那场订婚典礼不存在，从现在的情况来看，是她想得太简单了。

她必须要找个合适的时机，跟爸爸商量一下，取消那个错误的婚约。

她一刻也不想顶着别人未婚妻的头衔！

暮鱼餐厅打烊后，喻橙让员工们都留下来。

服务员苏以茉收拾完最后一张餐桌，猜测道："难道是老板想请我们吃大餐？"

喻橙打了个响指："猜对了！"

下午空运过来一批大闸蟹。按照原本的计划，是该周三就运过来，正好作为周四周五两天的食材，因为中途货运出现问题，直到周五才运过来。餐厅周末不营业，蟹放久了就不好吃了，所以喻老板大手一挥，打算给大家来个全蟹宴。

厨师孔云掂了掂手里的大勺，翻炒着锅中的蟹："老板，这不公平啊。你请我们吃饭，怎么还要我自己动手？"

喻橙翻个白眼，指着边上满满一塑料箱的蟹："全是新鲜的大闸蟹，本老板赔钱让你们吃个过瘾，居然还不肯付出劳动！有没有人性？"

陶静静举着刷子以表忠心："老板，我在好好干活儿。"她正在刷剩下的那些蟹。

苏以茉附和："我也是。"

喻橙满意一笑："乖，一会儿让你们多吃点。"

几位厨师都使出毕生本领，思考着大闸蟹还能做出多少种花样。既然这场聚餐名为全蟹宴，花样不够多，还配叫全蟹宴吗？

喻橙扫了一眼，发现少了一个人："廖予卿人呢？"

"报告。"苏以茉举起手，跟小学生打小报告似的，"我看到他躲在书架后面打游戏，别给他吃了吧？"

"大老远就听见有人说我坏话。"廖予卿慢悠悠地走进后厨，将手机塞进兜里，"说吧，需要我帮什么忙？"

打小报告被当事人发现，苏以茉立马垂下头，装作什么事都没发生。

喻橙挥了挥手，给廖予卿指派了一个活儿。

看着餐厅全员都动起来，喻橙露出欣慰的笑容，然后她搬了一把椅子坐在旁边观看，顺便指挥大家。

众人："……"

敢情您号召大家劳动，就是为了自己能休息？

谁让人家是老板呢，不干活儿也没人敢说。更何况，就像她说的，空运过来的大闸蟹都拿出来给他们当饭吃了，这员工福利绝对优厚。

全蟹宴最后当然是没有令人失望。

几张长方形餐桌拼成一张大桌，桌上摆的都是蟹，味道却各有不同。香辣蟹、酸辣蟹、麻辣蟹、清蒸蟹、肉蟹煲、烤蟹、芝士焗蟹，还有一锅蟹肉汤。

陶静静看着看着，忍不住地吞咽了一口唾沫："感觉身处高档海鲜餐厅，满足！"

大家还没动筷，女孩子都拿出手机抓紧时间拍照发朋友圈。这么令人眼馋的场面，应该拿来祸害正在吃外卖的朋友们。

喻橙紧跟大家的节奏，也拿出手机拍了一张照片，发给周暮昀，并配上文字："可惜某人今天吃不到这么美味的蟹了。要我给你留一份吗？"

周暮昀跟她报备过，今晚有个世交家的伯父过生日，他作为晚辈必须要出席寿宴，所以不能陪她吃晚餐。

他回复："不用给我留，你也少吃点，当心肚子痛。"

喻橙："你诅咒我。"

周暮昀："乖，这是关心你。"

喻橙不再回他消息，收起手机，戴好一次性手套，准备开动。然而姑娘们都没拍好照片，手机还在咔嚓咔嚓响个不停。

喻橙无奈道："我刚才拍的一张挺好看的，待会儿发给你们。现在，我们开动吧！"

她不仅是美食博主，还是有名的摄影博主，出自她手的照片一定好看。姑娘们闻言，纷纷收起手机，开动起来。

"这道香辣蟹是谁做的？太好吃了！"廖予卿竖起大拇指。

喻橙吮了一下蟹腿的肉，收下他的赞赏："是我做的。"

另一边，周暮昀没等来喻橙的回复，想到她可能正在吃饭，他弯唇笑了一下，把手机装回口袋。

不料他的动作被在座的几位长辈看在眼里，今天的寿星公宋老先生喝了一口小酒，笑着说："阿昀还在忙工作呢？"

寿星公是宋少的父亲，因为不是整岁，便没有大肆操办，只请了故交过来一起吃顿饭聚一聚。

宋少当然也在席间，听到父亲的话，瞥了周暮昀一眼。周暮昀那哪儿是忙工作，一脸的春心荡漾，显然是跟女朋友说悄悄话。

这群公子哥向来穿一条裤子，大家对彼此的事心知肚明，即使周暮昀没说，他们也不约而同地没将他有女朋友的事捅出去。

大家私底下玩笑归玩笑，闹到长辈面前可就不是小事了。这点分寸，他们还是有的。

周暮昀点了点头，面不改色地顺口胡诌："是有点工作上的事。"

宋老夫人却是个精明人，盯着周暮昀看了一会儿："我刚看到阿昀笑了，该不会……是跟女朋友通话吧？"

"女朋友？"赵夫人插话道，"阿昀，你追上那姑娘了吗？"

周暮昀的母亲霍衡昔也在，闻言，手里的筷子啪地掉在桌上。

霍衡昔愣了两秒，扭头看向周暮昀："什么姑娘？你？追姑娘？"

第一次在饭局上如此失礼，霍衡昔反应过来后，轻咳了两声，把掉在桌上的筷子拿起来。边上立刻有用人上前拿走脏筷子，替她换了一双干净的。

霍衡昔的目光仍看着周暮昀，坐在她旁边的周先生也看向儿子，目露询问。

周暮昀却好像没看懂两人的眼神暗示，用筷子夹起一片牛肉放进嘴里，慢条斯理地咀嚼。

"你追哪个姑娘了？"霍衡昔不死心地追问。

面对二老的夹击，周暮昀眼神轻飘飘地落在赵奕琛的脸上，眼中的意思很明显：你妈怎么会知道这件事？

上次掉马甲一事，赵奕琛算是欠了他，哪里敢再惹三公子生气。赵奕琛重重咳嗽一声，转头说："妈，你是不是记错了？是我要追姑娘，让老三帮个忙，不是她要追姑娘。"

赵奕琛挤眉弄眼，赵夫人立刻反应过来，她做恍然大悟状："哦，对对对，是我记错了。不是阿昀，是我家这浑小子追一姑娘。"

饭桌上凝滞的气氛重新活跃起来，霍衡昔讪讪地摇头，拿起架在碗口的筷子，夹了一颗虾仁，叹一口气说："我就说嘛，我家这一位哪里会追什么姑娘。"害她白高兴一场，没想到到头来是个误会。

席间几位公子哥交换了一下眼神，心道：您儿子可太会追姑娘了！

霍衡昔今晚穿着一袭深蓝色Dior礼服，V领，中间一枚璀璨的钻石项链点缀。发髻高高绾起，皮肤雪白，嘴唇嫣红，高贵得像个女王。此时此刻，女王眉间却有一丝愁绪。

不提起这个话题还好，一提起来霍衡昔的心里就发堵。

趁着大家都在聊天，霍衡昔推了周暮昀一下，压低声音道："你打算什么时候交女朋友？过完今年，你可就二十九了，真打算三十岁以后才考虑感情的事吗？"

周暮昀端起酒杯刚准备喝一口，却被噎得喝不下去了。

"不会等到三十岁以后，您就放心吧。"

"放心？你让我怎么放心？"霍衡昔几乎要压制不住音量，"难道你想让我把你爷爷请出来？"

饭桌上大家都在谈笑风生，母子俩的谈话并不突兀，也没人特意听。

一听要抬出周老爷子，还真把周暮昀给唬住了。他放下酒杯，忙不迭地告饶："别了，他老人家在庄园里种菜、遛鸟，您就别什么事都劳烦他了吧。"

霍衡昔哼了一声："你以为我想？你倒是给我领个女朋友回来啊。"

周暮昀又不说话了，端起酒杯轻轻摇晃，白葡萄酒晶莹剔透，装在同样剔透的杯子里，煞是好看。

他把玩着酒杯，却一口没喝，想着还要开车回去，索性放下酒杯。

见霍总还盯着自己，非得要一个确切答案，周暮昀终于妥协了："回头就领一个女朋友去见您，行吧？"

他妥协了，霍衡昔也见好就收："这还差不多。"

话题转到这里，周暮昀干脆问出困扰已久的问题："您喜欢什么样的儿媳妇？只要我带回去一个，您就会喜欢吗？"

霍衡昔一顿，看着他的眼神有些陌生，她思考片刻，严肃道："你别为了应付我就随便找个女孩子交差。我可告诉你，婚姻大事关系到你后半辈子的幸福，你给我慎重再慎重，别跟赵小五学习，什么乱七八糟的女人都往家里领。"

赵奕琛还在对面乐呵呵地喝酒，不知道自己被人当成反面教材了。

了解了霍总的想法，周暮昀心里悬挂已久的大石头落地了："我知道了。"

饭局结束，并不意味着大家可以离开了，众人还要上前给寿星公献上寿礼，顺便说几句吉祥话。

长辈们坐在一起聊天，小辈儿们就在另一边开了个牌局。

周暮昀想提前离开，但是大家都没走，他一个人离开显得太突兀了，只能耐着性子坐在一旁围观。

恰好赵奕琛也在一旁围观，周暮昀想起来有笔账还没跟他算。

赵奕琛看得正兴起，肩膀忽然被人捶了一下，力道很重，让他的肩膀都歪向一边："疼死老子了！"

他一回头，正对上周暮昀阴森的目光，他生生将一张愤怒的脸转为嬉皮笑脸："嘿，老三，你打我干什么？"

"你妈怎么会知道我的事？"

赵奕琛举手投降："这不关我的事，我妈那天偶遇喻妹妹，我自言自语地提了一嘴，被她听到就记住了。"

这还叫不关你的事？还不是从你嘴里说出来的。

赵奕琛说完，自己也觉得有点过意不去，摸了摸鼻子，讨好地一笑："我妈后来不是又帮你圆回来了吗？霍总也没有起疑心。"

周暮昀懒得理他，扫了一眼，见大厅里有人已经提前离开，周暮昀立刻起身去跟宋老先生道别，拎着车钥匙出了大门。

一众公子哥望着周暮昀匆匆离去的背影，摇头叹息："老三这哪是谈恋爱，这是出家吧。不喝酒就算了，连牌也不打了！无趣，太无趣了！"

喻橙那边的全蟹宴也结束了，一只蟹都没有剩下，全被吃光了。

她简直怀疑餐厅里藏了一头猪，然而仔细回想一下，她自己好像也吃了挺多，完全把周暮昀的叮嘱抛到了脑后。

夜已经深了，落地玻璃窗外车水马龙、霓虹闪烁。

廖予卿的住处离餐厅最近，其他员工先走了，他留下来帮忙收拾。

喻橙把擦桌子的抹布丢进盆里，回头看他："好了，剩下的我明天再收拾，你也走吧，挺晚了。"

"那周一见。"廖予卿弯腰拎起地上几袋垃圾，打算顺手丢掉。刚迈出两步，门口就传来动静。

喻橙以为是周暮昀回来了，连忙迎过去。还没见到人，她的嘴角就先扬起来。

喻橙绕过巨大的书架，看清了来人不是周暮昀，而是一个漂亮女人。女人穿着纯黑的长裙，九月下旬，昼夜已经有明显的温差，女人的肩上披着墨绿的披肩，露出一截凝脂般白皙的小臂。

女人的个子很高，踩着黑色细高跟鞋，更显得身材修长纤瘦。长发乌黑微卷，耳边别了一枚蓝宝石发卡，脸上的妆容很淡，却完美无瑕，像一块精心雕琢过的美玉，站在那里，分外赏心悦目。

喻橙在打量女人，女人却在打量餐厅的环境，神情难辨。

廖予卿拎着几袋垃圾愣在原地，率先开口："你好，我们餐厅已经打烊了，请问你找谁？"

付夏涵看着他，她的视线只停留一秒就转移向他身后的女人："我找喻橙，请问她在吗？"

廖予卿扭头看向喻橙，无声地道：老板，找你的。

喻橙回以一个眼神：还用你说，我听见了。

两人隔空交流三秒钟，廖予卿拎着垃圾头也不回地潇洒退出。

现在屋子里只剩下两个女人。喻橙有些疑惑，居然从一个陌生女人的嘴里听到自己的名字，明明她们之前根本没见过。

而且，从这位女士的神情和态度来判断，并不像是自己的粉丝，那喻橙就猜不出她的来意了。

"你找喻橙做什么？"她没有直接承认自己就是喻橙。

付夏涵看出她拙劣的演技，也不急着戳穿，而是面带微笑地说："我找她有点小事，能帮我叫一下她吗？"

喻橙正思考要怎么接话，却听见她说："别装了，我知道你是喻橙，我就是来找你的。"她在网上看过喻橙的照片。

付夏涵亲眼看到她，只觉得被粉丝夸得美若天仙的人也不过如此。喻橙穿着及小腿的白裙子，素面朝天，长发披散。要说姿色，她也确实有几分，不然怎么能勾得周暮昀跟她在一起。

"我不认识你。"喻橙说。

"我认识你就够了。"女人的语气突然变得锐利，像是平静的湖面被一阵寒气掠过，结了冰。

喻橙诧异地抬眼，对上她的视线。

付夏涵淡淡一笑："我叫付夏涵，你应该听说过我的名字。其实我也不是来找你的，我来找阿昀。但我知道他今晚不在，所以只能先见见你了。如果我没猜错，他去参加宋老先生的寿宴了。怎么，他没带上你吗？阿昀也太不懂事了，怎么说你也是他的女朋友。"

如果说喻橙刚才还怀疑这位女士对她有敌意，那么现在她确定了，这位女士就是对她充满敌意。

这位女士说出的话字字句句带刺，仿佛不将她刺伤就誓不罢休。

什么仇？什么怨？还有，她嘴里的阿昀，指的应该是周暮昀，她叫得那样亲密，看来是跟他有关系的人。说不定他们之间还有什么喻橙不知道的牵绊。

喻橙承认，自己确实对周暮昀的过去知之甚少。

"喻小姐，你想知道我和阿昀之间的事情吗？"

通过观察喻橙的表情，付夏涵就知道自己占了上风。如果能让她主动跟周暮昀分手，那就再好不过了。

"不想知道。"喻橙抿了抿唇，强自镇定，"就算我想知道什么事，他会告诉我，不用麻烦你。"

喻橙表面装得很淡定，其实内心已经开骂了。

王八蛋周暮昀，你的爱慕者都找上门了，你知道不知道？你再不回来，信不信我让你跪搓衣板！

要是在以前，遇到这种情况，喻橙早就像缩头乌龟一样钻进壳里了，根本不会站在这里心平气和地跟她讲话。人都是会成长的，每天在餐厅里和不同的人打交道，喻橙也学会了与人交流的技巧。

付夏涵没料到她会这么回答，愣了好一会儿才回过神来："如果我说，三年前他喝醉了酒，我们发生过关系。你也不想知道吗？"

尽管喻橙已经明确表示，不想知道她和周暮昀之间的前尘往事，付夏涵还是自顾自说。

喻橙狠狠地一愣。果然如她想的那样，付夏涵和周暮昀，他们不仅有牵绊，牵绊还很深。

从小一起长到大的情谊，青梅竹马，多么美好动听的关系。

付夏涵很小的时候就对周暮昀有爱慕之情，付家和周家算不上多亲近的关系，只能说是彼此熟识，但付夏涵跟周映雪的关系好，常常去她家做客，付夏涵慢慢地就跟周暮昀熟悉了。

长大后，少女就向心上人表明自己的心意。周暮昀的身边从没出现过别的女生，他在班里也很少跟女孩子打交道，付夏涵是他身边唯一的女生，她以为周暮昀对她的心思也一样。就连她的朋友也认为周暮昀是喜欢她的，只是他没有开口，默认了她的存在。

可付夏涵怎么也没想到，她表白的话刚出口，周暮昀就拒绝了她，而且拒绝得那样干脆，一点余地都不给她留。

付夏涵是付家唯一的女儿，全家人的掌上明珠，向来心高气傲，被人拒绝了表白已是伤心欲绝，对方的态度还那样不留情面，她的一颗心都被伤透了。

一气之下，付夏涵为了刺激他，答应跟另一个男人订婚。

周暮昀果然开始在意了，在她的订婚宴上，周暮昀喝了很多酒，在四下无人的花园里，他抱着她诉说以前都不曾说过的情意，之后的事情就顺理成章了……

她刚订婚就发生了这样的事，自觉有愧未婚夫家，也不想让周暮昀为难，就毅然决然选择孤身去国外，意在让所有人都忘记这段不愉快的往事。

然而她没想到，在此期间，周暮昀的身边出现了一个喻橙，打破了原本的平静。所以她回国了，回来找他。

——付夏涵是这样讲的。

喻橙听完，沉默了良久，不生气是不可能的。任谁听说自己的男朋友跟另一个女人发生过关系都会生气。但她也没那么傻，对方说什么就是什么。

首先，付夏涵话里的漏洞很多，喻橙作为一个理科生的逻辑思维缜密性就体现在这里：既然周暮昀拒绝了她的表白，怎么可能会看到她跟别的男人订婚就吃醋忌妒，这不是自己打自己的脸吗？

要说他喝醉了脑子不清醒，酒后乱性什么的，更是胡扯。那个男人的酒量，喻橙虽没亲眼见识过，却听周映雪和赵奕琛说过，绝对千杯不醉！

退一万步讲，就算周暮昀真的在乎她，之前只是没发现自己对她的感情，而在看到她和别人订婚后才悔不当初。那么，之后这么长时间，也够他挽回点什么了吧。他却什么都没做，放任她出国三年，怎么想都不太可能。

周暮昀会因为在乎尊严就让喜欢的女孩一个人在国外吗？

喻橙不信。她见识过那个男人黏人的时候是什么样子，他脸都不要，还跟你讲什么尊严不尊严。

这绝对是这个女人的离间计。

这些话付夏涵根本不敢在周暮昀的面前说，所以把矛头对准她，想让她知难而退，主动离开他。

换作以前的喻橙，搞不好就在气急之下着了对方的道。就像她当初在街头看见周暮昀抱着周映雪，误会了两人的关系一样，连求证的勇气都没有，转身就逃走。

但是现在，她不会那样。虽然她很生气，气得肚子都开始痛了，脑子却还保留着一丝清醒。

她的手指紧紧攥着柜台的边沿，借此积攒力气，但肚子真的太痛了，她的指尖都止不住地轻颤，额头也开始冒冷汗。

付夏涵站在那里，居高临下地看着她的眼神是那样轻蔑。

喻橙忽然扬唇笑了。

付夏涵凝眉，眼中的不悦铺天盖地：“你笑什么？”

“没什么，我只是刚好想到一件事。”喻橙说，“你这桥段，我听着有点熟悉，仔细想了想，好像偶像剧里就是这么演的。女主角与醉酒后的男主角春风一度，然后女主角偷偷出国，几年后带回来一个跟男主长得一模一样的小包子。再来一场惊心动魄的久别重逢，完美大结局。"

说到这儿，喻橙的笑容越发灿烂了："我在想，你要是此刻牵出个跟周暮昀长得像的小包子，可能更有说服力，说不定我就相信了。"

这句话的潜台词是：你的演技不行啊，小姐姐，细节部分都没处理好……

付夏涵的眉心一跳，她看喻橙的眼神渐渐变了，充满了警惕。

付夏涵根据从周映雪和郑茹那里听来的消息推测，喻橙这种货色根本不是她的对手。她刚才看见喻橙的那一刻，仍然这么认为。

哪怕喻橙装得再若无其事，她眼里的怯意还是掩藏不了，包括她撑在柜台上的手绷得那样紧，骨节都泛白了，说明付夏涵的话多多少少还是影响到她了。

付夏涵要的就是这个目的，她的心里很清楚，那些半真半假的谎言很容易被拆穿，问一下另一个当事人周暮昀就知道她的话几句真几句假。

但女人不就这样吗？怀疑的种子一旦种下，就是心头的一根刺。随着时间的推移，这根刺越扎越深，最终长成剔除不了的肉刺。不去动它还好，稍微一碰就会疼得钻心。

男人也是，一次、两次会耐着性子哄你，跟你解释，若你一再提起，到最后就只剩下厌烦。久而久之，两人之间总会出问题。到时候，付夏涵再从中做点什么，结果会怎样不用想也能猜到。

可是她万万没想到，喻橙居然能说出这样的话来堵她。

怒火一下点燃了，直冲头顶，付夏涵怒目而视："你什么意思？"

喻橙摇了摇头："没什么意思，就是合理地质疑一下。"她顿了顿，又笑了，"你说你跟周暮昀睡了，那你知不知道他屁股上的痣长左边还是长右边？"

付夏涵："……"

喻橙觉得自己快撑不住了，肚子是真的疼。该死的周暮昀，不会一语成谶了吧？她真的吃坏肚子了？

付夏涵沉默许久，像是找不到话来反驳她，狠狠地瞪了她一眼，付夏涵拎着包转身离开，走到门边脚步顿了顿，又回过头看了她一眼。

喻橙端坐在椅子上，连姿势都没变。

直到付夏涵走到门外，身影逐渐远去，再也看不见，喻橙才卸掉全身力气，瘫软在椅子里，上身趴在柜台上。

刚才的情绪都用来跟付夏涵较量，现在她走了，肚子传来的胀痛感遽然剧烈起来，一阵阵恶心想吐。喻橙几乎坐不稳，软软地从椅子上滑下来，背靠着柜台坐在地上。

喻橙感觉自己快痛死过去了，忽然又想到付夏涵的那些话，气得眼眶都红了。虽然知道是假的，可她就是忍不住难过。

什么啊，付夏涵到她面前说这些干什么？有本事在周暮昀面前说啊，欺负她老实吗？

喻橙强忍着身体的不适，翻出手机给周暮昀打电话。

那边很快接了，不等她说话，他就笑着说："想我了吗？我在路上，马上就到。"

电话里传来汽车鸣笛声，还有轮胎碾轧过马路的声音。喻橙听着他温润低醇的声音，委屈怎么也止不住。同时，还有一股怒气冲上脑门。她吸了吸鼻子，声音带着哭腔吼道："周暮昀，给你五分钟时间，不出现在我面前就分手！"

她说完，也不管那边的人什么反应，气冲冲地挂了电话。

喻橙再次醒过来时，眼前是白花花的天花板，鼻间充斥着淡淡的消毒水味。她极其讨厌这种味道，眉头不由得皱了皱，偏头去看向另一边。

夏日的阳光透过一层白色窗帘落在雪白的被子上。她这才发现，自己躺在医院的病床上，手背扎了针，输液管滴答滴答地往下滴着药水。

房间里安安静静，喻橙的视线往下移，映入眼帘的是周映雪困倦的脸。

周映雪坐在病床边的椅子上，双手托着下巴、手肘撑在床面打盹儿，头一下一下地点着，看起来她困极了。

喻橙环视一圈，没看见周暮昀的身影，眼神一点一点暗下去。

她忘了自己是怎么昏睡过去的，只记得自己昨晚打完那通电话，肚子实在太痛了，直接倒在了地上。

失去意识前，她恍惚间好像看到一个高大挺拔的身影从门外冲进来。那道身影很熟悉，是周暮昀。他蹲在她的身边，将她打横抱起。闻到熟悉又安全的气息，她终于忍不住，昏了过去。

周映雪在这里守着，那他呢？

喻橙艰难地动了动身子，摸到床头柜上的手机，想要拿起来，手却使不上力，手机从手中滑落，啪嗒掉在地上，惊醒了打瞌睡的周映雪。

周映雪猛地坐直了身子，擦了擦嘴角，发现没有流口水，才看向病床上的人："大鱼，你醒了！吓死我了。"

周映雪看了一眼输液瓶，里面还有小半瓶液没输完。

喻橙慢吞吞地抬手，手背搭在眼皮上，她张了张嘴，嗓音有些嘶哑："我怎么了？"

"医生说是急性肠胃炎，好在没什么大事，输完这瓶液再观察一上午，下午应该就能出院了。"周映雪帮她把掉在地上的手机捡起来，重新放回床头柜上。

喻橙舔了舔唇，没说话。

周映雪注意到她的动作，忙起身去给她倒了一杯热水，放在床头柜上。周映雪将喻橙扶起来坐好，拿枕头垫在她的后背，再把水杯递给她。

"谢谢。"

喻橙捧着水杯，纤长的睫毛敛下，她小口小口地喝着温水。因为还没恢复过来，她的脸色看起来很苍白。

喝完大半杯水，她刚要把水杯放桌上，就被周映雪殷勤地接了过去。

喻橙对她的殷勤有点不适应："我已经没事了，肚子也不痛了。"喻橙拿起床头柜上的手机看了眼，居然才六点多。

周映雪一看她在看手机，说："你要找我哥吗？他不在医院。"

喻橙一愣，抬起头看她。

"他去给你报仇了。"周映雪说。

喻橙靠在床头，表情有点呆，昨晚那些令人恼火的记忆纷至沓来。

周暮昀那个所谓的小"青梅"，趁着他不在，跑到她的餐厅里来耀武扬威，话里话外都在强调他们两人的关系有多么亲密。

付夏涵为了让喻橙主动退出，连自己的清白都不要了，编出那样的谎言。

"夏涵姐昨天是不是去找你了？"周映雪忽然开口问。

喻橙的眼睫轻颤，听周映雪这口气，她应该跟付夏涵的关系还不错。原

341

来付夏涵和周暮昀真的有从小到大的情谊在，这一点付夏涵至少没有撒谎。

周映雪还要再说什么，喻橙却不想再听了。喻橙掀开被子，从床上下来，淡淡地道："我想上个厕所。"

"我帮你拿吊瓶。"周映雪止住话头，忙不迭地站起身，踮起脚取下架子上的吊瓶。

周映雪跟喻橙的个子差不多，只能尽力高高举起手臂，免得影响正常输液。另一只手扶着喻橙的胳膊，担心她突然站起来会体力不支。

"谢谢。"喻橙不想麻烦周映雪，但她要上厕所，一个人也搞不定。

喻橙情绪不高，说话的声音有气无力，配上苍白如纸的脸色，实在让人心疼。

周映雪抿了抿唇，一副欲言又止的样子。周映雪背对着喻橙站立，没有去看她，周映雪很小声说："对不起啊。"

"嗯？"

"付夏涵回国后来找过我，还问过我哥的近况，是我跟她说了一些你们之间的事情。"周映雪的声音渐渐低下去，"我以为她对我哥已经死心了。本来嘛，她已经订婚了，订婚对象还是我哥，她就相当于是……"

"什……什么？"听到这儿，喻橙难以置信地瞪大眼，打断她的话，"付夏涵的订婚对象，你哥？"她的耳朵没出问题吧？周映雪刚说的是这个吧？

周映雪微微愣了一下，回想自己刚才的话，抬手作势在嘴边扇了一下："不是我堂哥，是我表哥，温君泽。"

喻橙："……"

她上完厕所，重新躺回床上，听周映雪跟她解释："表哥比我哥大一岁，按理说我哥现在应该叫夏涵姐一声表嫂。"

喻橙被噎住了，心道：你们豪门真乱。

周映雪握住她的一只手："总之，是我对不起你，不该跟付夏涵说那些。"她当时想，三年的时间过去了，付夏涵怎么也该死心了吧。实在想不到付夏涵转眼就来找喻橙的麻烦。

这一次，连周映雪也对付夏涵失望透顶了。搞了半天，付夏涵就是为了打听她哥的消息才找上自己。周映雪居然还傻傻地以为因为姐妹多年没见，付夏涵想找她叙叙旧。

喻橙向来恩怨分明，这件事确实跟周映雪没什么关系。就算周映雪不说，以付夏涵的能力，随便打听一下也会知道她的存在。

周映雪见她沉默不语，以为她还不能释怀，周映雪内心的愧疚感更重："我哥让我留在这里照顾你，也是想让我帮他跟你解释清楚。他跟夏涵姐之间真的什么都没有。大家同处在一个圈子里这么多年，我哥要对她有想法早就有了，怎么会等到现在。我不知道付夏涵跟你说了什么，但他们的关系肯定不是你想的那样。"

周映雪急切想解释，喻橙反手拍了拍她的手背，示意她不用着急，表示自己没有误会什么。

周映雪轻舒一口气，终于展露笑颜。

"我就知道。"她说，"我哥还紧张得跟什么似的，生怕你误会他，早上五点钟打电话把我从被窝里叫起来，让我来医院守着你，让我第一时间解释给你听，免得你一个人胡思乱想。"说着，她捂嘴打了个哈欠。

喻橙闻言，很是过意不去："要不，你先回去睡觉吧，我现在已经没事了。"

周映雪摆了摆手，又打了个哈欠，眼眶里都涌出泪花来了："等我哥来了我再回去，我这个月的零花钱全靠他，这点小忙还是要帮的。再说你是我的朋友，照顾你是应该的。"

喻橙睡了一整晚，这会儿人很精神，靠在枕头上大睁着眼睛想事情。

周映雪见她似乎有点无聊，便跟她讲以前的事："付夏涵喜欢我哥很多年，我哥也一直都知道。付家和周家两家有生意往来，再加上我那个时候跟付夏涵关系好，她经常来我家做客。我哥虽然没理过她，也没表现得太反感。唯一一次发火，大概就是她来我家留宿，大晚上闯我哥卧室里去了，我哥当时说什么我不记得了，反正他挺不留情面的，把付夏涵气哭了。从那以后，我哥几乎连见都不愿见她。"

喻橙安静听她说，没有插话。

"后来，家里就收到付夏涵和我表哥订婚的请帖。"周映雪说，"得知这个消息时，我还很惊讶，特意打电话问过她，她说已经对我哥死心了。"

周映雪说了这么多，还是意在告诉喻橙：周暮昀从头到尾不仅没跟付夏涵交往过，更是连交情都谈不上。他对付夏涵的态度，还不如对一个陌生人客气。

343

喻橙轻轻点头："我知道了。"

不多时，那个扬言要去给她报仇的男人终于回来了，拎着热气腾腾的早餐。

从醒来到现在已经过去一个小时，喻橙早就饥肠辘辘了，闻到味道就忍不住地吞咽口水。

周映雪见正主回来了，站起身伸了个懒腰，功成身退，把空间留给他们俩。她临走时不忘顺走一盒小笼包，结果换来周暮昀警告的眼神，她翻了个白眼："小气！你买了这么多，大鱼又吃不完，我吃点儿怎么了？"

他确实买了很多，各式各样的早餐，足有五六种。香味四溢，清冷的病房顿时多了烟火气息。

喻橙手背上的针管已经拔掉了，贴了两块白色的胶布。周暮昀把早餐放床头柜上，升起病床上的小桌板，手掌轻轻摸她的额头："还难受吗？"

她摇了摇头："已经没事了。"

她昨晚真的吓到他了，他一进餐厅就看到她倒在地上，痛苦得蜷缩成一只虾子，脸色煞白，额头不停地冒冷汗。

他从没遇到过这样的状况，当即慌了手脚，把她抱在怀里，他的四肢僵硬了好一会儿，才想起来要去医院。

"对不起。"周暮昀说。

喻橙望着他，嘴唇翕动了两下，没说话。她现在肚子饿了，没力气跟他讲话，拎起床头柜的袋子放在小桌上，依次拿出餐盒，一样一样打开。

周暮昀问过医生关于饮食方面的注意事项，买来的东西口味都很清淡。高汤小馄饨，鸡丝粥，清汤面，还有一盒鸡汁灌汤包和一盒水晶虾饺。

口味虽偏清淡，但都是喻橙爱吃的。

她掰开一双一次性筷子，想了想，还是决定先吃容易饱腹的。一口汤汁香浓的灌汤包下肚，胃里终于舒服了一些，她便埋头大口地吃起来。

周暮昀坐在床边沉默地看着她，纵然心里有许多话想说，但见她吃得投入，生生将那些话忍住了。

不知道周映雪跟她解释清楚没有。她没误会他吧？

也说不准。她昨晚那样生气，连分手的话都说出来了，他摸不准她心里的想法。

喻橙看起来很饿，四个灌汤包下肚，吃饭的速度才缓下来，她开始拿着

344

勺子去吃小馄饨，一口一个，然后再喝一口汤。

她的腮帮子一鼓一鼓的，像饥饿中进食的小仓鼠。

看着看着，周暮昀忍不住勾唇，连吃饭的样子也这样好看。他伸手将她粘在嘴角的发丝撩开，声音低柔道："你的肠胃吃坏了，一下别吃太多。"

他昨晚分明叮嘱过她别贪嘴，当心肚子痛，结果她根本没听，吃了那么多大闸蟹，肠胃就受不住了。

喻橙又喝了一口小馄饨里的高汤，虾皮和紫菜搭配起来实在是美味，让她停不下来。不过这次她没有乱来，谨遵叮嘱，只吃了小半碗就放下了。

周暮昀抽出几张纸巾帮她擦嘴角的油渍："吃饱了？"

"嗯。"

瞧着她的脸色确实恢复了一点血色，他才松口气，接过她没吃完的早餐匆忙应付几口。

喻橙见状愣了愣："你没吃早饭？"

他轻嗯了一声，他病了，他哪来的心情吃早餐。

喻橙眼底的最后一丝阴霾也消散无踪，靠在床头看着男人不顾形象地狼吞虎咽。

他在她的面前一直没什么形象可言，她在家里做菜的时候，他常常站在边上用手拈菜吃，每回都烫得张嘴哈气。有时候他吃她剩下的饭也自然而然，一点不嫌弃。

喻橙："你怎么知道付小姐来找我了？"就算她昨天在电话里大吼大叫，他也该把那个归结于她肚子痛心情烦躁吧。

周暮昀说："打电话问了廖予卿，他说有个女人来找你。"

他了解喻橙的性格，她不是个爱乱发脾气的人，既然说出那样的话，肯定事出有因。

"周映雪跟你说过了吗？我跟付夏涵没什么，不管付夏涵跟你说了什么，你都不要相信。"他的语气比周映雪刚才解释的时候还要急。

喻橙早就不生气了，不过她更好奇另一件事："周映雪说你去帮我报仇了，你是怎么报的仇？"

"当面跟她说：表嫂，以后离我的女朋友远一点。"

表、表嫂？

喻橙愣了一下，伏在他的肩头大笑："她该气死了！"人家拿你当心上人，你拿她当表嫂。

这是事实，周暮昀不知道喻橙为什么笑成这样，他轻咳一声，语调正经道："嗯，按理说，你也应该叫她一声表嫂，该有的礼数不能失。"

豪门讲究订婚仪式，当初温君泽和付夏涵的订婚典礼惊动了整个上流圈子，凡是沾亲带故或者是有生意往来的人士都来参加了。不仅如此，还有上百家媒体现场报道。两家的联姻是不可改变的事实。

喻橙作为周暮昀未来的妻子，理应随他称呼付夏涵表嫂。

因为他这一声表嫂，喻橙整个上午的心情都非常愉悦。

临近午饭时间，医生过来查看了一下情况，宣布她可以出院了。

周暮昀担心她的身体没恢复好，便留在家里照顾她。尽管她再三表明身体已经没事了，他还是不放心，没有去公司。

喻橙振振有词："我的胃可是金刚不坏胃，这次急性肠胃炎纯属意外，现在已经恢复了，大吃大喝也没问题。"

此刻周暮昀坐在客厅的沙发上，笔记本电脑放在腿上，手指敲击着键盘，眼皮都没掀一下："这时候你就别吹牛了。别人吃了都没事，就你进医院了，还好意思说？我看你中午还是老老实实喝粥吧。乖一点。"

她就是不想喝粥才这么说，谁知他不买账。

喻橙起身翻了翻冰箱里的食材，坚决道："不，我中午想吃土豆焖鸡，配白米饭。再要一个紫菜汤，里面加了虾皮的那种。"早上喝的馄饨汤让她惦记了好久。

周暮昀敲键盘的手停下来，语气同样坚决："不行。"

她拗不过他，只好乖乖地喝粥。

中午没能吃成土豆焖鸡，说什么晚上也要吃到。

下午六点多，趁着周暮昀在书房办公，喻橙拿出冰箱里的三黄鸡解冻，土豆也拿出来几个，削皮切块，放水里泡着。

等他处理完工作从书房出来，喻橙的配料都准备齐全了，只待下锅。

他无奈地摁了摁眉心，斜靠在吧台边，看她把各种调料按比例倒进一只碗里，调好了酱汁。

"你真的一点都不省心。"他说，"岳母大人把你养这么大真是太不容易了。"

喻橙把剁好的鸡块装进玻璃碗里，倒入料酒、生粉和盐腌制，侧过头白了他一眼："你这么快就开始替我妈说话了，我有点不习惯。"

前段时间见家长，他将蒋女士视作阻挡爱情之路的大魔王，转眼就站在她老人家那边教育自己的女朋友。

周暮昀一噎，好一会儿说不出话来。

见男人被堵得无话可说，喻橙得意地挑眉。然而下一秒，她的头发就被他揉乱了，伴随着他不加掩饰的笑声："岳母大人既然把你交给我了，我当然要替她老人家看好你。"

喻橙偏头躲开他的魔爪，她夸张地睁大眼："哇，不得了不得了，我的母亲大人听到这话，估计会感动得流泪。"

"那正好，这样她就能把宝贝女儿嫁给我。"

喻橙："……"

鸡块腌制需要半个小时，她切了一盘水果坐在吧台边吃起来。周暮昀的目光依次从流理台上的食材掠过，那天被打击的信心重新燃起："不如今晚我再试试？"

喻橙一手抱着果盘，一手拿着手机玩，头也没抬，说道："试什么？"

"做菜。土豆焖鸡，对吧？听起来应该不算难，不如让我试试？我觉得上次是因为豆腐太脆弱了才搞砸了。这次肯定不会。"

喻橙扎起一块苹果，手顿在半空中，一脸"你哪来的自信说这种话"的表情看着他，她冷漠道："谢谢，我今晚不想喝土豆炖鸡汤。"

周暮昀当然听出她这话是在嘲讽他上次把麻婆豆腐做成麻辣豆腐汤。

他目不转睛地盯着她，喻橙受不了他的眼神，握着叉子扎起一块猕猴桃塞进他的嘴里："行了行了，今晚就让你再试一次。都说'君子远庖厨'，我真是搞不懂，你怎么突然对做菜这么感兴趣？"

周暮昀咀嚼着嘴里酸酸甜甜的猕猴桃，满意地笑了。

配料都严格按照比例调好了，配菜也都切好了，她相信不会出大问题。她拍拍他的肩膀，鼓励道："放心，这次我全程指导，保证让你的第二份作品完美地呈现出来。"

话音落地，她只见男人已经系好了围裙，天蓝色的格子，十分小清新。polo衫的袖子被他一层一层折起来，露出紧实的小臂。

每次他的架势都做得很足，然而结果却不尽如人意。喻橙心道。

周暮昀站在流理台前，镇定自若地道："先倒入适量的油，油烧热后放进姜蒜煸香，对吧？"

"对。"

在她的注视下，他将油倒进锅里，烧到七八成热，把青椒、红椒倒进去翻炒。

喻橙扶额，他果然还是改不了老毛病，炒菜时不会控制力道，锅铲一下一下地捣在锅底，发出清脆的声响。照他这样，家里的锅迟早会被戳烂。

她安慰自己，不能对一个新手有过多要求。

空气里渐渐飘散出香味，没等喻橙出声指导，他就将大号玻璃碗里腌制好的鸡块倒进锅里，翻炒至变色，再倒入她提前调配好的酱汁。

喻橙挑了挑眉，看来这回是真要对他刮目相看了。

窗明几净，铺着米黄色桌布的餐桌上放着一捧盛放的蓝色绣球花。这是上午出院时买的，还很新鲜。

吸油烟机嗡嗡作响，男人穿着白色长袖衫，袖子挽起，手指修长干净、骨节分明，握着锅铲的动作还有几分生疏，一下一下重重地翻炒着平底锅里的菜。他微微偏着头，像是怕被油溅到。

那句话怎么说来着？认真工作的男人最有魅力。喻橙此刻却觉得，手忙脚乱做菜的男人也魅力十足。

"该放土豆了！"喻橙提醒。

周暮昀忙把泡在水里的土豆块捞起来丢进锅里，混合着鸡块一起翻炒。

喻橙看了一眼锅里的鸡块，目前看起来还是不错的："等土豆也裹上了酱汁的颜色，再倒水进去，开大火煮。"

他的额头出了一层汗，神情严肃得像是在做一个精密的实验，不容半点差错。

"记住，一会儿加水之后要再尝一下咸淡，我担心酱汁里的盐放得不够。"这个是要根据后期放的水量来调整咸度，喻橙也没办法提前掌控得那么精准。

周暮昀似懂非懂地点了一下头。

男人乖顺的样子看得喻橙一阵好笑，她抬手抓了抓他的头发："算了吧，一会儿我来帮你放盐。"像他这样的厨房新手，可能尝过之后也不清楚到底该放多少盐。

周暮昀又点点头。

348

喻橙发现了，他在厨房这个领域简直就是任她摆布啊，这让她的心情十分愉悦，她笑了笑说："别太紧张，就算失败了也没关系，你做成这样已经很不错了。"

只要味道不是特别难吃，她绝对会捧场。

恰在这时，门铃响了起来。喻橙一怔，晚饭时间谁会过来？

"你先看着锅里，我去开门。"她说着拍了拍周暮昀的胳膊，"加油！"

周暮昀傻傻地侧过头来看着她，语气带着不确定："还需要加油吗？刚才炒鸡块的时候放过油了。"

"不是加食用油，是鼓励你的意思。"

"哦。"

门铃还在一声接一声锲而不舍地响，喻橙趿拉着拖鞋跑过去，一边跑一边扬声道："来了来了。"

她把门打开，不曾想，站在外面的居然是付夏涵。

这位付小姐又来干什么？昨晚闹的那一遭还不够？周暮昀不是当面警告过付夏涵离喻橙远一点吗？她这是憋了一整天，气不过又找上门来了？

女人穿着碧绿色修身长裙，身材玲珑有致，手里提着乳白色的手包。将近七厘米的高跟鞋，让她比喻橙高出大半个头。

付夏涵再次看到喻橙，连伪装都懒得伪装，眼底是明晃晃的嫉恨。

今早，周暮昀去找她。他们三年没见，她回国后，始终没想好要以什么方式跟他见面。她还想过，要不要干脆等跟温君泽解除婚约以后再去见他。这次回来，她一定不会再像当年那般任性纠缠，会默默地在他身边守护他，在事业上帮助他，总有一天，他会被她感动。

可她没想到，周暮昀跟三年前相比，一点变化都没有，还是那么冷漠。

早上周暮昀去她家找她时，她还在睡梦中，是被用人叫醒的，本来想以最完美的姿态去见他，又不想让他久等，花了几分钟时间整理妆容。

她脸上的笑容那样灿烂，还没来得及跟他打声招呼，就听见他冷冷地、暗含警告地对她说："表嫂，以后离我的女朋友远一点。"

那一刻，她的心如坠深海，瞬间被冻住。而后，他一句话没多说，转身就走了。

付夏涵站在原地，满眼通红，眼泪终于忍不住顺着眼角流淌。她不知在原地站了多久，只知道最后腿失去了知觉，泪痕被风吹干了，脸紧绷得难受，连个笑容都挤不出来。

一整天，她手头堆的工作一件也没处理，只觉得胸口堵着一口气需要发泄。一想到造成这一切的人，她就忍不住再次去找喻橙。

她一刻也不想看到这个女人出现在周暮昀的身边。她必须做点什么，让喻橙彻底远离周暮昀的世界。

门打开，喻橙站在玄关，看起来丝毫没受到昨晚她说的那些话的影响，喻橙的面色平静如水。

她没让付夏涵进来，也没说别的，用眼神询问付夏涵想干什么。

早料到喻橙会有此态度，付夏涵也不在意："我想正式跟你谈谈。"

喻橙面色一冷："谈什么？继续编故事吗？我觉得我们之间没什么好谈的。"

付夏涵还要再说什么，屋内却忽然传出一道熟悉的男声："橙橙，要加多少水啊？"

周暮昀？

付夏涵浑身一僵。

他……他怎么会在这里？

付夏涵之所以敢明目张胆地过来找喻橙，就是料定这个时间周暮昀在公司里。

喻橙自动忽视这位付小姐难看的脸色，扭头朝厨房的方向大声道："水位刚好没过鸡块和土豆就行，别放太多了！"她想了想，还是有点不放心，转身往厨房走，站在周暮昀的身边看了一眼锅里，啧，她就离开这么一会儿，鸡块已经被他炒得有点煳了。

对上喻橙意味不明的眼神，周暮昀有点心虚，低声解释："好像……好像炒的时间久了点儿。"

您这是久了一点儿吗？大哥，都煳了！

喻橙摸了摸额角，看着他慢慢地把水倒入锅里，水位刚没过鸡块，她连忙叫停："好了，这么多就可以了。"

周暮昀重重地吐出一口气，剩下的就只待出锅了。

背后响起高跟鞋踩在地板上的咔嗒咔嗒声，在空荡的客厅里显得格外清晰。

喻橙回头，只见付夏涵已经进了屋子，怔怔地看着他们。

付夏涵发现周暮昀在屋里的一瞬间，下意识地想要逃离这里，早上遭受的羞辱历历在目，一想到心还是会痛。

可听到他说话的声音，她的脚步怎么也挪不开，鬼使神差地走了进来。

刚才周暮昀满腹心思都在做菜上面，倒也没听清外面发生了什么。因为喻橙很快就进屋了，他还以为是送快递的。

周暮昀一看是付夏涵，嘴角的那点弧度就塌下去了，他的眉心拧出折痕："你还来干什么？"

付夏涵面色苍白，再精致的妆容都掩饰不了。她的唇瓣轻颤几下，却一个字都吐不出来。

她要说什么？她还能说什么？

眼前的男人忽然变得那样陌生，是她从未见过的样子。脸还是那张脸，俊朗如斯，冷漠如斯。他穿着居家的衣服，透出几分随性懒散，名贵的腕表摘了，手腕上戴着一根……如果没看错的话，应该是女孩子用的发圈。居家服外面系着蓝布围裙，手里还握着锅铲。

他在做饭？

周暮昀冷声道："付夏涵，早上跟你说的话已经够明白了。如果你不懂适可而止，把事情闹到付老先生的面前就难看了。"

付夏涵的父亲为人板正、严于律己，对待后人也一样要求严格。这也是他白手起家却能在北京站稳脚跟的原因。如果他知道自己的女儿背着他插足别人的感情，后果可想而知。

付夏涵被他眼里的冷漠刺得心头一痛，手指打颤，太多的话堵在喉咙口无法倾吐，她只能全数咽下去。

她知道在他的面前说再多都没用，她便收起尖锐的刺，话锋一转道："昨天跟喻小姐闹出了点误会，今天特意来跟她赔个不是。"

"不用。"周暮昀说。

付夏涵脸上的笑容更僵了。

她攥紧包包的带子，轻轻一笑："我回国了，以后也会待在国内发展。大家同处一个圈子里总会见面，你难道要一直这样吗？"

喻橙安静地立在周暮昀的身侧，一句话没说，让他们交谈。毕竟，她是真的不想再跟付夏涵打交道，容易恼火。

喻橙也是佩服这位付小姐，不知道哪来的勇气，一次又一次在她面前从容地撒谎。付夏涵，你敢摸着良心说你是特意来道歉的吗？

刚刚在门外，她的眼神差点没把喻橙生吞活剥了！

沉默片刻，周暮昀觉得付夏涵这话说得有道理，点点头："我和你父亲有点交情，大家闹得不愉快确实不太好。"

付夏涵眼里闪过一道光亮，嘴角不自觉地上扬。

喻橙正一脸茫然，脑袋忽然就被男人拍了一下。她仰头，对上他含笑的目光，听见他温柔地道："跟你说过什么？"

喻橙喃喃道："什么？"

"再见了面要叫表嫂。"

喻橙："……"

她没急着叫表嫂，而是转头去看付夏涵的脸色。付夏涵的脸色那叫一个精彩，比她调制的酱汁还要丰富。

喻橙咳嗽了一声才忍住笑意，乖乖巧巧地喊："表嫂。"

付夏涵的眼皮一颤。

喻橙转了转眼珠子，顺便再补一刀："表嫂要留下来吃晚饭吗？老周亲自下厨，不嫌弃的话，可以品尝一下。"

周暮昀挑挑眉，没想到她竟如此上道。

只是那声老周是什么鬼？不能换个好听点的称呼吗？比如男朋友，或者是老公。

鱼丸忽然从卧室里蹿出来，在地板上打了个滚儿，迈着小短腿朝喻橙走来，围着她的脚边打转儿，像是撒娇求抱抱。

平常它就爱这么做，要是喻橙不理它，再过一会儿它就要伸爪子挠她的腿了。

锅里的菜煮得咕噜咕噜冒泡，是汤汁烧开了，周暮昀回身看了一眼，连忙揭开锅盖，转为小火慢炖。

付夏涵怔在原地。两人，一猫，那样温馨，越发衬得她格格不入。还有两人统一战线，一口一声"表嫂"，让付夏涵再也忍不下去，她只想快速逃离这里。

目送付小姐的身影远去，喻橙摇摇头："我看她的脸都气绿了。"

早上周暮昀跟她讲述的时候，她还觉得没什么，眼下亲眼看到，才见识到"表嫂"两个字的威力。

周暮昀眼梢微扬："心里舒坦了？"

喻橙懒得装什么与世无争的小仙女，大大方方地点头："舒坦！非常舒坦！简直不能再舒坦了！"

直到现在，她昨晚那口气才算彻底顺下去了，通体舒畅。

不过……这不像他的行事作风啊。喻橙迟疑地问："你故意的？"

"不然呢？"

如果不是为了让喻橙心里痛快，他根本连多余的话都懒得跟付夏涵说。

喻橙心里感动，做哭脸状："周周好帅哦，今晚的土豆焖鸡我一定要多吃几块！"

哦，对，土豆焖鸡，她扭头看着锅里，汤汁已经收得差不多了，她拿着勺子尝了一口汤汁，不咸不淡，刚刚好。

她将土豆鸡块盛出来，撒了点炒熟的白芝麻点缀。

色香味三样占了前两样。周暮昀瞬间信心大增，抽出一双筷子递给喻橙，让她先尝一口鸡块的味道。

喻橙刚才尝汤汁的时候觉得味道还不错，然而一口鸡肉吃下去，脸色变了："我可能做不到多吃几块了……"

周暮昀不信会那么差，拿过她手里的筷子，自己尝了一块，脸色跟着变了。

鸡块的外皮炒煳了，因为裹着层浓浓的汤汁，看起来不明显，但是一吃就能吃出来一股煳味。

周暮昀的第二次下厨，仍然没能逃过以失败告终。

付夏涵跟跟跄跄地从喻橙的住处走出来，上了车，给她的朋友打了个电话："出来陪我喝酒。"

三年没回来，她连街道路口都记不清了，更别说那些消遣的地方。

她找的人当然还是上次陪她的郑茹。两人是高中同学，上大学后很少联系了，最近回国又重新联系起来。

郑茹表现得很殷勤，给她报了个地址，说自己马上就到。

半个小时后，两人在酒吧门口就碰面了。

郑茹不知道发生了什么，但从她的表情看，肯定是在哪里惹了不痛快。

郑家是做玉石生意的,开了几家小商铺,跟付家的珠宝集团自然没办法相提并论。郑茹巴结付夏涵,也是为了自家生意考虑,攀着付家千金,总是能捞到点好处。

酒吧里光线黯淡,五颜六色的灯光纵横交错、闪烁不停,重金属摇滚乐节奏感极强,舞池里的男男女女随着节奏摇摆身体。

两个女人坐在靠墙的卡座里,一口气点了十几杯烈性鸡尾酒,摆满了圆形玻璃小桌。

付夏涵端起一杯酒一饮而尽,入口甜丝丝的,带点气泡水的味道,滑入喉管后却涌上来一股辛辣的味道,呛得她咳嗽不止。

郑茹坐过去拍她的背,劝说:"这酒后劲儿足,你的酒量不好,别这么喝了。"

付夏涵抬起手背擦了擦唇角,倏地笑了:"我的酒量……呵,我们很多年没见了,你怎么知道我现在的酒量不好?"

郑茹确实不知道,这么多年没见,人都是会变的。

"我告诉你,我的酒量别提多好。"她挥开郑茹的手,又端起一杯蓝色的鸡尾酒,对着灯光晃了晃。里面的液体晶莹剔透,透过倒锥形的玻璃杯折射出浅蓝色的光。

付夏涵一仰脖又喝光了,说:"他的酒量那么好,我怎么可能不好。"

"谁的酒量?"

郑茹话一出口,就反应过来她口中的人是谁了。

她小心观察着付夏涵的脸色,果然,下一秒付夏涵的脸色就变了。

"对不起,我是不是说错话了?"郑茹立马道歉。

提起周暮昀,付夏涵就想到下午在喻橙那里受到的屈辱,恨不得将自己当时的痛苦千倍万倍地还给那个女人。

"我昨天去找周暮昀的女朋友了,结果她转头就在周暮昀面前告状。他过来找我,警告我离他女朋友远一点,呵呵……"

听付夏涵讲完,郑茹小心翼翼地开口:"你想整那个女人有的是办法,没必要亲自找上门去。"

要她说,付夏涵的方法真是愚蠢,傻傻地送上门,人家不虐你虐谁?这简直是没脑子的人才能干得出来的事。

付夏涵端起酒杯的手顿在半空,扭头看向她:"你有办法?"

郑茹也端起一杯鸡尾酒，笑着说："你想想呀，喻橙是干什么的？"

"开餐厅的？"

"除了这个呢？"郑茹也不跟她绕弯子了，自问自答，"除了是餐厅老板，喻橙还是个网红，你知道这年头儿网红最怕的是什么吗？"

付夏涵在国外三年，一直忙于学业和工作，对近年来国内的网络现状不了解。她猜测道："整容吗？"

"不是。整容这件事本身也没什么好黑的，现在很多人都整容。"郑茹讨好地握住她的手，笑盈盈地道，"你要是信得过我，这件事就交给我来办，我保证让喻橙身败名裂，从此躲着不敢见人。看她还哪儿来的脸跟周三公子在一起！"

另一边，喻橙洗完澡刚躺在床上，手机就响了。

她看了一眼来电显示，来自她许久未联系的大学室友吕嘉昕。

"打电话给我干什么呀？"

吕嘉昕的声音听起来非常严肃："你没看微博？出大事了，你知道不知道？"

喻橙也严肃起来："难道……我爱豆姜时晏的恋情曝光了？他的女朋友到底是谁？别让我知道！"

吕嘉昕翻个白眼："是你曝光了恋情还差不多！"

喻橙刚才一直没有刷微博，自然不知道，短短一个小时里，微博上掀起了滔天巨浪，还都与她有关。

结束与吕嘉昕的通话，她战战兢兢地登上微博查看情况。

之所以战战兢兢，是因为吕嘉昕最后担忧地补充一句："你做好心理准备。对了，周暮昀在你旁边吧？我觉得有必要让他也看一下。"吕嘉昕的语气太吓人了，喻橙不由得紧张。

偏偏今晚的微博像是在跟她作对，登了好几次都显示账号异常，居然卡住了。

喻橙急得焦头烂额，眉心蹙起深深的折痕。周暮昀靠在床头看书，见状侧过身来问："怎么了？"

她轻舒一口气，终于登上去了，说："我也不清楚，吕嘉昕让我看微博。"

还没等她点进热搜，消息那一栏就炸了，点赞、私信、艾特加起来足有上万条，难怪她的微博卡得迟迟登录不上去。

喻橙的心脏怦怦狂跳，她忍住没点开那些红色的小圆点，先去查看热搜。

她果然被挂在热搜榜上，"鱼仙恋情"、"大鱼爱吃小橙子"、"喻橙周暮昀"、"喻橙森远集团总裁"，四个与她相关的词条都在上面。

同一天同一个时间段，四条相关词条登上微博热搜榜，这是一线流量明星才有的排面吧！

其中"鱼仙恋情"这一关键词居然被顶上了热搜榜第二，热度再大一点就超过前面的那条社会新闻了！

喻橙以前也不是没上过微博热搜，印象中不下五次，基本上都是被一群营销号联合炒热度顶上去的。印象最深的一次，是她做了一道古菜谱上的菜，被某日报转发表扬。

但那些都排在热搜榜靠后的位置，四十名开外，没什么热度，关键词也不吸引人，恐怕网友连点进去看的欲望都没有。

这次就不同了，全是吸引眼球的爆点。

当看到"周暮昀"以及"森远集团总裁"几个字眼儿出现在热搜榜上时，喻橙的心里咯噔一下：完了完了，这回是真完了，闹得太大了！

喻橙这个资深网民太了解了，上热搜意味着全网皆知，网友的好奇心难以满足，能把你小学三年级考多少分都扒出来……

这么多热搜，她一时不知道先看哪个好。她闭了闭眼睛，点开了热度靠前的"鱼仙恋情"。

喻橙大致将内容浏览了一遍，心像坐云霄飞车一样，忽上忽下。当看到其中某一条时，她的心跳都停摆了。她终于知道为什么吕嘉昕提醒她要做好心理准备。

事件的起因是有个微博小号爆料，美食博主"大鱼爱吃小橙子"炒仙女人设，表面清纯，背地里其实是被包养的。否则她一个刚毕业的小网红哪来的本事在二环商圈开餐厅，连一线明星姜时晏都亲自去给她的餐厅剪彩，还不是背后某位金主的功劳。

该博主说得有鼻子有眼，怕别人不信，还特意放出了照片。

照片的内容才是真正的爆点，年轻女人与一位粗膀腰圆的男人在某会所包间里，两人坐在沙发上，姿态亲密。男人手搂着女人的腰，另一只手端着杯酒，笑得一脸轻浮浪荡。女人的一只手也搭上男人的脖子，眼中含笑。

一男一女，以这种姿势坐在一起，还是在娱乐会所包间这种场所，他们是什么关系就不需要多解释了。

照片里的年轻女人正是前不久才曝光长相的某仙女美食博主"大鱼爱吃小橙子"本人，而这位肥头猪脑的男人是谁，大家都不得而知了。

网友是万能的，不到半个小时，他们就查出来了。

该男子是房地产圈的某黄姓老板，出了名的好赌、好色，花边新闻一堆，随便搜搜都能搜到他带女人经常出入娱乐会所的新闻，关键是他每次带的女人都不一样。

任谁也没想到，这次的女人竟然是那个向来以网红界清流著称的美食博主"大鱼爱吃小橙子"，也就是喻橙。

她微博分享的做菜教程幽默风趣，配的图片比专业摄影师拍得还要精致好看。平时分享的女孩子爱用物品也深受大家喜爱。还有记录生活趣事的日常博，看着都让人心情大好。

有粉丝这样形容她的微博："工作一整天的疲惫在看到鱼仙的微博后都消失了。"

总之，"大鱼爱吃小橙子"在大家眼里，是一个神秘又可爱的宝藏博主。

别家网红积累了一定的名气后，大部分选择开淘宝店，喻橙不一样，开了一家主题餐厅。

因为餐厅开张，她的长相随之在网上曝光了，为她吸引了一大批颜粉。她后来直播过几次做菜，大家都被她欢脱的性格和时不时就搞笑的风格圈成死忠粉了。

现在却曝出了这样的惊天丑闻，实在令人大跌眼镜。

这个微博小号当然是郑茹用来黑喻橙的。

网红最怕什么？无非就是那几样，而对于女性来说，杀伤力最大的恐怕就是被包养这一类了。

郑茹想过，朝这方面下手，最容易令网友信服。喻橙的家庭背景，郑茹提前了解过，父亲是拆迁公司的小职员，母亲是大学老师，根本不可能让她在寸土寸金的商圈买下将近四百平方米的两层楼店面。

这么看来，被包养就说得通了。

不用说，郑茹也能猜到，喻橙的餐厅就是周暮昀给她开的，但郑茹没傻到把周暮昀抖出来，付夏涵喜欢那个男人，要是牵扯出他，付夏涵肯定第一个饶不了郑茹。

郑茹思来想去，就只剩下合成图片造谣这一条路走。所以，她找来一张暗示意味强的照片，让人把上面的女人换成喻橙的脸，由一个微博小号曝出去。

一来，可以让喻橙背上被包养的骂名身败名裂；二来，让周暮昀信以为真，一怒之下跟喻橙分手。不管是哪种情况，喻橙都别想好过。

郑茹为了让这件事闹大，特地花了大价钱买热搜，还买通了几个专门黑人的微博营销号转发增加热度。

这么做的效果十分显著，不到一个小时，这条爆料的微博就引发了火热讨论。

可郑茹千算万算，没算到修图的人那么不靠谱，或者应该说，没算到喻橙的粉丝那么精明！

那条爆料的微博下面热评前几全被喻橙的粉丝占了，往下翻也都是粉丝的解释。

"麻烦某些黑子业务能力稍微强一点好吧。合成图片烂成这样也好意思拿出来丢人现眼。鱼仙七年老粉在此解释一下：第一，众所周知，鱼仙是做美食博主的，为了方便做菜，她从来不留长指甲，也不做美甲。照片里的女人十根手指甲长得跟鬼爪子一样，染得猩红，一看这就不是鱼仙的手，好吗？第二，说到这里，我就想笑了。关注鱼仙超过三个月的粉丝基本都知道，她左手食指上有一道两厘米的疤。她上次做直播被粉丝问到，还特意解释过，是以前切菜不小心伤到的。接下来，让我们把目光放在照片中的女人左手食指，那里光溜溜的什么都没有。所以，破案了，这照片是合成的，俗称，换脸术。"

"What？我大鱼是因为最近太红了，所以有人看不过去了吗？黑子找不到黑点了，连这种一看就知道是胡扯的故事都能搬出来？"

"专业修图师在这里，可以负责任地告诉你，这张照片百分之百是经过后期处理的。你要是想要的话，我一分钟能做出好几张。"

"我看到热搜点进来，以为是鱼仙和那个帅气小哥哥的恋情曝光了，还想说声恭喜呢。谁知道就看到这种垃圾玩意儿。"

"关注鱼仙一个星期的新粉弱弱地问一句，鱼仙的男朋友是哪个帅气小哥哥啊？好好奇哦。"

"楼上等着，我去把上次廖神游戏直播的截图给你搬过来。我们大鱼有男朋友的，超帅的小哥哥！"

评论区已经被喻橙的死忠粉占领。一些不明情况的路人看到这条爆料，本来打算进来骂两句，一看到评论区粉丝的解释，立刻就明白了，原来是造谣。

路人纷纷表示："什么仇？什么怨哦？这么陷害一个小姑娘，还有没有王法了？"

郑茹那边发现事态超出意料，想要删掉粉丝的评论，顺便再雇水军控评。然而已经晚了，粉丝的解释被网友截图转载，传得铺天盖地。

与此同时，另一件事也被曝光了。那就是美食博主喻橙有男朋友，且男朋友长得很帅。

主要是因为有新来的粉丝和路人不了解，老粉跟他们解释，就把上次直播截图发出来了。

这张截图当时只在喻橙粉丝圈里传播，大部分粉丝都知道，这次却因为关注的路人太多，直接导致在全网曝光。

喻橙的粉丝说："嗯嗯嗯？我以为你们都知道大鱼有男朋友了，原来只有我们知道吗？那真是太不好意思了，怪我们藏得太深。"

照片里的男人长得很帅，从背后圈住女孩的样子显得霸道又温柔。他的脸贴着女孩的脸，一起看着镜头。

有廖予卿的粉丝认出这张照片的来源，笑着说："什么鬼？当时明明是三个人。我们廖神不配拥有姓名吗？"

这件事还要从上次喻橙跟廖予卿直播打游戏说起。

廖予卿是游戏主播，那次因为家里的网络出故障了，他就把电脑带到暮鱼餐厅。他知道喻橙游戏打得很厉害，顺便邀请她一起双排。没想到直播到一半，周暮昀忽然从后面出现。周暮昀当时不知道他们在直播，等反应过来时已经晚了，直播间里的围观群众都截屏了。隔天，喻橙的粉丝就都知道她有男朋友了。

看到这张照片，许多网友加入讨论。

"有个这么帅的男朋友，别无所求了，好吗？怎么还会看上前面那个什么黄老板！"

"等等，这位帅气小哥哥真的不是娱乐圈的吗？为什么看着有点面熟？"

"五分钟之内，我要知道这位帅哥的全部信息！"

这句话引起了网友的深思，那么，这位帅得人神共愤的男人到底是谁？

别急，只要有照片，一切都好说。很快就有网友开帖子专门扒喻橙男朋友的身份信息。

狗仔们沉寂许久的挖料灵魂也跟着颤抖起来，加入了全民扒帅哥底细的大军。

网友到底还是干不过专业挖消息的狗仔，不到二十分钟，就有人曝出一系列的信息，包括照片。

一个营销号把这些信息整理到一起，发了一条微博。

砰！

这才是惊天反转！

@扒皮小能手V：前面那位说五分钟之内要知道这位帅哥全部信息的妹子看过来！小能手我费了九牛二虎之力，终于挖出来了。美食博主"大鱼爱吃小橙子"的男朋友名叫周暮昀。说这个名字，你们都没印象，对不对？那我换个说法，他就是森远集团的现任总裁，京圈有名的富二代，京城十六少中的周三公子。那位黄老板真别蹦跶了，这位才是真正的房地产大佬！另外再说一句，这男人真的是神仙颜值！免费赠送你们一张高清照，拿走不谢！

第十五章　全世界都知道我爱你

美食博主喻橙男朋友的身份揭晓，网友都被这个爆料炸蒙了。

周三公子？北京那个周家？京城十六少里那个三公子？还是森远房地产的现任总裁？

先等会儿，这个消息有点难消化。

网友起初只是觉得这男人长得很帅，又因为他是网红的男朋友，想要扒一下看看到底是何方神圣，没想到挖出个大瓜。

这算是意外之喜吗？全网哗然，就连喻橙的粉丝都傻眼了，这……什么情况？

他们之前就知道鱼仙大大有男朋友了，是个又高又帅的小哥哥。但他们根本没想过去扒他的身份信息，就单纯地以为是个普通的小哥哥。谁知道，竟然是京圈的富二代？还是个总裁？他们到底粉了个怎样神奇的美食博主，感觉亲眼目睹了一场爱情偶像剧。

围观群众感叹："你们富二代果然都喜欢网红！不说了，收拾收拾我也去当个网红。有人粉我吗？"

有不少类似的先例，一些富二代，包括一些明星的女友或者是前女友里，总会有几个网红。

面对这种调侃，大家都一笑而过，更多的是把目光放在这件事本身上，美食博主的男朋友是京圈最有名的富二代，这意味着什么？不还是被包养？

只是这一位金主的身份和外在的条件比爆料中那个黄老板好太多。

会有此言论，是因为喻橙的一些身份信息也被好事的网友扒出来了，很普通的工薪家庭，跟大多数人一样。本人是一名刚毕业的大学生，开的餐厅地处繁华商业街，里面的装潢全是顶级配置。说她是靠自己，恐怕没人会相信。

眼看着新一轮的"包养论"即将传开，有喻橙的粉丝看不下去了。

"真是够了！对一个不认识的女孩怎么有这么大的恶意！承认自己忌妒了很难吗？非要挑出点刺，显得别人的爱情没那么完美？至于餐厅，看名字不就知道了吗？暮鱼餐厅，摆明了是两个人合伙开的。拜托各位说话之前摸摸自己的良心，行吗？别以为言论自由，就能随便乱说，别让自己成为网络暴力的一分子！"

这番话很快被顶上热门，获得大家的认可。

但也有路人反驳："别怪我多想，你告诉我，这两人的圈子重叠吗？你当这是拍真人版灰姑娘呢？我也是好心提醒在座的女大学生，正正经经找份工作才是最重要的，别学着某些人利欲熏心，以为攀上权贵就一生无忧了，到最后后悔的只有自己！"

类似的言论也获得一批网友的赞同。

双方各执一词，你一言我一语，比辩论赛还激烈，隐隐有往舆论方向走的趋势。

就在战火愈燃愈烈之际，一条微博横空出世。

"停！都别吵了，好吗？灯光师和话筒就位，让我说一声！先声明一下，我是鱼仙的校友，刚刷微博才知道学姐上热搜了。这两人早就交往了，也不是这一时半刻的事。周先生还到学校里来找过喻橙学姐，听贴吧的人说，他假装成小学弟搭讪喻学姐，特别逗。想了解详细情况，自己去搜S大的贴吧。"

话是这么说，博主还是非常贴心地把链接放在了评论区，网友们通过链接就能去贴吧一探究竟。

当时那组婚纱照轰动全校，直到现在，时不时还有同校的学生在那则帖子下面盖楼。

有新的料放出来供大家围观，辩论双方立马鸣金收兵，纷纷点开链接前去贴吧看博主口中的详细情况。

还有热心的网友直接把贴吧的照片搬到微博，方便大家观看。

"看完回来的我不知道说什么好。那个，说包养的朋友真的可以歇一歇了。等看到照片，你们就知道完全不是那么回事儿。周三公子的那个眼神……没法形容，自己看吧。"

"陪女朋友拍婚纱主题的毕业照太甜了！两人隔着头纱对视那一张，看得我流下了两行酸泪。周公子眼睛里的爱意快要溢出来了，这是真爱吧。"

"大半夜不睡觉的我为什么要看这个？被狗粮噎得翻白眼。好了，现在不用睡了。"

"只有我的关注点是大鱼居然是S大毕业的？国内一流名牌大学啊！听说还是学霸级别的人物。不好意思，本学渣天生对学霸有种崇拜之情。"

"霸道总裁和美食博主，这个设定戳到我的萌点了，有大大写同人文吗？超级想看！"

校园婚纱主题毕业照曝光，"包养论"彻底烟消云散。网友不是瞎子，一看这两人就是在认真谈恋爱。毕竟，没有哪个金主会盛装出席，只为参与毕业照拍摄。

然而这还不算完，很快又有网友贡献了新鲜出炉的八卦。

听说暮鱼餐厅开业典礼那天，周暮昀也到现场了，因为站的位置比较偏，现场的粉丝没能拍到清晰的照片，只有几张模糊不清。从照片中的人的大致五官来看，是周公子本人没错了。

那么，大明星姜时晏给餐厅剪彩就很容易解释了。周公子跟开娱乐公司的燕北是好朋友，让好哥们儿帮个忙，请来女朋友的爱豆哄她开心，也不是不可以。

反应过来的众人大呼周公子这波操作很霸道总裁了，顺便感叹喻橙上辈子可能拯救了银河系。

有网友大喊："好了！现在盖章认证是真爱了！请停止发放狗粮，我谢谢您嘞！"

另一位却说："其实我手里还有料，你们要看吗？"

虽然觉得吃狗粮很撑，但如果还有，他们也是不介意的。

本来以为那位网友是在开玩笑，没想到等了两分钟，还真等来了所谓的料。

照片也是路人偷拍的。某饰品店里，周公子穿着白衬衫、黑西裤，背着硕大的大红色猫包，一只蓝眼睛的布偶猫蜷在他的臂弯里。他另一只手牵着身穿白裙子的女孩，正是他的女朋友喻橙。

另一张是猫被装进了猫包里，周公子和喻橙戴着同款的米白色渔夫帽，

363

他的两只手抓住女孩的帽檐，把她扯过来偷亲。女孩害羞极了，虽然脸被帽檐挡住看不见，但她露出来的脖子全红了。

作为当事人之一，喻橙围观完整个八卦的过程，脑子都蒙了。一波三折、好戏不断，要不是因为女主角是自己，她都要鼓掌了。

周暮昀作为另一位当事人，方才跟着喻橙围观了全程，此刻他似乎有点不在状态。

两人同时扭头看着对方，四目相对，表情出奇地一致。

冷静了三分钟，周暮昀忽然想起一件被忽略的事，就是那张被修过的照片……

他拿起床头柜上的手机，拨通了燕北的电话。

"呦，这会儿怎么有空给我打电话啊？"网上的事当然没能逃过燕北的眼睛，"你知道你现在的热度快超过一线明星了吗？兄弟，要出道吗？"

"那张修过的照片先封了。"周暮昀说，"别忘了保留证据，顺便查查是谁弄的。"

周暮昀的声音冷淡，没有一点开玩笑的意思。燕北闻言，也收起了玩笑心思："你不说我也想到了，最先出现的那条热搜是空降的，肯定有人在背后捣鬼。"

说到这儿，燕北又笑了一声："只不过对方的手段不太高明，查起来应该容易。行了，这事儿包我身上。"

周暮昀："谢了。"

"千万别，您说谢字我还真不习惯。"

"那说滚蛋？"

燕北："……"

周暮昀扔下手机，转头看向还在发呆的喻橙，揉了揉她的脑袋："都快十一点了，怎么还不睡觉？"

喻橙两眼大睁着望着天花板，发生了这么大的事，让她怎么睡得着。

她听他刚才跟燕北的通话，好像是有人故意要整她。其实她也看出来了，最先爆料的那张被修过的照片当真是恶意满满。

她长叹一口气，说："我睡不着。"

周暮昀关了顶灯，留了一盏小台灯，暖暖的光线照亮了一隅，两人的影子清晰地映在窗帘上。

他亲了亲她的额头："别担心，我会处理好的。"

有一点他没有跟她说，恋情曝光了，他心里其实很开心。因为这样一来，全世界都知道我爱你。

郑茹没想到事情的发展会超出预期这么多。事先，她并不清楚喻橙的粉丝知道喻橙有男朋友。更不知道，现在的粉丝这么恐怖，堪比侦探，人人都拿着显微镜看事物，那么小的细节都能扒出来……

结果不仅让周暮昀的身份曝光，就连他们整个恋爱过程的时间线都被网友整理得清清楚楚。

她现在只庆幸证据销毁得够快，应该没留下什么痕迹。

郑茹正忐忑不安，手机铃声响了。清脆的铃声在深夜寂静的房间里，格外突兀。郑茹吓得身体抖了一下，看清来电显示是付夏涵，整个人都不好了。事情搞砸了，眼下付小姐肯定在气头上。可郑茹又不敢不接她的电话，郑茹咬了咬唇，手指滑下接通键，心虚道："喂，我……"

"愚蠢！"付夏涵打断她即将出口的解释，责骂劈头盖脸而来，"这就是你跟我说的保证让喻橙身败名裂？她身败名裂了吗？你让我相信你，一切交给你来办，这就是你给我的答案？郑茹，你到底在搞什么鬼？现在所有人都知道他们在一起了。那个女人巴不得闹得人尽皆知，你倒好，直接帮了人家一把！"

郑茹咬住下唇，不知道该怎么跟她解释。

另一边，付夏涵拿着手机附在耳边，在房间里来回踱步。

郑茹的计划事先没跟付夏涵说过，郑茹当时说得胸有成竹，付夏涵出于相信她才没问。今晚付夏涵请了公司里一众高层吃饭，想要彼此熟悉，方便以后共事。饭局结束回到家，付夏涵才发现网上的事，那个时候事态已经失控了，她插手也于事无补。付夏涵眼睁睁地看着网友一点点挖出周暮昀和喻橙相处的点点滴滴，然后看着所有人狂欢。

付夏涵冷冷道："你现在最好祈祷周暮昀不会秋后算账！"

郑茹心下一紧，沉默许久，之后才小声解释："我做得很小心，那个爆料的账号已经注销了，应该……应该不会查到有用信息。"

付夏涵冷笑一声："你别忘了燕少是做什么的，他想查点什么事太简单了。以周暮昀跟他的交情，你觉得周暮昀不会找他帮忙？"

国内的事，付夏涵是不了解，但他们这群公子哥的脾性她清楚得很。没惹上他们的时候，一个两个看着都随和好相处，但凡惹出点跟他们沾上关系的事，一个比一个手段狠。

周暮昀就更不用说了，那样冷漠绝情的一个人。

付夏涵的话吓到了郑茹。郑茹连表面的冷静都维持不下去了，双腿一软，瘫坐在地上，喃喃道："那、那我该怎么办……"

"所以说你蠢！"付夏涵不顾她的情绪，斥责道，"还以为你能想出什么有用的办法，也不过如此。我打来电话只是想告诉你，这件事从头到尾都是你一个人做的，跟我没有任何关系。管好你的嘴！"

郑茹握着手机呆呆地望着一处，眼睛没聚焦，里面全是慌乱和惶恐。

喻橙这一觉睡得格外沉，醒来已经天光大亮。

她眯了一会儿，才想起昨晚的事情还没看到后续，立刻睁大眼坐起来，拿起床头的手机。

一夜过去，她的微博多了好几万粉丝，都是看到昨晚的爆料后前来观光打卡的路人粉。私信和艾特也空前得多。就连她的微信也未能幸免，全是同学、朋友、亲戚的询问。大家看到网上的爆料，都在问她网友说的到底是不是真的。

同学们，我的身份信息都扒出来了，自己看看就知道是真是假，别来问我了吧！喻橙倒在床上哀号。

跟她比起来，周暮昀明显没有这些困扰，吃过早餐后就去了公司。

周暮昀刚坐下连口水都没喝，燕北的电话就打过来了。

周暮昀："查到了？"

燕北似乎没睡好觉，嗓音有点哑，抽了一宿的烟似的："查到了，一个叫郑茹的女人干的。这女的谁啊？你拒绝过的爱慕者？"

周暮昀没谈过女朋友，这一点兄弟们都知道。喻妹妹是他的第一任，所以应该不存在什么前女友、旧情人之类的情债。对方确实是个女的，可能是他曾经拒绝过对方的追求，人家怀恨在心。

"你说谁？"周暮昀愣了一下，事情发生后，他心里就有个猜测，以为始作俑者是付夏涵，怎么不是她？

"郑茹。是这个名字吧。"燕北又看了一眼资料，"啊，对，就是这个人。"

"行，我知道了。"周暮昀说，"再帮我个忙。"

既然已经查到照片是郑茹做的，那么，查出她和付夏涵的关系也不是难事。

当燕北把郑茹和付夏涵是好友的消息告诉周暮昀时，周暮昀的眼底平静无波。果不其然，他没有猜错。

燕北坐在办公室里，双腿交叠架在办公桌上，手里端着一杯咖啡，黑眸眯起来，慢悠悠地道："你打算怎么做？"

就算郑茹跟付夏涵是好朋友，她们前几天见过面，也没有直接证据证明这件事是付夏涵授意的。没有强有力的证据，还真拿人家没办法。

退一步讲，哪怕他们手里有证据也没用，付夏涵是付家的千金，看在付老先生的面子上，他们也不能把她怎么样。

北京几大家族间关系错综复杂，彼此间有生意往来，撕破了脸对谁都没好处。

难办啊……

安静了一会儿，周暮昀淡淡道："以其人之身还治其人之道。"

"什么意思？"

"你不是查到那张照片的来源了吗？剩下的还用我教你？"

照片的来源？燕北翻了翻手边的资料，看到那张打印版的照片，明白周暮昀的意思了。这人心里憋着火儿，想帮女朋友找回场子呢。

昨晚那张被修过的照片已经被封了，但这年头网络传播迅速，很多看过照片的网友顺手保存了。

当时围观过全程的网友可能了解情况，之后的人就未必了，难保不会有人借此造谣生事、大做文章，能做到彻底斩断最好。

唯一的办法就是将那张被修过的照片的原版发出来，打消大家的疑问。

不巧，原版照片中的女人正是郑茹小姐。

燕北看到原版照片时，颇觉好笑。这位郑小姐为了陷害人真是舍得下本钱，把自己的不雅照都贡献出来了，这行为实在是"可歌可泣"！

行吧，周公子都下令了，他照做就是。

暂时奈何不了付夏涵，只能拿郑茹小姐杀鸡儆猴了，希望另外那位看到以后能有所警醒。

上午十点，有一位网友爆料，称自己终于找出被修过的照片原图了。

昨晚事件的热度还在，网友听到风声纷纷赶过来围观，点开照片一看，原来是个不认识的女人。

网友们兴致勃勃而来，满心失望而归。

不过，有个事实被网友点出来："这个女人的表情跟行为就很匹配了，当初看鱼仙的脸总觉得有说不出的违和感。"

一针见血！

照片中的郑茹媚眼如斯、目光迷离，笑得暧昧又风情，而当初被换上去的喻橙的脸就没这种表情。

因为喻橙长相曝光不久，传出去的照片都很正常，找不出一张跟娱乐会所包间情景相符的照片，修图者就随便合成了一张，结果怎么看怎么违和。

郑茹看到网上的照片已经是一个小时后了。她正在公司里，身边的人忽然躁动起来，眼神似有若无地往她身上瞟，凑在一起小声讨论。

她抬眸看过去，那些人便立刻停止讨论，装作什么事都没发生。

一次两次还可以当作是意外，次数多了就显得不正常了。

她停下手头的工作，拿出手机查看。工作时间她习惯把手机调成静音，此刻打开才看到微信和短信里都塞满了消息，一些朋友提醒她看微博。

郑茹的心头一颤，涌起一股不好的预感，登上微博一看，是照片被曝出来了！

这张照片纯属意外，她跟那位黄老板什么都没发生过。那次是因为公事，当时包间里除了他们，还有别的同事。她喝多了，脑子有些不清醒，被黄老板一把拉着坐在他的身边，恰好被人用手机拍下来。拍照的人也是开玩笑，事后就把照片发给她了，没流传出去。

她一心想要黑喻橙，暂时又找不到别的有引导性的照片，就把这张拿出来了。

她联想到付夏涵昨晚的那个电话，立刻就猜到曝光照片的人是谁。

郑茹如坐针毡，直觉告诉她周暮昀不会这么轻易放过她，但又存着一丝侥幸心理。直到一封律师函被送到她的手中，周暮昀以诽谤罪告她，她的侥幸心理被击破。对方是森远集团法务部的律师团队，她没有一点胜算。

郑茹跌坐在椅子上，面如死灰。

另一边，付夏涵看到微博上曝光的照片，心里也有点堵。周暮昀果然去调查了那张照片的来源，也知道是郑茹做的。

郑茹的下场给了她一个提醒：不能再对喻橙做什么。至少，短期内肯定不行。

霍衡昔应该算是最后一批知道儿子谈恋爱的人。

她平常工作很忙，手底下有《衡昔》杂志社要打理。作为森远的大股东，一些重大事情也需要她决策。另外，香港那边也有部分产业。她要想年末腾出时间去旅游，平时就得把所有的工作都安排好。

处理工作基本靠邮件，她手机里连微博都没有下载，自然不清楚网上的事。

今天下午，她约梁延出来喝下午茶，顺便谈工作上的事。

以前也常这样。霍衡昔是个懂得享受生活的人，工作环境对她来说很重要。静谧的花园里飘散着阵阵花香，白色雕花的圆形小桌上铺着雪白的桌布，上面摆着一碟碟精致的甜点，还有两杯咖啡。

谈完了正事，还剩下一些时间，霍衡昔就提起常挂在嘴边的话题。她和梁延除了是上下级，也是能说得上话的朋友，聊起天来很随意。

"你们这个年龄段的人，是不是都严格奉行晚婚晚育啊？但三十岁才开始考虑感情是不是太晚了点？"

梁延猝不及防被问，愣了一瞬间，笑着说："谈恋爱这种事也不是自己能掌控的，得看缘分和感觉，缘分来了挡不住，缘分不来求不得。"

霍衡昔端起咖啡杯，送到嘴边喝了一口："就知道你们会这么说。"

"我们？"

"是啊，我之前提起这个话题，阿昀也这么说，他总说看缘分。"霍衡昔笑了笑，"不过上次我又问他，他倒是承诺今年会给我带个女朋友回来，也不知是真是假。臭小子，没准儿拿话糊弄我。"

梁延顿了顿，想到了什么，笑出声来。他反应过来后连忙摆手，抿了抿唇收敛笑意："抱歉，失礼了。"

霍衡昔扬扬眉，表示并不介意。

"你没看到网上的新闻？"梁延问。他说完就猜到霍总应该不知道网上关于周暮昀恋情曝光的事，不然她不会说刚才那番话。

"娱乐新闻吗？"霍衡昔说，"我很少看那个。"

梁延想了想，还是决定告诉她："周公子应该不是拿话糊弄你，他确实交女朋友了，昨晚两人的恋情曝光了。"

"什、什么？！"霍衡昔差点被咖啡呛到。

梁延就知道她不信，于是拿出手机登上微博，找到昨晚那条热搜，将手机递给她看。

"他的女朋友没准你还有印象，是我们《食客》的签约作者，喻橙。"

下一秒，霍衡昔就拎起包，去见儿子传说中的女朋友。

喻橙待在二楼写菜谱。拜昨晚的热度所赐，楼下餐厅的顾客络绎不绝，比往日多了好几倍。

廖予卿说，一大批顾客都是冲着她和周暮昀来的，想着能不能在餐厅偶遇他们。不过要让他们失望了，她不打算露面，免得被当作大猩猩围观。

门铃忽然响了。

喻橙合上电脑跑过去，从门镜里看了一眼。

只见外面站着一个十分漂亮的女人，黑发盘成髻，皮肤白得近乎透明、毫无瑕疵，嫣红的嘴唇直接让她的气质从优雅的女士提升到高贵的女王。杏色的针织长裙又柔和了她的女王气质，像尖锐的棱角被磨得圆润。

喻橙觉得她有点面熟，略一思索，便想起来了，来人正是《衡昔》杂志社的老板霍衡昔。

霍衡昔怎么过来了？难道是她工作上出了什么事？可平时都是梁主编负责联系她啊？这位传闻中的霍总，她总共也就见过一面，还是签约的时候瞥过一眼，说过两句话。

老板亲自找到家里来，喻橙说什么也不敢怠慢，连忙把门打开了。

霍衡昔的一只手还悬在半空中，正打算再摁一下门铃，没想到门就开了。

四目相对，两个人都愣了一下。

霍衡昔率先回过神，目光从上至下地打量着喻橙。方才看到网上的照片，霍衡昔就觉得这姑娘眼熟，此刻人就站在自己面前，她立马就有印象了。

喻橙来杂志社签约那天，她们在电梯里遇到过，当时还说过几句话，具体说了什么霍衡昔记不清了，但这张脸她确实有点印象，是个挺漂亮的小姑娘。

小姑娘站在她的面前，表情有点呆，大大的杏眼水灵灵的，嘴唇轻抿。喻橙穿着简单的白色T恤，下摆右侧打了个结，搭配牛仔短裤。

喻橙被对方灼灼的目光弄得不好意思，脸颊瞬间通红，微微欠了欠身："您好。"她错开身子让霍衡昔进来，关上门，喻橙弯腰从鞋柜里抽出一双新的拖鞋递到她的脚边，这才发现自己居然光着脚丫。

太没礼貌了。

喻橙窘了窘，跑回沙发边跐上脱鞋，再跑回来站在霍衡昔的面前，表情严肃、语气认真地道："霍总，我没拖稿，上一期的稿子已经发给梁主编了，他还在审稿。"

霍衡昔："……"

霍衡昔花了三秒钟的时间理解了她话里的意思，笑眯眯地说："你别紧张，我今天来找你不是为了公事，是私事。你是阿昀的女朋友吧？我是她妈妈。"

如同一道雷劈下来，喻橙僵住了。天哪！她刚才脑子短路了，只记得霍衡昔是《衡昔》杂志社的老板，是她的顶头上司，完全忘记了霍衡昔的另外一个身份——她男朋友的妈妈！

昨晚恋情曝光后，喻橙就该想到，周暮昀的家人也会看到网上的消息，然而她的脑子被各种爆料占据，压根儿没往这方面想。

眼下这是……她毫无防备地见家长了？

半晌，喻橙接受了这个现实，眼皮抽了几下，嘴巴自动问好："阿、阿姨好。"

喻橙，你怎么结巴了？你振作一点，行不行！

她的五指收拢攥成拳头，给自己加油打气，而后抬眸看向霍衡昔，猛然发现两人还站在玄关。她深吸一口气，说："您请进。"

两人一前一后走进客厅，在沙发上坐下来。

喻橙嘴笨，过年拜访亲戚的时候，全程抱紧爸爸的胳膊，爸爸说这位叫大姨，她就跟着喊一声大姨，爸爸说那位叫二婶，她就跟着称呼一声二婶，多余的漂亮话就不会说了。

此时此刻，她除了说一声干巴巴的阿姨好，想不到还能说什么。

缓了几秒，喻橙站起身："我去给您倒杯水。您要喝茶吗？还是咖啡？"

"白开水就行。"

"哦，好。"

喻橙走到吧台边，抽出个干净的玻璃杯，先倒进热水烫洗一遍，再倒大半杯白开水。

喻橙倒水的工夫，霍衡昔四下打量着屋子里的布置。

餐厅的地理位置好，对街的建筑物都不算高，采光很好。落地窗的窗帘垂落在两边，下午灿烂的阳光透过窗户落在地板上。因为照不到客厅中央的位置，所以没有拉窗帘的必要。

窗边的一排绿植，种在各色的粗陶花盆里。阳光洒下来，片片绿叶翠色欲滴。

开放式的厨房，厨具应有尽有，旁边是一张长方餐桌，铺着浅色的格纹餐布，剔透的玻璃瓶里养着一束娇艳的郁金香。

难怪她一进来就闻到一阵淡淡的自然花香，不是那种空气清新剂的味道。

喻橙把水杯放在霍衡昔面前的茶几上，坐在她的旁边，与她中间隔了一段距离。

客厅陷入诡异的安静。喻橙只觉得头皮发麻，现在这种情况要怎么做？这跟她之前想象的见家长的画面完全不一样，让她措手不及，只能被动地接受接下来可能面对的一系列突发状况。

霍衡昔打量完整个客厅的布置，这才将目光落在喻橙的身上。

在霍衡昔的目光瞥过来的一瞬间，喻橙挺直背脊，呼吸都停滞了，心跳漏掉好几拍。

霍衡昔笑着问："阿昀也住这里？"刚才喻橙帮她拿拖鞋的时候，她看到鞋柜里有几双男士皮鞋，还有男士运动鞋。

喻橙："……"

这道题该怎么答？有标准答案吗？能请求场外人员支援吗？

说周暮昀住在这里，会不会显得她很不矜持？要说他不住这里，岂不是撒谎？她做不到……

沉默片刻，喻橙还是决定实话实说，只是气势明显弱了许多："是。"

霍衡昔扬眉："你们交往多久了？"

喻橙又沉默了，不过这一次不是因为纠结，而是在心里掰着手指头算他们在一起的时间。片刻后，她小声说："快六个月了。"

霍衡昔的眉毛扬得更高，居然快半年了！阿昀到底在搞什么？瞒着家里这么久？真是不知道说他什么好。早知道他有女朋友了，她何至于每天操心他的感情事。

霍衡昔忍了忍，还是没忍住，蹙起了眉心。

喻橙眼见她的表情变了，心头一紧，搭在膝盖上的手指绞紧了。喻橙猜不出霍衡昔的心思，只能通过这个表情判断出她此刻很不满意。

然而喻橙不知道的是，霍衡昔之所以不满意是在怪周暮昀瞒得太紧。儿子谈了快半年的女朋友，她这个当妈的非但毫不知情，还在每天瞎忙活，不是给他灌鸡汤就是想方设法催他谈恋爱，甚至她之前还想过举办一个相亲宴。

现在回想起来，简直像个笑话。

霍衡昔问过这两个问题后就沉默了。

喻橙的心里没底，她也不敢乱说话，低下头，眉目垂敛，静静地等待，感觉每一分钟都是煎熬。

霍衡昔看着喻橙，像是才看出她的局促，顿了顿，霍衡昔抬手按了按眉心，语气放松下来，又问："阿昀有跟你提过家里的情况吗？"言下之意，有没有在你面前一一介绍过家里人。

可喻橙理解岔了，以为霍衡昔的潜台词是说：他们周家的情况很不一般，喻橙心里到底有没有点数。

喻橙想到此，眼神暗了暗，点头说："提过。"

那就好。霍衡昔松一口气，心道儿子还算有点分寸，没有不靠谱到连家里人都不介绍给女朋友。

她今天过来，主要就是想亲眼见见儿子的女朋友，顺便了解一下情况。至于其他的，等以后正式见面再谈也不迟。

该说的话都说完了，霍衡昔站起身，从包里掏出一张支票。

喻橙见状脸色一变。果然还是这样，她预想中的画面成了现实。豪门夫人拿出支票扔在她的面前，趾高气扬地说：给你一千万，离开我儿子。

喻橙之前想过如果出现这种情况该怎么办。那个时候，她还没有那么爱周暮昀，给一千万可能会稍微动摇一下。但现在不行了，她很爱他，可能要给五千万才会动摇！

喻橙想是这么想，说出口的话却变成了另外一种："阿姨，不管你给我多少钱，我都不会离开周暮昀！"

霍衡昔咳嗽一声，说："我过来得太匆忙了，没时间准备见面礼，这点心意还请你收下。"

喻橙："……"

等她送走霍衡昔，坐在沙发上开始回想，竟然想不起来自己到底说了什么、做了什么，这感觉就像梦游一样。

她……应该没说错话吧？也没有做过冒失的举动吧？

霍衡昔的态度应该是不反对她和周暮昀在一起，相反，好像还非常赞同，临走前，还开了张支票给她当见面礼，不过她没有收。

可能是看出喻橙的窘迫，霍衡昔倒也没坚持，微微一笑："那下次见面再补上一份见面礼。"

喻橙静坐了几分钟，终于想起哪里不对劲了。自己居然以这样的形象见了家长！

这念头刚冒出来，她就火速冲回房间照镜子。只见镜子里的女孩头发绾了个丸子头，穿着白色T恤，下摆有点长，被她系了个结，搭配超短裤。

如果没记错的话，因为太匆忙，她打开门见霍衡昔的时候，是光着脚的。

喻橙捂着脸栽进大床里，惨兮兮地发出一声呜咽。

当初为了见家长，她特意拉着周暮昀去买了几条淑女款的长裙，做足了功课，谁知道根本没用上。她真的没脸见人了！越想越难过，喻橙爬起来冲到客厅拿起手机，给周暮昀打电话。

一般工作时间她是不会打扰周大老板的，可眼下情况特殊，她顾不了那么多。

电话响起不到三秒，那边就接通了。不过他没立刻跟她说话，而是低低地用英语说了句："请稍等。"

显然，他正在跟人谈事情。喻橙咬了咬唇，突然有点后悔，她不该打这个电话打扰他的。

"找我有什么事吗？"周暮昀拿着手机避开了旁人，走到一处僻静的休息间。

"我是不是打扰到你了？"喻橙说，"要不你先忙吧，等忙完我再跟你说。"

他听她还能心平气和地说话，应该不是棘手的事，而他这边确实很忙，周暮昀沉默少顷，说："那好，一会儿我打给你。"

喻橙挂了电话，长叹一口气，不禁想，这几天过的都是什么日子啊，一件比一件离谱，再搞下去，她晚年写自传的素材可能会相当丰富。

还有，她这到底算见过家长了？还是不算？以后是不是还要正式登门拜访？还得见周暮昀的爸爸？那个森远集团的董事长……只是想一想那个场面，她心里就发怵。

她的脑子乱成一团，周暮昀的电话就打过来了。

喻橙接通电话，捞了个抱枕抱在怀里，下巴抵在抱枕上，她拖长音调懒洋洋地唤了一声："周周。"

"嗯？"

抱枕起球了，喻橙揪着上面一颗颗小毛球，苦哈哈地说："就在刚刚，你妈妈霍总来找我了。"

周暮昀一愣。他怎么忘了，从昨晚到今天一整天，两人的各种恋情爆料还挂在微博上，热度居高不下。霍总虽然从不关注娱乐新闻，但是很有可能从身边人的嘴里听到。

他失算了。

周暮昀："那她有没有说什么？"

上次宋老先生的寿宴上，他探听过霍总的口风。她当时的态度是不管他的女朋友是什么样的女孩子，只要是他喜欢的，她就不会反对。她还特意叮嘱过，另一半关系到一辈子的幸福，要慎重再慎重。所以，她应该不会说什么过分的话吧。

喻橙摇了摇头。霍总其实没说什么，就问了几个问题。她之所以这么苦恼，全是因为自己："呜呜呜，我完蛋了……你妈妈来的时候，我的头发好乱，就跟那个芭比娃娃的冲天辫一样，我还穿着超短裤，还光着脚。最后……最后我还闹了个天大的笑话。"

周暮昀："……"

"你都不知道，我刚开始见到霍总，根本没反应过来她是你妈妈，我还把她当成老板，闹了个大乌龙。太丢脸了。"

她想要以一个完美的形象去见男朋友的妈妈，到头来却是这样，心里落差太大了。

电话里忽然传出点异样的声音，周暮昀解释："有人打我办公室的电话了，我猜可能是霍总。"大概是霍总打他的手机提示正在通话中，所以改为打办公室座机。

喻橙飞快地说："那就这样吧，拜拜！"

周暮昀轻笑一声，接起桌上的座机，那边果然传来霍总的声音，单刀直入："下班后回家一趟。"

霍总说完，也不等他回答，直接挂掉电话。

周暮昀一刻也没耽搁，处理完手头的工作，立刻驱车回家。

他做好了被霍总盘问的心理准备，却没想到霍总这次升级了，上来就朝他的胸口捶了一拳。

霍总用的劲儿倒是不大，但这个举动本身就跟她的气质不搭。

"你个臭小子，谈个女朋友瞒着家里上上下下，我居然还是从别人嘴里知道的！"霍衡昔气得嗓门都比平时大，豪门主母的风度都不要了，"你让我说你什么好，啊？交往都半年了，愣是没传出半点风声。合着全世界都知道了，我是最后一个知道的！"

"臭小子"这种称呼在周暮昀成年以后，霍衡昔就没当他的面说过，可见今天是气到了。

周致鸿接话："我也不知道。"

霍衡昔仿佛没听见自己老公的话，她只顾看着周暮昀，希望他能给个说法。

周暮昀在路上就想到霍总会问这个，他耸耸肩："您这么雷厉风行，我怎么敢跟家里说。这不，你前一秒刚知道，下一秒就冲到我女朋友家里了。好在我们现在感情深厚，不然还不得被你吓跑？我女朋友的胆子小。"

霍衡昔说："网上的新闻我没仔细看，听说你有女朋友后，我就想先见一面。现在你自己跟我说说，到底什么情况？不许再有隐瞒！"

周暮昀呷了一口茶，慢悠悠地说："您想知道什么？"

网上都扒得清清楚楚，他一时不知该从何说起。

霍衡昔："事无巨细！"

那可能几天几夜都说不完，周暮昀又喝了一口茶，整理了一下思绪，捡着重要的事情简单说了。

霍衡昔听到一半打断他："你都见过人家父母了？"她真是没想到儿子的进度居然能这么快。

周暮昀不明白她为什么这么震惊，点点头，面色平静道："嗯，见过。"

"那她的家人怎么看待你的？"

"见家长的过程不太顺利。她妈妈起初不同意我们交往，后来慢慢接受了，目前在看我的表现。"

霍衡昔先是一愣，儿子这么优秀，居然被嫌弃了？稍微思考一下，她就明白了："你刚才说喻橙的妈妈是大学教授，那就能理解了。这世上也没有那么多人看重权势、富贵，她肯定是一心为女儿考虑，担心喻橙嫁过来后过得不开心。家里就这么一个女儿，换作是我，我也舍不得。"

周暮昀嗯了一声，接着又说起最近的事情。

周致鸿听着他们母子俩谈话，从未插话，直到周暮昀说起网上曝光的事，他才接过话茬："那女孩的餐厅是你给她开的？"

"也不能这么说。"周暮昀如实相告，"我出一部分钱算投资的，每个月按比例有分红，剩下的都是她自己出的钱。"

周致鸿恨铁不成钢："我说你可真行啊，赚自己媳妇儿的钱，丢人不丢人？周家就是这么教你做人的？你缺那点钱？你要是缺钱，等下一年过年我给你包个大红包成不成？"

都快三十岁的人了，还被父亲指着鼻子教训，周暮昀一时尴尬不已，表情都僵住了。

霍衡昔晃了一下手，不耐烦地道："动动脑子也能想到，是那姑娘不接受才这么做的。别理你爸，继续说。"她顿了顿，"恋情是怎么曝光的？"

周致鸿："……"

周暮昀的眼里闪过一道光，忽略了中间过程，故意把付夏涵给抖出来了："付老先生的女儿你知道吧？之前闹出了点不愉快的事，她怀恨在心，本来是想陷害橙橙，结果出了岔子就曝光了。"

之后，周暮昀着重讲了合成照片的事。

霍衡昔瞠目结舌："都是她干的？"

那姑娘也算是她看着长大的，真是看不出来，付夏涵小小年纪竟然如此心狠手辣。纵横商场这么多年，霍衡昔见惯各种卑鄙手段，最恨这种背后捅刀的小人。

霍衡昔板着脸喊道："曹姨！"

"哎，太太。"

厨房里传来一道应声，片刻后，一个中年妇女走出来。

"去卧室把我的手机拿过来。"霍衡昔说。

周暮昀敛了敛眸光，明知故问："你要做什么？"

霍衡昔冷冷地道："打电话问问付老先生，他是怎么教育女儿的！"

周暮昀挑眉，满意了。

作为晚辈，周暮昀不管对付夏涵做什么，付老先生那里总归说不过去，但霍总出手就不一样了。

接受完霍衡昔的审问，周暮昀一看时间不早了，站起身告别。

377

周致鸿："不在家吃饭了？"

霍衡昔跟付老先生通完电话，扭头朝他说："我特地让曹姨做了你喜欢吃的菜呢。"停顿一下，她的声音透着八卦，"我还想再听一听你们之间的细节。"他讲得太简单了，她都没听过瘾。

儿子第一次谈恋爱，还找了那么漂亮的一个姑娘。听说那女孩性子温柔、独立、厨艺好，霍衡昔感觉是既欣慰又新奇。欣慰的是儿子终于解决了终身大事，新奇的是他居然能找到这么棒的女朋友，且不说他工作忙，就他这沉闷清冷的性子，就没几个女孩儿能忍受。他对家里人都没话说，能指望他对着别人说什么贴心话？

周暮昀低垂着眼，整理袖口："不了，得回去陪她吃饭。至于你想知道的细节，网上都能搜到，自己去看吧。"

霍衡昔："……"

见他们没有话要说，周暮昀放下手，提步往外走。

他刚要走出大门，霍衡昔又叫住他。他无奈地揿了揿额角，回过身来："您还有什么事？"

霍衡昔先是看了一眼旁边的周致鸿，欲言又止，又看向周暮昀，站起身走过去，神秘兮兮地凑近他，低声地说："你们那个过吗？"

周暮昀一愣，偏头看着反常的霍总。

他以前没觉得母亲是个八卦的人，事实上，她不管在外人面前还是在家里，都一贯地淡定而从容，几乎从未失态过。今天这是怎么了？她居然问出这种羞于启齿的问题。

周暮昀的面色淡淡，打算将沉默进行到底。

霍衡昔啧了一声，摆摆手不满道："不说就不说。行了，你走吧。"她其实是想问这两人打算什么时候将结婚列入计划之中。

她转念一想，喻橙比她儿子小了整整五岁，刚毕业，肯定没考虑现在就结婚。喻橙家里一定也不希望女儿早早嫁做人妇。她还想到，儿子好不容易有个女朋友，这已经算往前迈了跨世纪的一大步，不能对他要求太高。

周暮昀终于得到解放，快步走出家门。等他开车回到餐厅的时候，喻橙已经吃上了。

客厅里香气四溢，餐桌上弥漫着白茫茫的热气，模糊了她的脸。

在吃火锅？

喻橙看到他愣了一下，嘴巴里塞了食物，腮帮子鼓鼓的，一动一动地咀嚼。咽下嘴里的食物，她才惊讶道："你怎么回来了？不是说回家吗？"

她理所当然地认为他会留在家里吃晚饭，所以连问都没问，自己就先开吃了。

周暮昀："我没说不回来。"

"好吧，是我的错。"

好在她吃的是寿喜烧，多个人也没关系，再准备点食材下到锅里就好了。

她起身去厨房准备，他便到洗手池边洗手，随手将外套脱了，领带也被他扯下来丢在椅子上，白衬衫的袖扣全解开了，一层层折起来翻上去。

那种高冷禁欲的气质瞬间烟消云散，只剩下慵懒随性。

喻橙已经拿来了新的配菜，盘子里装着香菇、金针菇和洗好的各类蔬菜，还有两盒超市买来的和牛。

她瞄了一眼锅里："豆腐都快被我吃完了，剩下这几块就留给你好啦。"

周暮昀扬眉，心里大为感动。

豆腐先放平底锅里煎过，不放油的那种煎法，四面焦黄，下到锅里吸饱了汤汁，口感比把豆腐直接下到汤里要好吃百倍。

周暮昀尝了一口，味道果然很棒，跟他吃过的不一样。

喻橙吃得差不多了，端着加了冰块的可乐喝了一口，撑着下巴看对面的人："你爸妈都跟你说了些什么？"

周暮昀吃了几大口，露出满足的神情，闻言，抬起眼睫看她："想知道？看你表现。"

他说着张开嘴巴，是一个等待投喂的姿势。

喻橙翻个白眼，什么德行，她的心里很想把这杯冰可乐泼到他的脸上，但她还是拿起自己的筷子从黑色砂锅里夹起一块肥厚的和牛，往汤汁里浸了浸，举起来塞进他的嘴里。

周暮昀嚼了嚼嘴里嫩滑的牛肉："他们还能说什么，当然是向我打听你的情况。"

喻橙的一只手摆在桌面上，下巴抵在手臂上，眼睛倏地睁大了："啊？"

"放心，他们都很喜欢你，巴不得你早点嫁过去。"周暮昀抬手揉了揉她头发。

第十六章 以后我每年都送你生日礼物

隔天，周暮昀就听说了付老先生将付夏涵送出国的消息，心情大好。

国庆节期间，周暮昀带着喻橙去了一趟香港。他们住在酒店顶层的总统套房，透过巨大的落地玻璃窗，能看到远处的维多利亚港。

这次的香港之行，他们不仅吃到了很多美食，还看到了很多美丽的风景。他们去爬了太平山，在高高的观景台上深情相拥；晚上还去看了维多利亚港的灯光艺术表演，在游轮上共进晚餐，兴致来了，两人还在甲板上跳起了华尔兹……

喻橙庆幸自己带着相机，能将旅行的过程记录下来，回去之后还能好好回味一番。

最后，周暮昀带她去见了他的外公、外婆。这个时候喻橙才想起来，他的母亲是香港人，外公、外婆都在这边。

两位老人都很和善，穿着同款的绣花衬衫，一见面就拉着喻橙的手打听她和周暮昀之间的事，看起来两位老人对喻橙这个外孙媳妇儿十分满意。

七天假期很快就结束了，不过，这意味着另一件事要提上日程了。

"你哥是不是下周过生日？"喻橙在香港给周映雪买了礼物，打电话让她过来拿，顺便提起这个问题。喻橙记得周暮昀的生日是在下周，但不太确定，又不好意思问当事人，只能问周映雪。

"我想想啊，今天是八号，下周五是他的生日。"周映雪在拆礼物，顺口说，"怎么了？你要给他准备生日惊喜吗？"

喻橙确实想给周暮昀准备生日惊喜，但是不知道该送他什么。

他上一个生日的时候，他们还没有认识，所以这次算是两人在一起后周暮昀的第一个生日，不重视不行。

她实在没有给男人买生日礼物的经验。平时倒还好，运动鞋、领带、皮带、钱包之类的，她都给他买过。生日礼物肯定不能再送这些了。

喻橙双手托腮看着周映雪："你哥有没有什么特别的爱好？"

"爱好？"

"他这不是快过生日了吗？我正愁给他准备什么生日礼物。你呢，你打算送他什么？"听听周映雪的意见，没准能让她找到一点灵感。下周五就是周暮昀的生日，留给她的准备时间真的不多了。

周映雪没想到喻橙为这件事烦恼，沉默片刻，周映雪忽然笑了一声："我哥他什么都不缺，送礼物确实不好送。"

喻橙深以为然："就是！"

一位集团大佬，你送他什么都显得轻若鸿毛！要说在心意上面下功夫吧，她能拿得出手的就是厨艺了，但他平时就能吃到她做的菜，没什么稀奇的。

周映雪耸耸肩："所以我从来不送他生日礼物。"

喻橙："啊？"

"不仅我不送，就连他的朋友赵奕琛他们也不送。"周映雪说，"每年我哥生日，他们能到场就是最大的礼物了。其实想想，也很好理解，一帮公子哥一个比一个有钱，送来送去地没意思。"

喻橙暗道：好有道理，我竟无法反驳。

"哎呀，你就别烦恼了，我哥不在意什么生日礼物。我估计你就是给他个鸡蛋，他也会乐滋滋地揣在兜里当宝贝。"

喻橙当然清楚周暮昀的性子，不管她送什么，他都会开心，但她还是想给他一个不一样的生日惊喜。别人怎么样，她不在乎，作为女朋友，她肯定不能敷衍。

送走了周映雪，喻橙点开寝室微信群，向她的智囊团请教："姐妹们！你们知道男人过生日送什么礼物比较好吗？"

吕嘉昕立马接上她的话题："谁的生日？周老板的吗？"

喻橙眼睛一亮，顿时充满了希望。

对啊，她怎么忘了，吕大小姐见多识广，什么问题都难不倒她："对，就是他的生日。"

吕嘉昕："这还不简单，把你自己送给他。要不要我给你推荐几款内衣？可爱的、性感的，任君挑选。我把链接私发给你？"

邢露："美吕，你懂好多！"

一直没有冒泡的齐小果终于发了一个表情包："【你要是唠这个我可就不困了】"

喻橙："……"当我没问。

时间一晃就到了周五，周暮昀的生日。

听他的安排，大家晚上要在郊外的别墅举办一个生日宴会，前来的都是圈内的朋友，包括国外的朋友也会回来。说白了，生日宴会就是一帮年轻人的聚会，没有长辈。

喻橙下午哪儿都没去，待在厨房里，亲手给周暮昀做了一个生日蛋糕。

这种事情对她来说轻而易举。手机里播放着舒缓的情歌，她一边跟着曲调哼歌，一边把奶油抹上去。

表面的奶油抹匀了，再挤上裱花，然后她把切好的各种水果一点点铺上去，摆好造型。

最后一步，她用巧克力酱在上面写上生日祝福。

喻橙刚写下周周两个字，就顿住了，这是周暮昀的多少岁生日来着？

她只知道他二十七岁了，但这个二十七指的到底是虚岁还是周岁？她好像都没注意过这个问题。

避免出错，她拿起手机给周暮昀打了个电话。

"你多少岁？"她不等他开口就问。

周暮昀愣了一下："什么？"

喻橙扶住额头，有点无语："我是想问，你今天是过多少岁生日？"顿了顿，她解释道，"我在做蛋糕，要写生日祝福。"

蛋糕这个不算惊喜，提前告知也没什么。

那边沉默了几秒，他睁着眼睛说瞎话："二十岁。"

喻橙一脸"你在开什么玩笑，我信了你的邪"的表情。

她偏着头用肩膀夹住手机，一只手撑在流理台的边沿，另一只手拿起

382

装着巧克力酱的裱花袋，她认真道："好了，我知道了，祝你四十岁生日快乐。"

周暮昀："……"

喻橙做好了蛋糕，把盖子盖上，然后系上红色的蝴蝶结。

亲手做蛋糕就像个仪式，到最后吃不吃还不一定呢。既然周暮昀举办了生日宴，肯定请来了专门的厨师准备餐点，人家说不定会为雇主提供蛋糕。

喻橙看了一眼蛋糕，提起来放在餐桌上。

门铃恰好在这时响了，她看了一眼时间，猜到是周暮昀过来了。他今天提前下班，要接她去举办生日宴的地方。

喻橙开门一看，果然是他。男人穿着黑西服白衬衫，没打领带，领口散开两粒扣子，露出一小片白皙的肌肤，却丝毫不减优雅矜贵。

喻橙见状挑眉，拍拍他的胸膛："生日快乐！某人又老了一岁。"

事实上，她在昨晚十二点整时就跟他说过生日快乐了。为了当第一个给他说生日快乐的人，昨天晚上，她定了二十三点五十五分的闹铃提醒自己。

闹铃响起时，她盯着屏幕上的时间一分一秒地数过，到二十四点整时，她把他摇醒，对着他的耳边说了一声"生日快乐"。结果当然换来他的一顿猛亲。

此刻，周暮昀握住她的手，他笑着说："某人过不了多久也要再长一岁。"

没错，喻橙的生日也快到了，跟他的生日相差半个月。

喻橙回房间换了一身衣服，两人就从家出发了。

路上耽误了不少时间，到达郊外的别墅时，天已经快黑了，遥远的天际飘浮着几朵淡淡的流云。四下寂静，风吹草木的声音变得格外清晰。

车子一路开进庭院里，正厅一片漆黑，一丝光亮都没有。

喻橙满眼疑惑，确定是在这里举办生日宴？怎么一个人影都见不着？搞得像恐怖片的拍摄现场似的。周暮昀下车后也是一愣。

担心有人不清楚具体地方，他还特意把地址发到群里了。他看群里的讨论，有的人下午就来这边打牌了，现在怎么会一个人都没有，而且连灯都没开。

愣了一瞬间，喻橙就反应过来了。这种场面即使没经历过，她也见过。先是假装一个人都没有，为了营造一种没人记得你生日的失落感，然后众人躲在某个角落里，等你一到场，所有人冲出来，大声对你说：Surprise（惊喜）！

他们可能还会拿着喷花筒，对着寿星喷出彩带和花瓣，在他惊讶的目光下，推过来一个生日蛋糕……

当然，喻橙是这么想的。

她扭头看向身边的男人，借着庭院的路灯，只见他一脸茫然。显然，他不懂其中的套路，喻橙不由得觉得好笑。

她推了推周暮昀的后背："我们进去吧。"她迫不及待地想看到他被吓到的反应。

正厅的门没锁，轻轻一推就开了。入眼仍然是一片漆黑，喻橙第一次来这里，不太熟悉布局，就紧跟在周暮昀的身后。

蓦地，侧边好像传来一点响动，喻橙敏锐地听到了。

啪！眼前忽然闪过一道白光，是周暮昀打开了客厅的灯。

果然如喻橙所料，灯光亮起时仿佛某个信号被拉响，伴随着一阵嘈杂的欢呼声，一群人从大门两侧拥过来。

喻橙都没能看清他们的脸，只见人人手里拿着一支长长的喷花筒，兴冲冲地奔过来。

她暗叫一声不好，连忙护住怀里的蛋糕后退几步，避开他们所能喷到的范围。

周暮昀第一次经历这种场面，一时之间愣在原地。

要是在以前，哪怕大家是兄弟，也没人敢在他的面前放肆玩闹。但这次不一样，大家都很清楚，他女朋友在这儿，说什么他也不会乱发火，所以大家约好了要整一下他。

千载难逢的机会，谁会错过啊！

随着砰砰砰的声音响起，数十个喷花筒炸开，一团团彩条雪花般地往外喷，对准了周暮昀头顶上方的位置。

喻橙站在旁边看傻了。这跟她想象中的不一样啊！眼前的彩条根本不是她想象中的五彩缤纷，大概是他们特意定制的，喷出来的全是一种颜色——绿色。照这个玩法，他们是打算把周暮昀喷成绿巨人吗？

事实证明，喻橙猜对了。他们手里拿的礼花筒比市面上卖的大，一拧后面的拉环，就能喷出漫天的彩条。哦，不，是漫天的绿条。

周暮昀被围攻了。喷他的人太多，除了带过来的几个女伴没敢动手，男士基本人手一个喷花筒，一眼扫去，十六七个人将周暮昀团团围住，他纵然有心想要躲避，然而双拳难敌四手。

这种惊心动魄的惊喜足足维持了三分钟，喻橙全程在一旁充当了围观群众，看得目瞪口呆。就算她想帮忙，也根本无从下手。她发誓，从没见过如此特别的生日惊喜！

终于闹够了，赵奕琛带头举着喷花筒欢呼："热烈庆祝我们风华绝代的周三公子生日快乐！恭喜！"

人群散开，喻橙这才看到被围攻的周暮昀被祸害成什么样子。他的身上、头上挂满了绿色的丝带，有的还粘在脸上，一眼看去，像是穿了刺激战场里的海岛地图的吉利服，跟"风华绝代"这四个字不沾边。

周暮昀气结，隔着眼前层层绿幕看着他们，他满身的怒气快要冲破天际。

众人心虚，退后三步憋着笑看着他："老三，别生气，大喜的日子，我们也是为了活跃气氛。"

赵奕琛怕他发飙，灵机一动，把喻橙推出来挡在大家的面前："三嫂也是我们队的呢！你说是吧？三嫂。"说完，他一个劲儿地朝喻橙挤眉弄眼。

喻橙只想说，不关我的事，我可什么都没干。

绿巨人周暮昀淡淡地瞥了他们一眼，忍着满腔的怒气转身朝楼上走去。脚下绿色的带子差点将他绊倒，他趔趄一步才站稳，背影是说不出的狼狈。

眼见他消失在楼梯的拐角，公子哥儿们终于忍不住，扑哧一声笑出来。此起彼伏的笑声快把房顶给掀翻了。

喻橙扶着额头，她还能说什么，你们太会玩了。

"你们玩，我去看看他。"她丢下一句话，把蛋糕放桌上，提步上楼。

二楼的走廊十分空旷，一共有三个房间。喻橙不清楚周暮昀在哪一间，刚想逐一开门进去看，就发现第一间房门虚掩着，里面传来细微的声响。

她推门而入，便听到清晰的水声。卫生间的门大敞着，声音就是从里面传出来的。

她走近几步，只见男人脱掉了西服扔在地上，单穿着白衬衫，他躬着身把头低下在水龙头的下面冲洗。

他满头都是绿色的飘带，沾了水反而黏在上面，怎么弄都弄不掉。

喻橙靠着门框，看他用手反复搓洗着头发："周周，你这个造型，像《水形物语》里面的那个怪物。"

周暮昀陪她去电影院看过这部电影，经她一提，他的脑中立刻就浮现出那条直立行走的怪物鱼的样子，他顿时无语了。

他侧过头，脸上的水珠顺着脸颊流淌，几乎满脸都是："你还笑。"

喻橙叹了一口气，脱掉风衣外套扔在沙发上，走到洗手台边："我帮你洗吧，你看都看不见，怎么洗啊。"

她拿开他的手，一摸洗脸池里的水，皱了皱眉，他居然用凉水洗头发。

周暮昀的手撑在洗脸池的两边，等着她给他洗。

喻橙拍了一下他的脑袋："一边去，我先把凉水放了。"

他听话地把脑袋从水龙头下移开，见她按下池底的塞子，将满池凉水放掉，她把水龙头掰向另一边。

等了一会儿，有热水哗啦啦流出来，喻橙再把塞子塞上。

趁着放水的工夫，她用手一点一点地摘掉他头上的绿飘带："你这个生日过得也太惨了吧。"

周暮昀冷哼一声，他现在想把他们都赶出去！一帮浑蛋，喷了他满身的彩带也就算了，还是绿色的！什么意思？

水终于放满了，喻橙也将他头发上的飘带弄得差不多了，再洗一下应该就好了。

她推着他的脑袋到水龙头底下，用手掬起温水浇在他的头发上，冲洗掉发间一些细小的飘带碎屑。她按了两泵洗发露在手心，揉搓出泡沫，抹在他的头发上，手指也沾了点泡沫，搓了搓他的鬓角。

女孩的指腹柔软，一下一下地按压着他的头皮，轻抚过鬓角，周暮昀舒服得不想说话，眯着眼任由她揉来搓去。

喻橙的两只手上都是泡沫，来来回回地搓洗，确定洗干净后，她才将满池的泡沫水放掉。

"眼睛闭上，我放清水给你冲一下。"她担心把泡沫弄到他的眼睛里。

周暮昀听话地闭上双眼，像任人摆布的小朋友。

喻橙打开水龙头，将水温调到正合适，冲洗他头上的泡沫，一边冲一边抓，几分钟后，泡沫都被冲掉了："好了。"

男人直起身，脸上都是水珠，发梢也在啪嗒啪嗒往下滴水，淌进白皙的脖颈里。衬衫前面被打湿了一大片，贴在皮肤上，瓷白的肌肤在灯光下若隐若现。他挑着眼梢朝她一笑，薄唇微勾，整个人透出一股性感。

喻橙不敢直视他的眼睛，从架子上抽出一条干毛巾丢给他："自己擦，我先出去等你。"话音落地，她提步往外走。

周暮昀单手握着毛巾，抿唇一笑，忽然将她拦腰抱起来，放在洗手台上。

喻橙来不及惊呼，他的唇就覆上来，堵住了她的红唇。

一股强烈的侵略性气息扑面而来，喻橙的身子下意识地往后缩了缩，后背贴上冰凉的镜面，激得她打了个寒噤。

周暮昀抓住本该用来擦头发的毛巾垫在她的后背，隔绝了镜面冰凉的触感，让她只感觉到身前的火热。

她睁大眼睛，不知道自己哪里刺激到他了。想到楼下有那么多人在等着他们，他们却躲在楼上亲热，她就头皮发麻。

喻橙抬手推了推他。周暮昀偏着头，声音嘶哑地说了一句："等会儿再下去。"

下一秒，他再次攫取了她的唇，动作透出几分急切，吻也比平时滚烫，燃烧了她全部的理智。最后她只能软软地趴在他的怀里，任其予取予求。

良久，他终于停下，伏在她的耳边喘气："橙橙。"

她还有点没缓过来，迟疑了许久，才轻嗯了一声，气息有些不稳。

"我们什么时候结婚？"他真的要忍不住了。

喻橙沉默不语，她的眼皮颤了颤，抬眼看向他。

男人乌黑的眼眸装满了某种情绪，因为隐忍克制，额角有汗珠滑落，唇线抿得平直而锋利。他的眼角红红的，唇瓣也很红，那样妖冶动人。

发梢的水还在一滴滴地往下滚落，滑过侧脸。喻橙的视线下移，看见他的喉结滚动了一下。她伸手想去摸，却被他握住了手。

"别碰。"他的声音哑得一塌糊涂。

喻橙抿了抿唇。她现在脑海里想的不是什么时候结婚，而是考虑要不要把吕嘉昕的提议付诸实践。这个男人浑身上下都透着诱惑，真是要命。

过了许久，周暮昀才平复躁动的情绪，换了一套休闲装，两人一起下楼。

楼下，一群公子哥坐在一起闲聊。被喷了绿色飘带的周暮昀此刻看他们，仿佛看着不共戴天的仇人。

如他们所料，即使周暮昀生气，碍于喻橙在场，他也没有真的发火，只是态度很冷淡："开饭，吃完了赶紧滚蛋。"

一声令下，用人便鱼贯而入，将一张数米长的长方桌收拾干净，铺上餐布，再将做好的菜一碟碟端上来。

大家没有客气，依次落座开动起来。

有好几个公子哥，喻橙此前没见过，大家一边吃一边闲聊，很快就认识了。原来他们是特地从国外赶回来的。

不过，确如周映雪所说，他们当中没人给周暮昀送礼物。

周周小可怜，过生日竟然没礼物收。喻橙每年过生日都能收到一大堆礼物呢，有来自粉丝的，来自朋友的，还有一些广告商寄来的。这么一想，她觉得自己给他准备的礼物显得无比珍贵。

一顿饭在欢乐的气氛中吃完了。吃饱喝足的公子哥还没尽兴。实际上，他们来之前想了一堆活跃气氛的项目，因为周暮昀这个人十年如一日地冷淡，什么都玩不起来。本以为这就要打道回府了，周公子忽然提议："打牌吧。"

有玩的总比没有的好，大家一拍即合，决定今晚通宵打牌，看谁最后输得没裤子穿。

他们一致觉得周暮昀会输得比较惨。周暮昀很少玩牌，每次都象征性地玩两把就撤了，当然比不过他们这些隔三差五锻炼牌技的人。

一群人转移阵地，在偏厅支起了牌桌。

用人送了几盘切好的水果过来，周暮昀见没他们什么事了，便让用人都回去了。

周暮昀拿起一个果盘放在喻橙的怀里。她低头看着果盘，五颜六色，红的火龙果、绿的猕猴桃、黄的菠萝、白的梨……拼成一朵花的形状，旁边放着几个小叉子。

她不想吃水果，晚餐准备得很丰盛，菜都做得很美味，她一不小心就吃撑了，现在吃不下任何东西。

周暮昀见她发呆，低声地提醒："喂我吃，我腾不开手。"

对面的众人都习以为常。他们算是看清了，三公子对待别人还是那个万年不变的高岭之花，对自己的媳妇儿就不一样了。

喻橙叉了一块猕猴桃塞进他的嘴里。

周暮昀嚼了嚼，给出评价："甜。"

几个带了女朋友的公子哥觉得这游戏还挺有意思，纷纷把果盘塞给自己的女朋友，让她们给自己喂水果。

开始发牌了，周暮昀的三张牌被他压在桌面上，拇指抵在纸牌边缘，轻轻掀起一个角,瞄了一眼最上面的那张牌。他掀起的角度很低,除了他自己,站在他身后观战的人都没看清。

喻橙离他很近,也没有看清那张牌到底是什么。不过她一点都不好奇,只是觉得他的动作熟稔,跟她在电影里看到的赌场老手一样,不免有些惊讶。

周暮昀看完了三张牌,不动声色地往后靠在椅背上,专心吃女朋友喂来的水果。

赵奕琛也看了牌,面色一喜。

围坐在桌上的其他几个人看完牌面不改色,让人猜不透他们的牌究竟如何。

喻橙虽然没玩过,也不懂其中的诀窍,有些道理她还是明白的。想要赢,无非是靠运气和实力,心理战术有时候比运气更重要。

刚才她看到赵奕琛露出喜色,难道他的牌很好?

接下来,喻橙就听见他们说跟或是不跟,一人掀起一张牌,又是一轮跟和不跟。

她还没怎么看懂,周暮昀就赢了。

对面的赵奕琛面如土色,捏着自己那三张牌捶胸顿足、懊悔不已,恨不得拽着自己的脑袋往墙上撞。

周暮昀淡淡地挑眉,偏头看向喻橙,张了张嘴巴。

喻橙感觉自己像古时候服侍富家少爷的丫鬟,给周暮昀端茶倒水不算,还得时不时做好被揩油的准备。

果然,她喂给周公子一块梨后,他拉着她的小手揣进怀里,他的指腹来来回回地摩挲着她的手背,偷偷耍流氓。

周暮昀扫了一眼众人,目光落在赵奕琛的脸上,周暮昀露出奸计得逞的笑容:"输了不用给钱。"

赵奕琛一顿,以为自己的耳朵出问题了。

刚才周老三说了什么?老三对自己这么好吗?好感动啊,自己都那样整他、把他喷成绿巨人了,他居然还以德报怨。这得是真爱啊!

然而,周暮昀接下来的话就让他的幻想破灭:"琛子叫一声爸爸就行。"

赵奕琛:"……"

周暮昀补充游戏规则:"接下来也是一样,只要我赢了,琛子就叫爸爸。"别以为他不知道，喷绿色飘带的主意是赵奕琛出的。

这个时候大家也都看懂了，周暮昀是故意的，他已经开始对赵奕琛展开了惨绝人寰的报复。只是有一点他们不确定，周暮昀真能每局都赢吗？

事实告诉他们，他真的能。

赵奕琛连续输了五局，终于死心了，他根本赢不了周暮昀，继续下去，不过是自取其辱罢了。这一局结束，赵奕琛一把拉住燕北的胳膊，大声哀号："我不玩了，不玩了还不行吗！小六，你来替我的位置！"

若是平时，燕北肯定帮这个忙，但今天谁都看得出来，周暮昀摆明了要惩治赵奕琛。燕北要是解救了赵奕琛，搞不好会让周老三迁怒，把自己搭进去，不划算。

赵奕琛叫天天不应，叫地地不灵，他一拍桌子："老子不玩了！"他愤愤地看着周暮昀，"你想让人喊爸爸不会自己去生？占我便宜，你还是不是我兄弟？"

周暮昀看了他一会儿，不知为何，忽然扭头看向喻橙，眼中的意味不明。

喻橙的目光与他的不期而遇，好像能看透他内心的想法，她匆忙低下头去，捏着叉子扎起一块火龙果塞进嘴里，假装在很认真地吃水果。

周暮昀扬唇一笑，丢了手里的牌："不玩了，你们继续。"他起身带着喻橙潇洒离场，把位置留出来给想玩的人。

周暮昀一走，赵奕琛也解脱了，他连滚带爬地从椅子上挪开，倒在旁边的长沙发里，生无可恋地望着天花板。太屈辱了，他居然被逼着叫了周暮昀爸爸……

周暮昀本人倒是对自己多了个快三十岁的儿子没什么太大的感受，提步上楼时浑身轻松。

喻橙说："我们就这么离开，没关系吗？"

"他们玩够了会找地方睡，不用管。"

回到市中心需要驱车两个多小时，所以大家决定今晚就在别墅留宿。

周暮昀忽然想到什么，脚步略顿，朝她说："先等等，我去拿个东西。"他差一点就把重要的东西忘了。

喻橙站在原地，目送他转身下楼。

不多时，他手里提着个东西折回来，站在几级楼梯下朝她勾唇。他手里拿的是她亲手做的蛋糕。

别墅房间的隔音很好，关上门，楼下的一切噪音都被隔绝了。

周暮昀把蛋糕放在小桌上，又找出遥控器将落地窗的窗帘合上。偌大的卧房变成一个封闭的空间。

喻橙坐在沙发里，看着房间里男人忙来忙去的身影，他还将落地灯打开了，然后关了顶灯。光线昏黄，整间屋子像童话故事般温馨梦幻。

"好了，现在可以切蛋糕了。"周暮昀坐在她的身边，他扯开蛋糕盒子上的蝴蝶结，一圈一圈绕开，两只手捏在盒子两边，将它拿开。

一个漂亮的蛋糕呈现在眼前。白色的奶油上铺着各种各样的水果，一圈波浪形的裱花，四周贴着小巧的马卡龙，空白的部分用巧克力酱写着祝福语。

喻橙想按照网上的教程用奶油做出两个小人模型，用来代表她和周暮昀。考虑到难度有点大，担心自己做成四不像，她就放弃了。

"生日快乐。"她今天第三次对他说这句话。

温暖的灯光下，喻橙取出两根蜡烛插在蛋糕上，用打火机点燃了。烛光摇曳，她笑着对他说："许个愿望吧。"

周暮昀有点愣："什么？"

"许愿啊。"喻橙耐心地跟他解释，"对着生日蛋糕上的蜡烛许愿，许完了再吹灭它，愿望就能实现啦。"

犹豫片刻，周暮昀对着蛋糕上的蜡烛一脸虔诚地许下一个愿望。

从喻橙的角度看过去，刚好看到男人闭上双眸的样子，他的睫毛在眼睑下方投下阴影，鼻梁高挺，侧颜安静得不像话。

喻橙见他许完了愿望，催促道："赶紧的，吹灭蜡烛，都快烧完了。"

这种生日蜡烛又细又短，很快就烧没了。周暮昀垂眸看去，蜡烛果然只剩两厘米左右的长度，他倾身把它吹灭了。

喻橙鼓掌，把剩下的一小截蜡烛拔起来："祝你美梦成真！"

周暮昀方才还没意识到，此刻回过神来，想起自己双手合十闭着眼睛乖乖许愿的样子，怎么那么像傻帽儿呢。还好，除了她没有别人看到……

喻橙忽然拿出手机，给他看她刚才偷拍的照片："周周小朋友，你许愿的样子好可爱哦。"

周暮昀瞥了一眼，视线立刻顿住。她什么时候拍的照片？

喻橙担心他反悔，一把将手机揣到怀里紧紧捂住。

就在他闭眼许愿的时候，她拿出手机偷拍的，为了不被发现，她特意关了声音，也没有开闪光灯。

朦胧的暖黄色灯光下，男人的侧脸英俊，面前是一点烛光，身后是温馨的房间，他的表情那么虔诚、那么可爱，必须保存下来留作纪念。

趁他开口前，喻橙忙转移话题："我们开始切蛋糕吧！"

周暮昀："……"

喻橙用塑料刀具将蛋糕平均分成几块，抽出一个盘子盛了一块，递给周暮昀："用不用把剩下的给他们送去？我们吃不完整个蛋糕。"

"不用，他们都不吃。"

他不想打断此刻美好的气氛。

在喻橙期待的目光下，他捏着勺子掠了一勺吃下去，蛋糕松软，奶油微甜不腻，一如既往地好吃。

喻橙撑着下巴看着他吃。他抬眸看她一眼，掠了一勺递到她的嘴边。

她张嘴吃下，果然很甜。

周暮昀又掠了一勺递过去，喻橙皱起眉毛，偏头躲开："我吃不下了。"本来她就不爱吃甜的。

男人无奈道："我也吃不下了。"

两人相视一笑，周暮昀忽然起了恶作剧的心思，用手指沾了点奶油抹在她的鼻尖上。喻橙猝不及防中招，当即愣住了。

她还没拿奶油抹他这个寿星呢，他居然敢反过来整她，太过分了！

喻橙不甘示弱，食指在蛋糕上掠了一坨奶油，扬起手就要抹在他的脸上。好在周暮昀早有防备，在她的手指碰到自己的脸之前，就起身躲开了。

他的反抗激起了她的战斗欲，喻橙手一拍桌子，跳起来追赶他。

他见她追过来，二话不说拔腿就跑。

房间足够大，两人你追我赶。周暮昀逗她就像猫逗耗子一样，他的大长腿一跨就跨过了沙发背，喻橙的小短腿只能绕开沙发追上去。等她好不容易快要碰到他，他又不紧不慢地抬起长腿，跨到沙发前面去，跑到房间的另一端站着。

喻橙站在原地气呼呼地看着他，手上的奶油还完好无损，别说抹到他的脸上，就算蹭到他的衣服上也不曾。

周暮昀靠着墙双手抱臂，看她顶着一张小花猫似的脸，笑道："有话好好说，放下武器。"

气焰未免太嚣张！喻橙的目光凝视着他，仿佛入定一般静止不动，打算伺机而行。眼看周暮昀已经放松警惕，她猛地扑过去。

天不遂人愿，喻橙不小心踢到了地毯的边缘，导致一只脚踩在地板上，另一只脚卷进了地毯里，一个踉跄，整个人朝前栽倒。

千钧一发之际，周暮昀一个箭步冲到她的身边，赶在她的脸与地板接触之前，握住了她的手臂。然而她猛扑过来的力道太大，把他也给撞倒了。

等喻橙反应过来时，已经趴在了一堵硬邦邦的胸膛上，撞得她整个人都蒙了，她只知道周暮昀在下面给她当了人肉垫子。

缓了好一会儿，她脑子里的那股眩晕感才消失。

喻橙高举着沾了奶油的手，惊魂未定地看着周暮昀，却没有忘记自己的报仇大任，趁他不备，顺势把奶油抹在他的脸上。

周暮昀躺在地上，身下是坚硬的地板，后背还隐隐作痛，怀里却是温香软玉，他盯着上方的人："满意了？"

喻橙的指尖还有点残留的奶油，忍不住又抹在他的鼻尖上，让他和自己一样，这才挑了挑眉："现在满意了。"冷峻的面庞被抹了两处奶油，看起来非常滑稽。

喻橙看着看着，扑哧一声笑起来。怎么办，好想拿手机把这一幕也拍下来，此刻的周暮昀比刚才那张双手合十闭着眼睛许愿更可爱。

喻橙胡思乱想，半晌，才发现自己还压在他的身上，一副霸王硬上弓的姿势。她顿觉羞窘，两只手撑在他的身侧艰难地爬起来。

谁知他一把攥住她的手腕，另一只手按在她的后背上，把她重新扣进怀里。

喻橙扑下去时身子往前蹭了一点，不偏不倚，嘴唇刚好落在他的唇角。

这是什么神奇的偶像剧巧合。

喻橙愣了三秒，想要再次爬起来已经不可能了。因为他的手紧紧地按在她的后背上，像是如来佛祖的五指山，压得她抬不起来。

他偏了一下头，含住她的唇。没有太过深入地吻，他的唇一下一下触碰她的嘴唇，每一下都如蜻蜓点水一般。她觉得自己快要溺毙在他这种浅尝辄止的节奏里了。

"等、等会儿。"喻橙在他再次吻过来之前叫停，"我有礼物送你。"

周暮昀停下来，乌黑瞳仁闪过幽暗的光。

喻橙慢吞吞地从他的身上爬下来，手指勾着挎包的带子将挎包捞过来，拉开拉链，从里面拿出个东西。

"给你的生日礼物。"她两只手捧着盒子递过去。

小姑娘鼻尖上的奶油还没擦掉，漂亮的头发因为刚才的打闹被弄得乱糟糟的，看起来有点狼狈。周暮昀也没好到哪儿去，脸上被擦了奶油，身上的白衬衫被压得皱巴巴的。刚才他为了救她跑得太急，拖鞋还掉了一只。

不过这并不妨碍他的帅气，男人撑着地板坐起来，发丝略微凌乱，领口散开，露出半边锁骨，竟有一种颓废的美感。

他垂眸看着她手里的东西，愣了愣："给我的？"

"嗯。"喻橙点头，"我前段时间一直在准备这个礼物，总算赶在你生日之前大功告成了，本来还有些担心会完成不了。"

他太惊讶了，迟迟没接，她把礼物硬塞进他的怀里："我知道你没收过生日礼物，但也不用这么震惊吧。别太感动，以后我每年都送你生日礼物。"如果说前一句话还带着开玩笑的成分，那么后一句就是一个承诺。

以后的每一年生日，我都送你礼物。这是她给他的承诺。

周暮昀看着手里四四方方的黑色盒子："我现在能打开吗？"

"当然能！"

周暮昀打开了盒子，里面是一团柔软的碎纸条，用来防震的。盒子正中间躺着一张光碟。

喻橙没告诉他光碟里的内容是什么，拍拍他的肩膀，笑着说："我先去洗澡，你以后再慢慢看吧。"

里面的视频时长一个多小时呢，估计一时半会儿也看不完。

喻橙泡了一个格外漫长的澡，直到感觉浴缸里的水有点凉了，才慢吞吞地从里面爬出来。她站在花洒下冲了一下，扯了一条浴巾擦身，然后穿上用人准备的睡裙。

一想到接下来的计划，她的脸就红透了，她抬手捂住发烫的脸颊，又拍了拍脸，让自己冷静下来。

定了定神，喻橙深吸一口气，打开水龙头开始洗漱。

她从浴室出来的时候，周暮昀还没换衣服，他坐在床边，垂着头将那张光碟翻来覆去地看，好像能看到里面的内容似的。

男人安静又专注的样子，让喻橙觉得好笑又感动。

他察觉到她的视线，他抬眼看过来，似乎反应过来自己刚才有点不正常，便一本正经地把光碟放进盒子里。然后，他把盖子盖好，放在床头柜上，一转头就能看到的位置。

这是他的生日礼物，她送他的生日礼物。

喻橙跟着拖鞋一步步走近，拖鞋摩擦地板发出沙沙声，等她踩到床边地毯上，摩擦声消失了，空气里恢复安静。

她走到床边，踢掉拖鞋爬上了床。

"橙橙。"

她还什么都没做，周暮昀就喊了她的名字。

喻橙有一瞬间的茫然，跪坐在床上呆呆地望着他："什么？"

他忽然倾身把她抱进怀里："谢谢，我很喜欢你送的礼物。"

那会儿他太激动了，忘了所有的反应，以至于没有及时跟她说这个——他真的很喜欢她送的生日礼物。

喻橙咬住下唇，像只小兔子乖乖地埋进他的怀里。

"你喜欢就好。"沉默许久，她说。

怀里的女孩子软软的、香香的，是玫瑰味的，发丝披在雪白的背上，有几缕俏皮地扫向男人的颈间，透出一股别样的诱惑。

但周暮昀此时此刻什么也不想做，就想像现在这样把她抱在怀里，直到天荒地老。

喻橙的侧脸贴在他的胸膛上，感受着他的体温，她抿了抿唇，嗫嚅道："其实……其实我还准备了另一个生日礼物。"

周暮昀的身子往后退开一点，垂眸看着她的脸。

什么礼物？

喻橙被他的目光盯着，感觉心脏都要跳到嗓子眼了，还要极力控制住不让自己露怯。她侧了侧头，躲开他的视线。

在周暮昀毫无防备之下，她的双手攀上他的肩，将他推倒在床上。

女孩的眼眸在灯光下熠熠生辉，整个人压在他的身上，像刚才他们一起摔倒在地板上那样。不过刚才是意外，现在，是她主动的。

她双腿弯曲，跪在他的身体两侧，通红的脸一点点凑近他。

周暮昀下意识地屏住呼吸，却越发清晰地感受到她毫无节奏的呼吸扑面而来。他似懂非懂地道："礼物呢？"

她伸出食指点了点他左眼下的泪痣，笑着说："我的礼物，在你的眼睛里。"

他的眼睛里？略一思索，周暮昀就懂了。他的眼睛里是她。

偌大的卧室里，落地灯是唯一的光源，浅黄的灯光圈出了一片温暖静谧的天地。喻橙在说出那句话后，心跳的节奏就乱得一塌糊涂，自己都能清晰听到怦怦怦的声音。

我的礼物，在你的眼睛里。

台词，她提前就想好了，以为自己说出来的语气会很平静，甚至是带着点笑意的。事实上，她刚才说出这句话的时候，表现出来的状态确实很平静，唇畔一点点笑，让通红的小脸显得越发娇俏。

然而，话出口以后，她那股紧张和羞窘的感觉成倍上涨，脸颊不由得滚烫，灼热的温度像是要把她烤熟了。

这是她说的话吗？她怎么能说出这样的话啊？一点都不矜持，好直白啊，我的老天爷！

不过，他应该听懂她的意思了吧。

喻橙还保持着跨坐在他身上的姿势，手按在他的胸膛上，上不去下不来。因为紧张，她的脊背僵直成一条线，像个雕塑一般一动不敢动。

两个人都沉默了。

还是喻橙先忍不住，悄悄地抬起眼眸去看男人的脸。他这是什么表情？怎么好像一点都不开心，难道他不想……

周暮昀当然想，但他真的不能那么做。倒不是他害怕未来岳母大人，而是他做人的原则一向如此，重信守诺。他既然在蒋女士面前郑重表明不会在婚前碰她，那他就一定会做到。

另一个原因是，蒋女士本来就对他颇有看法，要是在她观望考核的阶段，他把小姑娘拐床上了，岂不是变相地向她示威？搞得好像他明知自己通过不了考核，故意用生米煮成熟饭这样的手段绑着喻橙。

不仅辜负了蒋女士对他的信任，他自己心里的那关也过不了。

不管出于哪个原因，他都不能碰她。周暮昀的喉结上下轻滚，他吞咽了一口唾沫。

因为仰躺在床上的姿势，他只能自下而上地望着她。女孩穿着浅粉色的睡裙，上面印着一颗颗鲜红的草莓，乌黑的发丝凌乱地披在肩头，露出来的胳膊白生生的，在灯光下泛着莹润的光泽。

她一会儿抬眸，一会儿敛眸，想看他又羞于看他的样子，可爱得不像话。他只看她一眼，心里高高筑起的堡垒便土崩瓦解。

空气中还飘散着似有若无的香味，来自于她的身上，迷惑的、诱人的，让他的一颗心渐渐深陷下去。

到嘴边的"我不能"，忽然就变成了另一句他意想不到的话："你会吗？"

不会还敢骑到他身上来，他可真要叹一句她勇气可嘉了。

喻橙怀疑自己听错了，睁大眼睛惊讶地看着他："你说什么？"

她乌黑浓密的睫毛扑闪扑闪，羽毛似的撩过他的心尖儿，让他不敢多看，怕自己忍不住化身为禽兽。

他的薄唇微动，声音在寂静的深夜里低低的："没听到就算了。"

听到了，喻橙当然听到了。她只是太震惊了，难以置信。

"你不要小看我，我当然会！"他默许的态度让她重拾信心，连音量都忍不住拔高。

周暮昀朝她看过去，两只眼睛里都写着不相信，真的假的，她会？

这一刻，她全然忘记了害羞，俯下身亲吻他的唇，那样温柔，像沾了露珠的花瓣轻轻扫过。

她高估了自己，除了亲吻，她并不知道接下来该做什么。某一瞬间，她抬头看向他，湿漉漉的杏眼里茫然又无措。

周暮昀再也无法忍耐，翻身而起，将她压在身下。

恍惚间，喻橙好像听到他说了句什么，奈何她的脑子太乱，耳朵里像塞了棉花似的，怎么也听不清，只依稀捕捉到几个字眼。

"宝贝，别怕……"

周暮昀醒来时，身边的人还睡着。房间里的窗帘遮光性很好，室内一片昏暗。他翻个身侧躺，在微弱的光线中抬手拂开她脸上的发丝。女孩的小脸红红的，嘴唇也像樱桃般红润，侧脸压在他的肩窝，脆弱得像面团儿捏成的。

周暮昀亲了一下她的额头，又亲了亲她的眼角，将那里的泪珠吮掉。她睡梦中似有所察，皱了皱眉头，吓得他立刻停下来，不敢再乱亲，怕把她给吵醒了。

　　他陪着她在床上躺了半个小时，毫无困意。

　　昨晚他没来得及思考的问题此刻重新浮现在脑海，蒋女士那里他要怎么交代？是不打自招？还是瞒着？以蒋女士的脾气，让她知道他不守承诺，他可能要挨顿打……

　　思绪翻飞，周暮昀越发睡不着了，又不敢闹出动静，怕吵到喻橙。他索性掀开被子坐起来，低头一看，自己身上果然多了好几道抓痕。

　　她哪儿是小鱼，根本就是只小猫。

　　他勾了勾唇，蹑手蹑脚地下了床，从衣柜里拿出一件干净的睡袍随意套上，又拿了一套居家服，折回床边，帮她掖好被子角。

　　喻橙侧躺着，手握成个拳头放在枕边，睡得很沉的样子。雪白的被子盖在她的身上，更衬得脸颊白净，散乱的长发瀑布一般堆在枕头上，看得周暮昀的心中一软。

　　视线一转，他看到了床头柜上的礼物盒。

　　谢谢，两份生日礼物他都很喜欢。

　　周暮昀赤着脚走过去，弯腰拿起礼物盒，走出卧室，轻轻将门带关上。

　　他长长地吐了一口气，去隔壁客房的卫生间洗澡。出来时，换了一身柔软舒适的居家服，白色长袖衫，浅灰色运动裤，他一边擦头发一边下楼。

　　昨晚那帮人通宵打牌，玩到最后，要么自己在一楼找房间睡，要么横七竖八地躺在客厅的沙发上将就一晚，都识相地没有去二楼打扰主人。

　　今天一早，他们就驱车返回市中心了，连声招呼都没打。

　　脏乱的客厅被收拾得干干净净，厨房里有个阿姨在忙碌。听到楼梯口传来的动静，阿姨回头一看，打了声招呼："周先生。"

　　周暮昀嗯了一声，将毛巾搭在肩上，从冰箱里拿了一瓶冰水喝了一口，吩咐道："煮点粥，要香菇鸡丝粥。"喻橙爱喝这个。

　　用人应了一声，忙动手开始准备熬粥的食材。

　　周暮昀端了一份已经做好的早餐上楼，回到客房，将落地窗帘都打开。

　　今天是阴天，拉开窗帘，房间里还是有些暗，他开了灯，坐在沙发上，将光碟放进电脑里，一边看一边吃早餐。

　　进度条显示视频时长一小时二十八分，差不多是一部电影的长度了。

　　画面出来，周暮昀一惊，以为自己真的在看电影。

两人亲吻的画面弹出来，旁边显示有银色的小字——主演：周暮昀，喻橙。

电脑屏幕的光亮忽然暗下去，再次亮起时跳出这部"电影"的名字：《Z&Y》，后面还画了一颗红色的爱心。

周暮昀愣了一下才反应过来，这是两人名字的首字母。

正片开始了。

这是香港的一家餐厅，他还有印象。两人面对面而坐，中间摆着精致的餐点，她一只手拿着叉子，扎起一颗虾球放进嘴里。他靠在椅背上，目光定定地看着她，他的手里端着一杯茶，他有一口没一口地喝着。

当时相机就架在窗台上。

温暖明媚的阳光透过玻璃窗照在两人的身上，一切都是那么安静、美好。

这一幕有点熟悉。

不仅仅是因为他们前不久才在香港经历过，而是另一种熟悉感。

周暮昀很快就想起来了，他们在北京第一次见面也是在一家餐厅里。她把他错认成了别人，后来他们坐在靠窗的餐桌享用了一顿愉快的午餐。

对他来说，那不是他们第一次见面，但是在喻橙的印象里，那就是两人的初遇。

所以说，她是利用他们在香港游玩的视频素材剪辑出了整个恋爱过程？

接下来的内容证实了周暮昀的猜测。

火锅店里热火朝天，中间一口铜锅翻滚着红艳艳的辣油，喻橙用筷子夹起肥牛卷放酱料碗里蘸了蘸，刚准备放入口中，却发现对面的他目光灼灼。她顿了顿，转而把肥牛递过去，语气无奈道："能不能自己吃？你是小朋友吗？"

周暮昀张嘴吃下她喂的食物："我手受伤了，不能拿筷子。"

他们在香港吃了一顿火锅。不过她说踩雷了，觉得味道不正宗，他倒是没吃出来。因为他拿漏勺的时候不小心被铜锅的边缘烫到，他就没再动筷子。她一面自己吃，一面又不忍心，每当他的目光看过去，她就会把煮熟的食物喂给他，顺便再吐槽他一句。

他想起来，他们最初认识的时候，她也带他去吃过火锅。好巧不巧，那次她也喂过他。

原来，那些属于两个人的记忆，此刻，从旁观者的角度来看，是这种感觉，温馨又甜蜜。明明当时经历的时候，觉得是很普通的事。

画面一转，是灯火璀璨的维多利亚港。周围都是嘈杂的人群，喻橙做了虚化处理，看起来就像背景板，画面里只有他们两个人是清晰的。她仰头笑着看他，趁他不注意，她踮起脚亲了他的下颌。

周暮昀没想到她连这个都录下来了。他当时在想什么，居然没有注意到她拿着相机。

下一幕是在豪华游轮上，女孩穿着漂亮的吊带长裙，男人是穿着白衬衫、黑西裤。她踩在他的脚背上，随着优雅的音乐翩跹起舞。跳到最后，他忽然身体前倾，她被迫弯下腰，他的吻落在她的唇角……

屏幕上的画面又转变了。这是在香港的一家茶馆里，她低眉敛目，跟着那里的老师傅学斟茶。

刚好那天她穿的是一件碧色长裙，一阵风吹来，衣袂翩飞，跟身后原木色的房间背景十分相搭。

她泡好了茶，故意学着古时候丫鬟的样子，双手捏着杯壁，小拇指翘起，跪在蒲团上朝他弯唇一笑："公子，请喝茶。"

他配合她演戏，笑着接过茶杯，呷了一口，手指勾了勾她的下巴，他竟演出了几分"骑马倚斜桥，满楼红袖招"的浪荡公子哥的感觉。

周暮昀看到这里，手指抵在唇边，忍不住笑出了声。

不得不佩服喻橙的剪辑能力，视频经过后期调色、调光、背景处理，就连特写镜头都加了进去，再配上应景的音乐旋律，当真是一场视觉盛宴。

周暮昀的嘴角上扬，他看完了整个视频。

最后一幕，两人站在现代化的街道上，隔着人群对视。

神奇的是，他居然穿着古代的玄色锦衣，墨发被银冠束起，而她穿着一袭淡青色齐胸襦裙，外套同色大袖衫，青丝如瀑，一枚流苏簪斜插在头发上。她朝他莞尔一笑。

画面定格了三秒，又是两人现代装的打扮，两人站在同样的街道上，相视一笑。

电影到此结束。

最后那一幕，回想起来竟有种两人前世今生都相爱的既视感。

周暮昀把电脑抱起来搁在腿上，将进度条拉到开头，打算从头开始再看一遍。

第十七章　喻橙，嫁给我

周暮昀过完生日，喻橙的二十三岁生日即将来临。

喻橙还在校园里的时候，无论过多少岁的生日，她都当自己是没长大的小孩子。自从她离开校园、踏入社会，再过生日就是在提醒自己又老了一岁。

这几天，喻橙陆陆续续收到了全国各地的粉丝寄来的生日礼物，每天都有一大堆快递要签收。

快递小哥都眼热她了，每次她一打开门，他就会无奈地说："姑娘，你的快递占了我这车快递的五分之一！每天买这么多东西，家里有矿啊！"

最后实在没办法，喻橙发了一条微博。

@大鱼爱吃小橙子V：鱼仔们不要再给我寄生日礼物啦，你们的心意我都知道，把钱留着买好吃的吧。

她的生日不是秘密，每年她生日这天，微博系统都会自动发一条生日动态。

以前只有一些死忠粉知道她的地址，会给她寄来生日礼物。现在恐怕没有人不知道暮鱼餐厅的地址，粉丝想要寄礼物太方便了。

这还不算什么，有的粉丝直接来暮鱼餐厅吃饭，结账的时候顺便把一份礼物交给员工："这是给鱼仙大大的生日礼物，麻烦转交给她，谢谢。"

所以，喻橙每天除了收快递，还会从员工那里得到一堆生日礼物。

她叮嘱过员工，不要收顾客的礼物，但粉丝比员工精明多了，有过几次被拒绝的经历，他们结完账把礼物盒子留下就跑。反正不用说，店里的员工也知道是给鱼仙大大的。

比起他们，喻橙更想知道周暮昀会给她准备什么生日礼物。

毕竟她当初为了他的生日礼物可是费了好一番工夫，连续熬了一个星期的夜，比大导演还要敬业地剪辑了一部电影。

回想起来，她都佩服自己，想给自己点个赞！

可是她看周暮昀最近的表现，似乎忘记了再过两天就是她的生日，一点费神焦心的感觉都没有。

周暮昀晚上回来的时候，喻橙正坐在地上拆快递。

她拆开一个快递，是香水，再拆开一个，是口红，盒子里一共有五支口红，都是喻橙喜欢的色号。她又拆了一个，是一套情侣杯，杯壁上印着鱼丸的照片，配的是金属的长柄勺，末端是一个猫爪图案，一看这杯子就知道是定制的。

女孩子果然最懂女孩子的心了。粉丝送的这些礼物，喻橙都好喜欢。她打算斥巨资搞一个抽奖活动，生日当天就开奖，用来回馈粉丝。

周暮昀看着她像打开潘多拉宝盒一样，一会儿拆开一个快递，发出哇的一声，一会儿又拆一个，发出啊啊啊的叫声，他有点无语。他默默地绕开这堆快递，拿着杯子去倒水。

身前的人影越过，喻橙停下拆快递的动作，怀里抱着刚拆开的一个玩偶，抬眼去看那个高大挺拔的背影，眼底掠过一丝深意。

他看到这些生日礼物，就应该知道过两天就是她的生日了吧？

桌上的手机忽然响了，是吕嘉昕发来的微信，她说给喻橙买了一份生日礼物，快要寄到了，让喻橙注意查收。

喻橙故意很大声地把微信内容读出来，佯装深思："吕嘉昕会给我送什么生日礼物呢？"

她故意加重了生日两个字的音。

周暮昀看了她一眼。喻橙注意到了，眨巴着一双清澈的杏眼看着他，眼中有期待。

"等收到不就知道了。"

喻橙："……"

自从上了大学，喻橙就再也没有在父母身边过过生日。所以这一次，喻宗文很重视，前一天晚上就打电话给喻橙，让她在生日当天回家。他们要给她过一个隆重的生日，热烈庆祝家里的小宝贝又长了一岁。

喻宗文还说会亲自下厨做一桌好菜。

喻橙愣住了，沉默片刻，有些为难道："可是我已经跟餐厅的员工约好了，晚上一起聚餐。而且，老爸，你亲自下厨做的菜确定能吃吗？"

喻宗文不仅被拒绝了，还被吐槽了厨艺，他有点心痛："小鱼，每年生日，你都跟爸爸妈妈一起过，今年怎么能例外？我怀疑你是想单独跟男朋友约会！你再也不是爸爸妈妈的贴心小棉袄了！"

"爸，你又说错了，我上大学后的每个生日都是跟室友一起过的。还有，今晚还真不是跟男朋友单独约会，确实是跟同事聚会。"

那边沉默了。

喻橙也不想伤爸爸的心，想了想说："这样吧，我明天中午回来，我们一家人吃一顿午餐庆祝。"

女儿是餐厅的老板，既然已经答应了员工要聚餐，总不能食言，喻宗文说："行，那你早点回来。"

"我明天带男朋友一起过来？"

"好啊。"

当天晚上，喻橙就跟周暮昀说了这件事，因为没提前跟他商量，担心他腾不出时间："如果你明天没空的话，我可以一个人回去。"

他捏了一下她的鼻子："想什么呢？我当然有时间。"

第二天一早，周暮昀就去了公司，有个紧急会议要开。他们昨晚约好的回家时间是上午十点，他会赶在这个时间之前过来接她。

喻橙倚靠着门框望着男人远去的身影，觉得有点郁闷。今天是她的生日，他居然没有跟她说生日快乐！他生日的时候，她特意定好凌晨的闹钟，第一个给他说生日快乐呢。

因为这个，喻橙一上午都有点无精打采。去餐厅巡视的时候，廖予卿他们跟她说生日快乐，她都心不在焉地回了个微笑。

餐厅里的顾客，见到她也笑着说生日快乐。

看到没有，连顾客都知道今天是她的生日，跟她说生日快乐，周暮昀那个男朋友却一点表示都没有。想到这儿，喻橙更觉得有一口气堵在胸口，不上不下。

　　不到十点钟，周暮昀果然回来了，他开车载着她回家。

　　她坐在副驾驶座上，用余光瞄了一眼身边的男人，只见他岿然不动，就像旁边坐着空气，连句话都没有说。

　　于是喻橙也不说话了，两人一路沉默到家。

　　周暮昀再次来拜访女朋友的家长，心里还是有点紧张。因为他没有遵守对未来岳母大人的承诺，见到蒋女士，总是心虚的。

　　可，这种事他也不好意思主动提起。

　　进屋后，喻橙看见喻宗文已经做了两道菜，她脱下外套、卷起袖子进了厨房："老喻同志，你出去吧，战场交给我就好了。"

　　"得令！"

　　喻宗文洗了手出去。

　　周暮昀坐在客厅里陪着两位长辈说了一会儿话，喝了一杯茶，便主动起身去厨房给喻橙打下手。

　　男人身高腿长，单穿着衬衫，袖子挽起来，站在水池边帮忙洗菜，他掰开一片片菜叶子在水龙头下冲洗，动作娴熟。

　　喻宗文有些诧异，挑挑眉看向蒋女士，凑过去压低声音说："我觉得小周这个人挺不错的，没有一点豪门大少爷的脾气，讲话有礼貌又随和，还主动给小鱼帮忙。我们公司跟森远集团那个合作项目，你知道吧，那次之后，森远就放出话了，只要我们这边没出原则性错误，以后就是长期合作关系。不用想也知道，这是小周看在我的面子上呢。"看在他的面子上，还不是因为在乎他女儿吗？他都懂。

　　蒋女士看了他一眼，不置可否。

　　厨房里，喻橙将腌制好的牛肉片下到热辣辣的汤里，分神瞥了一眼旁边的男人。阳光透窗而入，他长身玉立在流理台旁边，侧脸英俊立体。

　　明明是赏心悦目的一幅画面，由于喻橙此刻的心情并不美好，看向他的眼神慢慢变了。

　　周暮昀察觉有一道目光凝在自己的脸上，侧头看着她，把洗好的生菜放进篮子里沥水，疑惑道："怎么了？"

　　"没什么。"喻橙收回目光，抿了抿唇，看着锅中煮得咕噜咕噜冒泡的汤，放了一勺盐进去。

周暮昀脸色大变，想要阻止已经来不及了："你放过盐了。"

喻橙回想一下，好像真的放过一勺盐。完了，这道菜肯定咸了。这么低级的错误，在最初学做菜的时候她也没犯过，果然是因为心神不定。

喻橙晃了晃头，集中精神看着锅里的菜。好在她做的是水煮牛肉，还可以加点水补救一下，如果是炒的菜，真就一点办法都没有了。

周暮昀深深地望了她一眼，低垂着眼眸，敛下眼底的笑意。

一桌丰盛的午餐很快就做好了。周暮昀帮忙把菜端上桌，又收拾了碗筷拿过来，还洗干净了几个杯子。

喻宗文越看越满意，不住地点头。

四人围坐在餐桌上，喻宗文开了一瓶周暮昀上次送的红酒。要是平时，蒋女士肯定要说他几句，但今天是女儿的生日，她就不扫他的兴了，看着他倒了满满一杯红酒。他闻了一下，挺香，笑眯眯地拿过蒋女士的杯子，给她倒了小半杯。

喻宗文准备给周暮昀倒的时候，周暮昀伸手拦了一下，温声道："叔叔，我开车过来的，不能喝酒。"他说着看向喻橙，"我和橙橙喝果汁吧。"

喻宗文点点头，没有勉强。

"来，我们碰一杯，祝小鱼生日快乐！年年岁岁平安喜乐！"

大家举杯相碰，喻橙笑着说："也祝爸爸妈妈长命百岁！"

吃完饭，喻宗文神秘兮兮地把喻橙拉到一边，从口袋里掏出一个小礼盒塞给她："我和你妈妈一起送的，希望我的宝贝女儿喜欢。"

喻橙握住盒子，没有看里面是什么："谢谢爸爸，我很喜欢。"她又扭头看向蒋女士，"谢谢妈妈。"

蒋女士笑了笑。

周暮昀还有工作要忙，他们聊了一会儿天就要走了。

上了车，喻橙才把盒子打开，是一枚银色的像是纪念币的吊坠，上面印着两个小小的脚印，非常可爱。这是她出生那天印在模具上的脚印，应该是爸爸找人专门做成缩小版的吊坠。

喻橙摸了摸吊坠上凹陷的小脚印，小心翼翼地把它取出来放在掌心，翻到背面，是一行小字，写着对她的祝福。

她的眼眶微热，她忍不住吸了吸鼻子。

周暮昀侧过头，单手握住方向盘，另一只手搭在她的头顶轻轻地揉了两下。

头顶传来轻柔的抚摸，喻橙抬头看着他，眼眶有点湿润。反应过来后，她偏了偏头，躲开他的手，把吊坠放回盒子里，装进包里，扭头看窗外的风景。

周暮昀收回手，瞥了她一眼，只能看见小姑娘的后脑勺。唉，他无声地叹了口气。

周暮昀先把喻橙送回了餐厅那边，然后去了公司。

下午五点，暮鱼餐厅就打烊了。因为提前一天发过公告，顾客都知道了，没有在五点后过来。

趁着喻橙在二楼，员工快速将一楼餐厅布置一新。

大家分工合作，几个厨师负责做菜、做蛋糕，女孩子负责打气球，剩下的男生则把打好的气球粘在墙壁上，还有几个负责整理餐桌。

周映雪也过来了，眼见廖予卿踩在桌子上往墙上粘气球，便自觉地站在下面指导："Birthday（生日）的那个h贴歪了，再往左偏一点。"

廖予卿正把Happy Birthday（生日快乐）几个字母一个一个往墙上粘，因为其他人都在忙，他就凭直觉贴，贴歪了吗？

按照周映雪的指示，廖予卿拿下那个字母h的气球，往左边移了一点，问："现在呢？"

周映雪双手抱臂往后退了一步，端详片刻："OK，没问题了。"

廖予卿轻舒一口气，轻轻一跃，从桌上跳下来。

没过多久，周暮昀也到了。

人都到齐了，苏以茉鼓鼓掌，示意大家安静下来："接下来，让我们隆重请出今天的主角，喻老板！生日快乐！"

一分钟前，陶静静就去楼上请喻橙了。此刻听到楼下的欢呼声，陶静静便抬手蒙住喻橙的眼睛，带着喻橙下楼。

"对，脚下是楼梯，往下走一步，再下一步……"

喻橙的眼睛被蒙住了，只能按照陶静静的指示一步步往下走。

好不容易踩到平地上，她紧张得手心都出了一层汗。陶静静在她的身后轻笑一声："三，二，一，当当当当——"

406

陶静静拿开手，喻橙缓缓睁开眼睛。

餐厅被布置得温馨梦幻，复古风的壁纸上围了一圈彩色的气球，正中央贴着Happy Birthday。几张长方桌拼成一张大桌子，上面摆着一个三层的大蛋糕，还有一桌丰盛的菜肴。

最吸引人眼球的是落地玻璃窗边用各色玫瑰堆成的大熊，比喻橙还要高。

喻橙愣了一瞬间，惊讶地睁大眼。陶静静随着她的目光看去："那个啊，那个是小雪送你的，刚从花店运过来，一路上吸引了不少人的目光呢！"

喻橙敛了敛眼眸，哦，她还以为是周暮昀送的。她转头看向周映雪，朝周映雪一笑："谢谢。"

"跟我客气什么。"周映雪歪着头，俏皮地眨了眨眼。

大家围坐在餐桌上，纷纷拿出早就准备好的生日礼物递给喻橙，她一一接过来，笑着向大家道谢。

她的目光瞥向身边的周暮昀，男人似乎没看到她的眼神暗示，他捏着筷子给自己夹了一块鱼。

喻橙垂下眼，失落感冲到了顶点，连吃进嘴里的菜都觉得没有味道。

吃到一半时，大家提议切蛋糕。他们把皇冠戴在喻橙的头顶，点亮了生日蛋糕上的蜡烛："许个愿望吧，喻老板！"

在大家的注视下，喻橙腼腆一笑，顺从地闭上双眼，十指交握，一脸虔诚地对着蛋糕许下愿望。

之前她过生日都没有这么隆重过，在学校里，每次都是她们一个宿舍的姑娘出去吃一顿大餐。这次大家这么热情，她反而有点不好意思。

喻橙默默许下一个愿望，睁开眼睛，倾身吹灭蜡烛。

蜡烛熄灭的一瞬间，仿佛是按下了某个开关，整个餐厅的灯都灭了。

众人一愣。廖予卿最先反应过来，大呼一声："什么情况？"

短暂的愣神后，众人纷纷拿出手机打开电筒照明。

漆黑一片的餐厅里，一簇簇白色灯光亮起，晃来晃去。他们想要检查一下到底是哪里出了问题。

廖予卿扭头看向其他人："所以，这到底是什么情况？"

沈魏四下扫了一眼，摇摇头，也不清楚："难道是保险丝烧了？"

407

苏以茉说："先去看看别的地方有没有停电，说不定不是我们餐厅的电路问题。"

一语惊醒梦中人。大家离开座位，绕过书架，透过落地窗看向马路对面。

怎么回事？对面一整条街都黑黢黢的，一点光亮都没有。不会是全城停电吧？

他们这顿饭还没吃完呢！难道要一边举着手机照明一边吃饭吗？想想都觉得累得慌……也不知道店里有没有备用的电筒。

这念头刚闪过，只见廖予卿跟一只猴子似的蹿了出去，跑到门外查看情况。

大家也想知道是怎么回事，跟着他往外走。

十月底，气温很低了，喻橙跟着大家走出餐厅，立刻被一阵风吹得打了个寒噤，缩了缩脖子。

街对面传来吵吵嚷嚷的声音，显然是因为停电，大家都跑出来了。

"这是什么诡异的事件，只有这条街停电了，别的地方都好好的。"

放眼望去，这条街从街头到街尾漆黑一片。路灯和红绿灯倒是照常，路上的汽车来来往往，车灯打开，汇成一条金色的长龙，是漆黑夜晚里唯一的点缀。

视线再放远，别的地方的高楼大厦都亮着灯，矗立在漆黑的夜空，顿时衬得这条街如同被遗忘的小村落。

很明显，只有他们所在的这条街停电了。

陶静静裹紧了脖子上的围巾，猜测道："那就只能说明是这条街哪里的电路烧坏了，或者是……"

她的话还没说完，隔壁商铺的门口忽然传来女生的惊呼。

"天哪！"

大家抬眸望去，只见这条街上最高的大厦亮起了一盏粉红色的灯。那样璀璨耀眼，仿佛夜空中最闪亮的星星，还是梦幻的粉红色的星星。难怪女孩子都欢呼雀跃。

喻橙也抬头仰望，粉红色的灯一盏一盏亮起来，越亮越多，很快组成一个字——喻。她的心里忽然冒出一个强烈的预感，她侧眸看向身边的男人。

冷风中，周暮昀长身玉立，双手插在口袋里，额发被风吹得翘起来一点，五官的侧影在黑夜中那样立体，像是工笔一点点勾勒而成。

他注意到她的视线，偏过头来朝她一笑，什么也没说。

粉红色的灯光组成了第二个字——橙。

廖予卿他们不由得惊呼一声，不约而同地看向今晚的主角。这个时候大家也反应过来了，他们以为的电路故障是假的，停电也是假的。如果没猜错的话，这才是今晚最大的惊喜！

耳边传来女孩子兴奋尖叫的声音，周映雪更是抑制不住激动，喊出自己的猜测："啊啊啊啊啊！是求婚吗？是吗是吗？"

是的。大厦的幕墙上所有的字出来了，从上至下连起来正好是一句话：喻橙，嫁给我。

人群中爆发出更大的尖叫声。

三秒钟后，整条街的灯光次第亮起来，瞬间从凄冷的黑夜返回繁华热闹的人间。幕墙上的那行字还在。

出来查看情况的群众都忘了回到温暖的室内，怔怔地看着今天的男、女主角。

此情此景，还有什么不明白的，这是有人准备求婚啊！

暮鱼餐厅门口的人越来越多，很快将男、女主角包围其中。

喻橙早在看到大厦幕墙上的字时就已经蒙了。她的脸冻得通红，一双水润的眸子一眨不眨地盯着眼前的男人，过了一会儿，她又忍不住去看幕墙上的字：

喻橙，嫁给我。

不是"嫁给我好吗"，也不是"你愿意嫁给我吗"，而是"嫁给我"，不带任何疑问的语气，那样坚定，仿佛他早就知道她心中的答案。

周暮昀深吸一口气，明明一切都在计划中，事到临头自己却紧张起来。他面朝喻橙，从口袋里拿出一个纯黑的丝绒盒子，膝盖一弯，扑通一下单膝跪在地上。

四周寂静，似乎能听见膝盖骨砸地的清脆声响。人们常说冬天的骨头脆，猛地磕在水泥地上的滋味不好受吧。围观的路人听着都替他疼，甚至有人不自觉地摸了摸自己的膝盖。

这个场景在周暮昀脑中预演了无数遍，他连单膝跪地的时间点都掐得分毫不差，却因为紧张，差点出糗。

409

他忍下膝盖骨传来的疼痛，打开戒指盒，一枚华丽的钻戒躺在黑色丝绒布上，让人毫不怀疑他是摘了一颗星星送给她。

喻橙下意识地屏住了呼吸。

周暮昀自下而上地仰视着他的姑娘，将盒子里的钻戒取出来，递到她面前。男人英俊的面庞满是虔诚，不知是冷的，还是因为有点紧张，他的声音里带着些微颤："喻橙，生日快乐。还有，嫁给我。"

他明明提前背了稿子，准备了一大堆情话要说给她听，眼下却忘得一干二净，什么都想不起来了，只剩下这两句最简单、最朴实的。唯一值得庆幸的是，说这两句话时他没有因为太过紧张而结巴……不然这个求婚就翻车了。

即便这样，围观的女生还是感动得一塌糊涂，纷纷拿出手机拍照、拍视频。何其幸运，她们刚好撞见周公子的求婚现场。比她们还要幸运的是被他求婚的那个女孩吧。她们转头看向喻橙，女主角果然已经感动得说不出话来。

冷风还在吹，喻橙看着他，她的眼中有泪光闪烁。她告诉自己不要哭，却怎么也忍不住，眼泪倏然从眼角滑落。

她等了一整天的"生日快乐"，他到现在才说给她听，她却不觉得晚，一切都刚刚好。还有他的礼物，她也很喜欢，这是她今年生日收到的最大惊喜。

再过不久，他们就认识一周年了。当初在餐厅里相亲认错人，她怎么也不会想到，这个男人会是牵着她的手度过余生的人。

虽然他们交往不到一年，现在说余生还有点早，但她有信心，他们会永远在一起。

周暮昀迟迟等不到女孩的答复，更忐忑了，他捏着戒指的手开始有点抖。

难道，她不愿意嫁给他吗？

周围的人也都屏住呼吸静静等待，他们没有像所有围观求婚的群众那样，大声喊着"答应他"，他们更愿意看到女孩的选择。

在所有人期待的目光下，喻橙揉了一下眼睛，蒙眬的视线逐渐清晰，这才看见男人一脸紧张地看着自己，他的嘴唇抿成一条平直的线。

傻不傻？他以为她不会答应吗？

喻橙缓缓伸出手，手指纤细白皙。因为哭过，她的声音带着点鼻音，软软糯糯的，像是在撒娇："帮我戴上吧。"

众人欢呼。他们就知道，故事的结局一定会如预期那般圆满。

周暮昀长舒一口气，心中的大石头终于落了地，僵硬的唇角微微勾起，绽放了一个浅笑，已经冻僵的手指捏着戒指缓缓套上她的无名指。

戒指不大不小，刚刚好。

大家又是羡慕又是感动，手心都拍红了，还在不停鼓掌。

喻橙看了看无名指上的钻戒，又看着跪在地上的男人，她的睫毛上还挂着几滴泪珠，红着脸小声说："你还跪着干什么？赶紧起来啊。"

周暮昀一愣，这才发现自己还跪着，自言自语道："我忘了……"

大家扑哧一声笑出来。这是什么集团大老板哦，求完婚跪在地上忘了起来。

不到半个小时，周公子的求婚视频便被转发得到处都是。身后是繁华的街道，远处的大厦幕墙上写着：喻橙，嫁给我。身着纯黑色西服的男人英俊倜傥，手里拿着华丽的钻戒，不管围观的人有多少，他的眼里只有面前的女孩。他的眼神真诚又温柔，在得到女孩的回复后，刹那间绽放的笑容，孩子气十足。

"我当时就在现场啊，看得真的感动到不行，眼泪哗哗地流。周公子求婚时那个眼神……呜呜呜，爱惨了我大鱼吧！大鱼也是，看向周公子的眼神超有爱意。"

"我好恨！我为什么不在现场？啊啊啊啊！"

"楼上别急，今晚流出的视频非常多，各个角度的都有，任君欣赏。不得不说，周公子的这个求婚很浪漫了。"

网上掀起一波接一波的热潮，暮鱼餐厅的众人回到屋里，继续刚才没吃完的晚餐。只不过气氛变了，大家的心情也都变了，个个儿激动得无以复加。

周映雪坐下后双手抱拳："哥，请受我一拜。我以后再也不嘲笑你不浪漫了，这个求婚绝对可以载入史册！"

周暮昀懒得去理周映雪的胡言乱语，他乌黑的眼眸锁住身边的女孩，目不转睛地盯着她的侧脸。喻橙的表情有点呆，刚才真的经历了被求婚吗？她看着手上戴的钻戒，在灯光下璀璨如星，提醒她一切都是真的。

411

"喻老板,今晚必须喝一个!"

大家爆发的起哄声让喻橙回到现实,她抬眼看过去,原来是廖予卿倒了两杯酒,让她和周暮昀喝一个交杯酒。

喻橙的脸腾地红了,她看向周暮昀,却见他已经端起了其中一杯酒,把另一杯递给她,低声在她耳畔说:"喝醉了也没关系,我抱你上楼。"

考虑到喻橙的酒量不行,廖予卿很仁慈地倒了白葡萄酒。

喻橙看着周暮昀递过来的酒杯,以她一口就倒的酒量,哪怕是度数不高的白葡萄酒也会醉吧。她今晚太开心了,实在不想喝醉。可大家都期待地看着她,周暮昀也期待地看着她,仿佛只有喝下这交杯酒,今晚的一切才算圆满。

盛情难却,她豪气冲天地道:"好,喝就喝!"

喻橙伸手接过高脚杯,与周暮昀对视,男人笑了一下,在灯光下,他的笑容有说不出的温柔,比手里这杯白葡萄酒还要醉人。

其他人噤了声,默默地看着两人。每个人脸上的表情都像闹洞房的宾客,非要将热闹看个够。

周暮昀端着酒杯主动从喻橙的手腕绕过,将酒杯凑到唇边喝了一口。与此同时,喻橙也倾斜酒杯喝完了杯中的酒。

众人鼓掌,宣布礼成。

喻橙只觉脸热,匆匆放下酒杯埋头吃菜,急切的样子就好像饿了许久,明明之前他们已经吃得差不多了。

大家闹够了,吃菜的吃菜,吃蛋糕的吃蛋糕,气氛重新热闹起来。

周暮昀盛了小半碗热汤放在喻橙手边,轻声说:"喝点汤吧,解解酒。"

廖予卿给喻橙倒了大半杯酒,他以为她象征性地喝一口就算完了,谁知她一仰脖将一杯酒喝得一滴不剩。以她的酒量,十有八九是要喝醉的。

果然,廖予卿猜对了。

小姑娘埋着头,刚开始还认认真真地吃菜,现在却是拿着筷子一下一下地戳着碗里一颗圆溜溜的牛肉丸。

周暮昀低头靠近她,轻声唤:"橙橙?橙橙?"

喻橙支起下巴看着他,脸颊红彤彤的,像熟透的苹果,眼睛眯成一条缝,一脸迷糊地张了张嘴:"啊?"

"你喝醉了。"周暮昀无奈地说。

喻橙晃了晃头，她今天扎了一个丸子头，这么一晃，发圈掉下来，头发全散了，跟个小疯子似的。

她打了个响亮的嗝，说："我吗？我……我没醉，我还能唱歌呢，你要听我唱歌吗？我唱得可好听了。"

周暮昀的脑海中浮现出她上次在酒吧喝醉酒的画面，顿时，心中的警铃大作。

下一秒，那个迷迷糊糊的小姑娘噌地站起来，虽然喝醉了，动作却十分利索，一脚踩上椅子，抓起桌上一个酒瓶子当成话筒："是他是他是他，就是他，我们的朋友小哪吒！上天他比，天要高，下海他比，海更大啊……"

大家："……"这又是什么情况？众人惊得筷子都要掉了，抬头望着站在椅子上的喻橙，喝醉了吗？

唱到高潮，她还挥了挥手，仿佛台下有无数观众在听她演唱。

周映雪的眼角抽搐了两下，感叹道："没想到……大鱼的舞台感还挺强的。"

喻橙的一首歌还没唱完，就无缝衔接地过渡到下一首歌："再见了妈妈，今晚我要去远航，别为我担心，我有快乐和智慧的桨……"

喻橙唱得很忘我，情绪太过激动饱满，差点从椅子上栽下来。

周暮昀揉了一下眉心，站起身一把将人从椅子上抱下来，另一只手夺走她手里抱着的酒瓶子，随手放在桌上，他匆匆说道："你们吃，临走前别忘了锁门，我先带她上楼。"

他努力保持平静，将还在哼哼唧唧的姑娘按进自己怀里，借此堵住她的嘴巴。

喻橙不满地扭来扭去，想要挣脱他的桎梏。

廖予卿朝周暮昀比了个OK的手势，强忍住喷笑的冲动，说："没问题，我最后走，负责锁门。"

周暮昀点了点头，扛起不安分的醉鬼大步流星地往楼上走。

喻橙的嘴巴得以解脱，她大喘了一口气。

众人听到渐渐飘远的喻老板的声音："你知道我除了会唱歌，还会什么吗？我会……"

二楼的门被踹开，周暮昀抱着她进去，反身将门关上，落锁，声音被

413

隔绝。

一楼餐厅的众人一致扭过头，终于忍不住了，都趴在桌上哈哈大笑。

苏以茉笑得肚子都痛了："以前总在微博上看到盘点女生喝醉酒后发生的各种奇葩事迹，我觉得把喻老板这个录下来，绝对可以排名第一！"

"哈哈哈！"

陶静静笑得前仰后合，差点一头扎进蛋糕里："周公子为什么要把老板带走，我还想知道她除了唱歌还会干什么。"

大家："我也好奇！"

周暮昀当然知道喻橙除了唱歌还会做什么，他抱着人一路进卧室，将她放在床上，手捂住她的嘴巴："不许唱歌，也不许那什么Rap和Beatbox，最好别说话。"

她的嘴巴被捂住，只剩一双眼睛露在外面，喻橙眨巴两下眼睛，委屈巴巴地看着他，发出低低的呜呜声。

周暮昀叹一口气，妥协道："我松开你，你别唱歌了，你要是同意就快速地眨两下眼睛。"

虽然喝醉了，她还是能听出他的语气里威胁的意味，迟疑三秒，她快速地眨了两下眼睛。

周暮昀拿开捂住她嘴巴的手，动作十分缓慢，仿佛她要是再唱歌，他下一秒就再次捂住她的嘴巴。

还好，喻橙没有唱，翻了个身卷起床上的被子钻了进去。

周暮昀轻舒一口气，站在床边凝视她几秒，认命地给她脱掉鞋子。

他一抬眼，只见喻橙蜷起小腿，像只虾子似的整个人一点点拱进被子里，头倒是捂住了，半个身子还在被子外面，不时发出小猪一样的哼哼声。

周暮昀看得哭笑不得。他掀起被子将她裹严实，拿了衣服去浴室洗澡。

等他再出来时，床上的人180度翻转，脚伸到床头，脑袋枕在床尾，被子被她揉得一团乱，枕头还掉了一个在地上。

周暮昀擦头发的动作停下来，他抓下脑袋上的毛巾，弯腰捡起地上的枕头，拿在手里拍了拍，放到床上。

她倒是不唱歌了，人依然不老实。她这会儿在干吗？她趴在床尾，手伸到下面去揪床单的花边。这套床单被罩是她前不久在网上买的，樱花粉色，她说最好看的就是床单四周垂下来的小毛球。她现在就在扯那些小毛球，已经扯掉了好几个，落在地板上。

周暮昀毫不怀疑，如果不阻止她，她会将这一圈的毛球都扯掉，然后第二天早上醒来后悔得要哭。

他二话不说，把正在揪小毛球的姑娘抱起来，将她掉了个方向，让她的头朝着床头。

喻橙发出一声抗议，周暮昀握住她的双手撑在头侧。对上她水润的眸子，他一句重话也说不出，只得柔声地哄道："乖一点，明天带你吃好吃的。"

如果说有什么能让一个吃货瞬间安静下来，那就是美食了，即使她喝醉了，这句话仍然是有效果的。她果然不乱动了，乖乖地点了点头，开始报明天想吃的菜："我要吃口水鸡、虎皮凤爪、酱牛肉、椒盐猪蹄、大闸蟹、剁椒鱼头……"

"好，我答应你，想吃什么都让你吃。"

他将人半抱起来，脱掉她的衣服，再把弄乱的被子整理好盖在她的身上。等一切都弄好，周暮昀出了一身汗，这个澡算是白洗了。

他去浴室接了一盆水端过来，给这个精力旺盛的醉鬼洗脸、洗脚。温热的毛巾裹住她的小脚，她突然扑腾起来，另一只没被握住的脚屈起来往上一蹬，一脚蹬在男人的脸上。

周暮昀闭了闭眼，告诉自己不要跟喝醉酒的人计较，然而实在是忍不住了。

她这叫什么？还真就蹬鼻子上脸了？

他扬手将毛巾甩进盆里，翻身上床，将人压在他的身下："我说什么了？让你乖一点，不要乱动，你不听话，我要惩罚你。"

喻橙怔怔地看着他，嗫嚅道："我……我没乱动。"

都蹬他的脸了，还叫没乱动？

周暮昀气得咬紧后槽牙，也不管她能不能听懂他刚才那句话，他低头便吻上她的唇，滚烫的呼吸喷洒在她的脸上，让她不住地往后缩。

现在才知道躲？晚了。

他重重地吻了一下她的唇，又偏着头啃咬她的脖颈，一寸寸地往下。

她呜咽一声，伸手去推他的脸："你咬我，你居然咬我，呜呜呜……我又不是肉骨头，你为什么要咬我？我好惨，我被咬了，我要打疫苗了，我不

415

想打针，呜哇哇！"

喻橙，你死定了，居然敢骂他是狗。

周暮昀顿了一下，握住她的手腕反扣在她的头顶，他想要好好惩罚她一下。恰在此时，手机响了起来。

周暮昀拧了拧眉，拿起床头柜上的手机看了一眼，这是喻橙的手机，屏幕上来电显示母亲大人。

现在怎么办？

他垂眸看着床上的人，她的衣服被他脱光了，藏在粉色被子下的娇躯泛着跟被子一样的颜色，脖子、锁骨、胸前都是他刚弄出来的痕迹……

周暮昀一阵头疼，要接电话吗？他接，还是她接？

就在他六神无主的时候，电话因为太长时间没接自动挂断了。他一口气还没来得及吐出去，蒋女士的第二个电话就打过来了，仿佛对方不接通她就会一直打来。

周暮昀想了想，俯身跟床上还没睡着的醉鬼商量："你妈妈来电话了，一会儿我把手机给你，你就说：妈妈，我要睡觉了，明天再联系。懂吗？"

喻橙似懂非懂地点点头。

周暮昀不放心，跟她确认一遍："你待会儿要说什么？"

喻橙舔了舔唇，重复他刚才的话："妈妈，我要睡觉了，明天再联系。"

周暮昀："对。"

不愧是学霸，即使喝醉了酒，脑子还是这么聪明。周暮昀露出一个赞赏的微笑，终于满意了，他摁下接通键，把手机附在她的耳边。

喻橙看了他一眼，在他鼓励的眼神下，小嘴一瘪："妈妈！周暮昀他咬我！他要吃了我！我快死了，呜呜呜……"

周暮昀："……"我要打人了，你信不信？

喻橙醒来已经是第二天早上。刺眼的阳光透过窗帘缝隙照进来，说明时间已经不早了。

她一偏头，发现周暮昀居然还躺在床上。几点了？他不用去公司吗？喻橙拿起手机看了一眼时间，快九点了。

她揉了揉脑袋，想要回忆一下昨晚的事情。她想了好久，只记得廖予卿

416

他们起哄，让她和周暮昀喝交杯酒，她本来不想喝，后来周暮昀说喝醉了也没关系，她才答应下来。

然后……她又喝醉了。

喻橙闭上眼睛，她这个酒量随了老喻同志。爸爸稍微好一点，这些年经常应酬，把酒量锻炼出来了。她就不同了，不管过去多久，还是一喝就醉，一醉就发疯，醒来还不记得自己做了什么。

她昨晚应该没做什么丢人的事情吧？

喻橙放下手机，准备起床洗漱。掀开被子，她才感觉到身上没穿衣服，低头瞄了一眼，看清胸前的痕迹，悚然一惊，她的眼神立刻就变了。

她扭头看着身侧的男人。他躺在床上没睡着，也不起来，他的双眼凝视着天花板，面无表情。但是很奇怪，她好像能感受到他悲伤的情绪。

"你昨晚是不是趁我喝醉占我便宜了？"她推了他一下，又有点不确定，"还是说，我……我占你便宜了？"

她醉酒后的一些行为不受控制，搞不好她真的会霸王硬上弓。

过了几秒，周暮昀才扭头看着她，他一脸复杂的表情，因为长时间没说话，声音略有些低哑："昨晚的事，你还记得吗？"

喻橙一愣，他这个表情，这个眼神、这个语气，难不成她昨晚喝醉酒真的干了什么十恶不赦的事？

"我昨晚做了什么？"

周暮昀很想说，你昨晚害死我了，你知道吗？

但是，你能跟一个喝醉酒的人讲什么道理呢？她又不是故意的。可一想到她昨晚明明答应得好好的，转眼就出卖人的行为，他就想把她揍一顿。

他沉默了太久，喻橙已经有点等不及了，催促道："你说呀，我做了什么？"

周暮昀没来得及开口，手机的铃声就响起来了。

喻橙拿过手机瞥了一眼屏幕上的来电显示，是母亲大人的电话。周暮昀也看到了，眉心一跳。

"喂，妈妈，有什么事吗？这么早给我打电话。"

"醒了？醒了就回家一趟，把你那个男朋友也叫上。对了，他现在应该在你身边吧？"

"现在回家？可是我昨天才回……"

417

"就是现在。"蒋女士打断了她的话。

"哦，好。"

电话挂断，喻橙怔怔地看着手机屏幕，还是没明白是怎么回事。

她总觉得哪里不对劲，仔细想一想，她终于知道是哪里不对了，蒋女士怎么知道周暮昀此刻就在她身边？

结合周暮昀的表情，她心里忽然有个不好的猜测："我、我昨晚……"

"没错，你昨晚喝醉酒跟蒋女士告状，说我欺负你。"周暮昀淡淡地道，"对，就是你想的那种欺负。"

喻橙当时说的话那么有歧义，蒋女士又不傻，当然一听就明白是怎么一回事。本来他都做好了蒋女士连夜杀到家里来的准备，他一直在等待，谁知她今早才打电话过来。

是的，他一整晚都没睡踏实，今早更是早早就醒来了，现在头还有点痛。

喻橙的脑子嗡的一声响，炸成一片空白。

我的哆啦A梦呢？能让时光倒流吗？

回家的路上，喻橙一脸紧张，内心更是忐忑不已，手指抠着安全带。她对蒋女士再了解不过，蒋女士在其他方面的教育称得上开明，唯独这种事情上，比爸爸还古板。

周暮昀瞥了喻橙一眼，对她的紧张很是不理解，他才是应该紧张的那个人吧。他想了一个晚上，都没想到该怎么跟蒋女士解释。如果没有当初的承诺还好说，关键是他信誓旦旦地在蒋女士的面前保证过，转眼就……就打脸了。

车子驶进小区，片刻后，两人从车上下来。

他们对视，都从对方的脸上看到了凝重的表情，以及视死如归的气势。

喻橙装不过三秒就露怯了，她抱着周暮昀的胳膊，往他身后躲了躲，紧张兮兮地说："如果蒋女士骂我，你一定要帮我说话。"

周暮昀想说你真是想多了，该挨骂的人是我。

当然，作为男人，保护自己的女朋友是应该的。他拍拍她的手背，语气很坚定："放心，一切都交给我。"

进门前，周暮昀深吸一口气，这才抬手按下门铃。

门内传来拖鞋摩擦地板的沙沙声，少顷，门被打开，映入眼帘的是蒋女士严肃的面庞，是老师的专用面孔。面对这样一副表情，三分之二的学生会选择不打自招。

周暮昀定定神，礼貌问候："阿姨好。"

"进来吧。"蒋女士丢下一句话，转身进屋。

喻橙像一只小鹌鹑一样躲在周暮昀的身后，心里咯噔一下，她有强烈的预感要出大事情了，请问现在遁走还来得及吗？来不及了，周暮昀牵着她的手走进屋子里。

屋子里空荡荡的，安静得落针可闻，喻宗文应该去公司了。

蒋女士一句多余的话都没有，朝周暮昀开门见山道："你答应过我什么？"

喻橙好奇地看着蒋女士，妈妈居然不是骂自己。而后，喻橙看向身侧的周暮昀，他答应过蒋女士什么？

周暮昀轻咳一声，第一次感到词穷，沉默半晌，才垂着眼低声说："这件事……确实是我的错，违反了当初跟您的约定。"

他完全能理解蒋女士的考虑，她以婚前不许发生关系为条件答应让两人继续交往，是出于对喻橙的保护。蒋女士那个时候不看好他，心里想的是，哪怕最后分开了，至少这样能降低对喻橙的伤害，而他的的确确没有遵守承诺，合该挨骂。

两人一来一往的对话，喻橙还有什么不明白的。所以说，周暮昀一直以来没有做到最后一步，是因为他跟蒋女士有约定！

喻橙终于想起来了，有一次蒋女士单独拉着他谈话，后来喻橙怎么逼问他，他都不肯跟她说蒋女士到底跟他谈了什么。原来，他们定下的条件是这个。

喻橙的头脑一热，她从周暮昀的身后站出来，像老母鸡护小鸡那样把他护在自己的身后，义正词严地道："妈妈，这件事不怪他，不是他，是我自愿的，是我主动的！"

蒋女士一言难尽地看着她，以为自己的耳朵出问题了。

喻橙没有说错，那晚确实是她主动的，周暮昀本来不愿意，是她非要，他是被她连累的。想到此，她加重语气："没错，是我先……"

周暮昀一把捂住她的嘴，你别说了。

419

女朋友站出来帮他说话，他很感动，但是这种事，还是该由男人来承担。

蒋女士受到了不小的冲击，静默了好一会儿，终于找回了一点理智，她看着喻橙说："你跟我过来。"

喻橙扒拉一下周暮昀的手，回过头看着他，用眼神质问他：你为什么要打断我的话？

周暮昀推了她一下："阿姨找你有话说，快去吧。"

他叹一口气，目送喻橙进了书房。

书房里只有母女俩，四周弥漫着淡淡的墨香，靠近书架的地方摆放着一张红褐色的实木长方桌。小时候，喻橙经常趴在这张桌上写作业，妈妈则坐在另一边写教案，顺便监督她。

蒋女士看着她，抬手戳了戳她的脑门，戳得她身体一偏，又是气愤又是无奈地说："你让我说你什么好？那种话是你一个姑娘家能说的吗？"是我主动的。听听，这是一个未出嫁小姑娘说的话吗？蒋女士简直要被气死了！

女儿都这么说了，她压根儿不好意思再说周暮昀的不是。

喻橙低着头，不敢反驳。好像，这话是有那么一点不矜持。

事已至此、木已成舟，蒋女士还能说什么，说什么都没用了。她揉了揉额头，只觉得自从女儿谈了恋爱，她真是操碎了心。以前不谈恋爱她发愁，现在更是愁上加愁。

蒋女士缓了一会儿，语气平静地道："做避孕措施了吗？"

"啊？"不料话题忽然转到这个方面，喻橙一愣，脸颊倏的红了。

见她迟疑许久，蒋女士的手撑在桌边，堪堪稳住身形，感觉自己的高血压都要犯了。蒋女士的视线一垂，猛然发现喻橙的手指上有什么东西闪闪发光："那是什么？"

注意到蒋女士的视线，喻橙抬起手："哦，这个啊，周暮昀昨晚跟我求婚了，我答应他了。"

蒋女士："……"

等了几分钟，周暮昀看到母女俩从书房出来。

蒋女士的表情看起来好像更复杂了，他的心头一紧，下意识地看向旁边的喻橙。喻橙耸耸肩，眼睛眨了眨，告诉他没问题，一切都交给她。

蒋女士将两人的眼神交流看在眼里，目光直视周暮昀："我想问问你，你接下来的打算是什么？"

周暮昀想了想，郑重道："结婚。"

结婚。

他自然而然地就将这两个字说出来了，神情却无比认真。

话音落地，喻橙觉得心弦像是被人轻轻拨动，荡开一圈圈涟漪，耳边不断地回旋着这两个字。

蒋女士不语。

周暮昀握住喻橙的手："我想娶她，不是因为想要负责任，而是我一开始跟她在一起就考虑过的结果。"

喻橙缓过神来，喃喃地重复："结、结婚吗？"

周暮昀的目光从蒋女士的脸上移开，转而看向喻橙，仿佛她问了什么傻问题："你昨晚都答应我的求婚了，难道不想嫁给我？"

喻橙的脑子有点蒙，在她的认知里，求婚到结婚中间还有很长的一段过渡，难道不是这样吗？

"没有不想嫁。"她只是没想到会这么快。

"那就是想。"

喻橙的视线四下闪躲，不好意思看他。兄弟，你能不能别这么直白啊，我要脸的。

"阿姨，我还是当初那句话，我对橙橙是认真的，这一辈子我都会对她好。请您把她嫁给我。"周暮昀说。

男人的眼神真挚，明明是那么高傲的一个人，此刻却垂着头，态度谦卑到极点。

喻橙心中涌动着暖意，她的手从他的手心里挣开。周暮昀一愣，垂眸看着她，只见她的双手抱住他的胳膊，她眼泪汪汪地望向蒋女士："妈妈，他真的对我很好。"

蒋女士："……"昨晚在电话里哭着喊着被欺负的是她，今天哭着要嫁给他的也是她，自己怎么就生了这么一个善变的女儿。

蒋女士拧了拧眉，摆摆手道："你们爱怎么样就怎么样吧，我不管了。至于结婚，接下来再慢慢商量，也不是眼下说结就能结。"

蒋女士的这个态度，也就是说不反对了。周暮昀放松下来，诚恳道："谢谢阿姨。"

心头难题彻底解决，周暮昀走出大门的步伐都是轻飘飘的。

喻橙还有点迷糊："我妈这是答应了吗？"

"不然呢？"他屈指敲了一下她的脑袋。

周暮昀抬手松了松领带，嘴角噙着温柔的笑意，上扬的眉梢甚至有几分嘚瑟，阳光下更显得眉目清朗、帅气逼人。

喻橙轻哼一声："要不是你跟蒋女士说，我还没想过这么快结婚呢。"

周暮昀脸上的笑容收敛，深邃的眼凝视着她："你说什么？"

"你听到了还问我。"

"不想这么快结婚？行。"周暮昀朝她伸出一只手，掌心向上，"把戒指还给我，等你什么时候想结了我再给你。"

喻橙看了一眼无名指上的戒指，即使只戴了一晚，她却有种戴了很久的感觉，不舍得摘下来。倒不是因为它有多么华丽贵重，而是它代表着他对她的承诺。

现在，他居然要收回这个承诺。他想都不要想！

喻橙的手背到身后，笑嘻嘻地说："我跟你开玩笑的呢。"然而她心里想的却是：什么男朋友啊，刚才在妈妈面前诚恳又郑重，转眼就对她使用威胁政策。

周暮昀当然猜到她心里想什么，手臂勾着她的脖子将人扣进怀里，摸了摸她的头发："真乖。"

第十八章 结为合法夫妻

十一月十六日，是周老先生的寿辰，周暮昀带着喻橙出席寿宴，正式将她介绍给亲戚朋友。

周公子仿佛不懂"低调"二字怎么写，逢人就说"这是我未婚妻"。到最后喻橙都看不过去了，让他收敛一点。

他的唇畔含笑，压低声音说："赶紧适应一下，没准再过不久又是一个新的身份。"

独属于男人的气息扑面而来，喻橙有点蒙，呆呆地望着他。

新的身份？未婚妻过后是……

她忽然间福至心灵，脸颊有点发烫。

偏生他凑过来，一双眼里全是笑，他盯着她的眼睛，就跟逗猫似的。喻橙恼羞成怒，手握成拳头打向他的胸口。

自周老先生的寿宴后，周家所有的亲朋好友都知道周公子有未婚妻了。

霍衡昔跟喻橙提过，让她回去和父母商量一下，看两家要不要约个时间见一面，一起吃顿饭。

霍衡昔原本心里没底，担心亲家会拒绝，没想到对方立刻就答应了。得到答复时，霍衡昔还有些意外，猜测是不是蒋女士终于发现了她儿子的优秀，愿意将女儿嫁给他。她哪里知道，蒋女士心里想的是：这两人该发生的都发生了，万一避孕措施做得不够到位，搞不好哪天自己就要当外婆了。

蒋女士对当外婆倒没那么大的兴趣，就是担心那丫头。两人身份不对等，喻橙嫁入豪门已经有很多亲戚在背后说三道四了，万一再未婚先孕，就更不好了。

　　两家沟通完，决定这周六一起吃顿饭。

　　这种大事向来是蒋女士拿主意，喻宗文听到要跟周暮昀的父母见面，惊讶了好一阵："这么快就跟周家人见面，是要定下来吗？可是，你当初不是还说要好好考验小周一番吗？"如果他没猜错，男女双方的家长一见面，婚事基本就要提上日程了。

　　"还考验？"蒋女士轻哼一声，"再考验你的外孙都要出生了。"

　　喻宗文一副受到惊吓的样子，唰地扭头看向坐在沙发上的人。

　　喻橙这几天正好待在家里，听到蒋女士的话，呛得差点把苹果核吞下去。她合上手里的美食杂志，将剩下的果核丢进垃圾桶里："爸爸，你别听蒋女士的话，哪有那么夸张。"

　　面对爸爸探究的眼神，喻橙的脸都红了。

　　什么外孙啊，蒋女士也真敢说。

　　几天后，终于迎来了两家会面的日子。

　　一大早，喻宗文就穿上了衣柜里最贵的那套西服，特意挑选了一条暗红色的领带系上，头发梳得一丝不苟。

　　蒋女士哂他一眼，说他结婚时都没穿得这么正式。话是这么说，她自己却跟喻爸爸一样，盛装打扮。喻橙偷偷看了一眼，蒋女士搭了一条新的小丝巾，跟羽绒服里面的打底裙的颜色很配。

　　三人出发去约定的餐厅。

　　好巧不巧，两家人在门口碰上了。

　　"太有缘分了。"霍衡昔踩着高跟鞋走过去，拉住蒋女士的手，"亲家母，一起进去吧。"

　　蒋女士："好啊。"

　　几天没看见未婚妻，周暮昀想得心肝儿疼，故意落后两步跟喻橙站在一起，手指勾上她的手指，牵住她的手。

　　喻橙正凝神听前面两位女士谈话，被他突如其来的动作吓了一跳："干什么？"

　　"想不想我？"

喻橙摁了摁额角，周暮昀却有种不问出答案誓不罢休的架势："想不想？"

"想。"

周暮昀终于满意了，展颜一笑。

他们不知道的是，两家人一起进餐厅的一幕刚好被路过的人拍到，上传到网上。

"号外号外！周公子、鱼仙的双方父母见面，疑似好事将近！"

双方父母见面的消息很快传了出去。

按理来说，喻橙——一个低调的美食博主、十八线小网红，她的热度不该这么大，每次发生一点小事就闹到网上引发热议。之所以这么受关注，当然跟周暮昀的身份脱不开干系。

一些娱乐媒体除了喜欢报道大家关注的明星外，也擅长挖掘富二代圈子里的消息。这个圈子虽小，各种秘闻却数不尽，能报道的东西太多了。以周暮昀的家世、颜值、气质，绝对算得上圈子里的金字塔。之前没被曝光还好，一经曝光，热度比起一线的男星也不遑多让。

他和喻橙一路走来的恋情极具戏剧性，可供讨论的点太多。事实证明，不管过去多少年，灰姑娘嫁入豪门的故事依然受到观众的喜爱。

媒体注意到两人的热度，为了博得更多的关注，自然争相报道。各方营销号转发，消息想捂都捂不住。

看到这条新闻的广大网友也是心态各异。因为之前上过几次微博热搜，很多人都看到他们之间的各种恋爱小事，觉得很甜蜜。但是大多数人考虑得都比较现实，认为谈恋爱是一回事，婚姻又是另一回事，两者区别太大，他们都不太相信这两人能修成正果。

眼下这一消息曝出来，结结实实地打了不看好他们的人的脸。

先前在网上嘲讽"鱼仙的事迹可以写一部网红上位史"的黑粉们都闭紧了嘴巴，没人再敢质疑。

外面的新闻满天飞，各种讨论不断，餐厅的包间里却其乐融融。

周致鸿、霍衡昔、喻宗文和蒋女士依次落座。周暮昀和喻橙坐在一起。这种会面就是长辈们之间的交谈，两个小辈基本插不上嘴。

霍衡昔率先开口："本来家里的老爷子也要一起过来的，但他年纪大了，住在郊外的庄园里，一来一回得四五个小时，老人家身体吃不消，所以

425

就没让他过来。不过，该交代的事情他都已经交代过了。"

蒋女士含笑颔首，表示能够理解。

片刻后，点的菜一一端了上来，几人边吃边聊，气氛很是融洽。

霍衡昔时刻谨记此行的目的，吃了几口菜，又说了两句玩笑话活跃气氛，接着便不着痕迹地把话题引到结婚这件事上来。

霍衡昔懂分寸，说话的同时不忘注意对面蒋女士的脸色。虽然接触得不多，她也能看出来，喻家真正当家做主的是蒋女士。

霍衡昔原本是想，如果对方对于结婚这件事表示出一丝一毫的迟疑，她马上转移话题，就当今天是过来联络两家感情的。

结婚这种事还是要双方都乐意才好，只要有一方犹疑，到最后就容易闹得不愉快。

令人感到意外的是，蒋女士并没有表示出任何的异样，很自然地接过了霍衡昔抛来的话题，热情地讨论起来。

喻橙正在吃一片烤鸭，扭头看向蒋女士。

妈妈，你变了……

喻橙单纯地以为今天两家见面就是坐在一起吃吃饭、聊聊天，彼此认识一下。谁曾想，她吃一片烤鸭的工夫，话题就转移到结婚上面来了。

她侧眸看向身边的男人，他的神色如常，仿佛早就料到会是这样。男人修长的手指捏着筷子，夹起一片笋干，察觉到她的视线，他侧过头来，将笋干放进她的碗里。

耳边，霍衡昔的声音再次响起，浅含笑意："我想过，年底举办婚礼不太方便，天气太冷了，女孩子肯定都想穿漂漂亮亮的婚纱，举办一个难忘的婚礼。再说，我也舍不得冻着橙橙。那就定在明年开春吧，亲家母觉得怎么样？"

蒋女士沉吟片刻，似在做考量，半晌，点点头："确实，年里也没剩多少时间了，估计来不及准备。春暖花开的时候适合办婚礼。"

两人一拍即合，就此事达成共识，愉快地举杯庆祝。

喻橙："……"

打扰一下，举行婚礼的是本人吧？怎么我一点存在感都没有，都不用问过我的意见吗？

还是霍衡昔最先反应过来，笑着看向喻橙，随手将她爱吃的烤鸭转过去："橙橙，没有意见吧？"

喻橙："没有。"

桌子底下，周暮昀的手攥住她的小手，拉过来放自己膝盖上，指腹轻轻摩挲她的手背，他压低声音说："我有意见。"

喻橙一愣，忘了挣开他的手。她只见他抬眸看向大家，从头到尾没怎么说过话的他，清了清嗓子，正色道："婚礼等明年开春天气暖和后再办没关系，可以先把结婚证领了。"

周暮昀微微侧过身，郑重地向蒋女士请示，希望她能答应让两人先领结婚证。

本来大家都没想过这件事，以为在正式举办婚礼的前几天领结婚证就行。没想到周暮昀居然这么着急，现在就要领证。

被儿子多次刷新认知的霍衡昔此刻也已经平静了，擦了擦嘴角，转头看向蒋女士，等待她的答复。

既然是儿子的意思，说什么她也会站在他的这边。霍衡昔笑着说："我觉得先领结婚证也行，婚礼可以慢慢准备，亲家母的意思呢？"

蒋女士放下筷子，双手十字交叉搭在餐桌边沿上，她看着一脸认真的周暮昀。

婚礼在商量中，领证也是迟早的事，比起他的着急，蒋女士更多是为喻橙考虑，领了结婚证确实更名正言顺。不过，她心里还是有一丝担心。

万一他们……

谁都没有预知未来的能力，蒋女士也不知道这两人以后会怎么样，自己的女儿会不会受到伤害。好在自己看人还算准，周暮昀在她的眼中，除了身份特殊一点，其他的一切都符合她对女婿的要求，甚至比她想象的还要更优秀。当然，最重要的是他对喻橙好。

在蒋女士审视的目光下，周暮昀不免有些紧张，担心她不会同意。从现在开始算，到明年天气回暖，中间隔了太长时间，他等不及。

沉默许久，蒋女士说："既然婚礼都提上日程了，早一天晚一天领证也没什么差别，你想现在领证那现在领吧。"

周暮昀攥紧的手心出了一层汗，得到应允，他长松了一口气："谢谢阿姨。"

从头到尾被安排得明明白白的喻橙，忽然有了点青春期的逆反心理，她

427

在桌子底下戳了一下周暮昀，小声说："你都没提前跟我说过。"

周暮昀也配合她说悄悄话："说什么？"

"还能有什么。"喻橙说，"领结婚证的事啊。"

"你不想现在领？"

"没有啊。"

那就是想了。

"放心，就算领了证，你还是需要照顾的小宝贝。"他拿起一只空碗，盛了半碗汤放在她的面前。

两人偷偷咬耳朵，被长辈们看在眼里，虽然没听清他们在说些什么，不过他们一举一动透出的信息，大家都心知肚明。

领结婚证的当天，车子停在民政局外，周暮昀没有立刻下去，扭头看向副驾驶座的女孩："再检查一遍，证件都带齐了吗？"

喻橙的手肘撑着车窗，手抵着额头，她有些无奈地叹一口气，出门前他就问过这句话，路上也问过一遍，结果现在到了地方他又问一遍。

她在他的心里到底是有多马虎，才会让他一遍一遍地提醒是否忘了带证件。

喻橙把包里装证件的文件袋掏出来给他看："你要不要亲自检查一下？"她原本以为他会拒绝，没想到他看了她一秒，便从她手里接过文件袋。里面装的是两个人的证件，他一一拿出来检查，确认没有漏掉，才将文件袋拉上。

喻橙的户口本是昨天回家取的，蒋女士找出来递给她的时候，特地问过她一遍："你想好了吗？领完结婚证你们就是合法夫妻了。"

喻橙郑重地点头。她已经想好了，要跟周暮昀结为合法夫妻。

两人从车上下来。

今天天气不好，天空阴沉沉的，呼啸的北风吹在脸上如同刀割。

周暮昀将她脖子上的围巾往上拉了一点，牵着她的手走进民政局大厅。他们出门前耽误了不少时间，路上又堵了十几分钟，大厅里已经有不少人在排队等待。

喻橙有点好奇，踮起脚看排在最前面那对未婚夫妻的领证流程，想要临阵学习点经验，担心待会儿出错。可惜隔得太远了，她什么都没看到。

周暮昀在工作人员那里领完号，一转头就看到喻橙仰着脖子翘首以盼的样子，忍俊不禁。他拉着她坐到一旁的公共座椅上等待，偏过头低声对她说："估计得等好一会儿。"

队伍确实排得很慢，喻橙舒一口气，靠在椅背上，从口袋里掏出手机，低着头刷微博。

不知道为什么，上面的字她一个也看不进去，她的心里莫名有点慌。虽然她早就知道今天是来领结婚证的，也做好了心理准备，早上还很开心地多喝了一碗红豆粥，怎么现在却开始紧张了？

喻橙将脖子上的围巾往下扒拉一点，扭头看着周暮昀，男人的神色平静，抬眸看向柜台，时刻注意着工作人员叫号。

"人好多哦。"她没话找话。

周暮昀收回目光，落在她脸上，点头嗯了一声："是有点多。"怪某人磨磨蹭蹭，非要画一个精致的裸妆。

"要不，我们今天先回去吧，下次早点过来。"喻橙自以为提出了一个很好的建议。

周暮昀眉头微皱，一脸"你在说什么"的表情看着她。待看到她闪躲的眼神以及紧抿的嘴唇，他就明白了："紧张了？"

喻橙想嘴硬否认，然而被他的目光紧紧锁住，她没办法说谎："是有一点紧张。"

周暮昀的嘴角弯了弯，伸手将她揽进怀里，摸摸她的头："领完证请你吃大餐。你现在就可以开始想中午吃什么。"

这套转移注意力法果然有效，喻橙的思绪一下转到美食上。她昨晚翻看了一堆私信，好多粉丝给她推荐了口碑不错的私房菜馆，她只做了记录，还没找时间去吃。也许中午就可以去其中一家……

周暮昀没有出声打扰她，让这位吃货沉浸在自己的世界里。

时间一分一秒过去，突然，耳边传来工作人员叫号的声音，喻橙猛然回过神来，抬头一看，下一个号码就是他们了！心脏一下子跳到了嗓子眼。

啊啊啊！马上就要领结婚证了，好紧张好紧张，紧张到快要不能呼吸了。

她的掌心不停出汗，指尖却发凉。终于，她忍不住了，把包塞进周暮昀的怀里，结结巴巴地说："你先等等，我……我去上个厕所。"她一紧张就想上厕所。

周暮昀一把握住她的手，不让她离开："恐怕不能，已经排到我们了。"

他起身牵着她走到柜台前，压低声音说："宝贝，你再这样，工作人员就要怀疑你不是自愿的了。"

喻橙看向柜台后面的工作人员，果然，工作人员看着她的眼神有点奇怪。她深吸一口气，迫使自己冷静下来，就是腿有点软……

工作人员分别递给他们一张表，喻橙趴在台面上，握着笔的手还有点不自然，她甩了甩胳膊，在姓名那一栏写下自己的名字，顿了顿，脑袋探到周暮昀那边去，小声说："借我抄一下。"

周暮昀："……"

他伸出一根手指戳着她的脑袋，把人推了回去："学霸还需要抄作业？"

喻橙哦了一声，脑袋缩回去。

自己的老婆自己负责，周暮昀飞快地填写完自己的那张申请表，过来指导她每一栏该怎么填。

两人填完表，连同证件一起递过去给工作人员。得到指示，两人要去后面拍证件照。

周暮昀提前就做过功课，早上让喻橙在羽绒服里面穿了白衬衫，跟他的白衬衫正好配成情侣装，拍出来的照片会更好看。

喻橙当时递给他一个"你小看我"的眼神："这个你不说我也知道。"

看过娱乐圈那么多晒结婚证的明星夫妻，她当然知道结婚证上的照片是什么样子。她大前天还特意把白衬衫拿出来熨平整了……

到了照相的地方，喻橙自觉地解下围巾，脱下羽绒服，单穿着里面跟周暮昀同款的雪白衬衫，她抬手将披肩长发别到耳后，露出五官。

周暮昀也脱下了大衣、西服，跟她并肩坐在一起。两人仿佛是天底下最般配的一对璧人。

两人调整好姿势和表情，相机咔嚓一声，画面定格在两人朝着镜头露出微笑。

摄影师看着觉得十分满意，这两人的颜值太高了，证件照都不用修的。

周暮昀拿起旁边的羽绒服套在喻橙的身上，又把围巾一圈一圈地绕在她

430

的脖子上系好，然后他才穿上自己的外套。

接着，周暮昀从摄影师那里拿到了打印出来的照片。

喻橙整理完头发，迫不及待地从周暮昀的手里拿过照片："我先看看好不好看。"

周暮昀："好看。"

红色的背景下，两人穿着一模一样的白衬衣，一个笑容甜美，一个笑容温暖，不能再好看了。

喻橙心满意足，连刚才那点紧张感都不复存在了。

周暮昀拿着新鲜出炉的照片过去时，工作人员已经把信息录入了电脑，两个红本子打印好了，只等着贴上照片，盖下钢印。

所有的手续完成了，工作人员递出来鲜红的两本结婚证。

喻橙的脑子有点蒙，怔怔地看着周暮昀把两个红本收入手中，牵着她的手往外走，眨眼间他们就出了民政局大厅。

"我这就变成已婚人士了？这么快？"喻橙喃喃道。怎么感觉那么不真实，不会是在做梦吧？

周暮昀停下脚步，垂眸看着她，他声音里的笑意怎么也藏不住："没错，你已婚，现在的身份是周太太。"别说她有点恍惚，他自己都难以保持平静，要不是场合不合适，他简直想把她抱起来高高抛起，再接住。

他呵护的小姑娘终于变成他的太太，是他相伴余生的人。

外面太冷，两人坐进了车里，周暮昀迟迟没有发动车子，像是在给自己冷静的时间。

他拿出大衣口袋里的两本结婚证，翻开看了一眼，又看着身边的姑娘，没忍住，凑过去吻上她的唇。他的手臂紧紧揽住她的肩膀，加深了这个吻。

喻橙微仰起头，手搂住他的脖子，感受到他的舌头闯进来，她热情地回应他。

外面天寒地冻，车里的温度却节节攀升，温暖如春。

不知过了多久，他终于停下来，他的额头抵着她的额头，气息还有点不稳，他低低地说："新手老公上任，还请多多包涵。"

喻橙莞尔一笑："好说好说。"不好意思，她也是新手妻子，正在努力适应中。

周暮昀亲了亲她的眼眸，不知道该怎么形容眼下的心情，太过欣喜，太

431

过激动，让他什么也不想做，只想这样把她抱在怀里。

良久，喻橙感觉自己的腰要被勒断了，忍不住伸手推推他的肩膀："我还没看过我们的结婚证呢。"

周暮昀放开他，把两个红色小本子递给她。

喻橙翻开其中一本，上面写着持证人周暮昀，另一本持证人喻橙，结婚日期显示的是今天，右边就是两人的合照了，照片靠下一点是凹凸不平的钢印。

她拿在手里欣赏了一会儿，掏出手机对着两本结婚证拍了一张照片，因为光线不好，她拍完后低着头认真地调光，然后，上传到微博。没有多余的文字，只有一颗红色的爱心，下面附上结婚证的照片。

这是"大鱼爱吃小橙子"这个微博号第一次公开秀恩爱，之前不管是曝光恋情，还是上热搜，她都没有发过任何一条与恋情有关的动态。

没想到万年低调的鱼仙，今天秀了一个大恩爱！

领结婚证！这两人居然在今天领证了！不管网友的内心有多么震惊，目睹这种大喜事当然是首先送祝福。

"恭喜鱼仙！结了婚，我们依然是小仙女呀。"

"果然是我们鱼仙大大，不秀恩爱则已，一秀就惊天动地！要和周公子长长久久，百年好合啊！"

"比起双方家长见面，这才是真正的官方盖章认证，好不好！"

"再一次感叹周公子的行动力，佩服佩服！"

车外忽然传来一声惊呼，喻橙愣了愣，扭头看向窗外，原来是下雪了，洁白的雪花纷纷扬扬地落下。这是北京今年下的第一场雪。她去年在北京看到第一场雪的时候，他们刚认识不久，现在，他们已经是夫妻了。不得不感叹一句，时间过得真快。

两人领结婚证的消息如雪花般铺天盖地，很快，各路亲朋好友都知道了。

安静的车厢里，两人的手机响个不停，最后不得不调成静音。

周暮昀在开车，不方便回复消息，喻橙就拿着自己的手机，选重要的消息回复了。

雪越下越大，地面很快铺了白茫茫的一层雪，天色也越发昏暗，却丝毫不影响她此刻明媚的心情。

喻橙发了一会儿呆，找出手机备忘录里的私房菜馆的名字，开了导航，让周暮昀带她去吃。

她指着导航的路线："周暮昀，到这个百货商场停一下，我要买个东西。"

早上出门前慌慌张张，她最喜欢用的那支睫毛膏不小心被摔得稀巴烂。她对着地上一摊黑色的液体心疼了好久，花了将近五百元买的睫毛膏，用了半个月不到。网上下单得等好几天才能收到，她想找找看专柜有没有卖的。

坐在驾驶座上的男人瞥了一眼导航，心中有了数。不过，他关心的问题不是这个。

"你刚叫我什么？"他蹙起眉心。

"周暮昀。"

有什么问题吗？

当然有问题！周暮昀打了右转向灯，将车子拐了个弯，说："我们领结婚证了。"

所以呢？

"能不能叫声老公来听听？"前面红灯亮了，周暮昀踩下刹车，扭头直勾勾地盯着她的脸。

喻橙沉默不语，周暮昀也不急，目不转睛地看着她，他眼角的余光瞥向前方红灯倒计时，还剩12秒。

10秒，9秒，8秒，7秒……

喻橙被他灼灼目光盯得满面通红，抬手捂住一只眼，她的嘴角微动，想笑又强忍住。不行，她喊不出口。

变绿灯了，周暮昀重新启动车子，丢下一句："先欠着。"

私房菜馆开在偏僻的地方，开车过去用了快一个小时。为了一口吃的，如此舟车劳顿也是没谁了。

到了地方，喻橙才想起来一件重要的事，她看着身边的男人，不可思议地道："你翘了一整天的班？"

周暮昀挑挑眉："你才发现？"

原本他就没打算在这一天里做别的事情，他只想跟她待在一起。可她倒好，表现出这样一副吃惊的样子，好像他的行为令人匪夷所思。

好吧，喻橙也觉得自己的反应有点大，这人也不是第一次翘班了，她早该习惯。

虽然他没明说，她却知道他为了什么，心头不由得一软，握着他的手慢慢收紧。周暮昀感觉到了，动了动手指，与她十指相扣。

私房菜馆的环境十分清幽，穿过前厅，有个很大的院子，上面架着拱桥，雪花簌簌地落下，白色雕花栏杆上覆了一层白雪，竟像是穿越到了千年前。

粉丝给喻橙推荐这个地方时，特意补充了一句——这里的景色好看，冲着这美景，都能给个五星好评！现在喻橙觉得，这话说得很有道理。

只有他们两个人，他们就要了个小包间。

室内暖气充足，窗台上摆放了一排开得正艳丽的山茶，玫红色的一朵朵，藏在碧绿的叶间。若不是窗外飞雪，他们还以为现在正是阳春三月。

周暮昀拿过服务员递来的菜单，放在喻橙的面前，让她做主。他体贴的样子，跟以前并无二致。

新手丈夫做得不错，喻橙抛给他一个眼神，手支着下巴翻看菜单，点了一大堆菜。

她一抬眸，发现周暮昀看她的眼神怪怪的，怔了怔问道："干什么？"

"不干什么，我看我老婆。"

喻橙："……"

啧，这个人怎么这么烦人，还能不能行了。

她没忍住翻了个白眼，嘴角却不受控制地上扬起来，真是够了。

菜很快端上来，二十几岁的女服务员刚刚进来送菜单的时候就认出两人了，此刻再见到他们还是忍不住激动。天哪，这两人领完证就躲在这里吃饭！她刚从网上看到新闻，转眼间就见到了当事人！这是什么运气？下班后必须去买张彩票！

上完最后一道菜，服务员走到门边忍不住回头。喻橙正好有所感，转头看了过去，服务员连忙调整表情朝她露出微笑："鱼仙大大，新婚快乐！"

喻橙一愣。刚才她就察觉到服务员看她的眼神有点奇怪，她当然不会自恋地以为自己红到人人都认识的地步，却没想到在这里遇到她的粉丝。

"谢谢。"喻橙说。

就像周暮昀说的，新手老公上任，多多包涵。可他这新手未免太急于表现了吧，他夹起一片鱼送到她的嘴边，目光温柔地看着她。

434

喻橙正在进攻那道红焖鹌鹑，被他突如其来的动作搞蒙了。

这难道还不明显吗？周暮昀挑起眉梢："喂你吃东西。"

"周暮昀，你正常一点。"

在她再三提醒下，这个男人才稍微收敛一点。

粉丝推荐的地方果然靠谱，这家私房菜馆的环境好，菜的味道也符合她的口味。那道看似简单的豆腐汤里的配料都用尽了心思。还有那道酱鸭，用加了腐乳的酱料腌制过，闻起来味道有些怪异，吃起来却十分美味。

那道冬瓜炸酥鸡汤也深得她的心，吃一口就根本停不下来。

喻橙拍了几十张照片，觉得自己回去后又可以写一篇美食攻略。

食物太过美味，以至于吃完这顿饭，她只想瘫坐在椅子里，一边品茶一边拥炉赏雪，什么事都不想做。

桌子被收拾干净后，两人愣是多待了一个多小时才离开。

下午的时光就在家里度过了。

落地窗的窗帘打开，漫天飞雪好似被圈进了窗框里，像一幅生动的油画。

喻橙穿着质地柔软的白色毛衣，盘腿坐在地板上，旁边的小茶几上放着香气袅袅的奶茶，她的怀里抱着白乎乎的猫。

因为铺了厚厚的地毯，席地而坐也不怕着凉。鱼丸在她怀里滚来滚去，沾了她一身的猫毛。

周暮昀在书房里处理了紧要的工作，出来时便看到这样一幅温馨的画面。

喻橙见他出来，顿时来了精神："你忙完了？"

周暮昀点头轻嗯了一声。

喻橙说："我们来下棋吧！"如此美景，怎么能不做点风雅的事。

周暮昀抬手摸了摸鼻子，忍俊不禁："下什么，五子棋吗？总不可能是围棋吧，我知道你不会下。"

不是五子棋也不是围棋，是跳棋。

周暮昀之前从没玩过这类棋，不过喻橙给他讲解了一遍，又陪着他试玩了一遍，他很快就学会了。

喻橙拈起一颗红色的玻璃珠，越过他的黑色玻璃珠跳过去："该你了。"

周暮昀思索片刻，也前进了一步。

两人你来我往，喻橙很快移完了所有的玻璃珠，到达了胜利彼岸。

"输了吧。"她得意洋洋地朝他一笑。

周暮昀挑了挑眉，对她心服口服："嗯，我输了。"

喻橙小看了周暮昀。起初她每局都赢得轻轻松松，没多久，他开始反击，她就再也没有胜出的可能。

周暮昀从小跟周老先生学下棋，心思玲珑、思维缜密，如果抱有必赢的心态，对方想要赢他很难，哪怕他是第一次玩跳棋。

又一局结束，周暮昀捡起棋盘上的玻璃珠，挪回自己的阵地，一颗颗摆好。喻橙为了赢他，非常迷信地把自己原本蓝色的玻璃珠换成盒子里另一个颜色——红色。她说红色看起来更像胜利的颜色。

周暮昀有些无语。

两人石头剪刀布，决定谁先下。喻橙出了石头，周暮昀出的是剪刀，他比了个"你先请"的手势。

喻橙率先走一步，周暮昀紧跟着往前挪一步。

不多时，棋盘上两种不同颜色的玻璃珠交错在一起，就是要比谁先占领对方的领地。不出意外，又是周暮昀胜出。

喻橙看着自己还有两步就能全部归位的棋子，一脸懊恼，只差一点点就能赢他了。

周暮昀清了清喉咙，学她刚才的样子，得意道："输了吧。"

"行，你厉害。"喻橙恶狠狠地瞪了对面的人一眼，心不甘情不愿地对他竖起大拇指。

周暮昀双手撑在身体两侧，身子微微往后仰，看着自家老婆气急败坏的样子，问："还玩不玩了？"

"玩！"喻橙咬牙道。

她玩跳棋的技术炉火纯青、少有敌手，她就不信了，居然赢不过周暮昀这个才玩几局的新手！她的面子还要不要了？不行，必须得找回场子。

周暮昀无奈地揉了揉眉心，真怕她输多了就不理他了。

两人又开了一局，周暮昀问："先说好，输了不许生气。"

喻橙："谁生气谁是小狗！"

她换了个姿势，屈起一条腿，下巴抵在膝盖上，垂眼盯着棋盘，神情专注认真，她誓要一雪前耻。

从他的角度，刚好能看见她低低覆盖下来的睫毛，鸦羽一般浓密卷翘。头顶绾了个鬏儿，随着她的下巴一点一点，小鬏鬏也跟着一晃一晃。

喻橙走完一步，迟迟没见对面的人有动作，伸手戳了一下他："该你了。"

回过神来，周暮昀捏着玻璃珠走了一步。

接下来又是一阵刀光剑影的较量，喻橙眼见自己还有三步归位，而周暮昀只需要两步，她的内心就绝望了，她的尊严要保不住了……

这一下午输得也太惨了吧。

正在她灰心丧气的时候，鱼丸一个翻身从她的怀里滚下来，撞翻了棋盘，一堆玻璃珠骨碌碌滚到地毯上，淹没在长长的绒毛里。

天助我也！喻橙暗暗比了个胜利的手势，决定今晚给鱼丸加餐。

"啊，这一局毁了，没办法分出胜负了。"喻橙手撑着额头，假装惋惜，顺便埋怨一句罪魁祸首，"都怪鱼丸。"

周暮昀将散落在地毯上的玻璃珠一颗一颗捡起来，嘴角微微勾起。他还能不懂她在想什么："这一局也不算毁了，我记得很清楚，我还有两步就占领高地了，而你还剩三步。所以，是你输了。"

喻橙愣了一瞬，打算将装死进行到底："我怎么知道你说的是真是假，万一你诓我呢？反正我没看到，这一局不算，重来重来。"

周暮昀看着她，一把将挡在两人中间的棋盘推开，上面的玻璃珠滚得到处都是，他却视而不见，猛地扑过去将她压在身下。

喻橙猝不及防，身子往后仰，好在周暮昀的手稳稳地托着她的后背，而地上的地毯也足够厚，她没有感觉到疼。

一阵天旋地转，她就躺在了地毯上，眼前是男人放大的俊脸，剑眉星目，薄唇翘起的弧度都那样好看。

喻橙敛了敛眸。

周暮昀的手撑在她的身体两侧，将人圈进地板与自己的怀抱中间，漆黑的眼眸望进她的眼里，低声道："耍赖。"

喻橙的双手抵在他的胸膛，毛衣的袖子有点长，只露出一截嫩白的指尖，像毛茸茸的小动物，软趴趴的爪子啪唧按在他的胸前，半点攻击力都没有，跟挠痒痒一样。

"谁耍赖了？这一局明明被鱼丸破坏了，我没有……唔。"

她还想嘴硬狡辩，然而已经没机会了，周暮昀堵住了她的嘴巴。喻橙浑身一颤，没了力气，软软地瘫成一汪水，任他予取予求。

"叫老公。"他忽然停下来，在她的耳畔低语，伴随着喘息声，像撩人的音符。

喻橙的脑子发蒙，好半晌才睁开眼睛，视线越过他的头顶看向天花板，眼前一片模糊，天花板上好像飘浮着一朵朵白云。

她不吭声，他便低头含住她的下唇咬了一下，重复一遍刚才的话。

从领完结婚证到现在，他还没听她叫一声老公，总觉得少了点什么。

喻橙禁不住地嘤咛一声，偏头躲开。他不让她躲，嘴唇追上去亲她，柔软的唇一下一下摩擦过她的唇瓣、唇角。

她的头摇得跟拨浪鼓似的，她偏要躲。她太能闹了，最后他不得不捧住她的头固定，再次吻住。

喻橙快被他折磨疯了，终于高举白旗投降："老公老公老公……别闹了。"她一连喊了好几声，求饶的语气，软软的，因为气息不稳，尾调带着颤音。

周暮昀顿了顿，眸色一沉，嘴唇从她的唇角滑到了下颌，然后是颈部。

喻橙缩着脖子躲开："别，我熬了汤，快烧开了。"

闻言，周暮昀伏在她的颈间冷静了一会儿，翻身躺在一边。喻橙的面色红透，抬手捂住脸，当初为了暖和才铺上厚厚的地毯，完全没想到还能有别的用处……

两人没有讲话，客厅里一片安静。

老公两个字既然已经喊出口，多喊几遍就容易多了。半晌，喻橙抬脚踢了一下男人的小腿，侧着头看他："老公，都怪你今早催我，我才不小心摔烂了睫毛膏，赔我。"

周暮昀被她这声老公叫得心窝子软得一塌糊涂。别说一支睫毛膏了，命都给她。他还保持着仰面躺在地毯上的姿势，一只手臂横在额头上，低低地笑出声来。

空荡荡的屋子里，只有男人愉悦的笑声荡开，喻橙恼羞成怒，抬腿又踹了他一下："赔不赔我？"

他舔了舔唇，摸到身边的手机，点进微信里备注"老婆大人"的对话栏，给她转了五千元钱过去。

手机叮咚一声，喻橙收到了转账提醒。喻橙点下了确认收款，心里终于舒坦了。

北京的雪一场接一场地下，过年期间也下了一场。不过，今年喻橙一家人没有在北京过年，而是回了老家。

周暮昀跟喻橙一起去看望乡下的爷爷奶奶，顺便在那里小住了几日。乡下生活节奏缓慢，两人每天逗猫遛狗、逛集市，好不惬意。

天气回暖得很快，一转眼就到了春暖花开的四月。

最近亲戚和朋友问得最多的就是准备在哪里举办婚礼，说实话，就连喻橙自己都不确定。以前寝室夜谈会时，几个女生总是畅想将来要在哪里举办婚礼。尽管那个时候寝室里的女生都没有男朋友，但这并不妨碍女孩子对一生只有一次的婚礼的向往。

吕嘉昕别具一格，她说想在游轮上举办婚礼。齐小果，邢露和喻橙都很中规中矩，就想找一座城堡一样的教堂，邀来亲朋好友，举行一场盛大的婚礼。

不过，喻橙特别强调过，要去法国！她觉得，光是从嘴里念出这个国度的名字，都有一股浪漫的气息。

婚礼现场最好铺满鲜花，她穿着洁白的婚纱，走过长长的红毯，走向红毯尽头的新郎。

当然了，当初她还不知道要跟她结婚的人是周暮昀，没有幻想过新郎的样子，只是在脑中描绘了婚礼当天的场景。

但这些她都没有跟周暮昀说过，所以当他说婚礼举办的场地在法国的一座教堂时，她着实吃了一惊。她忍了忍，还是忍不住将心里的疑问问出来。

周暮昀笑着说："我看完了你所有的朋友圈和微博，对你的喜好了如指掌。"

原来是这样。

"婚礼当天穿的婚纱就在那边，我特意请法国一位著名的婚纱设计大师亲手设计的，目前已经完工了。设计师建议运回国内让你试穿，有任何尺寸问题可以及时修改。但我拒绝了，我对你的身材很了解，报的数据应该不会出差错。"周暮昀笑了笑，"前提是你接下来不会长胖。"

见她表现出很有兴趣的样子，他接着说："拍婚纱照要用的几套婚纱，这个月就能运回国内，抽个时间，我们先拍婚纱照。"

　　他都计划好了，婚纱照在国内拍，婚礼在国外举行。

　　他的电脑里甚至有个专门用来做婚礼策划的文件夹，完全不需要婚庆公司，他自己就能搞定，每个细节都符合她的喜好。

　　喻橙张了张嘴，一句话都说不出来。

　　"对了，你这边伴娘的人数报一下，还有她们的穿衣尺码……这个就交给你来负责了。到时候直接把名单和信息给我，我让人准备伴娘服。"关于婚礼，他也不是事事都能准备妥当，有些还需要她来作决定。

　　比如，伴娘服的具体样式就得她来挑选，别的女孩子喜欢什么样的礼服，不在他的考虑范围内，他只负责她的。

　　喻橙还在状态之外，一脸呆滞地看着他。

　　"回个神儿。"周暮昀点了一下她的额头。

　　她猛地回神，扶住额头："我们什么时候拍婚纱照？"

　　"四月底五月初这段时间吧，拍的都是外景，主要是怕你冷。"周暮昀好似将所有关于婚礼的安排都记在心里，她想知道什么他都能告诉她。

　　"摄影师已经预约好了，拍照用的婚纱一共选了六套，我看过成品图片，都是你喜欢的样式。"

　　喻橙眨巴了两下眼睛，这回是真的惊呆了："你都准备好了？"

　　周暮昀枕着手臂，侧目看着她，谦虚道："也不是所有的都准备好了。我这边的宾客名单基本能确定，你娘家那边的宾客就需要你和岳母大人操心了。"

　　他跟她解释，要提前把宾客名单确定下来，婚礼前两天包机接宾客过去，到预订的酒店下榻。

　　除了这些，还有一件事需要她操心，那就是他们的婚房。

　　周暮昀说："爸妈送了我们一套婚房，我自己也准备了一套，过段时间带你去看看，你喜欢哪一套就用哪一套当婚房。当然，为了方便工作，我们举办完婚礼还在这里住也行，一切都跟现在没太大变化。"

　　喻橙被接二连三的消息震蒙了。

　　所以说，除了她这边的一些小问题，其他的他都准备好了？

　　"老婆，你为什么是这个表情？"周暮昀盯了她半晌，他的手指捏住她的下颌，将她因震惊而张大的嘴巴合上。

"我、我只是太震惊了。"

说到这儿，周暮昀像是想起了什么，忽然说："婚后我打算抽出半个月时间度蜜月，第一站我已经定好了。举办完婚礼，我就带你过去，那是我一定要带你去的地方。"

他说完这句话，眼中隐隐闪过一丝深意。

喻橙的思绪还沉浸在婚礼策划中，没注意到他眸中的异样，直到听他说："你呢？有没有什么特别想去的地方？我带你去。"

"连度蜜月你都想好了？"

"嗯。"

喻橙捂住胸口，她的眼睫扑闪几下，忽然感觉心脏怦怦怦，一下一下跳得剧烈。这个男人把一切都准备好了，只等她来做他的新娘。

四月底，拍婚纱照要用的婚纱已经运回了国内，周暮昀前段时间将公司的重要事项也都安排妥当，他们就要正式拍婚纱照了。

摄影师那边说，如果想要轻松一点，一天拍一套婚纱，一个星期就能拍完。如果时间比较紧凑，那就安排得紧凑一点，三四天也能拍完。有此安排，主要是因为拍婚纱照的场地不在同一地点，路上要耽误不少时间。

周暮昀不想让喻橙太累，选择了轻松一点的拍摄计划。

餐厅这边，喻橙也已经跟几位员工交代过了。他们知道老板是要出去拍婚纱照，都非常讲义气地拍胸脯让她放心，他们会替她看好餐厅。

为了让自己第二天早起有精神，喻橙出发前一天晚上九点就睡了，拒绝了周暮昀的一切限制级邀请。第二天早上不到六点她就醒来了。

他们和摄影团队在机场集合，一起前往云南大理。长达四个小时的飞行后，终于到达了目的地。

因为昨晚睡眠充足，喻橙难得在飞机上没有睡觉，找了两部提前下载好的电影，跟周暮昀从头看到结尾。

一下飞机，她就被一阵妖风吹得睁不开眼。从北京过来时，她穿的是一件长袖衫，外面套着中长款的薄风衣，现在却觉得要再加件毛衣才不会冷。她非常怀疑这种温度真的能在室外拍婚纱照吗？恐怕还没拍她就要冻死在这里了。

酒店有专车过来接他们。

一路上都能看到优美的景色，穿着少数民族服饰的姑娘三两成群地走来走去，满头长发编成彩色的小辫子，裙摆上有大朵艳丽的花朵，脸上的笑容无忧无虑，让人看着心情就飞扬起来。

这里没有北京那样高耸入云的大厦，说是酒店，其实更像是客栈。粉刷成白色的小房子，黑色的瓦片如鱼鳞般排列整齐，木制横梁、雕花栏杆，处处透出年代感。

喻橙和周暮昀的房间在三楼，最尽头的一间房。麻雀虽小五脏俱全，房间里的现代化设施应有尽有，只是当脚踩在镂空的木制楼梯上时，喻橙有点害怕，抓住了周暮昀的手臂。脚在上面发出清脆的咚咚声，好像楼梯随时会塌掉。

周暮昀看出她害怕，一手提着行李箱，另一只手牵着她的手，一步一步走得缓慢："累不累？要不要先吃午饭，再休息一会儿？"

今天没有拍摄计划，主要考虑到大家舟车劳顿，状态不佳，他们打算从明天开始拍。

"我还不是很饿，先休息吧。"

今天的飞机餐不难吃，中午那份盒饭被喻橙吃完了，她的肚子到现在都没有一点饥饿感。

房间打扫得很干净，天空蓝的床单、被罩，不远处的阳台上有一套藤编桌椅，檐角挂着一串竹制的风铃。有风吹来，丁零作响。

喻橙呈"大"字倒在柔软的大床上，望着头顶白色的蚊帐，长长舒一口气："这里真是太舒服了。要不是急着赶几个拍照场地，我都想在这里住一段时间了。"

周暮昀将行李箱放好，站在床边看着她，笑着说："你要是喜欢，我们以后有空再一起来游玩。"

"好呀。"

其实喻橙很喜欢旅游。上大学时，一般都利用假期时间和朋友旅行，毕业后反倒没怎么出去了，朋友都有工作，没人陪她去，一个人的旅行又太孤单。

幸好，以后有他陪她。

周暮昀与她并排躺在床上，头枕着手臂："先睡一会儿，下午带你到附近逛逛。"好歹来了一趟，哪能什么地方都不逛，只拍个照就走人。

喻橙想说自己还不困，然而大概是这里太过寂静，没有都市里喧闹的嘈杂声，只有风铃悦耳的丁零声，很容易让人平静下来。

纱帐轻轻浮动，她闭上眼睛，不知不觉睡着了。再醒来时，她躺在被窝里，身上盖着柔软的被子，床上的另一个人却不见了。

"起来吃点东西吧，你睡了两个小时，应该饿了。"

床上的被子一动，周暮昀就知道她醒了。

喻橙扭过头，只见男人在阳台上，身着休闲装，手里端着一杯茶，朝她看过来，清雅淡然如画中人。她往被子里缩了缩，刚醒来不太想动，浑身都懒洋洋的，连手指头都没力气。

这里太安静了，睡觉实在是舒服，依稀能听见鸟叫声。

周暮昀放下茶杯，起身走了进来。

"还没睡够？"他在床边坐下，偏头看着她眯着眼困倦的样子。

喻橙的手探出被子伸了个懒腰，她打了一个绵长的哈欠："不想起床啊，好困。"

床软软的，被子也软软的，整个人像是包裹在棉花里，除了睡觉不想做别的。她翻个身，背对着他，眯着眼继续睡。

门被人敲响，是服务员过来送东西了，刚才周暮昀点了餐。

他去将吃的东西端进来，放在桌上，转头时见喻橙还躺在床上一动不动，他无奈地摇头，揭开被子直接将人抱起来。

喻橙一惊，倏地睁大了眼睛。

"我叫了餐，不吃就凉了。"周暮昀说。

对喻橙来说，美食绝对是巨大的吸引力，但是她坐了几个小时的飞机，又睡得昏天黑地，胃口不怎么好，吃了一点就觉得饱了。

她坐在沙发上，喝了一口清茶，又吃了一点，精神好了许多。

两人走下楼，随行的摄影师正在跟别人聊天，见到两人，摄影师热情地打招呼："周先生和周太太要出去玩吗？"

喻橙点了一下头。

摄影师经常出外景，国内风景秀丽的地方几乎没有他没去过的，一听说两人要游玩，摄影师当即给他们介绍了几个地方，比当地人还要熟悉。

喻橙道了声谢，挽着周暮昀的胳膊出门。

谁知天公不作美，出门没多久就变天了。天色昏暗，翻滚着乌云，看着好像要下雨。周暮昀正犹豫要不要折回去拿伞，却听见路边有老人说："不会下雨的，放心去玩吧。"老人看出他们是外地人，只当他们是过来旅游的，好心提了一嘴。

喻橙出门前在风衣里加了一件毛衣，所以并不觉得冷，她跟周暮昀商量了一下，没有折回去，继续往前走。

周暮昀开玩笑："你确定刚才那位老奶奶说的是对的？万一下雨了，我们两个就得淋成落汤鸡。"

"管他呢，淋就淋吧，大不了我们来个雨中狂奔，这可是偶像剧里的经典桥段！"

事实证明老人是对的，两人逛了很久，一滴雨都没落。

根据摄影师的推荐，他们来到一条热闹的购物街，摊铺一个挨着一个，贩卖的都是当地的特色物品。两人走得不紧不慢，一整条街逛下来，喻橙买了一堆小玩意儿。

逛累了，她提出要去吃东西，周暮昀惊道："我们出门前不是吃过？"

"那会儿我刚睡醒，胃口不好，现在忽然特别想吃。"她说着就拽着他的手到一家店里。

坐下来后，喻橙点了几道当地的特色美食，卷蹄、砂锅鱼、乳扇，还有以前听人提起过的巍山扒肉饵丝。

喻橙尝了一口，就听见隔壁桌有人低呼："鱼仙？"然后那人看向坐在喻橙身边的男人，更惊讶了，"周、周公子？"

喻橙扶额，看向旁边的周暮昀，他们这是又被人认出来了？

好在对方没有过来打扰他们，只是很激动地跟朋友交流，还偷偷拿着手机拍照。喻橙抬手挡住半边脸，心里叫苦不迭：放过我吧，我出门没化妆……

周暮昀笑了："还吃不吃了？"

喻橙咬咬牙："吃！"点了这么多，不吃就浪费了！

第二天的天气跟前一天没有太大的区别，仍然没出太阳，也没下雨，天空阴沉沉的，透出一丝压抑。

喻橙问："我们还能拍吗？"

按照摄影师之前的想法，第一组照片在洱海拍，选用背景的碧海蓝天，后期在此基础上稍微修修就会很好看。

这就是影棚拍摄和实景拍摄最大的区别了。就像电视剧里，实景拍摄与绿幕戏相比，实景更具有质感。

看目前的天气，喻橙不太确定能不能拍到一碧如洗的天空。

摄影师也有此担心，本以为万事俱备，没想到来到这里以后，天气不给力。他有点犹豫，斟酌片刻，建议道："要不我们先拍？背景的天空我后期可以帮你们修出来，保证看不出一丝异样。"

喻橙无言以对。如果是那样的话，跟在影棚里拍也没太大的区别了，给她一张照片，她也能修出他口中的效果。

周暮昀说："等天气好的时候再拍吧。"

周总一句话，一行人又闲了大半个上午。直到午饭过后，阳光刺破云层，照在青砖绿瓦上，浮云散去，天空呈现澄澈的碧蓝色，当真是美。

化妆师过来通知可以开拍时，喻橙还躲在房间里玩手机。

喻橙抬头看向窗外，只见金灿灿的阳光洒满了屋顶，几只小鸟落在屋脊上，远处的青山都显出清晰的轮廓，不似早晨那样朦胧模糊。

老天爷这是知道他们要拍照啊，所以放晴了。

化妆师是集化妆与造型于一体的，她将喻橙的头发编成蓬松的鱼骨辫，发间缀满了珍珠和一朵朵绢花。

与此同时，周暮昀也换好了衣服，纯黑色的西服，因为材质特殊，在阳光下泛着光，上面的繁复暗纹清晰可见。

不同于以往的西服配领带，他今天系了一枚黑色的领结，阳光下，他额前的发丝闪着细碎的光。

喻橙看得心跳加速。这一刻，她想起了当初在餐厅初见时，他给她的那种惊为天人的感觉。那个时候，她还以为这人是从海报上走下来的。

男人低头整理袖口，注意到她在看自己，他挑起眼梢看过去。

四目相对，两人都被对方的造型惊艳到了。

喻橙穿着洁白的婚纱，因为是抹胸的款式，露出了纤细莹白的天鹅颈，两边锁骨精致小巧。婚纱贴着柔和的身体曲线蜿蜒而下，底下裙摆如花朵般绽开，蕾丝绣成朵朵精美的绢花，点缀其上，外面再覆上一层如雾一般轻薄的纱，美得如梦似幻。

他们只顾着看对方，却没注意到摄影师已经在拍照了。

咔嚓一声，喻橙如梦初醒一般扭头看去。

摄影师招招手说："好，我们正式开拍。来，新娘子看着你身边的新郎，对，就保持住那个姿势，头再抬高一点，仰望着他，想象一下他是天神，你很崇拜他、爱慕他。注意细节，眼神一定要有爱意，嘴角再上扬一点。OK，完美！"

也不知道是不是所有的摄影师都像他这样，为了让你明白他想要的意境，能想出各种形容词来描述。

喻橙仰头对上周暮昀垂敛的眉眼，忍了忍，还是没忍住，她扑哧一声笑起来，然后看向摄影师："抱歉，我们重来。"

"你笑什么？"周暮昀问。

"你没听他怎么说的？想象一下你是天神，哈哈哈，好好笑。"

周暮昀："……"

摄影师要求完新娘子，就要求新郎："周公子，你的手扣在周太太的腰上，离她再近一点，对对对，这个距离就很棒了，看着她露出微笑，稍微宠溺一点。"

两人的状态都很好，完全能明白摄影师的意思。

摄影师助理趁机跑过去，拉起喻橙的裙摆扬起来，另一边负责打光的工作人员也准备就绪。

摄影师对着他们就是一番连拍。

拍婚纱照前，喻橙就被过来人科普过，拍婚纱照会很累，是你想象不到的累，尤其是拍外景，辛苦程度仅次于婚礼当天。喻橙当时还觉得这个说法有点夸张，直到切身感受，才知道是真的累。

虽然下午出太阳了，温度却没有升高，胳膊暴露在空气中还是会很冷。不一会儿，喻橙就冷得起鸡皮疙瘩了。

周暮昀知道她怕冷，每隔一小段时间，他就会让拍摄停下来，给她披上衣服，递上热水让她焐手。

喻橙小口抿着热水，脸色冻得发白，忍不住感叹："我现在知道当明星有多不容易了，大冬天还要下水拍戏，简直要冻成冰棍了。"

闻言，摄影师的脸色微妙地变了变，刚好被喻橙捕捉到了。她的心里忽然涌起一种不好的预感，沉默片刻，她根据自己的第六感猜测道："李哥，你别告诉我，我还需要下水。"

这位摄影师姓李，他们都习惯叫他李哥。他是燕北公司的御用摄影师，专门为旗下的艺人拍宣传照、海报、写真集。网上很多广为转载的明星照片都是出自他的手，喻橙印象最深刻的是他为当红男星拍的一组室外写真，在动物园里拍的，男生与动物互动的瞬间都被他的镜头抓拍到，最后出来的照片真实灵动、纯真质朴。这一组写真到现在还被粉丝称之为写真典范、外景楷模。

李哥的拍照技术十分了得，所以才会被周暮昀请来为他们拍婚纱照。

李哥面对喻橙疑问的眼神，重重地点头："没错，我设计了一个水中的场景，拍出来肯定很美！"

喻橙："……"

她不会游泳！怎么在水中拍？

周暮昀想帮妻子拒绝，李哥一手抱着摄像机，一手叉着腰直起身来："新娘子，这可是拍婚纱照，人生中只有一次的美丽时刻，你确定要放弃吗？相信我，水中的那一套超级美！"

这话让喻橙士气大振，她把水杯交给一旁的助理，一把扯掉身上披着的外套："我休息好了，来吧，我们开始拍，记得把我拍得漂亮点。"

接下来的时间，喻橙就真的没有抱怨，也没有再要求休息。

他们从洱海转战玉龙雪山，最后还去了丽江取景。总共用了三天时间，拍了两套婚纱。

李哥是想每套婚纱的动作多拍一点，以便后期能有更多挑选。

当天下午最后一组拍摄，就是李哥口提到的水中场景，选址在一个露天游泳池。

游泳池的边缘就是视野开阔的广袤天地，他们身处在高高的半山腰，温度比山脚还要低。

喻橙身上的这套婚纱是类似鱼尾裙的设计，从胸部到小腿都紧贴着身体曲线，玲珑有致，直到下摆如鱼尾般展开。她换完衣服，在化妆师的陪同下出来时，周暮昀看得几乎挪不开眼，不只是他，还有现场的其他男士。

化妆师满意地看着众人的反应，为了完美地诠释这套婚纱，她特意将喻橙的头发全部绾起来，用银色的发箍固定。脸上的妆容也做了细微处理，眼影用了金闪闪的细碎亮片，每眨一下眼睛，眸中都有潋滟流光，宛如人鱼之泪。

周暮昀的余光瞥见几个小助理脸红地盯着自己的妻子看，恨不得立刻把喻橙藏起来，除了自己，谁也别想看见。

喻橙刚才在屋里照镜子时也发现了。当初她看到这套婚纱的时候，单纯觉得很好看，没想到穿在身上会这么显身材。

其实她的身材不属于前凸后翘，要不然也不会常常被吕嘉昕嘲笑是"飞机场"，然而大概是这套婚纱的设计太会扬长避短了，衬得她的胸部饱满，小蛮腰纤细……

喻橙被几双眼睛盯着，有些不自在，手脚都不知道往哪里放，半晌，她支支吾吾地说："我们……我们要开始拍吗？"

周暮昀快步走过去，趁着还没开始，将西服外套脱下来披在她的身上，遮挡住她的身材，不让外人看见。

喻橙首先感觉到的不是被温暖的气息包围，而是被一股酸气包围了。周围的工作人员也感觉到了，周公子的醋劲好大，满池的水都快酸得冒泡了。

摄影师设计这个场景时，脑海中是一幅很唯美的画面。新娘穿着美人鱼一般的婚纱沉入蓝色的大海中，新郎穿着白衬衫、黑西裤，两人在水中拥吻。或者是，新娘子趴在游泳池边，新郎坐在岸边弯腰凑上去亲吻她的额头。

摄影师做这些设想的时候，根本没有考虑到新娘子不会游泳这个问题。喻橙现在却告诉摄影师她不会游泳，这就把他难住了。

没错，因为喻橙不会游泳，前面一个场景就得跳过了，只剩下后面一个，但是这么拍，摄影师总觉得少了点什么，内容不够丰富。这么漂亮的婚纱不多拍几张照片就浪费了！

摄影师灵机一动，让助理找来一艘小船，放在水面上，让两人头挨着头躺在船内看着对方。

喻橙耸耸肩，认同了摄影师的这个方案。

小船很快就找到了，长长的、窄窄的，像一个放大的瓜子壳，漂浮在蓝色的水面上，水纹在船只的周围荡漾开来。

喻橙在助理的帮助下，躺在了摇摇晃晃的小船上。她有点害怕，感觉这船随时会翻，所以她一脸紧张，手指紧紧地扣住小船的边缘。

两个助理下了水，一人在船头，一人在船尾，用手把控着小船，不让它乱晃。喻橙这才松了一口气。

不多时，周暮昀也上来了，躺在她的身侧，两人看着对方。

此情此景，摄影师当然需要在两人的上方俯拍。

为了不被镜头拍到，助理整理好喻橙的裙摆后自觉往后退，另一个助理却还要留下来举着打光板。

小船漂漂荡荡、左右摇晃，喻橙又开始紧张了，小声跟周暮昀说："这船不会翻吧？"

两人离得极近，又是面朝着对方，她说话时的气息尽数喷洒在他的脸上。她的身上有淡淡的香味，在他的鼻间萦绕。

"应该不会翻。"周暮昀笑着安抚她的情绪，"放心吧，就算翻了，我也会及时抱住你。"

两人说话的工夫，上方的摄影师已经拍了好几张。

"周先生周太太，脸朝向我的镜头，闭上眼睛，想象一下现在就躺在柔软的床上，表情要享受一点。"

周暮昀的一只手臂枕在脑后，另一只手放在身前，他闭上了双眸。喻橙偏了偏头，靠近了他一点，也闭上了眼睛，唇角勾起。

李哥挑了一下眉毛。作为有着多年拍照经验的摄影师，他最欣赏的一种模特就是，能在短时间里理解到摄影师想要的意境，这两人显然在这方面表现得让他非常满意。

又拍完了几张，李哥轻咳一声："周先生，现在可以亲吻你的太太了。我们拍几张亲密一点的照片。"

喻橙一愣，还没来得及睁开眼睛，嘴唇就被吻住了。随之而来的是灼热的呼吸，她的睫毛颤了颤，没有睁开眼睛。

周暮昀的唇贴着她的唇，一动不动，没有深吻。

耳边是相机接连响起的声音，摄影师终于拍够了，收起工具："好了，船上这一组我们完成了！"

站在水里负责打光和整理喻橙裙摆的助理迅速撤回到岸上，两人抖筛子似的打战，真的是太冷了，腿都要冻残废了，佩服周太太穿着露胳膊露腿的裙子还能笑得出来。

船中的两人却好像没听到摄影师的指使，还躺在那里，周暮昀察觉到身边的闲杂人等都已经远去，他的手捏住她的下巴，舌尖挑开她的唇瓣探

449

进去。

他在干什么？

喻橙猛然掀开眼帘，映入眼中的是一张放大到模糊的俊脸。

一想到摄影师和助理都在岸边看着，她就羞得不行，伸手想要推开周暮昀。

岸上，本来已经收起相机的摄影师看到这一幕，立马来了抓拍的灵感，重新端起相机对着两人猛拍。

助理把刚放下的打光板拿起来，想要冲过去，被李哥一抬手阻止了。有没有一点眼力见儿，这个时候怎么能上前去打扰呢！

耳边好像重新响起了相机的声音，喻橙整个人都要烧着了，用力挣脱他的桎梏。

因为动作太大，小船剧烈地摇晃。李哥那声"当心"刚喊出口，小船忽然向一侧翻下去。

喻橙吓得失声尖叫。

电光火石之间，周暮昀一把将她抱在怀里，两人沉入水底时，他像之前说的那样，双臂牢牢地护着她，他知道她怕水，迅速将人托起来。

整个过程，喻橙的脑海中闪过无数个片段，都是关于两年前的。

她勾着他的脖子，怔怔地看着他，眼中有狐疑："你……"

问题还没问出来，她就觉得自己想多了，怎么可能会是周暮昀。那个时候，她在国外……

周暮昀身上的衬衫都湿透了，紧紧贴在身上，头发也打湿了，发梢往下滴水。他看着怀里的人，黑眸沉沉："你刚刚要说什么？"

喻橙抿了抿唇，摇头："没什么。"

周暮昀的眼中闪过一丝异样，还以为她会想起点什么。

摄影师本以为水中的场景没戏了，实在想不到，临了还能有这么一出，刚才他不遗余力地抓拍了十几张。

李哥低头欣赏相机里的照片。因为刚才那个小插曲，让他多了不少素材，凌乱不失美感的画面，还没经过后期修图就已经让他很满意了。

当晚大家一起在酒店聚餐，第二天就赶往下一个拍摄场地——三亚。

从那座湿冷的古城转移到热带，喻橙感觉自己活过来了。热带，才是她这种"怕冷星人"的福地。

整个拍摄过程非常顺利，在种满椰树的沙滩上拍了几组，又在浅海区拍了几组。因为景色美，摄影师在原定的计划上加了一组夜景拍摄。

　　裙子上洒满荧光，喻橙的身后是一望无际的大海，海面在夜色中如墨一般，身前是身穿白衬衣的周暮昀，他低垂着眼朝她温柔一笑。

　　"最后一组，拍完我们就收工！"

　　那边传来摄影师的声音，紧接着就是快门的咔嚓声。很快，摄影师就宣布今天的拍摄计划完成了。

　　眼下不到八点，前方的沙滩十分热闹。有男生抱着吉他坐在地上弹奏曲子，旋律随着海风吹进耳朵里。

　　喻橙的长发迎风扬起。她身上穿的这套婚纱是一字肩设计，头发没有经过打理，随意地披在身后，头顶戴上了一顶花环。

　　脚下也没有穿累赘的高跟鞋，而是穿着沙滩拖鞋，反正被层层叠叠的裙纱挡住，也没人能看见。

　　这大概是她拍得最舒心随意的一套了。

　　摄影师和助理收拾完道具就准备回酒店了，问他们要不要一起，喻橙拒绝了，扭头看向周暮昀："我们走走吧，海风吹得好舒服。"

　　他抬手将她脸侧的发丝别到耳后，轻轻地嗯了一声。

　　两人并肩走在沙滩上。

　　明天，他们就要去下一个拍摄地点了，把剩下的两套拍完，他们的婚纱照拍摄旅行就可以宣告结束了。现在想一想，除了拍摄过程有点累，其他时候还好，他们就当旅行了。

　　喻橙担心裙摆拖在地上会弄脏，用一只手拎起来，步伐豪迈地往前走。

　　忽然，她的脚步一顿，深深地嗅了一下："啊，我闻到了烧烤的香气！"

　　五分钟后，一对身穿华服的夫妻坐在塑料椅子上，吃烧烤、喝冰啤。

　　喻橙喝的是冰可乐，吃一口烤鱿鱼，瞬间就被这味道占了味蕾，她朝那边站在烧烤架前的小哥说："老板，再来十串烤鱿鱼，多放辣！"

　　女孩子的声音吸引了其他人的注意，大家纷纷朝她看过来，待看清她身上的婚纱，都露出惊讶的眼神。

　　喻橙害怕被人认出来，正想着要不要掩饰一下，后来发现自己想多了。他们盯着她看了一会儿就别过视线，被别的娱乐项目吸引了目光。

大理那次在饭店里她被认出来应该只是个意外，她这个网红还没有到红遍大江南北的地步。

周暮昀把酒瓶放下，盯着她看了几秒，忍不住提醒："周太太，注意形象。"

婚纱的裙摆太长了，不方便，她坐下来后，把层层叠叠的裙纱堆在腰间的位置，露出一双小腿还不算，大腿也露了出来，像一只胖乎乎的蚕宝宝。

喻橙垂眸看了一眼，也觉得有损形象，万一被人拍到照片传到网上……

想到这儿，她连忙将裙纱放下来，规规矩矩地坐好，下一秒，却更豪放地端起自己的大杯可乐，高高举起来："来，干杯！"

周暮昀："……"

最后一套婚纱的拍摄场地是在一条旷野的公路边。

喻橙提前换好了裙子，坐在车里让化妆师化妆。经过这几天的相处，化妆师王珊已经跟她混熟了。化妆的过程太无聊，王珊有时候会跟她聊几句。

两人刚聊到昨天的拍摄场景，王珊一边给她涂口红，一边笑着说："周公子的反应太快了，我们都以为你要摔倒了，没想到他下一秒就冲过去了，还牺牲自己给你当垫背。说真的，我都没看清他是怎么冲过去的。"

是的，昨天拍摄时出了意外。这是继那天小船侧翻后第二次发生意外。

昨天那套婚纱的裙摆实在太长了。摄影师要求的情景有点特殊，让她在前面慢跑，周暮昀在后面追，某个瞬间，她回头看着他，朝他伸出一只手，然后他握住她的手。这样一个很普通又很唯美的小场景。

李哥还说，可以跑慢一点，方便他跟拍的时候抓拍几张近图。

喻橙比了个放心的手势，小意思，不就是跑步吗，百米冲刺她不行，像这种浪漫的慢跑她还是能完成的。

"周先生，给你个追我的机会。"正式开拍前，她朝男人笑了笑。

周暮昀望着她，好一会儿才道："当初不就是我追的你吗？"

"啊，确实是这样。"喻橙手指点了点下巴，"要不然你跟李哥说一下，换成我追你吧。我们公平一点，一人追一次。"

光是想象一下那个画面，周暮昀就忍俊不禁："算了吧，还是我追你。"

"放心，这次不会让你追太久，我会让你很快追到。"

"那我就不胜欢喜。"

大家："……"

请停止发放狗粮，我谢谢您了。

李哥说可以开始拍了，喻橙就提步慢跑起来。

然而刚跑了没两步，她就不小心踩到了裙摆，整个人朝前栽去。喻橙绝望地闭上眼，心想自己不会要在举办婚礼前负伤吧。

说时迟那时快，只见周暮昀猛追了几步，一只手抓住了她的手腕，将人扯到自己的怀里。他没注意到脚下有一块石头，被绊了一下，两人双双跌倒在地上。倒地之前，周暮昀扣住她的腰肢，用身体给她当了垫背。

摄影师本来吓出一身汗，却在看清这一幕后，迅速调整好状态，对着两人这个戏剧性的姿势拍了几张照片。

穿着雪白婚纱的女人将一身黑西装的男人压在身下，关键是两人的表情都愣愣的，好笑又令人感动。

后来，喻橙从摄影师那里看到这张照片时，开心地笑起来："我看举办婚宴的酒店门口放这张照片就不错。"

听完她的话，周暮昀无语地看着她。

此刻化妆师再次提起这件事，喻橙忍不住弯弯唇角："别说你们，就连我自己也以为要摔倒了。"

毕竟那个时候，周暮昀在后面距离她有一小段距离，她都不知道原来他能跑得那么快，几乎是眨眼间他就到了她的身边，抱住了即将摔倒的她，避免了一场灾难。

昨晚她还跟他开玩笑："你是都教授吗？"

"什么？"他一脸听不懂她在说什么的样子。

"就是一个拥有超能力的外星人，会瞬间移动，屡次救女朋友于危难中。"喻橙说，"就像你救我那样。"

"我不会瞬间移动。"

"那你怎么嗖的一下就跑我身边来了。"说着，她的手在空中比画了一下，模仿流星划过。

周暮昀看着她，说："大概是因为身体的本能。脑子还没反应过来，身体就已经冲过去了。很快吗？我当时没感觉到。"

喻橙沉默了。

她刚才还一副开玩笑的姿态，转瞬间就被他这句普通的话感动得一塌糊涂，嘤嘤叫着扑进他的怀里。

周暮昀当时一脸蒙，不知道自己哪句话戳中了妻子，让她感动成这样。

王珊见喻橙失神，拿着口红在她眼前一晃："拍完最后一套就要结束了哦，提前祝你们新婚快乐。"

喻橙莞尔一笑："谢谢。"

涂完口红，整个妆容就算完成了。王珊推开车门率先下车，将车门拉开到最大，方便喻橙下来。

过了一会儿，新娘子从车里走出来，站在大家面前。

最近几天，大家已经看了她太多的婚纱造型，自觉能做到内心毫无波澜，没想到再次看到，众人还是忍不住倒抽一口凉气。

周暮昀在跟摄影师讨论待会儿要用到的越野车，听到大家的抽气声，转过身看着她。

烈焰红的婚纱裹住莹白的娇躯，绢花从胸口蜿蜒至裙摆，轻纱曳地。风吹来，她身后的两根纱带飘扬起来，迷了他的眼。

周暮昀还没来得及说句话，手机却在这时响起，是摄影师的电话响了。

摄影师接通电话，大着嗓门喊道："你快到了？哦，好，我们就在路边，你把车开过来就能看见我们。"

他们借用的越野车到了。

电话挂断后，一辆黑色的越野车出现在他们的视线里，在空旷的公路上，宛若一头猎豹冲过来，停在他们身边。

车上走下来一个年轻男人，他似乎和摄影师认识，走过来握住拳头捶了一下摄影师的肩膀："你早说要用车啊，我早上就直接给你开过来了。"

摄影师笑着还给他一拳："突发奇想，来不及准备。"

借助越野车当道具确实是摄影师才想到的，之前的计划不是这个。

年轻男人扫了一眼摄影师身后的众人，视线在喻橙身上多停留了几秒，露出惊艳的目光："拍婚纱照？"待年轻男人看到喻橙身边的周暮昀时，他的眼睛都瞪直了："周公子的婚纱照？"

没人理会这个年轻男人，李哥甚至还有点嫌他吵，驱赶似的挥挥手，让他赶紧走，别留在这里碍手碍脚。

年轻男人双手抱臂："我还真不走了，留下来看拍照。周公子的婚纱照现场，可不是人人都有机会看到的。"

454

这话倒是真的，机会难得，不容错过。

李哥见年轻男人没有要走的意思，就不管他了，让助理把越野车开到指定位置。

摄影师先给两位讲戏："一会儿周太太就坐在越野车的车顶，仰着头，神情稍微傲慢一点。周公子就靠着车身，单手插裤兜里，看着周太太。咱们这一组走狂野风格，情绪尽量做到饱满热烈。"

喻橙看着这辆笨重的越野车，思考从哪儿才能爬到这么高的车顶上，忽然就被人打横抱起来，双手将她一举，轻松地将她放在车顶上。

耳边响起化妆师的惊呼声，喻橙回过神来，自己已经稳稳地坐在车顶上了。

她垂下眼，只见周暮昀冲她一笑，他的眉梢微挑，一副求表扬的姿态。有旁人在，喻橙不好意思说什么，回给他一个微笑。

为了配合这套婚纱，她的嘴唇上涂抹的口红颜色跟婚纱一样，火红烈焰，笑起来极显奔放而艳丽。

两人旁若无人地秀恩爱，那个年轻男人登时转过身，一眼都看不下去了，对单身狗来说简直是暴击！

李哥看年轻男人的表情就知道他此刻在想什么，心说，你现在懂我一个三十岁大龄单身狗的感受了吧，跟着拍了一路，都不知道被虐了多少遍。

只有亲眼看过的人才有资格评价，网上关于这两人的传言一点不假，不，现实比那些路人口中传出来的故事更甜。

李哥轻咳了两声，端出专业态度："来，新郎新娘看镜头，拍完最后一组我们就彻底解放了。"

第十九章　你一定是世上最美的新娘

举办婚礼的日子已经定下了，五月二十八日，听说是周老先生找了个算命先生，合了两人的八字定下的日期。

老人家难得参与孙子的婚礼策划，虽然只是定日子这样简单的小事，双方长辈也一致认同了。

喻橙也很满意。

昨天，周老先生偷偷给她打过电话，告诉她当初合八字的时候，那个算命先生说，两人是绝配，一定会白头偕老、子孙满堂。喻橙听得又羞又窘，嘴角却悄然上扬。算命那一套她从来不信，觉得很玄幻，但是这一回，她愿意相信那个算命先生是神算子。

喻橙把日历上五月二十八日那天用红笔圈出来，在旁边画了一颗爱心，算是做了一个小标记提醒自己。

哦，她忘了，只有周暮昀对举办婚礼的日子不满意，因为跟他的预期相比，推后了很多天。

虽然他心里不满意，但也不敢跟周老先生叫板，默默地接受了这个日子，并开始为此做准备。

喻橙对他的想法很是不理解："我们都领结婚证了，婚礼早一天晚一天举办好像没什么区别吧？难道你还怕我跑了？"

他骄傲地别过脸去，不说话。

喻橙却不依不饶，跨坐在他的腿上，两只手捧住他的脸固定住，不让他乱动："周周同学，原来你这么期待我们的婚礼。"

躲无可躲，避无可避，周暮昀与她对视，一脸坦然地道："我很期待，难道你不期待吗？"

这话果然让喻橙没法反驳，她勾着他的脖子，凑近自己，她整个人几乎趴在了他的身上，额头抵着他的额头，浅浅的呼吸喷洒在他的脸上。

她洗过澡了，身上是沐浴露的甜香气息，似有若无地往他鼻子里蹿。

"我也很期待。"她的声音很轻，像是气音，落在他的耳边却极清晰。

周暮昀笑着扣住她的腰，翻身将人压在身下，亲了一下她的唇，没满足，又亲了一下："昨天你跟爷爷在电话里聊什么？我看你一直在笑。"

喻橙的脑袋陷进枕头里，柔软的长发铺了满枕，头顶还有几缕爹毛，像只毛茸茸的小动物。

两人穿着同款的情侣睡衣，抱在一起几乎融为了一体。

昨天喻橙跟周老先生打电话就是讨论那个算命先生的话，她心里把这个当成一个小秘密，没有告诉周暮昀。

她的手指穿过他粗短的发丝，摇摇头："不告诉你。"

等几十年后，他们白头偕老，她再拿出来跟他说，然后感叹一句：哇！当年那个算命先生果然算得很准！当然，有可能到了那个时候，她都不记得有这回事了。但是没关系，她知道他们会白头偕老。

五月二十四日，周暮昀和喻橙乘坐下午的航班飞法国，要提前过去为婚礼做准备。跟他俩同一时间出发的还有伴娘团的成员。

吕嘉昕很早之前就开始计划喻橙的婚前单身派对了，当即在群里号召起来："我们的单身狂欢要开始了！兴奋吗？激动吗？嗨起来！"

齐小果则表示："我说要请一个星期的假，老板差点把我开了。"

邢露："东西我已经收拾好了，朋友们，下午机场见。"

喻橙："机场见。"

喻橙收起手机，看着房间里一大一小两只行李箱，被她们激动的情绪感染，忍不住扬唇笑起来。

餐厅从今天下午开始暂停营业，员工们会在国内休息两天，再坐专机飞往法国参加婚礼。还有两家的亲戚，接下来几天都会陆陆续续过去。

吕嘉昕目前跟男朋友待在英国，她直接从英国飞法国，不跟他们一起。

当天下午，到机场会合的只有齐小果和邢露。两人远远地看见喻橙，也不顾周暮昀在旁边，冲过来就给喻橙一个大大的熊抱。

"好久不见呀！"

"你们也是，好久不见。"

三个女孩子团团抱在一起，周暮昀被隔离在外。

男人穿着宽松的polo衫、牛仔裤，脸上戴着墨镜，遮住了半张脸，露出来的薄唇轻抿，看起来一如既往的冷漠。

几人有段时间没有见面了，再次见面好似有说不完的话，随便挑起一个话题都能聊上许久，直到机场广播提醒登机，她们才意犹未尽地停下来。

喻橙这才想起来自己是带了老公的，左右瞄了一眼，没看见他人，转了半圈发现他站在她的身后不远处，只见他两手空空，手插在口袋里看着她。

喻橙问："你已经办好托运了？"

周暮昀嗯了一声，早就办好了，她专注聊天没有发现而已。

两人这次出行带的东西有点多，一个大号行李箱装不下，又加了一个小的。因为他们在法国举办完婚礼，隔天就直飞另一个国度度蜜月。

喻橙问过周暮昀要去哪里度蜜月，但是他没说，只说到时候她就知道了，先保密。

登机前，吕嘉昕又在群里喊话："我已经到这边的机场了，你们出发了吗？"

齐小果替她们这边的几人回复："不好意思，我们快登机了哦。"

吕嘉昕："居然比我快！我的航班是一个小时后！"

齐小果发了个吐舌头的表情包。

飞机上，周暮昀坐在靠舷窗的位置，喻橙坐在他的旁边，中间隔着一条过道，另一边是齐小果和邢露。

喻橙带上飞机的只有一个背包，相册刚好装在包里。她们想看她的婚纱照，喻橙拉开拉链，从里面拿出相册，隔着过道递给邢露。

两人从翻开相册的第一页起就忍不住捂着嘴发出抽气声。这绝对可以称得上最美婚纱照！

邢露跟齐小果咬耳朵："我都想结婚了。"

齐小果回："你先找个男朋友再说吧。"连男朋友都没有，你还想一步飞跃到结婚？

458

邢露："……"

喻橙此前已经翻看过无数遍婚纱照。除此之外，李哥给她发来的所有照片的压缩包，她也看了不下三遍。喻橙不得不承认，李哥的摄影技术万里挑一，后期修图也精致，既不夸张，又很注意细节。

"要不要睡一会儿？"周暮昀侧过头小声说，"长途飞行很累，到了那边还得倒时差。"

他说着，掏出背包里的眼罩递给她。

喻橙还想跟姐妹们聊天，顺便讲述一下自己拍婚纱照的过程，但考虑到会影响其他人休息，只好作罢。

喻橙从周暮昀那里接过眼罩，说："那我睡会儿吧。"

"要不要喝点红酒？助眠。"

喻橙扭头看着身侧的男人，她一本正经地道："你是认真的吗？我喝醉了会乱唱歌，你想让我被其他乘客笑话？"

她因为喝醉酒出过几次糗，彻底对酒敬而远之了。

周暮昀摁了摁眉心，抱歉，他忘记了她喝醉后的德行了。

上次她喝醉的画面还历历在目，差点害死他。他已经决定了，婚礼当天的晚宴上，要把交杯酒换成果汁。他担心她发酒疯砸了自己的婚宴场子。

喻橙自然不知道自己在丈夫那里记了一笔，她把眼罩戴在眼睛上，准备睡觉。想了想，她又一把将眼罩拉下来："空姐派餐的时候，别忘了叫醒我。"

周暮昀叫来空姐，要了一杯红酒，一边品酒一边看杂志。

眼看着舷窗外的天空由白天变黑夜。

长途飞行确实很累人，有了上一次拍婚纱照的旅途经历，喻橙觉得也还好。她在飞机上睡了差不多三个小时，被周暮昀叫起来吃了一份面，然后接着睡。

十一个小时后，飞机降落在法国的戴高乐机场。

齐小果还好，她的工作本来就需要经常出差，对于长途飞行她的适应能力很强。邢露就不像她那样精神饱满了。下了飞机后，邢露整个人都蔫了，趴在齐小果的肩膀上，双眼皮困成了三眼皮，有气无力地道："我在飞机上根本睡不着，不行了，到了酒店要睡十个小时补觉。"

齐小果老母亲似的摸摸邢露的脸："乖，我们很快就能休息了。"

周暮昀安排得很妥当，出了机场就有酒店的商务车过来接他们。高大帅气的白人司机帮他们把托运的行李搬到后备厢，载着他们前往酒店。

邢露勉强打起精神，凑过去跟喻橙说："这个司机有点帅！果然浪漫的国度盛产帅哥，心动了心动了。"

喻橙抽了抽嘴角，感觉眼前的人不像是自己认识的邢露，喻橙扑过去捏邢露的脸："说，你到底是谁？把我的露露还给我。"

邢露猝不及防，被吓了一跳，挣扎着拍开喻橙的手："你在说什么啊？"

齐小果在一旁，看着她们俩打闹："大鱼怀疑你被鬼附身了，而且还是色鬼！"

坐在前面副驾驶座上的周暮昀全程听着几个女孩子的嬉闹，从后视镜里看到喻橙重重地点头，说："就是小果说的那个意思。"

邢露翻了个白眼。

三人的手机同时响了一声。

是吕嘉昕拍了一张照片发到群里。照片里一双女人的腿，又细又白，架在前面黑色的桌子上，桌面还放着红酒和精致的点心。

从照片里的远景来看，正是酒店的阳台。

"你们怎么还不来？我好无聊哦。"

虽然吕嘉昕比他们晚登机一个小时，却比他们早到了差不多九个小时。她是从伦敦直飞，只需要一个多小时就能到巴黎，她早早就在酒店享受度假般的生活。

她们看到吕嘉昕发来的照片，眼红了。齐小果摇头："我真是傻，还为咱们比她早登机暗自窃喜，殊不知人家早就在酒店享受了。"

房间都是提前安排好的，周暮昀包了整个酒店，提供给这次前来参加婚礼的宾客。

半个小时后，他们到了下榻的酒店，与吕嘉昕顺利会师。

大家聊了一会儿就撑不住了，各自回到房间里补觉、倒时差。

喻橙趴在柔软的大床上，即使在飞机上睡得昏天黑地，此刻还是挡不住袭来的困意，强撑着起身去卫生间里洗漱，然后倒头就睡。

周暮昀将行李箱里的东西收拾好，去洗了个澡，躺在她的身边。

这一路上，她忙着跟姐妹叙旧，几乎忘了他的存在，实在让人有点不爽。他摸了摸她的额头："老婆。"

喻橙闭着眼嗯了一声，已经处在半梦半醒的状态。

"橙橙。"

"嗯。"

"橙橙。"

"……"

喻橙快要睡着了又被他叫醒，她终于不耐烦地睁开眼睛，看着他漆黑的眼："你喊我名字又不说事，到底想干吗？"

周暮昀勾唇一笑："没事，你睡。"

喻橙："……"我没把你打死都是因为我爱你。

喻橙刚闭上眼，就听见男人凑到她耳边低声说："睡吧，睡醒了带你去看过几天要穿的婚纱。"

喻橙倏然睁开眼，困意消散了一点。

周暮昀："本来想等婚礼前一天再送到你的房间里，算是给你一个惊喜，但我现在改主意了，我想提前看你穿上它。"只穿给他一个人看。

周暮昀的想法是很美好的，可是架不住老婆有三个捣乱的闺密。

三个闺密听说他们要去试婚纱，当即提出要一同前往。

开什么玩笑，三个闺密当初没赶上喻橙拍婚纱照的现场，说什么也要围观她试穿婚纱。

本来齐小果和邢露有点怕周暮昀，他给人的感觉就很高冷，一张英俊的脸没有多余的表情，说话也是淡漠寡冷的。吕嘉昕天生自带大小姐气场，没那么怕他。在吕嘉昕的带领下，另外两个人才没那么怂，坚持表示想看。

老婆的闺密是伴娘，不能得罪，周暮昀只能答应带上她们。

两个人的世界变成了五个人的狂欢。一上车，她们就拉着喻橙叽叽喳喳地聊天，讨论各种婚礼上的细节。

周暮昀听到吕嘉昕说迎亲堵门的时候，让伴郎当场拿绣花针绣朵花出来，周暮昀那张岿然不动的脸终于出现了一丝裂痕。他没想到，她们会玩这么大。

喻橙跟她们一起住了四年没有被带坏，定力真是十分了得。

这个念头刚起，就听见喻橙激动地说："不如我们学灰姑娘的后妈对待灰姑娘那样吧，把红豆绿豆倒在一起，让他们重新分好类。如果想加大点难

461

度，还可以倒进去黄豆和黑豆！"

周暮昀："……"就当他刚才的想法不存在。

邢露忽然问："我们把新娘子的鞋藏在哪儿？这个要提前想好吧？最好难一点，让他们满地找，那样才有意思！"

这话得到大家的一致认可。

"嘘！"齐小果像是才反应过来，瞥了一眼坐在前面副驾驶座上的周暮昀，"我们是不是有点傻？为什么要当着新郎的面讨论这些？"

其余三人噤了声，大概是周暮昀从头到尾没插话，存在感太低了，像个背景板，她们就有些忘乎所以。

车里叽叽喳喳的讨论声消失了，恢复了安静。

伴娘团暗暗决定，回头抽个时间，大家召开一个会议，就如何加大迎亲难度展开讨论，最好每人都出个策划案。

吕嘉昕说："我看这个会议喻橙就没必要参加了。"

忽然把新娘子排除在外，喻橙指着自己的鼻尖难以置信地道："你说什么？为什么我不能参加？"

吕嘉昕跷着二郎腿，双手环胸，一双漂亮的眼睛斜视她："谁知道你会不会是周公子的卧底。我担心你见色忘友，临阵倒戈。"

喻橙撇了撇嘴角。

一个小时后，车子在一栋别墅前停下。

喻橙怎么也没想到，婚礼当天要穿的婚纱就存放在设计师的家中。

据说是数十名工人纯手工制作，历经了半年的时间，在设计师的监督下顺利完成。而且，最后的缝制绢花工序，由设计师本人亲手操刀。

听到这些介绍，几个女孩子同时露出了期待的目光。同时，还有她们对周公子的佩服，如此费心思，他是爱惨了喻橙吧。

宽大敞亮的工作间里，年过半百的设计师亲手揭开婚纱的防尘罩。

只见一件雪白的婚纱套在塑料人形模特身上，裙摆蓬大，如一朵盛放的花朵。灯光中，裙摆上泛着星星点点的碎光，璀璨如星、流光溢彩。

设计师满意地看着自己的作品，也满意于他们的反应。

喻橙以为拍婚纱照时的那几套婚纱已经足够好看了，没想到眼前这一套更美。

被周暮昀藏了这么久的惊喜终于展现在她的眼前，她却发现自己忽然眼眶微热，有落泪的冲动。

几个女孩子都呆住了。就连见惯了大场面、泰山崩于前而色不变的吕大小姐都惊得眼珠子快要掉下来。

大手笔，这绝对是大手笔！

不管是层层叠叠的裙纱，还是上面点缀的碎钻，包括那顶头纱，都让人看出用尽了心思，价值不菲。经过鉴定，周暮昀绝对不是传说中的"钢铁直男"。他太懂女孩子的心思了！吕嘉昕敢保证，没有哪个女孩能抵挡这套婚纱的诱惑，连她也不能。

试问一下，谁不想在婚礼当天穿上这样一套集华丽与梦幻于一体的婚纱，走在鲜红的地毯上？再戴上一顶皇冠，我就是世界上最美的新娘！

仿佛为了印证吕嘉昕的想法，下一秒，周暮昀说："还有一顶皇冠，存放在一间珠宝工作室，离这里有点远。他们明天会直接把东西送到酒店里，到时候你就能看见了，跟这套婚纱正好相配。"

天哪！完全冷静不下来，这个男人真的绝了，怎么能做到每个细节都完全符合女人的喜好！

吕嘉昕扭头看向旁边的喻橙，果然，这孩子已经被惊喜砸晕了。另外两个女生的表现也没好到哪儿去，盯着眼前这套婚纱，久久回不过神。

过了一会儿，喻橙转头看着周暮昀，眼睛一眨不眨，她现在开始相信"上辈子拯救银河系"这个说法了。大概，她上辈子真的拯救了银河系。

周暮昀之前已经在电脑上看过婚纱的成品图片，现在这么一看，实物确实比照片上更好看。他笑着说："试穿一下吧，哪里不合适还能改，要是婚礼前一天改，就真来不及了。"

这种量身定制的婚纱就是要拿着尺子量身而裁，但他想给她一个惊喜，坚持让设计师用他报的数据裁剪。

当时设计师不同意他的做法，认为会有偏差，影响成品的效果。万一尺寸不合适，修改起来会很麻烦。

周暮昀跟设计师商量了很久，才让设计师答应下来。真的到了要穿在她身上的这一刻，周暮昀却开始担心，万一出了差错……

一旁的设计师助理上前一步，小心翼翼地将婚纱从塑料模特身上取下来，横着托在臂弯里，避免拖在地上弄脏，他转身把它交给喻橙："它是属于你的。"

喻橙说了一声谢谢，双手把婚纱接过来。

在吕嘉昕她们的陪同下，喻橙穿上了这套婚纱，从试衣间的帘子后面走出来，站在大家面前。

吕嘉昕激动得双眼放光，抬手啪啪鼓掌："美美美！美极了！"

比周暮昀还要担心的就是设计师本人了，设计师认为没经过精准测量，凭借着几个数字制作出来的婚纱肯定会有不足之处。结果没想到会如此合身，布料一寸不多一寸不少。

喻橙被众人围在中间，只觉得像踩在棉花上，轻飘飘的，没有实物感。

半晌，周暮昀拉着她的手抬高，让她在他的臂弯里转了一圈，看清了婚纱穿在她身上的整体效果，他轻轻一笑："相信我，你一定是世上最漂亮的新娘。"

喻橙看着镜子里的自己，又看向周暮昀眼中的自己，好似在梦中。过了许久，她才回过神，不顾别人的目光，扑到他的怀里一把抱住他的腰，仰面微笑："谢谢你，周先生。"

周暮昀回以一笑，摸了摸她的脸："不客气，周太太。"

周围的一切好像都变成了朦胧虚幻的背景，他们的眼中只有彼此。

试穿完婚纱的新娘子被几个好姐妹拉出去狂欢了，这是她们很早就说好的。周暮昀这个新郎就没那么自由了，要留在酒店接待陆续到来的宾客。同辈的宾客倒不需要他过问，长辈们却不能怠慢，尤其是岳父、岳母大人。

当天下午，周致鸿、霍衡昔、喻宗文、蒋女士都到了法国。周暮昀亲自去接机，蒋女士没看到喻橙，问："橙橙人呢？"

周暮昀接过二老的东西放车上："跟朋友出去玩了。"

蒋女士想说，女儿的心真大，还有两天就要举办婚礼了，她居然还有心情出去玩。

十四个伴郎傍晚时分也就位了，一过来就霸占了酒店的休闲娱乐区域，打桌球、玩牌、喝酒、聊天，好不惬意。

按照长辈们的要求，接下来两天，新郎不可以跟新娘子见面。

直到婚礼前一天晚上，周暮昀发来微信说："视频通话算不算见面？老婆，我们打视频吧。"

喻橙盘腿坐在床上，一想到明天就要举办婚礼，忍不住紧张，心脏时时刻刻都卡在嗓子眼。此刻，伴娘都聚在她的房间里，吕嘉昕组了一个牌局，几人在斗地主，鉴于喻橙的牌技太烂，就没有参与。

喻橙略一思忖，拿着手机起身去了阳台，给周暮昀拨了个视频电话过去。

那边立刻接通了。屏幕上，男人一张俊朗的脸浅带笑意，背后是熟悉的巴黎夜景。原来，他同她一样，也站在阳台上。

喻橙一只手捧着脸，笑眯眯地看着他："你怎么不进屋啊？"

他将屏幕往屋子里一晃："他们跑到我房间里打牌，很吵。"

话音刚落，那边就传来赵奕琛咋咋呼呼的声音："周老三，你干吗呢？赶紧过来，今晚我一定会赢你！"

燕北搭腔："你怎么这么确定？"

赵奕琛："他现在是情场得意，牌场肯定失意！"

喻橙闻言，扑哧一声笑了起来。

好巧，她们这边也在打牌，输的人就喝白开水，齐小果已经去了四趟厕所。

周暮昀说："没别的事，就是想看看你。别让她们在你房间里闹得太久，早点休息，明早你还要早起。"

不闹太久是不可能的，有吕嘉昕这个能疯能玩的人在，短时间肯定消停不了。过了十一点，她们的牌场还没散。

齐小果喝水喝得快吐了，将手里的牌一扔，摆摆手："不行了不行了，我不玩了，你们俩合起伙来欺负我一个人。"

吕嘉昕丢下纸牌，身子往后仰，手搭在沙发靠背上："谁让你是地主，我们当然要联合起来对付你。不然呢？我跟地主联合起来对付别人啊？"

齐小果叫苦不迭，拿起手机看了一眼时间，惊呼了声："十一点多了！明天大鱼还要举办婚礼呢！"

几个女生作鸟兽散。

喻橙平躺在酒店的大床上，就算房间里的吵闹声消失了，她也睡不着，感觉精神异常兴奋。

她将双手枕在脑后，跷着腿扭头看窗外的月亮。

国外的月光跟国内没区别，一弯银钩似的月牙儿，悬挂在深黑的夜空，还有零零落落的星辰。

看了一会儿，喻橙摸到枕边的手机，点开微信置顶的对话栏："你睡着了吗？"

　　周暮昀："睡着了。"

　　喻橙："睡着了怎么给我发消息？"

　　周暮昀不跟她开玩笑了，认真道："现在都几点了，你怎么还没睡？"

　　他们视频通话结束是九点多，现在已经过了十一点，她竟然还没睡觉，明天还要不要当一个美美的新娘子了。

　　喻橙揉着额头哀号一声："我睡不着。"

　　她很想说：你不是也没睡吗？这么晚了，你一个新郎不睡觉？他该不会跟她一样，激动得睡不着吧？

　　她转念一想，就放弃问这句傻话，感觉周暮昀这种成熟稳重的男人不会因为举办婚礼就激动得睡不着觉。

　　那边，周暮昀按下语音键，说："要不然我给你唱一首摇篮曲？"

　　"别了，你唱的是要命曲不是摇篮曲。"

　　"啧，你嘲笑我。"

　　喻橙翻个身侧躺，也改为发语音："不如你给我讲个故事吧？睡前故事，能哄人入睡的那一种。"

　　沉吟片刻，周暮昀问："你想听什么？"

　　喻橙："随便。"

　　周暮昀脑海里的故事实在有限，他想了半天也不知道该给她讲什么好，索性随手拿了本杂志，拨通了一个语音通话，读给她听。

　　咬字清晰的法语，再加上他的嗓音带有独特的磁性，语调刻意压得轻缓低沉，像午夜电台的主播。不对，午夜电台的主播可读不出他这样温柔缱绻的声调，像羽毛落在耳朵上，催人入睡。

　　喻橙听了好一会儿，某个瞬间，猛然反应过来，睁大眼睛道："你会法语？你居然还会法语？"

　　"会一点儿。"

　　念得这么好还叫会一点儿？喻橙不信。

　　周暮昀说："别说话，安静听。"她总是捣乱，不知道要多久才能哄睡着。

　　"哦。"

　　喻橙将手机放回枕边，手拽着被子的边缘，合上眼帘。

良久，没听到那边的声音，周暮昀停了下来，仔细听，有平缓均匀的呼吸声顺着电流传过来。

"好梦。"他低低地喃了两个字，挂掉语音通话。

周暮昀合上杂志，看了一眼窗外的月色，也闭上了眼睛。

砰砰砰！

喻橙是被震天响的敲门声吵醒的，感觉那声音就在耳边震动，连着床板都在颤抖。

吕嘉昕的声音随之从门外传来："大鱼，开门！化妆师过来了！再不起床就要迟到了！迎亲的马上就要来了！"

喊声一声比一声洪亮，喻橙崩溃地抱着被子坐起来，顶着一头凌乱的头发去开门。

外面伴娘团的成员都在，还有一位化妆师，手里提着化妆箱严阵以待。

喻橙的脸贴着门框，眼睛闭上了，一脸生无可恋："你们太恐怖了，这才几点，外面的天还黑着呢。"

"不早了！穿衣服、化妆得一个多小时呢！"吕嘉昕就跟古时候的老嬷嬷一样，一把扯过喻橙的手臂，推着她的肩膀，将她按在椅子上。

邢露和齐小果像两个小丫鬟，一边站一个，随时准备上手帮忙。

新娘子彻底放弃了抵抗，去卫生间里快速洗漱完，然后坐在化妆镜前，任由她们摆布。

化妆师说："先穿上婚纱，妆画好了再穿容易蹭到妆容。"把脸上的妆蹭掉是小事，就怕口红、粉底之类的化妆品沾在洁白的婚纱上，那样就糟糕了。

吕嘉昕她们帮忙把婚纱拿过来，即使之前已经看过一次，再次看到，大家还是忍不住倒抽一口气。

在几人的帮助下，喻橙穿上了婚纱，从里间走出来时，惊得化妆师手里的刷子都掉了，化妆师早知道自己此行会不平凡，没想到是如此不平凡！国内的小伙伴都想知道鱼仙大大的婚纱是什么样的，化妆师觉得，她们大概永远不会猜到。

"化妆师，咱们开始了。"吕嘉昕打了个响指。

化妆师淡定地捡起掉在地上的刷子，开始给喻橙绾发、化妆。

最后，齐小果端了一个盒子过来，递给化妆师。打开盒子，里面是一项璀璨的皇冠，化妆师深呼吸了好几次，才迫使自己冷静下来，将皇冠戴到喻橙的头顶，用小卡子固定住。

新娘的头发被全数绾起，露出了线条柔美的颈肩，皇冠戴上，更凸显高贵典雅的气质。

吕嘉昕双手环胸背靠着梳妆台，欣赏喻橙的整套妆容，简直不知道说什么好了，她啧了一声："我觉得咱们可以去走戛纳红毯了，真的，绝对也能出个艳压全场的通稿。"

喻橙站起身，看着全身镜中的自己，肤白唇红，婚纱曳地，勾起嘴角笑了笑。

化妆师："等等，还有头纱。"

吕嘉昕将头纱取过来，两米长的头纱，比裙纱还要长许多，盖在喻橙头顶，后面被化妆师用精致的珍珠发卡固定住。到时候在教堂里，头纱由新郎亲自掀开，想想都完美……

落地窗外，天色大亮，金色的阳光透窗而入，整间屋子亮堂堂的。

过了一会儿，蒋女士和喻宗文过来了。

蒋女士穿了一件淡蓝色的旗袍，发髻高绾、妆容精致，显得格外优雅。喻宗文身穿正装，系了一枚红色的领结，头发喷了发胶，梳得一丝不苟，整个人神采奕奕。

喻橙看着他们俩，竖起两只大拇指："妈妈好漂亮！还有爸爸，绝对是最帅的老爸！"

蒋女士看到女儿才真的感到意外，因为周暮昀将一切都准备好了，压根儿没有需要他们二老操心的地方，因而她连女儿的婚纱都没见过。此刻见到，她也忍不住惊叹，太美了！母女俩说了一会儿话，眼看着时间不早了，蒋女士才拉着喻宗文的手出了房间。

齐小果忽然拿着手机惊叫一声："他们已经过来了！"

微信群里，宋家的少夫人给她们发来了伴郎团的最新情报。

"我的天，怎么来得这么快？我一点儿准备都没有！"邢露慌慌张张地去检查待会儿堵门要用的道具。

吕嘉昕让喻橙坐到床上，自己带着两个伴娘到外面堵门。

宋夫人的情报果然没错，过了两分钟，走廊的电梯门打开，从里面走出来一群人。

为首的自然是今天的新郎周暮昀，穿着纯黑西服，翻折过来的领口泛着暗光。人逢喜事，他看起来容光焕发、俊美无俦。

周暮昀的身后，是颇为壮观的伴郎团。十四个男人，个个儿西装革履、帅气逼人。

一帮人浩浩荡荡地过来，几个女孩子仿佛误入了明星云集的某颁奖典礼现场，一时之间愣在原地，忘了该看谁。

站在周暮昀右边的是赵奕琛，赵奕琛的一双勾人的桃花眼眨了眨："姑娘们，行行好，让我们进去吧。"说着，他甚至朝她们抛了个媚眼。

邢露和齐小果同时脸红了，根本招架不住。

站在周暮昀左边的是顾邵宁，男人白皙骨感的手握着一把红包，学赵奕琛的招数："仙女们，让个路吧。"

这两个人开了头，其他的公子哥也不要脸了，使尽浑身解数利用美色贿赂伴娘团。这是他们过来之前就说好的，为了周老三的幸福，牺牲这一次。

旁边跟拍的摄影师简直要笑喷了，要不是受职业素养约束，他现在大概会笑得手抖。他定了定神，努力克制住笑，把手里的摄像机端稳，镜头对着他们。

伴娘团的一致心声是：各种类型的帅哥站成一排，在你面前使尽浑身解数释放魅力，这谁顶得住啊！

你能不能顶得住我不知道，反正我是顶不住。就连一向冷静的吕嘉昕也闹了个大红脸，往后退了一步，后背靠着门板。

这一刻，伴娘团将先前商量好的堵门方式忘得一干二净，什么绣花、挑豆子、背着人原地转三十圈……通通都忘了。

房门被推开时，坐在床上的喻橙着实愣了。这么快？按照伴娘团的计划，她以为周暮昀他们至少要被堵半个小时。可是，从他们过来到现在，有三分钟吗？

齐小果和邢露抱着满手的红包，后知后觉地意识到，她们居然轻易地放周暮昀进来了，简直后悔莫及！不过现在后悔也没用了。

吕嘉昕也是一脸蒙，这跟她计划中的不一样啊。难得有一次能让周暮昀出糗的机会，就这么生生错过了，感觉损失了一个亿！

周暮昀忽略了其他人的喧闹，乌黑的眼睛凝视着床上的人，目光好似温柔的春水，能将冰雪融化。

隔着一层薄雾般朦胧的轻纱，喻橙与他对视，恍惚间，好像回到了去年拍毕业照时，她也是穿着一件洁白的婚纱，隔着头纱与他对视。今时今日，站在她面前的，还是这个人。

周暮昀的思绪翻涌，他一步一步朝她走去，每一步都像是电影里的慢动作。

当周暮昀快要靠近喻橙时，吕嘉昕终于回过神来，找回了一点身为伴娘的气势："等一下！周公子，你还没有找新娘子的鞋，不能带走她！"

喻橙一双莹白的玉足从婚纱裙摆底下探出来。

周暮昀看着她，用眼神询问鞋子藏在哪儿。

喻橙哭笑不得地说："你别看我，我也不知道她们把鞋藏在了哪里，你自己慢慢找吧。"

婚礼上要穿的高跟鞋昨天就送过来了，但是吕嘉昕没给喻橙看，自己抱走了，然后趁喻橙不在房间，吕嘉昕将鞋子偷偷藏在了某个地方，喻橙是真的不知道。

"还想作弊？没门。"吕嘉昕双手抱臂，高昂着头，"刚才就放了你们一马，别想再投机取巧了。"

周暮昀本来也没有要作弊的意思，把捧花递给喻橙，转身就开始在房间里找。

乌泱泱的伴郎团拥进来，瞬间将整间屋子都占满了，大家充分负起责任，帮着今天的新郎官找鞋。他们就不信，这么多人还找不到一双鞋，房间不就这么大吗？

然而，十分钟过去了，他们几乎将房间里的每个角落都找了，还是没找到。

站在门口围观的宾客都笑了。

摄影师扛着镜头，从十四个伴郎脸上一一滑过，将他们毫无头绪、无比郁闷的样子都记录了下来。

赵奕琛两手叉腰，累得喘了一口气："我说该不会你们根本没有把鞋子藏在房间里吧？"

吕嘉昕回击："不要为自己的无能找借口。"

周暮昀连卫生间都找了一遍，仍然没有看到鞋的影子。

燕北甚至动用了百度，查了一下伴娘一般会把新娘子的鞋子藏在哪里。其中最佳回答是用绳子系上，拴在窗户上，吊在室外，这样新郎无论在房间里怎么找都找不到。

燕北的眼睛一亮，视线在房间里搜寻，他看到了这间房唯一连接外面的阳台，于是冲了过去，从阳台的玻璃窗往下看，空空如也。

吕嘉昕一看他的举动就知道他的想法，开玩笑，众所周知的藏鞋地点她怎么会用，藏的地方他们绝对想不到。

伴郎团用了不到三分钟进入新娘子的房间时，他们以为今天的迎亲会非常顺利，没想到卡在了找鞋这个环节。

宾客也不催，乐得看伴郎手忙脚乱。

喻橙的目光紧随着周暮昀，看着他绕着房间转圈，眼中盈满笑意。连她也有些好奇，吕嘉昕她们会把鞋藏在哪里？

齐政抬手松了松领结，就这么一会儿，他就出了一身汗，目光落在喻橙大大的裙摆上，他微微一顿，该不会……

"鞋子藏在新娘子的裙摆下？"

众人齐齐一愣。房间里每个地方都搜遍了，除了那张床。毕竟喻橙就坐在上面，他们没办法搜。

喻橙愣了一下，用手拍了拍自己的裙摆："不在我这儿。"要真是在床上，她能不知道吗？

齐政却不相信她的话："我觉得还是搜一下吧。"顿了顿，他咳嗽一声，"要搜也只能让周老三搜了。"他们可不敢碰他老婆。

喻橙高举双手，以示无辜："真的不在我这儿。"

周暮昀也有点迟疑，看着她的脸，商量道："老婆，要不让我检查一下？"

怎么检查？没等她反应过来，周暮昀就弯下腰，一只手横在她腰间，竟单手将她抱了起来。四周传来围观群众的惊呼声，伴随着几声响亮的口哨。

喻橙趴在男人一边的肩膀上，还没吃早饭的她本就饿得头晕眼花，眼下更晕了。

周暮昀一手抱着她，裙摆下面什么都没有。他还不死心，用另一只手掀开被子，也没看到鞋子。

他将她放下来，喻橙捂住胸口，幽怨地看着他："我快被你弄吐了。"

471

周暮昀歉然地朝她一笑。

吕嘉昕："找不到鞋子，周公子你可不能把大鱼带走哦。这项活动就是为了考验新郎的耐心，如果连这点困难都克服不了，以后怎么忍受我们大鱼的小脾气？"她故意将话往严重了说，就是为了避免周暮昀因找不到鞋子而生气。不过吕嘉昕想多了，不管怎么样，今天这样的日子，周暮昀都不会生气。

周暮昀的目光在房间里逡巡一圈，视线忽然一凝，他猜测道："在……水晶灯上？"

地面上每个角落他们都进行了地毯式搜索，既然地面没有，只能是在上面了。天花板上贴着暗黄色的复古壁纸，只有一盏莲花造型的水晶灯。

吕嘉昕闻言脸色微微一变，还真被他猜对了。

她脸上细微的表情变化被几个伴郎捕捉到了："不会吧？鞋子真的在上面？"

这是什么奇葩的思路？

周暮昀已经猜到了，想要知道鞋子到底在不在上面，只需要检查一下就好了，吕嘉昕就懒得继续隐瞒了，轻哼了一声："猜对了。"

有人问："怎么放上去的？"

"这还不简单。"吕嘉昕说，"让服务员搬来梯子，踩着放上去。"

水晶吊灯特别大，一个灯罩连着一个灯罩，垂下来一串串晶莹剔透的珠帘，不注意看，根本看不到上面放了一双高跟鞋。

其实，周暮昀也没看到，他是猜到的。

片刻后，服务员搬来折叠梯子，周暮昀亲自踩上梯子，将鞋子取下来，没有一点不耐烦，反而因此露出得意的笑容。他太聪明了，一猜就中。

围观的群众都没眼看了，这真的是传说中的周公子吗？就刚刚那个笑容，太傻了。

喻橙已经见惯周暮昀幼稚的一面，不觉得新奇，只是被他的笑容感染，也忍不住勾起唇角，为他感到高兴。

周暮昀手握一双水晶鞋，在她的面前单膝下跪。

大家讨论的声音戛然而止，房间里安静下来，目光都落在两人的身上。只见男人执起喻橙一只脚，帮她把鞋子穿上，他的神情那样专注温柔。

喻橙的脑子有些晕乎，脸颊透红，看着他为她的左脚穿鞋，又拿起右脚那只鞋，为她穿上。从她的角度，刚好可以看见他垂敛的眉眼，笑意缱绻，带着虔诚，好似这是一件很重要的事。

周暮昀替她穿好鞋，抬眸朝她微微一笑："老婆，我们走吧。"

话是这么说，但他没舍得让她走一步路，用公主抱的方式，将她一路从房间抱到车上。

长长的车队在路上缓慢行驶。

这辆轿车上除了周暮昀和喻橙，还有开车的司机和跟拍的摄影师。

摄影师的镜头一直对着他们，周暮昀却当它不存在，侧过头凝视着身边的人。

喻橙小声问："你看什么？"

周暮昀："真美。"

北京周公子的婚礼自然无比盛大，大半个上流社会的人都来了，不仅自己来了，还拖家带口，都想一睹这场盛世婚礼。

教堂离酒店并不远，开车十几分钟就到了。这也是周暮昀会选择在这家酒店接待宾客的原因。

远远的，喻橙就看到了城堡似的塔尖，上面有一块石头雕刻的钟表，时针、分针交错。

教堂前铺了鲜红的地毯，从门口一直蔓延到这条路的尽头，红毯两边堆满了鲜花、气球，一路芳香。

"我先过去了。"周暮昀侧过身，在喻橙的额头亲了一下，"一会儿你会由岳父大人亲自交给我。"

车窗外是异国阳光明媚的早晨，教堂就在视线的尽头，门前鲜花遍地，偶有白鸽飞过。

婚礼进行曲奏响了，喻橙深吸一口气，尽量表现得从容，然而蜷缩的手指还是暴露了她的紧张。

喻宗文的脸上堆满了欣慰的笑容，牵起女儿的手，放在自己的臂弯处，带着她一步一步缓慢而坚定地朝前走去。

新娘的身后是两个可爱的小花童，一男一女。两个小朋友手里各拎着一个小花篮，按照大人的吩咐，他们抓起篮子里的花瓣扬起。他们或许不懂这是在干什么，只是觉得这项活动很有趣，他们的脸上洋溢着幸福的笑容。

喻橙从来没觉得心跳能有这样快。

红毯的两侧坐着前来观礼的宾客，喻橙看到了周暮昀的父母，还有她的妈妈，他们看着她，脸上都是笑，眼里闪动着光。

喻橙弯了弯唇角，发自内心地笑了。她抬起头，周暮昀就站在红毯的尽头，静静地等着她。

身穿纯黑西服的他，身处在这样古老的教堂里，仿佛最优雅的伯爵，浑身都透着疏离矜贵的气质，可他脸上的笑容又是那样温暖。

喻宗文牵着喻橙的手，在周暮昀的前面站定，将女儿的手教给他，叮嘱他道："这是我们家最珍贵的小宝贝，你要好好珍惜她、疼爱她，不管发生什么事，都要对她不离不弃。"

喻橙刚刚平复的心情又因为这句话土崩瓦解，当即她有落泪的冲动。

"您放心，我会爱护她一辈子。"周暮昀轻轻地握住被岳父大人递到掌心里的手，领着她转过身，面朝神父。

新娘子在结婚当天哭一下应该没关系吧，喻橙默默地想，眼泪就要忍不住掉下来了。

周暮昀注意到了，轻声在她耳边说："妆哭花了就不好看了，摄影师还在旁边拍着呢。"

她一顿，目光往侧边一瞥，摄影师果然在那里，镜头正对着他们。

婚礼是全程跟拍，从早上新郎出现的那一刻开始，一直到晚上婚宴结束，摄影师都会跟着他们，将今天的一切都记录下来。后期会剪成片子，做成光碟保留下来作为纪念。

但喻橙提前跟摄影师说好了，等拍完了，直接把婚礼全程的素材给她就行，她要自己动手剪辑。

结婚誓词说完，神父说："下面请新郎、新娘交换戒指。"

周暮昀拿出事先准备的婚戒，取出来给喻橙戴上。戒指套在了她的无名指上，喻橙垂眸看着，这是她第一次看到他们的婚戒，之前一直由他保存，他都不肯给她看。数颗细小的碎钻围拱着中间一颗硕大的钻石，灯光下光华璀璨。

喻橙看着周暮昀，取出另一枚男士婚戒给他戴上。

"新郎可以亲吻新娘了。"

观礼的宾客中不知是谁大声喊了一句："周公子，亲一个三分钟的！"

众人哄堂大笑。长辈们哭笑不得，这些年轻人真的是……太会玩了。

新娘被闹得不好意思了，脸红彤彤的，她正要低头，却被人掀起了头纱。轻纱扬起来，她只觉得眼前有什么东西一晃而过，还没反应过来，他就低下头，吻住了她的唇。

　　热闹了一上午，喻橙整个人都累瘫了，回到酒店后倒在大床上，也不去管婚纱会不会被压皱，头顶的皇冠会不会掉下来，她只想呼呼大睡。

　　周暮昀将她拉起来，喻橙软绵绵的一团倒在他的身上，闭着眼咕哝："我好困，想睡觉，你别吵我。"

　　"恐怕不行。"他说。

　　两人此刻在一间豪华套房里，这里临时作为他们的新婚房间，被布置得浪漫又喜庆。随处可见红色玫瑰花，香薰蜡烛，还有贴上的"囍"字。

　　喻橙皱起眉毛："你知道吗？我昨晚快十二点才睡，今早不到五点就被他们拉起来，我困得头都痛了。"

　　周暮昀软着声音哄道："先吃完东西再睡。婚宴在晚上，你还有时间休息。"

　　一说起吃东西，喻橙的肚子就十分应景地咕噜咕噜叫起来。从早晨起床到现在，别说吃东西了，她连口水都没喝过。

　　思考了三秒，喻橙点头："好吧，先吃东西。"

　　周暮昀帮她把婚纱换下来，摘掉头纱和皇冠放在一旁。喻橙换了一件宽松的睡裙，顿觉浑身轻松，困意没有那么强烈了。

　　房门被人敲响，周暮昀订的餐点到了。

　　喻橙将头发随意绾起来，走到餐桌前坐下，双手托着下巴，等待开饭。

　　片刻后，周暮昀推着餐车过来，将食物一盘一盘端出来放在她的面前，他的手在她的头发上揉了两下："快吃吧。"

　　哪儿还用得着他说，食物端到眼前，喻橙就拿起叉子埋头开吃了。

　　他去卫生间洗了个手，走过来坐在她的对面，却没有立马开动，而是看着她，看着她扎起一块肉塞进嘴里，她的腮帮子鼓鼓的，一动一动地咀嚼，嘴角沾上了酱汁她也没发现。

　　他想帮她擦，又觉得此举会打扰她进食，于是他就这么看着她。

　　好一会儿，喻橙才发现对面的人一直看着自己，她抬起头看他，他的眼神温柔得好似冬日暖阳。从早上第一眼看到她，他就是这个眼神了。

喻橙咽下嘴里的食物，捂着半边脸，还有点不好意思："你怎么这样看着我？"

他收回视线，拿起叉子，忽然又笑了："感觉像做梦。"

几个月前他还在想，婚礼什么时候到来，怎么要那么久，感觉要等不及了。一晃眼，他们就到了今天。

喻橙咬住一只虾球，倾身拍拍他的肩膀，含糊不清地说："周先生，帅气从容一点，我们都是老夫老妻了。"

他哼笑一声，她居然嘲笑他不帅气、不从容："哦，不知道是谁，那会儿感动得眼泪都要流出来了。"

喻橙在桌子底下踩了一下他的脚，以示不满。

周暮昀笑了笑，低头用餐，不跟恼羞成怒的小女孩计较。

喻橙解决掉一份牛排，又吃了意面和虾球，最后抱着装水果沙拉的玻璃碗瘫坐在椅子里，有一口没一口地吃着。

男人慢条斯理地吃完，抬眸看着她将最后一块牛油果送进嘴里，这才站起身，绕过雪白的长方桌，弯腰抱起她。

喻橙猝不及防，怀里的碗差点扔掉了。

他俯低上身，方便她把碗放桌上，然后抱着她往床边走："我陪你睡一会儿吧，晚上还有得闹，需要养足精神。"

喻橙想了想，晚宴需要招待宾客，肯定会很累。

她困到极点，胡乱应了一声就闭上眼睛，很快睡着了。

周暮昀却毫无睡意，听着她轻缓均匀的呼吸声，睁开了眼睛，侧过头看着她。

外面的阳光正盛，因为拉上了窗帘，一丝光亮也没透进来，屋内昏昏暗暗，是适合睡眠的环境。

她的脑袋陷进柔软的枕头里，闭着双眸，唇瓣微微抿着，有一丝不易察觉的弧度，眼底有淡淡的青灰，看来昨晚她是真的没睡好觉。

周暮昀抬起手指，指尖轻轻地触摸她的下眼睑。她在睡梦中似乎有所察觉，嘴巴动了动，做出了咀嚼东西的动作。

他连忙收回手，怕吵醒她。等了一会儿，他见她没有醒来的迹象，有些忍俊不禁。

周暮昀的手肘撑在枕头上，手托着脸庞，他盯着她睡着的样子，视线从

476

眉眼滑到鼻子，再到嘴巴、下颌、锁骨……

他只觉得哪里都看不够，能一直这么看下去。

喻橙醒来时，正对上周暮昀的眼睛，愣了一瞬，她不确定地问："现在几点了，是不是该起来准备了？"

"嗯。"他摸摸她的脸，"是该起来准备了。"

外面走廊传来嘈杂的声音，好像是吕嘉昕她们。

两人收拾妥当后，周暮昀去开门，伴娘鱼贯而入，穿过客厅到里面的房间。

大家只见喻橙穿着睡裙摆成"大"字躺在床上，满脸的舒服惬意，好似与身下柔软的大床融为一体。

吕嘉昕扶额："大小姐，赶紧起来准备了。"

随后，化妆师也过来了。

又重复了一遍早上的兵荒马乱，喻橙被吕嘉昕和齐小果她们架起来，催促着换上出席晚宴的晚礼服。

一条金色闪光裙，抹胸设计，整条裙子缀满了细碎的亮片，在灯光下闪闪发光。裙子贴合着身体的曲线，将盈盈不堪一握的腰肢显露无遗。裙摆一边高开衩，另一边是渐变金色。高跟鞋也换成了与之相配的金色一字带。

化妆师帮她把头发重新绾起来，两边脸侧各留了一缕，增添了一分妩媚。

"我实在是佩服周公子的眼光。"化妆师一边给她化妆，一边忍不住感叹。

没错，这条晚礼服也是周公子选的。

吕嘉昕也感叹："这个婚礼没有遗憾了。"

华丽、梦幻、唯美、浪漫，哪一样都不缺，能考虑到的地方都考虑到了，不管喻橙喜欢哪种风格，这个婚礼都能满足她。

傍晚时分，大家乘坐专车前往庄园参加婚宴。这是婚礼的最后一项活动。

婚宴设在当地一位富商的私人庄园。庄园里种满了各品种的玫瑰，走到哪里都能闻到浓郁的香气。宾客走进来，仿佛爱丽丝误入了仙境。

玫瑰庄园的空地被装饰一新，火红的鲜花拱门，背后架起一块巨大的屏幕，数十张长方桌铺上雪白的餐布，上面摆放着精致的餐点和香槟。两侧是上百张小椅子，同样铺上白色的绸布，椅子靠背上扎着粉色的蝴蝶结。

周暮昀比喻橙早一个小时到这里，招待前来的宾客。

有些宾客来不及参加白天的婚礼现场，只能赶来参加晚宴。所以，晚宴现场的人比预计的还要多。

其中大部分是周家的亲朋好友，还有一些生意上的伙伴。跟喻橙关系不错的高中同学、大学同学也过来了。

好在周暮昀对所有突发状况早有准备，让侍者又加了几十张椅子，另外，让他们紧急联系后厨那边，再多准备一些菜品。

周暮昀端着一杯香槟，跟着父亲见了几位一年到头难得相见的远房亲戚，又去岳母大人那边关心老婆娘家的亲戚，忙得不可开交。

不多时，今晚另一位主角在几个女孩的簇拥下缓步走来。

为了搭配这条曳地的晚礼服，喻橙穿了一双鞋跟近十厘米的高跟鞋，第一次穿这么高跟的鞋，她都不会走路了。她每走一步都像在踩高跷，面对大家的目光，心下紧张，就更走不好路了。

忽然，脚往一侧崴了一下，喻橙整个人趔趄一步，朝前倒去。

吕嘉昕本来挽着她的手臂，及时稳住了她，却没想到另一只手臂也横插过来，将喻橙抱了个满怀。熟悉的味道扑面而来，喻橙抬起头，惊魂未定的一张脸撞入了男人的视线。

吕嘉昕见状松开手，摇摇头退到一边："早说你迫不及待想投入周公子的怀抱，我就不扶着你了。"

听到她的话，在场的宾客都笑了。

蒋女士揉了揉眉心，也有些惊魂未定，刚才那一刻，她以为喻橙就要栽倒在地，在宾客面前丢人了。这孩子，什么时候能改改冒冒失失的毛病……

喻橙大窘，双手抵着周暮昀的胸膛站直了身子，脸颊的热度久久不散。

周暮昀握住她的手，搭在自己的小臂处："抓牢了。"

婚宴的第一个环节自然是新郎和新娘站在鲜花拱门下，接受司仪的询问。比如，你们是什么时候认识的、谁先追的谁、在一起后有哪些甜蜜的事、婚后有哪些打算……

司仪不仅口才了得，而且随机应变能力强，时而设下陷阱，弄得喻橙措手不及，闹了好几个笑话。

这个环节本来就是为了逗趣，活跃现场气氛。喻橙闹出的小失误，正好给现场的宾客提供了笑料，逗得大家乐不可支。

这姑娘看着机灵聪慧，怎么脑子好像不够用，总是闹出笑话。

周暮昀好几次都忍俊不禁，顾及到老婆的面子，没敢笑得太过分。

司仪拿着话筒："最后一个问题，请新娘说出新郎的三个缺点。"

喻橙："厨房杀手，游戏打得菜，唱歌跑调。"

"哈哈哈哈哈！"下面的宾客笑得前仰后合。

原来人前风光霁月、无所不能的周公子，竟然有这三个缺点。

周暮昀想说：傻老婆，这种问题可以不用回答得这么诚实。

司仪的眼珠子一转，他笑着说："周太太这么一说，我有点期待周公子唱歌了，不如给我们唱一首？"前面两个缺点没办法现场展示，但是唱歌可以。

周公子想也没想直接拒绝："不唱。"

大家又被逗笑了，不用想也知道周公子不可能配合，只有新娘子乖乖巧巧，被司仪骗得团团转。

询问的环节将现场的气氛彻底点燃，按照流程，下一个环节就是新郎和新娘喝交杯酒。

虽然他们的婚礼总体来说是西式，有些环节还是遵循了传统。侍者端来两杯酒，周暮昀将左边那杯递给喻橙，自己端了右边那杯。

喻橙知道这个环节必不可少，即使不会喝酒，也从容接过酒杯，与他的手臂环绕。她喝了一口，快速眨了两下眼，这里面是白水？

周暮昀注意到她疑惑的眼神，小声跟她说："我怕你喝醉，砸了场子。"

喻橙："……"

现场响起音乐，周暮昀拿过她手里的酒杯，两个空杯一起放在侍者的托盘上，拉着她的手走到空地。伴随着缓慢的节奏，两人跳了一支华尔兹。

喻橙之前跟他跳过很多次，早就练成了默契，即使穿着"恨天高"，也依然能优雅地踩中节拍翩翩起舞。

一支舞结束，宾客们纷纷步入舞池，拉着身边的舞伴跳起了舞。

就连不会跳舞的喻宗文，也受到现场气氛的感染，拉起身边蒋女士的手，慢悠悠地踩着毫无规律可言的舞步。

晚宴接近尾声，前方一直黑着的大屏幕忽然亮了起来。

一张新郎和新娘亲吻的照片映入大家的眼帘。

现场一片哗然。这是……还有重头戏？

第二十章　念念不忘，必有回响

大家看了看今天的主角周暮昀，又看了看前面的大屏幕。

什么情况？

喻橙当然一眼就能看出来，这是出自她之手的视频，是她送给他的生日礼物。

他身后是漆黑的夜色，繁星点点，大朵的玫瑰在夜里开得艳丽绚烂。他也望着她，唇畔藏着笑意。

人群中忽然爆发出一阵欢呼声，喻橙扭头朝大屏幕上看去。

荧幕上，像播放电影一般，两人的脸放大数倍，画面却很清晰。宾客也像看电影一样，看着他们之间的故事，既惊又喜。

周暮昀对她说："我决定了，好东西不能我独享，要拿出来跟大家一起分享。让他们看看，我们在一起是这样的。"

影片播放不到十分钟，那帮公子哥就站起来大呼"周暮昀不厚道"。

"我就知道周老三会在结婚这一天放大招，却没想到他的大招一个接一个！"

"这个世界对单身狗的恶意那么大！"

"周少爷，周公子，周老三，说吧，你还有什么花样、虐狗的招数，通通放马过来，咬咬牙，我还能承受得住！"

没有了，这是最后一个招数。

趁着大家观看影片，周暮昀拉着喻橙的手偷偷溜走。偌大的玫瑰庄园，他拉着她左拐右拐，终于到了没人的僻静处。

　　脚下是凹凸不平的石板路，月光下泛着莹白的光，道路两边种满了玫瑰花，在夜风中轻轻摇晃，送来阵阵花香。

　　喻橙一路都走得很慢，高跟鞋踩在石板上发出清脆的声响。行走间，一条白皙的腿在裙摆一侧的开衩处若隐若现，极具风情。金色的裙子在月辉下更显璀璨，如同覆了一层流光。

　　她的红唇轻扬，笑容比月色还要美，她的双手抱住他的胳膊站定，朝身后的热闹处看了一眼："我们就这样跑掉，没关系吗？"

　　"现在大概没人注意到我们，是私奔的最佳时机！"

　　周暮昀侧过身与她面对面而立，手扶在她的腰间，将她拉近。

　　喻橙觉得他说得非常有道理。他们都在看影片，根本没人留意他们两个人，只要在影片播完之前回去就好了。

　　又走了一段路，她忽然说："我想脱鞋。"

　　周暮昀垂眸看向她藏在裙摆下的鞋。

　　"鞋跟太高了，走路好累。"她拎起一边的裙摆，让他看到自己的脚，"你看，我的脚背都快垂直了。"

　　他只见白皙的脚背上横着一条金色的带子，另一条金色的带子圈住细细的脚腕，月光下一闪一闪的。第一想法是挺漂亮……

　　他轻咳一声："脱下来吧。"

　　"那我穿什么？总不能光着脚在地上走吧。"谁知道石板路上有没有不小心掉落的玫瑰刺，万一踩到怎么办。

　　周暮昀想了想，转过身背对着她，两手撑在膝盖上："上来吧，我背你。"

　　喻橙望着男人宽厚的背，迟疑三秒，还是趴在了他的背上。他的两手托住她的膝弯，轻松地将她背起来。

　　不知怎么，想到了那句话——背上背的是整个世界。

　　喻橙环着他的脖子，下巴搭在他的肩上，她的声音混合着夜风，轻轻地落在他的耳边："老公，我很喜欢今天的婚礼，谢谢你。"

　　难得这么煽情，周暮昀的脚步停了停，笑着说："最喜欢哪个环节？"

　　喻橙的头抬起来一点，认真地思考了一番，最后得出结论："哪里都喜

481

欢。"每个环节都让她充满幸福。

喻橙："你让我太感动了，不知该怎么报答。"

她又在说胡话了，他们是夫妻，给她一个永生难忘的婚礼是他该做的，哪里需要报答。

夜风轻拂，他们越走越远，将宾客们的热闹远远地抛在身后，四周渐渐变得静谧，偶尔能听到小虫子的叫声。

一切都是那样美好。

就在喻橙趴在他背上快要睡着的时候，忽然传来一阵脚步声，她猛地惊醒，抬头看向声源，是一个穿着西装、马甲的侍者，手里端着托盘。

托盘上放着几个小巧的蛋挞，还有一块烤三文鱼和两只烤鸡翅，外加一杯鲜榨橙汁，全是她爱吃的。

周暮昀放下喻橙，从侍者手里接过托盘。那位侍者一句话没说就走了，好似不想打扰他们。

"吃点东西。都这么晚了，肚子肯定饿了吧。"周暮昀说。

他还能不了解她吗？别的事情上她可以受点委屈，唯独不能饿着自己。

两人不顾身上的华服，找了一片绿茵茵的草地席地而坐，担心她被扎到，他贴心地将西服脱下来垫在地上。

这样名贵的西服被当成了坐垫，喻橙肉疼了三秒，还是选择坐在上面。

三文鱼上撒了香料，外皮焦香内里鲜嫩，一口咬下去特别满足。

"你不吃吗？"她举着叉子扎起一块喂给他。周暮昀就着她的手吃下。

两人你一口我一口，很快将一份晚餐吃掉了。他揽着她的肩膀，索性躺在草地上看头顶的夜空。

黛蓝的夜幕，一弯月牙点缀，星辰遍布，美得有点不真实，像是动漫里才有的画面。喻橙枕着他的手臂，望着遥远的夜空，她伸出一只手，想要触摸天空似的。

他抬手握住她的手，两人的戒指挨在一起。

他们同时扭头看着对方，露出了笑容。

"老三！老三！人跑哪儿去了？"

"还用问，肯定躲在哪个地方风流快活了。"

远处突兀地响起几道男声，打破了宁静的气氛，也打散了两人间的旖旎。

周暮昀拉着喻橙起身，弯腰捡起地上的西服，抖了抖，挂在臂弯上。

　　那边几个大喊大叫的人发现了两人的身影，快步走过来："原来你们躲在这里啊，我们找了一大圈都没见人。"

　　周暮昀语气淡淡："有事？"

　　燕北两手叉腰，对周暮昀的这个态度很不满，这人撒了一波狗粮就拉着老婆躲起来。他倒是春风得意，可是害苦了他们，家里几位老太太集体羡慕得眼红，拉着他们几个小辈当场就要举行相亲宴，让他们跟现场的富家千金们配对。他们二话不说，赶紧脚底抹油溜了。

　　"别忘了，你还要跟宾客敬酒答谢，霍总让我们来找你。"燕北说。

　　周暮昀不信他的话。他知道要向宾客敬酒，原本就打算带喻橙躲一会儿清净就回去。但是，找个人需要用这么多人吗？

　　赵奕琛抬了抬下巴："赶紧的，走吧，大伙儿都等着呢。"

　　周暮昀牵着喻橙的手，跟随大部队往回走。刚到婚宴现场，就听见赵奕琛的母亲联合一帮夫人控诉："一提起相亲，一个两个都跑没影了，真是太不像话了。"

　　周暮昀现在知道为什么会集体来寻人了。寻人是假，躲避家长的催婚才是真。

　　赵太太瞥了一眼自家儿子，又看向旁边的周暮昀和喻橙："相亲怎么了？我听说阿昀跟他媳妇儿就是相亲认识的。"

　　喻橙刚才提到过这个话题，她的原话是：在相亲途中阴差阳错地认识了周暮昀。不知道为什么，这句话传着传着，变成了她和周暮昀相亲。

　　前方的大屏幕上播放的影片已经接近尾声，大家一边看一边津津有味地讨论，想着什么时候跟爱人也去拍一部这样的影片，将回忆保留下来。

　　这时，侍者端来了酒，周暮昀开始给各位长辈敬酒。喻橙这个新娘子当然也不能幸免，不过跟交杯酒一样，被提前换成了白开水。

　　大家看她喝得这么从容，就知道杯子里不是酒了。宾客都很绅士，没有为难新娘的意思，也就没有拆穿她。

　　周暮昀这个新郎官就没有那么幸运了。一来，圈子里一直流传三公子千杯不醉，大家都很好奇他的酒量，人人都要上前跟他喝一杯。个别酒量好的，一杯喝完了，说两句祝福语，又要跟他喝一杯。二来，今天是他大喜的日子，一辈子只有一次，当然是怎么热闹怎么来。他们已经放过了新娘子，

483

绝对不能放过新郎！

周暮昀连续喝了不下十杯，喻橙在一旁看着都心疼，她扭头看向宾客席，那边还有一群人等着他过去敬酒。

跟她喝的白开水不同，他喝的都是货真价实的酒。

见他又一杯白酒下肚，喻橙贴在他的耳边小声问："你还好吗？"

周暮昀端着空杯，压低声音说："别担心，这点儿酒还灌不醉我。"

若是平时，他不想喝的酒，哪怕对方是不能拒绝的人，他也照样不给面子。但是今天不同，他开心，他想喝。

每喝完一杯，后面的人就赶紧补上："周公子，这杯酒不用你敬我，我敬你，祝你跟三嫂白头偕老！"

敬酒的人都说出这种话了，周暮昀能不喝吗？他端起酒杯，跟对方碰了一下，一仰脖饮尽了杯中的酒。

"爽快！"男人拍拍他的肩膀，笑得豪爽。

周暮昀还没来得及喘口气，赵奕琛就端着杯酒过来："来，老三，我们满饮此杯，祝你和三嫂早生贵子，子孙满堂！"

赵太太闻言，在一旁吐槽自己的儿子："恐怕人家子孙满堂了，你连个对象都没有，你还好意思说。"

赵奕琛："……"

不管怎样，祝福的话都说了，周暮昀将酒杯凑到唇边，一饮而尽。

一圈喝下来，有的宾客脸都红了，再看周公子，仍然面不改色，揽着娇妻的肩膀说说笑笑。

佩服！他这酒量不佩服都不行。

一直到深夜，这场华筵终于散场，画上一个圆满的句号。

专车将宾客都送回酒店。周暮昀和喻橙也回到了酒店，套房的门一打开，周暮昀就以百米冲刺的速度冲进卫生间。

喻橙脱掉高跟鞋，光着脚跟过去，只见他趴在马桶边，吐了。

听到身后的动静，周暮昀分出神说了一句："别过来。"

"干什么？怕我嫌弃你啊？"喻橙蹲在他身边，手一下一下地抚摸他的背，让他舒服一些，"干吗要喝这么多？明明可以推掉的。"

除了那些长辈必须要敬酒，剩余那些凑热闹的公子哥都能推掉，他却一杯不漏地照单全收。

周暮昀吐完了，用雪白的衬衣袖口擦了擦嘴角，偏过头看着她："他们都送祝福了。"

所以呢？

顿了好一会儿，他说："喝下敬的酒，那些祝福，我就当收到了。"

喻橙一愣，凝视着他的脸，男人脸上的笑容那样孩子气，说出来的话也孩子气，丝毫不似在宾客面前的淡漠从容。

她心中一动，忽然捧住他的脸，凑过去，还没亲上就被他挡住了嘴巴。

他最喜欢她主动献吻，这还是他第一次拒绝她。她怔怔地看着他，只见他晃了晃头，语调缓慢地说："不可以，我刚吐过。"

喻橙拉下他的手，试探性地问："周暮昀，你是不是喝醉了？"

"没醉。"他站起来，步伐稳健地走到洗手池边，弯腰掬起几捧凉水浇在脸上，又接了一杯水漱口。

"真没醉？"喻橙问。

他点头，语气比刚才更坚定了一点："没醉。我，三公子，人称千杯不醉，我怎么可能喝醉。"眼神都开始飘了，他还说自己没喝醉？

"你看着我。"喻橙伸出一根手指，指着自己的鼻子，"我是谁？"

周暮昀看着她："你不是我老婆还能是谁？我看喝醉酒的人是你才对。"

喻橙翻了个白眼，决定不逗他了，打湿了毛巾，给他擦脸。

"先洗澡吧，洗完我们就休息，好吗？"她放软了声音，像哄孩子那般。

明早他们就要飞去另一个国家度蜜月了。蜜月旅行的第一站是他亲自安排的，她到现在还不知道要去哪儿，要飞多久，提前一晚要休息好。

周暮昀晃了一下头，笑着说："不行，今晚是我们的新婚之夜。"

翌日清晨，酒店里的宾客还在休息，两人就已经坐上了飞往大溪地的飞机。

没错，直到登机前一刻，喻橙才知道他们度蜜月的地点。

"大溪地？"她戴着墨镜，肩上挂着包包，另一只手挽着丈夫的手臂，身材娇小的她站在他的身侧显得小鸟依人，"你为什么想去那里？我大二那年去玩过。"

周暮昀戴着同款墨镜，拉着一个大号行李箱："那真是太巧了。"

"你知道吗，本来我这辈子都不想再去那个地方，不过，这次是跟你一起，我就没那么抵触了。"

"是吗？"

"你不问我原因？"

"那你说吧，我听听。"

喻橙摘下墨镜，清了清嗓子，仿佛这是一个需要娓娓道来的故事："我大二那年跟室友一起去的大溪地，就是吕嘉昕她们。那天晚上，她们三个在酒店房间里斗地主，我没参与，嫌太无聊了，就一个人跑出来了……"

她果然讲述了一个很长的故事。

周暮昀听完这个故事，似笑非笑地看着她："那你真是太不厚道了，人家好心救了你，你连他是谁都不知道。"

周暮昀很少在这种事情上指责她，他这话一出来，喻橙愣了好一会儿，说："这也不怪我啊，我醒来时那个人就不见了。"

机场大厅的广播在提醒各位乘客登机，两人停止了聊天，顺利登上飞机。

本以为这事儿就这么翻篇了，谁知周暮昀竟然主动提起："如果有一天，你知道你的救命恩人是谁，你会怎么报答他？"

"啊？"

喻橙从包里掏出眼罩，正准备休息，听到他的问题，有点疑惑。他今天的话有点多哦。

"老公，你的酒还没醒呢？"喻橙侧过身，眼睛盯着他的脸，做出一副"想要检测他有没有醒酒"的样子。

周暮昀不依不饶："回答我的问题，如果有一天，你的救命恩人站在你的面前，你会怎么做？"他的语气和表情太过认真，连喻橙也开始认真思考这个问题。

说实话，她毕业快一年了，距离那次事故也将近三年，要不是他提起，她早就将这件事抛到脑后了。

不是因为她这个人没心没肺，连救命恩人都不放在心上，而是她觉得这个世界太大了，人身处其中是那样渺小，两个只见过一次面的人，再次遇到的机会几乎为零。更何况，她连那个人的脸都没看见，即使再见面，她也一定认不出来。说不定，那人也是举手之劳，早就把她忘记了。

周暮昀还在等她的回答，喻橙想了很久，说："真诚地跟他说一声谢谢。"

"就这样？"

她听他的口气，好像不满意，喻橙补充道："人家救完人还没等我醒来就走了，说明不在乎报酬。除了一声感谢，我也不知道要做什么。当然，如果他需要报酬的话，我愿意重金感谢。"毕竟，别人救了她一条命，这是花多少钱也买不回来的。

周暮昀摇摇头，对她这个回答十分不满意："重金？"

"不然呢？"

"我觉得，救命之恩，应当以身相许。"

喻橙一脸"你在说什么我怎么听不懂"的表情看着他。以身相许？你现在是在说让你的老婆嫁给她的救命恩人？

周暮昀但笑不语。

喻橙把眼罩套在眼睛上，暗道他果然是没有醒酒。

飞机到达大溪地时，喻橙刚好醒了，中途吃过一份飞机餐，所以也不觉得饿，跟周暮昀坐上提前预约好的车，前往度假酒店。

当酒店门口的标志映入眼帘，喻橙的眼睛都瞪大了。这……这不就是她当初来大溪地时住的酒店吗？怎么会这么巧？

周暮昀拍拍她的脑袋，提醒道："别发呆了，我们到地方了，下车。"

喻橙精神恍惚地拉开车门，从车上跳下来，他已经绕到后面拉开了后备厢，将里面的行李箱提出来放到地上。

"我们这几天要住在这里？"她还有点不敢确定，真的会有这么巧吗？

她那会儿在飞机上只跟他说了在一家度假酒店里出了事，并没有具体说在哪家酒店。大溪地的度假酒店很多，怎么就独独定在这一家。这个地方可是她的阴影啊！

周暮昀拉着行李箱走到她身侧："怎么在发呆？"

算了，他订都订好了，她现在反悔太麻烦，而且她也有点累了，不想再来回折腾。

几分钟后，两人办理好入住手续，到了顶楼的总统套房。

喻橙这才有机会问："你怎么会选这家酒店？"

"有什么问题吗？"

"没问题。"

周暮昀低下头，嘴角扯出一抹弧度，不待她察觉，便收敛了，装作若无其事的样子："先休息，休息好了吃点东西，我再带你出去走走。"

度蜜月最主要的是放松心情，休息好是必须的。

两人第一天基本就在酒店房间里度过，连一日三餐都是送进房间里，闷了就坐在阳台上，吹着风，眺望远处的碧海蓝天。

喻橙坐在象牙白的椅子上，双腿搭在矮凳上，身上穿着碧绿的小裙子，白色的披肩随风在空中轻扬。她对面是白衣黑裤的周暮昀，他半躺在椅子上，脑袋枕着手臂。

不同于拍婚纱照时的紧张繁忙，这次出来，周暮昀没带任何工作，单纯就想跟妻子度个轻松愉快的蜜月。

喻橙端起桌上的果汁，咬住吸管喝了一口，叹一口气："也不知道餐厅那边怎么样，廖予卿他们能不能搞定。"

前来参加婚礼的宾客隔天就陆陆续续乘坐专机回国了，包括暮鱼餐厅的员工。按照喻橙的吩咐，他们回去的第二天，餐厅就正式营业。餐厅目前经营稳定，即使没有她这个老板在，也能一切照常，但她还是有点担心他们应付不来。

周暮昀哼笑，他不谈工作，她倒开始谈工作了。

"晚上我们有个活动，你提前做好准备。"再不找点事做，两人这趟度假算是白来了。

喻橙闻言，放下杯子："你想干什么？"

周暮昀打趣："你想到了什么？"

喻橙："……"

他说的晚上的活动其实是带她去酒店的露天游泳池玩耍。

喻橙觉得周暮昀是在跟她作对，明知道她恐惧游泳……他还选在游泳池，不是存心让她心里发怵吗？上次拍水上那组婚纱照，她就紧张得不行。

到了晚上，周暮昀先她一步去了游泳池那边，她在房间里磨磨蹭蹭地换好泳衣，很保守的款式，上衣只露个肚脐，下面是条小裙子。喻橙有点不习惯，出门前还特地拿了自己的小披风裹住肩膀。她就是穿着泳衣去玩玩，没打算真的下水游泳。

因为整层都被周暮昀包下来了，不用担心有别的住客闯进来。喻橙大摇大摆地走进去，却没看到他人在哪儿。

她呆呆地站在原地，将肩头的披风往上拉了拉，视线在四周环顾了一圈。

不是说好了在这一层游泳吗？他跑哪儿去了？

忽然，平静的水面泛起水花，喻橙吓了一跳，只见男人破水而出，打湿了的黑发被他用一只手捋上去，缓缓地朝岸边游来。

周暮昀两手撑在游泳池边上，仰头朝她一笑："下来，我教你游泳。"

喻橙不自觉地往后退了一步，远离游泳池，生怕自己一不小心就掉进去，发生上一次的"惨案"。

"有我在，你怕什么？"周暮昀张开双臂，做出迎接她的姿势。

喻橙看着满池的水，脸色都变了，抱住手臂小声地求饶："还是别了，我就坐在岸边玩水，你游就好了。"

他深深地望了她一眼，双手一推泳池边倒退着往后游。

喻橙眼看着他像一条灵活的鱼，一蹬腿就游出很远的距离，她默默地松一口气，弯腰坐下来，把脚放进池水中，用脚背踢着水玩儿。

转眼间，水面又归于平静，周暮昀又不见了。

不等她看清他躲在哪里，她的脚边忽然钻出一个人，一把抱住她的腰，将她拖进了水里。

喻橙尖叫一声，肩上的披肩滑落，下一秒，她就被一个温暖的怀抱包围："别害怕，我在这里。"

她浑身紧绷，眼睛闭上，双腿紧紧夹着他的腰，双手环着他的脖子，整个人像无尾熊一样挂在了他的身上。

周暮昀轻抚她的后背，嘴唇贴在她的耳边轻声安抚："乖，睁开眼睛，没事了。"

喻橙缓慢地睁开一只眼，过了一小会儿，又睁开另一只眼，看着蓝汪汪的游泳池，身子往后仰了仰，正对着他的脸。

很神奇，好像……没有想象中那么恐惧。她整个人挂在他的身上，大半个上身都在水面以上，没有当初那种沉入水底的窒息感。

漆黑的夜幕下，周暮昀满脸水珠，黑眸幽深地凝视着她，里面藏了太多情绪："有没有感觉这个场景很熟悉？"

时间好像静止了，过了好久，喻橙茫然地摇头："没感觉到熟悉。"

周暮昀深吸一口气，努力让心情平静，告诉自己不要生气，不要跟记性不好的人计较："再给你个机会，好好讲。"

喻橙的眉眼低垂下来，与他平视。对视了三秒，她还是摇摇头，不明白他口中的"感到熟悉"是什么意思。

她觉得今天的周暮昀有点奇怪。事实上，自从他们来到大溪地度蜜月，他的表现就有点反常了。喻橙歪着头想了想，自己是不是错过了什么。

没等她想出个所以然，周暮昀就抱着她向前游去，吓得她浑身一激灵，搂住他脖子的手紧了紧。

"你快送我到岸上去，我不要待在水里！"喻橙趴在他的肩上大喊，身体不禁往上蹭了蹭，不想让水漫到脖子以上。

周暮昀像没听见她的话，抱着人沉入水底。

"唔。"

女孩黑发如海藻般在水中散开，她的眼睛紧紧地闭上，想要张嘴说话，又怕水灌进嘴里，气得不停地捶打他的后背。

周暮昀本来就是为了气气她，在水底待了不到五秒，就抱着她游上来，一只手环着她的腰，另一只手划开水面，朝岸边游去。

片刻后，他将她的后背抵在冰凉的游泳池壁上。

怀里的人像一只落了水的小猫，头发湿淋淋地贴在脸上，喻橙呛了一口水吐出来，脸上满是水珠，眼睛都快睁不开了，整个人蔫巴巴地趴在他的胸口，呼吸急促，一阵阵暖热的气息喷洒在他的胸膛上。

过了好久，喻橙终于缓了过来，抹了一把脸上的水，一双大大的杏眼怒瞪着他，恨不得咬他一口。

周暮昀抬手将她脸上的发丝拨开，手指停留在她光滑的下颌，低声说："现在想起来了吗？"

想起来个鬼！她根本不知道他在说什么！

"真是没心没肺。"周暮昀一字一顿道，"当初救你命的人是我。不仅如此，那晚过后，第二天我们还在电梯里见过，你也没认出我。"

喻橙一愣。

刚才她受到的惊吓以及对他的怒气顷刻间消失了，心里只剩下震惊。

他说什么？

喻橙审视片刻，撇了一下嘴角："你在开玩笑吧？听了我讲的故事，故意说是我的救命恩人，想骗我，没门。"

他就猜到陆然跟她提起这个，她不会相信，沉默了一会儿，他说："让我想想，你那天应该穿了一条白色吊带裙子，很短。头发上有枚水晶发卡，一闪一闪的。"

喻橙仔细回忆了一下，那天晚上，她好像……真的穿了一条白裙子。

寝室里的四个姐妹一起出来玩，买了同款不同颜色的姐妹装，吕嘉昕穿的是大红色，齐小果是薄荷绿，邢露则穿了黑色，她挑选的是白色。

记忆深处的源头一旦找到，许多被遗忘的片段纷至沓来。

那晚，吕嘉昕点了一大堆吃的东西，一边吃一边玩斗地主。喻橙没参与她们，一个人趿拉着人字拖走出房间。

白天过来的时候，她就听说过，十六层有一个超级大的露天游泳池。她深知自己是旱鸭子，所以没有打算下水，单纯地想去参观一下，顺便再拍几张好看的夜景。

那晚的夜色跟今晚一样，很美。漆黑的夜幕挂着一弯银月，月辉皎洁，点点星辰点缀，美得像一幅画。

喻橙当时还有些奇怪，怎么露天游泳池如此冷清，连个人影都没有。

她不知道的是，这一层都被前来出差的周总包下了，而那个时候，他本人正在游泳池底练习闭气。

本来通往游泳池的玻璃门有个服务员守着，但他临时被周暮昀派去拿喝的，这才让喻橙闯了进来。她站在泳池边，举起手机对着四周拍照，没注意到旁边的长椅上放着男士的白色浴袍和毛巾。

游泳池对面有个旋转的水晶光球，喻橙想把它拍得清晰一些，于是走近了一点。

泳池边的瓷砖本就光滑，沾了水更滑，喻橙穿的人字拖也不是防滑的，一不小心就滑倒了，一头栽进泳池里。那样深的泳池，掉下去，水几乎就没过头顶，连挣扎的机会都没有。

手里握着的手机掉落，她手脚并用，扑腾着想要游起来，可是一点用都没有，她的身体一点点往下沉。越来越多的水涌进口鼻，胸腔中的窒息感也越来越强烈。

那一刻，她当真体会到了死亡的恐惧，什么都做不了，只能等着死神的

491

来临。

周暮昀在泳池的另一边闭气，听到扑通一声响，第一时间都没反应过来是有人掉了下来，他的潜意识认为这里除了他再也没有别人。

他浮出水面，大喘一口气，胸腔剧烈起伏，将刚才闭气的不适感调整过来，定睛一看，泳池里的另一边有个人在小幅度地挣扎，看着已经快没力气了。

他毫不犹豫地钻进水里，以最快的速度游过去。

喻橙的意识已经有些模糊了，恍惚间，她好像看到有个身影朝自己游过来。有人来救她了吗？还是她快要死了产生的求生幻觉？她没有时间去想，因为下一秒，她就失去了意识，昏了过去。

周暮昀游到她的身边，伸出胳膊穿过女孩的腋下，将人拖出水面，送到了岸上，平放在泳池边。

见惯风浪的他，即使面对生死仍然淡定从容，他蹲下来检查她的呼吸，确定后开始按压胸口做急救。

在他按压了几十下后，她呛得咳嗽一声，吐出一口水。

周暮昀终于松了一口气，手撑在膝盖上，垂眸看着她。女孩很是狼狈，打湿了的发丝粘在雪白的颈部，亮晶晶的细长发夹挂在脸侧，快要从头发上掉下来。脸苍白得一丝血色都没有，白色裙子贴在身上，一边的肩带从肩部滑下来……

周暮昀移开了视线，正想叫个人过来，却见女孩睁开了眼睛。

在生死之间徘徊了一遭，喻橙惊吓过度，眼睛迟迟未能对焦，看到的一切都是模糊不清的，眼前只有一张脸的轮廓，具体五官什么样，她看不清。

醒了？醒了就更好，省了他的麻烦。

周暮昀站起身准备离开这里，脚步顿了一下，只见女孩又闭上了眼睛，未施粉黛的脸上是劫后余生的轻松，嘴角甚至勾了一下，不明显的弧度，让她整张脸看起来生动得不像话。

周暮昀看得愣住了，只觉得有什么东西撞进了心里，以前从来没有过这种感觉，他随即摇摇头，将那股怪异感压了下去。

他的耳边传来脚步声，抬眸一看，是去而复返的服务员，手里端着托盘，上面放着红酒和高脚杯。

周暮昀扯过旁边长椅上的浴袍，随手盖在了女孩身上，转头朝服务员说："联系一下附近的医院，这里有人落水了。"

躺在地上的喻橙听到一道清润的男声，奈何耳朵也像蒙了一层水，连他说了什么都没听清。体力不支的情况下，她再次晕了过去。再醒来她就躺在医院里了，吕嘉昕她们在病房里守着。几人见她醒了过来，均松了一口气，围过来询问她身体有没有不舒服，要不要喝点水，又请来医生检查。

吕嘉昕说："刚才阿姨给我打电话了，说是打你的手机没打通。我一想这么大的事儿也不能瞒着，就告诉她了。"

那会儿，喻橙迟迟没醒过来，吕嘉昕也不好做主瞒着家长，便说了她不小心落水，被送来了医院，人还没清醒，没办法接电话。

喻橙嗯了一声，心说她的电话当然打不通，手机都掉进游泳池里了。

等等，吕嘉昕刚说什么？蒋女士知道她出事了？喻橙的脑子猛然清醒过来，借用吕嘉昕的手机，立刻给蒋女士拨了一个电话过去。

那边很快就接通了，除了蒋女士的声音，还有轿车启动的引擎轰鸣声，喻橙就猜到他们知道她出事，肯定会不顾一切地赶过来。

"妈妈，是我。我已经没事了，你和爸爸就别过来了，我过两天就回去。"

喻橙的声音安抚了心急如焚的蒋女士。

她为了让妈妈安心，没有隐瞒，说自己不小心掉进了游泳池里，被一个好心人救了。她还笑着跟妈妈开玩笑，要不是那个好心人及时出现，她可能就见不到第二天的太阳了。

结果换来蒋女士的一顿骂。碍于她刚醒来，蒋女士倒也没有骂得太凶，语气更像是让她吸取教训，以后远离危险的地方。

蒋女士教书育人，最是注重礼仪教养，一听说有好心人救了女儿，她立刻就让喻橙酬谢那个人，救命大恩可不是说着玩玩的！

喻橙沉默了。她努力回想，却怎么也想不起来那个人的样子，她明明感觉看到了他的脸，怎么脑海中没有印象呢？良久，她终于接受了一个事实——她根本没看清他的脸，更别提记住了。

喻橙做了一个检查，医生告诉她可以出院了。

她休息了大半天，又吃了点东西，很快就恢复活蹦乱跳的状态，晚上还要拉着姐妹们出去逛逛。

因为这个吓死人的意外，几人担心了一整天，都没有心情出去逛。

听喻橙这么说，几人立刻开始换衣服、化妆，准备出门，喻橙先她们一步下去，打算找酒店前台咨询一下，看看能不能约酒店的车接送她们。

她到了一楼，电梯门打开，她一边走一边低头看手机，想要查查附近有哪些好玩的地方，一不小心跟正准备进电梯的人撞了个满怀。准确来说，是她不小心撞进了别人的怀里。

喻橙拿的手机是吕嘉昕专门用来拍照的美图手机，意外发生的一瞬间，她就握紧了手机，生怕掉在地上。她的手机已经坏了，不能再把吕嘉昕的手机摔坏了。

鼻间是干净清冽的味道，撞到的胸膛硬邦邦的，她顿了一秒，立刻往后退了一步，低下头用英语道歉，连看都不敢看男人一眼。

周暮昀却一眼就认出她就是昨晚那个掉进游泳池的女孩。他抿抿唇，什么也没说，错开她走进了电梯。

面前的人走了，看来是没有怪她，喻橙轻舒一口气，肩膀微微往下塌了塌，她还是没忍住回头看了一眼。电梯门缓缓闭合，从一尺宽的缝隙里，她看到了一张男人的脸。因为他戴了墨镜，她只能看到他的下半张脸，削薄的唇，冷锐的下颌线……

回忆戛然而止，喻橙对上了周暮昀这张近在咫尺的脸。他的唇，他的下颌，赫然跟记忆里那张脸重叠！

喻橙捂住嘴巴，倒抽一口气，太过震惊，以至于瞪大了眼睛："是你？竟然是你？怎么会是你？"在一起这么久，她怎么就没有发现这个惊天大秘密！

周暮昀的手臂横在她的腰上，懒洋洋地挑眉："怎么不可能是我？某人记性不好，把我忘得一干二净，更别说报救命之恩了。"

她惊得久久回不过神来。当初救她的人怎么会是周暮昀？她的救命恩人是她的老公？世界这么大，茫茫人海中，见过一次面的人再次遇到的概率那么小，他们怎么会遇到？

喻橙被这个事实刺激得手臂上都起鸡皮疙瘩了。

然而，她一旦接受了这件事，很多事便都能想通了。这就是为什么，他们第一次在餐厅见面时，他没有拒绝她，还问她是不是记性不太好。原来他是这个意思，她忘记了他是她的救命恩人。

"所以说，你那时候在餐厅见到我时就认出我了？"喻橙怔怔地望着

494

他，难以置信地道，"你早就喜欢我，你对我一见钟情，是吗？"

"嗯，认出来了，毕竟我不像你，记忆能跟鱼媲美。"周暮昀捏了一下她的脸。

"你还没回答我另一个问题呢，你是不是对我一见钟情？你早就对我有想法，所以，我在餐厅认错人拉着你走，你也没拒绝我。"

"周太太，你太自恋了。"他勾唇一笑，"没有一见钟情，最多是有点儿……念念不忘。"

他中间顿了一会儿，才选了"念念不忘"这四个字。

那次国外一别，心里的怪异感他没有细想，但是那张苍白的有些狼狈的脸却时不时浮现在脑海，让他念念不忘。

所幸，他又一次遇见了她。

喻橙努嘴："什么念念不忘，说白了就是一见钟情，你别不承认。"

行吧，周暮昀点点头，她说什么就是什么，老婆最大。

喻橙不解道："那你为什么一直不告诉我？"

周暮昀："想找个合适的机会再跟你说。"

所以，他趁着度蜜月，带她故地重游，让她记起他们第一次见面的场景。

喻橙小声地说："其实不怪我没记住你，第一次，我虽然睁开了眼睛，但意识还是模糊的，压根儿没看清你的脸。第二次，电梯里，我回头时电梯门已经快关上了，我只看了一眼你的脸，还是戴着墨镜。"

周暮昀说："我猜到了。"

有一点喻橙还是没有想通，沉吟片刻，问："你怎么就确定我们还能再见面？如果没有餐厅那次，我们这辈子是不是就错过了？"

他的手掌扣住她的脑袋，将她压向自己。她的侧脸贴在他赤裸的胸膛上，感受着他的体温，她听见他柔声道："这世上没有如果，事实就是我再次遇见了你，事实就是我念念不忘，必有回响。"

喻橙的眼眶微热，她用力地抱住他的腰。

"那你说，救命之恩，是不是该以身相许？"周暮昀忽然低下头，薄唇凑到她的耳边，嗓音低低地道。

喻橙重重点头："是该以身相许！"

距离那场盛世婚礼已经过去两个月。

周公子的身份摆在那里，前去参加婚礼的都是圈子里有头有脸的人物，婚礼现场自然是无比盛大。虽然没有邀请国内的媒体前去拍照，当天的婚礼流程还是被一些参加婚礼的宾客泄露出去，网上围观的群众欢呼不停，称周公子果然是一掷千金为红颜。

古老神圣的法国教堂、华丽梦幻的婚纱、浪漫唯美的玫瑰庄园、金色的闪光裙，还有只属于他们两个人的爱情电影。这简直是女孩子梦想中的婚礼。身为新娘子的喻橙，当天大概要幸福得晕过去吧。

不光网友羡慕，喻橙本人每每回想起来，都感觉像在做梦，忍不住露出幸福的笑容。

此时此刻，喻橙在寝室微信群里发了一条消息："你们什么时候过来？我等得花儿都谢了。"

齐小果："马上马上。"

邢露："我也快到了。"

吕嘉昕："我刚下飞机，估计最后到。"

几个姐妹好久没见了，这次刚巧齐小果休假，邢露来北京出差，吕嘉昕也回国办点事，四个人又聚到了一起。喻橙作为东道主，没理由不请她们吃饭。大家约好了下午在一家甜品店碰面，然后去逛街，晚上一起吃顿大餐。

喻橙一个人先到了甜品店，点了一份黑森林和一杯奶茶，坐在卡座里吹空调吃甜食。

八月初的北京，热到让人怀疑人生。

喻橙穿着一条清凉的无袖长裙，拿着勺子解决掉一份蛋糕，其余三人才陆陆续续过来。

吕大小姐穿着性感的黑色小背心、工装短裤，将长发一撩，招来服务员点了一杯冰奶茶，又点了一大堆甜品。

"热得快要冒烟了。"吕嘉昕嫌空调不给力，拿起桌上的宣传单在脸侧扇风。

因为是工作日，甜品店里的顾客并不多，她们点的东西很快就端上来了。

三人动作整齐划一地端起冰凉的饮品大口地灌下去。

喻橙默默地给自己端了一碟草莓慕斯蛋糕，手指捏着小勺子，一口接一口地吃，随口问："你这次回国待多久？"

"一个星期。公司有个活动在北京这边办，我负责的。"吕嘉昕转头看向邢露，"露露呢？"

"我待的时间就更短了。"邢露吃着蛋糕，叹了一口气，"三天后就要返回上海。"

齐小果的假期也不充裕，两天后就要到另一座城市出差。

三人一致看向喻橙，相比起来，还是她最轻松。暮鱼餐厅生意红火，每天顾客不断，她这个当老板的根本不需要操心，天天都在放假。

吕嘉昕手撑着下巴，捏着小勺子搅了搅奶茶："你下午陪我们逛街，晚上还带我们去吃饭，周公子不会说什么吧？"以那位的醋劲，搞不好会中途来逮人。

喻橙舔掉唇角的蛋糕："他去国外出差了，要过几天才回来。"

本来他要带她一起去，不过被她拒绝了。他白天要处理工作，她还不是要一个人待在酒店里。人生地不熟，多无聊，她还不如待在家里自在。

原来如此，吕嘉昕点了点头。

齐小果："算算日子，你们领证有大半年了吧，打算什么时候要孩子呀？周公子的妈妈不会催你吗？我听说像他们这种顶级豪门都很注重继承人，要生个儿子继承家业什么的。"

喻橙用勺子的末端敲了一下她的头："大姐，你是豪门剧看多了吧！"她说完推开一个空碟子，又拿了一碟抹茶千层，用勺子掫着吃。

吕嘉昕视线忽然一顿，像是想起了什么，挑了挑眉："大鱼，我怎么记得，你不爱吃甜食，什么时候换口味了？"

吕嘉昕的话音落地，齐小果和邢露齐刷刷地看向她。只见喻橙面前摆了两个空碟子，她正在吃第三碟蛋糕，嘴角沾了点青绿色的抹茶奶油。

喻橙见她们都在看她，一脸不解："怎、怎么了？"

吕嘉昕端起杯子，身子往卡座里一靠，跷起二郎腿，幽幽地道："我说，你该不会是怀孕了吧？听说怀孕的人口味会变。"

"咳咳咳！"一口甜腻的蛋糕卡在嗓子眼儿，喻橙偏过头捂着胸口咳嗽起来。吕大小姐在说什么啊，开什么玩笑，她怎么可能怀……

怀孕？等会儿，让她先算一下，上次月经是什么时候来的？好像……确实推迟了。

喻橙遽然抬眸，看向吕嘉昕。

"被我说中了？你真的怀孕了？"吕嘉昕被她的视线盯着，盈盈一笑，"看来我这个干妈要提前准备礼物了。"

"不是不是，你别乱说，我没有。"喻橙迭声否认。

光凭月经推迟，也不能完全确定就是怀孕了。但是被吕嘉昕这么一说，她忽然就有点慌，是啊，她以前几乎不吃甜食，是从什么时候开始，她吃甜食了？

举行婚礼之前，她就和周暮昀商量过，两人对生孩子这件事都不抵触，一直奉行的是顺其自然，所以避孕措施就没有像婚前那样做得万无一失，会有孩子好像也不奇怪。

大家没有追问，从甜品店出来后就去逛街了。

喻橙的精神有点恍惚，陪着她们乱逛，到最后什么东西都没买。

晚上去一家私房菜馆吃大餐。几人正吃着，周暮昀发来一条消息："吃饭了吗？"

喻橙回："正在吃，跟吕嘉昕她们在一起，她们几个刚好来北京了。"

周暮昀："晚上别玩太晚，到家给我发条消息。"

喻橙："好。"

她盯着屏幕上的消息，思考要不要提前跟他说一下自己有可能怀孕了。

之前他再三叮嘱过她，如果她的身体有什么问题，一定要第一时间告诉他，不可以有任何隐瞒。他之所以说这话，也是考虑到两人没怎么做避孕措施，她可能会怀孕。

可是，她也不确定到底有没有，万一告诉了他，闹出了乌龙怎么办，想想就有些难为情。

思忖良久，喻橙决定先不告诉他了，等自己验证完再说。早知道她下午就不跟她们乱逛了，应该直接去医院做个检查。

"走了，发什么呆呢？"吕嘉昕抬手在她眼前一晃。

她们已经吃好了，接下来还有个去KTV的活动。喻橙叫来服务员买单，想了想，她说："我就不跟你们去KTV了，我有点事儿。"

吕嘉昕拿上包包挂在肩膀上，闻言，顿了一下，扭头看着她："我们不是都提前说好了吗？你有什么事儿啊？"

喻橙低下头，嗫嚅道："我想测一下自己有没有……怀孕。"最后两个字说得很小声，几乎听不清。

吕嘉昕："啊？你说什么？"

喻橙不好意思再说一遍，把她们都赶去了KTV，自己一个人偷偷摸摸，跟做贼一样，恨不得把脸捂起来，跑去一家药店。

已经到了下班时间，药店里的几个医师在吃饭，满屋子都是黄焖鸡米饭的味道。

喻橙慢吞吞地走到柜台前，支支吾吾地说不出话来。作为一名已婚少妇，第一次买这种东西，她觉得浑身都有点不自在。

一名女医师放下碗筷，走到柜台后面，微笑着询问："姑娘，请问有什么需要？哪儿不舒服？"

"我……我买验孕棒。"

女医师愣了一下，问："要什么牌子的？"

喻橙也不知道都有哪些牌子，让女医师推荐了一种。喻橙在来之前查过资料，有的说验孕棒不太准，所以她一口气买了三个牌子的，打算每个都测一下。

出了药店，她才挺直脊背，将刚才的尴尬抛到脑后，马不停蹄地开车回家，把自己关在卫生间里。

她先看了一遍盒子里的说明书，了解了具体的使用方法，然后把几个验孕棒都拆开，一个一个地试验。

喻橙坐在马桶上，手肘撑着膝盖，手掌托着下巴，盯着地板上一字排开的三根验孕棒。

怀孕是怎么显示的？

她拿起包装盒又看了一遍说明书，一个字一个字地看，生怕漏掉重要信息。等待的时间太无聊，她甚至将盒子上写的生产地之类的信息也读了一遍。

喻橙丢下盒子，垂眸看着地上的验孕棒。

三根验孕棒都显示两道红线！

她真的怀孕了？

喻橙傻愣愣地坐直了身体，一会儿看验孕棒，一会儿看自己的肚子，手还忍不住伸进衣服里摸了摸。光滑平坦的小腹，跟平时没什么区别，里面居然有个孩子？她和周暮昀的孩子？

喻橙在马桶上坐了太长时间，腿都有点麻了，她站起身，收拾好地上的东西扔进垃圾桶里。

原本她还觉得没什么，当知道孩子就在肚子里，她的心情立刻变得不一样了，说不上来是欣喜还是期待，或者是惊讶。

她像个牵线木偶一样，一步步缓慢地走到床边坐下，对着空气发呆。良久，她站起来，拿了一套睡衣去浴室洗澡。

水从花洒里渐渐沥沥地淋下来，她垂下头，掌心贴在小腹上，傻傻地笑了一下："宝宝，虽然不知道你的性别，我们还是先打个招呼吧，我是你的妈妈。"

妈妈两个字从嘴里说出来，她的心里便涌起一股暖流，欣慰又感动。

喻橙盯着肚子看了一会儿，勾了勾嘴角。

好吧，这个小不点目前是不会给她任何回应的。

她很快洗完了澡，躺在床上，脑海里自然而然地描绘出孩子的模样，不知不觉，困意袭来，她打了个哈欠。

枕边的手机忽然响了起来。

周暮昀："到家了吗？不会又出去疯了吧？"他就知道她们几个女生聚到一起，肯定会疯到很晚。

他这边是下午一点，推算一下，她那边应该是晚上快九点。他叮嘱过她，回到家后给他报平安，迟迟没收到她的消息，他猜她一定还在外面玩。

喻橙回得很快："早就到家了，刚才在洗澡，忘了给你发消息。"她咬了咬唇，纠结是现在跟他说，还是等他回家了再亲口告诉他。怎么办？怀揣着一个巨大的惊喜，她有点忍不住，好想跟他说。

手机又响了一声，周暮昀道："别熬夜追剧，早点休息。"

最近新出了一个网剧，喻橙买了会员卡，可以抢先看十集，周暮昀知道她追起剧来就没完没了，担心她趁他不在家"放飞自我"。

喻橙翻身趴在床上，双手握住手机打字，突然想到她这个姿势不会压到孩子吧，连忙翻身侧躺："我知道，不会熬夜。"有了宝宝不能熬夜。

看到她的回复，周暮昀终于放心了，收起手机，转头跟秘书说了一声，两人一同走进一间会议室，里面的合作商已经到了。

双方握手寒暄了几句，依次落座。

秘书端来现磨的热咖啡放在周暮昀的手边，他两手交叉放在桌上，进入工作状态。

然而，喻橙说好了要早点睡，却怎么也睡不着，在床上翻来覆去，调整各种睡姿，还是毫无困意。她平躺在床上，两只手抓着枕头的两边把脸捂住。

卧室里顶灯已经关了，床头柜上留了一盏小巧的玉兰花骨朵造型的小台灯，暖白的光倾泻下来。

"啊，好烦哪，要不要跟他说……"

喻橙闷在枕头里自言自语，精神亢奋到了极点。

她纠结了半晌，还是没有忍住，拿起手机，给周暮昀发消息，不过她没有明说，而是问他："老公，你喜欢男孩，还是喜欢女孩？"

手机微信提示音响起的时候，会议室里安静得落针可闻，周暮昀用英语说了声抱歉，拿起手机看了一眼。她怎么突然问起这个问题了？

周暮昀单手打字，另一只手抬起来示意他们继续，他完全可以一心二用。

"只要是老婆生的，我都喜欢。"他回。

"老公，我跟你说件事，我好像怀孕了。我自己拿验孕棒测的，试了三个，都是两道红线。"

周暮昀以为她是一时兴起问他喜欢男孩还是女孩，其实她曾经问过这个问题，他的回答跟现在一样：只要是她生的，不管是男孩还是女孩，他都喜欢。

所以回完消息，他笑了笑，端起桌上的咖啡杯，送到唇边喝了一口。

谁知，她又发来一条。他点开一看，待看清内容，手一抖，半杯咖啡洒了出来，打湿了裤子。

会议室里的其他人都被这突如其来的意外惊到了，站在旁边的秘书更是眼珠子都要瞪出来了。

什么情况？周总看到什么消息了？居然把咖啡洒到了裤子上。他很想问一句：周总，您的大腿烫不烫？

秘书的思绪还没转完，周暮昀噌地站起来："抱歉，我现在有一件更重要的事要处理，我愿意让百分之三的利润，现在签约吧。"

秘书愣住了，有没有搞错？来之前，他记得周总用一副轻蔑的口吻说，想让他让步，门都没有！但是现在，百分之三的利润，他说不要就不要了？

周暮昀爽快地签了合同，拿起椅背上的西服，也不顾裤子上一片深褐色的咖啡渍，提步就往外走。秘书差点跟不上他的步伐，快跑了两步才追上。

周暮昀说："马上订回国的机票。"

那边，喻橙发完消息咬着手指，紧张又期待地等着周暮昀回话，然而几分钟过去了，他一点动静都没有。

喻橙不满："喂，你给点反应啊。"

周暮昀这次回得很快："老婆，我有点激动。"

喻橙那点小小的不满瞬间消失无踪，抱着被子滚来滚去，发出咯咯的笑声："好了，我就是跟你说一下，你忙吧，我要睡觉了。"

周暮昀没有告诉她自己已经在去往机场的路上，打算连夜赶回国，只发了两个字："晚安。"

果然，跟孩子他爸分享完这个消息，喻橙的心情就放松了，她闭上眼睛，很快便沉入梦乡，连床头的灯都忘了关。

喻橙是被一阵开门声吵醒的。她转头一看，窗帘缝隙透进来一道晃眼的光亮，已经是第二天早上。没想到昨晚的睡眠质量这么好，她居然一觉睡到天亮。

她正出神，卧室的门忽然被人推开。

喻橙猛然回神，手撑着床面爬起来，只见男人一个箭步冲到她面前，双手捧着她的脸，垂眸看向她的肚子："会不会觉得不舒服？"

她张着嘴，瞪着眼，大脑完全不会思考了。半晌，她摇摇头，表示自己的身体没有不舒服："你……你怎么回来了？"不是说好了过几天才回来吗？

周暮昀轻抚她的头发，声音温软得一塌糊涂："我怎么放心你一个人在家？"本来就不放心，现在还多了一个宝宝，他在国外一刻都待不下去。

他抱住她，无所适从地亲亲她的眼皮，又亲亲她的脸颊，大概是因为他还没有做好当爸爸的心理准备，陡然知道她怀孕了，他不知道该怎么对待有孩子的她。他想把她捧在手心里，揣进口袋里。

两人温存了许久，周暮昀才依依不舍地去浴室洗澡换衣服。

他从浴室出来时，喻橙还呆坐在床上，顶着一头凌乱的长发，低头掀开衣服看自己的小腹，用手指轻轻戳了戳。那样可爱的举动，周暮昀远远地看着，就觉得好笑。

他擦干了头发，替她换上一条保守的长袖裙，一只手臂托在她臀部，轻轻松松便将她整个人托了起来，抱去卫生间。

"我们一会儿就去医院做个详细检查，好吗？"

"你不用休息吗？"

"不用，飞机上睡过了。"

医院那边，周暮昀已经提前跟顾邵宁打过招呼。两人去得早，还没到正式上班时间，一个女医生过来给喻橙做了检查。

等待的空隙，喻橙还有点忐忑，抱着周暮昀的胳膊说："应该不会弄错吧？"

"如果弄错了，你会失望？"周暮昀将她的发丝别到耳后，笑着问道。

"有一点吧。"喻橙看着他，"我昨晚可是为了这件事兴奋了好久才睡着，万一没有，我肯定是有一点点失望的。"

她太过诚实，惹得周暮昀笑容不断："老婆，心态放轻松，就算这次没有，我们继续努力就是了。"

不多时，喻橙就拿到了检查结果，在周暮昀的陪同下，拿去给医生看。医生看过以后，微笑着说："恭喜周太太，你怀孕了，宝宝目前七周大。"

喻橙和周暮昀相视一笑。

听完了医嘱，两人从医院出来，金色的阳光照在斑驳的大理石台阶上。喻橙的嘴角止不住地上扬，她转头看着周暮昀："周先生，你要当爸爸了哦。"

周暮昀垂下眼睛看着她。她还像个没长大的孩子，穿着米白色的泡泡袖长裙，袖口系了细长的丝带，荷叶边俏皮可爱。她的小脸瓷白，长发披肩，笑容在阳光下灿烂明艳，眼睛里除了细碎的光，还有数不尽的温柔。

他回以一笑："周太太，恭喜你，你要当妈妈了。"

话落，周暮昀低下头，他的额头抵着她的额头，吻上了她的唇。

谢谢你，曾经那样莽撞地闯进我的视线，撞进我的心里，让我从此以后的生活都被阳光照耀，被温暖包围。

番外一　厨房杀手再现江湖

喻橙怀孕四个多月的时候，胃口格外差，吃什么吐什么。往往她好不容易遇到喜欢吃的东西开始大快朵颐，下一秒就会冲进卫生间，趴在马桶上全吐出来。

每次一到吃饭时间，她就感觉要经历一场战斗，而且是持久战。

前几天，她忽然想吃尚德私房菜馆的招牌菜——秘制小黄鱼。以前她跟周暮昀一起去吃过，对那个味道念念不忘，但是又不想出门。这个好办，尚德私房菜馆的老板是周暮昀的朋友，一个电话打过去，即使私房菜馆不提供外卖服务，老板还是找人送了过来。

因为服务员速度快，所以送来的时候还是热气腾腾的。奶黄色的汤汁浓郁鲜香，小黄鱼的下面铺了一层嫩豆腐，还有各种配菜，跟记忆中的味道一模一样。甚至因为长时间没吃，她感觉比以前更香了。这秘制小黄鱼，光是看着就足够诱人，再闻一闻味道，更是令人垂涎三尺。

喻橙拿起筷子刚准备吃，忽然一阵恶心反胃，她连忙丢下筷子偏过头捂着胸口干呕。她是真的很想吃，然而大概是肚子里的孩子不喜欢，她一口也吃不下去。

周暮昀看着妻子想吃却吃不了的样子，心疼得不行，一边轻抚她的背，一边端起水杯递给她漱口。

喻橙眼泪汪汪地望着桌子上的小黄鱼，还是很想吃……

正因为她的胃口不好，在吃的方面，周暮昀没少费心思，特地请来一位厨艺高超的阿姨照顾她的饮食。每天各种菜系轮流做，总有她爱吃的。

这样做确实有效果。昨晚的蛋饺暖锅就非常符合喻橙的口味。阿姨自己做的蛋饺，用大汤勺烙出鸡蛋皮，在蛋液尚未完全凝固前，包进拌好的鲜肉馅儿，封好饺子口。然后，把蛋饺下到熬了整整四个小时的骨头汤里，加入粉丝、玉米粒和木耳。

喻橙的胃口大开，吃了两大碗。

除了烧饭阿姨费尽心思，周暮昀本人也丝毫不懈怠，时刻做好二十四孝好老公。

喻橙今天早上吃的是城南一家老字号的鸡汤馄饨，这是一大早，天还没亮，周暮昀驱车买来的，只因为她昨晚临睡前提了一嘴。馄饨皮薄馅儿大，撇去了汤汁里的油脂，喝起来清淡不油腻，还有美味的虾皮和紫菜，喻橙吃得很是欢快。

此刻，周暮昀在书房里处理工作。喻橙坐在地板上照着说明书拼乐高，鱼丸则在旁边蜷成一个雪团子，藏在白色长绒地毯里呼呼大睡。

阳光透窗而入，温暖又明媚，让这幅画面显得尤为温馨。

俗话说，一孕傻三年。周暮昀以前不相信，最近却不得不信。喻橙现在拼的这个积木的成品是一栋城堡，她从怀孕两个月的时候开始拼，到现在还只是堆了两层地基。主要因为她总是拼错，不得不拆掉重新拼。他每次提出要帮忙，都被她一个眼神瞪回去。

她堆积木本来就是因为在家无聊，用来打发时间，让他来堆，那她玩什么？

自从喻橙怀孕，周暮昀的大部分时间都在家里陪她，偶尔也会带她出去逛逛，只有必须去公司的情况下才会过去。秘书私下里戏说，周总这个产假未免休得太长了！

"中午想吃什么？"

周暮昀回完一封邮件，掀起眼皮看向她。

坐在地毯上的喻橙穿着粉色的上下两件套家居服，柔软的布料贴着小腹，已经能看到那里隆起的弧度。

周暮昀的视线落在她的腹部上，目光柔软得像一滩水。

喻橙拿起一块积木堆上去，闻言，用手指了指自己的肚子："你应该问你儿子想吃什么。"她说了可不算。她想吃的东西倒是很多,关键是回回都要吐。

周暮昀皱了皱眉,嘁了一声:"你怎么就知道是儿子?"

"都说女儿是妈妈的贴心小棉袄,肚子里的这个一点都不知道体贴为娘,肯定是儿子。"喻橙煞有介事地说。

周暮昀起身绕过书桌,坐在她身侧的地毯上:"可是我怎么听说,岳母大人怀你的时候也像你现在这样,食不下咽。我倒觉得是女儿的可能性更大。"

"不是吧?我妈连这个都告诉你了。"

周暮昀笑而不语,手掌贴在她的小腹上,隔着肚皮感受里面的孩子。

喻橙放下积木,把手覆在他的手背上:"他现在没有动。"

"要不然我中午做土豆焖鸡给你吃吧?"周暮昀说,"我记得你前天还说想吃这道菜。"

"你说谁做土豆焖鸡给我吃?"喻橙怀疑自己的耳朵出问题了。

"我!"他没好气地重复一遍。

喻橙愕然地睁大眼睛,难以置信地看着他:"你在开玩笑吧?我可没有忘记你上次做这道菜的惨案,把鸡肉都炒煳了。"

难道这个厨房杀手要重出江湖了?

周暮昀捏了捏她的脸颊,因为怀孕,她的身材丰腴了些,脸也比以前圆润许多,捏起来软乎乎的,像面团一样,让他爱不释手。

他说:"我这段时间一直都在跟阿姨学习做菜,周太太,你对我有点信心,好不好?"

喻橙撇了撇嘴角,心说你之前不也一直跟我学做菜吗?还不是次次都搞砸了,没一点长进。

"而且你别忘了,你昨晚吃的宵夜就是我煮的。"周暮昀昂起头,骄傲地道,"咱们的宝宝还动了,说明宝宝喜欢爸爸做的菜。"

这倒是真的。昨晚喻橙吃的粉丝很容易消化,还不到九点,她的肚子就饿了,但那个时候阿姨已经回家了,她又不想起床煮宵夜,周暮昀就自告奋勇地要煮面给她吃。

她当然对他的厨艺不抱希望,打算随便吃点什么东西垫垫肚子,反正家里的营养类零食很多。周暮昀坚决要煮宵夜,喻橙拗不过他,只好勉强

506

答应。

男人说干就干，绝不迟疑，一把掀开被子就去了厨房。

冰箱里有阿姨下午熬的鸡汤，分成几份放进冷冻层里，平时煮面或者是煮馄饨的时候，放一块进去，味道会格外好。

周暮昀取出来一块，放清水里煮开，另起一锅煮面，洗了几棵小青菜放进去，还有喻橙爱吃的午餐肉。

面很快煮好了，捞起来盛进白瓷碗里，铺上一层烫熟的小青菜和午餐肉，然后把鸡汤浇上去。

做好这一切后，他就开始准备煎蛋。对周暮昀来说，这道工序是最难的，以前他每次煎蛋都会煳，几乎没有成功过。

他拿出一个鸡蛋，小心翼翼地打进平底锅里。为什么要小心翼翼呢？因为他之前有一次打鸡蛋，还没来得及放进锅里，蛋液就从鸡蛋壳的缝隙滑到了地上。

他紧盯着平底锅，眼看着蛋清渐渐凝固成白色，手忙脚乱地拿锅铲翻面，结果不小心弄成一团稀泥状。周暮昀闭了闭眼，果然又失败了。

他总是把握不好时间，太晚翻面会煳掉，太早了蛋液未凝固，就会像现在这样，搅得一团糟，关键是喻橙喜欢吃那种两面焦黄的煎蛋。

周暮昀用锅铲铲起一团糟的鸡蛋丢进垃圾桶，重新打了个鸡蛋进去，不过很可惜，还是没能逃过失败的命运。

一连浪费了三个鸡蛋，他总算煎出了一个像样的。虽然形状看起来不是很美观，好歹没有煎煳，就是不知道符不符合孩子他妈的口味。

周太太作为美食博主，口味本就比一般人刁钻，怀孕后更甚，他还真担心她吃不惯。

卧室里，喻橙饿得都快睡着了，房门忽然被人推开。空气中弥漫着食物的香气，她唰地睁开眼睛，瞌睡虫消失了大半，只见男人端着一碗热气腾腾的面走过来。

他真的煮了宵夜？

周暮昀站在床边，看着正在发呆的妻子，他抬了抬下巴示意："愣着干吗？赶紧把你的小桌板升起来。"

喻橙来了精神，从被窝里爬出来，在床上架起电脑桌。

周暮昀把一碗色香俱全的鸡汤面放在电脑桌上，一双木筷塞到她的手里，又折回去拿了个勺子，方便她喝汤。

喻橙饿昏了头，也不管面好吃不好吃，握住筷子就卷起一大团送进嘴里，吃相一点都不雅观，可以说是狼吞虎咽。她嚼了嚼咽下去，忽然顿住了，手捂着肚子。

周暮昀见状心中一紧，忙凑上去查看："怎么了怎么了？是不是不舒服？"

喻橙看着他一脸紧张、眉头深锁的样子，顿时感觉有股暖流淌过心间。她摇了摇头，轻声说："不是。"

周暮昀："面不好吃？"没道理啊，他煮面的过程还算顺利，按理说味道应该不会差到哪儿去。早知道他就先尝一口了，万一真的不好吃……

"孩子，孩子刚刚好像动了一下。"半晌，喻橙才回过神来，声音低低地说。

喻橙上次做产检的时候，医生说过，怀孕五个月左右会出现胎动。算算日子，现在已经四个多月，快五个月了。

她平时总是喜欢摸着肚子跟里面的孩子讲话，但从来没得到回应。这是她第一次感受到孩子在动，像小金鱼吐泡泡，咕噜咕噜两下，然后就安静了。

"真的吗？让我摸摸。"周暮昀愣了一下，比她还激动，他的掌心贴在她隆起的腹部，静静地等待。然而几分钟过去了，里面的孩子好像睡着了，一点动静都没有，仿佛刚才的一切是个幻觉。

喻橙说："我看孕妇手册上说，刚开始胎动，不会那么频繁。"

周暮昀却不死心，非要感受一下，于是他俯下身，耳朵贴在她的肚皮上，试图跟里面的孩子交流："宝宝，我是爸爸。"

男人温柔又耐心的样子，看得喻橙心中一片柔软，她的唇角不由得翘了起来。她抬手摸了摸他的头发，声音很轻地说："你这样我没办法吃面了。"

周暮昀顿了顿，这才作罢。

喻橙重新拿起筷子埋头吃面，面条果然已经有点坨了。

周暮昀安静地看着她吃面，过了一会儿，他想起来有个重要的问题没有问她："我的厨艺有没有进步？"

"唔。"喻橙咽下嘴里的东西，抬眸看他，"比我想象中的好了太多。"

鸡汤面的灵魂在于鸡汤，但这鸡汤是阿姨下午就熬好的，他只是煮个面而已。不过值得一提的是，他居然没有把蛋煎煳，简直太令人意外了。

"那我以后经常给你做。"周暮昀说。

喻橙只顾着吃面，没有回应他。她以为他那会儿是说着玩的，没想到他现在提出要做土豆焖鸡。

喻橙不得不向他陈述一个事实："煮面和做土豆焖鸡的区别太大了。乖，你还是别尝试了。"

周暮昀："……"

她不再看他，低头拿起一块积木堆上去。

周暮昀随意瞥了一眼，淡淡地道："错了。"

喻橙不解："什么？"

"这一块不应该拼在这里。"周暮昀仿佛提前看过说明书，从容地指导她，"你右手边的那一堆才是。"

是吗？喻橙拿起说明书仔细一看，果然拼错了，这一块积木的型号稍小一点，应该是靠近塔尖的部分。她叹息一声，不得不把它拆下来，换另一块拼上去。照这个速度，她有理由怀疑，可能孩子出生了，这座城堡还不能完工。

喻橙有点心累，顺势往后一靠，倒在周暮昀的怀里，随手拿起一块积木往上堆。

周暮昀揉了揉眉心，提醒她："又错了。"

喻橙痛苦地扶了扶额头，彻底放弃了，把手里的一块积木丢进盒子里，发出一声清脆的声响。再拼下去，她要怀疑自己的智商了，好歹自己当年高考数学考了130多分，怎么堆个积木这么费劲？

周暮昀觉得好笑，但又不敢笑得太放肆，怕惹她生气，他想了想说："我帮你拼？"

之前他每次提出要帮她拼，都会被她无情地拒绝。但是现在，她很大方地拍拍他的肩膀，委以重任："周暮昀同志，那就交给你了，希望你不要让我失望，我还想看看城堡堆起来的样子呢！"

周暮昀不辱使命，调整了一下坐姿，让她靠得舒服一点，然后开始帮她堆城堡。

509

喻橙也没闲着，他负责拼，她就负责递积木，两人分工明确，很快就堆了好几层地基。这个速度快赶上喻橙一个月的进度了。

两个小时一晃而过，周暮昀一看时间不早了，丢下积木，拿了个靠枕垫在喻橙背后："你慢慢玩，我去给你做土豆焖鸡。"

喻橙一愣，难以置信地看着他："你说真的？"

"当然。"他一字一顿地道。

留她一个人在书房里玩，周暮昀起身走出去。

厨房里，阿姨正准备做午饭，直接被男主人赶出了厨房，他说要自己来。

阿姨惊得下巴都要掉了，久久回不过神来。她来这个家的时间不算短，当然知道周先生的厨艺简直不能用一个烂字来形容。他现在居然说要自己做午饭？

周暮昀无视阿姨眼中的震惊，站在流理台前，视线一一扫过食材，动作利索地套上围裙，挽起袖子，看起来他准备大干一场。

虽然他的气势做得非常足，真正上阵却无从下手。他把整只鸡放在砧板上，右手举着菜刀，迟迟没有落下去，因为根本不知道从哪儿开始剁。真是出师未捷！

周暮昀在脑海里搜刮了一遍，阿姨平时是怎么把鸡剁成块的？这一刻，他不得不承认，喻橙说得没错，煮面和做土豆焖鸡的差别太大了。

然而海口已经夸出去了，他要是做不成岂不是让她笑话？不行，绝对不能给她嘲笑他的机会。

阿姨站在不远处观看，只见英俊的周先生聚精会神地盯着那只鸡，盯了足足有半分钟还没动手。周先生莫不是以为，看着看着，那只鸡就能变成一道菜？

阿姨实在看不下去了，走过来夺走他手里的菜刀，三两下把一只鸡剁成了块状，放进白瓷碗里。

周暮昀轻咳了两声，借此掩饰尴尬："好了，接下来就交给我了。"

阿姨把菜刀放下，看出他是想做喻橙喜欢吃的菜，没有说别的，只说："周先生有什么需要帮忙的叫我一声，我就在客厅。"

周暮昀深吸一口气，表情严肃得仿佛不是要做菜，而是上战场。

他把料酒、淀粉和盐倒进盛着鸡块的瓷碗里，戴上一次性手套抓匀。

趁着腌制鸡块的工夫，他根据喻橙之前写的教程调制酱汁，将生抽、老抽、蚝油、醋等调料严格按照比例倒入一个空碗里。这个过程，他恨不得拿带有刻度的容器测量。

还好土豆块和青椒比较好切，他几下就搞定了，不用阿姨帮忙。

一切准备就绪，接下来就要动真格了。

锅中倒油，放入葱、姜、蒜爆香，然后把腌制好的鸡块倒进锅里翻炒至变色，再倒入刚才调好的酱汁。翻炒的过程中，免不了要被溅出来的油烫到，但周暮昀丝毫不在意，视线紧紧地盯着锅中的食物，祈祷这一次一定不要再炒煳。

不知是他的祈祷起作用了，还是厨艺真的进步了，目前的过程居然很顺利。

鸡块炒得差不多了，再把土豆和青椒放进去，最后倒入没过食材的水，开大火煮。

周暮昀后退一步，长松一口气，感觉到后背上出了一层汗。

他一转头，却发现旁边多了一个身影，喻橙挺着肚子站在冰箱旁，眉眼弯弯看着他，不知看了有多久。

喻橙见他看过来，脸上的笑容更明媚了。虽然他做菜的时候手忙脚乱，把锅碗瓢盆弄得叮当响，还会露出苦恼又狼狈的表情，可她却觉得，这样的他很迷人。

暖暖的阳光洒进屋里，他满身矜贵的气质怎么也掩藏不住，却做着这种与气质不符的事情，还一脸甘之如饴。

喻橙走过去，看了一眼锅里的情况。

浓郁的汤汁煮得咕噜咕噜冒泡，鸡肉散发着香气，还加了香菇、土豆、青椒。

她深深嗅了一下空气中的香气，馋虫都被勾出来了。

如果说昨晚的鸡汤面只是巧合，那么这一道土豆焖鸡，足以让她对他的厨艺有一个新的认识。本以为"厨房杀手"重出江湖会再添败绩，没想到居然是一雪前耻。

周暮昀洗了一盒圣女果，两根手指捏起一颗送到她的嘴边："饿了吧？再等几分钟就可以吃饭了。"

喻橙张嘴吃下，牙齿一咬，圣女果在嘴里爆开，酸酸甜甜的汁水溢出来："唔，可以开小火收汁儿了。"

周暮昀光顾着看她，一时忘了锅里，经她提醒才想起来，他连忙调成小火，拿起锅铲翻炒了几下，防止粘锅。

正在此时，门铃响了。喻橙愣了愣，现在是午饭时间，谁会过来？

阿姨已经去开门了，进来的是蒋女士，她两手提着大包小包的东西，见两人站在厨房，随口说了一句："还没吃饭呢？"

喻橙忙过去迎接："妈妈，你怎么突然过来了？也没提前打个电话。对了，你吃饭了吗？没吃的话，一起吧。"

"吃过了。"蒋女士把东西放沙发上，喘了一口气，"下午前两节有课，我把东西送过来就直接去学校。"

喻橙的视线下移，落在那几个塑料袋上，不用看，肯定又是各种母婴用品。

她没怀孕前，蒋女士总说自己对当外婆没有那热衷，只要她和周暮昀和和美美，自己就放心了。

自从检查出喻橙怀孕了，蒋女士比谁都热心，隔三差五地过来看她。明明是个过来人，却像个第一次见到怀孕的人，摸着女儿的肚子介绍自己："孩子，我是你外婆哦。"

喻橙无奈地抚额："我的房间快没地方放东西了，妈妈，你送来的东西太多了。"

不只蒋女士，霍衡昔也隔几天就来一趟，每次来跟运货似的，一堆堆的东西被搬运过来。

喻橙说的不是夸张话，房间里真的要放不下了。

蒋女士用手指点点她的额头，用过来人的口吻道："你懂什么，你这才四个多月，后面要用到的东西多着呢，更何况还有孩子出生以后用的东西。"

"橙橙，去洗手，可以吃饭了。"

周暮昀把一个白瓷大碗放在桌上，里面装着刚出锅的土豆焖鸡。

蒋女士扭头看向女婿，这才注意到他的打扮，居家服外面套着蓝色围裙，袖子挽到手肘下面一点。这个造型……他在做饭？蒋女士只觉得又刷新了对周暮昀的认知。

喻橙的肚子早就饿了，刚才一直忍着没说，此刻闻到香味再也忍不住了，像只小馋猫似的眼巴巴地跑过去。

蒋女士看到她还跟小女孩一样蹦蹦跳跳，又是担心又是好笑，都是当妈的人了，一举一动还像没长大的小孩子。

周暮昀给喻橙盛了一碗饭："妈，要再吃一点吗？"

"不了，你们吃吧。"

蒋女士不打扰女儿吃饭了，交代了几句就要离开。

喻橙嘴里含着鸡肉，声音含糊地道："过两天，我和周暮昀就回去看你和爸爸。"

蒋女士听到这话自然高兴，忙不迭地应下，还说会提前准备她爱吃的菜。

目送岳母大人离开，周暮昀立马原形毕露，趴在桌边看着喻橙，一脸期待地问："好吃吗？我刚才尝了一块，觉得味道还不错。"但是，他不知道合不合她的口味。

男人的两只手扒在桌子的边沿上，狭长的眼睁大了一点，像求主人表扬的小狗。

喻橙夹起一块土豆，还没来得及送进嘴里，闻言，小鸡啄米般点头："好吃！"

话音落地，她就迫不及待地把土豆放进嘴里，舔了舔嘴角不小心沾到的汤汁："说真的，你可以去餐厅当大厨了。"

这个评价可以说是很高了，周暮昀满意地挑了挑眉。

喻橙把白米饭端起来，浇上几勺汤汁，某一瞬间，她忽然停下来，垂下视线看向自己的肚子。

天哪，孩子又动了！

周暮昀就坐在她的身旁，见状立马放下碗筷，仿佛心有灵犀，他刚把手贴在她的腹部上，里面的孩子就动了一下。

隔着一层肚皮，他的掌心感觉到了轻微的颤动，不那么明显，要不是他下意识地屏住呼吸，可能感觉不出来。

这感觉太新奇了，他连眼睛都不会眨了，呆呆地望着她的肚子，想要跟里面的孩子说说话，又怕突然出声吓到孩子，万一孩子不肯再动怎么办。

喻橙和周暮昀对视一眼，表情都有点愣。

过了一会儿，孩子又动了。

周暮昀终于笑了起来，手掌轻轻地抚摸，一下一下，像是通过这种方式跟宝宝交流："我说什么来着，宝宝就是喜欢爸爸做的菜。"

喻橙无法反驳。她低下头，默默地咬了一口鸡肉，希望这个喜欢吃爸爸做的菜的宝宝能稍微体贴一下妈妈，不要再让她吐了。

经此一役，周暮昀的信心大增，对做菜上瘾了，衬得家里的阿姨毫无用武之地。

周先生又一次霸占厨房，把阿姨赶了出去，阿姨终于忍不住了，对喻橙说："我觉得你们可以辞退我了。"

喻橙不想打击男人做菜的热情，只好对阿姨说声抱歉。不过说真的，周暮昀的厨艺像是坐了火箭，噌噌上涨，说是大厨水准一点都不夸张。前天晚上他做的牛肉饭，让她以为是点的外卖。

怀孕以后，喻橙除了胃口变差，嗜睡的症状也比较明显，前天下午四点多她坐在书房里看书，不知不觉睡着了，不小心睡过了晚饭时间。

她醒来时躺在卧室的床上，周暮昀就在一旁守着她，顺便处理工作。

见她醒了，他给她端来一盘水果沙拉，揉了揉她的脑袋："饿了吧？先吃点儿。"

然后，他就合上笔记本，走出房间。

夜幕降临，透过落地玻璃窗能看到万家灯火，喻橙靠在床头，刚睡醒，脑子还有点蒙，肚子就传来咕噜噜的叫声，提醒她该用餐了。

她拿过床头桌上的玻璃碗，捏着叉子吃水果。吃到一半，周暮昀端着一份牛肉饭进来。

牛肉饭的卖相极佳，白米饭上堆着酱汁牛肉，还有西蓝花和胡萝卜，荤素搭配，美味又好吃。最难能可贵的是，胡萝卜居然被雕成一朵朵小花的形状，比外面饭店里卖的还美观。

喻橙惊讶道："你订的外卖？"

从他出去到现在有二十分钟？不是订外卖是什么？

周暮昀看着她，嘴角止不住地上扬，最后在她好奇的眼神下，他终于开口："不是外卖，是我做的。"

喻橙正吃一颗西蓝花，差点被呛到，半晌才平静下来。谁能想到，当初差点炸掉厨房的男人，有朝一日能成为连她这个美食博主都称赞的大厨！

"所以，以后想吃什么就告诉我，我做给你吃。"周暮昀语气里是满满的自豪。

喻橙惊喜之余，发现自己忽略了一个重要问题，她把筷子一丢，气呼呼地道："周暮昀，你不爱我了。"

这么大一顶帽子扣下来，周暮昀当场愣住，茫然地看着她，不知道她为什么这么说，他对她的感情还用怀疑吗？

紧接着，她说："之前你做菜总是搞砸，自从我怀孕了，你的厨艺就日益精湛，敢说不是为了孩子？"

孕妇的情绪总是阴晴不定，周暮昀现在相信这句话了。他沉默不语，喻橙越发坚定这个猜测："你就是爱宝宝胜过爱我。"

她瞪圆了杏眼，一眨不眨地看着他，因为生气，她的脸颊泛着红晕，像熟透的苹果，让人忍不住想咬一口。

"你这么聪明，难道不知道我这么做是为了谁吗？"他刮了一下她的鼻梁，"是你吐得太厉害了，我才潜心学厨艺，哪儿是为了孩子。"

以前他对这方面的知识了解太少，不知道怀孕原来是一件这么辛苦的事，吃不下饭，有时候觉也睡不好，伴随着腰酸、头晕等各种症状，更别说还有生孩子那道鬼门关，他最近看这方面的科普，只觉得心惊胆战。明明这是他们两个人的孩子，所有的罪却让她一个人受了。他能做什么？他只能加倍地对她好，让她不那么难受。

孕妇的情绪来得快去得也快，听他这么说，她勾了勾唇："就像你说的，我这么聪明，当然知道你是爱我的。"

周暮昀也笑了，靠近她，一个吻轻轻地落在她的额头上："周太太，以后不许犯傻了。"

番外二　一家四口

　　距离预产期还有一个星期，喻橙就在全家人的安排下住进了医院。

　　因为是第一胎，她没有经验，所以大家比较担心。喻橙本人倒是很从容淡定，虽然被准爸爸拉着科普了不少生孩子的知识，但她一点都不害怕。

　　这几天，两家人轮流到医院来照顾她，有时候刚好撞见，病房里就围满了人。就连住在郊外的周老先生也搬来了老宅，说是要第一时间看孩子。老人家腿脚不便，周暮昀没有让他到医院来。

　　可周暮昀不是周老先生的对手，隔天下午，老爷子就在周致鸿夫妇的陪伴下来医院看喻橙。

　　当时喻橙在睡午觉，老爷子轻手轻脚地推开病房门看了一眼，并没有打扰她，转身准备打道回府。

　　喻橙的身子重，睡眠格外浅，稍微有点动静就醒了。她睁开眼睛看见一个佝偻的身影，轻声道："爷爷……您怎么过来了？"

　　周老先生脚步一顿，回过身看着她，笑眯眯地说："爷爷吵醒你了？"

　　"没有，是我睡醒了。"喻橙揉了揉眼睛，神情还有些迷糊，"爷爷，这边有椅子，您坐吧。"

　　周老先生没有推辞，坐在了病床边的椅子上。

　　周暮昀扶着喻橙坐起来，拿了两个靠垫放她的背后，让她坐得舒服一点。预产期临近，她的肚子圆鼓鼓的，像是充满了气的大皮球，每次看到她有大动作，周暮昀都会惊出一身汗，偏偏她还觉得好玩。

他有一次帮她洗澡时，她忽然低着头说："周周，我看不到自己的脚了。"然后她就把一只脚抬起来，非要看一眼……

周暮昀一脸紧张，连忙扶住她，生怕她单腿站立会摔倒。

见喻橙精神还不错，周老先生就没急着走，陪她聊天打发时间。聊着聊着，两人就聊到了即将出世的孩子。

"孩子的名字取好了吗？"周老先生问。

一家都是文化人，喻橙自己想了几个名字，周暮昀也想了几个，霍衡昔那边也有几个备选名字。最厉害的还是蒋女士，直接让学校里的汉语言文学教研室的老师们帮忙取名。

这么做的后果就是几人商量不出一个统一的答案。

作为孩子的妈妈，喻橙最先预定了小名——鱼豆腐。周暮昀一听当时就皱了皱眉毛："太难听了，听起来就像个吃货，女孩子怎么能叫这个小名？不行，换一个。"

"再跟你说一遍，肚子里这个肯定是儿子。"喻橙义正词严，"这名字怎么难听了？我觉得很可爱，就跟鱼丸一样可爱。"

她越说越激动，周暮昀不敢跟孕妇争论，只好依了她。

所以，到现在孩子的大名还没有定下来。

喻橙微微一笑："不如爷爷给取一个吧？"

周暮昀闻言，大惊失色。周致鸿夫妇对视一眼，脸色都起了微妙变化。家里最没文化的就是老爷子了，让他取名？他们怕孩子将来会埋怨长辈。

周老先生笑着摸了摸下巴，竟然真的开始思考了。

然而，还没等周老先生思考出结果，喻橙忽然感觉肚子不太对劲，她皱起了眉毛，一把握住了旁边周暮昀的手："我……我肚子痛。"

周暮昀吓得呆住，是不是要生了？可惜他学习了那么多孕期知识，需要用的时候脑子里一片空白，什么都想不起来，紧张得心跳都要停滞了。

好在霍衡昔这个过来人在这里，才不至于让场面太混乱。她立刻通知了产科的医生，随后医生和护士赶过来查看情况。确实要生了，比预产期早了四天。

周暮昀给岳母打了个电话，然后换上无菌服陪同喻橙进了产房。这是他们之前商量好的，不管发生什么事，他都会陪在她的身边。

"橙橙，你别怕，我在这里。"他握住她的手，他的手在发抖，声音都在发颤。

因为疼痛，喻橙的额头上汗如雨下，黑发粘了脸上，嘴唇不像平时那样红润，透着几分苍白。

她正痛得说不出话来，扭头却看见男人比她还要紧张，额头上大汗淋漓，似乎能看到微凸的青筋，薄唇抿成一条直线，手更是紧紧地握住她的手，想要给她传递力量。不知道的，还以为生孩子的人是他。

喻橙轻扯唇角，回握住他的手，说："准爸爸，你别紧张，我们很快就能跟孩子见面了。"

一旁的医护人员看着她露出惊讶的眼神，这还是第一次在产房里看到孕妇安慰自己的丈夫不要紧张。

喻橙身体的各项指标都很正常，医生建议顺产。虽然她提前做了这方面的功课，此刻也做足了心理准备，开始生产时还是免不了慌乱。

产房外，蒋女士和喻宗文都过来了。周暮昀之前给蒋女士打电话时，她正准备上课，只好临时跟别的老师调了课，马不停蹄地赶了过来。

周老先生和周致鸿夫妇也在外面等待。

同为女人，蒋女士当然知道生产的凶险，说是从鬼门关走一遭一点都不为过。见她一脸担忧，霍衡昔走过去握住她的手："进去有一会儿了，阿昀也在里面，他会照看好橙橙，大人和孩子都会平平安安的。"

蒋女士点点头，坐下来跟他们一起等待。

折腾了四个多小时，下午五点三十二分，喻橙顺利生下宝宝。产房里充斥着婴儿响亮的啼哭，一声比一声大。

护士说："恭喜周太太，是个男孩儿。"

喻橙虚弱地朝周暮昀笑了笑，缓了一会儿才开口，因为生孩子耗尽了力气，她的声音轻轻的，像夜里的呢喃："我说什么来着，肯定是儿子。"

周暮昀的脸上已经没有表情了，整个人像是生了一场大病，有点虚脱，怔怔地望着脸色惨白的她，半晌，他俯下身来问道："你感觉怎么样？"

"唔，还好。"她舔了舔干燥的唇，转而朝护士道，"让我看看孩子。"

孩子已经被包上了白色纱布，小小的一团蜷在护士臂弯里，护士弯腰抱给她看。

喻橙之前就祈祷过，如果是男孩子的话，最好长得像他爸爸，因为周暮昀是有目共睹的俊朗。可她没想到，映入眼帘的却是只小猴子，瘦巴巴的，额头还沾了血迹，跟她想象中的不太一样。

"好小。"她嘀咕了一声。

护士恰好听到了，为孩子鸣不平："不小了，刚称过，六斤九两……"

后面护士说了句什么，喻橙没有听清，她太累了，眼睛一闭就昏睡过去，完成了生产大任，剩下的就交给他们了。

喻橙醒来时，躺在病房的床上，旁边围了一群人。除了家人，还有餐厅的员工。已经到了下班时间，员工听说老板生了孩子，大家都赶过来看她。

苏以茉见她醒了，兴奋道："我刚才和静静去看了宝宝，好可爱！"

陶静静点头附和："他的脚真的好小，只有我的半个手掌那么大，太萌了，我都想偷偷抱回家了。"

周映雪这个当姑姑的自然也高兴，还说要给孩子送一份大礼。

喻橙听他们夸个不停，很想问一句，你们看的是我的孩子吗？是不是看错了？她怎么没觉得可爱？当然，她没有把这话说出口。

刚生产不久，喻橙的身体尚未完全恢复，他们不敢打扰她太久，道过恭喜后就打道回府了。家人倒是都留下来陪她，不过喻橙听说大家到现在连晚饭都没吃，从她进产房那刻起就一直守在医院，心里过意不去，把他们都赶去吃饭。

病房里终于清净了，只剩下周暮昀和她两个人。他坐在床边的椅子上，抬手将她脸侧略有些凌乱的发丝理顺，嗓音微微发哑："还痛不痛？"

其实是痛的，但喻橙看他心疼的样子，那个痛字就被她生生地吞了回去，摇头说："不痛。"

周暮昀却不信，手一下一下地在她脑袋上抚摸："老婆，辛苦了。"

她轻轻一笑，抬手抓住他的手紧紧相握，怎么会辛苦，她不知道有多幸福。

喻橙觉得，当初在产房第一眼看到孩子时的想法大错特错。小团子一天一个样，每天都比前一天更漂亮一点。

八个月大的时候，粉雕玉琢的样子，特别可爱。无论是谁逗他，他都兴奋得手舞足蹈，咧着嘴巴笑个不停。常常换来他爸爸一个嫌弃的眼神，外加一句"小傻瓜"。

每当这个时候，喻橙就会站在儿子那边，谴责周暮昀。

此刻，宝宝刚喝完奶，被保姆阿姨放在床上。喻橙想睡午觉，小家伙却很有精神，眨着乌溜溜的大眼睛看着她，时不时摸她的脸。

阿姨歉然道："本来不想吵你，但他一直闹，见到你才老实。"

喻橙笑了笑说："你去休息吧，我来带他。"她说着捏了捏小家伙软乎乎的脸蛋，看着他咧着嘴咯咯笑，她也跟着笑了起来，"原来你想跟妈妈一起玩啊，好吧，那就陪你玩一会儿。"

"刚才不是说吃完饭想睡午觉吗？"周暮昀不知何时进了房间，正好听见她的话，又看了一眼床上乱爬的孩子，"我带他去客房玩，你睡吧。"

喻橙坐完月子，周暮昀就恢复了正常上班，平时如果不是特别忙，他还是会在家里陪着母子俩。

这两天他刚好在家休息。

"不用。"喻橙说，"我现在也不是很困。"

周暮昀踢掉拖鞋，也爬到了床上，喻橙看着他，眼神充满疑问，她只见他把乱爬的孩子抱起来放在身边，手轻轻地拍他肚子，哄他睡觉。可是小家伙根本不配合，每当爸爸的手抬起来，他就伸出两只小手胡乱挥舞，想要抓住爸爸的手。

喻橙乐不可支："算了吧，他午饭前睡过两个小时，一时半会儿肯定睡不着。"

周暮昀见越哄孩子越兴奋，于是放弃了，把他抱在怀里逗他玩。

喻橙闭上眼睛，正打算小睡一会儿，手机忽然响了，是班级微信群里的消息。班长杨崇准备组织同学聚会，在群里提醒通知了全体成员。

这件事前几天就在群里商量过，同学们毕业后各奔东西，算起来有三年多没见过面。最近刚好有假期，大家都提议找个时间聚一聚。

最终，班长结合大家的意见，少数服从多数，将聚会的地点定在北京的一家海鲜城。

吕嘉昕私聊喻橙："下周的同学聚会，你去吗？"

"去啊，反正我在家没什么事，刚好聚会的地点在北京，过去很方便。"她顿了顿，"你不去？"

"不凑巧，下周我要准备新项目，抽不出时间。"

吕大小姐不工作则已，一工作起来就成了劳模。喻橙自愧不如，问她："小果和露露去吗？寝室里就我一个人去的话，岂不是太尴尬了。"

吕嘉昕："应该会去吧，你在群里问问。"

喻橙问了另外两个好姐妹，好在她们都去，不会让她一个人孤单。

班长随后又在群里补充了一句："有家室的可以带上啊，人多热闹，不用给我省钱。"

同学们纷纷加入讨论。

"班长，我怀疑你知道我单身，故意针对我。"

"班长大人，你考虑过单身狗的感受吗？"

"我算是看清你了，班长，你是不是给我们找了班嫂？所谓的同学聚会，只不过是你秀恩爱的场子而已！放心吧，我也有女朋友，来呀，谁怕谁。"

大家插科打诨，一时间群里的气氛空前热闹。

班长被逼得出来认错："好吧，我承认我确实交了女朋友，但绝对不是为了秀恩爱。"

大家哄笑，一个两个都在说：你别装了，我知道你的真正目的！

喻橙也跟他们聊了起来。

"什么事？笑得这么开心。"周暮昀有点好奇地凑过来。

"群里在讨论下周的班级聚会。"喻橙偏过头，发现刚才还在玩闹的孩子居然被他哄睡着了。

周暮昀把孩子放下来，扯过一旁的被子给他盖上，问道："你要去？"

"当然。"喻橙说，"班长说可以带家属，你要一起去吗？下周六晚上。"

周暮昀想了想下周的行程安排："我不一定有时间，那天晚上刚好有个应酬。如果要去的话，可能会很晚，你们什么时候结束？"

"没关系，我一个人去就可以了，你安心应酬吧。"喻橙表现得非常体贴，把贤惠妻子的形象展现得淋漓尽致。

周暮昀凝视她片刻，淡淡地道："我没时间去，你是不是特别开心？这样就没人管你，你可以随便疯。"

虽然被戳中了心思，但喻橙嘴上绝不承认，半晌，她扯出一个温柔的笑容："怎么会呢？你想多了。再说了，我都当妈了，怎么可能还跟他们一起疯。"

周暮昀一脸"你觉得我会信吗"的表情看着她，喻橙终于扛不住了，一把蒙住他的眼睛，在他的唇角亲了一口，表示贿赂。

忽然，一道软糯的哼唧声响起，喻橙垂眸一看，刚睡着的儿子又醒了过来，黑葡萄似的眼睛一眨不眨地看着他们俩，嘴里发出咿咿呀呀的声音。

他睡了有十分钟吗？

周暮昀轻咳了一声，一只手盖在儿子眼睛上，挡住了小家伙的视线，淡定地朝喻橙道："继续。"

周六转瞬即至，喻橙提前跟阿姨说好了要出门，让她帮忙照看孩子。

鱼豆腐眼下不用总是喂奶，除了喝奶粉，还能吃一些辅食。他很好带，只要有人陪他玩，他不会哭着闹着找妈妈。

手机叮咚一声，是齐小果发到寝室群里的消息。

"同志们，别忘了打扮得漂亮一点，同学聚会这种场合对我们女人来说，那就是大型比美现场！"

还用你说！喻橙三天前就买了一条新裙子，特地留到今晚的聚会穿，誓要艳压全场。

傍晚时分，她就狠心丢下儿子，坐在梳妆台前认真地化妆。自从怀孕后，她就很少化这么精致的妆容了，好在化妆技术没有退化，一个小时就画好了。

喻橙到达海鲜城的时候，夜幕降临，华灯初上，整条街都被点缀得璀璨如银河。眼前的海鲜城灯火辉煌，在剔透的玻璃的折射下，像海底的龙宫。

喻橙挑了挑眉，心想班长真会选地方。

她刚走进一楼大厅，就收到齐小果发在群里的消息："你什么时候来？我和露露都到了，就差你了。@喻橙。"

喻橙回："马上马上。"

班长提前通知过，聚会在十六楼的一间豪华包间，吃完饭到隔壁的KTV唱歌，务必让这个聚会圆满成功。

喻橙推开包间的门，果然如预料中那样，女生都打扮得时尚靓丽，穿着漂亮的裙子，画着绝美的妆容，跟大学里的形象比起来判若两人。

大家的目光齐刷刷地看过来。喻橙深吸一口气，勾起唇角，从容地跟大家打招呼："好久不见，同学们还好吗？"

"本来不好，见到你就好了！"班里一个捧场王嘴快接话。

大家哄堂大笑。

班长往她身后看了一眼，喻橙微微侧过身，不解道："班长你在找什么啊？我没有给大家带礼物哦。"

大家又是一笑，有人一语道破："鱼仙大大，你怎么没把周公子带过来？班长不是说了，最好拖家带口吗？"

正是因为班长特意提过，所以前来参加聚会的同学有一半带了家属，有的连孩子都带过来了。剩下的都是单身人士，甚至有的现场搞起了相亲。

喻橙笑着解释："他今晚刚好有应酬，来不了。"

说起他们会计一班的传奇人物，喻橙绝对能算一个。一毕业她就抛弃会计老本行，开了一家主题餐厅，凭借在微博上的影响力，生意火爆，不到半年几乎全网皆知。之后跟周公子的恋情曝光，更是不亚于偶像剧的甜蜜幸福。两人在法国古老的教堂举行的世纪婚礼，直到现在还被人拿出来讨论。婚礼的每一处细节，都看得出周公子的用心程度。

网上有句流行的话是怎么说的来着？"童话里灰姑娘和王子的结局定格在婚礼那一刻就好，因为时间久了，婚后的生活很可能是一地鸡毛。"

这话放在周公子和喻橙身上显然不对。

两人外出游玩多次被路人拍到。那次是在医院，喻橙穿着米白色长风衣，站在医院的大门口，她刚要下台阶却发现鞋带散了，还没来得及蹲下，只见周暮昀蹲在她面前，帮她把鞋带系好。

这一幕刚好被路过的人拍到，发到网上，引发网友的热烈讨论。

眼尖的网友发现，喻橙的小腹微凸，即使宽松的风衣也遮挡不住。

周太太怀孕了？网友们猜测不断，周暮昀只好发微博承认："没错，我们家要添新成员了，接下来就要辛苦周太太了。"

字里行间都能看出周公子初为人父的喜悦。不得不说，这两人的速度非一般地快，求婚、领证、结婚、生娃，人生几个重要的步骤一步接一步地走过，让人感慨喻橙不愧是嫁给了爱情。

孩子出生那天，周公子也发了一条微博。照片里，他握着妻子的手，两枚戒指紧紧挨在一起，中间是婴儿的小脚。配上文字：圆满。

一路看着他们走来的网友当然是纷纷献上祝福。

今天，这么重要的同学聚会，周公子居然没来，在场的各位就有些意外了。

齐小果招了招手："大鱼，这里给你留了位置。"

喻橙坐在了齐小果和邢露的中间。邢露悄悄对喻橙比了个大拇指，小声说："姐们儿，今晚的你美绝了！"

是啊，喻橙一进来，不管是男生还是女生的目光都被她吸引了。一袭墨绿色缎面长裙，贴合着纤细的腰肢，衬得身材玲珑有致，裙摆自然垂坠，因为裙子的布料极具质感，淡雅中透出几分高贵。

为了搭配这条裙子，喻橙特意佩戴了一条婆婆送给她的玉石项链，整个装扮都显得温柔典雅、韵味十足。

在一堆时尚亮眼的打扮里，她这种温婉的风格反而让人眼前一亮。

喻橙的目的达到，她压低声音道："说好了要艳压全场，我当然得多费点心思，光是化妆就花了我一个小时呢！"

齐小果和邢露对视一眼，自叹不如。

人到得差不多了，班长叫来服务员，把菜单递给大家点餐。难得聚得这么齐，又有人买单，大家没有客气，都点了自己爱吃的菜。

同学四年，虽然毕业后很少见面，但彼此并不陌生，酒过三巡，气氛自然热闹起来，各种话题不断。

每个话题的开头都是那句："哎，你还记不记得那时候我们班里……"不管记不记得，大家都能参与讨论。

喻橙也觉得今晚很开心，原来大家即使分开很久很久，再次坐在一起还是像当初坐在教室那样，没有生疏，只有久别重逢的喜悦。

要不是齐小果拦着不让，她都打算喝杯酒了。

对面许悠悠的目光时不时地落在喻橙的脸上，每次看到喻橙露出开心的笑容，许悠悠总是忍不住撇一下嘴角。

喻橙一次不经意间与许悠悠对视，终于感到不对劲。喻橙不记得自己得罪过班里的同学，更不记得自己与这位许悠悠同学有过节，她搞不明白，许悠悠为什么一副看她不顺眼的样子。

许悠悠见自己被发现了，轻咳了两声，开玩笑似的说："我前几天好像看到有个新闻说，周先生跟一名外国女人在酒店被拍了，应该不是真的吧？"

此话一出，全场安静了。

喻橙皱起了眉毛，还没开口，就听见许悠悠紧接着说："今天这么重要的同学聚会，周公子怎么没有陪你过来呀？太不够意思了。"

"许悠悠，你什么意思？"齐小果是个暴脾气，当即忍不住了。

"我？"许悠悠笑着看向大家，装作随口一提的样子，"没什么，就是突然想到这个事，关心一下同学。"

许悠悠说的那个新闻，在座的也有人看过，感觉就是无稽之谈。她当着人家老婆的面提这种事，实在有些说不过去，也不知是何居心。

喻橙的身子后仰，往椅背上一靠，看着对面的女人，觉得可笑。喻橙没想到，许悠悠居然这么记仇。

是的，虽然许悠悠跟喻橙没仇，却跟喻橙的好朋友吕嘉昕有仇。其实说起来也不是什么大事，许悠悠曾经暗恋过吕嘉昕的男朋友沈郗。许悠悠是班里的英语课代表，因为忌妒吕嘉昕，以权谋私改了吕嘉昕平时的课堂成绩。

英语老师有规定，期末成绩由平时成绩和考试成绩两部分组成，两者三七分。也就是说，就算期末考试考满分，到最后也只能算七十分。要想取得优秀的成绩，平时成绩必不可少。而负责统计全班平时成绩的人就是英语课代表许悠悠。

许悠悠为了不让吕嘉昕及格，故意把她平时的课堂成绩改得很低。一次偶然的机会，被吕嘉昕发现了，两人在班里大吵了一架，周围很多同学都知道。

吕嘉昕是个吃不得半点亏的人，事后又找了许悠悠几次麻烦。

从那以后，两人就针尖对麦芒，互相看不顺眼。两人同时在的场合，喻橙都担心她们随时可能打一架。

大家都知道，喻橙跟吕嘉昕住同一个寝室，两人关系特别好，喻橙就连带着也被许悠悠列入黑名单，成为她讨厌的人之一。

今晚吕嘉昕没来，许悠悠就将矛头对准喻橙，她不讽刺喻橙几句就不痛快。

还有，同样是一个班的同学，喻橙爱情、事业双丰收，听说还生了个可爱的儿子，日子过得顺风顺水，免不了要遭人忌妒。

喻橙摇摇头，心说吕嘉昕啊吕嘉昕，我这算是被你连累了。还有那张被偷拍的照片，喻橙都不想解释了，当时她明明也在场，好吗？

那是森远集团跟国外的合作商谈项目，晚上一起吃饭，从酒店里出来，周暮昀跟国外的负责人说了两句话，被躲在暗处的狗仔拍到，特意截掉了有喻橙的画面，捏造出一桩绯闻，博人眼球。那个国外的负责人小姐姐也很委屈，人家可是有老公的。

　　喻橙没想到这种毫无根据且流传不算广的小道消息，许悠悠都能说得煞有介事，好像她就在现场看到似的。而且，那天的新闻很快就消失了，根本没翻出大水花，要不是特意去搜索，恐怕看不到吧。

　　此刻喻橙的沉默，在许悠悠的眼里成了无话可说，她更得意了："要我说，喻橙，你还是应该长点心，都说一入豪门深似海，有钱的男人最容易变坏了，万一是真的，那你……"她掩唇一笑，故意没将后半句话说出来。

　　包间里的气氛因为这番话变得更加僵冷，关键是当事人喻橙从始至终没有说话，大家都忍不住胡乱猜测。

　　喻橙和周暮昀当初谈恋爱几乎全网皆知，婚后也被拍到很多次同框，但是最近好像没有关于两人的传闻，再加上那个绯闻，让人不禁怀疑，他们的婚姻是不是真的出了问题。

　　群众哪里知道，最近之所以没有被拍到，是因为他们每次出去玩都带着孩子。孩子太小，周暮昀和喻橙都不希望他曝光在媒体的镜头前，每次出门都伪装得很好，这也能成为两人婚变的证据？

　　班长不想让气氛继续僵持，于是站起来举起酒杯："来，我们碰一个，祝大家前程似锦，事事顺心。"

　　大家对班长的用意心知肚明，纷纷端起酒杯，笑眯眯地喝酒。

　　正在此时，包间的门被人推开，身穿制服的服务员走进来，做了个请的手势："周公子，他们在这间。"

　　周公子？

　　大家看着喻橙，她正低头啃鸭脖，听到"周公子"三个字一脸茫然，似乎对他的到来毫不知情。

　　周暮昀说了今晚有应酬，怎么会突然过来？

　　众人看向门口，只见男人一身正装，黑色西服配白衬衫，领带系得一丝不苟，皮鞋锃亮，像是刚从重要场合出来。不过……他怀里还抱着个孩子，臂弯上挎着一个蓝色小书包，这与他的气质格格不入。

　　喻橙望着门口的男人出神，他怎么把儿子带过来了。

四目相对，周暮昀叹一口气，无奈道："保姆说鱼豆腐在家吵着要妈妈，我只好把他也带过来了。"

鱼豆腐今天这么不乖吗？他以前都没有闹过。

喻橙说："可你不是说要应酬吗？"

"是啊。"服务员添了一把椅子，周暮昀坐下来，"饭局提前结束了，我是在过来的路上接到保姆的电话，于是先回家一趟把孩子接过来。"

两人旁若无人地对话，其余人面面相觑，什么婚变传闻，大概都是因为忌妒吧，这两人好着呢！

大家想到什么，转而去看许悠悠，她的脸色果然变得十分难看，红一阵白一阵，走马灯一样精彩。

打脸不要来得太快！许悠悠前一秒还在造谣两人的感情出了问题，还在那里假惺惺地提醒喻橙要注意一点，转眼周公子就过来了。不仅人来了，还带着孩子一起过来了。而且听他话里的意思，是从饭局上特意赶过来的。他对喻橙的宠爱，相信有眼睛的人都能看出来。

"哎呀，我的小可爱，阿姨可好久没见到你了。过来，给阿姨抱一个。"齐小果放下筷子，朝周暮昀怀里的孩子伸手。鱼豆腐眨了眨眼，过了一会儿，竟然一点儿都不认生，伸出两只小手要她抱。

齐小果的心都要化了，把他抱过来放在腿上："嗯，我们鱼豆腐比上次重了点，不过更加可爱了。"

邢露忍不住凑过去跟齐小果一起逗孩子。邢露握着鱼豆腐的小手晃了晃："宝宝，我是你的露露阿姨，还记得我吗？"

喻橙看着她们，笑着提醒："你们当心点，他喜欢抓项链，别让他抓到了。"她之前戴了条项链，就被鱼豆腐抓断了。

其他人看到这般玉雪可爱的小孩子，心里痒痒的，个个儿都跃跃欲试，瞅准机会就抱过来玩一会儿。

儿子被借出去了，周暮昀这才看向身侧的老婆，疑惑道："我进来的时候怎么感觉包间里的气氛有点奇怪？你们在聊什么？"

喻橙不料他这么敏感，连这个他都注意到了，她说："只是刚好聊到你，你就过来了。"

"聊我？"周暮昀问，"聊我什么？"

喻橙瞥了一眼对面的许悠悠，许悠悠的脸色比雕塑还僵，喻橙的目光死死地盯着许悠悠。喻橙摇摇头："没什么，说你怎么没有一起过来玩。"

同学们轮流抱了一圈孩子，问喻橙："他叫什么名字啊？我怎么听齐小果喊他鱼豆腐，我们堂堂森远集团的小太子就叫这个吗？"

喻橙扑哧一笑："他小名叫鱼豆腐，大名叫周虔。"

大名是周老先生取的。当初在医院里，老爷子还没想出孩子的名字，她就要生了。后来生完孩子，爷爷就说给孩子取好了名字，叫周虔。

"钱？这个名字还真是……通俗易懂。"班长说。

喻橙就知道他误会了："不是那个钱，是虔诚的虔。"

"大鱼，鱼豆腐是不是饿了？"齐小果的眼神忽然变得有些不自然。因为鱼豆腐的脑袋总往她怀里拱，好像在吃的。

喻橙看一眼就知道他确实是饿了："把他给我吧。"

周暮昀见状，从带来的蓝色小书包里找出奶瓶和奶粉，问服务员要了一壶热水，倒了点矿泉水兑成温水，冲好奶粉，轻轻摇晃，滴了两滴在手背上试了一下温度，觉得可以了才把奶瓶递给喻橙。

这一套动作太过娴熟，看得大家目瞪口呆。

喻橙刚把奶瓶拿到手里，怀里的小家伙就迫不及待地一把抱住，大口吮吸吞咽。她擦了擦儿子额头上的汗，柔声道："你慢一点儿，没人跟你抢。"

周暮昀说："把孩子给我抱吧，你饭还没吃完。"

喻橙确实没有吃饱，把孩子放到他的怀里，她捏着筷子夹起一块烧鸡，顺口问："你在饭局上吃饱了吗？要不要再吃点儿？"

"噫——"

人群中忽然爆发出一阵奇怪的唏嘘声，大家感叹周公子来了，整个场子的气氛都不一样了。

在场的一个单身男同学摇了摇头："喻橙，我今晚已经被他们虐出内伤了，你就收敛一点，放我条生路！"

大家笑了起来，气氛恢复了之前的热闹。

若是以前，喻橙听到这种玩笑准会不好意思，但是现在，她都是孩子妈了，她只是笑一笑，平静地回击："那你还不赶紧找一个，希望下次聚会能看到你带着老婆。"

男生拱手一笑："借您吉言。"

喻橙夹起一块鱼，正要放进碗里，旁边忽然伸来一只小手。鱼豆腐丢掉了奶瓶，眼巴巴地看着她筷子夹的东西，嘴巴发出只有他自己能听懂的音符。

"想吃啊？"喻橙举着筷子在他眼前一晃，他的目光立刻被吸引了，乌黑的眼珠随着她的动作转来转去，像只小馋猫，明明已经喝了大半瓶奶粉。

喻橙把筷子往前一送，鱼豆腐以为妈妈要喂自己吃，咂吧了两下嘴巴。

"你不能吃哦。"

喻橙把鱼肉送进自己的嘴里，夹了个小馒头给他。

小家伙也不嫌弃，两手抱住馒头就往嘴里塞，嘴馋的样子让周暮昀皱起了眉毛。他是在家没吃过好东西吗？一个馒头至于兴奋成这样。

面对老爸嫌弃的眼神，鱼豆腐咧嘴一笑，口水顺着流下来，好在周暮昀手疾眼快，抽出纸巾帮他擦了擦。擦完了嘴，鱼豆腐又张口咬住馒头，可爱的样子，惹得在场的阿姨们嘤嘤叫，甚至有女同学说："喻橙，你看我女儿怎么样？要不要定个娃娃亲！"

喻橙扶住额头，开什么玩笑，周虔小朋友才八个月大！

齐小果目光一扫，忽然笑着说："许悠悠，你怎么不说话了？刚才不是还聊起周公子吗？现在他人就在这儿，有什么问题不如你亲自问他。"

齐小果可没有忘记许悠悠刚才对喻橙明里暗里地嘲讽，现在厉害的角色来了，她倒是装起了透明人。

周暮昀听到这话，微微一顿，目光扫视一圈，落在对面神色有异的女人身上。

对上周暮昀的目光，许悠悠的心头一紧，心虚地别开视线，桌底下的手指绞紧了衣角，一言不发。

齐小果撇了撇嘴角，就知道她不敢。

周暮昀压低声音问喻橙："她之前说我什么了？"他来的时候就觉得气氛不对，他问过喻橙，她也没说清楚。

"不过是听到一个八卦，以为我们感情不和。"

"什么八卦？"

"都是误会，就之前跟Belinda吃饭被拍传出的绯闻。"

周暮昀再次抬眸看向许悠悠，眼底的神色瞬间变了。许悠悠本就如坐针毡，此刻更是连大气都不敢出。

529

男人最终什么话都没说，拿起筷子给喻橙夹了一片肉。自然而然的动作，最能给人致命一击。许悠悠不是说他们两个感情不和吗？他就让许悠悠看看到底和不和。

聚餐结束，班长组织大家去隔壁的KTV。

因为有个不到一岁的小孩子，喻橙拒绝了班长的邀请："你们玩得开心点，我就先走了，我们下次再聚。"大家都表示理解，纷纷跟她道别。

出了海鲜城，大家才发现起风了，道路两边的树木被吹得沙沙作响。霓虹灯成片亮起，比来时还要绚丽。周暮昀把孩子抱给喻橙，脱下西服外套披在她的肩上："在这儿等着，我去把车开过来。"

鱼豆腐吃饱喝足，又玩闹了好一会儿，眼下乖乖地趴在妈妈的肩膀上，眼睛眯成一条缝，显然他是困了。喻橙调整了一下姿势，轻拍他的背，让他安然入睡。

不多时，车子停在眼前，周暮昀从车上下来，先把孩子抱过去放在儿童安全座椅上，再拢着喻橙的后背让她坐进后座。

车窗降下，喻橙挥手跟站在路边的同学告别。

在大家的注视下，车子绝尘而去，直到汇入漆黑夜色中，再也看不见。

周虔是幼儿园大班的班长，周五放学前，老师让他带领班里的小朋友从园里的游乐场回到教室。

年轻的女老师站在讲台上，跟大家宣布了一个消息："下周一我们要举行亲子运动会哦，小朋友们记得回去通知爸爸妈妈。"

老师已经提前把消息发到家长群里，现在跟小朋友说，只不过是想考验他们会不会把消息准确地传递给家长。

全班的小朋友异口同声地道："好——"

放学铃声打响，小朋友们立刻背起桌上的小书包，一个个躁动起来，朝着校门口的方向翘首以盼。

老师领着他们走出教室，站在门口等家长来接。

周暮昀下班比较早，跟喻橙说过她不用过来接孩子，他顺路把孩子带回去。

周虔个头儿蹿得高，站在一群孩子当中显得鹤立鸡群。前段时间天热了，周暮昀带他去理了个西瓜头，又帅又萌。

"老师，我爸爸来了，我先走了，老师再见！"

周虔眼尖，隔着远远的一段距离就看见路边停的车。

然而，老师还没发现他爸爸在哪儿，于是拉住他的书包带，阻止他逃跑的步伐："哪儿呢？"

周虔小朋友被人扼住了颈脖，一脸生无可恋。

须臾，车门推开，上面走下来个身材颀长的男人，西装革履、挺括有型，站在车门边喊道："周虔，还不过来！"

周虔终于从老师的手中挣脱，两手握住书包带朝爸爸奔去。

不用周暮昀吩咐，他就主动打开后座的车门，爬进去坐好，把书包从背上取下来，放在一旁的空位上，系好安全带。

车子在街道上稳稳地前行，周虔从书包里掏出没吃完的零食，一边吃一边左摇右晃，嘴巴里还哼着老师新教的儿歌。

周暮昀从后视镜里看了他一眼，严肃道："男孩子要站有站相、坐有坐相，不要乱动。"

"哦。"他噘了噘嘴。

"这周咱们去郊外的庄园看望太爷爷，今晚回去就把你的作业写完。"周暮昀说。

"知道了。"周虔舔了舔嘴边的饼干残渣，想起老师的交代，奶声奶气地说，"爸爸，我跟你说个事情。"

"你又跟同学打架了？"

"……"

"课本又丢了？"

"……"

"还是说，你把班里的女生吓哭了？"

"……"

周虔无比心累地叹一口气，觉得爸爸对他的误解太大了，他真的好难过："我要跟你说的是，下周一我们幼儿园要举办亲子运动会，你跟妈妈都要过来参加。"

周暮昀闻言，轻舒一口气，还以为这小霸王又在学校里闯祸了，原来是这件小事。

不怪周暮昀有此猜测，实在是这小子的前科太多，打架只是其中一项。

周虔不仅打架，还逃过课。那次是嫌老师教画画太无聊，就借着上厕所的名义偷偷溜出了幼儿园，还把宋少的女儿宋棠也拐出去了。

喻橙平时会给儿子的书包里塞一点零花钱，以备不时之需。周虔就拿着钱去买零食吃，结果小姑娘的裙子不小心被划破了。周虔还算绅士，知道把自己的外套脱下来，绑在她腰间以防走光……

后来老师发现人不见了，一查监控才知道两个小朋友居然趁大家不注意，偷偷地溜出去了，老师顿时心急如焚，联系家长，外加报警寻找。一节课的时间还没过去，周虔就带着宋棠回来了。

周虔这么做的后果当然是被妈妈好一顿教育。

周虔问："爸爸，你有时间吗？"

周暮昀："你说呢？"

老师说了是亲子运动会，就算没有时间，他也会抽出时间参加。不过他有点担心："运动会一般要比哪些项目？"

周虔耸了耸肩，两手一摊："谁知道呢。"幼儿园小班和中班的学生太小，出于安全考虑，没有举办过这种大型的亲子运动会。所以，这是周虔第一次参加运动会，他也不清楚要比哪些项目。

周虔低头继续吃饼干，顺便安慰老爸："肯定是做一些小游戏啦，我都不担心，你担心什么？放心，有我在，我们队一定会赢！"

周暮昀："……"

不知道儿子这天不怕地不怕的性子随了谁。

晚上，周暮昀跟老婆提起这个事，她笑出了声："他的性子随了谁，你不知道吗？我听爷爷说，你小时候就调皮捣蛋难管教，整个一混世小魔王。儿子跟你小时候比起来，已经很好了，好吗？至少家长的话他都能听进去。"

不料被老婆拆台，周暮昀恨不得时光倒流，收回这个话题。

家里的小少爷第一次参加运动会，不仅作为父母的周暮昀和喻橙会出席，就连周致鸿夫妇听到以后也想凑个热闹，美其名曰为小孙子加油打气。

周虔人小鬼大，拍拍胸膛颇为老成地道："爷爷奶奶，你们到时候就在观众席看着我怎么拿冠军吧！"

周致鸿哈哈一笑，抱起他转了个圈，大为赞赏："这孩子有志气，有我当年的风范！"

周暮昀趁机甩锅，悄悄地跟喻橙咬耳朵："听到没有，这小子是跟他爷爷学的，我小时候可不这样。"

喻橙翻了个白眼，无言以对。

周一下午，四人乘车到了幼儿园，门口拉了红色的横幅，写着"欢迎家长参加亲子运动会"的标语。

他们到的时候，已经有许多小朋友的家长来了，围在一起聊天。

周暮昀和喻橙为了方便一会儿参加运动会，穿了情侣运动装。周致鸿夫妇正好也穿了情侣装。四人一出现就吸引了大家的目光。

喻橙甚至很心机地扎了高马尾，画了一个清新的妆容，成为全场最年轻的妈妈。不认识她的人，还以为是高中生混了进来。

周虔从一堆小朋友里跑过来，抓住妈妈的手，小嘴跟抹了蜜似的，毫不吝啬地夸赞："妈妈，你今天超级漂亮！"

喻橙扬起唇角，抱起他就亲了一口脸蛋。

等人到齐，运动会就开始了。老师先讲了一下运动会的规则，一共分为五轮比赛，说是运动会，其实还是以做游戏的方式来展现，需要父母和孩子一同参加。每轮比赛按照名次有积分，五轮比赛结束后，积分最多的战队就是运动会的冠军，奖品是一套乐高积木。亚军和季军也有相应的奖品。

比赛前，周虔小朋友一家三口互相击掌，誓要拿下冠军。

在场的家长中也有认识周暮昀和喻橙的。一个是森远集团的老总，一个是暮鱼餐厅的老板，两人都是大忙人，没想到他们会来参加孩子的运动会。

暮鱼餐厅一年前开了全国连锁店，顾客不用再千里迢迢地来北京品尝主题餐厅的美食。而喻橙作为创始人，平时也能在媒体采访报道中出现。

认识他俩的人还是第一次这样近距离地看到他们，只觉得今天的运动会没白来。

第一轮比赛开始了。要求是一家三口穿上玩偶服装进行两百米赛跑。

周暮昀的脸色一变。穿玩偶服装？他还以为是什么有技术含量的比赛项目呢！

周虔已经在妈妈的帮助下穿上了小棕熊的玩偶服，手里抱着棕熊头套，看着一旁发呆的周暮昀："爸爸，你怎么还不穿？比赛马上就要开始了。"

别的家长都已经穿上了玩偶服，有的是兔子，有的是熊猫，还有的是可达鸭，每一种造型都非常可爱。

因为穿上了胖乎乎的玩偶服，行动不便，增加了比赛难度，也让这场比赛充满趣味性。

喻橙也穿好了，手里抱着比儿子大一号的棕熊头套："周暮昀，还愣着干吗？再不穿我们就要输了。"

周暮昀沉默片刻，还是认命地穿上了玩偶服。换上这一套装扮，他感觉自己随时能站在刚开张的店门口发传单。

霍衡昔举着相机对准他们："来，你们看向镜头拍一张合照。三、二、一，茄子！"

照片里，喻橙和周虔笑得阳光灿烂，周暮昀一脸不情不愿。

霍衡昔却笑眯眯地欣赏照片。儿子难得穿上这种可爱风格的玩偶服，怎么能不拍张照留念呢！其实，她更想看他们穿小兔子那一套……

不只霍衡昔一人带了相机，其他家长也带了相机拍照，没有带相机的就用手机拍，还不忘发朋友圈、微博、抖音。

今天天气很好，风和日丽，万里无云。幼儿园的建筑物都是由各种鲜亮色彩组成，红色的蘑菇屋，蓝色的滑梯，绿色的圣诞树，就连操场的座椅都刷成了彩虹的颜色。

在这样的背景下，英俊帅气的爸爸带着年轻貌美的妈妈，中间还有一个帅气的小男孩，他们穿着同样的棕熊玩偶服，阳光洒下来，这幅画面更像童话故事里的场景。唯一的不足是周公子好像不怎么开心。

不过想想也知道，一个大老爷们儿穿上可爱的棕熊服装，换了别的男人也笑不出来。

一家三口的照片流传出去，网友们立刻沸腾了。

"天！这就是周公子的儿子？长得跟他爸爸太像了。小小年纪就这么帅气，长大了还得了。"

"哈哈哈，能让周公子心甘情愿穿上玩偶服，除了他老婆和儿子，大概没别人了。"

"有没有组队去偷孩子的？小公子太萌了，呜呜呜！老阿姨看了想上手捏一下他的小脸蛋！"

周暮昀夫妇对孩子的隐私保护得很好，此前从没让儿子在公开场合露过面，这次完全是个意外。

既然已经曝光了，喻橙就大大方方地在微博上发了一张一家三口的自拍照。

几分钟后，比赛正式开始。两百米赛跑对于周暮昀这种经常健身的人来说，即使穿着碍事的玩偶服，也能轻轻松松地超过其他的爸爸。

喻橙就不一样了，她的运动细胞为零，以前在学校里体育测试总是倒数，更何况现在穿成这样，跑到中途还差点摔一跤。父子俩对视一眼，还能怎么办，当然是给她加油了。

好在喻橙落下的分数被周虔追回来了，周虔比其他的小朋友跑得快，最终他们一家的分数加起来最高。

第二轮比赛是"两人三足"，即一个人的左腿与另一个人的右腿用绳子绑在一起，从起点跑向终点。如果是三个人的话，就是"三人四足"。

这项比赛考验的是一家三口的默契。在老师的帮助下，参赛选手绑好了脚踝。每组选择的战术不同，大部分是把孩子放在中间，也有家长把孩子安置在最边上。

周暮昀这一组的顺序是他，喻橙，周虔。

喻橙对这个战术提出质疑："为什么我在中间？难道你们俩要带着我跑吗？"

"当然了。"父子俩齐声道。

上一局比赛里，他们已经看出喻橙不擅长跑步的本质了。

哨声吹响，三人一起向终点冲去，为了让步伐一致，周暮昀负责喊口号："一二一，一二一……"

喻橙起步太猛，大概是岔气了，跑到中途肚子就有些难受，为了不影响比赛，她手捂住腹部坚持跑到了终点。

这轮比赛一结束，周暮昀就发现她不对劲了，忙扶她到一边坐下，蹲在她身前问："是不是不舒服？"

喻橙摆摆手，表示自己没事："跑岔气了。"

她的脸色有点苍白，衬得涂了口红的嘴唇更加鲜红。周暮昀掏出纸巾给她擦了擦额头上的汗。周虔忙跑去老师那里拿了一瓶矿泉水，递给她："妈妈，你喝口水吧。"

唉，爸爸平时让她多运动她不听，才两轮比赛就承受不住了。

喻橙接过矿泉水喝了几口："我没事儿，现在好多了，第三轮比赛是不是要开始了，我们赶紧过去吧。"

第三轮是接力赛，喻橙被安排在第一棒，第二棒是周虔，最后的冲刺阶段当然留给跑步最快的周暮昀。

三人站在赛道不同的位置，观众席上的周致鸿夫妇为他们大喊加油。

喻橙在起跑线前摆好了冲刺的姿势，听到哨声，她奋力向前跑去，刚缓解过来的肚子又开始疼起来。

她皱起了眉毛，抬眸看到前方一百米的位置，周虔正侧着身翘首以盼，他的一只手伸到后面，以便随时接过她手中的接力棒。

喻橙咬咬牙，加快了速度，眼看着离儿子越来越近，下一秒她就能将手里的接力棒交给儿子，却忽然一阵晕眩感袭来，眼前一黑，她就失去了知觉。

"妈妈！"

"橙橙！"

周虔和周暮昀的声音一同响起，还有观众席上的周致鸿夫妇，扔下手里的矿泉水就冲了过来。

其他家长也被这突如其来的意外吓到了，纷纷停了下来，忘了此刻正在比赛。

"这是怎么了？怎么突然就晕过去了？救护车！赶紧叫救护车啊！"

现场一片嘈杂，周暮昀抱起喻橙就往外走。

喻橙再次醒过来时，躺在医院的病床上，手背上扎了输液针。

病床旁边围了一群人，喻宗文和蒋女士也过来了。周虔趴在床边，显然被吓得不轻，大大的眼睛里满是担忧："妈妈，你醒了？"

"感觉好点儿没有？"周暮昀说着，摁了床头的铃叫来医生查看。

喻橙抬起一只手搭在额头上，眼皮有点沉重，嗓音沙哑："我这是怎么了？"

蒋女士见她醒了，长舒一口气："你让我说你什么好？怀过一个孩子了，居然还能犯这种糊涂，自己怀孕了都不知道。"

喻橙瞪大了眼睛，看向一旁的周暮昀："我……我怀孕了？"

周暮昀点头。是他的疏忽，在她一开始不舒服时就应该停下比赛，也不至于让她差点出意外。

喻橙用没扎针的那只手摸了摸肚子，不怪她没有发现，因为她最近几个月经周期本来就有点乱，就算推迟了也没往这方面想。

她突然反应过来自己为什么会晕过去，紧张道："孩子还好吗？"

周暮昀按住她的肩膀，声音轻柔地道："你先别激动，没出大问题。"

没出大问题，也就是说有小问题了？

果然，周暮昀的眉宇间布满了自责："医生说，保险起见，接下来最好留院观察，等确定没事再回家养胎。"

过了一会儿，医生过来了。

喻橙昏迷的时候已经做过检查，现在她醒了，医生让她输完液去做个详细的检查，顺便教育道："怀孕的人怎么能做跑步那样的剧烈运动呢？听说还比赛了三场？幸亏送来得及时，不然后果不堪设想。"

喻橙闻言一阵后怕，默念了几遍菩萨保佑。

霍衡昔一颗提起的心终于放下了，俯身摸了摸喻橙的额头："这段时间，你就在医院好好休养，想吃什么告诉我，我……我让阿姨给你做。"本来她想说亲自做给喻橙吃，但考虑到自己的厨艺，恐怕做出来的东西也不合喻橙的口味。

喻橙点了点头，扭头却看见一脸不开心的周虔，这才想起来自己忘了一件重要的事："鱼豆腐，你是不是不开心？对不起啦，我们组的比赛输了吧？"

后面还有几轮比赛，他们中途退出是得不了冠军的。她知道周虔很看重这个比赛，上个周末他一直在她的耳边念叨，还说一定会拿冠军。

周虔摇摇头，表示没关系："爸爸答应帮我买一套一模一样的乐高，我没有不开心。妈妈，他们说你肚子里有小宝宝了，是真的吗？"

喻橙摸了摸他的头："当然是真的。再过不久，你就要有一个弟弟或妹妹了。我们鱼豆腐想要弟弟还是妹妹？"

"弟弟。"周虔说。

"呃，为什么？"

"因为我们班女生都爱哭。"周虔说，"宋棠也爱哭。"

小孩子的话逗笑了整个病房的人，喻橙也哭笑不得。

不过，最后还是没能如周虔小朋友的愿，喻橙十月怀胎，产下一个女宝宝。

小公主刚抱出来的时候，浑身红彤彤，小小的、软软的，一动她就哭，哭声还特别响亮，整个走廊都能听到。周虔坐在妈妈的床前叹了一口气，好难过，为什么不是弟弟，他想找个人陪他玩积木啊。

这天，妹妹被护士阿姨抱到病房，放在喻橙的旁边。周虔没见过刚出生的婴儿，好奇地凑上去看。

看着看着，妹妹又张嘴哇哇大哭。

周虔蹙起了眉毛，一脸担忧地道："妈妈，为什么妹妹的牙齿全掉光了？"

喻橙："……"

几天前，周老先生的牙齿又掉了一颗，正打算去镶牙。周虔感到好奇就问了一句，老爷子告诉他，如果不镶牙，以后牙齿全掉光了就没办法吃东西了。他看到妹妹嘴里一颗牙齿都没有，下意识地以为是掉光了。

一旁的蒋女士笑得快直不起腰了："妹妹的牙齿不是掉光了，是还没长出来，你刚出生的时候也没有牙齿。"

"啊，原来是这样。"周虔似懂非懂地点点头。

他趴在床边看妹妹，她已经醒了，小眼睛眯成一条缝。他朝她招了招手，也不知道她能不能看见他。

一开始，周虔有点嫌弃妹妹哭声大，后来他亲眼看着她一天天长大，看着她对他笑，看着她学会翻身，她学会从他手里拿过玩具，他就彻底喜欢上这个妹妹了。

妈妈说过，等妹妹再长大一点，会叫他哥哥，会跟他一起玩乐高，还会跟他一起上学……

夕阳西下，一家人吃过晚饭到楼下的公园里散步，晚霞透过茂密的枝丫照下来，地上铺了一层星星点点的光晕。

周暮昀牵着喻橙的手，周虔推着婴儿车，白色的蚊帐罩下来，婴儿车里躺着个粉粉嫩嫩的小婴儿，是六个月大的妹妹。

周虔推了好久，苦哈哈地说："爸爸，妹妹说她想让你推。"

喻橙扑哧一声笑出来，六个月大的孩子哪里会说话。

周暮昀："不，她不想。"

周虔："哦。"

微风吹过，飘来淡淡花香，投在地上的影子像一幅黑白画卷，画出了一家四口幸福的模样。